btb

Aus Freude am Lesen

Über Generationen haben die Frauen der Familie Gilly die Salzfarm in Prospect auf Cape Cod, an der Küste Neuenglands, bewirtschaftet und mit ihrem Salz die Geschicke des kleinen Städtchens mitbestimmt. Denn dem Salz werden magische Kräfte nachgesagt, was die Gilly-Frauen zeitlebens zu Außenseitern macht – so auch die Schwestern Jo und Claire, die unterschiedlicher nicht sein könnten. Jo, eine kämpferische Eigenbrötlerin, lebt nur für die Salzfarm, während die hübsche Claire sich nichts sehnlicher wünscht, als diesen verwunschenen Ort und das Gerede der Leute endlich hinter sich zu lassen. Als sie den begehrtesten Junggesellen der Gegend heiratet, scheint sich ihr Traum von einem neuen Leben zu erfüllen. Doch das Schicksal führt sie wieder zurück, und die Schwestern müssen sich einem lang gehüteten Familiengeheimnis stellen.

TIFFANY BAKER hat Kreatives Schreiben studiert und in viktorianischer Literatur promoviert. Ihr Debütroman *Engelsflügel* schaffte es auf Anhieb auf die New-York-Times-Bestsellerliste. Tiffany Baker lebt mit ihrem Mann und drei Kindern bei San Francisco.

TIFFANY BAKER BEI BTB
Engelsflügel. Roman (73909)

Tiffany Baker

# Das Geheimnis der Salzschwestern

Roman

*Aus dem Amerikanischen*
*von Sonja Hagemann*

btb

Die Originalausgabe erschien 2012 unter dem Titel *The Gilly Salt Sisters* bei Grand Central Publishing, Hachette Book Group Inc., New York.

MIX
Papier aus verantwortungsvollen Quellen
FSC
www.fsc.org
FSC® C083411

Verlagsgruppe Random House FSC® N001967
Das für dieses Buch verwendete FSC®-zertifizierte Papier *Lux Cream* liefert Stora Enso, Finnland.

2. Auflage
Deutsche Erstveröffentlichung August 2013
btb Verlag in der Verlagsgruppe Random House GmbH, München

Published by arrangement with Grand Central Publishing, New York, NY, USA.
Dieses Werk wurde vermittelt durch die Literarische Agentur Thomas Schlück GmbH, Garbsen.
Umschlaggestaltung: semper smile, München
Umschlagmotive: © plainpicture/Harald Braun; Getty Images/Photographer's Choice/Tim Robberts
Druck und Einband: CPI – Clausen & Bosse, Leck
MI · Herstellung: sc
Printed in Germany
ISBN 978-3-442-74472-5

www.btb-verlag.de
www.facebook.com/btbverlag
Besuchen Sie auch unseren LiteraturBlog www.transatlantik.de

*Für Edward*

*Es kann das Auge nicht sagen zur Hand:*
*Ich bedarf dein nicht.*

Erster Brief des Paulus an die Korinther, 12,21.

# PROLOG

Und wieder einmal war in Prospect die Zeit des Feuers gekommen, die Zeit für Kälte und Eis, die jedoch auch Raum bot für Hitze und Rauch. Es war der Moment für Salz und Prophezeiungen, an dem Vergangenheit und Zukunft sich streiften und das Alte dem Neuen wich, was es auch mit sich bringen mochte.

Wie jedes Jahr hatten die Männer der Stadt auch dieses Mal eine ganze Woche gebraucht, um den Scheiterhaufen zu errichten. Sieben Tage lang hatte Claire genau beobachtet, wie der Holzstoß mitten auf Tappert's Green immer weiter wuchs. Die dicksten Stämme bildeten die Basis und waren in gleichmäßigen Abständen am Boden verteilt, so dass die Luft dazwischen zirkulieren konnte. Darüber türmten sich die dünneren Äste zu einem riesigen brennbaren Tipi. Die Männer sahen zu ihr hinüber, wenn sie mit ihrer Salzlieferung langsam an ihnen vorbeifuhr, hielten kurz in ihrer mühevollen Arbeit inne. Mit vor Kälte geröteten Wangen starrten die bulligen Typen sie dann unter ihren Hüten misstrauisch an. Keiner von ihnen grüßte, und das hatte Claire auch gar nicht erwartet. Denn wenn sie und ihre Schwester nicht wären, wäre das Feuer schließlich gar nicht nötig.

Claires Familie war bei den Feierlichkeiten nie willkommen gewesen, obgleich sie doch der Anlass dafür war. Sie walteten hier nur ihres Amtes. Zunächst entzündete der Stadtälteste den

Scheiterhaufen. Dann traten entweder Claire oder ihre Schwester Jo mit einer Handvoll Salz vor, um es in die Flammen zu werfen und herauszufinden, was es ihnen zu sagen hatte. Es handelte sich dabei um die simpelste Art der Weissagung: das Aufeinanderprallen zweier Elemente. Wenn die Flammen sich blau färbten, sagten sie der Stadt damit ein erfolgreiches neues Jahr voraus. Flackerte das Feuer gelb auf, stand eine Veränderung an. Schwarzer Rauch hingegen war zu schrecklich, um auch nur darüber nachzudenken.

Als Claire zum ersten Mal diese Aufgabe übernommen hatte, hatten sich die Flammen tatsächlich schwarz gefärbt.

Sie war damals erst sechs und so klein, dass sie sich recken musste, um die Körnchen den Flammen übergeben zu können. Es knisterte und knackte, und dann erhob sich ohne jeden Zweifel pechschwarzer Qualm. Hinter ihr schnappten die Stadtbewohner keuchend nach Luft und pressten ihre Kinder fester an sich. Dann verengten sie die Augen zu Schlitzen wie Käuze auf der Jagd und zogen sich in die Schatten zurück. Der Kreis rund um Claire, ihre Mutter und ihre Schwester wurde immer größer und kälter.

Jo legte Claire die Hand auf die Schulter, beugte sich zu ihr hinunter und flüsterte ihr ins Ohr: »Jetzt tritt vom Feuer weg. Das Salz hat gesprochen, daran kannst du nichts ändern. Nimm meine Hand und komm mit Mama und mir mit.«

Claire runzelte die Stirn: »Können wir denn nicht noch bleiben?« Den ganzen Herbst über hatten ihre Schulkameraden von dem Fest erzählt, bei dem Musik spielte, getanzt wurde und es im Schein der Flammen sogar zu dem einen oder anderen verschämten Kuss kam.

Jo schüttelte den Kopf. »Niemals. Das habe ich dir doch erklärt, Claire. Wir sind nur hier, um die Zukunft zu offenbaren, aber nicht, um daran teilzuhaben.« Und bevor ihre Schwester noch weiter protestieren konnte, packte Jo sie am Arm und zog sie mit sich, marschierte mit ihr zurück in ihre ruhige Marsch. Dabei vermied Jo die Blicke der anderen, selbst den von Whit Turner, dem reichsten und charmantesten Typen in der Stadt, der noch dazu ihr Liebster war. Claire sah, wie Whits Mutter Ida höhnisch den Mund verzog, als sie vorbeigingen, so, als seien sie nicht besser als die Asche unter ihren Schuhen.

Jahr für Jahr war das der Moment, in dem sie den sandigen Weg nach Hause zurückgingen und dabei das immer lauter werdende Getöse der Festlichkeiten und das Jauchzen der Menschen hörten, die ihre eigenen kleinen Salzrationen ins Feuer warfen. Jedes Mal ärgerte Claire sich darüber, dass sie derart ausgeschlossen wurden, und beschwerte sich bei Jo und ihrer Mutter. Sie fand, dass die Gillys wie alle anderen waren und trotz des Salzes auch ums Feuer tanzen sollten.

Aber das war damals, als sie noch ganz unschuldig war, bevor die Liebe kam und sie mit ihren rußigen Fingern streifte. Von dieser Berührung erholt man sich nie, und vielleicht sollte es ja auch genau so sein, dachte Claire. Das Leben zeichnete die Menschen, und auf die Unglückseligen, die ungeschoren davonkamen, wartete im Jenseits womöglich ein viel heißeres Feuer. Claire musste es wissen, immerhin war sie einst … nun ja, nicht frei von Sünde gewesen, aber doch frei von allem, was diese mit sich brachte. Ihre Vergangenheit hatte ihre Zukunft noch nicht eingeholt, auch wenn sie das irgendwann tun würde, denn so ist das im Leben. Seltsamerweise hatte ausgerechnet ein Mann Gottes Claire diese Wahrheit der Sterblichen gelehrt.

Jahrelang hatte sie sich dem Salz verweigert. Jo hatte es jedes Jahr am Vorabend des 1. Dezember in die Flammen geworfen und die Konsequenzen ihrer Prophezeiung getragen, bis Claire diesem ganzen heidnischen Spuk ein Ende gemacht hatte. Kein Feuer mehr. Kein Salz. Sie hatte der Tradition völlig den Rücken gekehrt. Gewisse Elemente konnte man jedoch nicht ignorieren, das hatte Claire auf die harte Tour gelernt – man kann das

Land nicht verleugnen, auf dem man geboren wurde, denn *aus der Erde sind wir genommen, zur Erde sollen wir wieder werden.*

Das alles lag jedoch längst Jahre zurück. Inzwischen gehörte sie eher zur reiferen Sorte der Frauen mittleren Alters, die ganze Stadt hatte sich zusammengerottet wie ungezogene Kinder nach überstandenem Hausarrest, und Claire befand sich mitten unter ihnen, war vielleicht sogar eine von ihnen. Jo ebenso. Claire spürte die Präsenz ihrer Schwester, die ihr bei der Aufgabe den Rücken stärkte. Die Menschen in Prospect pressten voller Erwartung die Hände unters Kinn, als ein runzeliger Timothy Weatherly die Fackel an die Scheite hielt. Es knisterte, und dann konnte Claire den Rauch riechen: eine Mischung aus Erlenholz, Ulme, Kiefer und Harz. Zunächst war der Geruch beißend und rau, als die Flammen dann höher stiegen, wurde er jedoch süßlicher, die Hitze zog das Öl aus den Hölzern und verteilte es in der eisigen Winternacht. Der Duft nahm zu und stieg auf, er wusch die Sünden und den Kummer des vergangenen Jahres ab. Claire sog das Aroma wieder ein, nahm eine gewisse Zimt-Note wahr, und dann flackerte unerwartet eine reine Ozonflamme auf. Nun war es an der Zeit, mit ihrer Handvoll Salz vorzutreten.

Die Nacht war seltsam klar und der Himmel so sternenübersät und farbenfroh wie die Kleider, die sie einst in einem anderen Leben getragen hatte. Die fröhliche Kakophonie der Menge – das Gequäke eines Kindes, die schrägen Töne einer Flöte, die Fußballgesänge einer Gruppe Teenager – wurde leiser und verstummte, als sie ihren Platz einnahm und das Salz hochhielt, so dass jeder es sehen konnte. Und dann ging ein plötzliches, schreckliches Raunen durch die Menge, als die Flammen gelb aufblitzten.

Gelb stand für Vorsicht, für mögliche Gefahr. Claire sah zu Jo hinüber und schüttelte den Kopf. Vielleicht ein Todesfall, vielleicht großes Pech. Irgendetwas Unerwartetes. *Wen würde es treffen,* fragte sich Claire, als sie nach Jos Hand griff. Mr Weatherly mit seinen ächzenden Hüften und rostigen Werkzeugen? Die hübsche Hope Fell, die doch in zwei Monaten aufs College gehen sollte? Eine der jungen Mütter in der Stadt, die nach der Schwangerschaft immer noch müde und rundlich waren? Bevor Claire sich weiter darüber den Kopf zerbrechen konnte, setzte das Spiel der Flöte erneut ein und die Nacht umfing sie. Bald ertönten wieder Gelächter, Geschrei und das Weinen eines Säuglings, während Jo und sie in der Dunkelheit verschwanden und sich auf den Heimweg machten. Denn das Leben ging weiter, selbst in Prospect, trotz der Weissagung des Salzes.

Nur eben nicht ganz so, wie sie sich das vorgestellt hatten.

# KAPITEL 1

Letzten Endes, dachte Jo, würde sie ihr Leben wohl einfach eine Geschichte des Salzes nennen. Teile schmeckten auf der Zunge bitter, manche waren rau, und andere würden sich im Laufe der Jahre einfach aufgelöst und keinerlei Spuren hinterlassen haben. Übrig geblieben waren die konzentrierten Elemente, Kristalle, die zwischen den Zähnen knirschten und glänzten. »Schotter« nannten das die Leute in Prospect, aber es war weit mehr als das, darüber war sich Jo im Klaren. Dieses Salz war eine Verkörperung von Kummer und Leid, greifbar gewordene Geschichte. Darin lag alles, was sie und ihre Schwester sich hätten sagen sollen, was aber nie ausgesprochen wurde.

Aber so funktionierte das Schicksal nun mal. Es war raffiniert und ein wenig hinterhältig – oder etwa nicht? Oft kam es ausgerechnet dann mit etwas Neuem an, wenn man sich doch eigentlich erst um das Alte kümmern sollte. In Jos Fall war dieses Neue ein Brief von der Harbor Bank in Boston. Der schlichte Umschlag brachte Worte von noch größerer Klarheit. Die Sache sah in etwa so aus: Jos Mutter hatte einst in der Hoffnung auf bessere Zeiten einen zweiten Kredit auf die Salzmarsch der Familie aufgenommen. Das wusste Jo, sie zahlte dieses Darlehen ja schon seit Jahren zurück, aber die besseren Zeiten waren leider nie gekommen. Stattdessen sollten sich die Darlehenszinsen zu Jos Erstaunen nun drastisch erhöhen. Würde Jo diese Differenz nicht aufbringen können, mahnte die Bank, dann säße sie bald auf dem Trockenen. Sie solle sich doch einfach einmal bei ihnen melden.

Tja.

Den äußerst beeindruckenden Goldlettern des Briefkopfes nach zu urteilen, der alle Filialen die Ostküste rauf und runter aufzählte, war die Harbor Bank nicht wie Prospects bescheidene kleine Plover Bank, in der Jo und die anderen Bewohner der Stadt ihre täglichen Geldgeschäfte erledigten. Das erklärte natürlich auch, warum Jos Mutter die Harbor Bank überhaupt erst aufgesucht hatte, um Geld zu erbitten. Niemand, der die Salt Creek Farm kannte, würde sein hart verdientes Geld in dieses Unternehmen stecken.

Jo war versucht, zum Telefon zu greifen und ihre Seite der Geschichte zu schildern, dann kamen ihr jedoch Bedenken, und sie ließ den Hörer auf der Gabel. Wer auch immer ihr diesen Brief aus Boston geschickt hatte, ahnte mit Sicherheit nicht, dass der Untergang der Salt Creek Farm auf der engen Landzunge von Cape Cod auch das Ende von Prospect bedeuten würde, da das Schicksal der beiden – Salzmarsch und Stadt – eng miteinander verknüpft war. Keiner wusste mehr so genau, wie oder warum eigentlich, es war einfach immer so gewesen, seit Jos Vorfahren dieses Land als Erste mit Hacke, Spaten und krummem Rücken bearbeitet hatten.

Jo schob den Brief in der Küche in die Kramschublade, überlegte es sich dann aber noch einmal anders und stopfte ihn in die Mülltonne. Sie nahm an, dass es egal war, was sie mit diesem Brief anstellte. Diese Banktypen würden ihr ja doch wieder schreiben, bis sie eines Tages die Nase vollhaben und direkt die Polizei schicken würden.

Die Leute in Prospect machten Jo für die seltsamen Launen des Salzes verantwortlich, als ob sie eine Substanz kontrollieren könnte, die selbst entschied, wann sie fest wurde oder sich bei der erstbesten Gelegenheit wieder auflöste. Deshalb war Jo auch nicht gut auf die Menschen in der Stadt zu sprechen, immerhin hatten die sich in ihrer Jugend Jahr für Jahr ganz freiwillig am Vorabend des 1. Dezember der Gnade des Salzes ausgeliefert, und sie musste vortreten und ihr Päckchen ins Feuer werfen, um zu sehen, was die Zukunft brachte. Jo wusste nicht, durch welches wissenschaftliche Prinzip das Salz die Flammen färbte, nur, dass es eben passierte – und zwar ohne ihr Zutun.

Dabei wünschte sie wirklich, sie könnte die Zukunft beeinflussen. Dann würde sie nämlich die namenlosen Angestellten der Harbor Bank mit einem Zauber belegen, damit sie ihr die Schulden erließen. Aber diese Menschen waren offensichtlich nicht an der wundersamen Alchemie des Gilly-Salzes interessiert. Was sie interessierte, war Arithmetik. Hauptsache, auf ihrer Seite wurden schwarze Zahlen geschrieben, alles andere war nicht weiter wichtig, das wusste Jo. Gegen eine solche Logik kam man nur schwer an.

Aber diese Leute konnten ja auch nicht sehen, was Jo vor sich hatte, wenn sie auf die Veranda hinaustrat. Ihre Blicke wanderten nicht unwillkürlich zu den Becken hinüber, um zu sehen, ob sich dort schon Kristalle bildeten. Sie wären nicht dazu in der Lage, in den Müllbergen hinter der Scheune kleine Schätze zu entdecken, und sie hätten ganz bestimmt auch nicht Jos Zuversicht, dass ihr ramponierter Pick-up sie nicht im Stich lassen würde. Es stimmte schon, besonders gut sah der Wagen nicht mehr aus, aber er lief noch immer ganz ordentlich. Sie stieg ein und ließ den Motor an. Egal, was die Bank sagte, heute war Liefertag, und sie musste ihre Runde drehen, auch wenn sie damit recht schnell fertig sein würde. Als sie die holperige Straße entlangruckelte, vorbei an der winzigen St.-Agnes-Kapelle, fragte sie sich besorgt, wie viel Zeit ihr hier wohl noch blieb auf dem einzigen Stück Land, das ihr so vertraut war. Ein Monat? Vier? Vielleicht ein ganzes Jahr, wenn sie Glück hatte?

»Wir würden es bevorzugen, eine für alle Beteiligten angenehme Lösung zu finden«, hatte in dem Schreiben der Bank gestanden. »Setzen Sie sich doch bitte mit uns in Verbindung.« Jo schnaubte und schaltete mit einem Ruck in den dritten Gang. Sie konnte sich genau vorstellen, wie man dort reagieren würde, wenn sie mit ihrer von Narben übersäten rechten Gesichtshälfte, dem dicken Glasauge sowie den von der täglichen Arbeit in den Salinen ganz steifen und verblassten Kleidern zur Tür hereinspaziert käme. Andererseits war das vielleicht gar keine schlechte Idee. Womöglich stimmte ihr Anblick die Banker milde.

Erstaunt sah Jo auf, sie hatte gar nicht bemerkt, dass sie schon in der Stadt angekommen war. Geteiltes Leid ist halbes Leid, Jo stellte da keine Ausnahme dar. Die Salt Creek Farm hatte zwar in den letzten zehn Jahren schwere Zeiten durchgemacht, doch es erfüllte Jo mit Genugtuung zu sehen, dass es dem Rest von Prospect ähnlich ging. Inzwischen war die Bücherei nur noch dreimal in der Woche geöffnet und die Post nur noch vormittags. Mr Friends Eisenwarenhandlung, ein staubiges Durcheinander von veralteten Werkzeugen, harrte direkt neben dem Ramschladen noch immer an der Ecke Bank Street/Elm Street aus, aber der Friseur sowie der Imbiss hatten mittlerweile dichtgemacht. Dessen früherer Besitzer, Mr Hopper, war vor drei Jahren an einem Schlaganfall gestorben und hatte somit die Stühle des Lokals leer und die Männer der Stadt hungrig zurückgelassen. Natürlich schob Prospect die Schuld auf das Salz, aber davon wollte Jo nichts hören. Sie wusste ganz genau, wer hinter dem Niedergang des Ortes steckte: ihre kleine Schwester Claire. Sie war doch diejenige, die vor zehn Jahren von der Salt Creek Farm geflüchtet war – sie hatte sich der natürlichen Ordnung der Dinge widersetzt und Jo einer Arbeitskraft beraubt. Als Heranwachsende hatte Jo das Salzgut zusammen mit ihrer Mutter und Claire bewirtschaftet, und obgleich sie damit kein Vermögen verdient hatten, waren sie immer über die Runden gekommen. Aber nach Claires Heirat und dem Tod ihrer Mutter hatte Jo feststellen müssen, wie schwer es für eine einzige Frau war, die Arbeit von dreien zu erledigen. Tatsächlich war es, wie ihre magere Salzausbeute bewies, sogar unmöglich.

Und in letzter Zeit schien sich alles, was Jo auf dem Gut in Angriff nahm, negativ auszuwirken. Wenn sie zum Beispiel beschloss, die zarte Kristallschicht in den Becken abzuschaben, dann hieß das, dass sie keine Zeit hatte, die kaputte Schleuse am Wehr zu reparieren. Und wenn sie sich endlich darum kümmerte, dann konnte sie in dieser Zeit nicht die Rinnen säubern, die langsam verschlammten. Dieses Jahr hatte sie ein Drittel der Verdunstungsbecken verschlicken lassen, wodurch diese nicht mehr zur Produktion taugten und brachlagen. Außerdem war Jo gezwungen, das Loch im Dach zu ignorieren, über die verzogenen Holztore in den kleineren Schleusen hinwegzusehen und sich eben irgendwie zu behelfen, wenn ihr Werkzeug aus Metall langsam verrostete. Natürlich litt die Produktivität unter all dem. Sie brauchte neue Geräte, musste den Truck reparieren und die Veranda des Wohnhauses ausbessern, und jetzt hatte sie auch noch Schulden abzubezahlen. Schulden, von deren Existenz sie nicht einmal gewusst hatte.

Darüber hinaus steckte die Marsch noch in ganz anderen Schwierigkeiten, von denen die Bank in Boston allerdings nichts wusste. In Wahrheit war es gar nicht schlimm, dass Jo so wenig produzierte, weil sie in Prospect sowieso kaum Ware verkaufte. Auch daran war ihre Schwester schuld. Claire hatte beinahe alle Kunden vergrault, bis auf die einheimischen Fischer, die das Salz gerne benutzten, um Fang und Köder zu kühlen. Jo hatte die böse Ahnung, dass sie ohne die Geschäfte mit Männern wie Chet Stone, dem Onkel von Claires erster Liebe, jetzt genauso tot im Wasser treiben würde wie die Fische in seinem Tank. Jo wusste, dass Claire die Dinge, die sie nicht ausstehen konnte, auch unbedingt allen anderen verleiden wollte. Dann führte sie sich auf wie ein launisches Kind, das sein Spielzeug lieber wegwarf, als es anderen zu überlassen, ohne Rücksicht auf mögliche Folgen.

Jo musste daran denken, wie Mr Upton, der Lebensmittelhändler, in seinem ersten Sommer in der Stadt nichts von ihrem Salz hatte wissen wollen. Sie war zu jenem Zeitpunkt sehr jung gewesen, hatte ihrer Mutter gerade mal bis zum Knie gereicht, als sie in seinem Laden vorbeischauten, um ihm eine Kostprobe zu bringen. »Nein danke«, lehnte er damals mit einer Handbewegung ab. Ihre Mutter verlegte sich nicht etwa aufs Diskutieren. Sie lächelte nur zuckersüß. »Gut«, sagte sie. »Das ist schon in Ordnung.« Und dann marschierte sie mit Jo zur Tür hinaus. Es dauerte nicht lange, bis der Fluch seine Wirkung zeigte. Eine Woche später war das Fleisch in Mr Uptons Laden verdorben, und in der frischen Butter fand sich Fliegendreck. Ein Regal mit Dosenbohnen stürzte um und traf Mabel Arch an der arthritisgeplagten Hüfte, der Fischhändler weigerte sich zu liefern, und die geschnittenen Brotlaibe schimmelten in Plastiktüten vor sich hin. Jos Mutter wartete noch zwei weitere Tage ab und konnte bei ihrem nächsten Besuch im Laden feststellen, dass Mr Upton seine Meinung plötzlich geändert hatte. Er würde ihr Salz doch verkaufen.

Inzwischen gehörte er zu den wenigen in Prospect, die es immer noch führten, auch wenn es bei ihm hinter dem Tresen stand, ganz unten in einem staubigen Regal, für dessen Erkundung man eigentlich eine Höhlenlampe brauchte. Früher hatte er davon zig Säcke bestellt, jetzt hatte er immer nur einen oder zwei davon vorrätig – nicht so viel wie von anderen Produkten, aber doch genug, um das Salz nicht zu vergrätzen. Wenn Jo sich erkundigte, ob er Nachschub benötigte, wich Mr Upton ihrem Blick meistens aus und schüttelte bedauernd den Kopf. »Im Moment nicht«, sagte er dann und schloss die Kasse. »Vielleicht nächsten Monat.« Jo knirschte nur mit den Zähnen und hätte

Claire am liebsten bis zum Hals in dem von ihr so verhassten Salz eingegraben und sie so zurückgelassen, bis Jo all ihre früheren Kunden wiederhatte.

Andererseits konnte sie Claire nicht für alles die Schuld geben. Wenn es umgekehrt gekommen wäre, vermutete Jo, wenn sie Whit geheiratet hätte und im großen Turner-Haus wohnen würde und Claire ganz allein in der Marsch im Matsch stecken würde, dann hätte sie mit Sicherheit die Menschen von Provincetown bis Falmouth dazu gebracht, nach ihrem Salz zu lechzen. Jos Lieferwagen war zwar eine Rostlaube, aber er fuhr noch. Sie hätte das ganze Kap abklappern und sich nach neuen Kunden umsehen sollen, das war ihr schon klar, aber so, wie Fremde die Narben auf ihrer rechten Gesichtshälfte anstarrten, war das leichter gesagt als getan. Und außerdem blieb auch dann noch die Frage, wer sich um die Marsch kümmerte, während sie in der Weltgeschichte herumgondelte.

Und da war sie auch schon am Ende der Welt angelangt, oder vielmehr bei den Docks, an denen die letzten paar Fischerboote wie zerfressene Korken auf dem Wasser tanzten. Die durch die OPEC und die anhaltende Energiekrise ständig steigenden Benzinpreise brachten immer mehr Kapitäne dazu, aufzugeben und der See den Rücken zuzukehren. Wirklich schade, dachte Jo, nicht nur, weil sie dadurch Kunden verlor, sondern auch, weil die Docks ohne den Verkehr am Kai noch schäbiger und heruntergekommener aussahen als früher – die Pier stand gefährlich krumm da, an entscheidenden Stellen fehlten Planken, an anderen war das Holz morsch. Hier war der Niedergang der Stadt besonders deutlich zu erkennen. Vorsichtig betrat Jo die Hauptpier und hielt auf Chet Stones Boot zu.

»Hallo, Seemann!«, grüßte der jedes Mal, wenn er sie kommen sah. Das war ironisch gemeint, weil Jo nie im Leben auch nur einen Fuß auf eines der Fischerboote setzen würde, ganz egal, wie oft man sie einlud. Aus Chets tragbarem Radio erklangen Nachrichten über die amerikanischen Geiseln im Iran. Der Fischer runzelte die Stirn und schüttelte den Kopf. »Was ist nur aus der Welt geworden?«, fragte er und streckte die Hand nach dem Salz aus, das Jo ihm mitgebracht hatte. »Die Leute bleiben einfach nicht mehr da, wo sie hingehören. Gut, dass du noch hier bist.« Er grinste und stellte den Sack zu seinen Füßen ab. »Denn damit bleiben meine Fische kühl und mein Boot sicher. Aber diese armen Kerle…«, er deutete mit dem Daumen auf das Radio, »tja, ich fürchte, für die kann man wohl nichts mehr tun.«

Wortlos griff Jo nach dem Geld, das er ihr reichte. Insgeheim befürchtete sie aber, dass Chet Stone über sie so ziemlich dasselbe sagen und die Seefahrt an den Nagel hängen könnte, wenn er von dem Brief wüsste, der sie erreicht hatte. Und ohne ihren treusten Kunden würde sie dann ganz schön in der Klemme sitzen. Sie räusperte sich und schob sich das Geldbündel in die Jackentasche. »Mach dir da mal keine Sorgen«, beruhigte sie ihn schließlich. »Ich habe nicht vor, irgendwo hinzugehen.«

»Das hoffe ich auch«, antwortete Chet und wandte sich wieder dem Köder zu, den er gerade zurechtschnitt. »Sonst geht hier nämlich alles den Bach runter.«

Auf dem Weg zurück in die Stadt hing Jo in Gedanken noch immer dem Gespräch an der Pier nach und hätte vor dem alten Imbiss fast eine Leiter umgefahren. Sie parkte den Truck, stieg aus und näherte sich dem staubigen Fenster.

»Hey«, rief ein Mann mit kantigem Kinn, den Jo noch nie zuvor gesehen hatte, »passen Sie doch auf, wo Sie langlaufen!« Verdutzt sah Jo nach oben, wo eine pummelige Jugendliche auf der obersten Sprosse stand und ein Schild aufzuhängen versuchte, auf dem »Zum Leuchtturm« stand. Jo blinzelte. Sie hatte gar nicht mitbekommen, dass ein neuer Besitzer das Lokal übernommen hatte. Angesichts dieser Erkenntnis schlug ihr Herz ein wenig schneller. Frisches Blut in der Stadt bedeutete neue Kunden. In der Hoffnung, dass ihre Schwester ihr noch nicht zuvorgekommen war, stemmte Jo die Hände in die Hüften und rüstete sich für ein spontanes Verkaufsgespräch.

Sie nahm den Mann unter die Lupe und sah dann wieder zu dem Mädchen hinauf. Der Altersunterschied war so groß, dass sie eigentlich nur Vater und Tochter sein konnten, oder vielleicht Onkel und Nichte, dachte Jo. Der Mann trug einen bereits leicht ergrauten Bürstenschnitt und hatte Hände voller Altersflecken. Das Mädchen war eine rundlichere Version von ihm. Pralle Bäckchen und eine Stupsnase, dazu so dicht beieinanderstehende Augen, dass man die junge Frau nicht wirklich als hübsch bezeichnen konnte. Solche Mädchen wurden in Prospect entweder früh in die eisernen Bande einer Ehe mit einem brutalen Mann gezwungen oder entkamen diesem Schicksal und endeten als Fischweiber mit harten Mündern und ebensolchen Herzen. Aber für dieses Mädchen hier lag das alles ja noch in weiter Ferne. Jetzt hingegen war es für Jo an der Zeit, ihre Ware unter die Leute zu bringen.

Fremde standen dem Salz – und ihr, was ja fast dasselbe war – ziemlich misstrauisch gegenüber, also wunderte es Jo nicht, dass der Mann und die teiggesichtige junge Frau beim Anblick ihrer Narben das Gesicht verzogen. Seit dem Feuer, das sie so gezeichnet hatte, waren fast dreizehn Jahre verstrichen, aber an manche Blicke, die ihr galten, hatte Jo sich immer noch nicht gewöhnt. Offensichtlich war ihr Inneres nicht auf dem gleichen Stand wie ihr Äußeres, doch das ging vermutlich allen so. Die meisten Leute ließen es sich nur nicht anmerken. Der Mann, der jetzt vor Jo stand, sah jedenfalls nicht so aus, als würde er sich darüber den Kopf zerbrechen. Er wirkte vielmehr, als erwarte er von seinen Mitmenschen, dass sie sich in Reih und Glied vor ihm aufbauten und salutierten.

»Etwas weiter nach links!«, rief er dem Mädchen zu. »Nach

links, verdammt noch mal!« Die junge Frau seufzte, tat dann aber wie geheißen, bevor sie die Leiter auf schwerfällige, linkische Art hinunterstieg, so, als hätte man ihr eine eigene Meinung schon frühzeitig ausgetrieben. Dann bemerkte Jo jedoch, wie sie mit den Augen rollte, als der Mann nicht hinsah, und begriff, wie falsch sie da gelegen hatte. Die junge Frau hatte durchaus eine eigene Meinung, behielt sie aber ganz einfach für sich. Jo wartete ab, bis das Mädchen wieder mit beiden Beinen auf der Erde stand, und bemerkte dann: »Weiter nach rechts wäre besser gewesen.«

Der Mann runzelte erneut die Stirn, kam schließlich herüber und streckte ihr die Hand entgegen. »Cutt Pitman«, stellte er sich vor. »Und das ist meine Tochter, Dee.« Er wies auf das Mädchen. »Das Restaurant ist noch nicht eröffnet.«

Jo ignorierte die ausgestreckte Hand. »Joanna Gilly«, erwiderte sie. »Ich bin auch nicht hier, um etwas zu essen. Ich habe Ihnen Salz mitgebracht.« Sie zog eine kleine Kostprobe ihres Salzes aus der Tasche und drückte es dem Mann in die schwielige Hand. »Rufen Sie mich an, wenn Sie eröffnen, dann bringe ich Ihnen noch mehr vorbei. Über den Preis werden wir uns schon einig. Ich bin nächsten Dienstag wieder in der Stadt.«

Sie wandte sich ab, doch so einfach ließ der Mann sie nicht gehen. »Und warum sollte ich von Ihnen Salz kaufen, wenn ich das auch pfundweise abgepackt bekomme?«, wollte er wissen.

Jo verschränkte die Arme und leckte sich am rechten Mundwinkel über die juckenden Narben. »Wenn Sie mir nichts abkaufen«, erklärte sie, »dann wird hier auch niemand essen.«

Cutt grinste. »Wer sagt das?«

Jo starrte ihn mit ihrem guten Auge an. »Das ist das Seltsame an dieser Stadt«, antwortete sie. »Es würde zwar keiner etwas sagen, trotzdem würden die Leute einfach wegbleiben. Wir sehen uns nächsten Dienstag.« Und damit machte sie auf ihrem guten Absatz kehrt.

»Lästige alte Vogelscheuche«, murmelte der Mann. Dann winkte er seine Tochter heran und schickte sie noch einmal die Leiter hinauf. »Mehr nach rechts. Nein, nach rechts!«, hörte Jo ihn knurren.

Gut, im Moment wollten sie ihr Salz nicht, aber das überraschte Jo nicht. Sie wussten es nun mal nicht besser. Für sie war ihre Ware vermutlich so gewöhnlich wie Hausstaub, dachte Jo, und ebenso nützlich. Die Absage bereitete ihr jedoch keine Bauchschmerzen. Sie musste den Pitmans nur etwas Zeit geben – das war alles. Geduld ist eine Tugend, mahnte sie sich selbst, ließ den Motor ihres alten Trucks an und fuhr los. Und das war gut so, denn zurzeit blieb ihr außer Geduld nicht mehr viel.

Als Jo zu Hause ankam, ging die Sonne bereits unter, der Abend war aber immer noch mild, richtig schön. Statt des üblichen Schellack-Graus erinnerte die Farbe des Himmels eher an poliertes Holz, die Luft waberte golden und sanft. Jo glaubte ganz fest an den Himmel. Denn zum einen war er ihr einziger Begleiter, zum anderen log er nie. Wenn Ärger ins Haus stand, dann warnten Wind und Wolken Jo alsbald, vielleicht deshalb, weil sie in einer stürmischen Nacht geboren wurde. Solches Wetter hatte sie auf die Welt begleitet und würde einst, so hoffte sie, auch ihren Abgang untermalen. Allerdings wünschte sie sich, rechtzeitig davor gewarnt zu werden. Sie betrachtete die Marsch, ließ den Blick über ihre strudelnde Ordnung wandern: der Hauptgraben, der die Salinen vom Meer abschnitt, die Überschwemmungsbecken, die kleineren Rinnen und schließlich die Verdunstungsbassins, die in Reihen mitten in der ganzen Anlage ruhten, das stets wachsende und schrumpfende Herz der Marsch.

Zu dieser Jahreszeit war der Schlamm so alkalisch, dass er in Mikroorganismen schwelgte: Die Becken zeigten sich in leuchtendem Lila oder Kupfergrün, und nur ein einziges war blutrot. Das war das Becken von Henry – Jos Zwillingsbruder, der im Alter von acht Jahren ertrunken war. Jedes Jahr häufte Jo das purpurfarbene Salz auf seinem Grab auf. Sie wusste nicht, was sie sonst damit tun sollte. Verkaufen konnte sie es schließlich nicht, und selbst benutzen wollte sie es auch nicht. Das käme ihr so vor, als ob sie sich an ihrem eigenen Fleisch und Blut vergriff.

Hinter Henrys Becken lag die Scheune und daneben die kleine Wiese mit dem Familienfriedhof der Gillys. Auf diesem Gottesacker, der vor vielen Jahren gesegnet worden war, um ihre leblosen Körper zu empfangen, lagen nur Knaben begraben. Weil der Tod das Leben umfängt, hatte ihre Mutter ihr erklärt, Jo dachte jedoch oft, dass es vielmehr umgekehrt war und das Leben den Tod umarmte. Warum sollte man denn sonst einen schönen Sonntagsbraten genießen oder das Vogelgezwitscher an einem Sommerabend oder ein Weihnachtslied oder sonst irgendetwas? Aber vielleicht, dachte Jo, konnte sie das sagen, weil sie durchs Feuer gegangen war. Seit dem Unfall empfand sie alles schärfer und klarer: das Brennen der Luft auf ihrer zerfurchten Haut, den Wechsel der Jahreszeiten. Die Farbe blühender Frühlingsblumen konnte sie völlig sprachlos machen, und der Herbst … na ja, im Herbst war sie so einsam und verfroren, dass sie am liebsten nur noch weinen wollte, wenn der Wind über das Land fegte und die Blätter mit sich riss. Wenn dieses Gefühl Jo ergriff, dann ging sie zu den Gräbern hinüber und ruhte sich dort ein Weilchen aus. Auch wenn das irgendwie seltsam klang, tröstete dieser Ort sie doch immer wieder, wenn ihr Traurigkeit die Kehle zuschnürte. Es machte ihr Mut, daran erinnert zu werden, dass es auf der Welt etwas noch Härteres und Kälteres gab als den Winterhimmel am Kap.

Um solche Dinge brauchte Claire sich natürlich keine Gedanken zu machen. Sie war jetzt eine Turner, und für die Turners waren die Aussichten immer um einiges rosiger. Dazu musste man sich nur ihr Haus ansehen, diesen riesigen monströsen Kasten, der mit all den schiefen Veranden und Erkerfenstern oben auf Plover Hill thronte. Im Laufe der Generationen hatten sich die Turners dort die Kapversion eines Schlosses errichtet. Es bestand aus so verdammt vielen Zimmern, dass Jo sich beim besten Willen nicht vorstellen konnte, wofür Whit und ihre Schwester sie alle brauchten. Aber so waren die Turners eben, sie bissen immer mehr ab, als sie kauen konnten. Jo wusste, dass es in letzter Zeit auch für Whit und Claire nicht so gut gelaufen war, dennoch standen sie immer ein wenig besser da als sie. Ihnen gehörte zum Beispiel noch immer der felsige Hügel, auf dem ihr Haus erbaut war, die Sanddünen, die links und rechts an die Straße grenzten, ein Teil von Drake's Beach und die Pier in der Stadt sowie auch ein Großteil der Stadt selbst. Tatsächlich war das Einzige, was ihnen in der näheren Umgebung nicht gehörte, die Salt Creek Farm, auch wenn sie sich redlich darum bemüht hatten, das Gut zu kaufen.

Ob man nun an Flüche glaubte oder nicht – und Jo tat es –, niemand konnte verleugnen, dass zwischen den beiden Familien böses Blut herrschte und dass Unglück und Zwist bereits seit Urzeiten zwischen Gillys und Turners standen. Es war eine Fehde zwischen Körper und Seele, denn während die Turners das finanzielle Herzstück von Prospect waren und Geld in die Stadt pumpten, verkörperten die Gillys die spirituelle Seite – unantastbar, unergründlich und über solch weltlichen Schund wie die Turner-Dollars erhaben. Und so wie der Kopf manchmal mit dem Körper auf Kriegsfuß steht, obwohl er auf ihn angewiesen ist, so verdross in Prospect die Anwesenheit der einen Familie die andere. Während die Turners darauf angewiesen waren, dass das Salz der Gillys mit seinem Zauber den Wohlstand der Stadt gewährleistete, brauchten die Gillys das Geld der Turners, um im Geschäft zu bleiben. Sie hatten nur gemein, dass die Menschen in der Stadt beide nicht leiden konnten.

Trotz allem hatte Jo es Claire nie übel genommen, dass sie eine so unkluge Entscheidung getroffen und Whit geheiratet hatte. Als Whit klar geworden war, dass er Jo nicht haben konnte, hatte er auf typische Turner-Manier umdisponiert. Er hatte Jo auf dieselbe Art einfach das weggenommen, was sie am meisten liebte, wie er früher im Ramschladen Gummibonbons stibitzt und sie dann eins nach dem anderen in aller Seelenruhe vor der Ladentür verspeist hatte, ohne sich darum zu scheren, wer ihn dabei sah, und ohne zu teilen – nicht einmal mit Jo.

Bevor sie eine Schwester ziehen lassen musste, hatte Jo bereits einen Bruder verloren. Henry und sie wurden während eines schlimmen Nordoststurms im März 1942 geboren. Jos Mutter erzählte immer, dass damals drei Tage lang die Welt stillgestanden habe. Die Telefonverbindung war abgebrochen, am ganzen Kap war der Strom ausgefallen, die Straßen waren unpassierbar, Kirchen und Läden geschlossen. In Hyannis waren sogar die Krankenhaustüren zugefroren, was aber eigentlich egal war, da sich sowieso niemand hinauswagte.

Allseits bekannt war die Tatsache, dass der Sturm in der kleinen St.-Agnes-Kapelle das Antlitz der Muttergottes zerstört hatte. »Oh, das war wirklich furchtbar, mein Kind«, erklärte Pater Flynn Jo, als sie ihn einmal nach dem Vorfall fragte. Er hockte sich hin und sah sie gelassen an. »Ich war während des Sturms nicht hier, ich hatte in der Stadt etwas für die Gemeinde zu erledigen, und als ich zurückkam, waren die Fenster völlig zerstört, die Vordertür stand weit offen und Unsere Liebe Frau war von der Hand Gottes berührt worden. Ich habe sie so belassen, damit sie uns immer an seine Macht erinnert.« Er verstummte kurz und runzelte die Stirn. »Na ja, und außerdem haben wir auch nicht die Mittel, um sie wieder herrichten zu lassen, aber vielleicht bekommen wir das Geld ja bald zusammen. Eines Tages.« Er beugte sich vor, legte Jo die Hand auf den

Scheitel und lächelte mild. »Dann wollen wir mal mit deinem Katechismus beginnen.« Er verstummte wieder kurz, und Jo dachte schon, dass er noch etwas zu der Geschichte hinzufügen würde, er sagte aber nichts weiter, und sie ließ enttäuscht den Kopf hängen. Für Pater Flynn waren die Ereignisse um Unsere Liebe Frau also das einzig Besondere an ihrer Geburt.

Als Jo älter wurde, erzählte ihre Mutter ihr eine komplettere Version der Geschehnisse und sparte dabei nichts aus – das dachte Jo zumindest. Als sie schließlich herausfand, wie kreativ ihre Mutter mit der Wahrheit umging, war Jo bereits selbst eine Expertin in der Kunst des Lügens. Jeden Abend zur Schlafenszeit setzte sich ihre Mutter an ihr Bett und enthüllte ein weiteres kleines Fragment ihrer Familiengeschichte, wenn Jo in ihren Augen dafür bereit war. Jo brauchte bis in ihre Teenagerjahre, um die unschönen Einzelheiten zu verdauen.

Aus den Erzählungen ihrer Mutter erfuhr sie, dass der Sturm auch auf der Salt Creek Farm sein Unheil mit dem Wenigen getrieben hatte, was ihm die Landschaft hier bot. Die Batisranken waren zu Venen aus Eis erstarrt. Die Salzbecken, die sie für das jährliche Saubermachen im Frühjahr geleert hatte, waren voller Schnee, und am Drake's Beach schlugen die Wellen so hoch, dass man zehn Jahre später in den Dünen noch immer Reste von Treibholz finden würde.

Jos Mutter hatte die Kinder allein zur Welt gebracht. Wenn man die Gewohnheiten von Jos Vater bedenke, sei das aber vermutlich auch besser so, erklärte sie. Er saß in der Stadt fest, war bei Freunden untergekommen, trank dort Bier und erzählte schmutzige Witze, während Jos Mutter ihren größten Topf mit Wasser füllte, es auf dem Herdfeuer zum Kochen brachte und ein noch gutes Bettlaken in Streifen riss. Sie legte Zwirn und Schere bereit, fütterte den Ofen mit so vielen Scheiten, wie sie wagte, bereitete einen weiteren Stapel Feuerholz vor, hockte sich dann neben die Flammen und wartete.

Als Jos Vater nach dem Sturm endlich nach Hause kam, ging er nicht direkt ins Haus. Stattdessen blieb er auf der Veranda stehen und nahm die Schäden nach dem Unwetter in Augenschein.

Jo konnte es sich ganz genau vorstellen. Vielleicht hatte der Sturm die eine oder andere Kiefer entwurzelt und auf den Weg gepustet wie dünnes Kraut. Sicher lagen überall Schindeln herum wie tote Vögel, und die toten Vögel selbst waren wohl in den Fluten versunken wie Steine, die vom Himmel fielen.

Das Salz war in diesem Moment bestimmt unter der Schneedecke versteckt, und die Salt Creek Farm sah dieses eine Mal genauso aus wie alle anderen Grundstücke in Prospect. Vermutlich war das der Grund, oder vielleicht war Jos Vater nach dem Fußmarsch nach Hause auch einfach ausnahmsweise einmal nüchtern, Jo jedenfalls stellte sich vor, dass die Wolken, die sonst seinen Verstand benebelten, plötzlich aufrissen und er sich für einen Augenblick ein Leben jenseits des Salzguts ausmalen konnte. Jo nahm an, dass er bereits in diesem Moment die Beine in die Hand genommen und sich davongemacht hätte, wäre nicht die Tür des Gutshauses knarzend aufgegangen und warme Luft nach draußen geströmt. Da stand Mama im Nachthemd und hielt statt einem Baby zwei im Arm: ihren Bruder, rothaarig und sommersprossig wie alle Gillys, und Jo, so dunkel wie die Asche im Kamin.

Die Seele ihres Vaters wurde wieder von Wolken überschattet. »Jetzt sag mir wenigstens, dass eins davon ein Junge ist«, knurrte er, und Jos Mutter nickte und streckte ihm den Säugling mit dem roten Schopf entgegen.

»Na, dem Himmel sei Dank«, antwortete Jos Vater und schob sich dann an seiner Frau vorbei, um sich an der Flasche Gin gütlich zu tun, die er im kaputten Klavier im Flur aufbewahrte. Zwei tiefe Schlucke für die zwei Babys. Seit Jo sich an ihren Vater erinnern konnte, sah er eigentlich immer doppelt.

Wenn ihr Vater kein Säufer gewesen wäre, dann hätte ihre

Mutter wohl überhaupt nicht geheiratet, erklärte diese Jo einmal mit vorgeblicher Seelenruhe.

»Wieso?«, fragte Jo.

»Das liegt am Salz«, seufzte Jos Mutter. »Die Leute haben Angst davor. Es gibt hier weit und breit keinen nüchternen Mann, der dich oder Claire heiraten würde, es sei denn, man zwingt ihn mit vorgehaltener Waffe dazu – und vielleicht nicht einmal dann.«

Mama zufolge war Jos Vater nicht immer so gewesen. Als fähiger Mechaniker hatte er seinen mageren Lebensunterhalt einst damit verdient, klapprige Autos wieder in einen halbwegs fahrbaren Untersatz zu verwandeln. Bei Ausbruch des Zweiten Weltkrieges hatte er sich freiwillig gemeldet, weil er dachte, dass er vielleicht an Jeeps und Panzern arbeiten könne, die Armee hatte ihn jedoch abgelehnt.

»Schwaches Herz«, erklärte bei der Untersuchung der Arzt mit den Glubschaugen, der mit jedem Vokal den Mund weit aufriss. »Sieht schlimm aus. Sie können von Glück reden, wenn Sie dreißig werden, von vierzig ganz zu schweigen.«

Jo war stets davon ausgegangen, dass dies im Leben ihres Vaters den Wendepunkt darstellte. Damals fing er wohl an zu trinken, denn wenn er schon draufgehen würde, dann wollte er sich die letzten Jahre wenigstens noch etwas versüßen. Und als er dann auch noch Jos Mutter heiratete, versumpfte er vollends, und seine schlimmsten Vorahnungen wurden Wirklichkeit. Schlamm erwartete ihn auf der Veranda, wenn er nur einen Fuß nach draußen setzte, er trübte den Grund der Ablaufrinnen, war im Salz selbst zu finden und färbte es seltsam grau. An all dem war für ihn Jos Mutter schuld und das Salz, das sie erntete.

»Hat sie einen Pferdefuß?«, spotteten seine Freunde, wenn sie nach einem ihrer üblichen Saufabende aus Fletcher's Tavern traten und im Rausch über ihre Schnürsenkel stolperten. »Trinkt sie das Blut von Frühlingslämmchen?« Jo wusste ganz genau, was die Kumpel ihres Vaters von den Frauen der Familie hielten. Für die waren sie Stolpersteine auf ihrem Weg, unheimliche Schatten, die ihre Wände heimsuchten, wenn sie nachts nicht schlafen konnten. Denn die Gilly-Frauen kannten ihre Zukunft. Wenn Jos Mutter mit dem Truck vor der Kneipe stand und wartete, jaulte stets einer seiner Kumpane: »Wie konntest du nur, Tommy? Warum hast du bloß diese Hexe geheiratet?«

»Das war das Salz«, antwortete Jos Vater dann, und das brachte alle zum Schweigen. Denn wenn eines den Männern in Prospect die Sprache verschlug, dann war es das Gilly-Salz, das jedes Jahr am Vorabend des ersten Dezember aufflackerte, Butter zu Sahne schlagen und völlig unberechenbar offene Wunden heilen oder verschlimmern konnte, ohne dass je einer wusste, was der Fall sein würde.

»Ja«, nickte Jos Mutter und löschte das Licht. »Es war das Salz, das stimmt. Nur leider weiß auch ich nie im Voraus, was es mit sich bringt.«

Jo kuschelte sich in ihre Decke und versuchte einzuschlafen. Mama hatte wie immer recht. Die Gillys wussten wirklich nie so genau, was das Salz noch für sie bereithielt. Denn sonst, dachte Jo, wäre ihr Leben wohl ganz anders verlaufen. Nicht zuletzt hätte sie dafür gesorgt, dass ihr Bruder am Leben geblieben wäre.

In dem Sommer, in dem Henry ertrank, waren Jo und er acht Jahre alt. Das war im August 1950, als alles ringsumher, was nicht längst verdorrt war, gerade unter der sengenden Sonne brutzelte. In jenem Jahr war es für Jo eine besondere Qual, mit ihrer Mutter in der Stadt einzukaufen und dort den Stadtkindern mit ihren hübschen Badeanzügen und Sandalen zu begegnen. Nicht nur wegen der Hitze, sondern weil sie sich zum ersten Mal der Unterschiede zwischen deren und ihrem eigenen Leben bewusst wurde. Es störte sie nicht besonders, aber es fiel ihr auf. Die anderen Kinder in ihrem Alter machten sich mit ihrer Mutter auf den Weg zum Strand, trugen hübsch geflochtene Zöpfe und hatten Plastikeimerchen dabei, während Jo zu ihrer Welt aus Schlamm, Fliegen und Arbeitsklamotten zurückkehrte.

Sie hatte keine Zeit für Spielzeug. Statt eines Sandeimerchens hatte sie eine Holzschüssel und eine Schubkarre, die sie von den Becken zur Scheune hinüberschob. Tatsächlich gehörte zu ihren Utensilien auch ein verbeulter Eimer, aber der diente dazu, Muscheln oder die Schnecken im Garten einzusammeln. Im kühlen Gang des Lebensmittelladens fragte sie sich, wie es wohl wäre, eine Mutter mit zarten Händen zu haben, die geblümte Kleider statt Männerhosen trug und die von den anderen Müttern mit einem Lächeln begrüßt wurde. So war es bei ihnen nämlich nie. Wenn Mama sich der Theke näherte, zogen die anderen Frauen ihre Töchter näher zu sich heran und wandten den Blick ab. »Kümmer dich gar nicht um die«, flüsterte Mama dann, und fuhr mit ihr schnell wieder heim, zurück zum Salz, das doch an all ihren Problemen schuld war.

Jener August war so heiß und trocken, dass sie davon doppelt so viel ernten konnten wie sonst. Jos Mutter kratzte es jeden Abend aus den Verdunstungsbecken, kam mit der Arbeit aber einfach nicht nach – nicht einmal mit Jo an ihrer Seite. Jos Vater war ihnen keine Hilfe. Zum einen war er ein Mann und durfte deshalb nicht in den Bassins arbeiten, zum anderen war er faul und ließ sich auf dem Gut auch nur selten blicken. Man konnte ihm das aber nur zum Teil vorwerfen, denn das Salz war ausschließlich für Frauenhände bestimmt. Jos Vater konnte zu Beginn der Saison den Schlamm aus den Rinnen schaufeln oder die Dämme zwischen den Becken ausbessern, Mama und Jo waren jedoch diejenigen, die die Kristalle aus den Becken holten, vor allem die zarten und reinen Flocken, die oben auf der ansonsten groben Masse tanzten.

»Männer sind zu sehr daran gewöhnt, sich ihren Weg mit

Gewalt zu bahnen«, erklärte Mama, als sie ihre Finger um Jos Hände auf dem Griff der hölzernen Harke schloss, das Arbeitsgerät dann über die Oberfläche des Verdunstungsbeckens schob und die Kristalle zu ihnen heranzog, ohne dass sie dabei nass wurden. »Frauen wissen besser, wie man seinen Willen bekommt, ohne dabei etwas aufzuwühlen.«

»Henry ist aber gar nicht so«, wandte Jo ein und umklammerte den Holzgriff. Ganz im Gegenteil, dachte sie, ihr Bruder war überhaupt nicht so, wie man sich einen Jungen eigentlich vorstellte, sondern vielmehr zart und scheu wie eine Muschel. Schon von Geburt an hätten sie unterschiedlicher nicht sein können, Henry hatte nämlich den roten Schopf und die Sommersprossen ihrer Mutter, Jo hingegen dunkle Haut und Augen wie ihr Vater.

»Da kommt dein Portagee-Blut durch«, sagte ihre Mutter immer, als seien Jo und ihr Vater die letzten Überlebenden eines exotischen Stammes und nicht etwa Nachfahren europäischer Einwanderer. Mamas Familie, die Gillys, deren Namen sie aus reiner Dickköpfigkeit beibehalten hatte, war durch und durch irisch, bis hin zu ihren sommersprossigen Füßen und ihrem Glück beim Karten- und Würfelspiel. Auch das hatte Jo nicht geerbt. Ihre Füße waren nussbraun, und ihr Temperament war so unveränderlich wie ein Zug, der seinen Gleisen folgte – ungünstig für den Spieltisch, aber genau richtig für ein Leben in der Salzmarsch.

Für ihren Bruder wäre stattdessen eine Bibliothek der passende Ort gewesen. Der kränkliche, kurzsichtige Knirps hatte im unfassbaren Alter von drei Jahren lesen gelernt und hockte seitdem stundenlang auf der Veranda, wo er seine Nase in Bücher steckte, die die Generationen von Gillys vor ihm zurückgelassen hatten. Jo kehrte von ihrem Tagwerk im Salzschlick heim, und Henry plapperte los, erzählte ihr vom Lebenszyklus der Mäuse oder beschrieb die verschiedenen Arten von Wolken in alphabetischer Reihenfolge.

Jo stellte sie sich gern gemeinsam im Bauch ihrer Mutter vor. Bestimmt war Henry zerstreut herumgeschwebt, während sie bereits die Dinge in die Hand genommen und die eingehende Nahrung zwischen ihnen aufgeteilt hatte, damit er das Essen nicht vergaß.

Ihre Mutter unterbrach ihre Tagträumerei, wuchtete eine weitere Ladung auf das kleine Erdpodest neben dem Becken und schob sie zu einem sauberen Häufchen zusammen. »Nein«, stimmte sie zu, »Henry ist nicht so.« Sie hielt einen Moment inne, und in ihren Augen lag ein abwesender Ausdruck. »Vielleicht ist das seine Rettung.«

»Und was ist meine Rettung?«, fragte Jo.

Mama sah zu ihr hinab, als sei sie überrascht, plötzlich eine Tochter vor sich aus dem Boden sprießen zu sehen. »Du brauchst doch keine. Das Salz ist nur auf Knaben nicht gut zu sprechen.«

Jo verzog das Gesicht. Das klang gar nicht gut. Es hörte sich eher wie eine Rechtfertigung dafür an, dass die Mädchen die ganze Arbeit machen mussten. »Was soll das heißen?«

Mama schüttelte den Kopf, als wollte sie Fliegen verscheuchen. »Nichts.« Sie löste die Hände von Jos Harke. »Jetzt versuch es mal alleine. Die Bewegung muss aus der Schulter kommen.«

Jo war mächtig stolz auf das Neuerlernte und prahlte vor Henry mit dem kleinen Rechen, den ihre Mutter ihr gegeben hatte. Doch ihr Bruder zuckte nur mit den Achseln und rollte mit den Augen. »Warum freust du dich denn über noch mehr Arbeit?«

»Das ist keine Arbeit«, korrigierte ihn Jo und ordnete die Bänder ihrer neuen Drillichschürze. »Mama sagt, das ist ein Handwerk. Und du kannst es nicht erlernen, weil du ein Junge bist.«

Henry zuckte wieder mit den Achseln. »Umso besser.« Er kannte sich mit den Abläufen auf dem Gut nicht aus und hatte auch nicht das geringste Interesse daran, also übernahm Jo die zusätzliche Aufgabe, die Becken auszukratzen, mit der gleichen Selbstverständlichkeit, mit der sie sich am Abend eine Extraportion Kartoffeln auf den Teller lud. Die Arbeit füllte sie aus, auch wenn sie nicht besonders spannend war. Sie dachte über die Worte ihrer Mutter nach, darüber, dass das Salz auf Jungen nicht gut zu sprechen war, und fragte sich, ob Henry vielleicht weniger Glück hatte, als er wusste, und ob das Salz über eine größere Macht verfügte, als sie sich das alle vorstellten. Es wäre ihr nie in den Sinn gekommen, dass es vielleicht einfach nur die Geschichte auf seiner Seite hatte.

In jenem August schickte Jos Mutter sie jeden Abend hinunter zu den schlammigen Rinnen, um in den Becken den Wasserstand zu kontrollieren. Wenn die Bassins beinahe trocken waren, kratzte Jo den gräulichen Schlamm von ihrem Grund und füllte die Senken dann wieder auf, indem sie an den Seilen der Schleuse zog und mit der Winde die Tore öffnete, so dass sich das Wasser aus dem Sammelbecken verteilte. Sie dachte dabei an ihren Bruder, der zurückgezogen wie eine Schnecke in seinem gemütlichen Bett lag, und er tat ihr leid, weil er so viel verpasste: das Gurgeln in den Rinnen zu ihren Füßen, die Linie der vorbeiziehenden Pelikane am Horizont, die ihre Formation so präzise einhielten wie eine Bomberstaffel. Es kam Jo so vor, als würde die Welt hier ganz allein für sie eine Vorstellung geben.

Als es immer heißer wurde, machte sich Jos Mutter beständig Sorgen um den Wasserstand und schickte Jo zwei-, dreimal am Tag hinaus in die Marsch. Doch das reichte noch immer nicht aus. Das Salz bildete sich nun derart schnell, dass sie gar nicht mehr hinterherkamen. An einem Tag, an dem es so brüllend heiß war, dass Jo das Gefühl hatte, man könne ein Spiegelei auf ihrer Stirn braten, fuhr sich Jos Mutter schließlich mit der Hand durchs Haar und beschloss, sich den Konventionen zu widersetzen.

»Geh zur Veranda und hol deinen Bruder, bevor du den Wasserstand überprüfst«, sagte sie. »Dann könnt ihr die Schleusen zu zweit öffnen, und es geht doppelt so schnell. Erledige das und hilf mir dann, das Salz in Säcke zu füllen.« Das passte Jo gar nicht. Sie war sich sicher, dass Henry ihr überhaupt keine Hilfe sein würde. Nur sie wusste, wie sie die Seile lösen und die Tore an den Schleusen öffnen musste, nur sie erkannte, wann genug Wasser in die Becken gelaufen war.

»Bist du dir sicher?«, fragte Jo und biss sich angesichts ihrer Aufmüpfigkeit auf die Lippe. »Kann mir Daddy nicht lieber helfen?«

Ihre Mutter blickte mit resignierter Miene zum Haus hinüber, wo Jos einjährige Schwester Claire schlief und ihr Vater auf der Wiese davor an einem alten Auto herumschraubte, eine Tätigkeit, die er gelegentlich für einen tiefen Schluck aus der Flasche zu seinen Füßen unterbrach. »Wohl eher nicht«, seufzte Mama mit aufeinandergepressten Lippen. »Lasst mehr Wasser in das erste Becken, aber haltet euch vom Wehr fern.«

Jo tat wie geheißen, holte ihren Bruder und führte ihn durch die Marsch. Henry folgte ihr über die Dämme und trat nach dem getrockneten Schlamm, die Hände in den Hosentaschen vergraben. Dass man ihn von seinem Buch weggeholt hatte, passte ihm gar nicht. Er sah dabei zu, wie sich Jo an der Hauptrinne in den Matsch kniete. Sie löste den Knoten und versuchte, den Flaschenzug irgendwie in Bewegung zu setzen, das Zahnrad klemmte jedoch, weil etwas mit dem Mechanismus nicht stimmte.

»Hilf mir doch«, bat sie, »sieh nach, was da in den Rädern steckt.« Ihre Hände waren vom Schweiß und Meerwasser ganz glitschig, deshalb bekam sie den Griff der Schleuse nicht richtig zu fassen. Auf beiden Seiten der Trennwand wogte und drängte das Wasser wie Insassen bei einer Gefängnisrevolte.

Jo sah hoch, ihr Bruder war jedoch verschwunden. Er war den Kanal weiter entlanggelaufen und hielt auf den Damm zu, der die Marsch von der rauen See abtrennte. Ihre Mutter hatte ihnen immer und immer wieder eingebläut, nicht dorthin zu gehen. Denn auch wenn das Wasser dort an der Oberfläche ruhig aussah, war es in der Tiefe so hinterhältig wie ein Lindwurm und konnte kleine Kinder hinabzerren, ohne dass die geringste Spur von ihnen zurückblieb.

»Henry!«, rief Jo, aber er hörte nicht auf sie. »Geh da nicht rein!«, kreischte sie, was aber genau den gegenteiligen Effekt hatte. Es war heiß, und ihr Bruder wollte sich eben abkühlen. Sie sah, wie er sich vornüberbeugte, sein Haarschopf sich der Oberfläche näherte, und er dann plötzlich, so wie ihre Mutter es immer prophezeit hatte, ins Wasser gerissen wurde. Von der Stelle aus, an der sie stand, konnte sie gar nicht so genau erkennen, was eigentlich passiert war. Sie schoss zu ihm hinüber und wollte sich selbst in die Fluten stürzen, als Angst und völlige Panik sie mit einem Mal lähmten. Sie stand da wie ein Kaninchen im Flutlicht. »Henry!«, brüllte sie immer wieder, aber ohne Ergebnis. Sie zwang sich, ins schaumige Nass hinabzusteigen, um ihren Bruder zu retten, doch ihre Angst, wie er unter Wasser gezogen zu werden, war größer. Wer würde sie dann herausholen? Sie wartete zehn Atemzüge lang, doch Henry kam nicht wieder an die Oberfläche zurück. Der Lindwurm hatte ihn mit Haut und Haaren verschluckt. Atemlos stand Jo da, bis sie mit einem Mal wieder zu sich kam und losrannte, um Mama zu holen.

Das Gesicht ihrer Mutter angesichts dieser furchtbaren Nachricht, als Jo allein in die Küche gerannt kam, würde sie niemals vergessen. Eigentlich hatte sie mit Entsetzen gerechnet, mit Wut vielleicht, aber als Jo die Worte hervorwürgte, schlug ihre Mutter nur die Hände vors Gesicht und atmete geräuschvoll aus, als hätte sie ihr Leben lang auf diese Kunde gewartet und könnte nun endlich alles aus sich herauslassen.

Als ihre Eltern schließlich Henrys Leichnam aus dem Wasser bargen, war er aufgedunsen und kalkweiß – längst eher Meereswesen als Landgetier. Jo sah dabei zu, wie sie ihn auf den Boden legten. Entsetzt betrachtete sie, was Salzwasser mit einem Menschen anrichten konnte, wenn es sich bis auf die Knochen in ihn hineinfraß, was *sie* Henry angetan hatte, weil sie ihm nicht nachgesprungen war. Ihre Mutter bemerkte ihren Blick, tat aber nichts, um Jo zu trösten, also nahm Jo stattdessen ihre kleine Schwester ganz fest in den Arm. Sie begriff, dass das erste Kapitel ihrer Kindheit gerade unwiderruflich zu Ende gegangen war. Claire wand sich und quengelte, Jo ließ sie aber nicht los, aus Angst, dass auch sie zum Wasser hinüberlaufen würde wie Henry und es dann wieder ihre Schuld wäre.

Drei Tage nach Henrys Tod wurde es sogar noch heißer, die Luft stand so still, als hätte sie böse Absichten, und das Salz türmte sich in den Verdunstungsbecken zu kleinen Häuflein auf. Die Bassins trockneten eins nach dem anderen völlig aus, und als der Wind wieder wehte und die Flocken davonpustete, entdeckten Jo und ihre Mutter, dass sich der Schlamm in der Senke nahe Henrys Grab blutrot gefärbt hatte.

Ihre Familie war daran gewöhnt, dass die Becken ihre Farbe änderten. Am Ende jedes Sommers, wenn die Mineralienkonzentration im Schlick auf dem Grund der Bassins am größten war, gediehen dort Algen in Grün-, Lila- und rötlichen Brauntönen und verwandelten die Marsch in eine bunte Patchworkdecke. Aber so etwas hatten sie noch nie gesehen. »Großer Gott«, murmelte Mama, schob Claire auf ihrer Hüfte zurecht und bekreuzigte sich am Rande des Beckens. »Es geht einfach nie vorbei.«

»Was denn?«, wollte Jo wissen. Das waren ihre ersten Worte seit drei Tagen, und ihre Stimme klang so kratzig wie die Krallen einer Katze auf Holz.

Ihre Mutter legte den Arm um sie und zog sie dicht an sich heran. Seit dem Unfall und ihrer anfänglichen Kühle nutzte Mama nun jede Gelegenheit, um sie zu berühren, was für Jo sowohl ein Trost als auch eine Qual war. Sie wusste, dass sie

Henrys Platz niemals einnehmen konnte. »Frag nicht«, sagte Mama.

In der Ferne hörte Jo die Verandatür zuschlagen. Die geduckte Silhouette ihres Vaters trat hinaus. Er hatte entschieden, auf die altmodische Art zu trauern, trug Schwarz, aß kein Fleisch und sprach nur, wenn es unbedingt nötig war. Seine Saufabende bei Fletcher's hatte er ebenso wie die Musik und das Pokerspiel aufgegeben, nur auf den Gin konnte er nicht verzichten. Er machte sich nicht einmal mehr die Mühe, die Flasche im kaputten Klavier zu verstecken. Stattdessen stellte er sie offen auf das Instrument, und Jos Mutter ließ es ihm durchgehen.

»Wo geht Papa denn hin?«, fragte Jo, als ihr auffiel, dass er einen Koffer in der Hand hielt. Er lief den sandigen Pfad in Richtung Stadt entlang, und sein Umriss wurde kleiner und kleiner. Jos Mutter strich ihr übers Haar. Auch sie trug Schwarz wie Jo und Claire, ihre Trauer war jedoch weniger offensichtlich. Sie brauchte diese ganzen Förmlichkeiten des Trauerns nicht. Es war vielmehr so, als ob die Strömung, die am Damm zerrte, mit aller Gewalt versuchte, ihre Seele hinaus ins Meer zu reißen, wo sie brodeln und schäumen würde.

»Jetzt bleiben nur noch wir Frauen«, murmelte sie. »Ich weiß auch nicht, warum ich je gedacht habe, es könnte anders sein.« Sie sah dabei zu, wie Jos Vater auf dem Weg verschwand, dann ging sie zu dem roten Becken hinüber und nahm etwas Salz. »Mach den Mund auf«, verlangte sie von Jo und streute ihr eine Prise der bitteren Substanz auf die Zunge. »Und jetzt schluck es runter.«

Jo tat wie geheißen und stellte erstaunt fest, dass dieses Salz trotz seiner Farbe gar nicht anders schmeckte. Offensichtlich ging das Leben weiter wie bisher auch. Aber das war nicht die Lektion, die ihre Mutter ihr hier erteilen wollte. Mama kniete sich hin und sah Jo in die Augen. Sie schob ihr noch ein paar Körnchen in den Mund. »Du musst tiefe Wurzeln schlagen und mit dem Land eins werden«, erklärte sie. »Du bist eine wahre

Gilly. Claire und du, ihr müsst jetzt unseren Namen weitertragen. Denk immer daran, Jo. Die müssten dein Innerstes nach außen kehren, um das Salz aus dir herauszubekommen.«

Jo leckte sich die salzigen Lippen und schloss die Faust um einen glatten Kieselstein, den sie seit Henrys Tod ständig mit sich herumtrug. Vor dem Zubettgehen hatten Henry und sie stets Schere, Stein, Papier gespielt, und sie hatte dabei jedes Mal gewonnen.

»Papier schlägt Stein!«, hatte sie dann immer gerufen und seine Faust mit ihrer glatten Hand bedeckt, während Henry mit den Tränen gekämpft hatte. Jetzt sah es so aus, als ob Jo schon wieder gewonnen hatte, denn hier stand sie nun mit ihrem Kiesel, und ihr Bruder war tot. Stein war stärker als Salz, Salz war stärker als Fleisch, und das Fleisch sank im Wasser wie Eisen hinab. Es fühlte sich furchtbar an. Jo warf den Stein in das Becken und sah ihn untergehen.

»Was war das?«, fragte ihre Mutter.

»Nichts«, antwortete Jo. Ihre Mutter schaute sie wütend an und wandte sich dann zum Haus um, in dem nun weder Henry noch ihr Vater auf sie warteten.

»Das Salz darf nicht mit Dingen vermischt werden, die da nicht reingehören«, warnte sie. »Sonst musst du mit dem Schlimmsten rechnen.«

»Was könnte denn noch schlimmer sein als Henrys Tod?«, fragte Jo und wischte sich über die Augen.

»Sehr vieles«, meinte ihre Mutter. »Aber du bist einfach noch zu klein, um das zu begreifen.«

Jo wartete ab, bis ihre Mutter wieder beim Haus war, und warf dann noch ein Steinchen ins Becken. Sie sah dabei zu, wie es im roten Schlamm versank, wo es verweilen und den aufgedunsenen Überresten ihres Bruders in der Erde Gesellschaft leisten würde, als Symbol ihrer Trauer, das Einzige, was sie ihm geben konnte.

Am Tag von Henrys Beerdigung drängten sich die Frauen in den Bänken von St. Agnes und erfüllten die Kirche mit dem Duft von Lavendelwasser und Gardenienparfüm und natürlich dem Gewirr gedämpfter Stimmen.

»Sitz gerade«, mahnte Mama Jo, bevor die Messe losging, und rückte Claire auf ihrem Schoß zurecht. »Heute sind alle Augen auf uns gerichtet.« *Und jeder redet über uns,* hätte Jo am liebsten hinzugefügt, hielt aber den Mund.

Im Gotteshaus herrschte schwüle Hitze, und Jo war müde. Irgendwo hinter ihr summte eine Fliege, und dann wurde die Flügeltür aufgestoßen und ausgerechnet Ida Turner, die unbestrittene First Lady von Prospect, marschierte den Mittelgang der winzigen Kirche entlang. Die Knopfaugen ihrer Fuchsstola glänzten genauso wie die ihren. Ihre Anwesenheit spendete Jo bitteren Trost. Wenn in Prospect irgendjemand noch unbeliebter war als ihre Familie, dann war es Ida. Auch wenn alle viel zu viel Angst vor ihr hatten, um ihr das ins Gesicht zu sagen. Ida zerrte ihren sechsjährigen Sohn Whit am Handgelenk mit sich, und sein Anblick erinnerte Jo wieder an ihren Bruder, obwohl Whit doch kastanienbraunes Haar hatte und so dunkle Augen wie sie selbst. Sie blickte ihn an, er aber starrte auf seine polierten Schuhe, als wäre ihm der Auftritt seiner Mutter peinlich. Wenn Ida Turner die Kirche betrat, war es stets, als komme etwas über sie. Sie brannte dann hell wie ein zu stark geschürtes Feuer. Selbst Pater Flynn, der Pfarrer mit den wässrigen Augen und den zittrigen Fingern, vermied es, sie direkt anzusehen.

Jetzt ging jedoch ein Raunen durch die Gemeinde. Man hielt es in Prospect für unangemessen, den Trauernden sein Beileid auszusprechen, bevor die Messe vorbei war und sie die Möglichkeit gehabt hatten, ein Sträußchen Wildkräuter vor dem Bildnis der Muttergottes niederzulegen. Erst dann, wenn die Mitglieder der Familie sich erhoben und den Mittelgang entlanggeschritten waren, bildete sich an der Tür nach draußen die Schlange derjenigen, die ihre Anteilnahme zum Ausdruck bringen wollten. Selbst Ida hätte es besser wissen müssen.

Das schien ihr jedoch egal zu sein. Sie streifte den kalbsledernen Handschuh ab, schob ihn sich in die Tasche und streckte Jos Mutter genau in dem Moment die bloße Hand entgegen, als Pater Flynn die Sakristeitür öffnete. Er entdeckte Ida und erstarrte. Wenn sie die Bühne betrat, dann hatte selbst Gott Pause. Im Dämmerlicht der Kirche glänzte ihr Haar wie das einer bösen Königin, und Jo konnte erkennen, dass Ida unter all dem Puder braun war wie eine Zigeunerin. In ihrem Dekolleté schimmerte eine einzige Perle an einem Silberkettchen, die mit ihrer Rubinbrosche, dem Diamantehering und den verschlungenen Ohrringen von der Größe eines Türklopfers kollidierten.

Jo nahm ihrer Mutter ihre zappelnde Schwester ab. Ohne Henry an ihrer Seite war sie nicht mehr so abgelenkt wie früher und bemerkte Dinge, die ihr sonst nicht aufgefallen wären: wie ihre Mutter das Kinn vorschob, wenn sich Ida in ihrer Nähe befand, wie Ida die Zähne fletschte, wie die Luft zwischen den beiden Frauen beinahe knisterte.

Jo dachte, dass Ida ihrer Mutter vielleicht die Hand schütteln wollte, stattdessen streckte Ida die Finger nach ihr selbst aus, packte Jo mit rotlackierten Nägeln am Kinn und hob es an, um sich ihr Gesicht genauer anzusehen. Erstaunt ließ Jo die Arme sinken, woraufhin Claire aus ihrem Schoß zu ihrer Mutter zurückkrabbelte, sich den Finger in den Mund steckte und zu wimmern begann.

Ida lehnte sich so weit zu ihr vor, dass Jo jede einzelne ihrer falschen Wimpern beben sehen konnte. Ihr fiel auf, dass Ida sich mit der Zunge über die Lippen fuhr, als hätte sie auf einer Cocktailparty etwas Köstliches gegessen. Sie wirkte wie eine Frau, an der alles auf Hochglanz poliert war, als sie sprach, rasselte ihre Stimme jedoch wie ein Knochen im Kochtopf. »Es hätte dich treffen sollen«, knurrte sie mit leiser, harter Stimme.

Jo zuckte unwillkürlich zusammen und schrammte mit der Wange an einem lackierten Nagel entlang, als ihre Mutter dazwischenging, die nicht die geringste Lust hatte, sich von Ida etwas sagen zu lassen, und die ihr erst recht nicht das letzte Wort gönnte. »Denk daran, Ida«, fauchte sie. »Salz ist die Essenz des Himmelreiches und ergründet die Seele der Menschen, selbst deine.« Sie sah aus, als überlegte sie, welche Ader sie Ida zuerst aufschlitzen sollte.

Jo fragte sich, was ihre Mutter wohl damit meinte, wagte aber nicht zu fragen. Und außerdem ließ ihre Mutter sowieso ständig irgendwelche Sprüche und Binsenweisheiten verlauten. Die waren so altbekannt und abgenutzt wie die Kniehosen, die sie bei der Arbeit trug.

Unter ihrem Make-up erbleichte Ida. »Wenn ich will, kann ich mir alles nehmen, was dir gehört, Sarah Gilly, und es mir noch heute einverleiben. Das weißt du genauso gut wie ich.« Ihr Mund stand einen Moment offen, so als wollte sie noch etwas hinzufügen, dann biss sie jedoch die Zähne zusammen, machte auf dem Absatz kehrt und schob Whit den Gang entlang auf die Flügeltür der Kirche zu. Er drehte sich bekümmert zu Jo um, und in seinen Augen lag eine stumme Entschuldigung.

Jo erschauderte und griff nach der rissigen Hand ihrer Mutter. »Könnte sie das wirklich?«, fragte sie flüsternd. »Könnte sie uns tatsächlich alles wegnehmen?«

Das schwarze Kopftuch ihrer Mutter war verrutscht und entblößte ihre Haare, ein rotes Flammenmeer, das auf ihrem Schädel loderte. Sie spitzte die Lippen. »Sei doch nicht albern. Ich würde mir eher beide Arme abhacken, als Ida Turner auch nur einen Zentimeter von unserem Land abzutreten. Und jetzt steh auf, die Messe fängt an.« Genau in diesem Augenblick war Pater Flynn endlich so gnädig, mit flatternden Ärmeln und gefalteten Händen auf den Altar zuzuschreiten, als wäre gar nichts geschehen.

Nach der Andacht, nachdem die Frauen von Prospect mit kühlem Blick und noch kühleren Händen an sie herangetreten waren, Pater Flynn sie gesegnet und ihnen sein Beileid ausgesprochen hatte, ging Jo die Szene im Kopf ein ums andere Mal durch, während sie das letzte Stück des Weges nach Hause zurücklegten. Die Wut in Ida Turners Augen erschütterte sie noch immer. Die reichen Turners konnten die Gillys dort draußen in ihrer Marsch einfach nicht ertragen – das wusste jeder –, aber Jo hatte trotzdem das Gefühl, dass ihr irgendetwas entgangen war, ein kleines Puzzleteil, das an ihr nagte wie ein Schwarm Stechmücken. Sie dachte an Idas Schmuck, der sie wie eine Rüstung schützte, und den Lippenstift, der im Mundwinkel ein wenig verschmiert gewesen war.

*Es hätte dich treffen sollen.* Es war furchtbar, so etwas zu einem Kind zu sagen, aber auch seltsam, dachte Jo. Wenn Ida Mama drohen wollte, warum hatte sie dann ihre Tochter so angestarrt? Jo schlurfte durch den schmutzigen Sand und fühlte sich durch die abgestandene Luft mit all den vertrauten Gerüchen getröstet. Vielleicht hatte Ida ja ein kleines bisschen recht gehabt. Jo lebte und ihr Bruder nicht. Es hätte wirklich auch sie treffen können, und vielleicht hätte sie es sogar treffen sollen. Jo wusste es nicht mehr so genau. Wenn es um ihre Familie und die Salt Creek Farm ging, dann konnte sie selbst kaum sagen, wo die Dinge eigentlich anfingen und wo sie aufhörten, und im Laufe der Jahre würde diese Grenze zu ihrer großen Frustration noch weiter verschwimmen.

# KAPITEL 2

Als Dee Pitman zum ersten Mal einen Blick auf Joanna Gillys entstelltes Gesicht warf, konnte sie sich des Gedankens nicht erwehren, dass vielleicht der Teufel Menschengestalt angenommen hatte und gekommen war, ihre Seele zu holen. Natürlich hatte man sie vorgewarnt, was Jos Aussehen anging – ihr erzählt, dass deren ganze rechte Seite völlig vom Feuer verzehrt worden war –, aber es hatte niemand erwähnt, dass ihr Gemüt unter diesen Wunden noch immer heiß schwelte. Sie gehörte zu der Sorte Personen, der Dee gerne vertraut hätte, sie befürchtete jedoch, Jo könne womöglich eines Tages in Flammen aufgehen und Dee mit sich in die Glut reißen.

Es war Dees erste Woche in Prospect, dem kleinen Ort am Kap, und ihr Vater hatte dort eine Imbissstube gekauft, obwohl er kein gelernter Gastronom war. Auch an das Leben am Meer waren sie nicht gewöhnt, und Dee kämpfte noch immer jedes Mal gegen Schwindelgefühle an, wenn sie auf das Wasser hinausblickte, das bis zum Horizont schwappte und wirbelte. Sie hatte den Ozean noch nie zuvor gesehen und wünschte, er würde einfach für einen Moment stillhalten. Wünsche brachten jedoch selten etwas, diese Erkenntnis hatte sich bei Dee bis tief in die Knochen hineingegraben.

Von ihnen beiden hatte nur ihr Vater, Cutt Pitman, Zeit auf See verbracht. Dees Heimat war Vermont; ihr Vater hatte hingegen im Koreakrieg und einige Zeit danach als Koch bei der Marine gearbeitet, bevor er heimgekehrt und unerwartet spät im Leben noch Vater geworden war. Wenn er davon erzählte, dann hörte es sich so an, als wäre Cutt Sindbad, der Seefahrer, oder so etwas in der Art gewesen, dabei hatte er das Meer tatsächlich kaum zu Gesicht bekommen. Den Großteil der Zeit hatte er im stinkenden Bauch eines Kriegsschiffes zugebracht und war zusammen mit Eipulverdosen, Säcken mit fast grünen Kartoffeln und nicht zu identifizierenden Fleischbüchsen hin und her geschleudert worden. Als die Marine ihn schließlich entlassen hatte, und Cutt wieder in den Bergen von Vermont wohnte, war es so, als wäre er nie fortgewesen, sagte er, und das passte ihm einfach nicht, aber was hätte er denn tun sollen, wo er doch eine Frau und ein kleines Baby hatte, um die er sich kümmern musste? Also nahm er einen Job in der Cafeteria des örtlichen Krankenhauses an, gewöhnte sich wieder an das Leben als Landratte, und dabei blieb es.

Aber dann bekam Dees Mutter Krebs und starb, als Dee siebzehn war. Nach diesem Verlust schien die Rastlosigkeit von Dees Vater wieder geweckt. Er betrank sich regelmäßig und schwafelte nach ganz schlimmen Exzessen irgendetwas von Freiheit und der See vor sich hin, hatte dabei das Gesicht in den geschundenen Händen vergraben und weinte. Dee wusste, dass er nicht direkt vorgehabt hatte, mit ihr nach Prospect zu ziehen. Eines Tages hatte er einfach eine Karte ausgebreitet, mit einem Stift auf irgendeinen Punkt am Kap gezeigt und sie gebeten, den Namen der Stadt vorzulesen.

»Prospect«, verkündete sie. Das klang in ihren Ohren streng und biblisch, nicht gerade wie ein Ort, den sie am liebsten sofort aufsuchen wollte. Cutt ließ seine Flasche sinken, starrte darauf, als hätte er sie noch nie zuvor gesehen, und sah sich dann mit demselben Gesichtsausdruck im Wohnzimmer um.

»Prospect also, na gut«, sagte er. »Dann mal auf in Richtung

Osten.« Das sollte wohl witzig klingen, aber Dee war bewusst, dass ihre beiden Herzen im Grunde genommen so schwer waren wie ein Batzen Teer. Bei ihnen gab es nicht wirklich viel zu lachen.

Als sie das Kap entlangfuhren, wurde schnell offensichtlich, dass sie hier in einer Ferienregion ganz am Ende der Saison ankamen, wodurch Dee sich nur noch einsamer fühlte. Je mehr sie sich Prospect näherten, desto voller wurde die Gegenfahrbahn, auf der sich Kombis und kleine Sportwagen drängten, Autos voller Familien und Pärchen, die aufs Festland und ins wahre Leben zurückkehrten. Dee starrte aus dem Wagenfenster und wünschte, sie könnte mit ihnen fahren, stattdessen hockte sie hier mit ihrem Vater in ihrem riesigen Auto, das die reinste Sauna war, und durchquerte eine Landschaft mit rauen Büschen, hässlichen Wiesen und – natürlich – dem Ozean. Sie wusste auf Anhieb, dass er nichts für sie war. Sein unheimliches Wirbeln erinnerte sie an zuckende Schlangen. Sie konnte nicht so recht sagen, ob das Meer mit aufgerissenem Maul auf sie losging oder nach misslungenem Biss bereits wieder davonglitt.

Es war so schwül, dass sie ans Autofenster gelehnt einschlief, und als sie wieder wach wurde, hing ihr ein Speichelfaden vom Mundwinkel bis zum Kinn herunter. Sie setzte sich auf und stellte fest, dass der Wagen stand und sie allein war, also wischte sie sich übers Gesicht und schaute sich aufmerksam um. So wie sie das sah, waren sie nicht nur am Ende der Straße angelangt, sondern auch am Ende ihres bisherigen Lebens. Sie hatten vor dem Imbiss geparkt, den ihr Vater gekauft hatte, in einer Straße, die so austerngrau war, dass Dee automatisch blinzeln musste. Hier gab es keine grünen Hügel, an denen sich ihre trockenen Augen laben konnten, keine Farmen mit dummen, aber glücklichen Kühen, keine Tümpel im Granit. Nur ein Dorf entlang einer einzigen Straße am Rande einer Bucht, ein paar Gebäude mit leerem Blick und zerbrochenen Schindeln und so viel verdammtes Wasser ringsumher, dass sie noch nicht einmal den großen Zeh hineinstecken musste, um das Gefühl zu haben, bereits am Ertrinken zu sein.

Ihr Vater tauchte in der Tür der Imbissstube auf. »Kommst du?«, rief er ihr zu, als er bemerkte, dass sie wach war. »Bring die Koffer mit. Die Arbeit wartet.« Sie schaute sich nach irgendwelchen Lebenszeichen um, aber vergeblich, also schien es ihr vernünftig, dieses eine Mal auf ihren Vater zu hören und seiner Bitte nachzukommen.

Es stellte sich heraus, dass sie über der Gaststätte wohnen würden. In diesen Teil des Plans hatte Cutt sie nicht eingeweiht, und als Dee im hinteren Bereich des Gebäudes die wackelige Treppe hinaufstieg, wunderte sie sich, warum sie nie daran gedacht hatte, ihn danach zu fragen. Die Trauer hatte sie den großen Fragen des Lebens gegenüber abstumpfen lassen, machte es ihr sogar unmöglich, auch nur die allerkleinsten Entscheidungen selbst zu treffen. Dee konnte sich beim Frühstück für nichts entscheiden, wusste nie, was sie mit ihren Haaren anstellen oder zu ihrem Vater sagen sollte. Die Folge war, dass sie alles in sich hineinstopfte und dabei zunahm, ihre Haare ungekämmt herunterhingen und sie tagelang kein einziges Wort hervorbrachte.

Am Ende der Treppe fand sie mehrere Zimmer vor, die so schäbig waren, dass sie sich fragte, wofür man sie wohl vorher genutzt hatte. Vielleicht als Lager. Die Räume waren so stickig und staubig wie der Dachboden bei alten Leuten, aber Dee glaubte, ihr Zimmer trotzdem hübsch einrichten zu können. Es hatte ein Mansardenfenster mit Blick auf die Hauptstraße des Ortes und eine Dachschräge, die es gemütlich wirken ließ. Sie öffnete das Fenster, schob das durchhängende eiserne Bettgestell darunter und begann, ihre Kleider in die schäbige Kommode in der Ecke zu räumen. Einen Schrank gab es nicht, aber das war schon in Ordnung, Dee hatte ja kaum Klamotten.

Nachdem sie alles verstaut hatte, machte sie einen Spaziergang und stellte fest, dass es in Prospect nur das Allernötigste gab: ein Postamt, eine Bücherei, eine Bank und einen Laden. Am anderen Ende der Bank Street befand sich ein parkartiger, großer runder Platz mit fleckigem Gras, der »Tappert's Green« genannt wurde. Dort picknickten noch einige Familien, und gierige Möwen suchten zwischen ihnen nach Essensresten, aber trotz der zur Schau getragenen Fröhlichkeit strahlte dieser Ort etwas Unheimliches aus. Dee konnte es nicht in Worte fassen, sie bemerkte aber, dass ein paar herumstreunende Hunde die Straßenseite wechselten, als sie auf Höhe des Parks kamen. Mitten auf der Wiese entdeckte Dee einen verkohlten Kreis und erschauderte. Sie stellte sich vor, dass hier Hexen verbrannt wurden, wenn man in Prospect welche zu fassen bekam, und schließlich sollte sie herausfinden, dass es in der Stadt tatsächlich noch zwei von der Sorte gab, denen man nicht über den Weg trauen konnte, wenn es um Feuer ging.

An ihrem dritten Tag in der Stadt stellte Cutt einen Mann namens Timothy Weatherly ein, der im Lokal ein paar Reparaturen übernehmen sollte. Dee freute sich auf einen knackigen Handwerker, den sie beäugen könnte, doch als Mr Weatherly dann endlich erschien, stand ein dürrer alter Mann mit Baseballkappe und einem zu weiten Overall vor ihr. Er war ungefähr so appetitlich wie Cutts Frikadellen vom Vortag, was ihren Vater aber nicht zu stören schien.

»Ich möchte das hier gern thematisch ausrichten«, erklärte er Mr Weatherly. »Sie wissen schon, dem Ganzen einen Seefahrer-Touch geben. Bilder von Booten an den Wänden, Messinglaternen. Netze, Bojen und Steuerräder. Das volle Programm. Meinen Sie, das kriegen Sie hin?«

Mr Weatherly kniff die Lippen zusammen, und Dee konnte sich schon vorstellen, was er dachte – dass Touristen von einem solchen Anstrich angetan sein würden, nicht aber die Menschen hier vor Ort. »Klar«, sagte er trotzdem. »Ganz wie Sie wollen.« Und dann zog er los, um sein Werkzeug aus dem Truck zu holen.

Während sie zusammen die Bänke in den Sitznischen neu bezogen und die Theke abschmirgelten, hörte Dee zu, wie ihr Vater Mr Weatherly ins Kreuzverhör nahm und ihm alle möglichen Informationen aus der Nase zog, angefangen damit, wie das Wetter denn hier in den Wintermonaten war, bis zu der Frage, wo man in der Gegend die frischesten Eier bekam.

Mr Weatherly beantwortete alle Fragen einsilbig, aber geduldig, bis er Cutt mit einem Mal anstarrte und fragte: »Sind Sie eigentlich schon mit Jo Gilly zu einer Einigung gekommen?«

Dee sah, wie ihr Vater das Schmirgelpapier sinken ließ und sich über die Stirn wischte. »Was?«, fragte er, und seine Stimme war von einer gewissen Gereiztheit durchdrungen.

Ein seltsamer Ausdruck huschte über Mr Weatherlys hageres Gesicht. Nicht direkt Angst. Eher eine gewisse Nervosität, dachte Dee. Als ob er gleich etwas sagen würde, was besser niemand mitbekommen sollte, und da sie nichts mehr liebte als ein wenig deftigen Klatsch und Tratsch, lehnte sie sich vor, um auch ja nichts zu verpassen.

»Draußen vor der Stadt, etwa eine Meile in diese Richtung«, er zeigte mit dem Daumen hinter sich, »noch hinter der Kirche, St. Agnes zur See, gibt es eine Marsch. Die gehört den Gilly-Schwestern oder hat zumindest den beiden gehört, bis die jüngere die ältere beinahe bei lebendigem Leibe in der Salzscheune verbrannt hätte und dann weggezogen ist.«

Dee rückte weiter zu den beiden Männer an der Theke auf und ließ Besen und Kehrblech in der anderen Ecke des Restaurants stehen. Mr Weatherly nahm seine Kappe ab und kratzte sich langsam am Kopf, mit derselben Gelassenheit, mit der er auch alles andere erledigte. »Das war, äh, so vor zwölf Jahren, würde ich sagen, 1968. Eine verrückte Zeit, nicht? Sogar hier draußen in Prospect. Selbst bei uns sind Hippies mit ihren Bullis voller Joints durchgerollt, und die Leute sind sich auf offener Straße an die Gurgel gegangen, wenn es um diesen verdammten Vietnamkrieg ging. Wissen Sie, mein Bruder hat da drüben seinen einzigen Jungen verloren. Traurige Zeiten.«

Dees Vater, selbst ein Veteran jener Jahre, nickte, und Dee hoffte nur, dass sich die Unterhaltung jetzt nicht in eines dieser Männergespräche verwandeln würde, in denen es um Schlachten und Präsidenten und all diese üblen Sachen ging, die die Politiker den einfachen Leuten aufgebürdet hatten. Aber sie hatte Glück, Mr Weatherly kratzte sich nämlich ein letztes Mal am Kopf, setzte seine Kappe dann wieder auf und kam zum Punkt. »Damals waren die Zeiten besser draußen auf der Salt Creek Farm«, erklärte er. »Hart, aber besser.«

Dee nickte unwillkürlich und sah dann, wie ihr Vater in ihre Richtung hinüberfunkelte. Rasch kehrte sie zu ihrem Besen zurück, bewegte sich dann aber fegend auf Mr Weatherly zu.

»Joanna ist eine ziemliche Einzelgängerin«, erklärte der gerade. »Ganz anders als ihre Schwester Claire. Jo taucht nur selten hier in der Stadt auf, aber wenn sie kommt, sollten Sie besser nett zu ihr sein. Sie ist diejenige, die draußen in der Marsch lebt, und unser Wohlstand hängt von ihrem Salz ab. Das werden Sie noch früh genug herausfinden.«

»Ich dachte, der hängt vielmehr vom Meer ab«, warf Dee ein und ignorierte den Blick ihres Vaters.

Mr Weatherly schüttelte den Kopf und fuhr mit seiner Arbeit fort. »Nein. Es hat etwas mit dem Salz zu tun. Übrigens, lassen Sie sich von Jos Aussehen nicht abschrecken. Vergessen Sie nicht, sie ist in dieses fürchterliche Feuer geraten. Seien Sie nett zu ihr. Und wenn Sie Ihnen ihr Salz anbietet, dann sagen Sie am besten ja und kaufen welches. Ihrer Schwester wird das zwar nicht gefallen – sie erzählt allen, das Zeug sei verseucht –, aber ich weiß es besser und hab schlauerweise immer welches da. Hören Sie auf meine Worte, Sie werden es nicht bereuen.«

Cutt blickte finster drein. Er war schließlich noch immer ein Marinesoldat und ließ sich von Drohungen nicht ins Bockshorn jagen, das wusste Dee, vor allem nicht, wenn sie von einer verschrumpelten Frau kamen, die ihm mit nichts weiter drohte als mit ihrem Salz. »Das werden wir ja sehen«, murmelte er und schlug einen Nagel in die Theke. »Das werden wir ja sehen.«

*Was ist denn mit der anderen Schwester,* hätte Dee gerne gewusst. *Was ist mit der passiert?* Mr Weatherly aber schien Cutts schlechte Laune zu bemerken, zog sich die Kappe tief ins Gesicht und hielt für den Rest des Nachmittags den Mund. Nun bestand Dees einzige Unterhaltung im nicht enden wollenden *Kratz-Kratz-Kratz* des Sandpapiers, gefolgt vom scharfen Geruch von frischem Lack auf altem Holz.

Wie von Mr Weatherly bereits angekündigt, erschien Joanna Gilly zwei Tage später zerfurcht und wettergegerbt beim Restaurant. Mit ihrem Glasauge hatte Dee allerdings nicht gerechnet. Cutt kaufte ihr jedoch nichts ab, obwohl sie am Tag darauf eröffnen würden.

Der nächste Morgen kam, Cutt und Dee schlossen die Tür auf, aber wie Joanna es vorhergesagt hatte, nahm niemand auf den Barhockern Platz. Und es schob sich auch keiner in die Sitznischen. Das Wetter war noch immer schön, und die letzten Touristen bummelten durch die Straßen, aber es war, als wäre der Imbiss von irgendeinem merkwürdigen Kraftfeld umgeben. Am Ende der Woche stellte Cutt schließlich widerwillig den Grill ab und machte den Laden früher zu.

»Die alte Schachtel hatte recht«, murmelte er und fuhrwerkte mit Töpfen und Pfannen herum. Dee blieb lieber außer Reichweite. Ihr Vater hasste es, wenn andere recht hatten.

»Na ja«, warf sie aus sicherer Entfernung von der anderen

Seite der Küche her ein, »immerhin wissen wir dann ja, dass mehr los sein wird, wenn wir ihr Angebot annehmen.«

Cutts einzige Antwort bestand aus weiterem Töpfeklappern und zähem Schweigen. Er hasste es noch viel mehr, wenn Dee recht hatte.

Jedes Mal, wenn Dees Vater loszog und irgendwelchen Mist baute, fand er danach zu Gott zurück. Als er im Suff Mr Duttons Weidezaun umgefahren hatte, konnte man ihn anschließend einen ganzen Monat in der Kirche antreffen, aber das war ein extremes Beispiel. Normalerweise ging Cutt sonntags zur Messe und stärkte sich mit einer Beichte unter der Woche. Dee fragte sich manchmal, ob ihr Vater so gottesfürchtig war, weil er so viel Mist baute, oder ob es eher umgekehrt war. Vielleicht machte ihm die wöchentliche Seelenrettung das Sündigen leichter. Wie auch immer, es wunderte sie jedenfalls nicht, dass Cutt für ihren ersten Sonntag in der Stadt einen gemeinsamen Kirchgang vorgesehen hatte.

»Damit stehen wir auf jeden Fall gut da«, erklärte er, strich seine einzige Krawatte glatt und warf ihr einen prüfenden Blick zu, um sicherzugehen, dass ihre Bluse nicht zu weit aufgeknöpft oder ihre Haare zu hoch toupiert waren. »Wir zeigen den Leuten hier, dass wir gottgefällige Menschen sind, denen man vertrauen kann.«

Überrascht stellte Dee fest, dass sie sich auf diesen kleinen Ausflug sogar freute. Vom Kirchgang an sich war sie zwar nicht so begeistert – sie wollte aber unbedingt mal aus dem Restaurant herauskommen. Seit ihrer Ankunft war erst eine Woche verstrichen, die engen Räume im ersten Stock erschienen ihr jedoch mit jedem Tag winziger.

Sie war selbst schuld daran, dass ihr die Decke auf den Kopf fiel, das war ihr schon klar. Sie war erst siebzehn und hätte eigentlich zur Schule gehen sollen, sie hatte ihrem Vater jedoch ein Versprechen abgerungen: Dafür, dass sie mit ihm nach Prospect kam, durfte sie ihr letztes Schuljahr sausen lassen und stattdessen im Imbiss arbeiten. Denn wenn Dee etwas noch mehr langweilte als die Kirche war es die Schule. Außerdem hatte sie auch nicht die geringste Lust darauf, sich jetzt noch einmal mit jeder Menge neuer Mitschüler zu arrangieren und Freunde finden zu müssen. »Außerdem war ich ja nicht gerade eine Musterschülerin«, hatte sie Cutt in Erinnerung gerufen.

Bei diesen Worten seiner Tochter hatte er sich einen Extraschluck eingeschenkt. »Deine Mutter hätte das so nicht gewollt«, murmelte er.

Dee hatte die Hände in ihre runden Hüften gestemmt und sich dazu gezwungen, tief durchzuatmen, hatte sich eine sarkastische Bemerkung jedoch nicht verkneifen können. »Na ja, dann können wir ja froh sein, dass sie jetzt nicht mehr hier ist.«

Mit der Ohrfeige hatte sie nicht gerechnet, aber sie hatte den Schmerz verdient. Cutt war aufgestanden, aus dem Zimmer gewankt, und sie hatten nie wieder darüber gesprochen, nicht einmal, als sie auf dem Weg aus der Stadt an ihrer Highschool vorbeifuhren, wo die Schüler vor dem Klingeln aufgeregt herumhopsten wie Hündchen mit einem neuen Knochen.

Dee selbst war die Erste, die zugeben würde, dass sie in Vermont keinen besonders guten Ruf hatte. Ehrlich gesagt hatte man ihren Namen in ihrer alten Stadt nicht einfach nur durch den Dreck gezogen, er war damit vielmehr eine chemische Verbindung eingegangen. Und zwar nicht nur mit dem Mutterboden der Oberfläche, ihr Name war tief ins Erdreich eingedrungen und hatte ganz unten den Würmern Gesellschaft geleistet.

Ihr Vater war über ihre Freizeitaktivitäten am Wochenende noch nie im Bilde gewesen, und wenn Dee ihr Leben lieb war, sollte das auch besser so bleiben. Trotz seines losen Mundwerks und der Sauferei wünschte sich Cutt tief in seinem Inneren, wo es zählte, nämlich nichts sehnlicher, als ein guter Diener Gottes zu sein, und von seiner Tochter erwartete er das Gleiche.

Allerdings war Dee nicht deshalb leicht zu haben, weil sie sich das vorgenommen hatte. Es schien sich einfach immer so zu ergeben. Ihr erstes Mal war mit fünfzehn bei einer Party gewesen, mit Dylan White, einem Quarterback aus der Auswahlmannschaft, der schon in die Abschlussklasse ging. Er nahm sie damals bei der Hand und führte sie nach oben in ein leeres Zimmer, wo er sie mit Rum abfüllte, und noch bevor sie so genau wusste, was eigentlich los war, ging ihr das süße Gebräu ins Blut und öffnete ihr Herz und Schoß.

»Komm schon, Baby«, flüsterte Dylan in ihr Schlüsselbein, während er seine Hüften lasziv an ihr kreisen ließ. »Es wird dir gefallen!« Das klang so, als würde er sie auf eine verwunschene Kreuzfahrt mit All-you-can-eat-Shrimpsbar und Champagnerbrunnen einladen, und Dee liebte Abenteuer, also ließ sie sich von ihm auf die muffigen Kissen betten und Lage um Lage aus ihren Klamotten schälen, bis sie selbst so rosafarben und bloß vor ihm lag wie eine gekochte Garnele.

Vier Minuten später hatten sie angedockt, und Sekunden danach befanden sie sich schon wieder auf verschiedenen Inseln. Dee wischte sich in der Dunkelheit das Blut von den Schenkeln und fragte sich, ob der stechende Schmerz wohl je nachlassen würde, während Dylan längst zurück auf dem Weg nach unten war, mit aus der Hose hängendem Hemd, als hätte er gerade ein reichliches Festmahl hinter sich.

Wenn Dee anders gewesen wäre – eine milchbärtige Cheerleaderin oder Sprecherin der Schülerschaft –, dann wäre sie ihm jetzt die Treppe hinunter gefolgt, hätte ihn mit einem Bierchen in der Küche vorgefunden und sich dann an ihn gehängt wie eine Klette. Sie hätte seinen Freunden mit den Wimpern zugeklimpert, Dylan aber gleichzeitig die Fingernägel in den Arm gegraben, bis jeder im Raum davon überzeugt war, dass sie ein Paar waren. Und dann hätte sie ihm bis zum Abschluss das Leben zur Hölle gemacht.

Als sie später darüber nachdachte, wurde ihr jedoch klar, dass sie alles falsch angegangen war, selbst in ihrer Vorstellung. Denn diese Mädchen hätten ihn niemals so einfach rangelassen wie sie. Sie hätten es besser gewusst. Und außerdem hatten sie auch Freundinnen. Wenn ein Typ wie Dylan White so mit einer Cheerleaderin umgesprungen wäre, dann hätte die gesamte weibliche Bevölkerung unter zwanzig innerhalb von drei Tagen gewusst, dass er den Ball nicht nur in der Endzone verloren, sondern auch noch die Torpfosten völlig verfehlt hatte.

Aber Dee hatte all das hinter sich gelassen, genauso wie sie den Duft des Kiefernharzes, ihren Orientierungssinn und die Knochen ihrer Mutter zurückließ. Während ihr Vater den Wagen die sandige Buckelpiste in Richtung St. Agnes entlangfuhr, öffnete Dee das Fenster und ließ sich die salzige Luft um Wangen und Stirn wehen. Sie war sanft, beinahe feucht, und Dee vermisste die Berührung ihrer Mutter. Wenn Dee krank war, hatte sie ihr immer über die Brauen gestrichen. Jetzt wünschte sich Dee, sie hätte die Geste auch einmal erwidert, statt ihre Zeit mit irgendwelchen Typen zu verplempern, die sich nicht einmal mehr an ihren Namen erinnerten. Sie schluckte die Tränen herunter und schloss die Lider. Als sie die Augen wieder aufschlug, standen sie vor der kleinsten Kirche, die ihr je untergekommen war.

»Bist du sicher, dass wir hier richtig sind?«, fragte Dee, stieg aus und knallte die Tür zu. Das Gotteshaus war so schlicht, dass es beinahe abbruchreif wirkte. Nur ein für das Kap typisches Gebäude mit verblichenen Schindeln und geschwungenen Fenstern aus durchsichtigem Glas. Kein Kirchturm, keine Kreuze, hier sah gar nichts heilig aus, erst recht nicht der wilde Rosenstrauch, der die untere Hälfte des Gebäudes verschluckte.

Als sie durch die Tür eintrat, wurden jedoch all ihre Zweifel zerstreut. Zehn Kirchenbänke waren am Holzfußboden festgeschraubt, und es gab einen einfachen Altar mit einem noch schmuckloseren Kreuz. An einer Wand entdeckte Dee das seltsamste Bildnis der Jungfrau, das sie je gesehen hatte.

»Was soll das denn?«, fragte sie und hielt bereits darauf zu, ihr Vater packte sie jedoch am Arm und schob sie ganz hinten in eine leere Bank.

»Jetzt setz dich endlich hin, die Messe fängt gleich an.«

Sie ließ sich auf der Holzbank nieder, starrte die seltsame Muttergottes jedoch immer noch an. Dee war natürlich keine Expertin, aber sie hätte das Bildnis auf keinen Fall als glorreich bezeichnet. Diese Madonna wirkte auf sie nicht wie eine gesegnete Mutter, eher wie eine weltliche Frau. Und da schien so einiges nicht mit ihr zu stimmen. Zunächst einmal verzierten Angelhaken und Köder den Saum ihres Kleides, und ein offenes Auge schmückte die Fläche ihrer rechten Hand, die nach unten geneigt war, als versuche sie, die Seelen Gefallener zu erhöhen.

Das Auffallendste an der Malerei war jedoch, dass der entscheidende Teil fehlte, die Muttergottes hatte nämlich kein Gesicht – da war nur ein weißer Fleck, den man in die Gipswand gemeißelt hatte. Ihre anmutigen Füße steckten in einer Art altmodischer Pantoffeln, und vor ihr flackerten wehmütig ein paar Gebetskerzen.

»Erhebet euch«, erklang eine zittrige Stimme, und dann schlurfte ein alter Priester den Gang entlang und sang dabei ein Loblied, langsam und ein wenig schief.

»Augen nach vorn«, knurrte Cutt, Dee war jedoch zu sehr in das Marienbildnis vertieft und hörte ihn gar nicht. Sie stellte sich gerade vor, was für Gesichtszüge wohl zu einer solchen Figur gehörten, als die Tür aufgestoßen wurde und eine außergewöhnliche Frau hereintrat, die Dees Frage ohne Worte beantwortete.

Während der ganzen Messe konnte Dee die Augen nicht von dieser Frau abwenden. Von hinten war sie interessant, Dee konnte aber nicht so recht sagen, ob sie sie von vorne hübsch oder einfach nur unheimlich fand. Sie hatte grüne Augen, ein spitzes Kinn und die blasseste Haut, die Dee je gesehen hatte. Aber es war ihr Haar, das die Frau verriet, und zwar nicht nur die Farbe, ein unheiliges Rot, sondern vor allem, wie sie es aufgetürmt und festgesteckt hatte. Jede einzelne Strähne war mit Spray und Haarnadeln gebändigt worden, als hinge ihr Leben davon ab. Dee wusste ganz genau, dass jemand, der nichts zu verbergen hatte, seine Haare keiner solchen Tortur unterwerfen würde.

Die Rothaarige war mit ihrem Mann gekommen, und während sie absolut beeindruckend war, war er einfach nur attraktiv und offensichtlich ziemlich reich. Er sah etwas älter aus als seine Begleitung (eine einzelne silberne Strähne zierte seinen Schopf), aber nicht so alt, als dass Dee sich nicht vorstellen konnte, wie er sie im Arm hielt statt seiner Frau. Er musste ihren Blick gespürt haben, da er sich ein wenig in ihre Richtung umwandte, um Dees gerundete Hüften und auch den ganzen Rest so unverfroren in Augenschein zu nehmen, dass sie tiefrot anlief und ihr Gesangbuch fallen ließ.

»Was zum Teufel ist denn heute bloß los mit dir?«, zischte ihr Vater und knuffte sie in die Seite, woraufhin der gutaussehende Mann ein Grinsen unterdrückte und ihre Wangen nur noch stärker brannten. Während des restlichen Gottesdienstes folgte Dee lieber dem Rat ihres Vaters und sah starr nach vorne, auch wenn sie sich dafür vorstellen musste, beim Militär strammzustehen.

Nachdem der schnaufende alte Priester sein letztes Amen gekeucht hatte, zog Cutt Dee mit sich zu ihm hinüber, um sich kurz vorzustellen. Er hieß Pater Flynn. Aus der Nähe stellte Dee fest, dass sein Gesicht freundlich und sanft war, und plötzlich bekam sie ein schlechtes Gewissen, weil sie ihn vorher so abgestempelt hatte.

»Cutt Pitman«, stellte sich ihr Vater vor und streckte ihm die

Hand entgegen. »Und das ist Deirdre, meine bedauernswerte Tochter.«

»Alle nennen mich Dee«, erklärte sie und griff nach der faltigen Hand des Pfarrers, der sie anlächelte. Sie bemerkte, dass die rothaarige Frau einen Moment zögerlich vor dem seltsamen Bildnis der Muttergottes verharrte, so als wollte sie es berühren, dann schnaubte sie jedoch, drehte sich um und folgte ihrem Mann mit dem lüsternen Blick durch die Kirche.

»Wer ist das?«, fragte Dee, als Mr Weatherly sich zu ihnen gesellte.

Pater Flynn und der alte Handwerker folgten ihrem Blick und wirkten beide erstaunt. »Na, das ist doch Claire Gilly Turner«, sagte Pater Flynn. »Haben Sie ihre Schwester Jo noch nicht getroffen? Ich hätte gedacht, dass sie inzwischen schon mit einer Kostprobe von ihrem Salz bei Ihnen vorbeigeschaut hätte.«

Cutt gab eine Art Knurren von sich, als Jos Name fiel, und schob sich die Hände in die Taschen.

»Wie ich sehe, hatten Sie bereits das Vergnügen«, sagte der Priester sanft. »Ich weiß, dass sie unheimlich aussieht – vor Jahren ist sie in ein furchtbares Feuer geraten –, sie ist aber ganz harmlos. Ihre Familie bewirtschaftet schon seit Generationen die Salzmarsch hier draußen.«

»Kommt sie denn gar nicht zur Messe?«, fragte Dee.

Pater Flynn zögerte. »Sie … sie lebt ziemlich zurückgezogen. Und mit ihrer Schwester kommt sie nicht so gut klar.«

Dee sah zu Claire hinüber. »Na, ich kann verstehen, warum.«

Mr Weatherly seufzte. »Offensichtlich hast du inzwischen schon einige von den alten Geschichten gehört. Claire und Joanna haben seit fast dreizehn Jahren kein Wort mehr miteinander gewechselt. Claire war damals schuld an dem Feuer, in dem ihre Schwester so entstellt wurde. Und als sie dann auch noch Whit Turner geheiratet hat, hat das endgültig zum Bruch zwischen ihnen geführt.«

Dee lehnte sich vor. Das wurde ja immer besser. »Wieso?«

Pater Flynn sah ein wenig unbehaglich drein, Mr Weatherly beantwortete ihre Frage jedoch bereitwillig. »Weil Whit Turner vor langer Zeit in Jo verliebt war.«

Dee trat einen Schritt zurück und unterdrückte ein triumphierendes Lächeln. Sie hatte ein Näschen für Menschen, die nicht das waren, was sie zu sein vorgaben. Ein Schwindler erkennt eben den anderen. Ihr Vater packte sie am Ellbogen, Dee wollte aber möglichst viele Fragen stellen, wo jetzt gerade alle so gesprächig waren. »Und was ist mit der Muttergottes dort drüben? Warum hat die kein Gesicht?«

Mr Weatherly presste die Lippen aufeinander. Plötzlich sah er gar nicht mehr so nett aus.

Jetzt übernahm wieder Pater Flynn. »Auch sie gehört zur Geschichte der Gillys«, erklärte er. »Die Leute hier im Ort nennen sie Unsere Liebe Mutter Des Ewigen Salzes.« Seine Miene verdüsterte sich, und er faltete die Hände. Dee fragte sich, was es wohl mit den aufgemalten Angelhaken und dem Auge auf sich hatte, Pater Flynn wirkte jedoch auf einmal so niedergeschlagen, dass sie nicht zu fragen wagte. Mit einem Mal hatte sie große Lust, den Priester in den Arm zu nehmen. Oder was man eben sonst so machte, wenn man alte Leute trösten wollte, die unvermittelt melancholisch wurden. Der Pfarrer atmete tief durch und trat plötzlich ungeduldig von einem Fuß auf den anderen. »Es war schön, dich kennenzulernen, Liebes, aber nun entschuldige mich bitte, ich muss noch kurz etwas mit den Turners besprechen.«

Dee beobachtete ihn dabei, wie er an Claire herantrat, und ihr fiel auf, dass sie ihm nur mit den Fingerspitzen die Hand schüttelte. Wieder fragte sie sich, ob diese Muttergottes wohl die liederliche Seele eines Rotschopfes hatte. Erst als sie die Kirche längst verlassen hatten, wurde Dee klar, dass Pater Flynn, der alte Bock, gar nicht auf ihre drängendste Frage geantwortet hatte, nämlich die, was denn mit dem Gesicht der Muttergottes geschehen war, und das machte sie umso neugieriger auf diese neue Stadt.

Es war bereits später September, aber noch so mild, dass Dee ohne Jacke draußen herumlaufen konnte. Sie krempelte die Ärmel ihrer Bluse hoch und genoss die Sonne auf der nackten Haut. Es war schön, von etwas berührt zu werden, das nicht sie selbst war. All die keuchenden Jungen, die sie hinter sich gelassen hatte, vermisste sie nicht unbedingt, aber ihr fehlte einfach Gesellschaft, und wenn es nur jemand war, der ihr nach einem harten Tag im Restaurant ein wenig die Schultern massierte.

Die Kirche lag abseits der Stadt, etwas weiter in die Bucht hinein auf einer kleinen Landzunge. Dee konnte den offenen Ozean sehen und die Wellen brechen hören. Hinter der Kirche gab es Sanddünen, und sie sehnte sich danach, die Schuhe auszuziehen, die Zehen in den feinen Kies einsinken zu lassen und zu sehen, wohin ihre Füße sie tragen würden. Die anderen Kirchgänger waren inzwischen aufgebrochen, selbst Claire Gilly Turner und ihr gutaussehender Mann. Pater Flynn hatte die Türen des Gotteshauses verschlossen und war verschwunden. Die Show war offensichtlich vorbei.

Dee drehte sich zu ihrem Vater um. »Lass uns doch eine Runde drehen«, schlug sie vor. Erstaunt blickte Cutt auf. Er war eigentlich kein großer Spaziergänger. Wenn er irgendwohin musste, dann wählte er dafür den kürzesten Weg, ohne unvorhergesehene Pausen. Er zögerte, und Dee hielt den Atem an.

»Nein, geh du ruhig«, sagte er schließlich. »Ich schaue in der Zwischenzeit die Vorräte durch.«

Dee war erleichtert, an der Seite ihres Vaters mit einem festen Ziel den Strand entlangzumarschieren, hätte nämlich für wenig Entspannung gesorgt. Stattdessen wollte sie in den Dünen hin und her wandern und sich im eisigen Wasser die Füße abkühlen. Sie wollte das Meer mit allen Sinnen kennenlernen – über die Haut und die Zunge –, so wie Mädchen das eben taten, und nicht wie ein Miniatursoldat beim Manöver.

Sie sah Cutt dabei zu, wie er ins Auto stieg und langsam davonfuhr. Mit jedem Meter, den er sich von ihr entfernte, wurde ihr leichter ums Herz. Dee lief hinunter zum Wasser und entdeckte einen Strand ganz nach dem Geschmack der alten Pilger: Vor ihr erstreckten sich farbloser, mit Steinen übersäter Sand und Wellen, die wie strafende Schläge auf das Land trafen. Enttäuscht stieß sie einen Seufzer aus. Und im Winter würde es hier zweifellos noch trostloser aussehen. Die wenigen blassen Farben – die Seetangtupfer auf dem blaugrauen Sand – würden unter einer feuchten Decke aus Nebel und Eisregen versinken.

An diesem Ende dieses Uferabschnitts türmten sich ganz in ihrer Nähe furchteinflößende Felsen auf, die so wirkten, als hätten ein paar Riesen dort mit Würfeln gespielt und sich schließlich gelangweilt abgewandt. Das Land verengte sich hier zu einem Zipfel, auf dem die Kirche stand. In der entgegengesetzten Richtung wölbte sich der Strand landeinwärts und erstreckte sich lang und träge vor ihr. Er endete in einer weiteren Dünenkette. Dee fragte sich, was wohl dahinter lag, also zog sie ihre Jacke wieder an und schlenderte los, um sich das anzuschauen, die Schuhe in der einen Hand, die Socken in der anderen. Zu ihrer Linken stieg die Böschung sanft an.

Der Strand war weitläufiger als erwartet. Sie hatte noch nie über einen besonders guten Orientierungssinn verfügt, aber in Prospect konnte sie Entfernungen so gar nicht abschätzen. Ihre Füße versanken im Sand, ein einzelner Schritt kam ihr eher vor wie sechs, und ihre Beine schmerzten und verkrampften sich angesichts der ungewohnten Anstrengung. Aber es fühlte sich auch gut an. Es lenkte sie zumindest von den Stichen in der Brust ab, die sie immer dann verspürte, wenn sie an ihre Mutter dachte, daran, wie dürr und bleich sie in ihrem Bett gelegen hatte.

Dee wusste nicht, was sie hinter den Dünen eigentlich erwartet hatte. Vielleicht noch mehr Strand oder eine Ansammlung von Felsen oder vielleicht eine Straße, aber sie entdeckte dort etwas ganz anderes. Sie stand nämlich am Rand von Jo Gillys Salzmarsch. Unten schnitt ein breiter Kanal das Areal von den Dünen ab. Das Meerwasser floss in eine Art großen Teich, und danach wurde die Rinne enger und speiste kleinere Becken, und schließlich verzweigte es sich zu einem verwirrenden Netz aus Gräben und mehr oder weniger quadratischen Becken, die durch Erdwälle voneinander getrennt wurden. Das war vermutlich die seltsamste Landschaft, die Dee je gesehen hatte – einsam und doch geschäftig, geordnet und chaotisch zugleich. Es wirkte überhaupt nicht wie eine von Menschenhand ausgeführte Konstruktion, sondern eher wie das Werk durchtriebener Feen.

Dee entdeckte auf der Anlage nur zwei Gebäude. Ihr am nächsten stand eine Art Scheune oder Lagerschuppen, der nicht besonders alt wirkte. Auf der anderen Seite der Marsch erhob sich hingegen in weiter Ferne ein uraltes Bauwerk. Ganz offensichtlich ein Wohnhaus – nicht sehr groß, mit einer ausladenden Veranda, und wie alle Gebäude in Prospect mit Schindeln verkleidet. Das Haus hatte zwar mehr Fenster als die Scheune, war aber genauso hässlich. Joannas klappriger Truck parkte davor, ansonsten war jedoch kein Lebenszeichen zu sehen, und darüber war Dee auch froh. In der Stadt hatte sie die Narben der Salzlieferantin schon unheimlich gefunden, sie wollte nicht auch noch hier draußen, mitten im Nichts, mit ihnen konfrontiert werden.

Dee lief die Düne entlang und betrachtete die Wasserlandschaft der Salzmarsch, die sich vor ihr erstreckte. Die Becken, die in Wirklichkeit nur flache Senken mit schlammigem Grund waren, leuchteten in den verrücktesten Farben: Lila, Rostbraun, Eisengrün, und in einem Bassin war das Salz blutrot. So etwas war ihr noch nie zuvor untergekommen.

Sie stieg die Dünen hinab und stellte fest, dass es unten etwas wärmer war. Die Sanddämme hielten den Wind ab, und die Luft fühlte sich hier seltsam an, als wäre sie irgendwie dicker. Auf dem Gelände schienen sich Schrott und Müll aus Jahrzehnten angesammelt zu haben, das Gut wirkte daher nicht gerade wie ein Ort, an dem sich viel veränderte. Dee umrundete die Scheune, vergewisserte sich, auch wirklich allein zu sein, und überprüfte dann, ob die Flügeltür verschlossen war. Sie ließ sich leicht öffnen, Dee hatte aber nicht den Mumm hineinzugehen. Im Inneren lauerten dunkle Schatten, ein paar Gerätschaften und erstaunlich trockene Luft, die mit jedem Atemzug in der Kehle kitzelte und brannte. Schnell machte sie die Tür wieder zu.

Auf der anderen Seite der Scheune, dem Teil, den sie von den Dünen aus nicht gesehen hatte, entdeckte sie eine kleine Grabstätte – ganz anders als der offizielle, eingezäunte Friedhof, auf dem ihre Mutter lag. Hier gab es nur ein paar Gedenksteine unterschiedlicher Größe und aus verschiedenartigem Material, die schon fast von Schilfrohr und Gras überwuchert waren. Neugierig ging Dee darauf zu.

Die vier Gräber waren mehr oder weniger im Halbkreis angeordnet, und sie schienen alle Männern oder Jungen zu gedenken. HIER LIEGT LYFORD GILLY, AUF EWIG MIT HEPHZIBAH IM BUND DER EHE VERBUNDEN, 1839, verkündete der erste in strengen Lettern auf unpoliertem Granit. SILAS GILLY, GELIEBTER SOHN, GELIEBTES KIND, NUN IST ER IM HIMMEL, stand auf dem zweiten, der kein Datum trug. Der dritte Stein war nur ein schlichtes, weißes Quadrat aus Marmor, die Schrift darauf war jedoch so verschnörkelt, dass Dee im tiefstehenden Sonnenlicht kaum etwas erkennen konnte. SIMMS MASON GILLY VERSTARB 1918 IN TAPFEREM KAMPF, entzifferte sie schließlich. HIER RUHEN SEINE GEBEINE. MÖGEN DIE VERWUNDETEN EWIGEN FRIEDEN FINDEN. Der letzte Grabstein – wieder aus Granit, aber poliert und dünner als der erste – war der neuste. HENRY SILAS GILLY, stand darauf. 1942–1950. ASCHE ZU ASCHE, STAUB ZU STAUB, AUF IMMER DEM SALZ GESCHENKT. Dee erschauderte. Auf diesem Grab lag ein kleines Häufchen von dem blutroten Salz, das sie zuvor gesehen hatte.

Auf einmal hörte sie in der Ferne einen Knall. Sie fuhr zusammen und blickte über die Schulter hinüber zum Wohnhaus. Joanna Gilly humpelte die Verandatreppe hinunter und sah gar nicht glücklich aus. Dee stand auf und eilte auf die Dünen zu, entdeckte dann aber, dass ein sandiger Pfad sich auf dem Grasland in eine ungewisse Ferne schlängelte. Sie hatte diesen Weg von oben nicht gesehen, vermutete aber, dass es derselbe war, der von der Stadt zur Kirche führte. Vermutlich verlief er auf der anderen Seite der Dünen parallel zu Drake's Beach. Das hoffte sie zumindest, als sie sich durch das Schilf kämpfte und den Heimweg antrat, zurück zu ihrem Vater, dem Restaurant und den grauen Fenstern von Prospect, die ihr jetzt wie das kleinere Übel erschienen.

Am nächsten Morgen weckte sie noch vor Sonnenaufgang ein seltsames, eindringliches Geräusch. Es war ein Pochen oder Dröhnen, das sie im Halbschlaf nicht so recht einzuordnen wusste. Sie setzte sich in ihrem Bett unter dem Mansardenfenster auf und zog die Vorhänge gerade noch rechtzeitig zurück, um ein riesiges weißes Pferd vorbeidonnern zu sehen, auf dessen Rücken eine rothaarige Frau saß. Dee stieß einen leisen Schrei aus und wich von der Scheibe zurück, obwohl sie nicht einmal sagen konnte, warum eigentlich. Von unten war sie nämlich gar nicht zu sehen, selbst wenn Claire nach ihr Ausschau gehalten hätte. Und das hatte sie natürlich nicht, wie Dee auch wusste. Das Haar zu einem losen Zopf gebunden beugte sich Claire tief über den Nacken des Pferdes. Sie trug nichts weiter als Reithosen und eine dünne Bluse. Es herrschte schwacher Nebel, und Claire verschwand mit dem Pferd nur Sekunden nach ihrem Auftauchen wieder darin. Dann war die Straße erneut in Stille getaucht. Dee erschauderte und ließ den Vorhang sinken.

Als sie den Laden aufmachten, erzählte Dee ihrem Vater nichts von der Beobachtung, war dadurch aber so abgelenkt, dass sie zwei Tassen zerbrach, noch bevor sie die Tür aufgeschlossen hatten. Beim zweiten Mal fasste sie mit dem Daumen in eine Scherbe, und dicke Blutstropfen hinterließen Flecken auf ihrer Schürze. Ihre Farbe erinnerte sie an das seltsam rote Salz, das sie in Jos Marsch gesehen hatte, und sie wäre beinahe ohnmächtig geworden, doch ihr Vater machte dem Ganzen ein Ende. Er knallte ihr eine Handvoll Servietten auf den Tresen und bedeutete ihr, sie zu nehmen. »Verdammt noch mal, Dee, damit haben wir schon einen Dollar fünfzig verloren, bevor ich auch nur die Kasse aufgemacht habe.« Er seufzte. »Warum gehst du nicht zu Timothy Weatherly hoch ins Bad und machst dich dort ein bisschen nützlich? Hier unten kann ich dich Landplage nämlich nicht gebrauchen.«

Sie nahm die Schürze ab, legte sie auf den Tresen und machte einen so großen Bogen um ihren Vater, als hätte sie einen Bären mit einem Dorn in der Pfote vor sich. Ehrlich gesagt machte es ihr gar nichts aus, Mr Weatherly und der undichten Toilette Gesellschaft zu leisten. Der Handwerker würde sie zumindest nicht als dämlichen Nichtsnutz bezeichnen. Ihn überhaupt zum Sprechen zu bringen, war allerdings so, als würde man mit einem rostigen Drahtesel durch Kies fahren. Dee war aufgefallen, dass er auf Fragen zwar höflich antwortete, dabei aber so wortkarg wie möglich blieb.

Mr Weatherly sah zu Dee hoch, als sie das enge Badezimmer betrat, und dann zu seinem Werkzeugkasten hinüber. »Gib mir doch mal den Schraubenschlüssel«, bat er und deutete mit dem Kinn auf seine Gerätschaften. »Nein, nicht den. Den großen.«

Sie reichte ihm das Gewünschte und schaute dabei zu, wie er an den Rohren herumhantierte. »Ich hab da heute Morgen was Merkwürdiges gesehen«, sagte sie schließlich. Mr Weatherly versetzte dem Stutzen einen heftigen Ruck, antwortete aber nicht, also fuhr sie fort. »Claire Turner ist mit ihrem Pferd mitten auf der Straße vorbeigeritten. Das war beinahe wie ein Traum. Sie kam aus dem Nichts und ist dann wieder verschwunden. Macht sie das immer so?«

Mr Weatherly streckte ihr den Schraubenschlüssel entgegen, den sie ihm abnahm. Er griff nach einem Lappen, der neben ihm lag, und wischte sich daran die Hände ab, ging aber nicht auf ihre Frage ein. »Und jetzt die Zange«, sagte er. Dee wühlte im Werkzeugkasten herum und reichte sie ihm, hockte sich dann hin und schlang die Arme um ihre Knie. Eine Unterhaltung mit Mr Weatherly war ungefähr so befriedigend wie ein Selbstgespräch, dachte sie, also nicht sonderlich.

»Ich bin gestern zur Salt Creek Farm rausgelaufen«, murmelte sie. »Das ist doch wirklich ein seltsamer Ort. Warum ist das Salz da in einem Becken bloß rot? Und was hat das mit den ganzen Gräbern auf sich?« Sie runzelte die Stirn.

Mr Weatherly ließ die Zange sinken und starrte sie aus eiskalten Augen an. »Du hast gesagt, dass du zum Salzgut rausgelaufen bist, aber nicht, dass du das Gelände auch betreten hast.«

Für jemanden, der ihre Fragen ignorierte, achtete er aber ganz schön auf jedes einzelne Wort, dachte Dee. Sie zuckte mit den Achseln. »Ja, und?«

»Wer hat dir das denn erlaubt? Hat Jo dich etwa eingeladen?«

Dee dachte daran, wie Joanna Gilly die Stufen der Verandatreppe hinuntergehumpelt war. Sie wusste ja, dass diese Frau nur noch ein gutes Auge hatte, ihr Blick schien damit aber scharf genug zu sein. Das Mädchen wurde rot und schüttelte den Kopf. »Nein. Ich war ganz ohne Einladung da.«

Mr Weatherly griff wieder nach der Zange und fuhr mit dem

fort, was auch immer er da mit der Toilette anstellte. Er stand auf und beugte sich über den Wasserkasten, und obwohl Dee sein Gesicht nicht sehen konnte, vernahm sie seine Worte klar und deutlich. »Wenn du auch nur ein bisschen Grips hast, solltest du dich verflucht noch mal von der Marsch fernhalten. Und sag deinem Vater, er soll nicht so ein Sturkopf sein und was von dem verdammten Salz kaufen. Dieses Lokal wird nicht einen Penny einnehmen, wenn ihr mit dieser Frau keine Geschäfte macht, und das könnte auch die ganzen Probleme mit diesen Leitungen lösen.«

Mit noch immer blutendem Finger starrte ihn Dee aus weit aufgerissenen Augen an. »Es stimmt also? Das Zeug könnte unser Restaurant wirklich verfluchen, wenn wir Joanna Gilly nichts abkaufen?«

Mr Weatherly sah sie an, als wäre sie ein wenig beschränkt, was ihr Vater wohl nur zu bereitwillig bestätigt hätte. »Himmel«, knurrte er. »Das Zeug ist nicht so giftig, egal, was Claire Gilly alles erzählt. Ich meinte nur, dass man die Rohre vielleicht mal mit ein bisschen Salzwasser durchspülen sollte, sonst nichts. Das wirkt wahre Wunder.« Und noch bevor sie darauf irgendetwas erwidern konnte, sammelte er sein Werkzeug ein und ging hinunter in die Küche, um sich dem tropfenden Wasserhahn zu widmen. Dee blieb mit ihrem blutenden Finger zurück und musste allein ihre Wunden lecken.

Dee sah ihrem Vater nicht in die Augen, als sie ihm erzählte, was ihr Mr Weatherly über Joanna Gillys Salz gesagt hatte. Cutt erstarrte, lief leuchtend rot an, legte schließlich die Hand auf die Theke und sagte: »Na schön. Wenn sie das nächste Mal vorbeikommt, kaufen wir ihr verdammtes Salz. Aber das übernimmst du. Diese Frau hat etwas an sich, das ich nicht ertrage.«

Dee musste nicht lange darauf warten. Jo erschien bereits am nächsten Nachmittag, ihr klappernder, schnaufender Truck kam vor dem Imbiss zum Stehen. Als Cutt den Wagen hörte, trieb es ihm schon wieder die Zornesröte ins Gesicht, er warf Dee ein Bündel Scheine zu und stampfte nach hinten ins Lager, wo er für solche Situationen eine Notfallflasche aufbewahrte. Die Klingel an der Tür ertönte, als Jo hereinkam. Ihr rechtes Auge mochte aus Glas sein, das andere funktionierte jedoch hervorragend und nahm Dee umgehend unter die Lupe. Dee stockte der Atem, und sie gab vor, mit den Ketchupflaschen beschäftigt zu sein, als Joanna drei kleine Jutesäckchen voll Salz auf den Tresen legte. »Und, Kleine, kauft ihr jetzt doch?«

Dee schob die Hand in ihre Schürzentasche, um sicherzugehen, dass sie das Geld von ihrem Vater noch immer hatte. Sie nickte wortlos. Joannas Lippen verzogen sich zu einem Lächeln, Dee nahm zumindest an, dass das ein Lächeln sein sollte. Es war schwer zu sagen.

»Gut. Ich wusste, dass ihr schon zur Vernunft kommen würdet. Das dürfte für ein paar Wochen reichen. Stell davon was auf jeden Tisch, und der Laden wird laufen.«

Dee fragte sich, ob Jo sie wohl darauf ansprechen würde, dass sie in der Marsch herumgeschnüffelt hatte. Sie war zwar davongestürmt, ehe Jo in ihre Nähe gekommen war, Dee hätte aber wetten können, dass die Salzlieferantin sie trotzdem erkannt hatte. Sie versuchte, das Zittern ihrer Finger zu unterdrücken, als sie Jo das Bündel Scheine hinüberschob. Sie hatte sie nicht einmal gezählt. Das übernahm Jo, und sie gab Dee etwa ein Drittel davon zurück.

»So teuer ist Salz nun auch nicht«, sagte sie. »Nicht einmal meins.« Dee schob das Geld wieder in ihre Tasche. Das würde sie als Honorar behalten, beschloss sie, weil Cutt sie gezwungen hatte, sich um den Verkauf zu kümmern.

Jo sah sie scharf an. »Das wolltest du doch sicher wieder in die Kasse legen, oder?«

Dee spürte, wie ihre Wangen brannten. Vielleicht hatten die

Leute hier im Ort ja recht, was Joanna Gilly anging. Sie hatte etwas an sich, wodurch sie es sich mit allen verscherzte.

»Sicher«, beteuerte sie und holte die Scheine wieder hervor.

Jo nickte. »Das habe ich mir gedacht. Braves Kind.«

Dee blickte sie finster an. Als Kind bezeichnet zu werden konnte Dee noch viel weniger leiden, als in flagranti erwischt zu werden. Sie war immer schon rundlich gewesen, und ihr Babyspeck ermunterte alte Frauen, sie in die Wangen zu kneifen, und Jungen, ihr an den Hintern zu fassen. Bei ihrem Aussehen nahm sie einfach niemand ernst.

Jetzt hob sie eins der Säckchen hoch. Das Salz war schwerer und klumpiger als erwartet. Jo sah dabei zu, wie Dee den Beutel öffnete und einen Finger hineinsteckte. Die Masse war grob und gräulich, wie mit Quarz vermischter Kies. Sie erinnerte Dee an den Staub der Steinbrüche zu Hause. Sie steckte sich den Finger in den Mund und saugte an dem Salz, und plötzlich überkam sie Sehnsucht nach all dem, was sie in den grünen Bergen zurückgelassen hatte: die Erinnerung an ihre Mutter, ihr Kinderzimmer mit den Gardinen aus Tupfenmull, das herzförmige Becken, in dem sie schwimmen gelernt hatte. Sie schloss die Augen, um die Tränen zurückzuhalten. »Der Geschmack erinnert mich an etwas«, stieß sie mit erstickter Stimme hervor.

Jos Stimme war jetzt so rau wie ihr Salz. »Das sagt jeder.«

Dee öffnete die Augen. »Was ist das bloß?«

Jo verzog das Gesicht. »Das fragen mich auch alle. Woher soll ich das wissen? Du hast es doch probiert! Zieh deine eigenen Schlüsse.« Und bevor Dee noch mehr Fragen stellen konnte, rauschte Jo hinaus und schlug die Tür so heftig hinter sich zu, dass die kleine Klingel fast an ihrem Läuten erstickt wäre.

# KAPITEL 3

Claire Gilly Turner hatte durchaus ihre Gründe, das Salz zu hassen. Solange sie denken konnte, hatte es immer alles für sich beansprucht, was ihr im Leben wichtig gewesen war: die Aufmerksamkeit ihrer Mutter und die Zeit ihrer großen Schwester. Es hatte ihr den Bruder genommen und den Vater vertrieben. Tatsächlich war Claires früheste Erinnerung einfach nur die Farbe Weiß – aber nicht ein schlichtes, friedliches Weiß. Vielmehr war es ein zischendes Weiß, wie der Schweif einer Rakete oder das blubbernde Eiweiß eines Spiegeleis. Ein schaumiges, reichhaltiges Weiß, nach dessen Berührung sie sich sehnte, obwohl sie doch wusste, dass sie es nicht haben konnte.

Damals musste sie so ungefähr vier gewesen sein. Sie stand in der Marsch, starrte auf das Wasser hinaus, und es war sowohl Hochsommer als auch Mittag. Vor ihr erstrahlten die Salzkristalle rein und laut. Am hinteren Ende des Grundstücks konnte Claire erkennen, wie ihre Schwester mit einem langen, hölzernen Rechen vorsichtig über die Oberfläche eines Beckens fuhr, eine Holzschüssel zu ihren Füßen. Sie war so weit entfernt, dass sie einem staksenden Vogel ähnelte.

Claire erinnerte sich noch daran, dass die Reihe der seichten Bassins auf sie wie Gräber gewirkt hatte – tote Löcher voller Minerale, die im Winter zufroren, sich in der Hitze mit Schlamm füllten, und im Frühling undefinierbar waren. Sie mochte nur

Gewässer, die flossen und strömten, Wasser, das frei war. Am besten gefiel es ihr, auf Drake's Beach herumzutollen, die Zehen in die kalten Fluten zu stecken und begeistert zu quietschen, wenn die Wogen des Ozeans ihre Knöchel umspülten. Sie liebte es, in einem Eimer Seegetier zu sammeln, das sie von den Felsen pflückte. Die seltsamen Wesen faszinierten sie, je schleimiger, desto besser.

Es war ein heißer Tag. Claire hob einen Kieselstein auf, warf ihn in das Becken vor sich und versetzte so die feine, weiße Salzkruste in Bewegung, wodurch sie feucht wurde. Das war streng verboten, denn dieses Salz war kostbar. Das gab es nämlich nur ein paar Wochen im Jahr, und wenn es sich bildete, versuchten sie, so viel wie möglich davon zu ernten. Claires Mutter und Schwester schufteten stundenlang und holten die Kristalle mit ihren Harken ein. Ihre Gesichter wurden dabei unter der Hutkrempe zu rosafarbenen Erdbeeren, die Hände schmerzten in den Handschuhen, und der Schweiß trocknete ihnen kreisförmig auf dem Rücken. Claire war noch zu klein, um zu schwitzen, aber sie war an diesem Tag trotzdem ganz klebrig. Das beste Wetter für das Salz war schwüle Hitze, und die Luft war dann so warm und dick, dass es ihr vorkam, als würde sie durch Matsch waten.

Aber jetzt wollte sie ihren Stein zurückhaben. Verstohlen warf sie einen Blick über die Becken hinweg zu ihrer Schwester. Sachen ins Wasser zu werfen war verboten, es war aber noch viel schlimmer, in die Becken hineinzusteigen oder in sie hineinzufassen, weil man damit nämlich das Salz versenken und verschmutzen würde. Doch Claire scherte das nicht. Sie malte sich aus, wie der schleimige Matsch ihre Hände umfangen würde, legte sich auf den Bauch und rutschte nach vorn, bis ihre Finger die Oberfläche beinahe berührten. Als sie gerade hineingreifen wollte, ertönte ein schriller Schrei. Sie hielt ihn zunächst für das Kreischen der lästigen Möwen, dann aber erkannte sie die

Stimme ihrer Mutter. Bevor Claire auch nur wusste, wie ihr geschah, ging diese auch schon auf sie los. »Du gottloses Kind!«, schrie sie und rüttelte Claire heftig.

Claire sah, wie Jo sich auf der anderen Seite der Marsch zu ihnen umwandte und dann ihre Harke fallen ließ. »Mama!«, rief sie. Noch hatte sie nicht die dunkle Reibeisenstimme, die sie später haben würde. Jo rannte los und sprang dabei über die schmalen Kanäle, aber es war schon zu spät. Mama hatte Claire hochgerissen und begann nun auf sie einzuprügeln, schlug auf Beine, Schultern, Nacken und Wangen. Es war, als würden eine Million wütender Bienen auf sie einstechen. Claire hob die Arme vors Gesicht.

»Mama, ist ja gut.« Jetzt war Jo da. Damals war sie schon so groß wie Mutter, wenn auch viel dunkler. Claire hingegen war das exakte Ebenbild ihrer Mutter: blass, rothaarig und mit demselben störrischen Kinn, das einigen Leuten aus der Stadt Anlass dazu gab zu behaupten, dass sie nie wirklich hübsch sein würde, während andere es für ein Zeichen von Charakter hielten. So schnell, wie sie auf sie losgegangen war, ließ Mama auch wieder von Claire ab. Sie führte die Faust zum Mund und stieß einen erstickten Laut aus – tatsächlich war es ein Name. *Henry.*

»Claire.« Joanna hockte sich hin, bis die beiden auf Augenhöhe waren, und legte ihr die Hände mit ausgestreckten Fingern auf die Schultern, wie zwei Seesterne. »Steig niemals in die Becken. Verstanden?«

Claire nickte und tat so, als würde sie zuhören, in Wirklichkeit war ihr Blick jedoch auf die krachenden Wellen in der Ferne gerichtet. Ihr wurde klar, dass sie hier in der Marsch keine Perspektive hatte. Gar keine. Ihre Abneigung war so groß, dass sie sogar ihren verschwundenen Vater beneidete, denn ihm war der große Coup gelungen: die Flucht.

Und davon träumte auch Claire, und zwar die nächsten dreizehn Jahre lang. Sie sehnte sich nach Bildern, die von Leere zeugten: ein verlassenes Bett, ein leerer Schrank, ein zum Aufbruch bereiter Koffer. Die rundlichen Spitzen der wilden Iris, die im Frühling unter ihrem Fenster blühten, das Essen, das ihre Mutter auf den Teller vor ihr schöpfte oder ihre neuen, weiblichen Formen – das alles wollte sie gar nicht. Freunde oder Partys interessierten sie nur dann, wenn sie im Mittelpunkt stehen konnte. Und vor allem war sie nicht interessiert an der Liebe, zumindest so lange nicht, bis die sie mit einem Mal überraschte und in ihr ein so riesiges, klaffendes Verlangen aufriss, dass sie zur Diebin wurde, um es zu stillen.

Claire und Jo standen sich zwar nicht mehr nahe, Claire musste sich aber trotzdem eingestehen, dass sie immer noch eine Familie waren, aus demselben zerlumpten Stück Stoff geschnitten, ob ihr das nun passte oder nicht, selbst wenn Jos Seite ein wenig anders aussah als die ihre. Und deshalb war sie auch nicht erstaunt, als Cutt Pitman das Imbissrestaurant eröffnete und dort mitten auf den Tischen das Salz thronte. Insgeheim freute sie sich in gewisser Weise darüber. Selbst wenn Claire sich das wünschte, konnte man Jo eben nie ignorieren.

Als Erwachsene war Claires Abneigung gegen die wichtigste Substanz ihrer Kindheit sogar noch größer geworden. Als Jugendliche war sie gegen das Zeug machtlos gewesen, aber jetzt, wo sie mit Whit verheiratet war, hatte sich das Blatt gewendet. Wenn sie das Salz nicht mochte, das wusste Claire, dann konnte sie auch andere dagegen aufhetzen. Doch Hass erzeugt Hass, und Traurigkeit erzeugt Traurigkeit, und so war es auch bei Claire. Zunächst hatte sie nur einen gewissen Widerwillen gegen das Salz, im Verlauf ihrer Ehe häuften sich Betrübnis und Gram aber immer weiter auf, und schließlich brachte das Salz in ihr vielmehr Furcht als nur Abneigung hervor.

Sie hatte nie bewusst geplant, in der Stadt das Gerücht zu verbreiten, das Salz sei verdorben. Die Idee war ihr im Zorn gekommen, als sie und Whit gerade aus den Flitterwochen zurückgekehrt waren. Claire wachte an jenem Morgen zufrieden auf, reckte sich wohlig im Ehebett mit der Decke aus Satin und den Spitzenkissen, zog sich dann an und marschierte Plover Hill hinunter zu Herman Uptons kleinem Laden.

»Hallo, Claire-Bär«, flötete Mr Upton, als sie zur Tür hereinkam, und wurde dann rot, als er die großen, vertrauten Ringe an ihrer linken Hand entdeckte – Idas Ringe. »Mein Gott … schwer zu glauben, dass du jetzt wirklich erwachsen bist«, stammelte er und fummelte an seinem Kragen herum. »Wie waren die Flitterwochen?«

»Wunderbar«, antwortete Claire und zwang sich zu einem falschen Lächeln. »Ich möchte ein Kundenkonto eröffnen.«

Mr Upton strahlte und bückte sich nach seinem Buch. »Mrs Turner – also, Ida – hatte auch eins, als sie noch unter uns war. Warum ersetzen wir ihren Namen nicht einfach durch deinen?«

Claire runzelte die Stirn. »Vielen Dank, aber ich hätte gern mein eigenes Konto.«

Mr Upton hielt inne und sah sie über seine Brille hinweg an. Einen Moment lang nahmen seine Augen einen beinahe mitleidigen Ausdruck an, dachte Claire, und dann blätterte er in dem Buch. »Natürlich möchtest du das«, nickte er. »Selbstverständlich.«

Es war kalt im Laden, also verschränkte Claire die Arme fest vor der Brust, während sie den Blick über die Waren in den Regalen wandern ließ. Hier standen all die Dinge herum, mit denen sie aufgewachsen war. Kisten mit Kartoffeln. Dosen mit Chili, wenn sie es sich leisten konnten. Die Seifenflocken, die ihre Mutter sowohl zum Spülen als auch für die Wäsche benutzte. Und natürlich Säckchen mit dem Salz ihrer Familie, die wie dreiste Bettler gut sichtbar ganz vorne im Laden thronten. Wütend verzog Claire das Gesicht.

»Dann musst du nur noch hier unterschreiben«, erklärte Mr Upton und deutete auf ein leeres Feld unten auf der Seite. »Sollen wir die Rechnungen an Whit schicken?«

»Ja, wunderbar.« Claire setzte ihren neuen Namen auf das Papier, mit dessen Linien und Rundungen sie noch nicht vertraut war. Dabei bemerkte sie, dass Mr Upton schon wieder ihre Ringe anstarrte. An einem neunzehnjährigen Landei wirkten die Diamanten viel zu riesig, das war ihr schon klar. Sie schniefte und verbarg ihre linke Hand, während sie mit der rechten auf das Regal ganz vorne im Laden deutete.

»Wenn Sie nur wüssten, was in dem Zeug drin ist«, verkündete sie, und die Worte sprudelten aus ihrem Mund, noch bevor sie groß darüber nachgedacht hatte, »dann würden Sie das hier nicht so zur Schau stellen.«

Mr Upton wurde bleich und wirkte plötzlich nervös. Ihm war bei dem Salz nie so richtig wohl gewesen, obwohl er sich daran gewöhnt hatte. »Was soll das heißen?«, fragte er und schluckte.

Claire spielte mit dem Ende ihres langen roten Zopfes. Sie war vielleicht eine verheiratete Frau, trug die Haare aber immer noch wie ein Schulmädchen. Das musste für Mr Upton, der sie seit ihrer Geburt kannte, recht verwirrend sein, und das wusste sie ganz genau. Sie klimperte mit den Wimpern. »Bis jetzt habe ich nie etwas gesagt, aber lassen Sie es mich mal so ausdrücken – ich habe gesehen, wie sich dieses Salz innerhalb von einer Saison durch Metall fressen kann. Wenn ich mir nur vorstelle«, und hier erschauderte sie demonstrativ, »was da auf der Salt Creek Farm alles in den Schlamm sickert. Sie haben all den Schrott ja gesehen, ganz zu schweigen von den Familiengräbern.« Claire deutete auf die Beutel, beugte sich vor und dämpfte die Stimme. »Was glauben Sie denn, warum sich das Salz meines Bruders blutrot färbt?«

Mr Uptons Blick folgte ihrem Finger zu den Säckchen. »Aber … aber«, stammelte er, »die müssen doch hier sein. Das weißt du.«

Claire lächelte und spielte an ihrem Ring herum. »Müssen sie das wirklich? Sie könnten den Platz doch gut für etwas anderes gebrauchen, teurere Waren zum Beispiel. Ich bin jetzt eine Turner und könnte wetten, dass ich in diesem Laden mehr Geld ausgeben werde als irgendjemand sonst. Ich denke doch, dass Sie Ihre beste Kundin zufriedenstellen möchten.«

Sie sah dabei zu, wie der arme Herman Upton immer blasser wurde, dann erzitterte und schließlich einlenkte, mit hängenden Schultern zur Warenauslage hinüberschlurfte und die kleinen Jutebeutel an sich nahm. Er wog jedes pralle Säckchen einen Moment lang in der Hand und verstaute es dann an einer unauffälligeren Stelle ein paar Regalbretter tiefer. »Hier unten passen die wohl ganz gut hin«, meinte er. »Ja, ich denke schon. Vermutlich ist es wirklich keine schlechte Idee, auch mal anderes Salz zu führen.«

»Viel besser, nicht wahr?«, strahlte Claire jetzt wieder. »Wir sehen uns dann in ein paar Tagen. Heute brauche ich nämlich gar nichts.« Und damit stolzierte sie zur Tür hinaus. *Jetzt bin ich eine echte Turner,* dachte sie. *Ach, ich könnte den ganzen Laden aufkaufen, wenn ich wollte.* Diese Vorstellung fand sie so berauschend, dass ihr tatsächlich ein wenig schwindelig wurde und sie sich fast am Türrahmen festhalten musste.

Sie schwor, dass all die Mädchen, die sich in der Schule über ihre schmutzige Arbeitskleidung lustig gemacht hatten, sie nie in etwas anderem als Seide oder Kaschmir zu Gesicht bekommen würden. Die Jungen, die sie eine Hexe genannt hatten, hatten jetzt Jobs – in Joes Werkstatt und der Tankstelle, im Country Club in Wellfleet oder im Kaufhaus von Hyannis –, bei denen sie sie mit »Madam« anreden mussten, und die alten Damen, die sich über ihre Familie und ihre roten Haare das Maul zerrissen hatten, würden jetzt angekrochen kommen und bei ihr um eine Spende für wohltätige Zwecke betteln. Selbst Pater Flynn, der Claire auf ihre Erstkommunion vorbereitet und ihr Katechismusunterricht erteilt hatte, würde ihr am Sonntag die Hand küssen und abwarten, bis sie saß, bevor er mit der Messe anfing, so wie er es bei Ida immer gemacht hatte.

Und so wie Ida würde nun Claire die Stellung als Bienenkönigin der Stadt einnehmen, im Country Club oder bei Wohltätigkeitsveranstaltungen von Gruppe zu Gruppe schweben und überall Andeutungen darüber fallen lassen, dass das Salz, mit dem die Frauen das Schmorfleisch ihrer Männer würzten und bei Erkältungen ihre Kinder gurgeln ließen, vielleicht gar nicht so gut für sie sei – dass sie sich damit tatsächlich vergiften könnten.

Und das Beste daran war, dass sie selbst das Zeug nie wieder anrühren musste, wenn sie nicht wollte, und von Wollen konnte keine Rede sein. Claire wusste, dass ihre Mutter Mr Upton genötigt hatte, das Zeug überhaupt zu führen. Mama hatte ihr die Geschichte früher zum Einschlafen erzählt – wie er zunächst abgelehnt, dann aber seine Kunden verloren hatte, und wie schließlich das Fleisch ohne jeden Grund verdarb, seine Produkte schlecht wurden und verrotteten.

»Wenn du dich gegen das Salz stellst«, verkündete Mama durch ihre schiefen gelben Zähne, »wird es den Kampf aufnehmen. Denk immer daran, mein Mädchen.« Dann sah Claire dabei zu, wie ihre Mutter ihre Bettdecke glattstrich. Ihre Hände waren wie zwei weiße Spinnen, und auf einmal begann Claire zu zittern, so dass Mama ihr noch eine weitere Decke holen musste.

Entschied Claire damals schon, dass sie nichts mehr mit dem Salz und seinen wundersamen Auswirkungen zu tun haben wollte, oder kam das erst nach ihrer Hochzeit und nach einer Reihe von Verlusten, die so verworren waren, dass selbst sie anfing, an das Schicksal zu glauben? Jetzt, wo sie Whit geheiratet hatte, war ohnehin alles egal. Die schlimmsten Sünden, die man sich vorstellen konnte, hatte sie ja bereits begangen. Sie hatte mit einer einzigen unachtsamen Handbewegung die Scheune niedergebrannt und damit das Leben ihrer Schwester für immer verändert, und dann hatte sie sich von Jo und ihrer Mutter abgewandt. Ihre furchtbarsten Sünden waren allerdings diejenigen, die sie im Namen der Liebe begangen hatte. Sie hatte sich den Jungen, der ihr doch alles bedeutete, aus dem Herzen gerissen und sich eingeredet, dass es nur zu ihrem Besten sei.

Und die Sünde tat genau das – sie riss die Menschen in Stücke, von denen das eine das andere nicht wiedererkannte.

Es stimmte, Claire hatte das Gut verlassen, aber das war noch nicht alles. Sie hatte Whit Turner geheiratet, aber nicht aus Liebe und Zuneigung. Ihr unstillbarer Durst hatte sie dazu getrieben, und nun stellte sie sicher, dass das restliche Prospect mit ihr dürstete.

Durch die von Claire in die Welt gesetzten Gerüchte hatte Mr Upton mit einem Mal Schwierigkeiten, das Gilly-Salz loszuwerden, und beinahe augenblicklich tauchten Fliegen auf und kreisten um seine Fleischtheke. Ende des Monats war er schließlich so weit, dass er nur noch Fertigprodukte anbot. Er baute ab und ergraute, und wenn Jo mit ihrem Salz vorbeischaute, winkte er nur resigniert ab. »Diese Woche nicht«, murmelte er und schob sie zur Tür hinaus. »Aber vielleicht bald.«

In Mr Hoppers Lokal verschwanden die Schälchen mit dem Salz auf Bitten der Einheimischen, die plötzlich wegen des Natriumgehalts besorgt waren, von den Tischen und nach ein paar Jahren lockte nicht einmal mehr das Versprechen von Essen zum halben Preis Gäste an. Und jedes Mal, wenn wieder ein Geschäft den Bach runterging, verbannte ein weiterer Haushalt das Salz.

Nur unten im Hafen war es noch immer willkommen. Ohne das Salz würde man die Anlagen dort im Winter nicht mehr betreten können, weil alles zugefroren wäre, und die Fische würden schon auf dem Meer verderben und unverkäuflich werden. Die Fischer folgten dem Vorbild von Chet Stone und seinem mürrischen Bruder Merrett und kauften jeden Monat ein paar Kisten Salz. Damit hielten sie Jo – und so auch den Rest der Stadt – über Wasser.

»Jemand muss das Zeug doch benutzen, um kein Unglück über uns zu bringen«, winkte Chet jedes Mal achselzuckend ab, wenn Jo sich bei ihm bedanken wollte. »Die anderen wollen nicht? Gut, dann übernehmen wir das eben.«

Das ärgerte Claire, als sie davon erfuhr. Sie konnte einfach nicht verstehen, welche Macht die Marsch über die Stadt hatte. Selbst Whit war vom Salzmoor besessen, fragte sie von Zeit zu Zeit, ob ihre Mutter ein Testament verfasst hätte und ob sie darin bedacht wäre. Und als ihre Mutter etwa ein Jahr nach ihrer Hochzeit verstarb und das ganze Gut Jo vermachte, da war Whit rasend vor Wut gewesen.

»Wen schert das schon?«, hatte Claire gefragt. »Du hast mich doch aus der Marsch fortgeholt, weißt du noch? Was willst du jetzt bloß damit?«

Seine Antwort hatte ihr nicht gefallen. Genauso wenig, wie ihr all die Angebote passten, die er Jo in den nächsten Monaten unterbreitete, um die Marsch zu kaufen. Claire war jedes Mal erleichtert, wenn ihre Schwester ablehnte, denn sie wollte die Bürde der Marsch wirklich nicht auf sich nehmen. Sie hätte schwören können, dass es damit jeden Tag ein bisschen mehr bergab ging, und das war ihr nur recht. Um ehrlich zu sein, sogar mehr als das. Wenn sie die Marsch nicht mit eigenen Händen zerstören konnte, dann würde sie einfach dabei zusehen, wie sie ganz von selbst unterging. Und wenn es dazu noch eines kleinen Anstoßes bedurfte, na ja, dann würde sie da sein, und zwar zu allem bereit.

## KAPITEL 4

Am Morgen nach der ersten offiziellen Lieferung von Joanna Gilly stellte Dee kleine Schüsselchen mit dem Salz auf – eins pro Tisch und noch ein paar auf dem Tresen –, so wie Jo es ihr gesagt hatte. Nachdem sie auch die letzte Schale befüllt hatte, steckte sie den Finger hinein und leckte daran. Die Körnchen knisterten auf der Zunge und schickten kleine Stromstöße vom Mund ins Gehirn, sie machten sie zugleich wach und verträumt. Wenn ihr Vater nicht hinsah, gab sie heimlich etwas von dem Salz auf die Kartoffeln, die er fürs Mittagessen zubereitet hatte. Es schien ihm nicht aufzufallen, allerdings nahm er sich noch eine zweite Portion. Mr Weatherly zwinkerte Dee zu und nickte beifällig.

»Wie ich sehe, haben Sie meinen Rat angenommen und Jo Gillys Salz gekauft«, bemerkte er. »Das war ein kluger Schachzug. Claire behauptet zwar seit Jahren, es sei verdorben, und hat damit den Großteil der Stadt abgeschreckt, ich habe aber nie auch nur einen Hinweis darauf gefunden, dass das Zeug schlecht wäre. Von jetzt an geht es hier bergauf, Sie werden schon sehen. Es dauert vielleicht noch ein, zwei Tage, aber dann kommen die Leute, selbst wenn sie das Salz vielleicht nicht benutzen.« Er wischte sich die langen Finger an einem sauberen Taschentuch ab. Er war noch damit beschäftigt, draußen die Schindeln auszubessern, innen war das Lokal jedoch nicht wiederzuerkennen. Cutt hatte das schwarz-weiß gemusterte Linoleum sowie die dunkelroten Stühle und die mit neuem Leder bezogenen Bänke in den Nischen beibehalten, die Fensterrahmen und Sockelleisten jedoch dunkler gestrichen. Die Wandverkleidung hatte er in einem Cremeton aufgehellt und ein paar Bilder von Schiffen aufgehängt, die er günstig einem bankrotten Motel in Wellfleet abgekauft hatte.

Dee und er waren zum Schrottplatz gefahren und hatten dort Messinglaternen gefunden, die sie als Lampen benutzten, außerdem ein paar Fischernetze und gläserne Bojen. Letztere fand Dee irgendwie geheimnisvoll, wie die Glaskugel einer Wahrsagerin. Sie hatte die trüben gläsernen Bälle vorsichtig in den Kofferraum des Autos gerollt, sie mit den Netzen gesichert und sich gefragt, was ihre eigene Zukunft wohl für sie bereithielt. Ringsumher war alles flach und offen – die langen Sandstreifen der Strände, die sich über Meilen erstreckenden sanften Dünen, und natürlich das Meer selbst. So ein Ort verführte einfach dazu, über die Zukunft nachzugrübeln, das Wetter brachte diese Gedanken von der See her mit sich.

Nun erschauderte Dee und sah durch die großen Fenster des Restaurants nach draußen. Der Wind wurde von Tag zu Tag kälter. An diesem Nachmittag hatte er das Laub von den wenigen Bäumen in der Stadt gefegt und jagte sie nun auf dieselbe gelangweilte, grausame Weise herum, wie eine Katze mit einer Maus spielte. Das papierne Rot der Blätter war so ziemlich der einzige Farbtupfer. Dee konnte sich bereits vorstellen, wie trostlos es hier außerhalb der Saison sein würde. In Vermont waren die Tage im Winter so blau und strahlend gewesen, dass die Luft geradezu vibriert hatte. Die Leute hatten dann ihre Ski hervorgeholt, die kleinen Kinder waren Schlitten gefahren, und es hatte ein Winterfest mit heißem Kakao, Schneeballschlachten und Eishockeyturnieren gegeben. Dee konnte sich beim besten Willen nicht vorstellen, was die Leute wohl im feuchten und farblosen Prospect taten, um sich zu amüsieren. Niedergeschlagen lehnte sie sich über die Theke und legte ihre Gabel neben den Teller. »Also«, sagte sie zu Mr Weatherly, den Mund voller Pommes, »was unternehmen die Leute hier eigentlich im Winter so?«

Mr Weatherly verzog finster die Miene, und Dee überlegte, dass sie da vermutlich den Falschen gefragt hatte. Mr Weatherly war so steif und verschroben, dass er wahrscheinlich seit seiner Jugend keinen Spaß mehr gehabt hatte. Damals hatte man bestimmt noch bei Tanztees eine kesse Sohle aufs Parkett gelegt. Aber das machte doch heutzutage niemand mehr, nicht einmal in Vermont. Jetzt gab es überall nur noch pulsierende Lichtblitze und Diskomusik. Mr Weatherly wischte sich über die Lippen. »Meinst du das Dezemberfeuer?« Versuchsweise nickte Dee. Mr Weatherly zerknüllte seine Serviette. »Am 30. November, am Tag vor dem 1. Dezember, wird hier ein großes Feuer angezündet. Da kommt dann die ganze Stadt. Und das ist alles.«

Dee seufzte und zog ihre Gabel durch den Ketchuprest auf ihrem Teller. »Wo findet das Ganze statt?« Wenn sie Mr Weatherly am Reden hielt, verriet er ihr vielleicht unverhofft doch noch ein paar pikante Details. Die er natürlich nicht erläutern würde – er würde sie einfach im Raum stehenlassen und dann zusehen, wie sie verzweifelt versuchte, sich einen Reim darauf zu machen.

»Auf Tappert's Green.«

Dee dachte an den nur spärlich bewachsenen Kreis, den sie an ihrem ersten Tag in der Stadt entdeckt hatte. Sie konnte sich nicht vorstellen, dort draußen bei Wind und Schnee herumzustehen. »Gehen Claire und Jo da auch hin?«, fragte sie, und Mr Weatherly zog den Schirm seiner Kappe zurecht.

»Früher waren sie schon mit dabei«, erklärte er schließlich und wich ihrem Blick aus, »die sind aber nie lange geblieben.«

Dee fiel auf, dass Mr Weatherly immer eine Sekunde länger

zögerte, wenn sie ihn nach den Gilly-Schwestern fragte, als wäge er seine Worte zunächst sorgfältig ab.

Genau in diesem Moment bimmelte die Türklingel, und ein schnatternder Schwarm Frauen eilte herein. Sie lachten, als der Wind an ihren Röcken zerrte. Dee sprang von ihrem Hocker und griff nach ihrem Teller, während sie die Schürze glattstrich.

»Dad, wir haben Kundschaft!«, rief sie in die Küche. Und zwar zum allerersten Mal. Der Teufel sollte sie holen, wenn dieses Salz nicht funktionierte. Dee griff nach einem Stapel laminierter Speisekarten und ging auf die Frauen zu, blieb dann aber wie angewurzelt stehen. Vielleicht funktionierte das mit dem Salz ja auch ein bisschen zu gut, dachte sie, denn vor ihr stand ausgerechnet Claire Gilly Turner – rothaarig wie ein Fuchs und in einen scharlachroten Mantel gehüllt. Und sie schien nicht die geringste Lust zu haben, sich von einem plumpen kleinen Ding wie Dee bedienen zu lassen.

Dee führte die Frauen – fünf an der Zahl – in eine Sitznische in der Ecke und reichte ihnen die Speisekarten, während sie weiter über irgendein Komitee plapperten, dem sie alle angehörten. Es schien mit der Bücherei zu tun zu haben. Dee fiel auf, dass alle warteten, bis Claire ihren Mantel ausgezogen und sich in der Nische einen Sitzplatz ausgesucht hatte. Sie war auch die Einzige, die nicht nach der Karte griff. Als sie gelangweilt abwinkte, sorgte das am Tisch für panische Unruhe. Eine der Damen knallte die Menükarte auf den Tisch, eine andere gab sie Dee mit verschämtem Blick wieder zurück.

»Fünfmal Kaffee, bitte«, verkündete Claire, ohne Dee auch nur anzusehen. »Und meinen bitte mit extra Milch.« Ihre Stimme war tiefer, als Dee erwartet hatte, samtig wie Schokolade. Das entsprach keiner Bestellung, die Dee unbedingt aufschreiben musste, sie war aber so nervös, dass sie doch lieber alles notierte. Jetzt, wo sie Claire direkt gegenüberstand, fühlte sie sich ungeschickt wie ein junges Hündchen – nichts als Pfoten und Flaum. Ihr blieb fast das Herz stehen, als Claire auf einmal finster die Augen zusammenkniff.

»Was ist das denn?« Auch die Frauen rund um den Tisch erstarrten, ihr mit Lippenstift verziertes Lächeln fast schon eine unbewegliche Fratze. Dee sah zu dem Schälchen Salz, auf das Claire deutete. Es war randvoll, die Körnchen darin klumpten zusammen und bildeten unregelmäßige Muster. Dee musste zugeben, dass es nicht sehr appetitlich aussah.

Claire streckte ihren dünnen Arm über den Tisch aus. Die Innenseite ihres Gelenks war weiß wie ein Blatt Papier und von zarten blauen Venen durchzogen. Dee hatte noch nie jemanden mit so weißen Händen gesehen. Die erinnerten sie an die Hände einer Dame aus der Viktorianischen Ära. Fasziniert sah sie dabei zu, wie Claire mit schmalen Fingern nach der Schale griff und sie auf Dees Tablett stellte.

»Nimm das mit«, befahl sie und schob ihr spitzes Kinn vor. »Dieses Zeug ist absolutes Gift. Bring uns lieber etwas Süßes mit, ich denke, die Damen hätten gern eine Kleinigkeit zu essen.« Bei diesen Worten erhellten sich die Gesichter ihrer Begleiterinnen, die molligste der Frauen leckte sich den Mund und verschmierte dabei ihren himbeerfarbenen Lippenstift. Claire zog eine Augenbraue hoch, was Dee ganz richtig als Aufforderung verstand, sich besser zu sputen. Trotzdem blieb sie einen Moment an der Theke stehen und sah zu dem Tisch hinüber.

»Was machst du denn?«, rief ihr Vater aus der Küche und stemmte die Hände in die Hüften. »Du sollst kellnern, nicht rumtrödeln.« Dee stellte die Teller, die er ihr reichte, auf das Tablett und stützte es auf ihre Schulter. Er hatte ja recht. Harte Arbeit war immer tröstlich, weil sie nichts anderes neben sich duldete.

Als Dee fünf Tassen und Teller voller Kuchen zu Claires Nische balancierte, musste sie feststellen, dass die Frauen inzwischen auf dem ganzen Tisch Klemmbretter und Ordner verteilt hatten, so dass kein Platz für die Teller blieb. Sie stand unentschlossen da und wusste nicht, wie sie die Damen am besten unterbrechen sollte.

»Was meint ihr, die erste Augustwoche oder doch die zweite?«, fragte die mollige Frau und legte konzentriert die Stirn in Falten, als würde sie hier ein komplexes wissenschaftliches Problem lösen, aber niemand antwortete. Claire hatte das Kinn auf die Hände aufgestützt und sah zum Fenster hinaus. Als sie schließlich doch etwas erwiderte, wirkte sie auf Dee so gelangweilt, als ob sie kaum klar denken könnte.

»Die erste«, verfügte sie, änderte ihre Meinung aber augenblicklich wieder. »Nein, wartet. Die zweite.« Und die Damen mussten alle wieder ausradieren, was sie eben in ihren Terminkalender aufgenommen hatten. Als sie damit fertig waren, lagen auf dem Tisch und dem Fußboden überall kleine rosafarbene Radiergummifitzelchen. Nur Claire hatte nichts aufgeschrieben. Vor ihr lag nicht ein einziges Blatt Papier. Sie sah auf und ließ sich nun endlich dazu herab, Dee zu bemerken.

»Oh, da bist du ja wieder.« Sie winkte mit der Hand. »Stell das einfach irgendwo ab.« Dee war völlig klar, dass Claire den Kuchen, für den ihr Vater bereits im Morgengrauen in der Küche gestanden hatte, nicht einmal probieren würde. Sie hatte ihn nur als Test bestellt. Was würden die anderen tun? Wer war schwach genug, auch nur einen Krümel davon anzurühren, und wer würde seine Lippen vor dieser Versuchung verschließen? Dee ließ den Blick über die Runde am Tisch wandern. Sie ahnte schon, wer diese Prüfung bestehen und wer kläglich versagen würde, und traf mit ihrer Vermutung ins Schwarze. Die mollige Dame seufzte nämlich und griff augenblicklich nach einem Stück. Claire kniff die Augen zusammen. »Agnes, mein Gott, nimm doch wenigstens eine Gabel.«

Die Frau lief so rot an wie ihr Lippenstift und faltete mit hängendem Kopf die Hände im Schoß. »Oh, eigentlich habe ich doch keinen Hunger«, murmelte sie. »Jemand anders kann mein Stück haben.« Nach dieser kleinen Demonstration wollte aber natürlich keine der Damen dieses Angebot annehmen. Vierzig Minuten später erhoben sich die Frauen alle gleichzeitig und ließen Claire auf dem Weg nach draußen den Vortritt, so dass sie mit ihrem scharlachroten Mantel voranmarschierte, als würde sie eine Parade anführen. Auf dem Tisch blieben fünf unberührte Stück Kuchen und ein wesentlich kleineres Trinkgeld zurück, als Dee von *der* Claire Gilly Turner eigentlich erwartet hatte. Sie räumte die Teller und leeren Tassen ab und blickte Claire hinterher, die beim Überqueren der Straße mit den Hüften wackelte wie mit einem Taktstock, während ihre Schultern sich so gut wie nicht bewegten.

»Was meinst du, warum bleibt eine Frau wie Claire Turner wohl in so einem Kaff?«, sinnierte Dee laut, als sie das Tablett zur Theke hinüberbrachte.

Cutt schnaubte. »Mit solchen Leuten hast du nichts zu schaffen. Freu dich, wenn sie die Kasse zum Klingeln bringen, und belass es dabei. Wie sieht's mit Trinkgeld aus? Zeig mal her!«

Dee saugte an ihren Zähnen, reichte ihm dann aber die paar Münzen aus ihrer Tasche. Das ist ein freies Land, dachte sie, ich kann mir Gedanken machen, über wen ich will.

Ihr Vater starrte sie düster an. »Kümmer dich lieber um deinen eigenen Kram.« Er reichte ihr einen mit Ammoniak getränkten Lappen. »Und jetzt wisch den Tisch ab.«

Sie zuckte mit den Achseln und nahm sich von den Tellern ein Stück Kuchen, was Cutt zu der Bemerkung veranlasste, das würde aber alles auf die Hüften gehen. »Spare in der Zeit, dann hast du in der Not«, erwiderte sie. Leider hatte sie noch nie gewusst, was wirklich gut für sie war.

Nach diesem ersten Besuch frühstückte Claire beinahe jeden Tag bei ihnen im Imbiss. Wenn sie ausgeritten war, kam sie kurz nach Sonnenaufgang und band ihren Schimmel draußen an, so als befände sich Prospect im Wilden Westen. Wenn sie durch die Tür trat, klopfte sie sich den Schmutz von den Reithosen und hohen Lederstiefeln. Wenn sie nicht mit dem Pferd unterwegs war, fuhr sie in einem weinroten Cabrio in die Stadt und sah mit dem zurückgeklappten Verdeck, das sie den Elementen aussetzte, genauso aus wie auf dem Pferderücken – als würde sie vor dem Fegefeuer fliehen. Dee wartete bereits auf sie, das Ganze wurde sogar zu einer Art Spiel zwischen ihnen. Claire stolzierte herein, und Dee griff nach der Speisekarte. Bevor Claire sich setzte, ließ sie Dee das Salz vom Tisch entfernen. Erst dann schob sie sich in die lederne Bank und fragte: »Was kannst du mir heute empfehlen?«

Dees Antwort fiel je nach Wochentag anders aus. Dienstags gab es Kartoffelpuffer und freitags Pfannkuchen, das war aber eigentlich auch egal, weil Claire immer das Gleiche bestellte: ein gekochtes Ei auf weißem Toast und Kaffee mit extra viel Milch. Am Anfang schrieb Dee es sich noch auf, aber nach einiger Zeit verzichtete sie darauf. Sie marschierte zurück in die Küche, um die Bestellung aufzugeben, und fragte sich, warum eine Frau mit solch flammendem Haar und grünen Augen wohl so langweilige Sachen aß. Stimmte es vielleicht doch, war das Salz wirklich giftig? Nichts, was Claire bestellte, war gewürzt, und dennoch sah Dee sie niemals nach dem Salz greifen. Vielleicht hatte sie dafür wirklich gute Gründe.

Bald wusste Dee, in was für Farben Claire sich gern kleidete – in Grün- und Blautönen – und kam zu dem Schluss, dass sie furchtbar schlechte Laune hatte, wenn ihre Haare ganz straff hochgesteckt waren. Wenn sie fertig gegessen hatte, hinterließ sie auf dem Tisch ihre dreifach gefaltete Serviette und ein lächerliches Trinkgeld. Für eine reiche Dame, dachte Dee, war

Claire ziemlich geizig. Abgesehen von der Bestellung kam ihr kein weiteres Wort über die Lippen, nicht einmal ein Danke. Sie hockte einfach nur da wie die Sphinx, hatte die Beine überschlagen und starrte auf die offene Zeitung vor ihr. *Du hast keine Ahnung, wer ich bin,* dachte Dee, während sie Claires Teller auf den Tisch stellte, *ich aber lerne hier nach und nach alles über dich.* Sie bemerkte die ausgefranste Nagelhaut an Claires Händen und schlussfolgerte, dass ihre Kundin an den Nägeln kaute, genau wie sie.

Von der Angestellten im Postamt erfuhr Dee, dass Claire in den letzten zwölf Jahren nicht einen einzigen persönlichen Brief bekommen hatte. »Hier kommen nur Sendungen für ihren Mann Whit an«, erklärte die ältliche Dame, während sie Dee Cutts Rechnungen reichte. »Stell dir das nur vor. Nicht einmal eine Zeitschrift. Nichts. Selbst Einladungen sind an sie beide adressiert. Man sollte doch meinen, dass ihr Exfreund, nach dem sie früher so verrückt war, dann und wann mal schreibt. Na ja, vielleicht ist das ja auch keine besonders gute Idee, wo der doch jetzt Priester ist und so.« Sie schüttelte den Kopf. »Aber gegen eine Weihnachtskarte ab und zu könnte man doch wirklich nichts einwenden. Na ja, vermutlich wäre Mr Turner davon nicht so begeistert.«

Dee schob die Umschläge zu einem ordentlichen Stapel zusammen. Hinter ihrer Stirn arbeitete es fieberhaft. In so einer kleinen Stadt wie Prospect gab es nicht viel zu tratschen, da war Claire natürlich ein gefundenes Fressen. Dee erinnerte sie an eine der sündigen Frauen aus dem Alten Testament: vielleicht Bathseba oder Isebel oder Rahab mit ihrem roten Band, das aus dem Fenster hing. Diese Frauen waren nicht einfach irgendwie in Schwierigkeiten geraten, die hatten selbst große Pläne.

»Was denn für ein Exfreund?«, fragte Dee so beiläufig, wie sie nur konnte. Die Postangestellte sah sie blinzelnd an. Ständig musste man Dee alles erklären – warum sie zum Beispiel dienstags den Wagen ihres Vaters nicht auf der linken Seite der Bank Street parken konnte oder wie viele Schiffe hier in der Bucht gesunken waren.

Jetzt unterbrach die quäkende Stimme der Angestellten wieder ihre Gedanken. »Na, Ethan Stone«, sagte sie. »Der war Claires erste Liebe, und wir dachten ja alle, die würden mal heiraten, aber dann hat er sich doch tatsächlich für die Kirche entschieden statt für ihre schönen roten Haare. Das hat ihr das Herz gebrochen. Kurz danach ist sie die Frau von Whit Turner geworden, und das hat sich für sie ja offensichtlich bislang ausgezahlt, aber …«, jetzt lehnte sich die Frau vor und senkte die Stimme zu einem Flüsterton, »mir kann sie da nichts vormachen. Sie ist immer noch eine Gilly, und das wird sich niemals ändern. Sie kann vielleicht der Marsch den Rücken kehren, das Salz lässt sie aber nicht los. Daran ändert auch das ganze Geld der Turners nichts, und das ist verdammt noch mal eine Tatsache.« Mit diesen Worten schob sie hinter dem Schalter das Messinggitter nach unten und ging in die Mittagspause.

Es fiel Dee gar nicht so leicht, sich Claire auf einmal als armes Ding mit gebrochenem Herzen vorzustellen, aber nach einiger Zeit ergab diese neue Perspektive für sie dann doch einen Sinn. So wie ein Eisblock im Inneren manchmal noch flüssig war, steckte vielleicht auch unter Claires harter Schale ein weicher Kern.

Nach dem Frühstück machte Claire gerne Besorgungen. Wenn im Restaurant nicht viel los war, hockte Dee am Tresen und sah ihr dabei zu, wie sie bei der Bank und Post vorbeischaute. Es schien so, als könnte Claire nirgendwo hingehen, ohne dabei auf mindestens drei von ihren versnobten Freundinnen zu treffen, die sie in ein Gespräch verwickelten, um ihr Outfit und ihre Tasche unter die Lupe zu nehmen und herauszufinden, auf welche Partys sie diese Woche gehen würde. Und die

Männer in dieser Stadt waren noch viel schlimmer. Alt, jung – ganz egal. Wenn Claire vorbeirauschte, hielten sie inne und lächelten so selig wie Hunde, denen man einen Knochen hingeworfen hatte.

Obwohl Claire ständig von Bewunderern umringt war, bewegte sie sich dennoch in einer Art privater kleiner Seifenblase. Dee beobachtete sie am Sonntag nach der Messe, umringt von einer Schar alter Damen, deren Geplapper nicht bis zu ihr vorzudringen schien. Das war doch seltsam, dachte Dee. Einerseits schien jeder in der Stadt Claire zu hassen, weil sie gut aussah, ihr das Glück hold war und sie alle so herablassend behandelte. Andererseits aber liebten sie sie gerade deshalb, so wie sich in einem Märchen Bauern um ihre Königin scharten, nicht etwa weil sie gütig und freundlich war, sondern weil es eben *ihre* Königin war.

Dee konnte dieses Gefühl besser verstehen als jeder andere. Immerhin hatte sie gerade erst die wichtigste Person in ihrem Leben verloren. Nun strich ihre Mutter ihr nicht mehr über die Wange, wünschte ihr nicht mehr leise gute Nacht oder sang in der Küche vor sich hin, stattdessen blieb ihr nur ihr knurriger Vater und das unpersönliche Tellerklappern im Restaurant. Sie war in einer fremden Stadt, man hatte sie in einer diesigen Landschaft voller Dünen, Gräser und wogender Wellen ausgesetzt. Nichts gab ihr hier Sicherheit.

Vielleicht wachte sie deshalb jeden Morgen früher auf. Mit angespannten Nerven wartete sie auf das Klappern der Pferdehufe, in deren Gleichtakt ihr Herz schlug. Wenn es dann endlich so weit war, zog sie die schmuddelige Ecke des Vorhangs beiseite und hielt den Atem an, während sie die wohlgeformte Rundung von Claires Rücken betrachtete, die sich über ihr Pferd beugte und deren lose Haare um sie herumflatterten. Und in diesem Moment wünschte sich Dee mehr als alles andere, dass Claire auch ihr gehören würde.

Als Dee zum ersten Mal Whit Turner bediente, machte er eine Bemerkung über ihren tollen Hintern und schlug ihr vor, ihm den doch heiß auf einem Teller zu servieren. Dann bestellte er Frühstück. »Zwei Spiegeleier, schwarzer Kaffee, weißer Toast, und übrigens«, fügte er hinzu und gab ihr die Karte mit einem Zwinkern und einem strahlenden Lächeln zurück, »mein Name ist Whit Turner.«

Dee schob sich den Bestellblock in die Schürzentasche und sah ihm direkt ins Gesicht. Sie versuchte zu ergründen, ob Whit wohl zu den Männern gehörte, die es gern hatten, wenn man sich bei solchen Sprüchen unbehaglich wand und errötete, oder ob er es mochte, wenn man ihm in die Augen sah und konterte. Angesichts seines anzüglichen Grinsens setzte sie auf Frechheit.

»Ich weiß, wer Sie sind«, erwiderte sie schließlich. »Ihre Frau war eben schon da. Und sehen Sie sich besser vor, ich habe nämlich auch Familie. Der Mann da ist mein Vater.« Dabei nickte sie in Richtung Tresen.

Whit labte sich am Anblick ihrer Brüste und Hüften, als nippte er an einem Glas Bourbon. »Du siehst nicht so aus, als würde dich die Meinung deines Vaters groß interessieren«, erklärte er schließlich. »Ganz im Gegenteil.«

So etwas hörte Dee nicht zum ersten Mal. Ihre Mutter hatte immer gesagt, dass Dee mit dreizehn einfach aus allen Nähten geplatzt sei und man sie nun nicht wieder zurückstopfen könne. Und das stimmte auch. Alte Männer, junge Männer, selbst kleine Knirpse verschlangen sie mit Blicken – und legten manchmal sogar Hand an, wenn sie nicht aufpasste. Sie wurde an der Kinokasse gezwickt, man pfiff ihr auf Parkplätzen hinterher und begrapschte sie auf Highschool-Partys. Mit fünfzehn hatte Dee neben ihrem Vater in der Kirche sitzen und ganz genau sagen können, wer von den anwesenden Männern ihr bei passender Gelegenheit am liebsten die Hand unter die Bluse geschoben hätte. Nach dem Tod ihrer Mutter war sie schließlich zu einem dieser Mädchen geworden, die die Kerle auch ranließen.

Whit Turner gehörte jetzt nicht unbedingt in ihr übliches Beuteschema. Zum einen saß er sonntags immer so wohlgefällig und stolz in seiner Kirchenbank. Zum anderen war er zu gut gekleidet und lebte auch noch in diesem großen Haus auf dem einzigen Hügel der Stadt. Und er war mit Claire verheiratet. Das allein war in Dees Augen schon ein guter Grund für ihn, die Hosen lieber anzubehalten, denn Claire wirkte auf sie wie jemand, mit dem man sich besser nicht anlegte.

Dee ließ Whit mit seinem Essen allein. Jetzt, um neun Uhr, war der Frühstücksrummel längst vorbei, und im Restaurant herrschte gähnende Leere. Die Leute hier in der Stadt aßen offensichtlich gern zu festen Zeiten, also war der Laden morgens um sieben, gegen Mittag und dann wieder abends so gegen sechs proppenvoll, während es den Rest des Tages relativ ruhig war. Dee fragte sich, ob Whit diese Uhrzeit wohl aus einem besonderen Grund gewählt hatte, und wenn ja, aus welchem. Vielleicht ein Streit mit Claire? Seine Frau hatte bereits im Morgengrauen allein gefrühstückt, wie immer. Dee rief sich die Szene wieder vor Augen, ihr war aber nichts Besonderes aufgefallen. Andererseits wusste man bei Claire ja selten, woran man war.

Als Dee mit der Rechnung zurück zum Tisch kam, wischte sich Whit langsam über den Mund. Mit einem kurzen Blick zum Tresen vergewisserte er sich, dass ihr Vater sie nicht sehen konnte. Dann streckte er die Hand aus, schlang Daumen und Zeigefinger um ihr Handgelenk und rieb es dort, wo ihr Herzschlag unter der Haut pulsierte. Ihr wurde plötzlich ganz heiß, ihr Puls jagte in die Höhe, und in diesem Moment wusste sie bereits, dass sie verloren war.

»Das sollten wir wieder mal machen«, bemerkte Whit und schob ihr einen Schein – einen Fünfer – in die Schürzentasche. Er war sehr viel großzügiger beim Trinkgeld als Claire.

Natürlich hätte sie das Geld zurückgeben müssen, das war ihr noch im selben Moment klar. Sie hätte die Hand aus der köstlichen Berührung lösen und gleich einem schüchternen Kind die Augen beschämt oder peinlich berührt niederschlagen sollen. Aber ihre Haut brannte unter Whits Fingern, und Dee ging im Kopf bereits durch, wie viel Lippenstift und Lidschatten sie für fünf Dollar kaufen konnte. Nicht dass ihr Vater ihr erlaubt hätte, sich zu schminken. Sie musste das Zeug immer auftragen, nachdem sie das Haus verlassen hatte. Sie leckte sich die Unterlippe und biss kurz darauf, um sie röter aussehen zu lassen. Dann lehnte sie sich zu Whit vor, kam so nah heran, dass ihr das Leder- und Kiefernaroma seines Aftershaves in die Nase stieg, und flüsterte ein »Okay« in seine zarte Ohrmuschel.

Die meisten Männer hätten sich erschrocken oder wären zumindest zusammengezuckt, das war Dee klar. Whit blieb jedoch unbeweglich, und damit war sie ihm schon verfallen. Er zerknüllte seine Serviette, als ob Dee gar nicht da wäre, und schob sich aus der Sitznische. »Danke, Sir«, rief er am Tresen zu Cutt hinüber und eilte dann zur Tür hinaus. Mit vor Verblüffung stumpfsinnig aufstehendem Mund blieb Dee im Restaurant zurück, als die kleine Glocke läutete. Sie beobachtete, wie Whit an den Fenstern vorbeimarschierte und zu seinem Auto ging (es war irgendein riesiges schwarzes Modell, das in ihren Augen sehr teuer aussah). Dann verschwand er damit in der Ferne. Während sie ihm nachblickte, hatte Dee die ganze Zeit das Gefühl, dass sich in ihrem Inneren etwas löste, sich ein Knäuel entwirrte, wenngleich auch so schnell, dass sie gar nicht hinterherkam.

Die raue Stimme ihres Vaters schnürte wieder alles zusammen. »Na, das ist mal ein echter Gentleman«, knurrte er und schloss geräuschvoll die Kasse. »Stinkreich, aber eine ehrliche Haut.«

Dazu sagte Dee lieber nichts.

An diesem Tag gab es mittags Hackbraten – der war heiß und machte satt –, und es war so viel los wie noch nie. Die Leute drängten sich am Tresen, und über die Hälfte der Nischen war besetzt. Dee hatte keine Zeit, um über Whit oder Claire oder sonst irgendwen nachzudenken, und das war auch gut so, aber dann ließ der Ansturm nach, und sie wurde immer hibbeliger. Also hängte sie die Schürze auf und lief nach draußen.

Der Tag war inzwischen düster und grau. Am Horizont drängten sich Wolken wie Lkw im Stau, und ein unsteter Wind wirbelte immer tiefer und tiefer übers Land. Dee wickelte sich den Schal enger um den Hals und steckte die Hände in die Taschen. Es machte ihr nichts aus, dass der Tag so hässlich geworden war, das passte sogar ganz gut zu ihrer Stimmung.

Nach einer Minute Fußmarsch hatte sie bereits das Ende der Bank Street erreicht. Auf der einen Seite erstreckte sich das Wasser weit und farblos vor ihr, auf der anderen Seite Tappert's Green. Heute waren dort keine Touristen oder Leute, die picknickten, nur freche Krähen, die im ausgetrockneten Gras nach übriggebliebenen Krumen suchten. Dee erschauderte und stampfte mit dem Fuß auf, um sie zu verscheuchen, die Vögel sahen sie jedoch nur aus leeren Augen an, öffneten die Schnäbel und krächzten. Wenn sie Hunde wären, dachte Dee, hätten sie vermutlich versucht, sie zu beißen.

Hinter Tappert's Green lag Plover Hill, und vor dem Fuß des Hügels stand ein einzelner Birnbaum, der von dichtem Gestrüpp umgeben war. Den Baum hatte Mr Weatherly nicht erwähnt, und jetzt verstand Dee auch, warum das gar nicht nötig gewesen war. Wenn es etwas gab, wofür sie ein Gespür hatte, dann für die geheimen Treffpunkte von Liebespärchen, und ganz offensichtlich zogen sich die jungen Leute aus Prospect hierher zurück, wenn sie ungestört sein wollten. Denn hinter dem Baum senkte sich das Gelände zwischen Sträuchern ab und formte so eine lauschige kleine Kuhle. Der Stamm des Baumes war mit Schnitzereien übersät wie ein Totempfahl, überall zierten ihn von Pfeilen durchbohrte Herzchen und verschlungene Buchstaben. Welche dieser Paare hatten wohl den Lauf der Zeit überdauert, und bei welchen war das Ende so nah wie bei den verrotteten Birnen im Gras?

Ein Windstoß wehte ihr beinahe eines der letzten Blätter ins Gesicht, und sie sah durch die Äste hindurch hinauf zu den Giebeln und Terrassen des Turner-Hauses, das oben auf Plover Hill kauerte. Ein so imposantes Gebäude hätte eigentlich eleganter wirken sollen, aber zu viele Turners hatten dort im Laufe der Jahre versucht, sich gegenseitig zu übertrumpfen, so dass die verschiedenen Teile des Hauses nicht besonders gut zueinanderpassten. Okay, dachte Dee, es war schon ein herrschaftliches Haus, aber es wirkte fast ein bisschen zu bemüht.

Dee lehnte sich gegen den Baum und versuchte sich eine Vorstellung davon zu machen, wie die Räume im Turner-Haus so aussahen – ob sie wohl gemütlich und mit Teppichen und Büchern vollgestopft waren, oder eher unpersönlich, mit Kristallsammlungen und silbernen Rahmen? Wie war Claire, die doch vom schrottübersäten Salzgut stammte, bloß in diesem schindelbedeckten Monstrum gelandet? Das war Dee unbegreiflich. Doch dann kam ihr in den Sinn, wie viel weniger Jo mit ihren Narben und ihrer schwerfälligen Aussprache dort hingepasst hätte. Wahrscheinlich hatte also die richtige Schwester Whit Turner geheiratet.

Dee fragte sich, was sie wohl tun würde, wenn sie in einem solchen Haus lebte und mit einem Mann wie Whit verheiratet wäre. Ein erneuter Windstoß blies ihr Sand in die Augen, und sie blinzelte, wandte sich vom Baum ab und brach in die entgegengesetzte Richtung auf, zurück zum Imbiss. Auf dem Weg dorthin versuchte sie, nicht an Whits heiße Finger um ihr Handgelenk zu denken und daran, was für aufregenden Ärger das geben könnte.

# KAPITEL 5

Es stellte sich heraus, dass die Harbor Bank offensichtlich in Plauderlaune war. Ihr zweites Schreiben, das auf der Salt Creek Farm eintrudelte, war von außen zwar genauso schlicht wie das erste, die Worte waren jedoch um einiges bunter. »Zweite Benachrichtigung«, stand oben in großen roten Buchstaben. »Setzen Sie sich bezüglich Ihres Darlehens bitte dringend mit uns in Verbindung«, stand im kleiner gedruckten Text. »Andernfalls werden wir rechtliche Schritte einleiten.«

So, so.

Dieses Mal tat Jo, was der Brief vorschlug, und griff zum Telefon. Sie rief nur selten jemanden an, und ihre Finger zitterten, als sie die Nummer wählte. Beim dritten Versuch schaffte sie es dann endlich.

»Harbor Bank«, meldete sich eine gelangweilte Frauenstimme, »was kann ich für Sie tun?«

Jo fand, dass sie am besten einfach bei den Tatsachen bleiben sollte, so wie es die Bank ja auch gehalten hatte. »Hier ist Joanna Gilly«, erklärte sie. »Von der Salt Creek Farm draußen auf Cape Cod. Ich möchte bitte mit jemandem über mein Darlehen sprechen.«

»Einen Moment.« Die gelangweilte Dame seufzte und verband sie mit einem Mr Monaghy.

»Gil Monaghy«, meldete der sich, und er klang überhaupt

nicht gelangweilt. Seine Stimme war vielmehr das reinste Feuerwerk. »Was kann ich für Sie tun?«

»Sie können mir zum Beispiel erklären, warum Sie bei meinem Darlehen die Raten erhöht haben«, blaffte Jo ohne jede Vorrede in den Hörer, »und was ich Ihrer Meinung nach jetzt tun soll.«

Es stellte sich heraus, dass Gil Monaghy genau der Richtige war, um die Situation zu erläutern. Offenbar hatte es bei Mamas zweitem Kredit auf die Marsch eine Klausel gegeben. Falls das Darlehen bis zu einem bestimmten Zeitpunkt nicht abbezahlt sein sollte, würden die Raten dramatisch ansteigen. Dieser Zeitpunkt war nun gekommen, und Jo stand jetzt als die Dumme da. »Es ist ja nicht etwa so, dass Sie mit den Zahlungen in Verzug sind«, stellte er klar. »Aber die Rate beläuft sich schon seit Monaten auf eine höhere Summe, und da sind Sie mit dem Differenzbetrag im Rückstand.«

»Wie viel schulde ich Ihnen?«, fragte Jo, und Mr Monaghy nannte ihr die Zahlen, als würde er da über Milchgeld reden.

Jos Herz zog sich schmerzhaft zusammen, während sie nach einer Antwort suchte. »Das ist viel Geld«, erwiderte sie schließlich. »Was passiert, wenn ich nicht so viel habe?« Ehrlich gesagt glaubte sie, den Betrag gerade so aufbringen zu können. Sie hatte ein finanzielles Polster, das ihre Mutter damals bereits angelegt hatte, diese Zahlung würde ihre Rücklagen jedoch völlig verschlingen.

»Dann sehen wir uns leider gezwungen, Maßnahmen zu ergreifen.«

Jo wusste, was das hieß, dass ihr Gut nämlich einem Haufen Anzugträger in die Hände fallen würde. »Und was wäre, wenn ich zwar den Differenzbetrag aufbringen könnte, es dann aber nicht schaffe, die neuen Raten jeden Monat zu zahlen?«, erkundigte sie sich.

Mr Monaghy seufzte. »Dann geht eben alles wieder von vorn

los. Und dazu würde ich Ihnen nicht raten.« Seine Stimme wurde sanfter. »Vielleicht«, schlug er vor, »sollten Sie darüber nachdenken, das Grundstück zu veräußern. Haben Sie das schon mal in Erwägung gezogen?«

Jo schnaubte. »Glauben Sie mir, das ist auch keine Lösung. Niemand will diesen Sumpf.« *Außer Whit Turner*, dachte sie, dem letzten Menschen auf Erden, an den sie je verkaufen würde. Und dann legte sie einfach auf.

Manche Sachen konnte eben selbst Jo nicht zuwege bringen. Sie konnte zum Beispiel einen in die Erde gesunkenen Stein nicht wieder aufrichten oder Tote zum Leben erwecken. Und vor allem musste sie beim Gilly-Salz die Dinge so nehmen, wie sie eben kamen.

Wenn sie Glück hatte, dachte Jo, würde vielleicht auch die Bank diese Lektion beizeiten lernen.

Nach dieser Unterhaltung mit Mr Monaghy war der Tag ohnehin im Eimer, also beschloss Jo, angesichts des bevorstehenden Wintereinbruchs eine sehr unangenehme Pflicht zu erfüllen und den letzten Wurf verwilderter Katzen zu ertränken. Natürlich war das eine grauenhafte Angelegenheit, die meisten Leute hatten allerdings keine Ahnung, was für eine Kunst es zugleich war, das Leben dieser Kreaturen zu beenden. Wenn man es richtig anstellte, war es für die armen Dinger kurz und schmerzlos.

Ihre Mutter hatte sie danach einfach irgendwo in ein Loch geworfen, Kalk daraufgeschüttet und sie verscharrt, nach Mamas Tod nahm Jo diese Aufgabe jedoch ernster. Jetzt war nur noch sie hier, und sie wollte es so. Sie brachte die leblosen Kätzchen gerne zu einer ganz besonderen Stelle bei den Gräbern. Und wahrscheinlich freuten sich selbst die Toten gelegentlich über ein paar neue Gesichter, dachte sie, und so verlieh sie dem Ganzen gewissermaßen einen Sinn. Das machte es ihr etwas einfacher. Jo konnte den Tod eines Lebewesens verantworten, konnte sogar mit ihren eigenen Händen dazu beitragen, ertrug aber keine sinnlose Verschwendung.

Der Wurf war kleiner als sonst. Jo legte die Kätzchen in einen Futtersack und band ihn zu. Das war einer von den Beuteln, die sowieso nicht mehr verkauft werden konnten, mit großen weißen und roten Buchstaben auf dem Jutestoff. Dann holte sie einen Waschbottich aus Metall, füllte ihn mit dem Schlauch mit eiskaltem Wasser und verzog sich dann mit den Katzen und dem ganzen Material hinter die Scheune.

Sie arbeitete schnell und versuchte, möglichst nicht darüber nachzudenken, was sie da tat. Danach legte sie die kleinen Körper mit angezogenen Pfoten und Schwänzchen nebeneinander. Diese Kätzchen waren noch sehr jung, sie hatten kaum Fell, und so nass sahen sie in der eisigen Luft noch winziger aus.

Genau dann ertönte hinter ihr ein Quieken, zu laut, um von einer Katze zu stammen. Erschrocken fuhr Jo herum und entdeckte zu ihrem Erstaunen Dee Pitman, dieses Mädchen aus der Stadt, das seine Nase überall hineinstecken musste. Dee stotterte und stammelte wie ein in die Enge getriebenes Vögelchen. »Was … was machen Sie da?«, jaulte sie. Jo seufzte und stand auf. Sie musste daran denken, wie entsetzt sie gewesen war, als sie ihrer Mutter mit sechs Jahren zum ersten Mal dabei zugesehen hatte.

»Können wir die denn nicht als Haustiere behalten?«, hatte sie Mama damals gefragt, während die vor ihren Augen Tier um Tier ertränkt hatte. »Wenigstens eine einzige?«

Mama hatte sie nur aus zusammengekniffenen Augen angestarrt. »Manchmal verbirgt sich hinter der größten Grausamkeit ein Akt der Gnade«, hatte sie erklärt. »Je eher du das lernst, desto besser.« Und dann hatte sie Jo dazu gezwungen weiterzumachen.

Jetzt rieb Jo ihre Handflächen aneinander und sah Dee mit durchdringendem Blick an. »Die hatten nicht die geringste

Chance«, erklärte sie und ignorierte das Miauen des letzten Kätzchens im Sack. »Das sind verwilderte Tiere. Die Mutter hat sie verlassen, und sie sind noch nicht groß genug, um allein zu überleben.« Dee erwiderte nichts, also fuhr Jo fort: »Und es kommen jedes Jahr mehr, die sind der reinste Fluch, eine echte Plage.« Sie stieß den Sack mit dem Zeh an. »Und hier geht alles den Bach runter.«

Jetzt fand Dee ihre Stimme wieder. »Wegen der Katzen?«

Jo war verwirrt. Meinte die das ernst? Wenn Cutts Tochter diese Tierchen für den Grund von Jos Misere hielt, war sie offensichtlich keine Leuchte. Andererseits hatte Dee natürlich keine Ahnung von Jos Problemen mit der Bank und dem allen. Davon wusste niemand, und so wollte Jo es auch gern belassen. Sie kniff ihr gutes Auge zusammen. »Wie läuft der Imbiss?«, erkundigte sie sich, um das Thema zu wechseln. »Hilft euch das Salz?«

Dee wurde rot und wich ihrem Blick aus. »Ehrlich gesagt bin ich deshalb hier. Es hat sich herausgestellt, dass wir doch nicht so viel brauchen wie gedacht. Die Gäste nehmen Ihr Salz nicht, Sie mögen lieber das aus dem Laden. Sie behaupten, das von Ihnen sei … verdorben.«

Sofort erschien vor Jos innerem Auge das Bild von Claire, die mit knochiger Hand nach einer Salzschale auf dem Tresen griff und so ruhig wie möglich, fast bedauernd, verkündete: »Wenn ihr nur wüsstet, was da alles drin ist.«

»Sag nichts. Meine Schwester ist ins Restaurant stolziert und hat euch mit ihren Märchen eingeschüchtert.«

Dee sah unbehaglich drein. »Das war jetzt keine große Sache«, behauptete sie und versuchte, nicht zu den Kätzchen hinüberzusehen. »Aber es ist vermutlich besser, wenn Ihr Salz bei uns nicht so offen rumsteht.«

Jo stieß ein barsches Lachen aus. »Bei meiner Schwester ist immer alles eine große Sache. Das wirst du schon noch merken.

Aber denk an meine Worte, wenn ihr das Salz nicht mehr serviert, dann ist euer Leuchtturmrestaurant bald wieder in dem gleichen üblen Zustand, in dem ihr es vorgefunden habt. Ihr solltet den Kunden lieber erklären, dass an Claires Geschichten nichts dran ist.«

»Und woher wollen Sie das alles wissen?«, fragte Dee.

Jo zuckte mit den Achseln. »Ich an eurer Stelle würde mich für das Salz entscheiden, das ist alles.«

Es sah nicht so aus, als würde es Dee nach diesem Rat besser gehen. Sie blickte auf die leblosen Kätzchen hinunter. »Was machen Sie danach mit denen?«, fragte sie Jo, während die sich hinkniete und wieder in den Sack griff. Dee wandte sich ab, als sie das letzte schreiende Katzenbaby hervorzog.

»Kalk und ein tiefes Loch«, erklärte Jo und steckte den Arm in den Waschtrog.

Ohne ein weiteres Wort floh Dee über die Dünen in Richtung Drake's Beach, wobei ihr die Bilder der toten Kätzchen vermutlich nicht aus dem Kopf gingen. Der Nachmittag verflog rasch, und es wurde bereits duster. Wahrscheinlich marschierte Cutt inzwischen in der Restaurantküche auf und ab, dachte Jo, griff nach dem Geschirrtuch und fragte sich, wo zum Teufel seine Tochter bloß steckte. Denn sicher würden bald die ersten Gäste fürs Abendessen eintreffen. Nicht so viele wie mittags, aber dennoch ein paar, und zwischen ihnen hätten eigentlich Schälchen mit Jos Salz stehen und ihre Zauberkräfte wirken lassen sollen, bleiche Kreise, ausdruckslos und geheimnisvoll wie viele kleine Monde.

Nachdem Dee fort war, machte Jo sich Vorwürfe, weil sie sich Dee gegenüber so gemein verhalten hatte. Dabei wusste sie ja selbst besser als sonst einer, wie es war, schikaniert zu werden. Nach dem Tod ihres Bruders hatte ihre Mutter die Mädchen ein ganzes Jahr lang schwarz gekleidet, so dass sie alle Blicke auf sich zogen, ihre Trauer überall ins Auge stach. Jo war damals erst neun gewesen und damit zu jung, um die Stille der Erwachsenen zu verstehen, die sich ausbreitete, wenn sie mit ihrer Mutter und Schwester in der Stadt die Bank oder Apotheke betrat. Gleichzeitig war sie aber viel zu traurig, um noch ein Kind zu sein. Ihre Kleidung war meist schmutzig und voller Salzringe, weil sie vor der Schule in der Marsch arbeitete, und ihr Mittagessen roch nach gekochtem Kohl. Die anderen Kinder fingen an, einen großen Bogen um sie zu machen, und wandten sich bei den Mahlzeiten von ihr ab, wenn sie sich den verschworenen kleinen Grüppchen näherte. Jemand erfand ein Spottlied über sie, das dann im Umkleideraum gesungen wurde.

Sie war auch vorher nicht besonders beliebt gewesen, es hatte ihr aber nicht viel ausgemacht, weil sie ja mit Henry zusammen essen oder zu den Schaukeln gehen konnte. Er hatte ihr auch die Wörter erklärt, mit denen sie Schwierigkeiten hatte. Als sie noch zu zweit gewesen waren, hatten die Kinder aus der Stadt sie in Ruhe gelassen, aber jetzt war Jo ganz allein, und all ihre Eigenheiten fielen plötzlich besonders auf, sogar ihr selbst.

Auf der Suche nach Trost wandte sie sich an Unsere Liebe Frau. Jeden Sonntag trottete sie hinter ihrer Mutter her zur Kirche, Claires kleine Hand in der ihren, und starrte während der ganzen Messe die Jungfrau an. Ihr fehlendes Gesicht war ein ungelöstes Rätsel, das auch sie nicht ergründen konnte. Jos Vorstellungskraft blieb an den Rissen im Bildnis hängen und erinnerte sie an ihre eigenen kleinen Sünden.

»Verehrung ist nicht einfach nur Liebe«, erklärte Mama Jo, wenn sie sie ins Bett brachte, und ihre ausdruckslose Stimme hallte in der Dunkelheit nach. »Vergiss das nie. Es steckt auch Schmerz darin, so großer Schmerz, wie du ihn dir kaum vorstellen kannst.«

Jo fing an, genauer darauf zu achten, was die Frauen aus der Stadt zu den Füßen der Muttergottes hinterließen. Das Opfer der Gillys war immer Salz gewesen, Jo fand jedoch heraus, dass die Gaben eine ganz eigene Sprache sprachen. Junge Mädchen, die sich nach Liebe sehnten, brachten frische Blumen, solche, die man betrogen hatte, jedoch getrocknete. Die Frauen, die sich um ihre Kinder sorgten, opferten Zucker und Honig, und solche mit Geldproblemen schoben einen Vierteldollar unter die Opferkerze. Und wenn es an der Zeit für die Beichte war, dann zeichnete jede einzelne der Frauen ausnahmslos mit zwei Fingern die Umrisse des leeren Antlitzes nach, so als würden sie ihre Fehler lieber der Muttergottes anvertrauen als dem Herrn.

Pater Flynn machte das wahnsinnig. »Ich möchte alle noch einmal bitten, keine Lebensmittel oder andere Sachen in die Kirche zu stellen«, verkündete er manchmal vor der Predigt. »Das lockt nur Ratten an. Wer außerhalb der Messe beten möchte, findet unter der letzten Bank Kerzen, für die wir uns über eine Fünf-Cent-Spende freuen.« Aber die Frauen in Prospect ignorierten ihn rundheraus und entschieden lieber weiterhin selbst, wie und zu wem sie beteten.

»Warum?«, forderte Jo nun eine Erklärung ein.

Darauf erwiderte Mama jedoch nie etwas. »Geh jetzt schlafen«, war die einzige Antwort, die sie je bekam.

Wenn Jo in der Kirche lange genug die Gottesmutter und ihre Gaben studiert hatte, wanderte ihr Blick hinüber zu Whit Turner. Der saß auf der anderen Seite des Ganges und wusste sie hinter dem stocksteifen Rücken seiner Mutter immer mit Grimassen zum Lachen zu bringen, obwohl er doch zwei Jahre jünger war als sie.

Woche für Woche kamen nur Whit und seine Mutter Ida zur Messe. Sein Vater Hamish war kein religiöser Mensch und nahm daher nicht am Gottesdienst teil. Ida hingegen war als armes katholisches Mädchen zur Welt gekommen, und obwohl sie jetzt nicht mehr arm war, war der katholische Teil noch immer tief und fest in ihr verankert, genau so, wie es sein sollte.

Bevor sie Ida Turner wurde, war sie Ida May Dunn gewesen, eine Göre mit schmutzigen Knien, die mit ihrem betrunkenen Vater und einer schwachsinnigen Schwester in einer Fischerhütte hauste und gänzlich von der Wohltätigkeit der katholischen Temperenzler abhängig war, um mit Kleidung, ein paar Lebensmitteln und moralischen Grundlagen ausgestattet zu werden. Jos Mutter fand es amüsant, Ida, die sich doch als Kind wild und ungestüm an Drake's Beach in der Brandung herumgetrieben hatte, blitzblank und herausgeputzt in die Kirche schreiten zu sehen. Jo wusste, dass es da draußen am Strand Strömungen gab, die einen Körper hinabreißen konnten, und solche, die einen Menschen nur ein wenig durchrütteln und dann wieder loslassen würden. Wehe dem, der den Unterschied nicht kannte.

Bei Ida musste man genauso vorsichtig sein. Einmal bemerkte sie während der Messe, dass Whit herumzappelte, drehte sich zu ihm um und ertappte ihn mitten in einer Grimasse. Er zog seine Mundwinkel mit zwei Fingern auseinander und wackelte mit den Augenbrauen in Jos Richtung. »Whittington Turner«, fauchte Ida deutlich vernehmbar und kniff ihm mit lackierten Nägeln ins Ohrläppchen. »Wenn du dieses Gilly-Mädchen nur noch ein einziges Mal ansiehst, dann steche ich dir die Augen aus.« Das brachte Whit zur Räson. Genau wie Ida drückte er nun den Rücken durch und faltete die Hände im Schoß. Jo fand es faszinierend, dass er seine steifen Turner-Manieren anlegen und wieder abstreifen konnte wie ein Paar Socken.

Wenn das Wetter nach dem Gottesdienst gut war, entließ Mama Jo am Drake's Beach mit der Weisung in die Freiheit, doch etwas fürs Mittagessen mitzubringen. Die Wirtschaftskrise und die Kriegsjahre waren zwar längst vorbei, aber das Leben der Menschen in dieser Gegend war trotzdem karg. Für die Bewohner von Prospect stellte überwiegend das Meer die Lebensgrundlage: Fisch, schnappende Hummer und am Strand ausgegrabene Muscheln. Aber ganz langsam änderten sich die Dinge.

Die neue Schnellstraße am Kap, der Mid-Cape Highway, war endlich fertig (Jo stellte sich manchmal gern vor, dass ihr Vater abgehauen war, um beim Bau mitzuhelfen), und es kamen jedes Jahr mehr Leute in ihre kleine Stadt. In der Nähe von Hyannis vergnügten sich die Reichen mit ihren Familien und vergrößerten sie sogar noch, und jeden Sommer verstopften pastellfarbene Autos mit eleganten Kühlern und Lamellen die Straßen. Wenn Jo hinter einem solchen Wagen im Verkehr feststeckte, kniff sie die Augen zusammen und musste dann an diese eine Schachtel Gebäck denken, die Ida nach der Ostermesse herumgereicht hatte, von der ihre Mutter sie aber nicht hatte probieren lassen.

»Von Ida Turner nehmen wir nichts an«, hatte Mama gefaucht und Jo einen Klaps auf die Hand gegeben. »Wir leben zwar bescheiden, aber so arm sind wir dann doch nicht.«

Dank Ida lebten viele Menschen in der Stadt bescheiden.

»Koteletts hab ich keine mehr«, erklärte Mr Upton ihnen von Mai bis August stets traurig. »Filet, Rinderkamm und Hamburger sind auch aus.« Also gab es für Jo und ihre Familie stattdessen Leber, Hachse und Ochsenschwanz. Sie lauschten den Klängen von Big-Band-Schallplatten und dem Rasseln der Cocktailshaker, die von Plover Hill herübergeweht wurden, und schauten mit an, wie die Turners veranlassten, dass rund um die Bank Street alle Häuser perlgrau gestrichen wurden, sie die Hecken stutzen und den Lattenzaun vor Mr Uptons Laden reparieren ließen, und ein Bußgeld für die Besitzer der Geschäfte einführten, die ihre Fenster nicht sauber hielten.

»Bald stecken uns die Turners noch alle in Uniformen«, grummelte Mr Upton, als Jos Mutter ihre Salzlieferung vorbeibrachte. »Egal, wohin man spuckt, es trifft immer irgendeine ihrer Neuerungen. Ich hab gehört, dass sie sich jetzt nach Grundstücken auf dem Festland umsehen.« Der Blick von Jos Mutter verfinsterte sich, wenn sie so etwas hörte, sie sagte jedoch nichts dazu und reichte Mr Upton nur mit gerunzelter Stirn seine Lieferung. Jo wusste, dass sie wirklich andere Sorgen hatten. Sie verkauften von Sommer zu Sommer weniger. Es stellte sich heraus, dass die Urlauber lieber feines, weißes Salz wollten. Mit dem klumpigen Zeug der Gillys konnten sie nicht viel anfangen.

Wenn man bedachte, wie unterschiedlich ihre Herkunft war, hätten Whit und Jo eigentlich niemals Freunde werden sollen – dagegen sprachen Hunderte von Gründen, und wenn es nur war, dass Ida Mama hasste, und Mama sie mit einer Inbrunst zurückhasste, mit der sie sonst nur die wilden Katzen in der Marsch verabscheute.

»Das sind allesamt Schlampen«, schnaufte sie jedes Mal, wenn sie einen weiteren Sack voller Katzen davontrug, auf die der sichere Tod wartete. »Schlimmer als eine Schiffsladung betrunkener Matrosen. Lassen die armen unschuldigen Dinger einfach verhungern. Und dann dieses Herumstolzieren mit hoch in die Luft gerecktem Schwanz.« (Manchmal wusste Jo nicht so recht, ob ihre Mutter jetzt Ida oder die Katzen verfluchte.)

Vielleicht hätte die Feindseligkeit ihrer Mütter bei Whit und Jo ähnliche Gefühle auslösen sollen, aber es stellte sich heraus, dass sie beide ziemliche Dickköpfe waren. Bei ihm war es offensichtlicher, aber auch Jo war stur, und statt sich gegenseitig abzustoßen, zogen sie sich vielmehr an wie Magnet und Metall, der eine war, was der andere brauchte. Und eine Zeit lang – tatsächlich sogar viele Jahre – konnte sie nichts auseinanderbringen, nicht ihre Mütter, nicht die Tatsache, dass er ein reicher Turner und sie eine im Schlamm watende Gilly war, und auch nicht die zwei Jahre Altersunterschied.

Aber es konnte nicht ewig so weitergehen, und das lag nicht an den Gründen, über die sich die Leute in der Stadt das Maul zerrissen – am Feuer, an Jos und Whits unterschiedlicher gesellschaftlicher Stellung oder daran, dass Jos Schwester Claire die Hübschere der beiden Gillys war. Wie bei Kleinstadtskandalen so oft war die wahre Ursache für das Zerwürfnis zwischen Jo und Whit viel einfacher und gewaltiger, als die meisten Leute gedacht hätten – der Tod kam zwischen sie. Und obwohl sie das nur ungern zugegeben hätte, obwohl es eigentlich gar nicht so aussah, hatte Jo tief in ihrem Herzen einen guten Grund, den Sternen dafür zu danken, dass dem so war.

Als sie Whit zum ersten Mal richtig kennenlernte, war Jo sieben und steckte auf Drake's Beach mit beiden Armen bis zum Ellbogen im feuchten Sand. Wenn sie genug Zeit hatte und das Wetter es zuließ, lief sie nach der Kirche gerne am Strand herum und sah sich nach etwas Essbarem um. Sie tollte durch die Brandung und versuchte, ein paar Fische zum Braten zu fangen, oder sammelte Seetang, meistens aber grub sie Muscheln aus: klein und knorpelig, aber durchaus lecker, nachdem ihre Mutter sie geschmort hatte. Ein Eimer Muscheln entsprach einem Tag, an dem das Essensgeld der Gillys im Glas in der Küche bleiben konnte. Jo hatte den Kopf gesenkt und war konzentriert, daher fuhr sie erschrocken zusammen, als sie plötzlich eine Jungenstimme vernahm: »Wo kommen die überhaupt her?«

Sie hörte zu buddeln auf und wandte sich um. Normalerweise hatte sie den Strand für sich allein, aber da stand nun Whit Turner mit Sonntagshosen und gebügeltem Hemd.

»Was?«, fragte sie verwirrt. Vor diesem Nachmittag hatte sie Whit noch nie allein draußen gesehen. Normalerweise schleppte seine Mutter ihn nach dem Essen in den Country Club.

Hinter Whit erschien der panische Schatten seiner Gouvernante und verharrte dort wie ein flatterndes Insekt, er ignorierte sie jedoch einfach. »Ich meine, die haben doch keine Mutter und keinen Vater, und Eier legen Muscheln auch nicht – oder doch?«

Darüber hatte Jo vorher nie nachgedacht. Für sie war das einfach nur kostenloses Essen. Das war alles. Sie grub die Muscheln aus, ihre Mutter kochte sie, und damit hatte sich die Sache. Andererseits kannte Whit Hunger auch nicht aus erster Hand, so wie sie. Jo wusste, dass sich nur Leute mit vollen Bäuchen fragten, woher ihr Essen stammte. Der Rest der Menschheit senkte das Haupt und dankte dem Herrn für seine Güte. Jo zuckte mit den Achseln und steckte ihre Schaufel in den Sand. »Nicht alles hat eine Mutter.«

Whit runzelte die Stirn und dachte über ihre Worte nach. Das war neu für Jo. Mama sagte ihr meistens, sie solle den Mund halten und sich wieder an die Arbeit machen, und Claire plapperte einfach nur auf sie ein. Whit biss sich auf die Lippe. »Alles und jeder hat doch eine Mutter. Sogar Jesus.«

Jo dachte an den gesichtslosen, behauenen Kopf der Jungfrau in ihrer ewigen Mahnwache und zuckte mit den Achseln. Whit ließ sich neben ihr in den Sand sinken und beugte sich über das Loch, das sie gegraben hatte. »Manchmal wünsche ich mir, ich hätte eine andere Mutter«, murmelte er und malte mit einem Finger ein Muster in den Sand. »Meine ist nämlich nicht besonders nett.«

In diesem Moment erwachte der lauschende Schatten der Gouvernante zum Leben. »Whit Turner«, knurrte sie und zog ihn am Ellbogen hoch. »Eigentlich darfst du gar nicht hier sein, und du solltest erst recht keine Geschichten über deine Familie erzählen. Du bist ein Turner, benimm dich also auch so. Und jetzt los, wir kommen noch zu spät zum Tennis.«

Whit rollte mit den Augen und grinste Jo an. Sein Haar war zerzaust, so wie das von Henry früher oft, und sie hätte am liebsten die Hand ausgestreckt und es geglättet. Es war gar nicht unbedingt so, dass Jo Henrys Gesellschaft vermisste – in seinem kurzen Leben hatte er schließlich die meiste Zeit die Nase in Lexika und Bücher gesteckt, während das Herz in seiner Brust flatterte wie ein Kanarienvogel im Käfig. Sie vermisste eher die Möglichkeit seiner Gesellschaft. Sie sah Whit an und sprach eine Einladung aus, obwohl sie wusste, dass das ihrer Mutter so gar nicht passen würde. »Wenn du morgen wiederkommst«, versprach sie und deutete mit ihrer Schaufel auf den Strand. »Dann findest du mich dahinten. Ich weiß, wo es Sanddollars gibt.«

Whits Gouvernante war bereits dabei, ihn mit sich zu schleifen, aber bevor sie sich allzu weit entfernt hatten, drehte er sich noch einmal um und rief: »Und wenn du rausfindest, woher die Muscheln stammen, dann sag Bescheid!«

Stattdessen musste sie sich am Abend ganz schön etwas anhören, als sie ihrer Mutter von dem Treffen erzählte. »Wenn ich du wäre, würde ich mir einen anderen Freund suchen«, grummelte Mama und knallte die Schüssel mit Kartoffelpüree und Erbsen auf den Tisch.

Jo zog eine Schnute. »Warum denn?«

Mama schnaubte. Das war eine dumme Frage. Selbst Jo war das klar. Sie wappnete sich für eine ordentliche Standpauke. »Denn was auch immer du tust«, begann Mama, »du kriegst den Schlamm nie aus den Klamotten, den Akzent nie aus der Stimme und die Sole nie aus dem Blut.« Sie steckte einen Löffel ins Püree und schob ihren Stuhl vom Tisch weg. »Ida hat Angst vor ihrem Niedergang, auch wenn sie da oben auf Plover Hill hockt wie eine alte Krähe. Denn glaub mir, Ida weiß genau, wie es ganz unten ist.«

Jo seufzte, beugte sich tief über ihren Teller und probierte die Muscheln. Zum ersten Mal fand sie den Geschmack des Salzes unangenehm. »Ich wette, so was essen die Turners nicht«, bemerkte sie und schob den Teller beiseite.

Ihre Mutter sah sie kühl an. »Je weniger Gedanken du dir um die Turners machst, desto besser. Und jetzt sei still und iss die Gaben, die Gott uns geschenkt hat.« Claire begann zu quengeln, und Mama brachte sie zum Schweigen. »Du nicht auch noch«, stöhnte sie, tunkte eine Brotkruste in Milch und reichte sie Claire. »Erzähl mir bitte nicht, dass sich hier noch jemand über die Ordnung der Dinge beschweren will.«

Jo biss sich auf die Zunge und versuchte, das restliche Essen herunterzuschlucken. Hatte sie sich etwa beschwert? Sie sah das anders, aber manchmal konnte man gar nicht so leicht einschätzen, wie Mama die Dinge auffassen würde. Jo blickte aus dem Küchenfenster hinaus über die Marsch. Jenseits des Salzmoores lag direkt hinter den Dünen Drake's Beach und die Erinnerung an ihren Nachmittag mit Whit.

»Hast du mich gehört?«, fragte Mama. »Nach dem Essen müssen die äußeren Becken ausgekratzt werden. Nimm deine Schwester mit, lass sie aber nicht allein rumlaufen.«

Jo seufzte und sah Claire an, die sie aus großen Kinderaugen anstarrte. Ihr feuerrotes Haar ringelte sich in kleinen Löckchen. »Bestimmt nicht«, versprach Jo, kreuzte aber die Finger unterm Tisch. Für sich selbst konnte sie das nämlich nicht versprechen.

Eine Woche später überraschte Whit sie damit, dass er auf einem Motorrad den Strand entlangraste. Es war absolut lächerlich. Die Maschine war viel zu groß für ihn, und er wackelte darauf hin und her wie ein Stehaufmännchen, aber da war er nun, sauste am Ufer entlang und grinste von einem Ohr zum anderen. Kurz bevor er Jo erreichte, blieb eines der Räder an einem Stein hängen, das Motorrad rutschte seitlich weg, warf Whit ab und schleuderte in hohem Bogen Sand durch die Luft.

»Alles klar?«, rief Jo und rannte zu ihm hinüber, um ihm zu helfen.

Whit stand auf, griente wie eine Hyäne und wischte sich über die Jeans. »Nicht schlecht, was?«

Mit klopfendem Herzen stemmte Jo die Hände in die Hüften. Seit Henrys Tod war sie übervorsichtig und hatte furchtbare Angst vor möglichen Unfällen. »Doch, ist es.« Dann kam ihr ein furchtbarer Gedanke. »Hast du das etwa gestohlen?« Warum Whit allerdings etwas stehlen sollte, war ihr schleierhaft.

Er feixte. »Die Weatherly-Brüder haben es mir geliehen.«

»Was?« Sie kannte die Weatherly-Brüder – Tim und Hank. Alle Mädchen in Prospect kannten die beiden. Ein Zehnt- und ein Zwölftklässler, berühmt für ihre Schmalztolle, die Zigarettenpäckchen, die sie im Umschlag des T-Shirtärmels mit sich herumtrugen, und ihre motorisierten Fahrzeuge. Die Weatherly-Brüder waren die Schrauber und Dreher von Prospect. »Warum sollten die einem kleinen Kind wie dir ein Motorrad geben?«

Whit zuckte mit den Achseln. »Keine Ahnung. Haben die Leuten denn immer einen Grund für alles, was sie machen?«

»Aber guck mal, du hast es ja zerkratzt.« Es stimmte. Am hinteren Schutzblech zog sich eine zehn Zentimeter lange Schramme über die rote Farbe. Whit hockte sich hin, um einen Blick darauf zu werfen. »Das gibt aber Ärger«, bemerkte Jo. Sie konnte sich den triumphierenden Tonfall nicht verkneifen. »Du weißt doch, wie empfindlich die Weatherly-Brüder sind, wenn es um ihr Spielzeug geht.«

Whit ließ sich auf die Hacken sinken. »Das glaube ich kaum.«

»Was glaubst du nicht?«

»Dass die Probleme machen werden.«

Jo starrte ihn an. »Bist du verrückt? Timmy hat Hank letztes Frühjahr beinahe den Kopf abgerissen, weil er mit seiner Blechkiste einen Unfall hatte.«

Whit strich mit dem Daumen über den Kratzer. Auf einmal nahmen seine Züge einen verblüffend erwachsenen Ausdruck an. »Ja, ich bin aber nur ein kleines Kind. Was können die mir schon anhaben? Und wenn ich grün und blau nach Hause komme, dann müssen sie meiner Mutter erst mal erklären, warum sie mir das Motorrad überhaupt geliehen haben, und du weißt ja, dass Timmy und Hank keine großen Redner sind.«

Seine Argumentation war hieb- und stichfest. Jo war beeindruckt.

»Am besten sag ich einfach, dass die Schramme schon vorher war«, überlegte er. »Das werden die mir zwar nicht abkaufen, aber was bleibt ihnen anderes übrig? Sie werden sich gegenseitig beschuldigen, und dabei bleibt es dann. Jetzt komm, hilf mir mal, das Ding aufzurichten.«

In diesem Moment konnte Jo zum ersten Mal erahnen, in was für einen Mann Whit sich später verwandeln würde. Der Grundstein für seinen Charakter war damals bereits gelegt, Jo wurde aber vom Optimismus des wolkenlosen Sommerhimmels geblendet, und die sanfte Brise, die ihr über den Nacken strich, lullte sie ein. Sie stand barfuß im Sand, und die Hitze floss vom Spann der Füße hinauf bis in ihre Schenkel. Mit Whit zusammen zu sein füllte irgendwie die Leere in Jos Knochen. Wenn er bei ihr war, hatte sie fast das Gefühl, dass ein kleines Stückchen von Henry wieder zum Leben erwachte. »Okay«, sagte Jo schließlich und kniete sich neben Whit, um ihm zu helfen. Sie kicherte. »Dann halten wir hier als Komplizen zusammen.«

In dem Moment tat Whit etwas, das sie nie vergessen würde. Damals schien es eine unschuldige Geste zu sein, aber sie würde später zu schwären beginnen, so wie ein im Fleisch vergrabener Dorn zu einer Entzündung führt. Der Junge wischte sich die Haare aus den Augen und ließ von dem Motorrad ab. »Wir halten bei allem zusammen«, verkündete er, spuckte sich in die Hand und hielt sie ihr dann entgegen.

»Wir halten zusammen«, bekräftigte sie, spuckte in ihre Handfläche und presste sie gegen Whits. Einen Augenblick lang sagte keiner von ihnen ein Wort, und der Punkt, an dem ihre Hände sich trafen, wurde langsam immer wärmer.

Jo stand auf. »Komm schon, lass uns zurückgehen. Ich wette, dass die Weatherly-Brüder schon auf ihr Motorrad warten.«

Da sagte Whit etwas Unerwartetes. »Meine Mutter will das Gelände von deiner Mom kaufen. Ich hab's genau gehört«, erklärte er. »Aber keine Angst. Ich sorge dafür, dass euer Salz sicher ist.« Jo trat einen Schritt zurück und stolperte dabei über einen Stein. Sie hatte nicht das Temperament von Claire, die mit ihren drei Jahren wahre Tobsuchtsanfälle bekam, aber dieser Kommentar ging ihr durch Mark und Bein und setzte sich in ihrem Kopf fest. Sie dachte daran, wie Ida ihr bei Henrys Trauerfeier zugefaucht hatte: »Es hätte dich treffen sollen.«

Jo trat vor und versetzte Whits Schulter einen Stoß. »Halt bloß den Mund, Whit Turner. Du weißt ja gar nicht, was du da sagst.« Sie spuckte aus.

Whit zuckte mit den Achseln und zog dann ohne sie in Richtung Dünen ab. »Wie du meinst«, sagte er. »Ich erzähle dir ja nur, was ich gehört habe.« Er blieb stehen und hielt ihr die Hand hin. »Kommst du? Wir können noch eine Runde auf dem Ding drehen, bevor ich es zurückbringe.«

Jo zögerte. Sie wusste, dass ihre Mutter in diesem Moment ein kaltes Glas Milch und ausgekühlte Plätzchen für sie bereitstellen, mit zusammengekniffenen Augen zur Uhr hinübersehen und sich fragen würde, wo sie bloß steckte. Aber dann war da auch noch Whits Hand, die er ihr einladend entgegenhielt. Jo griff danach.

»Keine Angst«, beruhigte er sie und zog sie mit sich, so als hätte er nie etwas anderes getan. Er bewegte sich mit der Grazie, die ihrem Bruder immer gefehlt hatte. »Das ist doch alles nur Erwachsenen-Kram. Damit haben wir nichts zu tun.«

»Sicher«, antwortete sie. Aber das stimmte überhaupt nicht, es war eine Lüge, wie sie nur eine wahre Gilly erzählen konnte.

Whit war Jos erster, letzter und einziger Freund. Ihre Beziehung war eine Hintertreppenfreundschaft, die sie heimlich auf Drake's Beach führten, nur bei gutem Wetter, und nur sie zwei. Die Röcke wurden weit, dann gerade und schließlich kurz, Elvis erschien mit seiner schmalzigen Haarlocke und den verrückten Hüften auf der Bildfläche, aber im kleinen Universum von Whit und Jo blieb alles gleich.

Sie brachte Whit bei zu fischen, Steine auf dem Wasser hüpfen zu lassen, auf zwei Fingern zu pfeifen und zu schnitzen, und er zeigte ihr, wie man Walzer tanzte, rauchte und auf Französisch fluchte. Wenn sie auf die gleiche Schule gegangen oder sich in denselben Kreisen bewegt hätten, hätte ihre Freundschaft vielleicht gar nicht überdauert, aber unter den gegebenen Umständen schienen ihre Unterschiede sie eher enger zusammenzuschweißen als zu trennen. Beide wussten, dass sie vom anderen nicht allzu viel erwarten konnten, und auf diese Art und Weise machten sie mit ihrer Freundschaft jedes Jahr beim Erblühen des Frauenschuhs da weiter, wo sie sie vor dem ersten Schneefall aufgehört hatten.

»Hey«, rief Whit immer als Erstes, wenn er Jo nach dem langen Winter sah. »Du hast dich ganz schön rar gemacht.«

»Aber nicht so rar wie du«, knurrte sie dann, und sie brachen beide in Gelächter aus. Whits Lachen, das ganz tief aus dem Bauch herauskam, war einfach ansteckend. Damals dachte sie, es läge daran, wie verrückt seine Streiche und Mätzchen waren, aber mit der Zeit kam sie zu dem Schluss, dass sein Lachen entweder für oder gegen einen war. Whit konnte noch so nett sein, sein Lachen ließ keinen Zweifel daran, dass man bei ihm besser auf der Hut war.

Ein Frosch war der Anlass für ihre Blutsbrüderschaft, als Jo acht war und Whit sechs. Normalerweise tollten sie am Strand herum, aber dieses Mal hatte Whit sie getriezt, bis sie ihn in die Marsch mitgenommen hatte. Seit sie ihm das Gelände dort zum ersten Mal gezeigt hatte, plagte ihn nämlich die Neugier.

Bei dem Frosch handelte es sich um ein Exemplar mit breiter Brust und heiserem Quäken, das in einem Büschel Seegras hockte. Whit hielt ihn fest, und Jo staunte, wie menschlich seine knubbeligen Zehen doch aussahen. »Wir sollten ihm einen Namen geben«, schlug sie vor. »Nennen wir ihn doch Sir Grünherz.« Seit Henrys Tod hatte sie seine Bücher über Ritter und Piraten verschlungen.

Whit sah sie schief an. »Das ist ein Frosch, Jo, kein Prinz. Aber du kannst ihn gerne mal küssen.« Er fuchtelte mit dem Tier vor Jos Mund herum, doch so schnell war sie nicht aus der Fassung zu bringen.

»Lass ihn los.« Das arme Ding wand sich und zappelte in Whits Hand.

»Was? Bist du verrückt? Der ist doch super, um meine Gouvernante zu erschrecken.«

Jo stemmte die Hände in die Hüften. »Ich meine das ernst!«

»Und ich auch. Stell dir das doch mal vor. Die schlägt heute Abend ihr Bett auf, und voilà! Sie hat Gesellschaft zwischen den Laken!« Der Frosch zuckte erneut, und Jo wünschte sich wirklich, dass Amphibien Zähne hätten. Bevor Whit irgendetwas dagegen tun konnte, machte sie einen Satz nach vorn und schlug seine Hände auseinander. Der Frosch war endlich frei und hüpfte ins Schilf.

Whit lief dunkelrot an. »Was für ein feiges Mädchen du doch bist, Jo Gilly!«

Sie verengte die Augen zu Schlitzen. »Und du bist ein gemeiner Kerl, du Blutsauger!«

Sie erwartete eigentlich, dass er kontern würde, stattdessen griff er nach ihrer Hand. Als sie eine Faust machte, berührte er sie am Handgelenk, genau dort, wo er ihren Puls spüren konnte. »Pst«, hauchte er. »Nicht bewegen!« Er öffnete ihre Finger.

Sie spürte einen Stich auf der Handfläche. »Au!«

Whit grinste sie an. Sie sah, dass er sein Taschenmesser geöffnet hatte und es nun über seine eigene Hand hielt. Dann stach er zu, und es bildete sich ein Blutstropfen. »Reich mir die Hand.« Er griff nach ihrer verwundeten Handfläche und presste die seine dagegen. Jo spürte, wie sich die warmen Flüssigkeiten auf ihrer Haut vermengten. »Jetzt sind wir Blutsgeschwister«, verkündete Whit nach einer Weile, ließ los und klappte sein Taschenmesser zu, »und gehören für immer zusammen. Was auch passiert, es ist immer ein bisschen von dir in mir und von mir in dir. Ich weiß doch, wie sehr du deinen Bruder vermisst, aber jetzt bist du nie wieder allein.«

Jo schossen Tränen in die Augen. Whit hatte überhaupt nichts begriffen. Sie wollte Henry doch nicht zurück. Sie wünschte sich einfach nur, er wäre nie gegangen. Aber was wusste Whit Turner schon! So ein privilegiertes Einzelkind, der letzte kleine Turner-König, hatte doch keine Ahnung davon, wie es sich anfühlte, die Hälfte eines größeren Ganzen zu sein. Sie wischte sich mit dem Handrücken über die Nase und schniefte.

»Danke.« Sie versuchte es so klingen zu lassen, als meinte sie es ernst, und Whits Brust schwellte vor Stolz. Jo sah ihm nach, als er die Straße entlang davonschlenderte. Die Umschläge seiner Bügelfaltenhose starrten vor Dreck. Dann beugte Jo sich über eins der Verdunstungsbecken und schöpfte etwas von dem Salzwasser in ihre hohle Hand, wo es in der Wunde stach und sie reinigte. Wenn sie schon einen Tropfen Turner-Blut in ihrem haben sollte, wollte sie es wenigstens etwas verdünnen, um auf der sicheren Seite zu sein. So gut es ging wischte sie sich den Schmutz von den Kleidern und eilte dann zurück zum Haus, bevor ihrer Mutter noch auffiel, dass sie nicht da war. Einerseits fühlte sie sich irgendwie anders, andererseits jedoch wie immer. Bei einem so gewöhnlichen Menschen wie ihr funktionierte Whits Hokuspokus vielleicht gar nicht. Die Idee gefiel ihr, denn das hieß ja, dass sie genau dort war, wo sie hingehörte. Als sie gerade das Fliegengitter vor der Tür öffnen wollte, glaubte sie, in der Ferne den Ochsenfrosch quaken zu hören.

Jo hatte den Eindruck, dass sie für Whit wie eine Höhle war – ein dunkler Ort, an den er sich zurückziehen konnte, um endlich mal seine Ruhe zu haben. Whit stellte für sie genau das Gegenteil dar. Er zog sie aus dem Pfuhl der Marsch und machte ihr

Beine, brachte sie der großen weiten Welt ein Stückchen näher, selbst wenn die nur aus Prospect bestand.

»Wusstest du, dass Mr Upton eine Freundin in Hyannis hat?«, erzählte er ihr, als er ihr eines Nachmittags auf dem Markt begegnete, wo Jo mit ihrer Mutter einkaufte. »Angeblich eine Chinesin. Sie arbeitet dort in einer Apotheke.«

Er wusste auch, dass die Postangestellte manchmal die Briefe anderer Leute las, wenn ihr langweilig war, dass zwischen den Nachschlagewerken der Bibliothek ein Buch über Sex versteckt war und dass in Fletcher's Tavern manchmal geheime Glücksspielabende abgehalten wurden, wenn die Fischer in den Hafen zurückkehrten. Durch Whit erfuhr Jo, dass selbst in einem verschlafenen Nest wie Prospect hinter den Kulissen so einiges los war.

Im Laufe der Zeit entwickelten Jo und Whit eine Zeichensprache, um sich in der Kirche zu verständigen. Fünf weit ausgestreckte Finger waren eine Warnung: »Heute schaffe ich es nicht, aber ich kann jetzt nicht mehr dazu sagen.« Zwei geballte Fäuste bestätigten das vorgesehene Treffen an diesem Tag, und eine hohle Hand hieß: »Ich hab eine Überraschung für dich.« Ida brauchte mehrere Sommer, um hinter ihr Kommunikationssystem zu kommen, doch als es schließlich so weit war, fing sie augenblicklich damit an, die beiden zu boykottieren. Sie passte Jo zum Beispiel ab, wenn sie hereinkam, packte sie am Arm und erzählte ihr triumphierend: »Whit ist heute den *ganzen* Tag mit einem hübschen Mädchen vom Festland zum Tennis verabredet, also kannst du nach der Messe beruhigt in die Marsch zurückkehren. Er würde dir das ja gern selber sagen, aber er muss sofort los.«

Inzwischen standen die beiden Freunde bereits an der Schwelle zur Pubertät, und Jo fiel auf, dass Ida, je älter Whit wurde, immer häufiger weibliche Begleitung für ihren Sohn arrangierte. Sie mobilisierte alle Annabels, Merediths und auch die letzte Elizabeth am Kap und setzte sie ihrem Sohn im Country Club oder auf Partys bei ihnen zu Hause vor die Nase. Allerdings konnte keine von ihnen auf einer Hornpfeife blasen, und sie lachten auch nicht über Whits blöde Witze. Beim Gottesdienst setzte sich Ida nun zwischen Whit und den Mittelgang, um ihn von Jo abzuschirmen, aber vergeblich. Als Jo fünfzehn und Whit dreizehn war, hatte sich die Bindung zwischen ihnen nur noch mehr gefestigt.

Mama fand das genauso furchtbar wie Ida. »Lass diesen Whit Turner nie wieder auch nur den kleinen Zeh auf unser Land setzen«, warnte sie Jo, nachdem sie die beiden draußen in der Marsch erwischt hatte. »Wahrscheinlich schickt ihn seine Mutter her, damit er uns ausspioniert. Er soll Ida ruhig sagen, dass sie auf unser Gut warten kann, bis sie schwarz wird!«

Von diesem Tag an musste Jo Claire immer überallhin mitnehmen. Die Achtjährige war schlimmer als ein Papagei, eine eigene kleine Einheit der Geheimpolizei. Wenn sich Jo heimlich noch ein Stück Kuchen nahm oder beim Abschöpfen der Becken auch nur ein einziges ausließ, dann zählte Claire ihre Sünden beim Abendessen eine nach der anderen genüsslich auf.

»Jo und Whit haben sich heute einen Eskimokuss gegeben«, erklärte sie kurz nach dem Vorfall in der Marsch und warf ihr Haar nach hinten. »Ich hab Jo gesagt, dass ich dir das erzähle, und dann hat sie das hier gemacht.« Sie hielt den Arm hoch und zeigte, wo Jo sie gekniffen hatte. Jo seufzte. Selbst ihre Haut verheimlichte nichts.

»Whit hat dir doch auch einen Eskimokuss gegeben«, knurrte Jo, woraufhin Claire zumindest rot anlief.

Ihre Mutter blickte finster drein und gab Rindfleischsoße über die Erbsen. »Wenn Ida das mitkriegt, dann könnt ihr euch auf was gefasst machen. Bestimmt verschlingt sie euch mit Haut und Haar.«

Mit Ida zu drohen war gar keine schlechte Idee. Keiner

wusste, wozu Ida fähig war, weil in ihrer Vergangenheit so vieles im Dunkeln blieb. Die Leute in Prospect kannten ihre bescheidenen Anfänge, und natürlich war es keinem möglich, ihre aktuelle soziale Stellung zu ignorieren. Was jedoch dazwischen geschehen war, konnte man nur mutmaßen.

Als Ida siebzehn war, so hieß es, hatte sie es sich mit der dem Alkohol zugetanen Geliebten ihres Vaters, die in der Hütte der Familie herumlungerte, all den stocksteifen Mitgliedern der Temperenzler-Wohlfahrt, sämtlichen Lehrern der Prospect High und jedem Mädchen weit und breit verscherzt. Sie hatte nur zwei Menschen gern, nämlich ihre Schwester und Pater Patrick Flynn, bei dem sie zur Erstkommunion und zur Firmung gegangen war und bei dem sie jeden Samstag die Beichte ablegte, bis sie irgendwann zu einer Art Kleinstadt-Isebel herangereift war und Prospect den Rücken kehrte.

Keiner fand je heraus, wohin sie gegangen war. Einige sprachen flüsternd von Boston oder Concord, während andere annahmen, dass sie es sogar bis Paris geschafft und dort gelernt hatte, Nahtstrümpfe, Goldschmuck und Lippenstift in frevelhaftem Korallton zu tragen. In der Stadt machten allerdings auch andere Theorien über das Wie die Runde: Einige behaupteten, sie sei mit einer Gruppe Zigeunermusikanten durchgebrannt, andere, sie habe heimlich einen reichen alten Mann geheiratet und bei dessen Tod sein gesamtes Vermögen geerbt, sie arbeite in einem Tanzlokal oder noch Schlimmeres. Und dann gab es noch diejenigen, die munkelten, dass Ida Dunn in Wirklichkeit nicht weiter als bis zum Wohlfahrtsheim der Temperenzler für mittellose Frauen und verwaiste Kinder gekommen war, wo sie ein Baby zur Welt gebracht und die mühselige Kunst der Kreuzstichstickerei und Spitzenarbeit erlernt hatte.

Ida äußerte sich nie zu diesen Gerüchten, und das musste sie auch gar nicht. Anderthalb Jahre nach ihrem Verschwinden aus der Stadt tauchte sie bei der Beerdigung ihres Vaters wieder auf. Am Grab trug sie geschmeidige Kalbslederstiefel mit acht Zentimetern Absatz, die den Boden unter ihren Füßen durchlöcherten, und ein geräuschvoll klimperndes Bettelarmband mit einem Miniaturanker, einem perlenbesetzten Kreuz und einem Herzen. Außerdem war sie in ein schwarzes Strickkleid gehüllt, das zwar Knöchel, Knie und Handgelenke bedeckte, aber trotzdem nur wenig der Fantasie überließ.

Nach der trostlosen Zeremonie ließ sie ihre schwachsinnige Schwester abholen und in eine staatliche Einrichtung bringen, dann ging sie zu Fletcher's Tavern hinüber und bestellte ein Gläschen des teuersten Scotch, den sie dort hatten. Sie hatte kaum daran genippt, da ertönte an ihrem linken Ohr plötzlich eine Männerstimme. »Normalerweise trinken Damen doch nichts Hochprozentiges, außer sie sind hundertprozentig trübsinnig.«

In Jos Vorstellung lief es immer so ab, dass Ida sich damals umdrehte und hinter sich Hamish Turner entdeckte, der am Tresen lehnte und seine importierte Seidenkrawatte gerade genug gelöst hatte, um damit eine gewisse Ruchlosigkeit anzudeuten. Hamish war der reichste und attraktivste Mann in Prospect. Er raste gern in einem Höllentempo die Bank Street entlang, prellte im Imbiss die Zeche und bekam dafür niemals Ärger. Ida klimperte mit den Wimpern.

»Ich bin hundertprozentig am Ende«, schnurrte sie, streckte die Hand aus und dachte dabei: *Aber nicht mehr lange*. Und dann kaufte sich Hamish mal eben für den Preis eines Glas Whiskeys mit Eis eine Frau.

Sobald die Tinte auf der Heiratsurkunde getrocknet war und Ida endlich Geld hatte, begann sie, es mit vollen Händen auszugeben. Paradoxerweise wurde sie immer dünner und spitzer, während sie links und rechts immer mehr Land am Kap erwarb. Sie fügte dem bereits klobigen Turner-Haus einen weiteren Anbau hinzu und erneuerte das Innere mit so opulentem Brokat, dass die Hausmädchen, die dort saubermachten, davon Migräne bekamen. Jo und ihre Mutter hörten, wie sie sich in Mr Uptons Laden darüber beklagten. Ida bevorzugte hübsche junge Polinnen, die sie aus Manhattan kommen ließ, oder tief in ihrer Tradition verwurzelte irische Mädchen aus der Arbeiterklasse, die man für sie in Südboston rekrutierte.

»Auf dem Beistelltisch steht so viel Tafelsilber wie in König Salomons Minen«, stöhnte eins der Hausmädchen und griff nach einer Dose Silberpolitur. »Sieh dir doch nur mal an, wie meine Hände aussehen.«

»Hör bloß auf«, entgegnete eine andere mit breitem slawischem Akzent und warf ihre Zöpfe nach hinten. »Letzte Woche hab ich die Teppiche aus der Bibliothek zwei Tage lang von Hand ausgeklopft, und danach hat ausgerechnet Mrs Turner trotzdem eine Spinne darin gefunden. Mir tun so die Arme weh, ich kann sie kaum noch hochheben.«

Bei diesen Klagen schnaubte Jos Mutter bloß und hastete vor sich hin brummelnd zur Kasse. Eines Tages machte sie den Mund jedoch etwas weiter auf. »Ida Turner könnte ihre Initialen in jede Tür von Prospect brennen«, fauchte sie und knallte die Dosen mit Kondensmilch auf Mr Uptons Tresen, »die Salt Creek Farm kriegt sie trotzdem nicht.«

Noch bevor Jo sich auf die Zunge beißen konnte, hatte sie auch schon eingeworfen: »Aber Whit hat doch gesagt, dass seine Mutter uns die Marsch gar nicht wirklich wegnehmen will.«

Mama erbleichte und sah rasch zu ihr hinüber. Dann wurde ihr Blick wieder sanfter, und sie reichte Jo einen der Einkaufsbeutel. Jo umschlang die Tüte mit beiden Armen und marschierte schnell los, um mit ihrer Mutter Schritt zu halten, die schon wieder durch die Tür eilte und den Heimweg antrat. Irgendwie, dachte Jo, vollbrachte ihre Mutter alles mit dem Zorn einer Frau, die gerade Zwiebeln hackt.

»Mal abgesehen davon, dass sie darauf aus ist, unser Land aufzukaufen, warum hasst Ida und du euch eigentlich so sehr?«, wollte Jo wissen. Sie wusste, warum sie Ida nicht mochte. Sie war gemeiner als eine Natter mit Giftzahn, nahm Whit die Süßigkeiten weg, die Jo mit ihm teilte, und verpfiff diejenigen bei Pater Flynn, die während der Messe geredet hatten. Aber das waren Dinge, die Kinder störten. Der wechselseitige Hass zwischen ihrer Mutter und Ida loderte zwar schnell auf, war aber auch tief verwurzelt, das wusste Jo. Er lauerte in der Tiefe wie die Strömungen im Meer, ganz unten, wo Kreaturen mit Fangarmen hausten, an einem Ort, den nur wenige Menschen je zu Gesicht bekamen. Ihre Mutter schluckte den Köder aber nicht.

»Ich hasse Ida doch nicht«, behauptete sie und setzte dabei ein Lächeln auf, das Jo ihr nicht einen Moment lang abkaufte. »Dafür weiß ich viel zu viel über sie. Aber in einem sind wir beide uns einig: Du und Whit, ihr müsst euch voneinander fernhalten. Und eins sage ich dir von Frau zu Frau, Jo: Wenn ich mitkriege, dass Whit dich auch nur mit dem kleinen Finger anrührt, dann bekommst du von mir eine Abreibung, nach der du ihn nicht einmal mehr ansehen willst.«

Jo folgte dem feuerroten Schopf ihrer Mutter die Veranda hinauf, wo Mama mit harten Schritten das weiche Holz entlangstampfte. Mit diesen Worten hatte ihre Mutter ihrer Ältesten zum ersten Mal zugestanden, dass sie langsam zur Frau heranreifte, und Jo platzte beinahe vor Stolz.

Aber Hochmut kommt ja bekanntlich vor dem Fall – das braucht man kaum zu erwähnen –, und in diesem Moment tat sich der erste Riss in dem Schutzwall auf, mit dem Jo und Whit sich vom Rest der Welt abgeschottet hatten, eine so winzige Spalte, dass Jo darin überhaupt keine Schwachstelle sah. Stattdessen strahlte sie über beide Ohren, als sie das Fliegengitter an der Tür öffnete und am kaputten Klavier in der Eingangshalle vorbeirauschte. Die Einkaufstüte ruhte auf ihrer Hüfte, und sie hatte den Kopf voll vom alles einnehmenden Problem des Erwachsenwerdens. Sie war nicht besonders hübsch, das wusste sie. Ihr Haar war schlammfarben, ihre Augen braun wie die Spitze eines Katzenschwanzes und ihr Gang in etwa so anmutig wie der der Seeleute unten am Dock, aber es war wohl trotzdem etwas in ihr, das sie bis ins Mark zur Gilly machte, und das reichte ihr völlig.

Jo wusste so vieles über das Frausein noch nicht – zum Beispiel, dass einem die meisten Probleme nicht durch die Frauen bereitet werden, bei denen man damit rechnet. Stattdessen verharren die Verursacherinnen oft mucksmäuschenstill an der Seitenlinie, und in Jos Fall war das die Muttergottes.

Als sich 1959 der Sommer seinem Ende neigte, war das Leben wunderschön – die Brise war perfekt, die Temperaturen angenehm, der Himmel blau wie ein Rotkehlchenei. Bobby Fischer war Schachgroßmeister, Elvis in der Armee, und Jerry Lee Lewis ging immer noch durch das Fegefeuer seiner Great Balls of Fire, weil er seine dreizehnjährige Cousine geheiratet hatte. Am letzten Augustwochenende ließ sich Whit nicht wie sonst bei Jo am Strand blicken, was sie verstimmte, weil ihm nur noch wenige Tage in der Stadt blieben. In diesem Jahr würde er auf ein Internat in Connecticut gehen, wie es sich für einen Sohn der Turners ziemte, und Jo befürchtete verständlicherweise, dass sie nach seiner Rückkehr nicht mehr so nahtlos an ihre alte Freundschaft anknüpfen würde.

Sie wartete auf dem Sand, bis der Nachmittag schließlich glühend heiß wurde, der Wind nur noch gelegentlich kurz aufflackerte, und es dann an der Zeit war, die Salzkristalle von heute aus den Becken zu kratzen. Ihre Familie nannte sie Salzblumen, und im heißen Sonnenschein eines Spätsommernachmittags sahen die Flocken wirklich aus wie winzig kleine, verstreute Blütenblätter, weißer als die grauen Körnchen, die sich darunter zusammenklumpten, zart wie Feenflügel. Jo griff nach ihrer flachen hölzernen Schaufel und hielt kurz den Atem an, als sie sie über die Wasseroberfläche schob und sie hinter den Kristallen absenkte, ohne diese dabei aufzuwirbeln. Für dieses Salz zahlten die Kunden gerne zehnmal mehr. Ihre Mutter benutzte es noch nicht einmal so wie das normale graue Zeug. Sie gab es nur zu besonderen Anlässen über die Speisen, und zwar kurz vor dem Servieren, damit der prickelnde Geschmack nicht verblasste.

Mit ruhiger Hand zog Jo die Salzharke zu sich heran und häufte die Flocken zu ihren Füßen auf, beugte sich dann hinunter und füllte sie in eine tiefe hölzerne Schale, die sie zu diesem Zweck mitgebracht hatte. Erst als sie alle Kristalle zusammengetragen hatte, schob sie den grauen Schlamm in einer Ecke des Beckens zu einem Häufchen. Den würde sie über Nacht trocknen lassen und dann einem größeren Haufen hinzufügen, der bis zum Ende der Saison weiter in der Sonne dörrte, bevor sie zum Schluss alles in die Scheune brachte.

Der Lagerraum erinnerte Jo an eine Art Kapelle. Er war sehr alt, stand tatsächlich bereits von Anfang an mit auf dem Gutsgelände und war eigentlich eher ein Schuppen. Es fehlten nämlich das typische Spitzdach und der Heuboden einer Bilderbuchscheune, aber es gab durchaus Platz für Tiere (auch wenn die Boxen nun leer standen) und ein großes zweiflügeliges Tor. Im Inneren war es düster, staubig und trocken. Im Laufe der Jahre hatte das Salz Flecken und Ringe auf die hölzernen Wände und den Boden gemalt, was den Oberflächen ein kränkliches Aussehen verlieh. Es passte zu den Kartoffelkäfern und anderen Krabblern in den Ritzen. Jo kippte die Flocken aus ihrer Schüssel auf den Haufen dieser Saison und wollte gerade die Schaufel an ihren Haken an der Wand hängen. Diese Handgriffe waren ihr so vertraut wie das Zähneputzen oder Polieren ihrer Stiefel, und sie führte sie immer auf die gleiche Weise durch. Selbst wenn ihr nichts mehr blieb, hatte ihre Mutter sie gelehrt, dann blieb ihr doch immer noch die Ordnung.

Aus diesem Grund entdeckte sie auch Whit nicht sofort. Er

stand hinten in den dunklen Schatten der Scheune, und sie hielt ihn zunächst für einen Geist. Erschrocken fuhr sie zusammen und ließ die Schaufel fallen. Dann erkannte sie ihren Freund daran, wie er den Kopf zur Seite legte, und ihr klopfendes Herz beruhigte sich langsam wieder. Er pfiff die drei Töne, die sie in dem Sommer als geheime Erkennungsmelodie festgelegt hatten, als er zehn und sie zwölf war, und kam auf sie zu.

»Was zum Teufel machst du denn hier?«, fragte sie.

Er griff nach ihren Händen, seine Stimme zitterte ein wenig, als würde er mit den Tränen kämpfen, aber das konnte nun wirklich nicht sein, dachte Jo, denn Whit Turner weinte schließlich nie. »Ich bin gekommen, um mich von dir zu verabschieden. Meine Mutter hat mir gerade gesagt, dass ich schon früher ins Internat fahre.«

Jo biss sich auf die Lippe und unterdrückte jedes Gefühl des Bedauerns. Die Menschen, die sie liebte, gingen immer irgendwann fort: Henry, ihr Vater und jetzt auch noch Whit. Der Sommer war nun mal vorbei, und sie wurden wieder ein Jahr älter. Im Winter sahen sie einander ohnehin kaum. Während Jo versuchte, einen kühlen Kopf zu bewahren, ließ Whit ihre Hände los und suchte in seiner Tasche herum.

»Ich hab dir was mitgebracht.« Er zog ein kleines Päckchen hervor, das in glänzendes Papier eingeschlagen war, und wartete darauf, dass Jo es öffnete. Unter dem Geschenkpapier stieß sie auf eine kleine Samtbox, und als sie sie öffnete, entdeckte Jo darin ein herzförmiges Medaillon an einer silbernen Kette. Whit nahm ihr das Schmuckstück aus der Hand und trat hinter sie, so dass er es ihr umlegen konnte.

»Das hat mich an dich erinnert«, erklärte er und klopfte mit dem Fingernagel gegen das Medaillon. »Hart, aber trotzdem schön.« Mit solchen Schmeicheleien kam er ihr zum ersten Mal, und Jo war sich nicht sicher, ob ihr das gefiel. Sie streckte die Finger aus und griff nach der Kette.

»Was ist das denn?«, fragte sie und kniff die Augen zusammen.

Whit wurde rot. »Ich hab es gravieren lassen. Mit einem W, damit du immer an mich denkst.«

Jo stockte der Atem. War Whit denn verrückt geworden? Sie konnte doch nicht mit seiner Initiale um den Hals durch die Stadt stolzieren. Ida würde sie umbringen, wenn sie den Anhänger je zu Gesicht bekäme, ganz zu schweigen von ihrer eigenen Mutter. So etwas trug schließlich ein Mädchen, wenn es mit einem Jungen zusammen war, und Jo war nicht mit Whit zusammen. Sie griff nach hinten und öffnete den Verschluss so schnell sie konnte, dann ließ sie die Kette in Whits Hand gleiten. »Die kann ich nicht behalten.«

Whits Finger schlossen sich um die ihren wie ein Fragezeichen. »Warum denn nicht?« Seine Miene war offen und weich wie die eines Babys, doch sein Blick klarer als je zuvor. Plötzlich presste er ohne jede Vorwarnung seine Lippen auf Jos, und seine Zunge drängte gegen ihren Mund, bis sie ihm endlich entgegenkam und den Kiefer ein klein wenig öffnete. »Entspann dich«, flüsterte Whit. »Das macht man so, wenn man sich liebt.« Und Jo wollte ja auch, aber irgendetwas fühlte sich hier furchtbar falsch an. Sie hatte immer angenommen, dass ein Kuss von Whit so selbstverständlich sein würde, wie barfuß mit ihm den Strand entlangzulaufen, aber so war es überhaupt nicht. Gut, es war tatsächlich wie ein barfüßiger Spaziergang, aber über spitze Steine, die ihr in die Sohlen schnitten.

Sie machte sich jäh los. »Die Liebe ist was für Dummköpfe, Whit Turner«, verkündete sie, weil ihr nichts Besseres einfiel, und wandte sich von ihm ab.

»Jo, bitte!«, rief Whit laut, aber sie lief bereits davon, gehorchte dem Drang, sich so weit wie möglich von ihm zu entfernen. Sie hastete durch die dunkle Marsch und fuhr sich mit dem Handrücken über die Lippen. Whits Geschmack – ein milchiges, feuchtes Aroma, das sie nicht benennen konnte – erfüllte sie noch immer. Sie spuckte in den Schlamm.

Schließlich landete sie in St. Agnes. Weil sie befürchtete, dass Whit ihr gefolgt war, schob sie die Kirchentür auf und huschte hinein. Heute Abend flackerte nur eine einzige Kerze zu den bemalten Füßen der Muttergottes, also zündete Jo eine weitere an und kniete nieder. Die losen Bretter des Fußbodens gaben unter ihrem Gewicht ein wenig nach. Der altbekannte Geruch nach trockenem Putz und Staub kitzelte sie in der Nase, aber an diesem Abend war ihr die Vertrautheit dieser Dinge nur ein schwacher Trost.

Als sie sich das leere Gesicht der Gottesmutter so von Nahem ansah, wirkte das blanke Oval in der Dämmerung noch viel intensiver, tief wie ein bodenloser Pfuhl. Vielleicht hatten die Leute hier deshalb das Bedürfnis, ihre Sünden zu beichten, fuhr es ihr durch den Kopf. Bevor sie diesen Gedanken weiter ergründen konnte, ertönte jedoch Pater Flynns Stimme, als hätte sie ihn herbeigerufen. »Hallo, mein Kind. Was für eine Überraschung.« Er trat durch die offene Sakristeitür herein und blinzelte in ihre Richtung. »Ist alles in Ordnung?«

Jo kämpfte gegen die Tränen an und ließ den Kopf hängen. »Eigentlich nicht.«

Pater Flynn nahm in der Bank hinter ihr Platz. Wenn er sich so an sie heranpirschte, hatte Jo immer das Bedürfnis, ihm ihr Herz auszuschütten.

»Ich habe gerade die Sache mit Whit Turner verpatzt. Er wollte mir etwas schenken, das ich nicht annehmen konnte. Und das Schlimmste ist, dass er jetzt weggeht, aufs Internat. Wussten Sie das?«

Pater Flynn nickte. »Was wollte er dir denn schenken?«

»Ein Medaillon mit seiner Initiale.«

Sie hörte, wie Pater Flynn scharf die Luft ausstieß. »Und warum hast du es nicht angenommen?«

»Ich weiß auch nicht so genau …« Ihre Stimme wurde leiser. Es lag nicht etwa daran, dass sie Whit nicht mochte, wie ihr mit einem Mal klar wurde. Aber sie mochte ihn einfach viel zu sehr, um für ihn nur ein Sommerflirt zu sein. »Ich glaube nicht, dass Gillys und Turners gut zueinanderpassen«, erklärte sie schließlich.

Pater Flynn lehnte sich in der Kirchenbank zurück und blickte sie ernst an. »Du und Whit, ihr seid ein bisschen wie Senf und Essig. Für sich allein genommen lecker, zusammen aber etwas zu viel des Guten. Und du durchlebst jetzt die schönste Zeit deines Lebens. Vergiss das nicht.« Er zögerte, und seine Augen wurden glasig. »Hör mal, du kannst immer zu mir kommen, wenn dir etwas auf dem Herzen liegt. Ich weiß … na ja, ich kann mir doch denken, dass dir dein Vater manchmal fehlt.« Bevor Jo noch etwas erwidern konnte, stand Pater Flynn mit einer Handbewegung auf. »Am besten gehst du jetzt zurück in die Marsch, Liebes. Es ist schon fast dunkel.«

Jo ging nach Hause. Plötzlich tat es ihr leid, die Kette zurückgegeben zu haben, sie wäre nämlich eine perfekte Gabe für Unsere Liebe Frau gewesen. Während Jo am Rand der Marsch entlanglief, spürte sie in ihrer Vorstellung wieder das Gewicht des Anhängers, der sich hin und her drehte wie ein Stein am Grund eines Flusses. Was würde Ida wohl machen, wenn sie Jo mit so etwas erwischte, fragte sie sich. Das war schwer zu sagen. Ida war eine Frau, die alles hatte – Juwelen, Pelze, nicht zuletzt einen Ehemann, an den sie sich klammerte, als würde die Ebbe ihn mit hinausreißen, und einen überbehüteten Sohn, für den sie alles tun würde.

Aber Ida hatte auch noch ein paar andere Dinge – vor allem eine Vergangenheit, die sie nie losgeworden war. Und wenn eine Frau zu viel hatte, überlegte Jo, während sie sorgsam einen Fuß vor den anderen setzte, dann musste sie sich von so einigem trennen, ob es nun die Kleider der letzten Saison waren, ein Kaffeeservice, das ihr nicht mehr gefiel, oder – wagte Jo mal ganz tollkühn zu behaupten – sogar das uneheliche Kind, von dem in der Stadt gemunkelt wurde. Jo betrat die schäbige Veranda des Gutshauses und war dankbar für das schwache Licht der einzelnen Glühbirne, das sie dort begrüßte.

»Wo zum Teufel hast du bloß gesteckt?«, wollte ihre Mutter wissen, als Jo in der Küche erschien. Sie schob ihr das Abendessen über den Tisch zu. »Hier. Die Suppe ist kalt und das Brot hart, aber du musst ja was im Magen haben.«

»Ich war in St. Agnes«, erklärte Jo und setzte sich. »Whit und ich haben uns gestritten. Ich hab mich gefragt, ob Pater Flynn mir vielleicht helfen kann.«

Dies quittierte ihre Mutter lediglich mit Schweigen. Sie machte den Mund auf, so als wollte sie etwas erwidern, änderte dann aber ihre Meinung und stellte klappernd Geschirr in die Spüle. »Und, konnte er dir helfen?«, fragte sie schließlich. Jo schüttelte den Kopf. Mama drehte den Hahn ganz auf. »Was weiß der denn auch schon?«, sinnierte sie schließlich. »Pater Flynn ist doch nur ein Priester. Und schlimmer als das, er ist ein Mann. Der sollte seine Nase nicht in die Angelegenheiten von Frauen stecken, wenn er nicht will, dass man sie ihm abbeißt.«

Am nächsten Morgen wachte Jo müde und gerädert auf. Draußen war es plötzlich kühl und duster. Als sie zum Frühstück nach unten kam, reichte ihre Mutter ihr einen Laib braunes Brot und trug ihr auf, den zu Pater Flynn zu bringen. »Und danach«, sagte Mama, »kannst du in die Stadt laufen und für mich bei der Post vorbeischauen. Wir haben keine Briefmarken mehr.«

Als Jo in St. Agnes ankam, war das Gotteshaus leer. Sie wusste, dass so früh am Morgen noch niemand den langen Weg hier heraus auf sich nahm, und war dankbar dafür, die Kirche für sich allein zu haben. Als sie den Mittelgang entlangschritt, wurde ihr aber klar, dass sie sich getäuscht hatte. Es war schon jemand hier gewesen, und diese Person hatte etwas zurückgelassen.

Trotz der frühen Stunde brannte bereits eine Kerze vor der Jungfrau, und daran lehnte ein cremefarbener Umschlag mit verschlungenen Initialen. IMT. Ida May Turner. Verwirrt trat Jo näher. Ida war die einzige Frau in der Stadt, die die Gottesmutter nicht öffentlich verehrte. »Heidnischer Unfug«, blaffte sie immer, wenn eine bedauernswerte Seele sie darauf ansprach. »Ich bin im Leben nicht so weit gekommen, weil ich auf Knien vor einem verhunzten Bildnis herumgerutscht bin.« Jo hatte noch nie gesehen, dass Ida der Muttergottes irgendeine Gabe dargebracht hatte.

Neben dem Umschlag entdeckte sie eine Halskette, die ihr irgendwie bekannt vorkam. Es war die einzelne Perle an einem Silberkettchen, die Ida manchmal trug und die sich so sehr von ihrem protzigeren Schmuck unterschied. Jo stellte Brot und Salz vor der Muttergottes ab, hielt sich nicht einmal mit einer Kniebeuge auf und beging dann eine derart furchtbare Sünde, dass sie sie niemals beichten würde.

Einem ungeschriebenen Gesetz zufolge wurden die Gaben für die Muttergottes in St. Agnes bis nach dem Sonntagsgottesdienst nicht angerührt. Anschließend sammelte Pater Flynn sie ein, um die Zettel mit Gebeten und niedergeschriebenen Schuldbekenntnissen ungelesen zu verbrennen. Die Worte an die Muttergottes waren nur für sie bestimmt, egal, ob nun geschrieben oder gesprochen, und niemand – nicht einmal ein Mann der Kirche – hätte es gewagt, gegen diese Regel zu verstoßen. Aber an diesem Tag tat Jo genau das. Sie vergewisserte sich, dass niemand kam, streckte die Hand aus und schob sich dann zuerst den Brief und schließlich auch die Perle in die Tasche.

»Mein Kind.« Ihr stockte der Atem, und sie zog hastig die Hand wieder hervor. Pater Flynn hatte die lautlosesten Schritte der ganzen Christenheit. Jo faltete die Hände im Schoß und blickte ihn aus dem Augenwinkel an, er schien ihre schreckliche

Tat aber nicht bemerkt zu haben. »Du bist ja schon früh hier«, bemerkte er und kniete sich neben sie.

»Ja«, antwortete Jo mit klopfendem Herzen. »Ich hab Ihnen Brot mitgebracht.«

»Danke.« Er streckte die großen Hände aus und griff ohne eine Spur von Misstrauen danach. »Du wirkst heute Morgen so still. Du vermisst wahrscheinlich einen gewissen jungen Mann?«

Jo runzelte die Stirn. »Nein. Wir haben in der Marsch nur viel zu tun, und das Wetter schlägt schnell um.«

Der Pater tätschelte ihr sanft die Schulter. »Na, dann will ich dich nicht länger aufhalten.« Jo wartete, bis er gegangen war, dann schlich sie auf Zehenspitzen aus dem Gotteshaus, die Hand um den Schatz in ihrer Tasche gekrallt.

Sie marschierte den Weg entlang und warf dabei immer wieder einen Blick über die Schulter, obwohl sie nicht so recht wusste, vor welchem möglichen Verfolger sie da eigentlich Angst hatte. Das Steilufer lag so verlassen da wie das Haus einer Witwe im Februar. Trotzdem schlug Jo das Herz bis zum Hals. Sie ging immer weiter, bis zum Fuß des Plover Hill. Beim Birnbaum blieb sie stehen. Dies war kein Ort, den aufzusuchen sie jemals die Gelegenheit gehabt hätte, schließlich verabredeten sich hier Pärchen zum Stelldichein. Die Blätter hatten sich braun gefärbt und waren alle abgefallen, Jo marschierte jedoch knirschend durch sie hindurch, setzte sich unter das Dach aus Ästen und starrte zum schindelbedeckten Monstrum auf dem Hügel hinauf – zum Turner-Haus. Wieder befühlten ihre Finger den Brief. Sie vermutete, bereits zu wissen, was darin stand, wollte aber lieber sichergehen. Bevor sie es sich womöglich anders überlegte, riss sie den Umschlag auf, zog die Seiten heraus und las die Worte, die ihr Leben verändern würden.

Es war eine einfache Geschichte über einen Sturm, der für die Jahreszeit spät losbrach, und zwei Kinder, die geboren wurden – eine Geschichte, die Jo bereits kannte, aber nicht in dieser Version. Sie überflog den Inhalt drei Mal, um sich davon zu überzeugen, dass sie alles richtig verstanden hatte. Danach wusste sie zwei Dinge mit völliger Gewissheit. Zum einen wünschte sie sich so sehr, den Brief nie gestohlen zu haben, denn was sie darin über sich erfahren hatte, hätte sie am liebsten wieder verdrängt. Zum anderen war sie sich dessen bewusst, dass die Worte auf dem Papier in ihrer Hand nicht ihr Geheimnis waren, auch wenn es dabei um sie ging.

Natürlich hätte sie das Richtige tun und Brief wie Perle wieder zur Muttergottes zurückbringen, oder diese Beweise entweder vergraben oder verbrennen sollen. Aber sie war jung, und Geheimnisse können erdrückend sein, wenn man ihre Last nicht gewöhnt ist. Sie hätte sich mit der Bitte um Trost an die Muttergottes wenden sollen, aber der Gedanke an die Jungfrau – gesichtslos, verblichen und mit nahezu farblosem Gewand – ließ ihr das Blut in den Adern gefrieren. In diesem Augenblick wollte sie nicht allein leiden, und sie wusste ganz genau, wem sie deshalb auch das Herz brechen würde.

Sie schob den Brief zurück in den Umschlag und fügte die Kette hinzu. Dann lief sie Plover Hill hinauf, bevor sie es sich womöglich noch einmal anders überlegen konnte. Jetzt stand sie vor dem aufwändig gestalteten Messingbriefkasten des Turner-Anwesens. Vermutlich holte ein Hausmädchen jeden Tag die Post herein, aber Ida würde ihre Nachricht schon bekommen, da hatte Jo gar keinen Zweifel. Sie würde nur nicht wissen, wer sie ihr geschickt hatte. Entschlossen machte Jo den mit Scharnieren versehenen Deckel des Briefkastens wieder zu und trat dann den Rückweg den Hügel hinunter an. Mit einem Blick über die Schulter versuchte sie zu erkennen, ob sich im Haus irgendetwas regte, aber es war nichts zu sehen. Die ganze Familie hatte Whit ins Internat begleitet.

Jo stellte sich vor, wie Ida bei ihrer Rückkehr den Umschlag öffnete und ihr die Perle in die hohle Hand fiel wie ein Schlag.

Sie hatte wohl nicht damit gerechnet, dieses Schmuckstück jemals wiederzusehen, ein Geschenk, das Ida loswerden wollte, so wie sie einst auch sie weggegeben hatte. Mit sich selbst zufrieden lief Jo knirschend durch das Laub des Birnbaums. Jetzt waren Ida und sie quitt. Und es stellte sich heraus, dass sie einander tatsächlich ziemlich ähnlich waren. Offensichtlich hatte nämlich auch Jo ein Talent dafür, sich ungewollter Dinge zu entledigen.

# KAPITEL 6

Bei den meisten Menschen sammelt sich der Kummer an wie Staubkörnchen, Claire bedrückte jedoch nur ein großes Leid. Sie hatte nicht den Mann geheiratet, den sie liebte. Die Entscheidung hatte nicht in ihrer Hand gelegen. Das wusste sie, auch wenn sie es sich nicht eingestehen wollte. Manche Frauen waren dazu geboren, sich als gutes Eheweib zu erweisen, andere kamen auf die Welt, um mit dem Feuer zu spielen. Und sobald Claire den Mutterleib verlassen hatte, wurde mehr als deutlich, welcher Pfad ihr vorherbestimmt war.

Da war zum Beispiel ihr Haar: Es war so rot, wie der Tag lang war, dick und gewellt. In ihrer Kindheit hatte ihre Mutter es stets zu einem Bob geschnitten, als Teenager hatte Claire es sich zu Mamas Leidwesen jedoch wachsen lassen. »Einen Wasserfall aus purer Sünde«, nannte ihre Mutter es, wenn sie es für den Kirchgang bürstete und dabei die Wildschweinborsten hart und schmerzhaft über Claires Kopfhaut zog.

Das machte Claire immer wütend. »Das ist doch genauso wie deins«, protestierte sie dann, aber darauf ging Mama gar nicht ein. Sie bürstete nur noch härter, pikste Claire in die Ohren und zog an den empfindlichen Stellen. »Wir stecken es am besten hoch«, murmelte sie, den Mund voller Haarnadeln. »Dann kann der Teufel nicht danach greifen.«

Gegen diese Logik kam Claire nicht an. Noch vor der Pubertät wusste sie bereits, dass der Leibhaftige offensichtlich ein Auge auf die Gilly-Damen geworfen hatte, die seine Sympathie, Gott sei ihnen gnädig, zu erwidern schienen. Und deshalb, so hieß es in der Stadt, seien sie auch nicht für die Ehe gemacht. Denn wer wollte schon eine Frau, deren Finger bereits ein Ring aus Schwefel zierte?

»Heiraten ist nichts für uns Gilly-Frauen«, murmelte ihre Mutter immer, wenn Claire nach ihrem Vater fragte.

»Das mag vielleicht für Jo zutreffen, muss doch aber nicht unbedingt für mich gelten«, überlegte Claire an dem Tag, als ihre Mutter sie für die Firmung fertig machte. Sie reichte Mama ein weißes Band, das diese ihr ins Haar flocht. Sie hatte gerade erst damit angefangen, es wachsen zu lassen, und die Spitzen berührten kaum ihre Schultern. Jo war zwanzig, sieben Jahre älter als Claire, aber in deren Augen hätte sie genauso gut dreißig oder vierzig sein können. Sogar ihre kleine Schwester sah in ihr bereits eine alte Jungfer.

Und tatsächlich hatte sich Jo immer übermäßig züchtig gegeben, schon als Teenager. Claire dachte an die Sommer, in denen Jo und Whit noch so unzertrennlich waren. Sie waren ihr fast schon wie ein Paar vorgekommen, auch wenn sie nie richtig zusammen waren, vielleicht, weil sie sich eben zu gut kannten. Claire war der Meinung, dass es zwischen ihnen einfach keine Geheimnisse mehr gab, und daran war Jo schuld. Selbst mit dreizehn wusste Claire schon, dass ein Mann einer Frau nur dann die Treue hielt, wenn man stets eine gewisse Neugier aufrechterhielt.

Mama schnaubte angesichts von Claires Kommentar. »Gilly-Frauen und Turner-Männer sind die schlimmste Kombination von allen«, erklärte sie und riss in Claires Nacken ein dünnes Haar herunter. »Einem Turner kann man nicht trauen«, fügte sie hinzu und fuhr sich selbst durch den Schopf. »Für zwei Nickel würden die ihre eigene Seele verscherbeln.«

Claire schüttelte die Hände ihrer Mutter ab. »Ich glaube nicht an diese alten Geschichten.«

Mama seufzte. »Wie du meinst.« Dann runzelte sie die Stirn und setzte einen beinahe bedauernden Blick auf. »Vielleicht ist es ja auch besser so.«

Claire wandte sich ab und holte ihren Pullover für die Kirche, aber die Meinung ihrer Mutter blieb ihr im Gedächtnis. Tatsächlich hatte ihre Mutter, auch wenn Claire das in diesem Moment noch nicht wusste, sowohl recht als auch unrecht. Die Turners würden tatsächlich alles verscherbeln – vielleicht sogar ihre eigene Seele – aber niemals für so einen läppischen Betrag.

Anders als Jo hasste Claire alles an der Messe – den muffigen Geruch des Weihrauchfässchens, das unterdrückte Husten und das Scharren der Füße, die wächserne Konsistenz der Hostie auf der Zunge. Woche für Woche neigte sie das Haupt, zeichnete mit zwei Fingern das leere Gesicht der Jungfrau nach und flüsterte dabei eine fortlaufende, wahrheitsgemäße Liste ihrer Sünden, bevor sie diese für Pater Flynns Ohren überarbeitete.

»Dein Herz ist von Zorn erfüllt«, erklärte der Pfarrer mit einem Seufzen hinter der hölzernen Trennwand des Beichtstuhls. »Du musst noch lernen, dass Gottes Wille nicht immer mit dem deinen übereinstimmt. Sag drei Ave Maria.«

»Ich hab das Gefühl, ich stecke in einer Zeitschleife fest«, beklagte sich Claire bei Jo, als sie zusammen zur wöchentlichen Beichte nach St. Agnes gingen. »Wir machen immer wieder das Gleiche. Salz schaufeln und beten und das war's.«

Aber was dies anging, stand Jo, wie in so vielen Dingen, eindeutig auf der Seite ihrer Mutter. Sie fasste Claire am Arm. »Jetzt komm schon.« Die Mücken taten sich an ihnen gütlich, als sie zuerst am Rande der Marsch und dann die Straße entlangliefen.

»Die fressen mich hier bei lebendigem Leib«, knurrte Claire und schlug nach den nervigen Insekten, die sie doch nie erwischte. Jo hingegen schien die Quälgeister gar nicht zu bemerken. *Die lassen sie vermutlich in Ruhe*, dachte Claire, *weil sie bereits viel zu vertrocknet ist, als dass sich das Stechen lohnen würde.*

In der kleinen Kirche angekommen gingen sie zur Muttergottes hinüber und zündeten zwei Kerzen an. Wie üblich brannte Claires Streichholz viel zu schnell ab und versengte ihr die Finger, so dass sie fluchte und die Kerze fallen ließ, deren Glas dabei einen Sprung bekam. »Verdammt«, murmelte sie.

»Claire«, wies Jo sie zurecht. »Solche Ausdrücke sind hier fehl am Platz. Beherrsch dich doch etwas, in Gottes Namen.«

Claire rollte mit den Augen und zündete noch ein Streichholz an. Dieses benahm sich besser. Dann steckte sie sich die verbrannten Finger in den Mund. Jo schüttelte ihr dunkles Haar. Anders als Claire trug sie es offen, ließ es einfach auf die Schultern fallen. Sie machte damit nie irgendwas, und es war trotzdem schön. »Diese Missgeschicke mit dem Feuer müssen wirklich aufhören, Claire«, mahnte Jo. »Denk daran, dieses Jahr bist du beim Dezemberfeuer mit dem Salz an der Reihe.«

Claires Herz zog sich in der Brust zusammen. Wenn sie eins noch mehr verabscheute als den Kirchgang, dann war es das Ritual am Vorabend des 1. Dezember. Nicht nur wegen all der gemeinen Blicke, oder weil sich die Menge teilte, wenn sie herantraten. Es störte sie auch nicht so sehr, dass sie nicht dableiben und mitfeiern konnten – es war viel einfacher als das. Claire hasste es, das Schicksal all dieser Menschen in der Hand zu halten. Sie hätte sich damit stark und mächtig fühlen sollen, das war ihr klar, als ob sie eine besondere Gabe hatte und mehr in der Welt sah als der Rest, aber so war es eben nicht. Stattdessen fühlte sie sich immer nur schuldig, seit sie das Salz zum ersten Mal den Flammen übergeben und ihnen die fürchterliche schwarze Rauchsäule entlockt hatte. Selbst mit ihren sechs Jahren hätte Claire den Menschen der Stadt damals schon verraten können, dass sie bei ihr nie etwas anderes als eine düstere Zukunft bekommen würden, aber sie wusste auch, dass ihr niemand zugehört hätte. Nicht, bis sie erwachsen war und es ihnen bewies.

Sie hielt die Hand über ihre Kerze, spürte die Wärme auf der Haut und sah ihre Schwester an. Wenn Jo mit dem Salz an der Reihe war, passierte nie etwas Schlimmes, aber deshalb mochten die Menschen in der Stadt sie trotzdem nicht lieber. In den Augen von Prospect war eine Gilly eben eine Gilly. Claire seufzte. »Warum müssen wir das Salz überhaupt ins Feuer werfen?«, fragte sie zum hundertsten Mal.

Jo biss sich auf die Lippe und zuckte mit den Achseln. »Weil das immer schon so war.«

»Und wenn wir einfach damit aufhören?«

Jo sah erstaunt aus. »Wie meinst du das?«

»Was wäre, wenn wir das Salz nicht mehr ins Feuer werfen würden? Was, wenn es überhaupt kein Feuer mehr gäbe?«

Jo stand auf. »Das halte ich für keine gute Idee, Claire.« Ohne ein weiteres Wort wandte sie ihr den Rücken zu und beendete damit die Unterhaltung. Claire zappelte vor Ungeduld und lehnte sich vor, um ihre Kerze auszublasen. Das Feuer flackerte und griff nach ihren Haaren, Jo beugte sich jedoch hinunter und pustete die Flamme in letzter Sekunde aus.

»Erzähl Mama bloß nicht, was du da gerade von dir gegeben hast«, knurrte sie. »Und zum Dank dafür«, sie deutete auf den erloschenen Docht, »kannst du meine Schicht übernehmen und nachher die Becken auskratzen.«

Claire begann nur mit dem Rauchen, um das Schicksal herauszufordern. Sie gewöhnte es sich an, als sie sich im Sommer draußen am Kap auf den Partys der reichen Kids herumtrieb. Dort wurden nur herbe, billige Zigaretten gepafft, französische Marken ohne Filter oder welche mit Nelken. Claires asthmatische Lunge ächzte und bäumte sich bei jedem Zug auf, aber sie liebte es, den zarten Stängel zwischen den Fingern zu halten, dem Knistern zu lauschen und die Kippe dann mit dem Ballen des Fußes auszutreten. Gut, sie verbrannte sich jedes Mal und versuchte sich irgendwie herauszureden, wenn Mama die kreisrunden Löcher in ihren Kleidern oder die Narbe an ihrem Handgelenk entdeckte, mit dem sie einen glühenden Stummel gestreift hatte.

In der zehnten Klasse weigerte sie sich schließlich, neben den schmuddeligen Klassenkameraden zu sitzen, die auf der anderen Seite der Stadt wohnten und deren Väter als Tellerwäscher in den Austernbuden für die Touristen arbeiteten, auf Fischerbooten anheuerten oder einen Schrottplatz besaßen. Sie lernte, ihre Röcke gemäß der vorherrschenden Mode zu kürzen oder zu verlängern und achtete darauf, dass ihre Haare immer akkurat geschnitten waren, selbst wenn sie sie meist zum Zopf flocht. In Swensons Kramladen suchte sie sich dafür ein Haarband in der genau passenden Farbe aus.

Sie bewarb sich für das Cheerleading-Team und wurde tatsächlich aufgenommen. Dann machte sie beim Komitee für das jährliche Alumnitreffen und beim Jahrbuch mit und aß schließlich gemeinsam mit Katy Diamond, Cecilia West und Abigail Van Huben zu Mittag: mit dem Triumvirat der Prospect High. Weil sie zum ersten Mal glücklich war, wurden sogar ihre Noten besser.

»Und bald gehst du aufs College«, flüsterte ihre Mutter ihr abends zu und strich ihr mit rauen Fingern übers Haar. »Es ist für alles gesorgt. Ich hab mir Geld geliehen, nur für dich.«

Jo war nach der elften Klasse von der Schule abgegangen, aber es war ja auch kein Geheimnis, dass ihr die Arbeit mit den Händen mehr lag, als ihre Nase in Bücher zu stecken. Claire wurde klar, dass bei ihrer Mutter und Schwester jeder Tag einfach so in den nächsten überging.

»Ich hab die Ostbecken ausgekratzt«, informierte Jo Mama, wenn sie aus der Marsch kam.

»Dann sind jetzt die auf der Westseite dran«, erwiderte Mama.

»Hier draußen ist doch eine Woche wie die andere.« Jo schnaubte, wenn Claire sich über die Eintönigkeit in der Marsch beschwerte. »Wir haben Löcher im Dach, Schnecken im Garten und stecken bis über beide Ohren im Schlamm. Egal, ob wir uns nun heute darüber unterhalten, oder morgen, oder in drei Tagen.«

»Wahrscheinlich hast du recht«, sagte Jo und knotete einen weiteren Jutesack mit grauem Salz zu. »Hier draußen läuft die Zeit eben langsamer.«

Aber da lag sie falsch. In diesem Jahr würde der Wechsel vom Sommer zum Herbst etwas Neues mit sich bringen, und dann würde ihr Leben nie wieder so sein wie zuvor.

Bevor er Priester wurde, war Ethan Stone einfach nur ein ganz normaler Junge, der am Rande von Prospect in einem grauen, für das Kap typischen Haus in der Nähe der Docks lebte, wo die zwei Dieselkähne von seinem Vater und seinem Onkel lagen. Es war doch irgendwie ironisch für Seeleute, dass ausgerechnet sie Stone, also »Stein«, hießen, aber der Name passte zu den Stone-Männern, die Ecken und Kanten hatten, maulfaul und rauer als Granit waren. Neun Monate des Jahres fuhren sie bei jedem Wetter tagein, tagaus mit ihren Booten hinaus und brachten das zurück, was der Atlantik ihnen überließ. Makrelen. Jungen Kabeljau. Gelegentlich ein, zwei Hummer. Im Herbst dann Dorsch. Während der restlichen drei Monate des Jahres, in denen das Meer sich aufbäumte und vor Wut schäumte, in denen das Wasser an Deck gefror, vertrieb sich Chet mit einer ungewöhnlichen Tätigkeit die Zeit: Er strickte, während sich Ethans Vater Merrett auf dem Hocker einer Kneipe lümmelte, die so schäbig war, dass sie nicht einmal einen Namen hatte.

Für einen Mann wie Merrett musste ein Kind wie Ethan die reinste Qual gewesen sein. Denn während er selbst wie ein Eisberg war, der einsam auf dem Meer trieb, war sein Sohn wie die Schaumkrone oben auf den Wellen. Als Jugendlicher war Ethan dem Fischfang durchaus zugetan, aber er sah seinem Onkel auch gerne beim Stricken zu. Schlimmer noch, er mochte Gedichte sowie die harmonischen Strukturen klassischer Musik, und es war ihm eine besondere Freude, Pater Flynn als Messdiener zu assistieren. Nachdem der Priester herausgefunden hatte, dass Ethan singen konnte, ließ er ihn die Psalmen vortragen, mit heller Stimme, die reiner war als die jedes Mädchens. Selbst Ethans kränkliche Mutter Ellen saß dann mit unter dem Kinn gefalteten Händen und zitternden Lippen wie verzaubert da, während Merrett nur finster dreinblickte.

»Diesen Jungen hat Gott mit einer goldenen Kehle gesegnet«, bemerkte Claires Mutter seufzend, Claire aber wäre bei diesen Worten am liebsten nach vorne marschiert und hätte Ethan mit der Faust zum Schweigen gebracht.

In jenem Sommer, als sie fünfzehn waren, erschien Ethan nicht mehr regelmäßig zur Messe, weil er seinem Vater auf dem Boot half, und in St. Agnes fehlten allen die Höhen und Tiefen seines Gesangs. Seine Stimme hatte sich im Lauf der Jahre verändert, aber ihr Klang hatte nichts an Süße eingebüßt, sondern war vielmehr reicher geworden, wie ein Nachtisch, der im Ofen noch besser wird. Während Claire die ganze Messe über nörgelte und zappelte, und andere Jungen aus der Stadt mit den Händen in den Taschen schmollten, verfolgte Ethan den Gottesdienst immer andächtig. Wenn er am Altar die Kerzen anzündete, waren seine Bewegungen so geschmeidig, dass die Flammen nicht einmal flackerten, und aufgrund ihres eigenen unseligen Verhältnisses zu den Kerzen hier in der Kirche fragte Claire sich immer, wie er das wohl anstellte.

Erst Ethans Abwesenheit machte Claire überhaupt auf ihn

aufmerksam, und da war sie nicht die Einzige. Nach dem Ende der Fischereisaison erschien Ethan am ersten wirklich kalten Tag im Herbst 1965 wieder in der Kirche. Auf einmal reckten alle Frauen in der Gemeinde den Kopf, um einen besseren Blick auf den jungen Mann mit der Engelsstimme zu erhaschen, der offensichtlich ein neues Kapitel aufgeschlagen hatte.

Zunächst einmal war er jetzt so groß wie Merrett, sein Nacken und seine Schultern ebenso breit. Aber während Merrett sich mit stählerner Entschlossenheit fortbewegte, die Fäuste immer dicht am Körper, trat Ethan mit der Grazie und Anmut eines Gentlemans auf. Seine Augen waren blau wie der Ozean an den tiefen Stellen, wo die größten Fischschwärme schwammen, und die Sonne hatte sein Haar strohblond gebleicht.

»Der Junge ist losgezogen und hat sich in einen griechischen Gott verwandelt«, hörte Claire Mrs Butler einer Freundin zuflüstern, und darüber musste selbst Jo lächeln.

Während der ganzen Messe konnte Claire den Blick nicht von Ethan abwenden. Als sie sich erhob, um zur Kommunion zu gehen, strich sie ihren Rock sorgfältig über den Hüften glatt. Während sie in der Schlange stand, sah sie über die Schulter zu Ethan hinüber, der starrte aber nur nach vorne zum Altar und schien nichts anderes wahrzunehmen. Claire zog eine Schnute und wandte sich ab. An seinen Prioritäten musste sie ganz offensichtlich noch arbeiten.

Nach der Messe unterhielten sich die Erwachsenen und tranken Kaffee, Claire eilte jedoch hinaus, um hinter dem Pfarrhaus heimlich zu rauchen. Sie dachte eigentlich, sie hätte eine windgeschützte Stelle gefunden, das erste Streichholz ging jedoch nicht an, das zweite erlosch so schnell wieder, wie es aufgeflackert war, und am dritten verbrannte sie sich den Daumen.

»Verdammt!«, rief sie, schnaubte und wedelte mit der Hand in der eisigen Luft herum.

»Lass mich mal«, bat sie da eine melodische Stimme. Als sie

aufsah, nahm ihr Ethan Stone die Zigarette aus dem Mund, die immer noch darauf wartete, angezündet zu werden, schob sie sich zwischen die Lippen und strich ein weiteres Hölzchen aus dem Streichholzbrief an. Er nahm einen tiefen Zug, der Claire verriet, dass das nicht sein erster war, und reichte ihr dann die Zigarette. »Diese Dinger bringen dich noch um«, warnte er mit einem Funkeln in den Augen. »Du solltest lieber ans Aufhören denken.«

»Hm … hi«, murmelte sie sprachlos. »Ich hab dich gar nicht in der Schule gesehen.« Das stimmte zwar, fiel ihr aber jetzt erst auf. Der alte Ethan war ein Junge gewesen, der Seite an Seite mit ihr hätte essen oder etwas aus ihrem Lunchpaket stibitzen können, und sie hätte ihn schon zwei Sekunden später wieder vergessen, aber dieser neue Ethan war jemand, der Claire nicht aus dem Kopf ging, selbst wenn sie gewollt hätte. Er griff wieder nach ihrer Zigarette, und sie sah dabei zu, wie seine Lippen sie umschlossen. Gleichmäßig blies er den Rauch in die Luft.

»Ich hab mit meinem Vater gearbeitet. Aber jetzt ist die Saison fast zu Ende, also komme ich wieder zum Unterricht, wenn auch etwas später.« Er runzelte die Stirn. »Er wollte überhaupt nicht, dass ich wieder zur Highschool gehe, aber ich will trotzdem meinen Abschluss machen, selbst wenn ich mein Leben auf See verbringen werde.«

Claire rückte ein wenig näher und war selbst erstaunt über die Tatsache, die nun über ihre Lippen kam: »Ich denke, es ist gut, dass du gern tust, womit deine Familie ihr Geld verdient. Ich hab nämlich das Gefühl, dass ich überhaupt nicht in die Marsch gehöre, obwohl meine Mutter und meine Schwester das Salz ja geradezu anbeten.«

Ethan lächelte und gab ihr die halbgerauchte Zigarette zurück. »Wo gehörst du denn hin?«

Sie überlegte. »Vielleicht auf eine Insel. Irgendwo, wo es unheimlich schattig und feucht ist und wo ich beim besten Willen kein Salz produzieren könnte.«

Ethans Gesicht wurde nachdenklich. »Aber Fische gibt es da doch bestimmt.«

Claire nickte. »Vermutlich.« Beide fuhren auf, als die ersten Leute langsam aus der Kirchentür traten. Ethan lächelte sie an, und ihr kam wieder in den Sinn, wie sehr sie seine Augen mochte.

»Wir sehen uns, Claire Gilly.« Mit zittrigen Knien sah sie ihn davongehen.

»Claire? Claire, wo bist du?«, erklang die Stimme ihrer Mutter, und Claire versuchte zu antworten, aber es war, als würde sie aus großer Entfernung in den Tunnel ihrer eigenen Vergangenheit hinabrufen.

»Ich komme!«, brachte sie schließlich hervor und drückte die Zigarette aus. »Bin sofort da.« Sie umrundete das Gebäude und fragte sich, wie schnell man wohl ein Dasein im ewigen Salz gegen ein Leben mit unendlich viel Fisch austauschen konnte.

Claire sah Ethan auch weiterhin in der Kirche und lief ihm in der Schule über den Weg, und er war immer nett, trug manchmal die Bücher für sie und tauschte gelegentlich eine Sandwichhälfte mit ihr, aber er bat sie nie um eine Verabredung, und je länger sich die ganze Sache hinzog, desto gereizter wurde sie.

Dass sie Ethans wundersame Verwandlung auf See nicht als Einzige bemerkt hatte, machte es nur noch schlimmer. Cecilia West warf sich ihm jedes Mal quasi zu Füßen, wenn er an ihrem Spind vorbeiging, und Abigail Van Huben redete beim Essen über nichts anderes als seine Augen.

»Ich muss ihn einfach dazu kriegen, dass er mich beim Dezemberfeuer küsst«, verkündete Abigail Mitte November. Sie trat Claire gegen den Knöchel. »Oh, guck mal, da kommt er ja!«

Claire zog eine finstere Miene und knüllte die Papiertüte zusammen, in der sie ihr Mittagessen mitgebracht hatte. Sie wünschte, sie könnte sich auf eine Zigarette aus der Schule schleichen. Danach wäre ihr Atem nämlich nicht nur schnaufend genug, um sie vom Sportunterricht zu befreien, es wäre auch ihrem Plan zuträglich. Sie wünschte sich mehr als alles andere auf der Welt, dass Ethan nicht mit Abigail zum Feuer gehen würde. »Er wird aber gar nicht da sein«, behauptete sie, noch bevor sie darüber nachgedacht hatte.

Abigail verzog das Gesicht. »Wieso denn nicht?«

»Weil er diesen Abend mit mir verbringt.« Sobald sie es ausgesprochen hatte, wusste sie, dass es stimmte. Ethan war nicht am Getümmel interessiert, an kreischenden Mädchen, sprühenden Funken und Jungen, die versuchten, so viel Bier wie möglich unter ihrer Jacke zu verstecken. Er war jemand, der die Regale der Stadtbücherei nach Gedichten von Wordsworth und Shakespeare-Stücken über Könige durchforstete. Innerlich war er so wie sie, davon war Claire überzeugt. Auch er sehnte sich nach der abgeschiedenen Ruhe einer felsigen Insel.

Abigail klappte die Kinnlade herunter. »Aber warum sollte er sich denn ausgerechnet mit *dir* treffen? Du kannst ja nicht einmal beim Feuer bleiben. Du bist doch eine Gilly.«

Claire stand auf und lächelte. »Eben.« Und bevor Abigail sie aufhalten konnte, oder sie es sich womöglich noch einmal anders überlegte, ging sie direkt auf Ethan zu, schlang die Arme um ihn und gab ihm vor aller Augen ihren ersten Kuss. Ethans Lippen fühlten sich kühl an, aber das war schon in Ordnung, sagte sie sich. Sie war heißblütig genug für sie beide. Sie brauchte kein Dezemberfeuer, um Ethan Stones Herz in Flammen zu setzen.

Am Vorabend des 1. Dezember war in Claires Magen alles verkrampft, als sie ihrer Mutter und Jo zum Feuer folgte. Würde Ethan wie versprochen beim Birnbaum auf sie warten, fragte sie sich. Die Aufregung schnürte ihr die Kehle zu, als sie sich dem Rand von Tappert's Green näherte.

Genau in diesem Moment erklang in der Dunkelheit eine vertraute Stimme: »Na, du hast dich ja ganz schön verändert, kleine Claire.« Sie blieb stehen und fuhr herum. Es war Whit Turner, der vor kurzem mit einem Harvardabschluss in der Tasche heimgekehrt war. In den letzten acht Jahren hatte Claire ihn kaum zu Gesicht bekommen. Erst war er mit dreizehn ins Internat gegangen, und dann war seine Mutter recht plötzlich gestorben, wie Claire jetzt wieder einfiel. Das hatte Whit ziemlich mitgenommen. Danach hatte er die Salt Creek Farm – und Jo – nie wieder besucht. In den letzten Jahren war er kaum in Prospect gewesen. Claire hatte Geschichten über sein glamouröses Leben in der Stadt gehört: An Weihnachten ging er mit Freunden Skifahren, und er gehörte in Harvard irgendeinem geheimen Club an. Die Ostertage hatte er sogar auf dem Familiengut eines Freundes in Schottland verbracht, wo es fantastische Golfplätze gab.

Aber diese Zeiten waren jetzt vorbei. Nun war Whit wieder zu Hause, um die Geschäfte der Familie zu übernehmen. Hamish hatte ziemlich abgebaut, und das Klima am Kap bekam ihm nicht mehr. Den Winter verbrachte er schon seit jeher mit seiner langjährigen Geliebten in Palm Beach, und nach Whits Heimkehr gab es keinen Grund mehr, warum er nicht auch die restliche Zeit dort mit ihr verbringen sollte.

Aus der Nähe betrachtet war Whit sogar noch attraktiver, als Claire ihn in Erinnerung hatte, in seinen dunklen Augen funkelte der alte jungenhafte Charme, sein Mund war stets bereit, sich zu einem Grinsen zu verziehen und sie mit seinem Lachen anzustecken. Er trug einen Kaschmirmantel und feine, teure Schuhe. Sein Haar war perfekt geschnitten und hüllte seinen Schädel in seidige Locken. Er war ganz offensichtlich ein Mensch, der alles hatte, was er sich wünschte, dachte Claire neidisch. Er hatte einen Uniabschluss. Er hatte Geld. Ihm gehörten hier Ländereien, so weit das Auge reichte – und vermutlich auch noch darüber hinaus. Was er jedoch nicht hatte, war eine

Frau. In ihrer frühen Kindheit wäre Claire jede Wette eingegangen, dass Jo einmal diese Rolle übernehmen würde, aber seit dem Sommer, in dem Ida gestorben war, war zwischen Whit und Jo nichts mehr so wie früher. Whit war aus ihrem Leben verschwunden, und Jo sprach niemals darüber.

Whit ließ seinen Blick über Claires neue frauliche Formen wandern. »Du hast dich verändert«, murmelte er und zwang sich, ihr wieder ins Gesicht zu sehen. »Aber deine Haare nicht.« Zufrieden über seine anerkennende Miene berührte Claire das Nest aus Locken und Haarnadeln, zu dem ihre Mutter ihr die Mähne im Nacken zusammengesteckt hatte. Er trat einen Schritt näher. »Du siehst richtig gefährlich aus«, flüsterte er, und sie errötete.

Jo sah sich nach Claire um, weil sie wissen wollte, was sie so aufhielt. Als sie Whit entdeckte, blieb sie wie angewurzelt stehen und verschränkte die Arme vor der Brust. Claire seufzte. »Ich muss los«, sagte sie schließlich. In Gedanken war sie schon beim Feuer und den raschelnden Blättern des Birnbaums. »Schön, dich zu sehen«, rief sie in die Dunkelheit und versuchte, Whits Blick zu ignorieren, den sie noch immer im Nacken spürte. Sie freute sich über die Bestätigung, dass sie gut aussah, es wäre ihr aber lieber gewesen, wenn sie von Ethan gekommen wäre.

»Was ist denn in dich gefahren?«, fauchte Jo, als sie bei ihr ankam, und zwickte sie durch die dicke Jacke in den Ellbogen. Dann sprach sie leiser, so dass ihre Mutter sie nicht hören konnte. »Was wollte der überhaupt?«

»Nichts«, antwortete Claire. »Er hat nur hallo gesagt.«

Jo kniff finster die Augen zusammen. »Halt dich bloß von ihm fern. Nur weil er neuerdings die Angelegenheiten seiner Familie übernimmt, heißt das noch lange nicht, dass ich jetzt bei seinem Anblick dahinschmelzen werde. Und das solltest du auch nicht.«

»Das hatte ich auch nicht vor«, erwiderte Claire, Jo hörte sie aber gar nicht. Sie war bereits zum Feuer hinübermarschiert, das gerade entzündet worden war und nun zum Leben erwachte. Claire lief mit ihrem Päckchen Salz hinterher. Vielleicht hatte Jo ja recht, überlegte sie. Jeder wusste, dass die Turners von Räuberbaronen abstammten. Und vielleicht war Whit ja von allen der Schlimmste. Denn hinter all den Grübchen und dem Gezwinker verbarg sich bei ihm unendliche Gier, wie bei diesen altmodischen Bösewichten in Schwarzweißfilmen, die mit weitem Mantel und schmalem Schnurrbart so schneidig aussahen, aber ganz fürchterliche Pläne schmiedeten. Claire drückte die Schultern durch und folgte Jo wortlos zum knisternden Feuer. Was scherten sie schon diese albernen Turners? Sie hatte größere Pläne für heute Abend – tatsächlich sogar für ihr ganzes Leben. Zum ersten und einzigen Mal konnte sie es gar nicht erwarten, vorzutreten und das Salz ins Feuer zu werfen.

Im nächsten Frühjahr schwang Claire in der Marsch voller Elan die Schaufel, hob die Entwässerungsrinnen aus und klagte nicht einmal, als sich an ihren Händen so schlimme Blasen bildeten, dass sie blutig aufplatzten. Denn Ethan würde später den Schmerz wegküssen, und von da an würde sie dann übernehmen. Die Liebe, begriff sie nun, konnte sogar das Salz versüßen.

Allerdings ging Ethan mit ihr nicht sehr weit. Sie schob oft die Hände unter sein T-Shirt, und das ließ er zu. Er protestierte auch nicht, wenn sie ihn am Hals küsste. Aber sobald sie sich anschickte, seinen Gürtel zu lösen, hielt er ihre Handgelenke fest. »Hör auf«, bat er dann und ließ die Arme sinken, »sonst kann ich mich nicht mehr beherrschen, und ich wünsche mir für uns einfach etwas anderes.«

»Was wünschst du dir denn?«, fragte sie schließlich lächelnd. Es war Ende März. Sie waren jetzt schon seit vier Monaten ein Paar, und Claire fühlte sich wie ein völlig neuer Mensch. Als Erstes hatte Ethan sie dazu gebracht, mit dem Rauchen aufzuhören.

»Danach stinken nämlich deine Haare«, hatte er sich beschwert und ihre roten Locken gelöst, »und deine Finger werden gelb. Und wie oft hast du dich schon aus Versehen verbrannt?«

Claire biss sich auf die Lippe. »Aber du rauchst doch auch.«

Er lehnte sich vor und küsste sie. »Aber bloß in der Fischsaison. Ich mache das nur für meinen Vater, das gehört nämlich zu den Anforderungen an echte Kerle. Versprich mir, dass du aufhörst.«

Sie dachte, dass sie das Knistern des Tabaks vermissen würde, aber sie lernte, dass die hinausgezögerte Befriedigung viel köstlicher war als das Laster selbst. Wenn sie sich mit dem Daumen über die leere Unterlippe fuhr und sich vorstellte, wie Ethans voller Mund den ihren berührte, dann verflog der Wunsch nach einer Zigarette und wurde von fleischlicherem Verlangen verdrängt.

Ethan las gerne Gedichte, vor allem die Romantiker: Keats, Wordsworth und Coleridge. Er hatte ein unglaubliches Gedächtnis und konnte ganze Absätze auswendig rezitieren, so mühelos, als zähle er die Namen seiner Verwandten auf. Wenn Ethan im Hafen beschäftigt war, lief Claire in der Bücherei von Prospect die Regale ab und las diese Stücke selbst, häufte die Worte auf ihrer Zunge an und verwahrte sie sicher in ihrem Herzen. Sie begriff, dass ihr ganzes Leben von Schönheit erfüllt sein konnte, wenn sie einen Gegenstand – eine Narzisse oder griechische Vase – durch den Spiegel wohlklingender Worte betrachtete, *wirklich* betrachtete.

Durch Ethan lernte Claire auch, in der Messe stillzusitzen. Er sang jetzt zwar nicht mehr, folgte dem Gottesdienst aber noch immer mit solch verzückter Hingabe, dass sie sich irgendwann fragte, ob sie mit all ihrem Gezappel vielleicht irgendetwas verpasste. Nun saß sie mit im Schoß gefalteten Händen reglos in der Bank, den Blick nach vorn gerichtet, und verriet sogar Pater

Flynn bei der Beichte viel mehr Geheimnisse. Sie wusste, dass sie mit dem weichen Haar und den sanft geschwungenen Lippen nach außen hin wie ein Engel wirkte, innerlich war sie jedoch noch immer so unstet wie die Schaumkronen auf den Wellen vor Drake's Beach an einem windigen Tag. Sie wollte einfach nur nicht mehr, dass es jeder sehen konnte.

»Was ist in letzter Zeit eigentlich mit dir los?«, neckte Jo sie. »Du bist ja plötzlich der reinste Sonnenschein. Ehrlich gesagt war mir die alte Claire lieber. Da wusste man wenigstens, woran man war.«

Ihre Schwester zuckte mit den Achseln. Sie konnte es sich ja selbst kaum erklären. Es gefiel ihr viel besser, die Dinge Ethan zuliebe zu tun als für sich selbst.

Nur eines machte ihr Angst, darüber sprach sie aber mit keinem. So häufig sie nämlich auch über das angebliche Pech der Frauen in ihrer Familie gespottet hatte, wenn es um die Ehe ging, insgeheim machte sie sich doch Sorgen, dass diese Geschichte vielleicht wahr sein könnte. Noch hatte ihres Wissens keine Gilly-Frau das Salz je verlassen, genauso wenig wie dort ein Junge zum Mann herangewachsen war. Was, wenn Ethan und sie eines Tages ein Kind bekämen? Würde der Fluch ihrer Familie sie einholen und dem Friedhof toter Jungen neben der Scheune einen weiteren Grabstein hinzufügen? Bei dem Gedanken lief es ihr kalt den Rücken hinunter.

»Bitte beschütz Ethan«, betete sie während der Messe und musste sich zusammenreißen, um nicht all die Unfälle und Gefahren aufzuzählen, die einem Mann auf See zum Verhängnis werden konnten. »Wach über ihn. Lass ihn nicht aus den Augen, sorge für ihn, als wäre er dein.«

Sie hatte ja keine Vorstellung davon, wie mächtig Gebete sein konnten. Und noch weniger ahnte sie, wie gut die ihren erhört werden würden.

Gegen Ende der Highschoolzeit war Claire so heftig in Ethan verliebt, dass ihre Beziehung in Prospect bereits Schnee von gestern war.

»Hey, da kommt ja unser altes Ehepaar«, grinste Mr Hopper an einem Samstagabend, als sie nach dem Kino auf einen Burger hereinschauten. Es war ihr letztes Schuljahr, und so langsam zog die Zukunft am Horizont auf. »Wann macht ihr beiden die Sache denn offiziell?«

Ethan wurde rot. »Ich glaube, dafür sind wir noch ein bisschen jung.«

Mr Hopper winkte ab. »Das ist doch die beste Zeit dafür! Bevor ihr es besser wisst.« Und dann schob er ihnen mit einem Zwinkern zwei Gratismilchshakes zu.

Mit glühenden Wangen starrte Claire Ethan durch gesenkte Wimpern an. »Denkst du manchmal darüber nach?«

Bedächtig nahm Ethan einen Schluck. »Über die Zukunft?«

»*Unsere* Zukunft.« Ihre Nerven waren bis zum Zerreißen angespannt, wenn sie es auch nur aussprach. Sie fuhr ihm mit den Fingerspitzen übers Handgelenk. »Weißt du, wenn wir verheiratet wären, dann könnten wir auch endlich …« Ethan zog die Hand weg. Sie hatten in den letzten drei Jahren ziemlich kreativ experimentiert, aber Ethan machte den Dingen stets ein Ende, wenn es körperlich zu ernst wurde. Es gab Dinge, über die er Claire nicht mit sich verhandeln ließ.

»Natürlich«, sagte er und wich ihrem Blick aus. »Aber wir sind doch *wirklich* noch jung. Und ich bin nicht für halbe Sachen zu haben, das weißt du, Claire. Ich muss mir erst sicher sein.« Das stimmte, und es gehörte zu den Eigenschaften, die sie am meisten an ihm liebte. Wenn er zum Beispiel im Sommer zum Fischen rausfuhr, dann war er mit Leib und Seele auf See. Wenn er lernte, dann konzentrierte er sich so sehr, dass er nichts um sich herum mehr wahrnahm, und wenn er betete, dann hätten Engel hinter seinem Rücken Trompete spielen können, und er hätte keinen Ton gehört. In diesem Jahr verbrachte er besonders viel Zeit mit Pater Flynn, aber das konnte Claire ihm kaum verdenken. Wenn sie einen Vater wie Merrett hätte, würde sie sich auch nach einem Ersatz umsehen, aber sie hätte sich vielleicht für jemand Nahestehendes entschieden, für jemanden wie Ethans Onkel Chet.

Im Verlauf des Schuljahres fragte sich Claire ständig, ob Ethan ihr wohl einen Antrag machen würde. An Weihnachten packte sie die Gedichtbände aus, die er für sie gekauft hatte, und blätterte die Seiten durch, ohne ein einziges Wort zu sehen. Am Valentinstag vergrub sie die Nase in den Blütenblättern der ihr überreichten roten Rose in der Hoffnung, dort einen glitzernden Ring zu entdecken. Beim Abschlussball schwebte sie in einer fiebrigen Wolke aus Seide, Parfüm und Haarspray herbei. Aber Ethan hatte ihr beim Tanzen nur die Hände wie üblich auf die Hüften gelegt und flüsterte ihr »Ich liebe dich« ins Ohr, ging aber nicht vor ihr auf die Knie.

Als schließlich die Zeugnisvergabe bevorstand, hatte Claire sich bereits die Fingernägel abgekaut. Ethan nahm sein Zeugnis mit festem Händedruck entgegen und warf wie alle anderen auch seinen Hut in die Luft, aber er zog sie danach nicht in eine schummerige Ecke, um eine kleine Samtbox aus der Tasche seiner Robe zu holen. In jenem Jahr war Claire zu Beginn der Salzsaison so bitter wie ein Holzapfel und fing wieder damit an, sich bei jeder Gelegenheit mit Jo anzulegen.

»Hast du nie Angst, hier zwischen dem ganzen Zeug zu versauern?«, fragte sie zum Beispiel. Sie standen in der Scheune und machten kleine Salzsäckchen zurecht. Claire warf sich den Zopf über die Schulter und sah zu, wie Jo einem weiteren Beutel den Hals umdrehte. Die Schließbewegung erinnerte sie daran, wie Mama dem Geflügel den Garaus machte, wenn es mal wieder Zeit für Hühnchen war.

»Sei einfach nur froh darüber, dass du es nicht auch noch verkaufen musst«, entgegnete Jo. Das war nämlich ihre Aufgabe – sie hockte in der kleinen Bude, die sie in der Stadt aufgestellt hatten, und verkaufte das Kap-Salz für wenig Geld an Touristen. Den Verkauf hasste Claire genauso wie den Rest des Salzgeschäftes. Das alles war ihr einfach nur peinlich. Jetzt ließ sie sich nicht einmal dazu herab, Jo zu antworten. Stattdessen steckte sie sich eine Zigarette an. Ethan war jetzt schon seit drei Wochen auf dem Boot seines Vaters unterwegs, und ihre Nerven schrillten vor Anspannung wie Feuerwehrsirenen.

Sie sah hoch und entdeckte, dass Jo heftig vor ihr herumfuchtelte. »Mach die aus! Du weißt doch, dass die Scheune das reinste Pulverfass ist!« Jo hatte durchaus recht. Hier zu rauchen war genauso riskant wie neben einer Zapfsäule. Allein der Staub war schon so trocken, dass er jeden Augenblick in Flammen aufgehen könnte, ganz zu schweigen von den wurmstichigen Wänden, dem verzogenen Fußboden und dem splittrigen Dach.

Claire scherte das nicht. Sie legte den Kopf zur Seite und blies den Rauch direkt nach oben. »Führ dich doch nicht wie so eine alte Schachtel auf«, rief sie. »Kannst du nicht mal ein bisschen Spaß haben?«

Jo knirschte nur mit den Zähnen. Sie sah aus, als würde sie Claire am liebsten umbringen, und ihre viel zu ruhige Stimme verriet ihrer Schwester, wie wütend sie wirklich war: »Nein, ich kann leider keinen Spaß haben. Sieh dich doch mal gut um, Claire. Bedauerlicherweise hat Daddy keine Nachsendeadresse hinterlassen, Mama und ich arbeiten sieben Tage die Woche, und trotzdem rauscht weiterhin das Meer, das Salz bildet sich noch immer, und hier geht alles weiter den Bach runter.« Sie kniff die Augen zusammen und trat näher an Claire heran. »Gilly-Frauen sind nicht geboren, um Spaß zu haben.«

Claire nahm einen letzten Zug und rollte mit den Augen, bevor sie die Zigarette austrat. Das alles musste man ihr nun wirklich nicht erklären, und aus genau diesen Gründen hatte sie eben nicht vor, noch viel länger eine Gilly zu bleiben.

»Wie du willst«, murmelte sie. »Dann stirb eben als alte Jungfer. Als ob mich das interessieren würde.« Sie würdigte Jo keines weiteren Blickes und ließ sie einfach mit der restlichen Arbeit stehen.

# KAPITEL 7

Im ersten Sommer, in dem Whit aus dem Internat zurückkehrte, vereinbarten Jo und er durch ihre üblichen Zeichen, sich eine Stunde nach Ende der Messe auf Drake's Beach zu treffen. Das war später als sonst, Whit verriet Jo jedoch durch das Hochziehen der Augenbrauen, dass er eine Überraschung für sie hatte. Sie errötete in der Kirchenbank, vergewisserte sich mit einem Blick zu ihrer Mutter, dass die nichts mitbekommen hatte, und verbarg dann ihr Gesicht. Auf der einen Seite lockte sie der alte Reiz von Whits jungenhaftem Charme, ließ sie wünschen, sie wäre so ein kühner Draufgänger wie er. Andererseits hatte sich zwischen ihnen jedoch etwas verändert. Zumindest für sie. Nach dem ungeschickten Kuss in der Scheune war Whit monatelang fort gewesen, und Jo hatte Zeit gehabt, sich so einiges durch den Kopf gehen zu lassen. Sie wusste nun, dass Whit und sie niemals ein Paar werden würden, was auch immer geschah.

Whit war im Lauf des letzten Jahres ganz ordentlich gewachsen, seine Schultern waren jetzt breiter, und sein Haar noch dunkler. Es fiel ihm auf eine Art und Weise in die Augen, die die Mädchen in seiner Clique vermutlich unwiderstehlich fanden, dachte Jo. Tatsächlich wirkte er beinahe wie ein anderer Mensch, jetzt, wo er so ungewohnte Dimensionen angenommen hatte. Es war fast, als sei ein Betrüger in seine Rolle geschlüpft, der aus irgendeinem Grund all die Gesten und Zeichen ihrer

Geheimsprache kannte. Jo sah dabei zu, wie er Ida aus der Bank begleitete und beim Abschiedsgruß mit beiden Pranken Pater Flynns dargebotene Hand umfasste, so als spielten sie ein Fingerspiel, das Whit unbedingt gewinnen wollte.

Eigentlich hätte sie es besser wissen müssen, trotzdem wartete Jo eine Stunde später auf Drake's Beach. Der Wind fuhr ihr durchs Haar, und ihre Zehen gruben sich wie ungeduldige Schnecken in den Sand. Der Strand war so sturmgeplagt und voller Steine, dass es ziemlich gewagt war, dort barfuß zu laufen, Jo tat es aber dennoch. Wenn sie diesen Schmerz ertragen konnte, dachte sie, dann konnte sie so ziemlich alles schaffen. Wieder und wieder sah sie hinauf zu den Dünen, hinter denen die Straße lag, aber es kam niemand. Erleichtert wandte sie sich schließlich ab, um sich zurück auf den Weg in die Marsch zu machen, aber genau in diesem Augenblick hörte sie von der See her ein Pfeifen. Zwei Pfiffe, eine Pause und dann wieder zwei Pfiffe.

Sie drehte sich zum Wasser um und entdeckte, dass Whit beschlossen hatte, die Saison einzuläuten, indem er mit einer brandneuen Jolle die Landspitze umrundete. Er überwand problemlos die Brandung, kam mit Windesrauschen und flatternden Segeln an und schwang die Beine über die Reling.

Beim Anblick der Nussschale bekam Jo ganz feuchte Hände und musste schlucken. Obwohl sie in der Marsch zwischen all den Meerwasserbassins lebte, traute sie dem Ozean nicht. Das hatte mit Henrys Tod zu tun. Sie sah noch immer den aufgedunsenen Leichnam ihres Bruders vor sich, den ihre Eltern aus dem Bewässerungsbecken zogen. Er hatte die Arme weit ausgestreckt wie jemand, der einem anderen eine Warnung zuruft. Jo machte einen Schritt zurück in Richtung Dünen. Sie wollte nicht segeln gehen.

Whit bemerkte ihr Unbehagen offensichtlich nicht. Er sprang hinab in die Brandung und hielt das Boot ruhig. »Na, was meinst du?«, krähte er. »Das ist brandneu! In der Schule bin ich jetzt im Segelteam. Meine Mutter hat mir das Boot gekauft, weil meine Noten ganz ordentlich waren, aber sie weiß ja auch nicht, dass mein Mitbewohner, der olle Streber Peter Peckman, für meine Hausaufgaben Geld von mir kriegt.«

Der alte Whit, dachte Jo, hätte verstanden, dass das Segeln und dieses außergewöhnliche Treffen sie verunsicherten. Der Junge, der sein Blut mit ihrem vermischt hatte, der Salz auf ihre Lippen gerieben hatte – dieser Mensch hätte ihre Angst gespürt und den Kahn hier und jetzt auf den Strand gezogen. Whit hatte sich aber offenbar nicht nur äußerlich verändert.

»Spring rein!«, forderte er sie auf. Er hatte sich nach der Kirche umgezogen, und Jo bemerkte dadurch erst recht, was für schlanke und straffe Beine er bekommen hatte und wie breit seine Schultern geworden waren. Er ähnelte seinem Vater – hatte das gleiche edle Kinn, das dichte Haar und die römische Nase –, aber seine Augen waren unter den schweren Lidern so rauchgrau wie die von Ida. Und deshalb fiel es Jo auch so schwer zu ergründen, was er tatsächlich dachte. *Ida hatte recht*, fuhr es Jo durch den Kopf, *wir gehören nicht zusammen, auch wenn wir aus dem gleichen Holz geschnitzt sind.* »Jetzt komm schon, du Angsthase«, neckte Whit sie. »Lass mich hier nicht den ganzen Tag stehen. Lange warte ich nämlich nicht mehr auf dich, musst du wissen.«

Jo watete durch die Brandung.

»Schon besser«, meinte Whit und sprang nach ihr ins Boot, griff auf der einen Seite nach den Tauen und auf der anderen nach der Pinne. »Achtung, der Baum!«, rief er, drehte das Segel vor ihnen, zog am Tau in seiner Hand und nahm wieder Kurs auf die offene See. Jo umklammerte die Reling und musste sich beherrschen, um nicht mit den Zähnen zu klappern.

»Du bist ja verrückt!«, rief sie und versuchte, so unbekümmert wie möglich zu klingen. Whit kicherte.

»Und du immer noch genauso klein und langweilig«, antwortete er mit einem Grinsen.

Jo wurde rot. Es stimmte schon, sie hatte aufgehört zu wachsen, aber so klein war sie nun auch wieder nicht. Nur war Whit eben unglaublich in die Höhe geschossen. Dass er sie als langweilig bezeichnen würde, hatte sie allerdings nicht erwartet. Diese Bemerkung tat weh. So etwas hätte auch gut von Ida stammen können. Jo rückte ein Stück von Whit ab. Plötzlich sank das Boot in ein Wellental, und Jos Magen machte einen Satz. Whit drückte die Pinne, und jetzt türmte sich die vordere Reling des Bootes vor ihnen auf.

»Kopf runter, Seitenwechsel!«, rief Whit und krabbelte geduckt auf die andere Seite der Jolle.

Jo folgte ihm, stieß sich dabei am Schienbein und versuchte, nicht vor Schmerz aufzujaulen. Das Segel wellte sich, und das Boot fuhr jetzt in einem angenehmeren Winkel weiter.

»Alles klar bei dir?«, fragte Whit und blinzelte zu ihr hinüber.

Sie sah zum Ufer zurück. Sie hatten beigedreht, hielten aber immer noch auf den Horizont zu. Die Wogen unter dem Bug wurden nun gleichmäßiger, jedoch auch größer. Plötzlich fühlte Jo sich gar nicht mehr wohl. Es kam ihr so vor, als treibe sie dort draußen wie ein verlorener Korken auf dem Wasser, und zwar zusammen mit jemandem, der Whit zwar ziemlich ähnlich sah und sich auch nach ihm anhörte, sich aber überhaupt nicht wie er anfühlte. Sie ballte die Fäuste. »Fahr zurück.«

Jetzt breitete Whit die Arme aus. »Um die Felsen bei Drake's Point zu umgehen, müssen wir aber noch weiter raus.«

Am liebsten hätte Jo wie Claire mit dem Fuß aufgestampft. »Dreh einfach um!« Auf ihren Schläfen standen Schweißperlen. Sie wollte es Whit nicht verraten, aber das war das erste Mal, dass sie je ein Boot betreten hatte, und sie befürchtete, die Bucht könne es ihnen übel nehmen, dass sie sie zu bezwingen versuchten.

Whit verzog das Gesicht. »Na schön, wenn du dich so anstellst.« Er hantierte wieder an der Pinne herum, was die Jolle ins Schwanken brachte, und sie wechselten noch einmal die Seite. Wenn Whit mit diesen Wendemanövern so weitermachte, das war Jo klar, würden sie bald die offene See erreichen, und dann würde sie keine Ahnung mehr haben, ob sie nun zurück- oder nur noch weiter hinausfuhren. »Hier«, bestimmte er, »du übernimmst das Lenken. Das ist das beste Mittel gegen Seekrankheit.« Er legte ihre Hand auf die Pinne und dann seine eigene darüber.

Natürlich hatten sie sich früher schon unzählige Male berührt. An den heißesten Tagen hatten sie in den Wellen miteinander gerungen, unter Wasser die Beine verhakt und sich gegenseitig umgeworfen, und Whit griff gerne nach ihrer Hand, um sich ihrer ungeteilten Aufmerksamkeit zu versichern, aber das hier war anders. Jetzt verhakte er seine Finger vielsagend mit den ihren und presste sein Bein gegen sie. Sie konnte ihn laut und heftig atmen hören und wusste, dass sie ihre Hand aus seinem Griff befreien musste, er umklammerte sie jedoch viel zu fest.

»Jo«, murmelte er und lehnte sich mit geöffnetem Mund zu ihr hinüber. Das Segel wellte sich über ihnen, und sie erstarrte. Jeder Nerv ihres Körpers war alarmiert und stand jetzt unter Hochspannung. Was auch immer passieren würde, sie durfte ihn nicht an sich heranlassen. Diese Zeiten waren vorbei.

»Pass auf«, warnte sie und zog an der Pinne, so dass der Kahn ins Schlingern geriet. Whit packte ihre Hand noch fester, zerquetschte beinahe ihre Finger.

»Au!«, rief sie und versuchte, sich aus der Umklammerung zu befreien, aber er ließ sie nicht los. Seine Miene nahm einen hinterhältigen Ausdruck an, den sie so bei ihm noch nie gesehen hatte.

»Denk bloß nicht, dass du zu gut für mich bist«, knurrte er und verdrehte ihr schmerzhaft das Handgelenk. Jo hätte ihm am liebsten eine geknallt, hatte aber zu viel Angst, das Boot würde kippen, also sagte sie einfach gar nichts. Whit rückte von ihr ab und konzentrierte sich auf das Segel. Auf dem restlichen Weg zurück sprachen sie kein einziges Wort.

»Oh, Gott sei Dank!«, rief Jo, als sie sich dem Ufer näherten. Sie wartete nicht darauf, dass er es sicherte, sondern schwang einfach die Beine über die Seite und sprang in die Brandung, die ihr bis zur Hüfte reichte. Dabei konnte sie endlich ihre Hand aus seinem Griff befreien.

Claire wartete mit zwei Angelruten am Strand auf sie und juchzte bei ihrem Anblick in ihrer ganzen elfjährigen Pracht. Whit holte das Kielschwert ein und zog die Jolle auf den Strand, während Claire eine alte Decke ausbreitete, die sie mitgebracht hatte. Jo sah zu, wie Whit sich auf dem Karomuster breitmachte und die Knöchel überkreuzte. Ganz offensichtlich wusste er, dass er im Leben ohne große Anstrengungen Erfolg haben würde, und einen Moment lang überkam sie Neid.

Claire fing damit an, irgendwas vom Gymnastikteam in der Schule zu erzählen. »Es ist nicht fair, dass Cecilia West Kapitän wird, nur weil sie den Flickflack kann, wenn sie noch nicht einmal einen Spagat hinkriegt«, verkündete sie mit einem Schmollmund. Jo versah die erste Angel mit einem Köder und warf sie aus, schob die Rute dann in den Sand und bestückte auch den zweiten Haken.

»Arme Claire.« Whit zog eine Grimasse.

Sie schniefte. »Das ist nicht so einfach, wie es aussieht. Ich wette, du kannst auch keinen Spagat.«

Whit wischte sich Sand von den Händen. »Da hast du recht, ich hab aber auch gar kein Interesse daran.«

Claire hing bei diesen Worten wie gebannt an seinen Lippen. Sie ließ sich neben ihn auf die Decke sinken – rückte ihm viel zu sehr auf die Pelle, dachte Jo, deren Magen nach der Bootsfahrt immer noch ganz durcheinander war.

»Mich interessiert das ja eigentlich auch nicht«, erklärte sie und überkreuzte die Beine in der Luft. »Aber die Mädchen im Gymnastik-Team sind beliebt, und alles wird einfacher, wenn man beliebt ist.«

Genau in diesem Moment biss ein Fisch bei Jo an. Sie stieß einen Schrei aus, zog an der Leine und holte sie so schnell wie möglich ein. Whit sprang von der Decke auf und lief zu ihr hinüber, um ihr zu helfen, aber sie winkte ab. Sie hatte das Tier schon vom Haken gelöst, und es zuckte zwischen ihren Fingern. Whit schob die Hände in die Hosentaschen und blieb mit zusammengekniffenen Augen am Rand der Brandung stehen.

»Claire«, rief Jo, »komm doch mal rüber und fass hier mit an.« Sie warf den Fisch in einen Eimer. Claire seufzte und erhob sich langsam von der Decke. Einen Moment lang verriet ihr Gesicht Jo, wie sehr sie die Elemente ihres Lebens hasste: Salz, Fisch, Rost und Sand.

»Schau mal nach der anderen Leine«, ordnete Jo an. »Ich glaube, da hat auch einer angebissen.« Ein zweiter Fisch wäre perfekt. Ihre Mutter würde das blättrige Fleisch mit Kartoffeln, Lorbeer und Brühe zubereiten, und sie würden am Abend das Haupt senken und Gott für seine milden Gaben danken.

Jo sah, wie Claire die Rute aus dem Sand zog und an ihre Hüfte lehnte. Eine Welle rollte heran und warf sie beinahe um, aber plötzlich war Whit bei ihr, schlang seine starken Arme um sie und hielt sie fest. »Vorsicht, Püppchen«, sagte er und legte seine Hand über Claires Finger auf der Spule. »Langsam und gleichmäßig.« Zusammen holten sie eine Makrele ein. »Soll ich die für dich ausnehmen?«, fragte Whit. Der Fisch zappelte und wurde dann ruhiger.

Claire überlegte. »Nein. Wir sollten ihn lieber wieder reinwerfen.«

Whit zuckte mit den Achseln. »Wie du willst, Kleine.« Er reichte ihr die Rute, suchte im Angelkasten nach einer Zange, knipste das Ende vom Haken ab und machte den Fisch los. Dann legte er ihn in das herbeiströmende Wasser. Das Tier wurde wieder munter und begann erneut zu zappeln. »Na dann mal los«, rief Whit und öffnete die Hand.

Das Wasser spritzte, als Jo näher herankam. Sie sah zu, wie der Fisch mit der Flosse wackelte und sich in die Strömung einfädelte, bevor er davonschwamm. »Was soll das denn, Claire?«, schalt sie. »Du bist so eine Mimose!«

Mit Tränen in den Augen wandte Claire sich ab, und in dem Moment bemerkte Jo, dass sich der Angelhaken der Makrele irgendwie in ihre Hand gebohrt hatte, wo nun ein Blutstropfen schimmerte.

»Oh Gott«, knurrte Jo und schnappte sich Claires Handgelenk. Sie schnitt den Haken von der Leine ab, so dass sie ihn komplett durch Claires Haut schieben konnte. Das war wieder einmal typisch für Claire, als müsse sie mit dem armen Fisch mitleiden. Sie musste eben immer im Mittelpunkt stehen. Jo zog ein letztes Mal am Haken, der nun endlich frei war. »Du bist noch ein viel größerer Idiot, als ich dachte«, murmelte sie und legte den verstümmelten Haken in den Angelkasten. »Wer mit Salz arbeitet, darf nicht so empfindlich sein.«

Whit legte Claire die Hand auf die Schulter. »Ach, jetzt lass sie schon in Ruhe, Jo. Sie ist eben sensibel, das ist alles.«

Jo blickte finster drein. Was wusste ein Bürschchen wie Whit Turner denn schon von ihrem Leben, dachte sie. Sensibilität konnte man leider nicht essen. Sie bezahlte keine Rechnungen und verhalf Claire auch nicht zu den schicken Kleidern, die sie immer haben wollte. Jos harte Arbeit sorgte dafür, und wenn Claire so sensibel war… na ja, dann war das ihr Problem. Jo machte einen neuen Haken an der Leine fest und warf diese wieder zurück ins Wasser.

»Komm schon, Jo.« Whit trat näher heran, und sie spürte seinen Atem im Nacken. »Jetzt sei doch nicht so. Du weißt, dass ich eine gute Partie für dich wäre.« Er legte ihr die Hand auf den Rücken und lehnte sich vor, so als wollte er sie wieder küssen, sie aber wandte sich im letzten Moment ab. Ihr Herz raste, ihr Mund war ganz trocken, und die Härchen auf ihrem Arm standen zu Berge.

»Nicht vor Claire«, murmelte sie, obwohl das natürlich nur ein Vorwand war.

Er stieß ein frustriertes Knurren aus und machte einen Schritt von ihr weg. »Ich muss das Boot wieder zurückbringen«, erklärte er. »Gleich steht ein Tennisspiel an, meine Mutter sucht im Club bestimmt schon nach mir. Mein Gott, ich würde alles geben, um den Sommer über nicht in diesem langweiligen Nest hocken zu müssen. Die Hälfte meiner Freunde ist in Europa.«

Claire winkte heftig mit einer Hand und saugte noch immer an dem kleinen Schnitt, Whit ignorierte sie aber. Jo ignorierte er ebenfalls und weigerte sich, auch nur ein weiteres Wort zu sagen, während er das kleine Boot wieder durch die Brandung hinausschob. Schließlich füllte der Wind die Segel, und die Jolle verschwand hinter der Landspitze. Jo machte sich aber trotzdem keine Gedanken. Sie hatten sich auch vorher schon gestritten und dann wieder versöhnt.

Die Woche darauf kam Whit jedoch nicht, und auch nicht eine weitere Woche später. Wenn sie ihn in der Kirche sah, wirkte er zerstreut und blickte nach vorn zu Pater Flynn. Danach stand er dann auf, half seiner Mutter aus der Bank und nickte den alten Damen der kleinen Gemeinde zu, weigerte sich aber weiterhin, zu Jo hinüberzusehen. Nach der Messe lief sie allein am Strand entlang und steckte mürrisch die Zehen ins Wasser. *So muss es wohl sein*, sagte sie sich selbst. Sie wurden erwachsen und gingen getrennte Wege. Das hatte ihnen jeder prophezeit, und jetzt war es endlich so weit. In Whits Leben taten sich neue Horizonte auf, während das ihre zuklappte wie eine Muschel.

In diesem Jahr gab es nicht viel Salz, also erschien Ida bald wieder auf der Bildfläche und wedelte mit Geld herum. Mama hätte trotzdem nie verkauft, auch wenn das hieß, dass sie den ganzen Winter nur von Brot und eingelegtem Gemüse leben würden.

»Du bist so ein Dummkopf, Sarah Gilly«, erklärte Ida draußen auf der Veranda vor dem schiefen Fliegengitter, während Claire und Jo geschlossen hinter Mama standen. »Für dich wird es nie ein besseres Leben geben, aber was ist mit deinen Mädchen? Wollen die hier nicht mal raus? Vielleicht nicht die da«, sie zeigte mit ihrem beringten Finger auf Jo, »aber die andere scheint doch Potential zu haben.« Sie deutete auf Claire, die angesichts dieser Worte mit stolzgeschwellter Brust dastand. »Überleg doch mal, was du ihr mit meinem Geld alles bieten könntest.«

In diesem Augenblick tat Claire etwas Schockierendes. Sie war erst elf, erblühte aber bereits auf eine Weise, die mit Kindheit nicht mehr viel zu tun hatte. Sie war eine Träumerin mit Schmollmund, und das Salz war ihr so zuwider, dass ihre helle Haut nach einem Tag draußen bei den Becken manchmal Ausschlag bekam, selbst wenn sie sich schützte und Handschuhe trug. »Vielleicht hat Ida ja recht«, warf Claire plötzlich ein. »Denk doch mal darüber nach. Ich könnte eines Tages aufs College gehen. Und Jo …« Sie verstummte. »Na ja, Jo könnte auch irgendetwas damit anfangen«, endete sie schließlich. »Warum nehmen wir Idas Geld denn nicht an?«

In diesem Moment wünschte Jo sich nichts mehr, als die Hand auszustrecken und ihre Schwester grün und blau zu schlagen, aber Mama war bei Claire immer viel nachgiebiger. Sie schob ihrer Jüngsten einen Finger unters Kinn und starrte ihr in die grünen Augen. »Genau da liegt das Problem«, seufzte Mama. »Es würde immer Idas Geld sein. Mach dir mal keine Sorgen. Wenn du aufs College gehen willst, finde ich schon Mittel und Wege. Die Turners sind nicht die einzige Geldquelle in dieser Stadt.« Und dann warf sie Ida ohne jede weitere Erklärung raus, befahl ihr, ihre Veranda zu verlassen und sich gefälligst von ihrem Land fernzuhalten.

»Wo steckt eigentlich Whit?«, fragte Claire, nachdem Ida gegangen war. »Der hat sich hier den ganzen Sommer nicht blicken lassen.« Sie zog eine Schnute. »Dabei hat er doch versprochen, mir Schach beizubringen.«

Jo spielte an den Tasten des kaputten Klaviers herum und erfüllte den Flur mit schrägen Tönen. »Das würde dir sowieso keinen Spaß machen«, entgegnete sie.

Claire stemmte die Hände in die Hüften. »Mehr Spaß als all das hier auf jeden Fall.« Einen Moment empfand Jo richtig Mitleid für ihre kleine Schwester. Sie war ja noch ein Kind, die Leichtigkeit der Jugend suchte man in ihrem Leben jedoch vergeblich. Jo sah durch das Fliegengitter hinaus auf die Bassins in der Marsch. Die sahen auch fast aus wie ein Schachbrett, aber die Regeln für das Spiel hier draußen waren völlig andere als alles, womit Whit Turner sich auskannte, trotz schickem Internat und schicken neuen Freunden, und je eher sich die dickköpfige Claire das hinter die Ohren schrieb, desto besser. Jo ignorierte die Hitze und schloss die Haustür.

»Das ist alles, was wir haben«, verkündete sie und machte dann auf dem Absatz kehrt.

Es versetzte Jo trotzdem einen Stich, als sie am nächsten Tag im Imbiss Salz lieferte und Whit dort zusammen mit einem blonden Mädchen an der Theke sitzen sah. Jo kannte seine Begleitung nicht, sie war nicht aus der Stadt, sondern gehörte zu den Sommergästen und zu einer sozialen Schicht, zu der Jo nur aufsehen konnte. Die Blondine hatte ein Ripsband im Haar und trug einen Rock aus Madras und so schneeweiße Schuhe, dass Jos Herz bei ihrem Anblick ganz wild klopfte. Whit lief vor Wut rot an, als er seine alte Vertraute entdeckte, legte dann den Arm um das Mädchen und drehte seinen Stuhl so, dass er Jo nun den Rücken zuwandte.

»Könnte meine Freundin hier vielleicht ein paar Fritten bekommen?«, rief er mit gedehnter, betont gelangweilter Stimme und zwinkerte Mr Hopper zu.

Jo legte den Salzbeutel auf den Tresen. Wie ein Raubtier lauerte ihr Atem heiß in der Brust. »Bezahlen können Sie ruhig beim nächsten Mal«, sagte sie zu Mr Hopper. »Ich muss los.« Mit gesenktem Blick huschte sie aus dem Lokal, bevor Whit womöglich noch eine Bemerkung machte. Am liebsten hätte sie dem Mädchen das Band aus den Haaren gerissen, ihr den Rock zerknittert und wäre auf ihren albernen weißen Schuhen herumgetrampelt. *Irgendwer*, dachte Jo, *müsste der mal zeigen, wo's langgeht. Irgendjemand sollte ihr mal erzählen, dass Liebe nicht einfach so vorbeikommt, während man am Imbiss an der Theke sitzt und mit den Beinen baumelt.* Denn Liebe war doch viel mehr wie ein Zwölfstundentag in der Marsch – etwas, an das man sich langsam herantasten musste, bevor man es regelmäßig durchstehen würde.

Aber solche Sachen sprach man nicht einfach aus. Ausgerechnet Claire, der es am meisten genutzt hätte, hatte Jo ihr Geheimnis nie erzählt. Und was hätte es nach diesem grundlegenden Versäumnis denn gebracht, es jemand anderem zu verraten? Gar nichts, so sah es nämlich aus. Außerdem hätte ihre Geschichte ja sowieso niemanden interessiert, dachte Jo, drückte die Schultern durch und trat den Rückweg zum Gut an. Und angesichts ihrer gemeinsamen Vergangenheit mit Whit war das vermutlich auch besser so.

Obwohl Jo Whit immer mal wieder in der Stadt sah – in der Kirche natürlich, und in den engen Gängen von Mr Uptons Laden, oder wenn er hinter dem Steuer des Turner-Cabrios die Bank Street entlangfuhr –, fühlte sie sich bei diesen Begegnungen unwohl und angespannt. Es war jedes Mal ziemlich offensichtlich, dass Whit sie gesehen hatte, auch wenn er meistens so tat, als ob er sie nicht bemerkte. Und wenn er doch etwas zu ihr sagte, dann auf eine bissige Art und Weise, die Jo seltsam fand. »Hey, Gilly-Mädchen!«, rief er ihr zum Beispiel zu, »wie läuft es denn so mit dem Salz?« Und als Jo dachte, dass es eigentlich nicht mehr schlimmer kommen konnte, wurde sie eines Besseren belehrt. Am vorletzten Wochenende im Sommer, kurz bevor Whit ins Internat zurücksollte, starb Ida tatsächlich einfach so und brachte damit in Prospect das Leben für jedermann zu einem spektakulären Stillstand.

Die Turners gaben die tatsächliche Todesursache nie preis, aber Gerüchte wehten die Bank Street hinauf und hinunter, machten auf der Post und in der Apotheke die Runde, sorgten im Imbiss für lange Hälse und breiteten sich in Mr Uptons Laden aus wie ein Lauffeuer.

»Ich hab gehört, dass es ein Herzinfarkt war«, erklärte Timothy Weatherly, der in der Eisenwarenhandlung einen Sack Nägel und einen Gummischlauch auf den Tresen plumpsen ließ. Dotty Friend, die vollbusige Frau des Besitzers, schnaubte und rollte mit den Augen.

»Unmöglich, diese Frau hatte doch gar kein Herz. Ich wette, sie hatte Krebs, und zwar schon seit Jahren. Wahrscheinlich war sie deshalb so dünn.«

Timothy Weatherly widmete sich angestrengt dem Kautabak in seinem Mund und ließ sich die Sache durch den Kopf gehen. Was auch immer Ida zur Strecke gebracht hatte, musste auf jeden Fall etwas Fürchterliches sein. Zumindest fürchterlicher als sie selbst.

Idas Anweisungen zufolge wurden in den drei Tagen nach ihrem Tod alle Flaggen in der Stadt auf Halbmast gesetzt und die Fenster offizieller Gebäude mit Trauerflor versehen. Jos Mutter quiekte vor Freude triumphierend auf, als sie die Nachricht erfuhr, und ließ es sich nicht ausreden, auf Idas Beerdigung mit einem großen roten Tuch zu erscheinen. Die drei quetschten sich für die Trauerfeier ganz hinten in eine Bank der vollgepackten Kirche.

»Warum hast du sie eigentlich so sehr gehasst? Mal abgesehen davon, dass sie eine Turner war und unser Land an sich reißen wollte«, flüsterte Claire Mama zu. Sie selbst hatte Ida ja eher bewundert, wie sie zugeben musste. Die hatte schließlich das Kap verlassen und etwas von der Welt gesehen, was Claire zu ihrem Bedauern nicht von sich sagen konnte. »Vielleicht war sie ja gar nicht so schrecklich«, überlegte sie gerade, als Jo den Mahagonisarg mit Messingbeschlägen betrachtete, den Kränze aus teuren und duftenden Rosen schmückten. Solche Blumen waren einer Königin würdig, dachte Jo. Welche Schande, sie an eine Tote zu vergeuden.

»Pscht«, mahnte Mama. »Also, Claire, Ida Turner kam von ganz unten, und dahin kehrt sie jetzt auch wieder zurück. Unterwegs hat sie an sich gerissen, was sie kriegen konnte, und jeglichen Ballast abgeworfen. So möchtest du bestimmt nicht werden.«

Nach der Andacht warteten sie in der Schlange, um Whit und seinem Vater Hamish die Hand zu schütteln. Als sie schließlich an der Reihe waren, war die Kirche längst leer.

»Ich möchte Ihnen mein tiefstes Mitgefühl aussprechen«, behauptete Claires Mutter steif, während der rote Schal über ihre wahren Gefühle Aufschluss gab. »Ida war ein Mensch, den wir sicher noch lange nicht vergessen werden.«

»Mein Beileid«, war alles, was Jo sagte, und es war ihr furchtbar unangenehm, als Whit ihre Hand länger festhielt, als die Gepflogenheiten es verlangten.

»Jo …«, begann er, aber sie eilte bereits davon, noch bevor er etwas hinzufügen konnte. Whit wollte immer das letzte Wort haben. In diesem Fall überließ sie es ihm gern.

Nach Idas Tod hing der Himmel ein wenig tiefer über dem Land und wurde eine Spur dunkler. Die saftlosen Blätter des Birnbaums fielen nach und nach von den Zweigen, und finstere Wolken kündigten Regen an, ohne ihn jedoch wirklich mit sich zu bringen. Die Sommergäste packten ihre Sachen zusammen und fuhren heim, und am Nachmittag wehte ein kühler Wind. Jo zählte nun die Tage bis zu dem Moment, an dem Whit die Stadt wieder verlassen würde. Auf einen Abschiedsbesuch hoffte sie nicht, schon allein wegen seiner familiären Umstände. Daher war sie erstaunt, als sie ihn an seinem letzten Morgen in der Stadt am Rand der Marsch entdeckte. Er schrieb gerade etwas in ein winziges ledernes Notizbuch.

»Löst du eine Gleichung auf?«, fragte sie und legte ihre hölzerne Schaufel auf den schmalen Damm zwischen zwei Sammelbecken.

Er blickte auf, lächelte aber nicht. »So was in der Art.« Aber Jo kannte Whit zu gut für solches Geplänkel. Er sah nicht gut aus, hatte dunkle Ringe unter den Augen und die ungesunde Hautfarbe eines Menschen, der schon seit Tagen nicht mehr aus dem Haus gekommen war. Seine Hände zitterten, während er sich Notizen machte. Jo trat näher heran und spähte auf das, was er da schrieb. Es sah nach Buchhaltung aus. Dollarzeichen und Kritzeleien füllten die Seiten zusammen mit zu vielen Minus-Zeichen.

»Du bist wohl knapp bei Kasse«, scherzte Jo und fuhr zusammen, als Whit der Erde einen Tritt versetzte. Ihm stand der Sinn offensichtlich nicht nach Scherzen.

»Genau das hat mir mein Vater gerade eröffnet«, erklärte er und wischte sich eine Träne von der Wange. »Wir haben uns übernommen. Uns gehört so einiges, das bringt aber alles nichts ein. Keine neuen Segelboote mehr für mich, hat er gesagt. Für meine Ausbildung reicht es noch, aber viel bleibt dann nicht mehr übrig. Wenn ich mit dem College fertig bin, komme ich hierher zurück …«, er ließ den Blick mit zusammengekniffenen Augen über die Marsch wandern, »… und trete in die Fußstapfen meines Vaters. ›Vielleicht machst du deine Sache ja besser als ich‹, hat er zu mir gesagt. ›Und ich hoffe, du bist nicht so töricht wie deine Mutter.‹«

Jo legte den Kopf zur Seite. »Töricht« hätte sie Ida jetzt nicht gerade genannt. »Was meinst du damit?«

Whit schniefte. »Bei Mutter ging es immer nur um euer Land. Sie hat offensichtlich geglaubt, dass das Salz die Kassen der Familie wieder auffüllen würde, wenn das alles hier uns gehörte. Aber sie hat in ihrem Testament etwas Seltsames verfügt. Darin steht nämlich, dass ich dich niemals heiraten darf. Sonst werde ich sofort enterbt.«

Jo erbleichte. »Das ist doch lächerlich«, murmelte sie. »Glaubst du etwa, wir würden hier so leben, wenn man das Salz kontrollieren könnte?« Offensichtlich nagte die Trauer an Whit, aber anstatt sich ihr zu ergeben wie normale Menschen, hatte er sich scheinbar vorgenommen, Idas Plan in die Tat umzusetzen und das Gut zu kaufen. Vielleicht glaubte er ja, über den Schmerz hinwegzukommen, wenn er etwas an sich brachte, wonach Ida sich unendlich gesehnt hatte. Aber so lief das auf der Salt Creek Farm nicht. In der Marsch war ein Verlust von Dauer und nicht wiedergutzumachen. »Gib es auf«, riet ihm Jo. »Das Salz holt deine Familie auch nicht aus den roten Zahlen, und dieses Land wird *niemals* den Turners gehören. Deine Mutter hätte gar nicht zu befürchten brauchen, dass du mich deshalb heiratest.«

Whit klappte sein Notizheft zu, schob es sich in die Tasche und lehnte sich dann zurück. Er hatte sich wieder gefangen und betrachtete sie nun von oben herab, als hätte er ihr gerade gezinkte Karten untergeschoben. Als er jünger war, dachte Jo, waren seine schelmischen Mogeleien ja noch ganz charmant und lustig gewesen, aber jetzt hatte das Ganze irgendwie eine beunruhigende Note. Ihr wurde klar, dass sie den Panzer, den er sich seit seinem Weggang aus der Stadt zugelegt hatte, niemals durchbrechen würde – nicht heute, nicht morgen, vermutlich sogar niemals.

»Ich weiß nicht so genau, wie das mit dem Salz funktioniert, Jo«, erklärte er. »Aber meine Mutter war nicht dumm, und wenn sie geglaubt hat, dass es unser Vermögen retten kann, dann werde ich nicht aufgeben.« Ohne ein weiteres Wort drehte er sich um und schlenderte zur Straße hinunter. Dabei pfiff er scheinbar fröhlich vor sich hin, obwohl Jo ihn natürlich durchschaute.

»Auf unser Salz kannst du bis zum Sankt Nimmerleinstag warten, Whit Turner!«, rief sie ihm hinterher, aber er tat so, als hätte er sie gar nicht gehört. Insgeheim befürchtete Jo, dass Whit womöglich noch ein Ass im Ärmel hatte.

Als sie in die Küche kam und Mama besorgt erzählte, was passiert war, zuckte die nur mit den Achseln. Sie wandte sich wieder ihrem Brotteig zu und knetete den Batzen sanft und gleichmäßig. »Jetzt sei doch nicht albern«, mahnte sie. »Auch Whit Turners Pläne springen uns nicht einfach ins Gesicht wie ein Schachtelteufelchen. Die Zukunft wird Stein um Stein erbaut, so langsam, dass du es gar nicht mitbekommst.«

»Wahrscheinlich hast du recht«, murmelte Jo.

Ihre Mutter schlug die Handflächen gegeneinander und drehte das Brot auf der Arbeitsplatte um. Sie hielt inne, und der in sich zusammengesunkene Teig breitete sich immer mehr vor ihr aus. Er war nur eine Möglichkeit, die sie mit ihren eigenen Händen geschaffen und dann wieder zerstört hatte. »Natürlich habe ich recht«, sagte sie, aber ihre Finger blieben im Teig stecken, und Jo wusste, dass sie an Henrys Tod dachte. Damals hatte Mama auch in der Küche gestanden, und der Moment musste wie eine Art Explosion gewesen sein, als all ihre Sorgen über die Zukunft mit dem Unheil ihrer Vergangenheit kollidierte. Jo war nur der Funken gewesen, der die Verpuffung in Gang gesetzt hatte, ein weiterer Stein auf dem täglichen Weg zur Misere ihrer Mutter.

»Lass mich mal«, meinte Jo, schob Mama zur Seite und versenkte ihre eigenen Finger im Teig.

»Danke«, murmelte die mit rauer Stimme und steifem Rücken.

»Wenn ich Whit das nächste Mal sehe«, erklärte Jo und begann, den Teigbatzen mit denselben gleichmäßigen Bewegungen zu bearbeiten wie ihre Mutter, »dann erinnere ich ihn wieder daran, dass wir an diesem Land kleben wie Seepocken.«

»Am besten sprichst du von Männer verschlingenden Seepocken«, schlug Mama vor, Jo lachte und rollte den Teig mit einer lockeren Bewegung, ließ ihn ganz mechanisch von einer Hand in die andere wandern, so wie sie sich morgens das glatte braune Haar kämmte oder ihr Arbeitshemd zuknöpfte.

Es war das letzte Mal, dass sie je etwas so unbeschwert tat.

# KAPITEL 8

Im Jahr 1967 färbten sich gegen Ende des Sommers, in dem Claire und Ethan ihren Abschluss gemacht hatten, gerade die ersten Blätter rotbraun, als Ethan von seiner letzten Fahrt mit dem Fischkutter zurückkehrte. Wie immer hatten sie sich bei Sonnenuntergang unter dem Birnbaum verabredet. Claire trug einen neuen selbstgenähten Rock, doch als die Sonne langsam unterging, wurde auch ihr an den nackten Beinen immer kälter. Als sie sich gerade vergewissern wollte, dass keine anderen Liebespärchen auf dem Weg zum schützenden Gestrüpp waren, erklang aus dem immer düsterer werdenden Dämmerlicht eine körperlose Stimme.

»Wer es auch sein mag, er ist nicht der Richtige für dich.« Sie drehte sich um und entdeckte im Schatten des Baumes Whit Turner. Dem schien sie immer gerade dann über den Weg zu laufen, wenn sie am wenigsten darauf Wert legte. Nach dem Collegeabschluss war er in der Stadt geblieben, so wie alle prophezeit hatten, war Claires Familie aber tunlichst aus dem Weg gegangen. Wenn Jo und er sich begegneten, dann ignorierten sie sich demonstrativ, wenn er Claire sah, zwinkerte er ihr jedoch meistens zu, außer, er war nah genug, um sie wie früher in ihrer Kindheit an den Haaren zu ziehen. Noch bevor sie ihn daran hindern konnte, trat er jetzt zu ihr und tat genau das. Sie erschauderte, als seine Finger am Kragen ihrer Bluse verharrten.

»Er ist ganz bestimmt nicht der Richtige für dich«, behauptete Whit wieder.

»Woher willst du das denn wissen?« Sie lehnte sich mit dem Rücken an den Baum und wünschte, Whit würde endlich verschwinden, er grinste jedoch nur und kam sogar noch näher.

»Weil ich nämlich alles über euch Gilly-Mädchen weiß. Erinnerst du dich noch daran …«, er fuhr ihr mit dem Daumen über den Nacken, »… wie du einmal einen Fisch gefangen und mich gebeten hast, ihn wieder zurückzuwerfen? Und danach steckte der Haken dann in deiner Hand. Ich wette, so zart besaitet bist du inzwischen nicht mehr.«

»Und ob«, widersprach Claire und rückte von seinen Fingern ab, obwohl er mit seiner Behauptung richtiger lag, als sie gerne zugeben wollte. Der Fisch war ein zauberhaftes Tier gewesen, mit milchweißem Bauch und Schuppen in den gesprenkelten Blau- und Grüntönen einer Meerjungfrau. Damals zuckten die Kiemen in ihrer Hand, und sein Auge war eine stetige Bekundung von Panik, während der Fisch den Mund öffnete und schloss, seinem Schicksal zürnte, aber nichts dagegen tun konnte, ein Dilemma, das Claire nur zu gut verstand. Whit half ihr, den Fisch zu befreien, und dabei bohrte sich der Haken in ihre Handfläche. Es war Jo, die herbeieilte und den Widerhaken komplett durch ihre Haut schob.

Es tat furchtbar weh, aber das war Jo egal gewesen. Sie nannte Claire eine Mimose, weil sie den Fisch zurück ins Meer geworfen hatte. Sie beschimpfte sie oft so, wenn die Jüngere etwas Albernes tat, Claire wusste aber, dass ihre Schwester damit falschlag, und zwar hundertprozentig. Sie war keine Mimose, und sie war auch nicht sensibel. Sie wusste einfach nur, wann es im Leben loszulassen galt und wann es sich lohnte, für etwas zu kämpfen. Und das Salz gehörte mit Sicherheit nicht in diese letzte Kategorie. Sie reckte das Kinn vor. »Jo ist hier diejenige, die sich gar nicht verändert hat, falls es dich interessiert.«

Whit schob die Hände wieder in die Taschen. Als er schließlich antwortete, hätte seine Stimme selbst den Winter frösteln lassen: »Sie weiß schon, warum ich auf Distanz gegangen bin.« Das war neu für Claire. Eigentlich hatte sie immer gedacht, es wäre andersherum gewesen. Aber bevor sie diesen Gedanken noch vertiefen konnte, sah sie Ethan in der Dämmerung näher kommen, und ihr Herzschlag wurde mit einem Mal so laut, dass sie nicht überrascht gewesen wäre, wenn Whit ihn auch gehört hätte.

»Ich muss los«, erklärte sie, löste sich vom Baumstamm und verließ das schützende Blätterzelt. Sie konnte Whits Anwesenheit jedoch immer noch spüren, fühlte, wie er dort unter dem raschelnden roten Laub lauerte. Sein Blick klebte an ihr wie eine von diesen Kletten, die man nur mit einer Schere und einem sauberen Schnitt wieder aus den Haaren bekam. Ihr war es egal, ob Whit sie anstarrte, sie lief auf Ethan zu und schlang ihm die Arme um die breiten Schultern, vergrub ihr Gesicht in seiner Brust und sog ihn tief in sich ein. Er roch noch immer nach Meer, nach Orten, die Claire nie besuchen und Dingen, die sie niemals sehen würde. Sie presste die Nase an seinen Hals, atmete dort aus und versuchte so, ihn mit heimeligeren Gerüchen wie Gras, Schlamm und reifenden Birnen zu durchdringen.

»Ich hab dich so vermisst«, sagte sie, als er sie küsste und sie sich dann gemeinsam zurück auf den Weg unter den Baum machten. Zum Glück hatte Whit seinen Posten dort inzwischen aufgegeben. Claire fuhr mit den Händen unter Ethans Hemd und über seinen nackten Rücken, der von den langen Tagen in der Sonne warm und hart war. Ihre Finger wanden sich unter den Bund seiner Hose, und sie spürte, wie er eine Sekunde zögerte, und sie dann näher an sich heranzog.

Ethan zu küssen fühlte sich immer wie ein wunderbares Experiment an, das Claire durchführte. Sie knöpfte sein Hemd auf, während er mit einer Hand ihr T-Shirt hochschob. Die andere war unter ihrem Rock beschäftigt. »Warte«, hauchte sie, und konnte kaum glauben, dass sie plötzlich diejenige war, die sich zierte. »Wir sollten lieber aufhören.« Aber dieses Mal überraschte er sie. Ohne ein Wort schob er sie zwischen den Büschen in die Mulde, und als sie versuchte, sich aufzusetzen, zog er sie mit sich hinunter.

»Bist du sicher?«, wollte sie wissen. So hatte sie sich das eigentlich nicht vorgestellt – hier im Freien und unter dem Birnbaum –, aber es war auch irgendwie aufregend.

Ethan streifte mit den Lippen über ihre Brüste. »Ich brauche dich, Claire, das weiß ich jetzt.«

Sie fuhr mit den Fingern durch sein dichtes blondes Haar und fragte sich, was ihm wohl dort draußen auf dem Atlantik zugestoßen war, aber der Wind wurde stärker, Ethan legte sich auf sie, und dann setzte ihr Verstand völlig aus. Sie lehnte sich zurück ins feuchte Gras und auf den sandigen Boden und berührte mit den Fingerspitzen den Baumstamm, dessen Rinde von einem Aufruhr gemeinsamen Verlangens gezeichnet und verstümmelt war. Claire war jung und verliebt, sie glaubte wirklich, der Geschichte ein Schnippchen geschlagen zu haben.

»Ich werde heiraten«, flüsterte sie am nächsten Morgen beim Aufwachen. Sie warf die Bettdecke zurück, ging zum Kommodenspiegel hinüber und fragte sich, ob sie in den Augen der anderen wohl verändert aussah. Sie legte sich die Hände auf die Wangen, spürte, wie sie glühten, und versuchte, sich das Grinsen aus dem Gesicht zu wischen.

Ethan hatte ihr am Abend zuvor zwar nicht direkt einen Antrag gemacht, aber was sollte ihre Intimität denn sonst bedeuten? Er hatte doch immer gesagt, dass er noch warten wollte, bis sie verlobt seien. Wenn sie so recht darüber nachdachte, dann hatte er eigentlich auch das nicht so formuliert, aber das bereitete ihr kein Kopfzerbrechen. Ethan redete schließlich nicht so viel wie sie. Am Abend zuvor hatte er sie den ganzen Weg zurück zum Rand der Marsch begleitet und dabei ihre Hand gedrückt, bis sie an St. Agnes vorbeigekommen waren. Dort hatte er sie plötzlich losgelassen, aber sie hatte ihre Finger schnell wieder mit den seinen verhakt. Dazu hatte sie doch jetzt jedes Recht, hatte sie gedacht.

»Ich werd's Pater Flynn nicht sagen, wenn du auch den Mund hältst«, flüsterte sie, er lachte jedoch nicht darüber. Das tat er nie, wenn es um Religion ging. Claire durfte in seiner Anwesenheit ja nicht einmal Priesterwitze erzählen. Sie fragte sich, ob Ethans Frömmigkeit durch das Eheleben wohl abnehmen oder ob sie vielmehr so gottesfürchtig werden würde wie er. Dann erreichten sie den Rand des Salzmoors, und in der Marsch vor ihnen schimmerten einige der Becken, andere waren einfach nur leere Löcher. Im Mondlicht sah die Salt Creek Farm schlimmer als nur gruselig aus. Das Land wirkte ausgelaugt, selbst für Geister zu trostlos. Claire wandte sich um, weil sie Ethan zum Abschied einen Gutenachtkuss geben wollte, er war aber schneller als sie.

»Claire, lass uns morgen reden«, murmelte er und fuhr mit dem Finger an ihrem Kiefer entlang.

Sie versuchte, ein Lächeln zu unterdrücken. Sie wusste bereits, dass sie gern ein langes Brautkleid wollte, aber das würde jetzt wohl eher elfenbeinfarben werden. »Okay«, sagte sie, zu glücklich, um noch irgendetwas hinzuzufügen. Er ging davon, ohne sie noch ein letztes Mal zu küssen, wie sie sich das eigentlich gewünscht hätte, aber das sah sie ihm gerne nach. Immerhin lag ja nun ein ganzes Leben voller Umarmungen vor ihnen.

Am nächsten Nachmittag wartete sie ganz früh in den Dünen auf ihn. Sie biss sich auf die Lippen, damit die ein wenig Farbe annahmen und rosig schimmern würden, wenn Ethan sie küsste. Sie hoffte, der Ring würde ihr gefallen.

Aber irgendetwas stimmte nicht. Ethan streifte nur ihre Wange mit seinen Lippen, und zwar viel flüchtiger als sonst. Er beugte sich nicht vor, um ihren Nacken mit seinen Fingern zu umfangen oder sie eng an sich heranzuziehen. Tatsächlich küsste er sie eher so wie ein Bruder eine Schwester. Verwirrt ließ sich Claire neben ihm in den Sand sinken.

»Bevor ich auf etwas anderes zu sprechen komme, möchte ich dir gerne sagen, wie unglaublich schön es gestern Abend war«, begann er. »Das war alles, was ich mir je ausgemalt hatte. Sogar noch viel mehr. Claire, da unter dem Birnbaum kam es mir wirklich so vor, als wäre dieser gemeinsame Moment mit dir ein Zeichen gewesen.«

Sie errötete und starrte auf ihre Tennisschuhe hinunter. Bei Tageslicht konnte sie kaum fassen, an was für Stellen sie sich von ihm hatte küssen lassen und welche Winkel seines Körpers ihre Lippen erkundet hatten. Sie streckte die Hand aus, strich ihm übers Haar und fragte sich, wann sie wohl wieder so zusammen sein konnten. »Ich liebe dich«, sagte sie.

Er zog ihre Hand weg. »Lass mich doch bitte ausreden. Ich habe dir etwas sehr Schwieriges zu sagen.«

Ihr Herz hörte auf zu klopfen. Es hörte auf, überhaupt irgendetwas zu tun. Es war ein wirklich unheimliches Gefühl, als würde sie an Ort und Stelle sterben, aber ohne sich von hier wegzubewegen. Sie sah, wie sich die Wolken über ihr zu immer neuen Formen zusammenfanden.

Ethan beugte sich vor und ließ den Kopf auf die Knie sinken. »Du weißt ja, wie wichtig mir die Kirche immer war, eines weißt du aber nicht – dass ich nämlich schon seit Monaten darüber nachdenke, Priester zu werden. Was mich bisher zurückgehalten hat, war der Gedanke, dich zu verlieren. Ich hab mich sogar beim Priesterseminar beworben, habe aber nie etwas von denen gehört, und als ich während der Saison auf See war, konnte ich die ganze Zeit an nichts anderes denken als an dich. Das hab ich für ein Zeichen gehalten. Letzte Nacht war ich mir so sicher: Heute wollte ich dir einen Antrag machen. Aber dann habe ich auf dem Heimweg noch in St. Agnes vorbeigeschaut, und Pater Flynn hat mir das hier gegeben.«

Er zog einen zusammengefalteten Brief mit Siegeln und einem Wappen hervor. Claire nahm ihm das Schreiben aus der Hand und bemerkte dann, dass sie versuchte, es verkehrt herum zu lesen. Ethan drehte es für sie um. Eine Bestätigung über seine Aufnahme ins Seminar. Ethan hatte sich im Februar beworben, so um den Valentinstag herum.

»Das verstehe ich nicht«, murmelte sie mit tauben Lippen und ignorierte einfach, was sie da in der Hand hielt.

Ethan seufzte. »Claire, mit dir zusammen zu sein war so wunderbar, wie ich es mir immer vorgestellt hatte. Es ähnelte fast einem Gebet, aber als Pater Flynn mir diesen Brief gab, wurde mir klar, dass es eben *kein* Gebet war, und ich glaube wirklich, dass ich eher dazu berufen bin.«

Sie vergrub eine Hand im Sand. »Glaubst du das nur, oder weißt du es?«

»Ich weiß es. Glaub mir Claire, für mich ist das genauso schwer wie für dich.«

Sie unterdrückte ein Aufschluchzen. »Das kann ich mir kaum vorstellen.«

Er ließ den Kopf hängen. »Wenn ich zusage, geht es schon nächste Woche los.« Seine Finger deuteten auf eine Zeile im Brief. »Die würden mir sogar ein Vollstipendium geben. Das ist eine einmalige Chance.«

Man konnte sich in den Dünen an nichts anlehnen. Da gab es keine Felsbrocken, kein splittriges Treibholz. Nur Sand und spitze Gräser. Claire beugte sich über ihre Beine »Wo?«

Ethan atmete tief durch. »In Kalifornien.« Das war so weit weg, dass es etwas Endgültiges hatte. Seine Stimme klang weicher: »Jetzt sei doch mal ehrlich. Wenn ich hierbleiben und jedes Jahr mit meinem Vater und meinem Onkel rausfahren würde, wärst du auch nicht glücklich. Ein Leben als Fischersfrau passt doch genauso wenig zu dir wie ein Leben als Salzbäuerin.«

Sie ballte die Hände zu Fäusten und versuchte, die Blutzirkulation anzuregen, aber es half nichts. Ihre Finger waren eiskalt. *Die ganze Zeit*, dachte sie, *die ganze Zeit stand ich bei ihm gar nicht an erster Stelle.* Das war es, was sie am meisten verletzte. Ihr wurde klar, dass sie ihr Leben bislang damit verbracht hatte, in die schlammigen Fußstapfen anderer zu treten: die ihrer Mutter, ihres toten Bruders, Jos. Ganz zu schweigen von der langen Reihe rauer Gilly-Frauen vor ihr. Selbst die Gedichte, die Ethan so sehr liebte, waren nur die Worte eines anderen. Sie stand auf und wischte sich den Sand von der Latzhose.

»Ich muss gehen.« Sie wünschte, sie hätte es so sagen können, wie sie es auch empfand, den Satz in eine Giftspritze verwandeln können. Aber er hörte sich eher wie eine Klage an. Sie wollte Ethan hassen, aber das ging einfach nicht und war der Grund, warum sie ihn nur noch viel mehr hassen wollte.

Er faltete den Brief zusammen, schob ihn wieder in seine Tasche und stand dann ebenfalls auf. »Ich könnte später noch mal vorbeischauen.«

»Wozu?«

Ethan sah sie mit feuchten Augen an. »Jetzt komm schon, Claire. Wir sollten über das alles noch mal reden. Nur weil ich diesen Weg gewählt habe, heißt das doch nicht, dass wir nicht Freunde bleiben können.«

Sie knirschte mit den Zähnen. »Doch, genau das heißt es, Ethan Stone.« Ihr Blut war wieder in Wallung geraten – sein Kommen und Gehen in ihren Adern verlieh ihr Sicherheit. »Du hast ja keine Ahnung, was du da gerade getan hast.« Ihr liefen bereits Tränen über die Wangen. Bevor es noch mehr wurden, drehte sie sich um und rannte davon.

Als sie die Salzscheune erreichte, prallten in ihr alle Elemente dieser Welt aufeinander – Stein und Holz, Wasser und Asche. Und das Einzige unter ihnen, das sie gerne nähren wollte, war das Feuer. Sie öffnete die Scheunentore, wirbelte dabei Staubteufel auf und betrat den dunklen Raum. In der kaputten Schubkarre suchte sie nach einem Päckchen Zigaretten, das sie dort versteckt hatte.

Aus dem Dämmerlicht heraus ertönte plötzlich Jos Stimme. »Verdammt noch mal, Claire. Wo hast du denn nur gesteckt? Die Becken müssen ausgekratzt werden.«

Das erste Streichholz ging nicht an. Ihre Hände zitterten zu stark. Auch das zweite nicht, aber das dritte funktionierte dann wunderbar. Vielleicht zu gut. In der Luft vor Claire flackerten Schwefel und Nikotin auf, und dann gab es da noch eine größere Flamme, dort, wohin Claire das abgebrannte Hölzchen geworfen hatte. Der Staub in der Scheune begann zu tanzen.

»Was ist das denn?«, wollte sie eigentlich sagen. Sie fragte sich, ob sie vor Trauer vielleicht von Sinnen war und sich schon Dinge einbildete, dann aber wurde ihr klar, dass das Rauch war. Sie drehte sich um und entdeckte Glut, die am Boden auf sie zuraste und ihr den Weg zurück zur Tür abschnitt, so dass sie in der hinteren Ecke der Scheune gefangen war. Sie versuchte tief durchzuatmen, doch ihre Lunge fühlte sich so an, als stünde auch sie in Flammen. Mit einem Mal sah sie wieder klar und begriff, dass sie noch immer die brennende Zigarette in der Hand hielt. Sie war so töricht, sie fortzuwerfen, und augenblicklich flackerten weitere kleine Flammenzungen nacheinander auf.

Sie wollte nach Jo rufen, ihre Lunge versagte jedoch, und sie bekam keinen Ton heraus. Plötzlich hatte sie das Gefühl, Jo schreien zu hören. Aber was denn nur? Vor ihren Augen verschwamm langsam alles. Vermutlich rief ihre Schwester ihr unter anderem ein »Ich hab's dir ja gesagt« zu, dachte Claire. Es wäre für Jo, die den ganzen Tag die Bassins auf der Salt Creek

Farm überwachte, ganz typisch gewesen, sie selbst in dieser Situation noch in ihre Schranken zu verweisen. Claires Knie wurden ganz weich. Offensichtlich würde sie nie mehr die Gelegenheit haben, gegen Jos Regeln aufzubegehren, genauso, wie sie auch viele andere Dinge niemals tun würde – die blöde Marsch verlassen, Ethan heiraten, aus dieser brennenden Scheune entkommen.

»Claire!« Sie hörte ihren Namen wieder, als die ersten Flammen in ihre Richtung tosten. Jetzt gaben ihre Beine völlig nach, aber zum ersten Mal in ihrem Leben war sie nicht in den Fußstapfen ihrer Schwester gefangen. Stattdessen hielt Jo sie in den Armen, und dann purzelte Claire durch die Luft und war endlich frei.

»Jo …«, versuchte sie hervorzuwürgen, aber es folgte ein furchtbares Krachen, eine Fontäne von hölzernen Splittern, und dann ging ihr die Luft aus. In der Entfernung hörte sie Sirenen, und als sie den Kopf wieder umwandte, stürzte die ganze Scheune ein, und sie hielt sich die Augen zu. Claire wollte nicht länger mit ansehen müssen, was ihr gebrochenes Herz heraufbeschworen hatte.

# KAPITEL 9

Zuerst dachte Jo, Claire hätte mit ihrer Zündelei vielleicht versucht, sie umzubringen. Als sie aber später von Ethans Aufnahme in das verdammte Priesterseminar erfuhr, vermutete sie, dass Claire vielmehr sich selbst umbringen wollte und Jo ihr dabei in die Quere gekommen war. Das würde auch viel besser zu Claire passen, die ihre Angelegenheiten gern regelte wie ein wildgewordener Hund auf der Jagd. Sie folgte ihrem Instinkt ohne Rücksicht auf die armen Tierchen zu nehmen, die sie dabei vielleicht aufscheuchte.

Claire war den ganzen Sommer über die reinste Nervensäge gewesen, hatte sich nach Ethan verzehrt und nicht viel anderes gemacht. Mama war es nicht besonders gut gegangen, und deshalb hatte die Last der Marsch noch mehr als sonst auf Jos Schultern geruht. Und die waren breit, aber selbst sie hatte ihre Grenzen.

Das Feuer, das Claire an jenem Tag entzündete, richtete mehr an, als nur Jos Körper entzweizureißen. Es griff auch ihr Gedächtnis an, denn jedes Mal, wenn sie versuchte, sich ein komplettes Bild von jenem Abend in Erinnerung zu rufen, lief es einzig auf eine Handvoll geschmolzener Fragmente heraus, die sie nur zusammenfegen und in die Glut zurückwerfen konnte. Am deutlichsten war ihr noch im Gedächtnis geblieben, wie rasch Claire hinter den flackernden Flammen verschwunden war. In einer Minute hatte Jo ihr noch zugerufen, sie solle die blöde Zigarette nicht anzünden, und in der nächsten war von Claire nur noch ein Umriss hinter Funken und Rauch zu sehen gewesen. Es war ihr wie ein misslungener Zaubertrick vorgekommen, und sie hatte nur noch daran denken können, dass Claire für immer verloren sein würde, wenn sie sie nicht aus dieser Scheune herausholte. Aus Jos Leben waren schon genug Menschen verschwunden.

Letztlich waren fast vierzig Prozent von Jos Körper verbrannt, alles auf der rechten Seite. Wochenlang lag sie in Boston auf der Intensivstation für Brandopfer, eingehüllt in feuchte Verbände, die ihre versengte Haut und Augen bedeckten. Von Zeit zu Zeit kam sie zu sich und driftete dann wieder in die Bewusstlosigkeit ab. Obwohl sie nicht mehr genau wusste, ob sie ihre Schwester nun gerettet hatte, meinte sie, sich an Claires spindeldürres Handgelenk in ihrer Hand und das Gewicht von Claires Knochen zu erinnern. Aber die Einzelheiten – ob sie Claire nun getragen oder hinausgeschleift hatte, ob sie durchs Fenster oder die bereits lodernden Türen entkommen waren – blieben verschwommen. Mama erklärte ihr, sie habe Claire durchs Tor hinausgeschleudert, sei dann aber selbst von den herunterkrachenden Balken im Inneren eingeschlossen worden. Eigentlich hätte Jo das Claire am liebsten selbst gefragt. Wenn sie sich gelegentlich durch den Nebel von Schmerz und Medikamenten kämpfte, war ihre Schwester jedoch nie da. Und dann kam sie eines Nachmittags plötzlich doch, und ihre Stimme zwitscherte und schwoll an wie ein Vogel in Not.

»Nein«, flehte sie. »Bitte, zwingen Sie mich nicht dazu. Ich weiß ja, was sie für mich getan hat, aber Jo ist doch so stark, und ich bin nicht wie sie. Bitte.«

»Ihre Schwester hat doch schon so viel durchgemacht«, erwiderte eine andere Person mit leicht dunklerer Stimme, in der ein Hauch Ungeduld mitschwang. Das war Dr. Meyer, die einzige weibliche Ärztin, die Jo je getroffen hatte. »Das Ganze ist noch in der Testphase, aber wir haben mit den bereits durchgeführten Operationen fantastische Ergebnisse erzielt. Wir würden Haut von ihrem Gesäß nehmen und es auf Ihre Schwester übertragen«, erklärte sie. »Am liebsten verwenden wir ja Körpergewebe vom Patienten selbst, aber in diesem Fall denken wir, dass Sie die ideale Spenderin wären, um eine Abstoßung zu verhindern.«

Niemand sprach. Jetzt hatte Jo das Gefühl, dass die sterile Krankenhausluft zu einer Wolke aus dichtem Qualm geworden war. *Wie schlimm ist es wohl*, fragte sie sich. Sie hatte es noch nicht geschafft, die Augen zu öffnen und sich selbst anzusehen, aber ihr tat einfach alles weh.

Jetzt sprach Dr. Meyer weiter: »Sie brauchen das nicht heute zu entscheiden, aber wir müssen es bald wissen. Das könnte die Lage Ihrer Schwester maßgeblich verbessern.«

Wieder herrschte im Zimmer Stille, aber diesmal war es eine drückende Stille, so, als würde einem Schlafenden ein Kissen aufs Gesicht gepresst. Schließlich hörte Jo, wie ihre Mutter die Ärztin in eine Ecke des Raumes zog und sie miteinander flüsterten. So viele Tage blind dazuliegen, hatte Jo inzwischen daran gewöhnt, auch die leisesten Geräusche wahrzunehmen. Durch den Nebel der Medikamente versuchte sie, die gedämpften Worte ihrer Mutter zu verstehen. *Nordoststurm. Zwei, nicht nur eins. Unsere Liebe Frau.* Sie hörte auf zu lauschen. Diese Geschichte kannte sie bereits.

»Verstehe«, hörte Jo die Ärztin sagen. Nun kannte Dr. Meyer das Geheimnis auch. Jo bewegte die geschwollene Zunge im Mund und versuchte, ihrer Kehle einen Laut zu entlocken, brachte jedoch nur ein Stöhnen zustande.

»Joanna?« Dr. Meyers Kleidung raschelte, als sie näher kam und sich über das Bett beugte, die Geräte überprüfte und ihre Krankenakte aufschlug. Jo stöhnte wieder und versuchte, den

Kopf zu bewegen, die Bienen in ihrem Hirn flogen nun jedoch über ihre Haut und stachen so giftig zu, dass sie keuchte.

»Ruhig liegenbleiben«, befahl die Ärztin und klingelte nach einer Schwester.

Jo hörte, wie Claire auf der anderen Seite an sie herantrat. Die Spitzen ihrer langen roten Locken streiften die Bettdecke. Selbst ohne Hilfe des Augenlichts sah Jo Claires Gesicht ganz genau vor sich, so milchig und weich. Vermutlich hatte ihr das Feuer nicht ein Haar gekrümmt. Dafür hatte sie selbst ja gesorgt. Aber natürlich leckte Claire sich die eigenen Wunden.

»Sie hat nicht ein einziges Mal mit Ethan gesprochen«, hatte Mama während einer der langen Stunden erzählt, die sie an Jos Bett wachte. »Sie weigert sich, ihn zu sehen, dabei muss er in ein paar Tagen schon los. Eigentlich spricht sie mit so gut wie niemandem.«

Jetzt aber machte Claire doch den Mund auf. »Ich hab Whit für dich angerufen«, flüsterte sie Jo ins Ohr. Sogar jetzt konnte man in ihrem Atem eine Spur von Zigarettenrauch erahnen. »Ich dachte, das würdest du sicher wollen. Er …« Sie zögerte, und Jo nahm in ihrer Stimme einen Anflug von Eifersucht wahr, den sie noch nie zuvor bemerkt hatte. »Er schickt dir ganz liebe Grüße. Er hat mir gesagt, die soll ich dir ausrichten. Und das tue ich hiermit.« Claire lehnte sich weiter vor, gab gut acht, nur Jos linke Körperhälfte zu berühren, und drückte ihr mit nach Kirschen duftenden Lippen einen kleinen Kuss auf die Wange. Jo fragte sich, ob ihre Schwester sich wohl aus Vorsicht oder Kalkül ihre gute Seite ausgesucht hatte, diejenige, die noch wehtun konnte. Als Nächstes hörte sie Claire auf dem Gang davontrippeln wie Regen, der von einem Dach tropfte, und begann dann, über all die Dinge nachzudenken, die sie nicht gesagt hatte. »Vergib mir«, zum Beispiel, oder »Danke«, oder »Ich hab dich lieb«. Ihre Schritte verhallten, und Jo lag dort in ihrem Kokon aus verkohlter Haut und fragte sich, wie sie eigentlich jemanden nennen sollte, der zwar zu ihrer Familie gehörte, aber auch die bessere Hälfte ihres Fleisches war, der Teil, der sich frei bewegen und all die Wege beschreiten konnte, die Jo nun niemals einschlagen würde.

Anfangs machten sich die Mitarbeiter des Krankenhauses große Sorgen um Jos Geisteszustand. Man fragte sie immer wieder, in welchem Jahr sie sich befanden und ob sie ihnen den Namen des Präsidenten nennen konnte. »Lyndon B. Johnson«, krächzte sie dann und hätte am liebsten hinzugefügt, dass er wie ein verschrumpelter Apfel aussah und auch in etwa dessen Persönlichkeit hatte, dazu hatte sie aber keine Kraft mehr. Ihre Stimmbänder schmerzten schon allein vom Atmen.

Und vor allem warnten Ärzte und Krankenschwestern sie immer wieder vor der Zukunft. »Ihr Leben wird nicht mehr so sein wie vorher«, verkündete Dr. Meyer trocken, während sie gleichzeitig durch Diagramme blätterte und sich Notizen machte. »Zumindest nicht am Anfang. Aber nach einiger Zeit werden Sie wieder ganz die Alte sein.«

»Neue Haut für eine neue Seele«, gackerte Bea, ihre Lieblingskrankenschwester. »Das ist jetzt Ihre Chance, genau das zu werden, was Sie immer schon sein wollten, Liebes. Machen Sie was draus!«

»Nehmen Sie sich am besten immer einen Tag nach dem anderen vor.« Dieser Rat stammte von Raymond, dem Krankenpfleger von der Nachtschicht. »Gehen Sie's ganz langsam an. Das ist einfach besser.« Jo fragte sich, ob er vielleicht deshalb nachts arbeitete, weil er gern im Dunkeln blieb.

Als die Schwestern ihr drei Monate später die Verbände und Masken abnahmen und sie einen Spiegel in die Finger bekam, verstand Jo auch, warum plötzlich jeder meinte, ihr gute Ratschläge erteilen zu müssen. Ihr Gesicht war zu einem fleischgewordenen Gegensatz zusammengeschmolzen. Rechts waren ihre Züge zerfetzt und verbrannt, links perfekt erhalten, als ob ihr ganzes Selbst in einem einzigen brennenden Moment zum Stillstand gekommen wäre. Die Leute wussten nie, welche Hälfte sie ansehen sollten, wenn sie mit ihr sprachen, und dabei konnte Jo ihnen auch nicht helfen, denn sie wusste ja selbst noch nicht so recht, mit welcher Seite sie sich nun der Welt präsentieren wollte.

Man verpasste ihr ein Glasauge, das sie aus seiner Höhle nehmen und wie ein Ei in der Hand hin und her rollen konnte, wenn sie wollte. »Sie werden Strategien entwickeln müssen, um den Sehverlust auszugleichen«, zwitscherte Dr. Wynn, ihr beleibter Augenarzt, mit seinem britischen Akzent, den sie manchmal furchtbar nervig, manchmal aber auch tröstlich fand. »Das Autofahren wird Sie vor einige Probleme stellen. Und bei Treppen und unebenem Gelände sollten Sie erst einmal Vorsicht walten lassen, ich denke aber, dass Sie sich ganz gut schlagen werden. Was machen Sie denn beruflich?«

Jo schob die Stirn gegen das Metallband der komplizierten Maschine vor ihr und legte das Kinn auf dem Schaumpolster ab. Sie versuchte dabei, nicht an das Bild von hintereinander aufgereihten Kühen im Schlachthof zu denken. »Salz«, murmelte sie und fuhr sich mit der Zunge über die Zähne. Sie vermisste das Knirschen der grauen Körnchen dazwischen. Das Krankenhausessen war ziemlich fad. »Meine Familie gewinnt Salz und verkauft es.« Dr. Wynn drehte an einem Rädchen, und nun schien eine Miniatursonne in Jos verbleibendes Auge zu leuchten. Es fiel ihr schwer, nicht zu blinzeln.

»Ach, tatsächlich? Wie faszinierend. Haben Sie schon mal einen Fisch in Salzkruste gebacken?« Als Jo keine Antwort gab, plapperte er einfach weiter, während er auf seiner Seite der Untersuchungsmaschine neue Knöpfe und Rädchen einstellte. »Dafür nehmen Sie einen ganzen Fisch«, trällerte er, »bedecken ihn mit einer Mischung aus Salz und Eiweiß und schieben ihn dann für ein paar Stunden in den Ofen.« Er stellte das Licht aus, das Jo geblendet hatte. »Das klingt jetzt furchtbar, ist aber absolut köstlich. Probieren Sie es mal aus!«

Jo blinzelte. Das Augenlid legte sich um das Glas wie eine Zunge, die an einem Zahn entlangfuhr. Dieses Gefühl war für sie immer noch ein kleiner Schock. Die Prothese war das einzig Glatte auf dieser Seite ihres Körpers. Jo spürte, wie ihr richtiges Auge schwerer wurde, und fragte sich, ob sie von nun an nur noch halb so viel weinen würde, oder ob ihr Körper all die Trauer jetzt einfach der verbleibenden Tränendrüse überlassen würde. Es erschien ihr ungerecht, einem einzigen Ventil doppelt so viele Sorgen aufzubürden, es würde sie aber nicht überraschen, wenn dem von jetzt an so wäre.

»Hier.« Dr. Wynn wirbelte auf seinem Metallhocker herum und reichte ihr ein Rezept für Augentropfen. Jo wurde plötzlich klar, dass er noch gar nicht so alt war, wie seine Sprache ihn klingen ließ. Aus einem gewissen Blickwinkel sah er nicht einmal schlecht aus, wenn er auch langsam kahl wurde und ein Bäuchlein bekam. Aber das glich sein sanfter Blick wieder aus.

»Wie geht Ihre Familie mit dem Ganzen um?«, fragte er, doch Jo gab keine Antwort. Mama war ihr Fels in der Brandung gewesen, aber Claire hatte nur drei Mal vorbeigeschaut – bei ihrer ersten Stippvisite hatte sie sich geweigert, Körpergewebe zu spenden, und das zweite Mal war sie gekommen, als Jo ihre erste Gesichts-OP hatte. Ihren dritten Besuch hatte Jo einem schweren Fieberschub zu verdanken. Ihre Körpertemperatur war derart angestiegen, dass Teufel an der Decke hätten tanzen können, und sie sie dennoch für heilig gehalten hätte.

»Claire mag keine Krankenhäuser«, hatte Mama das Verhalten ihrer Schwester zu rechtfertigen versucht. »Das ist ja nichts Neues. Und sie ist schließlich noch so jung. Und du weißt ja, wie Teenager sind – immer mit sich selbst beschäftigt.«

*Nein*, hätte Jo am liebsten entgegnet, *ich habe keine Ahnung, wie Teenager so sind. Ich hatte nämlich nie die Gelegenheit, einer zu sein.*

Dr. Wynns Stimme unterbrach ihren Gedankengang. »Die hier müssen Sie während der ersten Wochen nehmen, bis alles völlig verheilt ist. Die Dosierung steht ganz oben.« Er deutete mit plumpem Zeigefinger auf eine Zeile unlesbaren Fliegendrecks, den Jo zu entziffern vorgab.

Sie streckte die Hand aus und nahm das Papier an sich. »Danke.«

Jetzt war das Aufstehen an der Reihe, das bei ihr immer noch schrittweise vor sich ging: Zunächst berührten ihre abgestumpften Fußsohlen den Boden, dann kamen wackelig Knie, Hüften und Schultern hinzu und schließlich der Kopf. Nichts passte mehr so zusammen wie früher.

Dr. Wynn räusperte sich. »Also, passen Sie mir gut auf das Auge auf«, gab er ihr mit auf den Weg, und Jo fragte sich, ob er wohl das echte oder das falsche meinte. »Rufen Sie an, wenn es Probleme gibt, und denken Sie immer daran, wer sich kopfüber in etwas hineinstürzt, kann leicht auf die Nase fallen.«

Er schloss die Tür seiner Praxis, und sie stand nun allein vor der Aufgabe, sich langsam und tastend zur Krankenschwester zurückzuschieben. Dabei fragte sie sich, ob man wohl immer noch von »hineinstürzen« sprechen konnte, wenn die Füße dabei niemals vom Boden abhoben.

Am nächsten Morgen fuhr Mama sie heim. Als sie sich dem langen Sandweg näherten, hielt sie kurz an, um die Fenster herunterzukurbeln. Die kalten Tage würden nun bald vorbei sein, und die kühle Luft spielte mit den Strähnen, die von Jos Haar noch übrig waren. Sie hatte den Herbst und den Großteil des Winters verpasst. Zwei Jahreszeiten waren vorbeigezogen.

»So ist es besser«, fand Mama. Jo fiel auf, wie dünn sie in den letzten Monaten geworden war. Die Sorge um Jos Gesundheit und die zermürbende Last der Arztrechnungen forderten ihren Tribut, aber ihre Mutter saß immer noch kerzengerade da wie ein Feldwebel und hielt am Lenkrad die Zehn-vor-zwei-Stellung perfekt ein. »Eine gesunde, salzige Brise«, sagte sie. »Endlich mal was anderes als diese Krankenhausluft. Etwas ganz anderes.«

Selbst mit nur einem Auge konnte Jo erkennen, dass sich auf der Salt Creek Farm nichts verändert hatte – nur die Jahreszeit. Dann bogen sie um die letzte Ecke, und Jo erspähte die schwarze Narbe an der Stelle, wo früher die Scheune gestanden hatte. Vor dem Unfall war sie bereits das reinste Skelett gewesen, jetzt hingegen war lediglich andeutungsweise ein Gebäuderest zu erkennen. Ein einziger verkohlter Balken stand noch und reckte sich wie ein knochiger Mittelfinger in die Luft. »Und das Salz?«, fragte sie.

Mama kniff die Lippen zusammen und trat aufs Gas. »Das ist dahin. Aber da, wo es herkam, gibt's noch mehr davon.«

Dagegen konnte Jo nichts einwenden, und sie berührte die neue Geografie ihres Gesichtes. Die Nerven, die nicht abgestorben waren, rebellierten mit voller Kraft. Sie kreischten beim Kontakt mit ihren Fingern auf, Jo biss jedoch die Zähne zusammen und atmete tief und gleichmäßig ein. Sie wusste, welche Mühe Mama sich gab, und wollte ihr diesen Augenblick auch nicht verderben, konnte sich aber dennoch die eine Frage nicht verkneifen, die ihren Schmerz wohl nur noch verstärken würde. »Wo ist Claire?«, erkundigte sie sich.

Mamas Stimme verriet keinerlei Emotionen. »Bei einem Stenografiekurs in Hyannis. Sie kommt später nach Hause.«

Jo wandte sich wieder zu der Landschaft um, die sie so gut kannte. Hier kehrte sie nun endlich heim, und ihre Schwester suchte immer noch nach einem Weg, dem allem zu entkommen. Es hatte sich eben nichts geändert.

Wie immer hörte Jo Claire bereits, bevor sie sie sah. Ihre Schwester stürmte meistens ins Haus, als würde ein kalter Windstoß hereinfegen, voller Wut und Ungeduld. Jo bekam mit, wie sie ihre Bücher auf das alte Klavier im Flur knallte, wie eines davon gegen die krummen Tasten schlug, dann war das Plumpsen der Schuhe auf dem bloßen Fußboden zu vernehmen, als Claire sie von den Füßen schleuderte. Jo spähte mit ihrem guten Auge hinter der Küchentür hervor und beobachtete Claire, die kurz innehielt und ihren wilden Schopf in einen unordentlichen Pferdeschwanz zwang. So wie sie dastand, unbeweglich und mit erhobenen Armen, sah sie aus wie eine halbfertige Vogelscheuche. Claire schaute auf, entdeckte ihre Schwester und erstarrte. Instinktiv hätte sich Jo am liebsten wieder hinter der Tür versteckt, aber sie unterdrückte diesen Drang und trat hinaus in den Flur. Das rechte Bein zog sie beim Gehen immer noch ein wenig nach. Und nun betrachtete sie Claire, die sie zum ersten Mal seit dem Krankenhaus richtig ansah.

Noch immer war ein Großteil von Jos Oberkörper in Verbände gehüllt, die lose Kleidung, die ihre Mutter ihr aus dem Schrank geholt hatte, verbarg diese jedoch. Ihr Haar wuchs inzwischen nach, aber nicht sehr üppig. Auf der rechten Seite des Schädels zeigten sich nur vereinzelte Büschelchen, die noch so dünn und unentschlossen waren wie der Flaum eines Säuglings. Die Ärzte hatten ihr erklärt, dass ihr Haar voller werden und sich mit der Zeit wieder ausbreiten würde, aber im Moment sah es schlimm aus, das wusste Jo. Und natürlich war da auch noch das leere Starren des Glasauges.

Claire stieß ein Quieken aus und wich rückwärts zurück gegen die Tür. »Ich wusste gar nicht, dass du schon hier bist«, hauchte sie und presste sich eine Hand auf die Brust. »Ich dachte, Mama und du, ihr würdet erst morgen kommen.«

Jo zuckte mit den Achseln. »Die haben mich einen Tag früher gehen lassen.«

Claire rang nach Atem. »Das ist gut, oder?«

»Sehe ich etwa gut aus?«

»Nein, vermutlich nicht.« Claire ließ den Kopf hängen und trommelte mit den Fingern gegen die Tür. Jo war klar, wie gerne sie die jetzt aufgerissen hätte, um davonzulaufen.

Um ihre Qual zu verstärken, trat Jo noch etwas näher heran. »Du hast mich nie besucht.«

Claire blinzelte. »Das stimmt doch gar nicht. Hab ich wohl.«

»Aber nicht sehr oft.«

Claire sah auf ihre Hände hinunter, weiß und zart wie Lilienblüten. Selbst vor dem Feuer hatten Jos Hände nie so ausgesehen. »Ich mache doch inzwischen einen Kurs«, erklärte sie, halb verlegen, halb stolz. Jetzt meldete sich bei Jo das schlechte Gewissen. Mit dem Brand der Scheune war für Claire jede Möglichkeit verpufft, aufs College zu gehen. Die Behandlung von Verbrennungen war nicht billig.

Sie löste den Blick von Claires Alabasterhänden. »Mama hat's mir erzählt. Stenografie, oder?«

Claire nickte, und dann entdeckte Jo die dunklen Ringe der Traurigkeit unter ihren Augen. Ihre Haut wirkte fahler, die Wangenknochen waren spitzer geworden, und zum ersten Mal seit der Highschool hatte sie sich mit ihren Klamotten keine besondere Mühe gegeben. Sie trug einen mottenzerfressenen Pullover, der früher Jo gehört hatte, umgekrempelte Jeans und kein Make-up. Plötzlich schlug Claire die Hände vors Gesicht, und Jo war klar, dass sie nun versuchen würde, sich zu entschuldigen. »Oh mein Gott, Jo, es tut mir so leid«, beteuerte sie. »Du hast mir immer gesagt, dass ich nicht in der Scheune rauchen soll, aber ich hab einfach nicht auf dich gehört. Ich bin ja so dumm.«

Dem widersprach Jo nicht. Verzweifelt und mit tränenüberströmtem Gesicht sah Claire auf. »Kannst du mir das wohl je verzeihen?«

Jo zögerte. Natürlich wusste sie, welche Antwort an dieser Stelle die richtige war. Aber war sie dazu auch schon bereit? Noch brachte sie es nicht über sich, die Worte auszusprechen, dafür war das Herz in ihrer Brust zu verkohlt. Jetzt noch nicht. »Ich weiß es nicht«, gab sie zu, bedauerte es aber augenblicklich.

Claire nickte langsam und schlang sich die Arme um den Körper. »Okay«, flüsterte sie. Dann wandte sie sich ab und schlich ohne ein weiteres Wort die Treppe hinauf, während Jo allein im Flur zurückblieb. Ihr neues Auge ruhte schwer in seiner Höhle, all die unausgesprochenen Worte drängten sich in ihrem Mund und zermalmten ihre Zunge zu Brei.

Am nächsten Morgen schlug Mama ihr vor, gemeinsam einen Spaziergang nach St. Agnes zu machen. »Nachdem du so lange eingepfercht warst, kann dir ein bisschen Bewegung nicht schaden«, sagte sie zu Jo. »Und es ist sicher auch gut für dich, ein vertrautes Gesicht zu sehen.« Jo grummelte. Sie hätte die Begegnung mit anderen Menschen lieber noch weiter hinausgezögert, sich Mama zu widersetzen war jedoch genauso sinnlos, wie gegen den Strom zu schwimmen.

Für Jos untrainierten Körper war der Spaziergang eine ziemliche Tortur, sie verkniff sich aber ihre Klagen, da Mama von so etwas nichts hören wollte. Die einzigen anderen Wesen dort draußen waren an diesem Morgen die Möwen, und die scherten sich nur um ihre eigenen Probleme.

Jo war erleichtert, als sie St. Agnes endlich erreichten. Tief sog sie den vertrauten Duft nach Bienenwachs und Zitronenpolitur ein und kniete sich neben ihre Mutter zu den Füßen der Jungfrau, ihr Verstand kam jedoch nicht zur Ruhe. Wofür lohnte es sich denn jetzt noch zu beten, fragte sie sich. Sie wünschte sich so sehr, die Zeit zurückdrehen zu können, aber dieses Geschenk konnte ihr nicht einmal die Muttergottes machen.

Gerade zündete sie eine Kerze für Henry an, als Pater Flynn

die Kirche betrat. Mama wühlte in ihrer Handtasche herum und zog ein kleines Säckchen Salz hervor.

»Bring das dem Pfarrer«, forderte sie Jo auf und reichte es ihrer Tochter, die es murrend an sich nahm. Sie wusste, was für eine Taktik ihre Mutter da verfolgte. Mama würde nicht zulassen, dass Jo sich hinter ihren Narben versteckte, das hatte sie ihr vom ersten Tag an im Krankenhaus immer wieder versichert, und dieser Devise blieb sie nun treu. »Na los«, ermutigte sie Jo und stieß sie in die Seite. »Du musst den Leuten trotzdem noch ins Gesicht sehen. Das ist jetzt deine erste Gelegenheit.«

Pater Flynn nahm den Beutel bedächtig in Empfang und hob die Hände auf Höhe ihres Gesichtes, als wollte er sie berühren, überlegte es sich dann aber noch einmal anders. »Gottes Wege sind unergründlich«, murmelte er schließlich. »Wir können nicht immer verstehen …« Er verstummte. Jo betrachtete sein Gesicht, das Unserer Lieben Frau zugewandt war. »Ich will nicht etwa sagen, dass es zu deinem Besten war«, fuhr er schließlich fort und sah sie endlich wieder an. »Das würde ich mir niemals erlauben. Aber du wirst im Laufe deines Lebens vielleicht zu dem Schluss kommen, dass dieser Schmerz womöglich doch ein Segen für dich ist.«

Das bezweifelte Jo zwar, statt aber Pater Flynn mit unhöflichem Benehmen vor den Kopf zu stoßen, sah sie lieber die Jungfrau an. »Jetzt bin ich wohl wie sie. Eine Frau ohne Gesicht.«

Pater Flynn zögerte wieder. Jo wusste, dass er das Bildnis nie sonderlich gemocht hatte, daher erstaunte sie seine Antwort. »Na ja, in jeder Frau steckt doch etwas von der Jungfrau, mein Kind. Deine eigene Mutter weiß das besser als jeder andere.«

Jo sah zu Mama hinüber, die noch immer mit gefalteten Händen vor den Kerzen kniete und die Lippen im stummen Gebet bewegte. »Wühlen Sie doch nicht die Vergangenheit auf, wenn Sie nicht bereit sind, darüber zu sprechen, Pater«, knurrte Jo, und der alte Priester erbleichte.

»Was willst du denn damit sagen, Jo?« Der verletzte Blick ließ ihn wie einen kleinen Jungen aussehen, der seinen Lieblingsball verloren hatte.

»*Magna est veritas, et praevalibet*«, zitierte Jo und sah ihn mit ihrem guten Auge unverwandt an. »Was heißt das?«

»Na ja, das ist aus der Vulgata«, stammelte Pater Flynn, »der alten lateinischen Version der Bibel. Es bedeutet ›Die Wahrheit ist groß und wird obsiegen‹. Was für eine seltsame Frage. Wie kommst du nur darauf, mein Kind?«

Jo zuckte mit den Achseln. Das war eine Zeile aus Idas Brief, an die sie sich erinnerte. Sie hatte eigentlich nur sehen wollen, wie Pater Flynn auf den Satz reagierte. Ihr war klar, dass sie gerade so gemein zu dem Priester war, wie noch nie zuvor, aber sie war doch jetzt ein neuer Mensch, oder nicht? Plötzlich bestand sie aus Schichten, die sie selbst noch gar nicht kannte. Zum ersten Mal in ihren Leben begriff sie, warum manche Menschen Grausamkeit so reizvoll fanden. Sie brachte nämlich ein belebendes Sprudeln mit sich.

»Nur so«, behauptete sie, wandte sich von Pater Flynn ab und marschierte aus St. Agnes hinaus. Ihre Mutter ließ sie dort zurück. Bevor jedoch die Tür hinter ihr zuschlug, fiel ihr etwas Sonderbares auf. Obwohl Pater Flynn doch eine solche Abneigung gegen die Gottesmutter und ihre Verehrung empfand, hätte Jo schwören können, dass er das Salzpäckchen von Jos Mutter zu ihren pockennarbigen Füßen ablegte und im Gebet oder voller Gram das Haupt senkte – Jo konnte nicht sagen, welches von beidem nun der Grund war, und es interessierte sie auch nicht besonders. Denn so langsam kam ihr der Verdacht, dass diese beiden Dinge eigentlich das Gleiche waren, und sie wollte mit keinem davon etwas zu tun haben.

Salz war ziemlich nachtragend, wenn man es vernachlässigte, und obwohl das Krankenhaus in Boston natürlich für seine

Heilmethoden geworben hatte, stellte Jo nach ihrer Rückkehr für ihre Rehabilitation eigene Regeln auf. Sie nahm sich Zeit, ging die Sache langsam an und kehrte Schritt für Schritt zum Salz zurück: zunächst nur über das Sehen, dann über den Geschmack, und schließlich, und das war der härteste Part, über die Berührung.

Sie weichte Stoffstreifen in einer Lösung aus Lavendelöl und Kamille ein und legte sie sich auf die blasige Haut. Das war zunächst schmerzhaft, doch mit der Zeit lernten ihre Nerven, den antiseptischen Schub zu ertragen. Danach löste sie Salz in der Badewanne auf und sah dabei zu, wie sich die letzten Fetzen totes Gewebe von ihren Wunden lösten und davonschwammen. Zum Schluss rührte sie eine Paste aus Salz und Wasser an, die sie direkt auf die Haut auftrug. Die Sole verwandelte ihre Narben in eine Rüstung.

Claire und sie entwickelten ein System des Sich-gegenseitig-Ausweichens, abgesehen von den notwendigen Begegnungen bei den Mahlzeiten und den peinlichen Momenten, wenn sie sich im Flur über den Weg liefen, weil beide als Erste ins Bad wollten. Seit Jos Rückkehr war Claire schweigsam und wortkarg – sie band sich die Haare so stramm hoch, dass sie davon Schlitzaugen bekam, hockte stundenlang über ihren Stenografiebüchern oder tat geheimnisvoll und verschwand immer mal wieder für eine Weile, ohne dass jemand wusste, wohin sie ging. Einmal erwischte Jo sie, als sie sich um Mitternacht ins Haus schlich, und bei ihrem Anblick zuckte Claire zusammen und fasste sich an den Hals, so wie früher, wenn sie nach den Treffen mit Ethan ihre Knutschflecke versteckt hatte. Ihre Freundinnen aus der Highschool – die Cheerleaderinnen und Mädchen vom Jahrbuch – meldeten sich dauernd, Claire rief jedoch nie zurück und ließ die alten Freundschaften lieber ganz langsam sterben, bis das Telefon endlich schwieg. Und sie weigerte sich kategorisch, zur Kirche zu gehen.

»Wenn Gott Ethan kriegt«, entgegnete sie auf Mamas Vorschlag, sie solle mal ihren Hintern hochbekommen und sie zur Messe begleiten, »dann kann Satan gerne mich haben.«

Dafür schlug Mama sie direkt auf den Mund, aber Claire fuhr sich nur mit der Hand über die Lippen und setzte dann ein hartes kleines Grinsen auf. Am nächsten Sonntag kam sie erst gegen Mittag nach unten, zwei Stunden nach Ende der Messe. Pater Flynn fragte an diesem Tag gar nicht erst, wo sie steckte, und Mama lieferte ihm auch keine Erklärung.

Aber damit endete Claires Aufmüpfigkeit noch nicht. So, wie sie dem Herrn den Rücken kehrte, lehnte sie auch alles ab, was mit dem Salz zu tun hatte. Sie würzte ihr Essen nicht mehr damit, weigerte sich, es in Säcke zu füllen, und rümpfte angesichts des Vorschlags, Jo bei der Reparatur der Schleusen zu helfen, nur die Nase. Außerdem machte sie keinen Schritt in die Nähe der abgebrannten Scheune.

Jo hingegen verbrachte wieder Stunden im Freien, ergötzte sich an den feuchten Gerüchen und an der Unruhe der Insekten, die nach dem langen Winter aufs Neue hervorkamen. Eines Abends entdeckte sie dort draußen Whit, der sich am Rande der Marsch herumdrückte. Hinter ihm nahm langsam die neue Scheune Formen an. Ihre ungestrichenen Bretter und Balken waren so frisch, dass sie noch kleine Harztropfen absonderten. Die Becken waren gerade geflutet worden, und bislang prophezeiten alle Vorzeichen für dieses Jahr nur Gutes. Das Meerwasser schäumte bei der richtigen Temperatur, die Wolken ballten sich gleichmäßig zusammen, und Henrys Bassin färbte sich langsam in einem Roséton.

Whit sah auf, als er sie herankommen hörte. Falls Jos entstelltes Gesicht ihn schockiert haben sollte, ließ er es sich nicht anmerken. Stattdessen gab er sich ganz geschäftsmäßig. »Na, ihr habt ja viel zu tun«, meinte er und wies auf die halbfertige Scheune.

Jo grub einen Zeh in den Schlamm. »Das würde ich nicht so sagen. Das Salz bildet sich weiter, wir können es nur leider nicht lagern.«

Whit griff in seine Jackentasche und zog ein Scheckbuch hervor. »Das könnte ich ändern. Ich könnte dir hier und jetzt ein Angebot machen. Deine Familie und du, ihr überschreibt mir die Marsch, dafür lasse ich euch weiterhin hier wohnen. Ihr könntet von heute auf morgen die neue Scheune bezahlen und auch all deine Arztrechnungen begleichen.« Sein Blick schweifte über ihre Narben.

Jo hielt den Atem an und dachte nach. Ida hatte ihnen nie die Möglichkeit geboten, auf dem Gut zu bleiben, Jo war aber trotzdem klar, dass sie sich nie im Leben in die Hände eines Turner übergeben würde, wie pleite sie auch sein mochte. »Verschwinde, Whit«, knurrte sie schließlich, sie war plötzlich furchtbar müde. Sie wandte sich ab, umrundete den Halbkreis aus Gräbern und ging zum Haus zurück. Warum nur, dachte sie, machte das Land ihrer Familie ihnen die Vergangenheit eigentlich zu so einer Last? Und warum hatten die Turners, die doch ausgedehnte Ländereien besaßen, nicht dasselbe Problem?

Als im Frühjahr ihre Narben endlich verheilt waren und sich die neue Scheune langsam aus der Asche der alten erhob, hatte Jo das Gefühl, vielleicht endlich die Geister ihrer Familie abgeschüttelt zu haben. Das Schlimmste war eingetreten, aber Mama, Claire und sie hatten es überlebt, und das Salz gehörte immer noch ihnen. Womöglich, dachte Jo, als sie wieder einmal an der bröckeligen Wand einer Rinne herumkratzte, war es ja sogar besser, dass Ethan Claire verlassen hatte. Claire hatte dafür zwar einen furchtbaren Preis bezahlt, aber Jo hatte nun immer noch ihre Schwester. Sie und Claire, sie würden gemeinsam in der Marsch alt werden. Claire würde vielleicht mit einem kleinen Nebenverdienst als Sekretärin zu ihrem Einkommen beitragen, aber ansonsten würden sie als alte Jungfern bis zum

Ende gemeinsam ausharren, die letzten Nachkommen der Gillys. Jetzt, wo Ethan fort war, würde Claire sich ihr bestimmt irgendwann wieder zuwenden. Und wenn sie erst einmal gemeinsam die Reise in die Zukunft angetreten hatten, dann würden sie bald auch wieder zu alten Zeiten zurückkehren, in denen sie beide Unserer Lieben Frau zugetan und Claire noch dazu bereit gewesen war, bei der Salzgewinnung mitzuarbeiten. Und Jo würde vielleicht nicht mehr bei jedem Blick in den Spiegel daran erinnert werden, dass sie eine ziemlich hässliche Seite hatte.

# KAPITEL 10

Dee hatte die Augen nach Hinweisen danach aufgehalten, dass bald der Herbst einzog – trockene rote Blätter, das Glühen des Altweibersommers, harte Äpfel, die scheffelweise am Straßenrand verkauft wurden –, ahnte aber langsam, dass sie sich nach den falschen Anzeichen umgesehen hatte, denn das Wetter war einfach nur scheußlich und feucht, und der Himmel über ihr wirkte etwa so attraktiv wie eine laufende Nase.

Wie als Entschädigung nahm das Geschäft im Imbiss zu, als die letzten Fischerboote der Stadt im Hafen einliefen und die umliegenden Kneipen am Ende der Saison zumachten. Plötzlich war es in der Leuchtturmstube gemütlich und voll. Die dumpfen Laternen, die Cutt gebraucht gekauft hatte, warfen ein sanftes Licht auf das karierte Linoleum, und das dunkle Rot der Sitznischen wirkte angenehm warm gegen den Regen draußen. Cutt fing an, seinen Eintöpfen noch ein zusätzliches Stück Butter hinzuzufügen, und selbst die sahen inzwischen recht appetitlich aus.

Zum ersten Mal seit dem Tod ihrer Mutter lockerten sich die engen Bande um Dees Brust, und sie hatte das Gefühl, endlich wieder tief durchatmen zu können – ohne dabei das Andenken ihrer Mutter zu entehren. Ihrem Vater ging es genauso, das konnte sie deutlich sehen. Er pfiff jetzt, wenn er am Ende des Tages die Küche wischte, und von Zeit zu Zeit erlaubte er sich am Grill sogar ein paar Späße – auch wenn die eher mau und für Fünfjährige bestimmt schienen –, zum Beispiel Häschenwitze und Scherzfragen über Tiere. Dees Mutter war die Lustigere von den beiden gewesen, ihr Humor hatte aber weder auf Cutt noch auf Dee abgefärbt, und das wussten sie auch. Dee lachte trotzdem, nur um ihrem Vater zu zeigen, dass sie seine Bemühungen zu schätzen wusste, und er brüllte im Gegenzug nicht mehr herum, wenn sie vergessen hatte, die Serviettenbehälter oder Senfgläser nachzufüllen.

Dee hätte eigentlich gedacht, dass Claire bei dem ständigen Regen auf ihren morgendlichen Ausritt verzichten würde, aber ihrem großen weißen Pferd schien es nichts auszumachen, durch den Matsch zu traben, und der Reiterin auch nicht. Der einzige Unterschied war, dass Claire das Tier jetzt nur noch selten draußen anband, damit es sich nicht verkühlte. Stattdessen brauste sie nach dem Ausritt in ihrem roten Sportwagen herbei, dessen offenes Verdeck sie den Elementen aussetzte, und das Wasser nur so aufspritzen ließ, wenn sie parkte, wo es ihr gerade beliebte. Einer Claire Turner verpasste offensichtlich niemand einen Strafzettel.

Mr Weatherly bemerkte, wie unruhig Dee jedes Mal wurde, wenn Claire auf ein Ei und eine Tasse Kaffee hereinkam. »Oh ja«, murmelte er und nickte, während er an seinem eigenen Getränk nippte, »bei der würde ich auch auf der Hut sein. Sie mag ja schön sein wie das Morgenrot, aber in ihren Adern fließt Gift.«

Dee stellte ihren Kaffeebecher ab und stützte sich mit den Ellbogen auf der Theke ab. Leise erklärte sie: »Also, wissen Sie, die will nicht, dass wir Jos Salz anbieten. Deswegen steht es auch nicht mehr auf den Tischen. Ich bringe es nur noch Kunden, die danach fragen. Hassen sich Jo und Claire wirklich so sehr?«

Mr Weatherly starrte sie aus trüben Augen an. Dee fand es unglaublich, dass jemand, der so zerknittert und schwach aussah wie Timothy Weatherly, immer noch einen Hammer schwingen konnte, aber das tat er, und er traf den Nagel jedes Mal perfekt auf den Kopf, bevor er dann sein Taschentuch herauszog und sich damit über die Stirn wischte. Jetzt spitzte er die Lippen und schluckte seinen Kaffee herunter. »Wie alt bist du?«, fragte er und tupfte sich das Kinn mit einer Serviette ab.

»Siebzehn«, antwortete Dee. »Im Januar werde ich achtzehn.«

Ein kleines Lächeln umspielte Mr Weatherlys dünne Lippen, und Dee fragte sich plötzlich, wie er wohl in ihrem Alter so gewesen war. Ihrem Vater war zu Ohren gekommen, dass Mr Weatherly in seiner Jugend ein ziemlicher Mädchenschwarm gewesen sein musste. Sein Bruder und er hatten damals Autos aufgemotzt und waren dafür am ganzen Kap berühmt gewesen. Dee versuchte, sich den gebückten Mann, der ihr da gegenübersaß, mit schimmernden Muskeln und schwarz glänzender Rockabilly-Frisur vorzustellen, aber es gelang ihr nicht. Was allerdings kein Wunder war, sie hatte noch nie über viel Fantasie verfügt und war eher im Hier und Jetzt verwurzelt.

»Du bist noch so jung«, meinte Mr Weatherly und legte etwas Kleingeld auf den Tresen. Es fehlten zehn Cent, aber darüber sah Dee hinweg. Nun fixierte er sie wie ein Huhn auf Körnersuche. »Jung und dumm, aber vor allem jung. Und genau darum geht es. Claire ist nicht jung.«

Dee sah verstohlen zu Claire hinüber. »Na ja, sie ist jetzt auch nicht gerade alt.«

Mr Weatherly saugte an seinem Zahnfleisch. »Nicht gerade alt ist nicht das Gleiche wie jung. Und dass du diesen Unterschied nicht kennst, zeigt doch nur, wie recht ich habe.« Er zog ein Stück verknotete Schnur aus der Tasche und legte es auf die Theke neben das Kleingeld. »Hier«, sagte er. »Das ist für dich.«

Dee runzelte die Stirn. Die Schnur war gelb und dreckig, eigentlich wollte sie sie lieber nicht anfassen. »Was ist das?«

»Ein Knotenamulett. Nimm es ruhig, los. Ich kann mir ein neues machen.«

Dee griff nach dem Knotengewirr und steckte es sich in die Tasche. »Danke. Wofür ist das gut?«

Mr Weatherly wurde ernst. »Das fängt Probleme ein, bevor sie dich finden. Die Fischer in der Gegend benutzen diese Talismane.«

Dee versuchte, ein Lächeln zu unterdrücken. »Ich glaube, in einem verschlafenen Nest wie Prospect muss man sich über so was doch keine Sorgen machen«, meinte sie und schloss die Finger wieder um ihren Kaffeebecher. »Vor allem nicht mitten im Winter.« Sie sah aus dem Fenster. Der eisige Regen konnte jetzt jeden Tag in Schnee übergehen, und dann würde es bis zum Frühling ganz still und ruhig sein.

Mr Weatherly schüttelte den Kopf, als würde er Fliegen verscheuchen. »Gerade jetzt kannst du das gut gebrauchen«, erklärte er mit Nachdruck und löste seine übergeschlagenen Gliedmaßen auf dem Stuhl voneinander. »Denn um diese Jahreszeit geht hier in der Stadt der Ärger erst richtig los.«

»Was wollen Sie damit sagen?«, fragte Dee, und Mr Weatherly sah sie an, als sei sie ein wenig beschränkt.

»Also, Mädchen, das Dezemberfeuer natürlich. Mehr Probleme als damit kann man sich kaum ins Haus holen.« Ohne weitere Erklärung humpelte er zur Tür und legte den Finger an den Hut, als er an Claire vorbeikam.

Dee brachte sein Geschirr in die Küche und stellte es ins Spülbecken. Vielleicht hatte Mr Weatherly ja recht, was sie anging, überlegte sie. Sie war jung und dumm. Sie versuchte hier gerade, das Salz auszutricksen, indem sie beiden Seiten diente, wo das doch nicht einmal die Gilly-Schwestern selbst geschafft hatten. Sie berührte den knotigen Fetisch in ihrer Tasche und lächelte. Das war so ein kleines, albernes Ding, aber trotzdem eine nette Geste. Mr Weatherly hatte offensichtlich Angst, die Probleme könnten es auf sie abgesehen haben. Dabei hatte Dee bislang immer ganz gut selbst für welche gesorgt.

An diesem Sonntag kniete Dee in St. Agnes wie üblich neben ihrem Vater. Die winzige Kirche war fast leer, außer ihnen waren nur Mr Weatherly, die Postangestellte und noch ein paar andere, ältere Leute gekommen, die Dee nicht kannte. Und natürlich Whit und Claire. Wie immer erschienen sie als Letzte, zögerten ihren großen Auftritt hinaus, obwohl sie damit doch längst niemanden mehr beeindruckten.

Im Lauf des vergangenen Monats hatte sich Whit bei Dee immer mehr herausgenommen. Seine frechen Sprüche wurden von Tag zu Tag anzüglicher. »Der Kaffee ist hier nicht das einzig Heiße«, sagte er zum Beispiel und griff nach der dampfenden Tasse auf ihrem Tablett. Oder er fragte augenzwinkernd: »Gibt's da nicht noch was extra?« Normalerweise wäre es ihr bei einer solch plumpen Anmache eher kalt den Rücken hinuntergelaufen, aber Whit machte das irgendwie auf eine charmante Art. Noch während er seine anzüglichen Bemerkungen fallen ließ, machte er sich auch schon über sich selbst lustig, und deshalb reizte es sie irgendwie, bei dem Spielchen mitzumachen. Außerdem gab er gutes Trinkgeld.

Natürlich war ihr Vater von Whit ganz begeistert. Es stellte sich heraus, dass sie beide Fans der Red Sox waren, und von nun an legte Whit Wert darauf, bei jedem Besuch im Leuchtturmlokal ein wenig mit dem Besitzer über Baseball zu plaudern, bevor er sich setzte und seine Bestellung aufgab.

»Es hat schon seine Gründe, dass er der wichtigste Mann der Stadt ist«, bemerkte Cutt oft, wenn er dabei zusah, wie Whit nach einer schnellen Mahlzeit wieder in sein Auto stieg. »Mr Friend von der Eisenwarenhandlung hat mir erzählt, dass Whit während der World Series jedes Jahr ein Tippspiel organisiert. Das sieht man doch gern, dass sich Leute so für die Gemeinschaft einsetzen. Klar, er ist clever und hat Geld, aber er ist sich auch für ein Schwätzchen mit den kleinen Leuten nicht zu schade.«

Dee fragte sich, was ihr Vater wohl sagen würde, wenn er wüsste, für welch andere Dinge sich Whit auch nicht zu schade war, sie verschwieg ihre Flirterei aber lieber. Denn zum einen würde Cutt ihr dafür die Schuld geben, und zum anderen freute sie sich auch über die Aufmerksamkeit.

Dee schüttelte sich und blinzelte. Die Messe war fast zu Ende, also bekreuzigte sie sich ein letztes Mal, berührte erst Stirn und Herz mit dem Daumen, dann ihre linke und rechte Schulter. In ihren dünnen Slippern hatte sie kalte Füße bekommen. Sie wollte gerade aufstehen, als Pater Flynn sie damit überraschte, dass er die Arme ausbreitete und alle Kirchgänger bat, doch noch einen Moment sitzen zu bleiben.

»Ich habe etwas bekanntzugeben«, flötete er. Dee seufzte und ließ sich wieder in die Bank sinken. »Wie ihr alle wisst«, erklärte der alte Priester mit feuchten Augen, »habe ich dieser Gemeinde seit Jahrzehnten treu gedient – faktisch habe ich fast mein ganzes Leben als Erwachsener hier verbracht.« Er ließ den Blick über die wenigen Gesichter in den Bänken wandern, so als denke er zurück an bessere Tage, seufzte dann und fuhr fort: »Nun, um das Buch Der Prediger zu zitieren, ein Jegliches hat seine Zeit, und ich fürchte, meine Zeit ist nun gekommen. Ich muss euch leider mitteilen, dass ich diese Gemeinde im Februar verlassen werde.«

Ein Raunen ging durch die Reihen, und Pater Flynn hob die Arme noch ein wenig höher. »Aber keine Sorge«, erklärte er. »Ihr werdet in guten Händen sein, sogar in vertrauten Händen. Mein Nachfolger ist nämlich jemand, den ihr alle gut kennt: der junge Ethan Stone – nun Pater Stone.«

Die kühle Luft in der Kirche war mit einem Mal so still, dass Dee sich nicht gewundert hätte, wenn sie plötzlich zersprungen wäre wie ein Eisblock. Niemand regte sich, nicht einmal Pater Flynn. Schließlich ließ er die Arme sinken, senkte das Haupt und durchquerte die Kirche, um seinen üblichen Platz an der Tür einzunehmen und die Gemeindemitglieder mit seinem Segen und der Bitte, doch in der nächsten Woche wiederzukommen, in das hässliche Wetter hinauszuschicken.

Cutt beugte sich mit gerunzelter Stirn zu Dee hinunter. »Ist dieser Ethan Stone nicht der Typ, mit dem Whits Frau früher mal zusammen war?« Dee nickte und beobachtete Claire, die an Whits Arm steif den Mittelgang entlangschritt. Ihre grünen Augen waren hart wie Stein.

»Na ja«, murmelte Cutt und setzte ein amüsiertes Lächeln auf. »Da haben die Leute ja was zu reden. Ich kann mir schon vorstellen, worum sich der Tratsch bei uns an der Theke jetzt drehen wird.«

Als sie aus St. Agnes traten, war es eisig kalt, und der Himmel tropfte wie ein alter Schwamm, Dee konnte die Füße aber nicht stillhalten und beschloss, trotzdem zu ihrem üblichen Spaziergang aufzubrechen. Der Strand würde leer sein, und das aus gutem Grund. Da draußen war es so windig, dass sie mit Sicherheit sandgestrahlt würde. Deshalb ging sie die unterschiedlichen Möglichkeiten durch, wickelte sich schließlich ihren Schal um den Hals, presste das Kinn gegen die Brust und lief gegen den scharfen Wind die Straße entlang. Die Kälte brannte in den Augen und Mundwinkeln.

Ein mächtiger Windstoß fuhr über die Dünen und hätte sie beinahe umgeworfen, während der Himmel nach und nach von immer dichterem Nebel überzogen wurde. Sie strauchelte ein wenig und knöpfte sich den Mantel bis obenhin zu, wobei ihre bloßen Hände in der Kälte kribbelten. Als sie sich der Marsch näherte, blieb sie mitten auf dem einsamen Weg stehen, der Wind trieb sie jedoch weiter voran, also marschierte sie durchs

Gras auf die Salt Creek Farm zu, obwohl ihr Verstand ihr riet, sich besser um ihren eigenen Kram zu kümmern. Sie machte trotzdem einen weiteren Schritt nach vorn. Bei so einem Wetter war Joanna doch bestimmt nicht draußen, überlegte sie. Dee hätte damit das Gelände für sich und könnte vielleicht einen Blick in die Scheune werfen.

Aber sie lag falsch mit ihrer Annahme, denn sie war nicht allein. Mit schnurrendem Motor fuhr ein dunkler glänzender Wagen heran und spritzte ihr Sand auf die Schuhe. Dee blinzelte durch den Wind und wischte sich den Regen von der Stirn, aber sie musste nicht zweimal hinsehen, um ihn zu erkennen – in Prospect fuhr nur einer so ein funkelndes Auto. Sie schielte ins Innere, aber der Sitz neben ihm war leer, Whit war allein gekommen. Er lehnte sich zur Seite und öffnete die Beifahrertür. Warme Luft quoll heraus. »Steig ein«, rief er. »Du siehst ja aus wie eine ertrunkene Ratte. Was machst du denn hier draußen?«

Sie zögerte noch eine Sekunde, aber das warme Leder und das leise Surren des Motors waren einfach zu verlockend. Sie schob sich in den Sitz, während draußen ein wahrer Sturzregen niederging. »Ich gehe spazieren«, erklärte sie und schüttelte sich das Wasser aus den Haaren. »Was machen *Sie* denn hier draußen?«

Whit legte den Gang ein und fuhr weiter die zerfurchte Straße entlang. »Ich hab Claire nach Hause gebracht, und jetzt bin ich auf dem Weg zu Jo.«

Als sie durch ein Schlagloch fuhren, wurde Dee nach vorn geschleudert und biss sich auf Versehen auf die Lippe. »Jo?«, echote sie und tupfte sich die Lippe ab. »Wieso das denn?« Whit sah sie aus dem Augenwinkel an, und Dees Herz begann heftig zu schlagen. Sie atmete tief durch und zog den Rock über die Knie nach unten. Nach Claire und ihrem Vater war Whit vermutlich der Nächste, vor dem sie ihre Ausflüge in die Marsch besser verheimlichen sollte. »Ich meine, besuchen Sie Jo oft?«, fragte sie nun und faltete gesittet die Hände im Schoß.

Whit aber sah nicht aus, als kaufe er ihr das ab. »Nur, wenn es noch etwas zu klären gibt«, antwortete er durch zusammengebissene Zähne, hielt nahe der Scheune an und drehte sich zu Dee um. Er erkundete ihren Körper mit den Augen, ließ den Blick über ihre Brüste und dann wieder hinauf wandern, bis Dee es nicht länger aushielt und sich schamrot abwandte. Er hob die Hand, und einen Moment lang glaube sie, er würde ihr über die Wange streichen, stattdessen reichte er ihr die Autoschlüssel. »Ich brauche nicht lange«, versprach er und schloss ihre Finger um das Metall. »Ich würde dich gerne mit zurück in die Stadt nehmen. Lass den Motor an, wenn dir kalt wird.«

Dann hielt er sich die Jacke über den Kopf, rannte durch die schlammige Marsch und kniff dabei im prasselnden Regen die Augen zu. Dee sah ihm nach, lehnte sich dann zurück und spreizte die Finger auf dem schicken Leder. Dieses Auto war eine derartige Luxuskarre, dass sie sich am liebsten gemütlich darin ausgestreckt hätte. Vermutlich wollte Whit Joanna irgendeinen Geschäftsvorschlag unterbreiten. Sie fragte sich, wie das wohl laufen würde. Für solche Sachen schien Jo ja nicht besonders aufgeschlossen zu sein. Jo war eigentlich generell nicht sehr aufgeschlossen.

Dee schloss die Augen und hörte dem Regen zu, der aufs Autodach prasselte. Das Geräusch lullte sie ein, und plötzlich wirkte alles so verträumt. Na ja, das war es doch irgendwie auch. Immerhin saß sie hier – und auch noch an einem Sonntag – in Whit Turners Auto, und zwar sozusagen am Ende der Welt. Sie hielt die Schlüssel fest umklammert. Es gefiel ihr, wie sich das Metall auf ihrer Haut anfühlte, warm und kalt zugleich. Die Empfindung passte zu dem, was in ihr vorging.

Unvermittelt tauchte Whit wieder auf, und sie erschrak, denn sie hatte ihn gar nicht kommen sehen. Fröstelnd fuhr sie zusammen, als er plötzlich die Tür aufriss. Er war völlig durchweicht, von den Haaren tropfte es ihm in den Kragen, das Wasser rann ihm die Wangen hinunter, und er kochte vor Wut, das war Dee klar. Wortlos nahm er ihr die Schlüssel ab und setzte den Wagen so ruckartig zurück, dass ihr Kopf nach vorne flog.

»Hm … Ist wohl nicht so gut gelaufen?«, bemerkte sie schließlich, blickte Whit mit gesenkten Lidern an und wünschte, sie hätte ein Handtuch, das sie ihm reichen könnte. Er antwortete nicht, biss nur die Zähne zusammen und jagte das Auto erbarmungslos durch die Schlaglöcher.

Sie kamen an St. Agnes vorbei und erreichten dann die letzte Abzweigung vor der Stadt. Dee schob sich im Sitz hoch und rückte ihren Mantel, der sich geöffnet hatte, wieder zurecht. Plötzlich kam sie sich total bescheuert vor. *Er sieht in mir nur ein Kind,* dachte sie. *Er wollte bloß nett sein.* Sie steckte die Hand in die Tasche und befühlte Mr Weatherlys Knotenamulett. Vielleicht funktionierte das ja doch, und zwar in Momenten, in denen ihr eigentlich gar nicht danach war.

Sie waren jetzt auf der anderen Seite von Tappert's Green. Noch ein kleines Stück, dann eine Kurve und sie wären auf der Bank Street. Zurück beim Imbiss. Zurück in ihr Zimmer mit den Dachschrägen, dem knarrenden Bett und dem Gemurmel ihres Vaters hinter der Wand. Dee seufzte, und Whit sah zu ihr herüber. Dann fuhr er ohne jede Vorwarnung plötzlich rechts ran und stellte den Motor aus.

»Tut mir leid«, sagte er. Jetzt zeigten sich wieder die Lachfalten um seine Augen, und er zog auf höchst angenehme Weise die Mundwinkel nach oben. »Hier sitzt so eine entzückende Begleitung neben mir, und ich ignoriere sie einfach.« Dee wurde rot, doch noch bevor sie etwas sagen konnte, beugte sich Whit über die Gangschaltung und legte ihr eine Hand an die Wange. »Was würde ich mit dir nicht gerne alles anstellen …«, murmelte er und rückte noch näher heran.

Einen Moment lang hielt Dee den Atem an und senkte ein wenig die Lider. Das war jetzt ihre letzte Chance, ihn abzuweisen und klarzustellen, dass er da einen ganz falschen Eindruck von ihr bekommen hatte. Stattdessen lehnte sie sich an ihn, als er ihr den Hals küsste, und dann öffnete sie den Mund, damit seine heiße Zungenspitze die ihre necken konnte. Whit machte sich kurz los und schnappte nach Luft.

»Verdammt«, keuchte er. »Du schmeckst besser als das Zeug bei deinem Vater im Lokal. Darauf hatte ich Lust, seit ich dich zum ersten Mal gesehen habe.«

Dee verbarg ihr Lächeln. Sie wusste, dass sie eigentlich jetzt sofort aus dem Auto steigen sollte, aber der Moment hatte etwas so Aufregendes an sich. Sie berührte Whits Wangen mit den Handflächen, als zähme sie eine Raubkatze, und küsste ihn erneut. Als Whit ihren Mantel aufknöpfte und die Hände unter ihren Pullover schob, schwanden all der Schmerz und die Langeweile der letzten Monate ganz einfach dahin.

»Ja, das gefällt dir, nicht?«, gurrte er, und strich ihr mit sanften, kreisförmigen Bewegungen über die Brüste.

Das tat es wirklich. Whit war nicht wie all die ungeschickten Jungen mit ihren hektischen Bewegungen und ungeduldigem Hecheln. Er wusste ganz genau, was er da tat und warum. Vermutlich wusste er sogar besser, was ihr gefiel, als sie selbst.

Sie umschlangen einander immer mehr, wichen der störenden Gangschaltung zwischen ihnen aus so gut es ging. Whits Hände erkundeten Dee weiter, schoben ihren Rock immer höher, und als sie sich schon zurücklehnen und sich ihm hingeben wollte, räusperte er sich und setzte sich auf.

»Es regnet gar nicht mehr«, bemerkte er und löste sich von ihrem Hals. »Langsam klart es auf.« Er knöpfte sich das feuchte Hemd zu und fuhr sich mit der Hand durchs Haar. »Du bist *wirklich* jung«, meinte er und zog eine Augenbraue hoch, »aber gar nicht mehr so unschuldig, glaube ich.« Sie wurde rot und versuchte, einen verruchten Blick aufzusetzen, unterließ das aber schnell wieder, aus Angst, vielleicht einfach nur auszusehen, als hätte sie jemand gekniffen.

Whit schlang die Finger um ihr Handgelenk und übte Druck auf die Sehnen aus. »Man darf uns so nicht zusammen sehen«, erklärte er. »Du steigst jetzt besser aus.« Dee zog eine Schnute, und er schmunzelte. »Keine Sorge. Ich sag dir Bescheid, wann und wo wir uns treffen können.« Er sah zu, wie sie sich aus dem Auto in die feuchte Kälte schob. »Ich komme morgen ins Restaurant – natürlich nach meiner Frau. Dann will ich was ganz Heißes von dir.«

Mit vorfreudigem Grinsen knallte er die Tür zu und hielt dann auf die letzte Kurve vor der Stadt zu, während Dee allein in Richtung Bank Street zurücktaumelte. Bilder von Claires roten Haaren und ihrer weißen Haut vermischten sich mit Whits Lippen an ihrem Hals, bis alles nur noch ein großes Durcheinander war. War sie auf Claires Mann aus oder nur auf Claire, fragte sie sich. Und welchen Turner würde sie morgen im Leuchtturm wirklich bedienen – Mann oder Frau? Und wo war die Trennlinie zwischen den beiden?

Sie erreichte den Imbiss und sah durch die Fenster zur Straße hinein, die jetzt, am späten Nachmittag, bereits dunkel dalagen. Auf ihr Spiegelbild darin war sie nicht gefasst. Sie starrte es an – in der Scheibe wirkte ihr Gesicht schmaler als in Wirklichkeit und war mit Wassertropfen übersät –, und da kam ihr in den Sinn, dass sie vielleicht diese Linie zwischen ihnen war. Bevor sie sich darüber den Kopf zerbrechen konnte, ließ eine kleine Bewegung von ihr das Bild in tausend Stücke zerbrechen und verwandelte den zweifelhaften Teil von ihr wieder in Regen. Zurück blieb nur eine einsame Glasscheibe, die an diesem düsteren Herbsttag kein Sonnenlicht reflektierte.

# KAPITEL 11

»Am Sonntag musst du schneller schaufeln«, hatte Jos Mutter in ihrer Jugend immer zu ihr gesagt, wenn es kalt genug war, um das Salz von den Becken in die Scheune zu bringen. »Der Teufel hat Zeit, wir aber nicht.« Das war, wenn am Horizont der erste Regen aufzuziehen drohte und am Himmel mit traurigen Schreien und hastigem Flügelschlag Gänse in sauberer V-Formation vorbeizogen.

In diesem Jahr ging Jo das Salz nur bis zur Hüfte. Das würde kaum reichen, um die Fischer zu versorgen, und erst recht nicht, um sich damit die Bank vom Leib zu halten. Eins war klar, im Frühling würden die von ihr mehr einfordern, als sie zu geben hatte.

Sie hatte die Ersparnisse eines ganzen Lebens zusammengekratzt und zu ihrem Entsetzen festgestellt, dass es nur für die drei überfälligen Differenzbeträge und noch zwei weitere Monate reichte. Für sie ging die Rechnung einfach nicht auf, diese Runde hatte eindeutig die Bank gewonnen. Sie bot diesen Menschen den Ertrag eines ganzen arbeitsreichen Lebens und bekam dafür nur mickrige fünf Monate geschenkt. *Na ja*, dachte Jo und versuchte, sich nicht länger zu grämen, während sie die Salzberge transportierte, *eine Jahreszeit ist mir hier ja noch vergönnt.* Der Winter. Die längsten Monate mit den kürzesten Tagen. Eine Zeit, in der sich Frost über die Marsch legte und alles zum Stillstand brachte. Vom Weg weiter unten hörte sie, wie die trübe Glocke von St. Agnes die verstimmte Version eines Liedes läutete. In wenigen Wochen würde selbst die festfrieren, und dann würde der Sumpf in eisiger, tiefster Stille daliegen.

Jo öffnete das Scheunentor und schob die Schubkarre hinein, als die ersten dicken Regentropfen laut wie Seemöwen im Flug herunterplatschten. Sie blieb im Türrahmen stehen und beobachtete kurz den sich verändernden Himmel. Dann fuhr sie mit ihrer Arbeit fort, drehte die Schubkarre um, kippte das Salz in eine leere Holzkiste und fegte die Körnchen auf, die daneben gefallen waren.

Schließlich zog sie die Abdeckung über die Kiste und rieb ihre Hände aneinander, eine gerunzelte Handfläche gegen eine glatte. Normalerweise trug sie Handschuhe, die hatte sie heute jedoch vergessen, und jetzt war es zu spät. Wenn sie nicht aufpasste, dann setzten sich Staub und Dreck in den Falten ihrer Narben ab und verfärbten die Haut dunkel. Ein scharrendes Geräusch draußen vor der Scheune riss sie aus ihren Gedanken, und dann übertönte Whit Turners Stimme Regen und Wind und schwang sich auf bis in die Dachbalken, wo sie anklagend verharrte.

»Ich weiß, dass du da drin bist, Joanna«, rief Whit durch den Spalt des Scheunentors und scharrte mit den Füßen über die feuchte Erde. »Mach schon auf.«

Was wollte der denn? Jo zögerte, ihr Herz schlug bis zum Hals, und dann schnappte sie einmal so tief wie möglich nach Luft, schob die Türen auf und blinzelte hinaus in den Regen. »Keinen Schritt weiter!«, drohte sie und griff nach einer alten Sense, die einer ihrer vom Fluch heimgesuchten männlichen Vorfahren zurückgelassen hatte, aber deren Klinge war so verrostet und unbrauchbar, dass Whit nur einen kurzen Blick darauf warf. Jo ließ ihre Waffe wieder sinken, lehnte sie an den splittrigen Türrahmen und hoffte nur, ihre butterweichen Knie würden bald wieder ihren Normalzustand annehmen. »Was verschafft mir die Ehre?«, wollte sie wissen.

Wenn sie Whit von Nahem sah, wunderte sie sich in letzter Zeit jedes Mal über die Fältchen an Augen und Kiefer und darüber, wie silbergrau sein Haar an den Schläfen wurde. Offensichtlich kam er direkt aus der Kirche, er trug nämlich einen schicken Wollblazer und eine Hose mit Bügelfalte – Kleidung, die ihre Schwester zweifellos sorgfältig für ihn ausgesucht hatte. Sie hielt nach irgendeinem Hinweis auf den Jungen Ausschau, der ihr beigebracht hatte, auf der Hornpfeife zu blasen, der ein Herzass in der Hand verschwinden lassen und dann wieder aus dem Ärmel hervorzaubern konnte, aber von dem war nichts mehr übrig. Stattdessen machte sich Ida in den Zügen ihres einzigen Sohnes immer mehr bemerkbar, als würde sie durch ihn wieder zum Leben erwachen, und einen Herzschlag lang war Jo beinahe dankbar für die Narben, die sich bei ihr über Wange, Stirn und Kinn erstreckten. Von ihrem Gesicht würde nie jemand Besitz ergreifen können, sie würde immer einfach nur sie selbst sein, ob es ihr nun passte oder nicht.

»Ethan Stone kehrt nach Prospect zurück! Steckst du hinter diesem Unsinn?«, fragte Whit. Seine Lippen waren weiß vor Wut.

Sie atmete vorsichtig aus und versuchte, sich ihre Überraschung nicht anmerken zu lassen. Ehrlich gesagt wusste sie nicht, wie sie darauf antworten sollte. Tatsächlich hatte Pater Flynn vor zwei Wochen hier draußen bei ihr auf der Veranda gesessen und ihr anvertraut, dass ihm etwas auf der Seele brannte. Sie hatte ihm eine Tasse Tee eingeschenkt. »Dann sollten Sie sich Erleichterung verschaffen«, hatte sie erwidert und ihm das Getränk gereicht.

Pater Flynn nippte daran und nahm dann noch einen Schluck, während seine Miene immer nachdenklicher wurde. »Was kann man gegen die Leere tun, Liebes?«, fragte er.

Jo probierte selbst ihren Tee. »Na ja, man kann sie ausfüllen, nehme ich mal an.« Ihre Antwort schien dem Pater zu gefallen.

»Genau«, antwortete er und nickte. »Das habe ich mir nämlich auch gedacht.« Er lehnte sich vor und drückte ihr rasch einen Kuss auf die glatte Wange. »Danke. Du sagst eben immer genau das Richtige.«

In dem Moment hatte Jo seine Worte nur als das Gemurmel eines alten Mannes abgetan, aber jetzt fiel bei ihr der Groschen, und ihr dämmerte langsam, dass Pater Flynn vielleicht gerissener war, als sie gedacht hatte. Bestimmt steckte er hinter Ethan Stones Rückkehr. Nicht, dass sie das Whit auf die Nase gebunden hätte. Sie fuhr sich mit der Zunge über den Gaumen. »Ich wünschte, es wäre so«, sagte sie und sah ihm direkt in die Augen. »Aber die Wege des Herrn sind nun mal unergründlich.«

Whit blinzelte nicht einmal, und da fiel Jo wieder ein, dass er beim Wettstarren früher immer gewonnen hatte, genauso wie bei jedem Kartenspiel, und dass er ihr unfehlbar immer die besten Murmeln abgeknöpft hatte. »Du hast es aber gewusst?«

Sie schaute auf ihre Stiefel hinunter. »Ja«, gab sie zu. »Irgendwie schon.«

Whit zog ein Paar Handschuhe aus der Innentasche seiner Jacke und streifte sie sich langsam über. Auf seinem Handrücken bemerkte Jo blasse Sommersprossen, solche, wie sie sie früher auch gehabt hatte. Sie fragte sich, wie Ethan Stone wohl nach all der Zeit aussehen würde. Er war vor zehn Jahren einmal zur Beerdigung seiner Mutter nach Prospect zurückgekehrt, aber damals war er vor lauter Trauer gar nicht er selbst gewesen. Zur Trauerfeier für seinen Vater war er nicht gekommen, und das konnte ihm auch niemand verübeln. Merrett war schließlich ein gemeiner Kerl gewesen und hatte irgendwie sowieso immer schon mit einem Fuß im Grab gestanden.

Whits Lippen verzogen sich zu einem höhnischen Grinsen, und als er sich vorlehnte, konnte Jo sein Rasierwasser riechen –

es hatte ein seltsames Aroma, das sie an feuchte Tinte erinnerte. Er sah sich in der staubigen Scheune um und blickte auf ihre jämmerlichen Salzhäufchen. »Sieht ja nicht so aus, als würde es für dich besonders gut laufen«, meinte er.

Jo antwortete nicht und schob nur das Kinn vor.

»Weißt du«, fuhr Whit fort und verschränkte die Finger in seinen inzwischen feuchten Handschuhen, »es hat sich nichts geändert. Lass mich doch diese Bürde tragen. Du kämpfst hier auf verlorenem Posten, Jo.«

Das stimmte. Dank Claires Unterstellungen und Behauptungen war Jos Kundenstamm im Laufe der Jahre ziemlich zusammengeschrumpft. Um etwas zu verkaufen, musste sie immer längere Wege in Kauf nehmen – beim Zustand ihres Trucks kein besonders sicheres Unterfangen. Wenn nicht Chet Stone und die anderen Fischer wären, bei denen sie immer auf ein Geschäft zählen konnte, dann hätte sie vermutlich gar keine Wahl mehr und würde Whits Geld annehmen müssen.

Am Anfang war der Einbruch der Erträge ja noch einigermaßen zu bewältigen gewesen, aber dann hatte Claire etwas wirklich Furchtbares getan und das Salz vom Dezemberfeuer verbannt. Die Polizei behauptete plötzlich, es sei schließlich verboten, im Freien Chemikalien zu verbrennen, aber das war doch alles nur aufgebauschter Unsinn. Claire hatte dieses Ritual immer schon gehasst, und als Mrs Whittington Turner konnte sie dem Ganzen endlich ein Ende machen. Der Rest der Stadt hatte eben Pech gehabt.

»Aber was wollen Sie den Leuten in Prospect denn sagen?«, hatte Jo den Polizisten gefragt, der mit polierten schwarzen Stiefeln auf ihrer Veranda gestanden und sich nervös hin und her gewiegt hatte, den Hut zwischen den fleischigen Händen. »Wie wollen Sie der Stadt beibringen, dass es dieses Jahr keine Zukunft für sie gibt?«

Er hatte nur den Kopf geschüttelt. »Ich fürchte, diesmal müssen Sie Ihr Wissen für sich behalten«, hatte er gesagt und das offensichtlich nicht sehr bedauerlich gefunden.

Nun baute sich Whit hier vor ihrer Scheunentür auf wie der Polizist damals auf ihrer Veranda und überbrachte ihr ebenso schlechte Nachrichten. Aber das konnten sie mit ihr nicht machen. Jo trat einen Schritt nach draußen und trotzte dem schlechten Wetter.

»Was scheren dich eigentlich die alten Kämpfe deiner Mutter?«, fragte sie, und noch während ihrer Standpauke überkam sie das seltsame Verlangen, die Hand auszustrecken und Whit über die Wange zu streichen. »Whit, wann wirst du denn endlich erwachsen und stehst deinen Mann? Dieses Land wird deine Geschäfte auch nicht wieder in Schwung bringen.« Sie deutete auf die heruntergekommenen Herbstbecken. »Sieh es dir bloß an. Das ist doch nur ein Sumpf, der von einem Fluch heimgesucht wird. Und meine Schwester will ihn doch auch nicht. Keine Ahnung, warum deine Mutter so versessen auf das Gut war, aber du hättest ihre Besessenheit besser mit ihr zu Grabe tragen sollen.«

*Und außerdem*, hätte sie am liebsten noch hinzugefügt, *hast du ja längst gewonnen, und das weißt du. Du hast mir schließlich Claire weggenommen.*

Whit knöpfte sich langsam die Jacke zu. Selbst hier draußen im Regen sah er noch immer tadellos und perfekt gepflegt aus. Jo musste an ihre Kindheit denken, in der nach einem langen Tag gemeinsamer Spiele all der Dreck und Matsch an ihr festgeklebt hatte, während er sauber und makellos gewesen war wie ein Schälchen Backpulver. Das hatte Jo allerdings nie gestört. Ganz im Gegenteil, sie hatte ihre schmutzigen Ellbogen und Knie irgendwie als sichtbaren Beweis ihrer Freundschaft geschätzt. Damals hatte sie ja noch nicht gewusst, dass sich manche Flecken nicht mehr herauswaschen lassen.

»Claire will das, was ich will«, behauptete Whit. »Sie ist jetzt eine Turner. Und ich will einfach nur zu Ende bringen, was meine Mutter begonnen hat. Nur schade, dass sie das nicht mehr miterleben wird.« Er beugte sich zu Jo vor, und die spürte nun zum ersten Mal die Kälte des Tages. »Aber du wirst es miterleben«, sagte er. »Dafür sorge ich schon.« Jetzt klang seine Stimmte beinahe wie ein Schnurren. »Ich kenne Leute bei der Harbor Bank, Jo. Dir bleibt hier draußen nicht mehr viel Zeit. Noch mache ich dir einen Freundschaftspreis. Verkauf jetzt zu günstigen Konditionen an mich, und wir sind beide zufrieden. Wenn du unbedingt den Karren in den Dreck fahren willst, ist das dein Problem. Dann warte ich einfach ab und kaufe das Gelände eben von der Bank. So oder so gehört das alles bald mir.«

Jo sah ihm hinterher, als er in den Regen hinauslief. Sein Auto stand dort, wo er immer parkte – draußen an der Straße, wo er einst auf Claire gewartet hatte, bevor er sie in ihr neues Leben als Turner entführt hatte. Damals hatte er nur die Zukunft im Sinn gehabt. Jo fragte sich, warum er sich inzwischen so sehr an die Vergangenheit klammerte.

Was scherte es sie? Claire würde nicht mehr zurückkommen – Ethan Stone allerdings schon, und dagegen konnte Whit gar nichts unternehmen. Und er würde auch ihr Land nicht in die Finger bekommen. Aber was, wenn doch? Ihr Magen verkrampfte sich. Wohin würde sie dann nur gehen?

Es ärgerte Jo, dass Whit ihr bei jedem seiner Besuche draußen in der Marsch etwas wegnehmen wollte – das Recht auf ihr Land, das Geheimnis des Salzes, ihre Schwester. Und sie erfuhr immer erst davon, wenn es längst zu spät war. Wie zum Beispiel an dem Tag, an dem er gekommen war, um Claire zu holen. Das war Anfang Juni gewesen, an einem eigentlich schönen Abend, bis sie Whit dann bei der Scheune entdeckt hatte. Als Jo durch die Marsch stolperte, um herauszufinden, was er wollte, stieg ein kleiner blauer Schmetterling aus dem Schlamm auf und flatterte an ihrem Arm herum. Sie verscheuchte ihn. Die meisten Menschen hätten ihn vermutlich schön gefunden, Jo sah darin jedoch nur eine Plage. Mama hatte immer gesagt, dass sie Unglück brächten, aber andererseits hatte Mama in so vielen Dingen Vorboten des Unheils gesehen. Jo näherte sich der Scheune, erstarrte jedoch, als ihr klar wurde, dass Whit nicht allein war. Ihr stockte der Atem, als sie zu begreifen versuchte, was sie da sah.

Es war Claire. Sie hatte sich das rostrote Haar zum Pferdeschwanz gebunden, und ihre Wangenknochen zeichneten sich so zart ab, als könnte ihnen jeder Windhauch etwas anhaben. Dabei wusste Jo doch, dass Claire innerlich aus Stahl gemacht war. Ihre Schwester schien sich unter Whits Segeltuchjacke zu kuscheln, und sie bewegten sich gleichzeitig, so als würden sie ihre Gliedmaßen neu arrangieren. Jo stockte das Blut in den Adern, als sie begriff, dass Claire und Whit ineinander verschlungen waren, einander mit geneigten Köpfen berührten – es war eine atemlose Haltung, die sie nicht lange durchstehen würden. Das mussten sie aber auch gar nicht, denn Jo stürmte völlig unüberlegt auf sie zu, um Claire vor einem furchtbaren Fehler zu bewahren. Als sie die beiden erreichte, machte Whit gerade eine Hand los und berührte damit Claires errötete Wange, während er ihr in die Augen starrte. Er öffnete den Mund, so als wollte er etwas sagen, und in diesem Moment bemerkte Claire sie und stieß einen hässlichen Laut aus.

Whit drehte sich ein wenig in ihre Richtung, als hätte er sie schon die ganze Zeit dort vermutet, es aber nicht über sich gebracht, sie anzusehen. Er zog Claire an sich, schob sie unter seinen Arm wie ein Vogel, der etwas mit seinem Flügel bedeckte, und sprach dann die furchtbarsten Worte aus, die Jo sich nur vorstellen konnte: »Darf ich dir meine zukünftige Frau vorstellen?«

Jo wartete auf eine Reaktion von Claire – irgendetwas. Dass sie Whit vielleicht eine Ohrfeige verpasste oder wegrannte oder auf die Knie fiel. Aber das tat sie nicht. Stattdessen lächelte sie. Es war kein strahlendes Lächeln, sie bewegte nur ein kleines bisschen die Mundwinkel, so als würde sie sich bereits an ihre neue Position im Leben gewöhnen und ausprobieren, wie es sich anfühlte, eine Turner zu sein. Ein Schmetterling landete auf ihrem Scheitel, und obwohl Jo ihn am liebsten weggewischt hätte, tat sie es nicht. Sie beschloss vielmehr, dass sie Claire schon oft genug gerettet hatte, und trat einen Schritt zurück. Whit ließ mit unverhohlener Abscheu den Blick über ihre entstellten Züge wandern.

»Claire«, sagte er, den Blick auf Jo geheftet, »hol deine Sachen.«

Ohne sie anzusehen, eilte Claire davon, und Jo machte erst den Mund auf, als ihre Schwester sich bereits ein gutes Stück entfernt hatte. Selbst im Taumel des Zorns hatte sie noch immer den Drang, Claire zu beschützen.

»Es wird nicht funktionieren«, beschwor sie Whit. »Auch Claire wird dir nicht zu unserem Land verhelfen. Und die Gilly-Frauen gehen ein, wenn sie dem Salz den Rücken zukehren.«

Whit kam näher. Mit unfehlbarer Logik verkündete er: »Na, dann können wir ja alle froh sein, dass Claire beschlossen hat, eine Turner zu werden.« Er triumphierte. »Meine Mutter hat mir nur verboten, dich zu heiraten, Jo. Von Claire war nie die Rede.«

»Wie willst du für sie sorgen?«, fragte Jo. »Claire denkt, du bist reicher als Midas, aber ich weiß es besser. Was machst du denn, wenn sie feststellt, dass die Kassen der Turners nicht so gut gefüllt sind, wie sie dachte?«

Whit schaute gelangweilt drein. »Claire wird sich fühlen wie im Paradies«, erklärte er und ließ den Blick über die Marsch wandern. »Vor allem im Vergleich hierzu. Eine Frau hat doch wirklich etwas Besseres verdient, und das kann ich ihr wenigstens bieten.«

Was konnte Jo darauf schon erwidern? Claire wollte doch seit jeher von hier weg. Und wenn es nicht an Ethans Seite sein konnte, dann nahm sie eben Whit, den einzigen Mann in der Stadt, der den Mumm hatte, eine Gilly-Frau zu heiraten. Jo fragte sich, ob wohl eine glückliche Zukunft vor Claire lag, oder ob sie nach ein paar Jahren in Idas Haus und ihrem Bett auch anfangen würde, zu viel Make-up aufzulegen, sich mit zu viel Schmuck zu behängen und sich auf Dinge zu versteifen, die ihr nicht gehörten.

Sie versuchte, das Bild von Claire in dem großen Haus auf Plover Hill heraufzubeschwören, eingesperrt hinter den eisernen Toren, die Erinnerung an das Salz auf den Lippen, aber es war ihr einfach unmöglich. Sie seufzte. »Claire liebt dich nicht«, stellte sie klar. »Und ich bezweifle, dass sie es je tun wird.«

Whits Miene war mit einem Mal verschlossen wie eine Tür, die der Wind zugeschlagen hatte. Aber er überließ niemandem gerne das letzte Wort. Traurig sah er sie an, und einen Moment lang erahnte Jo den Jungen, der dort in Whits Körper gefangen war. »Liebe kommt und geht, nehme ich an«, murmelte er schließlich. »Sag Claire, dass ich mit dem Auto unten an der Straße stehe. Aber ewig warte ich da nicht auf sie, sag ihr das.« Mit diesen Worten schlenderte er davon. Der Schlamm klebte an den hellen Sohlen seiner Schuhe und erschwerte ihm jeden Schritt.

Claire und Whit hielten sich nicht mit einer langen Verlobung auf. Bereits ein paar Wochen später trudelte in der Marsch eine Hochzeitseinladung mit Goldrand ein. Jo pflückte die Lagen aus Seidenpapier und Leinen auseinander, öffnete Karten und Umschläge und versuchte – erfolglos – auch nur eine Spur von Claire darin zu entdecken.

»Guck mal, Mama.« Jo schwenkte die Einladung. Seit dem überstürzten Aufbruch ihrer Schwester hatte sich der Gesundheitszustand ihrer Mutter verschlechtert, und sie lag oft im Bett. »Die beiden heiraten in St. Agnes. Ich hätte eigentlich gedacht, sie würden sich etwas Schickeres suchen.« Aber Mama wandte nur den Blick ab und erwiderte nichts, also schickte Jo den Rückumschlag ohne ein Wort aber voller Salz zurück. Nur weil sie nicht an Claires Hochzeit teilnehmen würde, hieß das doch nicht, dass sie die beiden ignorierte. Ganz und gar nicht. Sie plante für Claire sogar ein ganz besonderes Hochzeitsgeschenk.

Am Morgen der Trauung schlich sich Jo aus der Marsch und lief schon früh zur Kirche hinüber, lange vor Sonnenaufgang, sogar noch bevor Pater Flynn sich zum Morgengebet erhoben hatte. In einem Jutesack hatte sie ein Glas Asche, eine Farbdose und einen Pinsel dabei.

Das Schloss an der verwitterten Flügeltür der Kirche war nicht schwer zu knacken – es war alt und hing vor allem da, um den Schein zu wahren und damit der Wind die Türen während eines Sturms nicht aufwarf. Eine Haarnadel, eine schnelle Drehung des Handgelenks, und das alte Schloss gab nach und sprang auf. Jo zog die Haarnadel heraus, schob sie sich wieder in die Tasche und betrat das dunkle Gotteshaus.

Obwohl sie die Mulden und Dellen des alten Fußbodens so gut wie den Schlamm in der Marsch kannte, und obwohl sie den winzigen Mittelgang mit geschlossenen Augen hätte entlanglaufen können, machte sie ganz langsam einen Schritt nach dem anderen. Zum einen, weil sie Pater Flynn in der anliegenden Pfarrei nicht wecken wollte, zum anderen aber auch, weil das leere Oval des Gesichts der Muttergottes in der Dunkelheit zu schweben schien.

»Hallo«, begrüßte Jo die Jungfrau, öffnete das Glas mit Asche und holte den Pinsel aus ihrer Tasche. Es erfüllte sie mit Genugtuung, dass Claire nun zu ihrer Hochzeit in das ihr so verhasste Gotteshaus zurückkehren musste. Sie hoffte, die Erinnerung an

Ethan würde ihre Schwester bei jedem Kirchgang an Whits Seite quälen, aber für alle Fälle wollte sie da ein wenig nachhelfen.

Sie zog den Deckel von der Farbdose. Die hatten die Weatherly-Brüder nach dem Aufbau in der neuen Scheune vergessen. Es war dicke, gräuliche Farbe, solche, mit der man Türrahmen abdichtete, aber für ihre Zwecke reichte sie. Jo tauchte die Borsten ein, ließ die überflüssige Farbe abtropfen und trat dann mit dem Pinsel an die Wand.

Sie arbeitete rasch, ohne darüber nachzudenken, fuhr mit so lockerem Strich wie nur möglich über das Bildnis und versah den Kleidersaum der Muttergottes mit sechs Angelhaken, klarer und deutlicher als jedes Wort. Mit keuchendem Atem trat sie einen Schritt von der Wand weg und betrachtete ihr Werk. Reichte das, um Claires Erinnerung auf die Sprünge zu helfen? Würde sie die Verzierungen entdecken und an den Tag denken, als ein Haken in ihrer Hand steckte, den Jo ihr herauszog? »Wer mit Salz arbeitet, sollte nicht so empfindlich sein«, hatte Jo sie damals angefahren, aber Claire hatte nicht auf sie hören wollen. Dieses Mal zwang Jo sie dazu.

Sie biss sich auf die Lippe und tauchte den Pinsel wieder ein. Dann malte sie die Umrisse eines Auges in die offene Handfläche Unserer Lieben Frau, dort, wo der Haken in Claires Fleisch gesessen hatte. Auge um Auge, dachte Jo, pinselte erst die Iris und dann die Wimpern. Claire sollte wissen, dass ihr Weggang aus der Marsch nichts veränderte. Jo wollte ihrer Schwester klarmachen, dass ihre Augen stets wachsam auf ihr ruhen würden – und zwar beide, das gute in ihrem Kopf und auch das andere, das im Feuer in der Scheune zu Brei zerkocht worden war.

Schließlich öffnete Jo das Glas mit der Asche und verteilte den Inhalt auf dem Fußboden vor der Muttergottes. Wenn Claire vor Jungfrau niederknien würde, um ihre Brautkerze zu entzünden, würde sich die Schleppe ihres Kleides um sie ausbreiten wie Blütenblätter, und dann würde sie mit schmutzigen Knien wieder aufstehen, gezeichnet von den Spuren des Feuers.

Den Rest des Vormittags fuhrwerkte Jo im Haus herum, wühlte in Bergen von Kram und war dabei so durcheinander wie ein verworrenes Telefonkabel. Irgendwann hatte Mama davon die Nase voll. »Jetzt geh schon«, knurrte sie und nahm Jo eine verbeulte Ölkanne ab. »Geh und sieh zu, wie deine Schwester heiratet.«

Jo legte ihr die Hand auf die schmale Schulter. »Ich erzähl dir dann nachher, was sie anhatte«, versprach sie, und Mama nickte.

»Das wäre schön.«

Als Jo an die trüben Kirchenfenster herantrat und hineinschaute, hatte die Zeremonie bereits begonnen. Mit geneigtem Haupt stand Claire in einer Wolke aus Satin und Spitze vor dem Altar. Whit war ein frommer Mann, daher kam ihre Schwester seit der Verlobung mit ihm wieder zur Messe. Aber sie im Brautkleid an der Seite eines anderen Mannes als Ethan zu sehen und die Worte des Gebetes aus ihrem Munde zu hören, die sie so sehr verabscheute, war für Jo dennoch ein Schock.

Claires alte Schulfreundinnen Cecilia West und Katy Diamond standen in hässlichen Satinkleidern mit glänzenden Augen neben ihr, und in den Kirchenbänken entdeckte Jo lauter vertraute Gesichter: Mr Upton, Mr Hopper vom Imbiss, sogar diese schreckliche Agnes Greene, die Claire in der Schule immer wegen ihrer Kleider gehänselt hatte. Jetzt hingegen bestaunte sie die riesigen Diamanten, die Claire am Finger tragen würde. Ihre Schwester war keine strahlende Braut. Sie bewegte sich langsam und steif, so als ob ihr schon beim Betreten von St. Agnes das Blut in den Adern gefroren wäre – und genau das wünschte Jo ihr auch.

Claire sah Whit nicht an, als er ihr den mit Diamanten besetzten Ring auf den Finger schob und Pater Flynn sie dann zu Mann und Frau erklärte. Als Whit den Schleier zurückwarf, um sie zu küssen, hielt sie die Augen geschlossen. Wahrscheinlich stellte sie sich vor, Ethan wäre an seiner Stelle. Einmal bemerkte Jo, dass Claire zur Muttergottes mit ihren neuen Attributen hinübersah und sich ein sorgenvoller Blick über ihre Züge legte.

Als alles vorbei war, trat Claire genauso bleich aus der Kirche, wie sie angekommen war. Niemand warf Reis, keiner der Gäste jubelte, und es gab auch keine Musik, nur das wüste Rauschen der Atlantikbrise. Bevor sie noch irgendjemand entdeckte, schob sich Jo hinter die Kirche und lief dann zu Drake's Beach hinunter, wo sie am Rande des Wassers entlangschlenderte und an den Tag zurückdachte, als Whit sie beim Graben nach Muscheln überrascht und gefragt hatte, wo die wohl herkamen. Wo war nur die Zeit geblieben? Hinter ihr näherten sich Schritte. »Asche zu Asche«, murmelte Pater Flynn und ging neben ihr her.

Stirnrunzelnd sah Jo ihn an. Sie legte gerade wirklich keinen Wert auf Gesellschaft. »Was?«

»Ich hab gesehen, dass das Kleid deiner Schwester leicht ruiniert war«, erklärte er und störte sich nicht daran, dass eine Welle nach dem Saum seiner Hose griff.

Jo wich dem Wasser aus und trat in den Sand. »Sie selbst hat schließlich auch so einiges ruiniert.«

Pater Flynn lief weiter mit ihr den Strand entlang. In seinen Augen stand eine Frage, die er jedoch nicht aussprach. Stattdessen faltete er die Hände und seufzte. »So, wie heute Morgen jemand Unsere Liebe Frau ruiniert hat.« Jo reagierte nicht, und zu ihrer großen Überraschung ließ Pater Flynn das Thema fallen. *Offensichtlich mag er Unsere Liebe Frau noch weniger als ich,* dachte Jo, und das wollte schon etwas heißen. Der Priester räusperte sich und verlangsamte seinen Schritt, damit sie hinterherkam. »Nicht mehr mit Claire zu reden bringt doch nichts – es macht weder das Feuer noch ihre Hochzeit mit Whit rückgängig. Wirst du ihr je verzeihen?«

Aus zusammengekniffenen Augen blickte Jo aufs Meer hinaus. Sie sah inzwischen wieder besser, aber das änderte nichts an der Tatsache, dass sie nur noch ein Auge hatte. Sie schüttelte den Kopf. »Ich denke nicht. Nicht dieses Mal. Nein.«

Pater Flynn sackte ein wenig mehr in sich zusammen. Er spielte mit Steinen in seiner Tasche herum, als wären es Worte, die er abwägte. »In letzter Zeit musstest du viele schwere Schläge einstecken«, murmelte er schließlich. »Das ist mir klar. Aber denk daran, dass Gottes Arme weiter reichen und stärker sind, als du je erfassen kannst, selbst wenn du seine Umarmung nicht immer spürst.« Er streckte die Hand aus und berührte Jo am Kinn. Er war bisher der Einzige in Prospect, der auf den Anblick ihrer Narben nicht betroffen reagierte. Jetzt sah er sie prüfend an. »Ich trage dich immer in meinem Herzen, Jo, das solltest du wissen. Gib dich nicht dem Zorn hin.«

Sie ließ den Kopf hängen und bekam plötzlich ein schlechtes Gewissen, weil sie die Jungfrau so verschandelt hatte. »Aber Wut ist doch das *Einzige*, was ich noch fühle«, gab sie zu.

Pater Flynn tätschelte sie sanft. »Versuch aber bitte trotzdem, dem Herrn nicht völlig den Rücken zu kehren, auf welchem Wege auch immer.« Dann ließ er sie in den Dünen allein und fragte sich, wer wohl mehr Macht über sie hatte – Gott oder der Teufel –, denn es kam ihm so vor, als ob einer von beiden sie in seiner allmächtigen Faust zerquetschte.

Nachdem Claire Whit geheiratet hatte, wurde Mama immer dünner und schwächer, und Jo wusste, dass ihre gemeinsame Zeit zur Neige ging. Nach ihren morgendlichen Aufgaben in der Marsch legte sie sich deshalb oft zu ihrer Mutter ins Bett und hielt sie im Arm, während sie schlief, um sich ihre ganz individuelle Struktur aus Muskeln und Knochen einzuprägen und niemals wieder zu vergessen.

»Das ist nicht wirklich das Ende«, flüsterte Mama mit letzter Kraft. »Für die Seele ist das nur eine kleine Umstellung. Vergeude deine Zeit also nicht mit Trauer.« Sie atmete tief durch und bedeutete Jo, näher zu kommen. »Versprich mir, dass du hier beim Salz bleibst«, bat sie. »Und dass du auf Claire achtgibst.«

Bei der Erwähnung von Claires Namen biss Jo die Zähne zusammen. »Das übernimmt Whit doch schon, Mama«, sagte sie. »Da brauchst du dir keine Sorgen zu machen.«

Ihre Mutter starrte sie aus wässrigen Augen an. »Brauche ich nicht?« Dann atmete sie aus und fiel in einen unruhigen Schlaf.

Sie starb einen Monat später und wurde in der von Unkraut überwucherten Ecke der Gillys auf dem Friedhof in der Stadt begraben. In der Marsch wurden keine Frauen zur letzten Ruhe gebettet – nur die unglückseligen Männer. Jo versuchte, dem Wunsch ihrer Mutter zu entsprechen und nicht zu trauern, es fiel ihr jedoch schwer. Zum ersten Mal in ihrem Leben war sie ganz allein, und überall wurde sie an Mamas Abwesenheit erinnert – in der Scheune hing noch ihre Salzschürze, ihre Kleider in ihrem Schrank, und im Küchenregal stand das bunte Sammelsurium der Tassen und Teller, die sie nach und nach zusammengetragen hatte. Wenn Jo morgens aufwachte, kam es ihr beinahe so vor, als wäre die Stille im Haus lebendig, als ob in den Ritzen der Wände Insekten flatterten und mit tausenden Flügeln schlugen. In solchen Momenten dachte sie oft an Claire. Fühlte die sich in Idas vier Wänden vielleicht genauso seltsam?

Jo setzte sich hin und versuchte, einen Brief an Claire zu schreiben, aber sie wusste nicht, was sie sagen sollte, also schloss sie Papier und Stift wieder im Wohnzimmersekretär ein. Prospect war schließlich klein genug, und sie war sich sicher, dass Claire die Neuigkeiten schon irgendwie erfahren und selbst entscheiden würde, was zu tun wäre. Sie erwartete keine große Geste, wenn Claire einer Sache den Rücken zukehrte, war das nämlich meistens endgültig.

Am Morgen von Mamas Beerdigung ging Jo allein zu Fuß nach St. Agnes. In einem schwarzen Hemdkleid und so ordentlich gekämmt, wie es eben ging, sah sie ganz vorzeigbar aus. Mit einem Beutelchen Salz und voller Entschlossenheit machte sie sich auf den Weg. Claire würde da sein, aber sie war stark genug, ihren Anblick zu ertragen. Unsere Liebe Frau würde ihr mit ihren Angelhaken den Rücken stärken.

Jo war gerade die drei ausgetretenen Stufen der Kirche hinaufgestiegen und wollte eintreten, als sie ihre Schwester sah. Sie kniete zusammen mit Whit in der Bank seiner Familie, und ihre roten Haare glühten wie Feuerwerk. Auf Mamas schlichtem Sarg lag ein protziger Strauß orangefarbener Lilien – die einzigen Blumen, die ihre Mutter immer gehasst, Claire hingegen geliebt hatte. Neben Whit und Claire war noch eine Handvoll weiterer Trauergäste erschienen: Mr Upton aus dem Lebensmittelgeschäft, Mr Hopper vom Imbiss und die Friends von der Eisenwarenhandlung. Die Stone-Brüder mit ihren Frauen. Die meisten von Jos Kunden. Pater Flynn entdeckte sie in der Tür.

»Jo«, rief er, und Erleichterung machte sich auf seinen Zügen breit. »Wir haben auf dich gewartet.« Claire und Whit drehten sich bei diesen Worten zu ihr um, ihre Hand lag in der seinen. Das war das erste Mal, dass Jo ihrer Schwester seit der Hochzeit begegnete, und es kam ihr so vor, als wäre Claire in den Monaten ihrer Ehe um Jahre gealtert. Sie hatte sich die dünnen Lippen in viel zu kräftigem Purpurrot angemalt, und an ihrem Hals entdeckte Jo die Kette mit der einzelnen Perle, die sie vor so vielen Jahren gestohlen und Ida dann zurückgegeben hatte.

Um Jo herum wurde die Luft plötzlich dünner, und sie konnte nur noch auf diese eine Perle starren. Wie falsch es doch war, dachte sie, dass Claire dort beim Leichnam ihrer Mutter thronte, während sie selbst wie ein ausgestoßener Geist hier im Türrahmen stand. Sie sah zu Unserer Lieben Frau hinüber, die so ohne

Gesicht und mit den dünnen Stellen im Gewand selbst geisterhaft wirkte, eine Dame mit einem Herzen aus Stein.

»Kommst du nicht herein, mein Kind?«, fragte Pater Flynn geduldig wie immer. Ohne ein Wort und ohne den Blick von der Gottesmutter abzuwenden, marschierte Jo den engen Mittelgang entlang bis zum Bildnis der Jungfrau und legte ihr Salzsäckchen vorsichtig zu ihren Füßen ab. Dann ließ sie sich weit weg von Whit und Claire am anderen Ende einer Bank nieder und senkte den Blick. Während der ganzen kurzen Trauerfeier konnte Jo spüren, wie Whit sie anstarrte. Er war unruhig, klopfte nervös mit einem seiner teuren Slipper auf den Boden und strich sich immer wieder über die Seidenkrawatte. Und Jo wusste auch, warum.

Er wartete ab, bis alle Trauergäste fort waren, und kam dann zu ihr herüber, als sie sich gerade zum Gehen anschickte. »Wann wird das Testament verlesen?«, fragte er, ohne sich auch nur mit ein paar freundlichen Worten aufzuhalten. Jo sah zu Claire hinüber, die mit leuchtend roten Flecken auf den Wangen neben dem Altar wartete. *Ich wusste gar nicht, dass er so gierig ist,* dachte Jo. *Mama ist noch nicht einmal unter der Erde, und er stellt hier schon ungerechtfertigte Ansprüche.*

Jo fuhr sich mit der Zunge über die Lippe und labte sich an den Worten, die sie nun sagen würde. Sie zog den Bauch ein. »Freu dich nicht zu früh, Whit. Claire hat nämlich nichts geerbt.«

Auf der anderen Seite der Kirche stieß ihre Schwester ein leises Keuchen aus, und Whit packte Jo am Arm. »Was soll das heißen, nichts? Wie ist denn das möglich? Verdammt noch mal, die Salt Creek Farm gehört doch schließlich zur Hälfte ihr!«

Jo sah ihn kühl an. »Sie *hat* ihr früher mal zur Hälfte gehört. Aber Claire wollte ja unbedingt weg. Es war ihre Entscheidung. Wie auch immer, sie scheint ja jetzt gut versorgt zu sein.« Jo betrachtete Claires glänzende neue Schuhe und das Funkeln ihrer diamantbesetzten Ringe.

Whit wurde weiß wie eine Wand. »Ihr Gillys macht alles kaputt«, fauchte er.

Bevor er noch etwas sagen konnte, drehte Jo sich um und ergriff die Flucht. Sie stieß die Kirchentüren auf und hastete die Straße entlang. Ihre Haut fühlte sich noch immer starr und unangenehm an und machte ihr jede Bewegung schwer. Sie dachte an all die Dinge, vor denen sie davonlief – Claire, Whit, das anklagende Gesicht Unserer Lieben Frau und die dazugehörigen Sorgen. Wenn sie dem Salz je den Rücken kehrte, das war ihr klar, würde sie sich auflösen wie ein Löffel Backpulver in Lauge.

Ob es Jo nun passte oder nicht, ihre Zukunft war endgültig besiegelt. Man hatte sie der Marsch übergeben, eine von zweien, und nun war es längst zu spät, um zu gehen. Denn sie verdankte dem Salzgut weitaus mehr als nur ihren Lebensunterhalt. Sie verdankte ihm ihr Leben.

# KAPITEL 12

Mit der Nachricht von Ethan Stones Rückkehr in die Gemeinde von St. Agnes änderte sich für Claire von einem Moment auf den anderen alles: das Wetter, die Art und Weise, wie Whit und sie über den Mittagstisch hinweg miteinander sprachen – oder noch häufiger eben nicht miteinander sprachen – und ihre Abneigung gegen das Salz.

Das Dezemberfeuer rückte immer näher, und der Wind fegte spröde und harsch über die Stadt. So ein Wetter ließ den Groll der Menschen auf die Dinge, die sie vermissten, größer werden, und bei Claire war das nicht anders. Die Kälte nistete sich in den unbenutzten Räumen des Turnerhauses ein, lauerte in den dunklen Fluren und zwickte sie in die Zehen, wenn sie die morgens unter der Bettdecke hervorstreckte. Whit war peinlich darauf bedacht, Heizkosten zu sparen, und mochte es nicht, wenn sie das Thermostat hochdrehte. Claire blieb morgens immer länger im Bett liegen, und sah zu, wie sich am Fenster Eisblumen bildeten, während sie das eisige Gerippe ihrer Vergangenheit erforschte und herauszufinden versuchte, wann es seinen Gefrierpunkt erreicht hatte. Dabei wusste sie ganz genau, dass es wohl der Tag nach dem Feuer gewesen sein musste, als Whit Turner sie weinend unter dem Birnbaum entdeckt und ihr sein Taschentuch angeboten hatte.

Damals war ihre Mutter bei Jo im Krankenhaus gewesen und

hatte Claire sich selbst überlassen. Sie war völlig durcheinander und wusste so ganz allein nichts mit sich anzufangen. Auf der Suche nach Gesellschaft lief sie zur Stadt hinüber, nur um dann festzustellen, dass sie gar keine anderen Menschen um sich ertragen konnte, also landete sie schließlich unter dem Baum, wo sie um Ethan trauerte und ihr Unglück verfluchte.

Sie hatte gar nicht bemerkt, dass Whit herankam. »Sieht so als, als könntest du das hier brauchen«, meinte er, zog ein sauberes Baumwolltaschentuch aus seinem Blazer und reichte es ihr. Sie wusste, dass er von dem Feuer erfahren haben musste, denn statt sie an den Haaren zu ziehen und sie ein albernes Gänschen zu nennen, half er ihr hoch, wischte ihr sorgfältig den Schmutz vom Rock und lud sie dann zu einer Tasse Kaffee ein.

Sie sprach das Thema zuerst an. »Du hast sicher schon mitbekommen, was ich getan habe«, schniefte sie, stellte dann aber fest, dass Whit kein Interesse an Klatsch und Tratsch hatte, vielleicht deshalb, weil der sich meistens um seine Mutter drehte.

»Hab ich gehört«, bestätigte er, und sein Tonfall verriet ihr, dass er nicht darüber reden wollte. Das war Claire ein Trost, denn sie wollte ebenfalls nicht darüber sprechen.

Es kam ihr komisch vor, hier im Imbiss am Tresen zu sitzen – wo sie doch hundertmal mit Ethan gewesen war – und an Whits Seite einen Kaffee zu schlürfen. Sie trank vorsichtig, gab acht, sich ja nicht die Bluse zu bekleckern, und fragte sich, ob reiche Leute ihre Tasse wohl irgendwie anders hielten. Sie warf einen Blick aus dem Augenwinkel auf Whit, doch der hielt seine Tasse genau wie sie ihre. Er lächelte, bewunderte ihre Haare und ließ den Blick dann über ihre Brust und Taille wandern. Claire errötete und rutschte auf ihrem Stuhl hin und her, er ließ deshalb aber nicht von ihr ab, sondern starrte sie weiterhin an. Dann beugte er sich vor und bedeutete ihr, es ihm gleichzutun. Als er sprach, kitzelte sie sein Atem am Ohr. »Eines Morgens wird dieser Ethan Stone aufwachen, und dann wird es ihm sehr leidtun, dass er dich verlassen hat«, flüsterte er.

Claire stellte ihre Tasse ab und schniefte. Schon bei der Erwähnung von Ethans Namen hätte sie am liebsten gleich wieder losgeheult. Wenn Whit nichts für das Gewäsch der Leute übrighatte, dann für Tränen sicher noch viel weniger, also richtete sie sich stattdessen kerzengerade auf und sah ihm in die Augen. »Woher willst du das wissen?«

Whit lächelte und legte seine Hand auf die ihre. »Weil ich dafür sorgen werde«, verkündete er.

Claire lief rot an, betrachtete ihre verschlungenen Finger auf dem Tresen und spürte Whits Blick. »Ich muss gehen«, wisperte sie. »Vielen Dank für den Kaffee.« Sie machte sich von ihm los und sagte sich, dass das sicher nur eine einmalige Sache war, weil sie ihm leidtat. In seinen Augen war sie doch bestimmt nur ein kleines sommersprossiges Mädchen mit X-Beinen und wackeligen Zähnen. Außerdem wusste sie ja, dass Whit einmal das Gleiche für Jo empfunden hatte wie sie für Ethan. Sie hatte ihrer Schwester gerade erst das Herz verbrannt. Jetzt wollte sie es ihr nicht auch noch brechen.

Dennoch sagte sie nicht nein, als Whit ihr eine Woche später beim Einkaufen über den Weg lief und ihr vorschlug, doch einen Spaziergang mit ihm zu machen. »Komm schon«, drängte er und nahm ihr den Korb ab. »Der Sonnenuntergang wird sicher wunderschön.« Also folgte sie ihm aus Mr Uptons Laden und die Bank Street entlang, und als er ihr den Arm um die Taille legte und sie näher an sich heranzog, leistete sie keinen Widerstand. Er war nicht so wie Ethan, aber das war auch gut so. Es war schön, zur Abwechslung von einem Mann gehalten zu werden, der mehr Interesse an ihr hatte als sie an ihm.

Danach begann er, sie alle paar Tage diskret zu umwerben. Es war Whit gewesen, der ihr vorgeschlagen hatte, den Stenografiekurs zu belegen – er meldete sie sogar dafür an –, weil er meinte, sie bräuchte in der Abwesenheit ihrer Mutter und Schwester etwas Ablenkung. Er fand, dass sie schlichtere Kleidung tragen sollte, um ihre Haare und Augen besser zur Geltung zu bringen, und er brachte ihr bei, im Restaurant Messer und Gabel parallel auf den Teller zu legen, um zu signalisieren, dass sie fertig war.

Aber er versuchte nie, sie zu küssen, nicht ein einziges Mal, und darüber war Claire zum Teil froh und zum Teil furchtbar wütend. Sie fragte sich, ob das vielleicht an seiner früheren Freundschaft zu Jo lag, wusste aber, dass man so etwas nicht fragen durfte. War Jo ihm zu wichtig oder zu gleichgültig? Claire konnte es nicht sagen. Schließlich aber verbannte sie diese Überlegungen in einen dunklen Winkel ihres Verstandes. Sie wollte nicht darüber nachdenken, was da vielleicht noch zwischen Whit und Jo war. Ehrlich gesagt wollte sie überhaupt nicht mehr an Jo denken müssen.

Aber Whit nötigte sie auch dazu. »Du musst sie besuchen«, drängte er schließlich, als sie sich seit etwa einem Monat regelmäßig trafen. An diesem Tag saßen sie zusammen in den Dünen. »Man kann die Dinge nur besiegen und wieder frei sein, wenn man sich ihnen stellt.«

Claire hätte ihn gerne darauf hingewiesen, dass ihre Schwester, die ihretwegen mit Verbrennungen im Krankenhaus lag, nun wirklich kein *Ding* war, aber sie hielt den Mund. Und außerdem hatte Whit ja recht. »Und was, wenn ich gar nicht frei sein will?«, fragte sie und zog sich das Haar vors Gesicht.

Whit schob es wieder beiseite. »Bestimmt willst du das«, widersprach er, und sie musste wieder an ihren Traum von der schattigen, aber fischreichen Insel ohne jedes Salz denken, auf die sie mit Ethan hatte fliehen wollen.

Sie wandte das Gesicht ab. »Na ja, jedenfalls werde ich das nicht machen.«

Whit beugte sich weiter zu ihr vor, sie spürte seinen Atem und dachte, er würde nun endlich versuchen, sie zu küssen, aber er fuhr ihr nur mit dem Finger über Wange und Kinn, so wie die Frauen in der Stadt vor der Beichte das Gesicht der Jungfrau nachzeichneten. »Sei dir da nicht so sicher«, sagte er. »Du hast vielleicht nicht bekommen, was du wolltest«. Claire wurde rot, weil sie wusste, dass er Ethan meinte, »aber ich bekomme immer alles.«

Er ließ seinen Blick über das verrutschte Kleid und ihren entblößten Schenkel wandern, und sie zog den Saum halbherzig wieder nach unten. Damit verbarg sie zwar ihr Bein, sonst aber nur sehr wenig. Unter dem dünnen Stoff konnte man ihre Formen noch erkennen, und sie wischte sich seufzend den Sand aus dem Schoß. Sie hatte keine Ahnung, ob es half oder nur noch alles schlimmer machte, wenn sie versteckte, was früher oder später ja doch ans Licht kommen würde.

Wenn Claire an den Nachmittag zurückdachte, an dem sie die Salt Creek Farm gegen Plover Hill getauscht hatte, fragte sie sich jedes Mal, ob das Ganze nicht vielleicht ein Fehler oder Missverständnis von ihr gewesen war. Immerhin hatte Whit an dem Tag, an dem er ihr den Antrag machte, keinen Ring dabeigehabt. Und er war auch nicht auf die Knie gegangen, so wie Claire sich das bei Ethan immer vorgestellt hatte. Er stammelte nicht nervös herum, als er sie bat, seine Frau zu werden, oder atmete schnaufend ein, und er trug ihr die Sache mit der Ehe auch nicht als Frage vor. Stattdessen tat er, was er am besten konnte – nämlich eine verbindliche Entscheidung treffen –, und Claire, die brave Stenografieschülerin, nahm ihn beim Wort.

An dem Tag schaufelte sie gerade Schlamm aus einem der leeren Verdunstungsbecken. Whit hatte sie noch nie draußen auf dem Gut besucht, aber da stand er nun attraktiv wie immer am Rande der Marsch, so als würde sie ihm bereits gehören. Aufgeregt strich Claire sich übers Haar und versuchte – natürlich vergeblich –, sich den Dreck von den Händen zu streifen.

Sie fühlte sich immer noch wie eine Bettlerin, die einen König begrüßte. »Was um alles in der Welt machst du denn hier?«, wollte sie wissen, als er auf sie zukam. »Ich glaube nicht, dass es unter den gegebenen Umständen so eine gute Idee ist, uns hier in der Marsch zu treffen.«

Aber Whit legte ihr nur die Hände auf die Schultern. »Genau das denke ich auch.«

Ihr Herz schlug schneller, und sie sah sich nach Jo um. »Was willst du?«, fragte sie leise und vorsichtig.

Seine dunklen Augen taxierten sie, als würden sie dem Zeiger einer Uhr folgen. »Dich.«

Claire schnaubte. »Jetzt sei doch nicht albern.«

Whit breitete die Arme aus. »Was kann so ein Ort einem Mädchen wie dir schon bieten?«

Claire hielt inne. Diese Frage hatte sie sich immer schon gestellt, sein ganzes Leben hinter sich zu lassen war aber leichter gesagt als getan. *Ich brauche ein Zeichen*, dachte Claire, *irgendeinen winzigen Hinweis*. In diesem Moment sah sie einen von diesen nervigen blauen Schmetterlingen, in denen ihre Mutter immer Vorboten des Unglücks gesehen hatte. Er landete auf ihrer Schulter, und dann folgten ihm noch zwei weitere. Claire erschauderte und versuchte, die Tierchen wegzuschnippen, aber da legte ihr Whit bereits seine Jacke um die Schultern. Das machte die Situation aber nur noch schlimmer. Sie stellte sich die zerquetschten Flügel am Innenfutter vor und kämpfte gegen das Verlangen an, die Jacke in den Schlamm zu schleudern.

Whit schwieg auf einmal, und Claire wurde klar, dass er sie irgendetwas gefragt haben musste. Sie schaute auf, und plötzlich standen sie Nasenspitze an Nasenspitze da und sahen sich in die Augen. So ganz aus der Nähe roch er einfach betörend, würzig und nach feinem Leder, und seine Haut war so auf Hochglanz poliert, dass Claire am liebsten daran gerieben hätte, um zu sehen, ob sie wohl quietschte oder ihr, besser noch, damit ein Wunsch gewährt war. Wie in Trance lehnte sie sich zu ihm vor, um ihn hier und jetzt zu küssen, in diesem Moment entdeckte sie jedoch Jo. Claire stieß einen seltsamen Laut aus, obwohl sie sich doch eigentlich gar nichts vorzuwerfen hatte. Und dann presste Whit sie, noch bevor sie irgendetwas dagegen unternehmen konnte, an seine Seite und erklärte sie zu seiner zukünftigen Frau.

Einen Moment lang schien die ganze Welt den Atem anzuhalten – die Wolken, das Wasser am Wehr, das Salz unter Claires Füßen. Sie würde heiraten. So lange hatte sie sich danach verzehrt und befürchtet, ihr würde dieses Glück nie zuteilwerden. Wenn sie nicht Ethans Frau werden konnte, überlegte sie, war es dann so schlecht, mit Whit verheiratet zu sein? Immerhin war er reich, sah gut aus, und da gab es dieses Brodeln zwischen ihnen, wie die Strömung unter der Wasseroberfläche bei Drake's Beach. Claire lehnte sich erst mit der Schulter, dann mit der Hüfte an Whit, spürte ihn in ganzer Körpergröße und voller Entschlossenheit. Es war doch bestimmt schön, mit einem Mann zusammenzuleben, den nur praktische Belange interessierten und der sich nicht um diesen blöden spirituellen Kram scherte.

»Ja«, flüsterte sie so leise, dass sie gar nicht sicher war, ob sie es wirklich gesagt hatte, und er drückte sie an sich.

»Geh deine Sachen holen, ich warte mit laufendem Motor unten an der Straße.«

Im Haus angekommen wurde Claire mit der traurigen Wahrheit konfrontiert, dass sie eigentlich gar nichts mitnehmen wollte. Sie würde nichts einpacken, das sie an Ethan erinnerte – keine Jahrbücher, Fotos vom Abschlussball oder Gedichte, die er für sie aufgeschrieben hatte. Abgesehen von diesen Andenken war ihr Zimmer kahl und leer wie die Zelle einer Nonne. Schließlich stopfte sie zwei Jeans, drei Blusen und Unterwäsche für eine Woche in eine Stofftasche, obwohl selbst das eine reine Formalität war. Whit hatte gesagt, sie solle ihre Sachen holen, also holte sie eben ein paar Sachen, sie wusste aber ganz genau, dass nichts von ihrem alten Selbst den Auszug von der Salt Creek Farm überleben würde, und darum ging es ihr ja schließlich. Nichts würde ihr je wieder wehtun.

Bevor sie ging, verharrte sie einen Moment am Fenster zur Marsch. Ihre Mutter war nach Hyannis gefahren, nach ihr brauchte sie also nicht Ausschau zu halten, in der Entfernung konnte sie jedoch Jo sehen, die sich über einen der Dämme beugte.

Die neue gekrümmte Körperhaltung ihrer Schwester war immer noch sehr ungewohnt – aber konnte man sich überhaupt daran gewöhnen? Jo war für sie wie ein Spiegel, der ihr nur die schlechten Seiten von sich selbst zeigte. Sie hob die Hand an der Scheibe, als wollte sie zum Abschied winken. Doch Jo konnte sie gar nicht sehen, und selbst wenn hätte sie wohl kaum zurückgewunken. Claire ließ den Arm wieder sinken. Seit dem Brand hatten sie ja kaum ein Wort gewechselt. Deshalb würde sie jetzt auch nicht Lebewohl sagen.

Claire löste sich von der Scheibe und griff nach ihrer kleinen Tasche. Sie wusste, dass Whit nicht lange auf sie warten würde, das Cabrio würde nicht ewig mit laufendem Motor an der Straße stehen. Wenn sie jetzt einfach auf dem Bett sitzen blieb, bis die Sonne tiefer am Himmel stand, würde sie ihn dort nicht mehr antreffen.

Das ging ihr durch den Kopf, als sie die Vorhänge schloss, so dass Jo und die Marsch nicht mehr zu sehen waren, und das Licht löschte. Dann rannte sie los, lief zuerst die Treppe hinunter, dann über die Veranda, durch die Marsch, und schließlich die Straße entlang, so schnell sie konnte, und dann noch schneller, wie ein brennender Pfeil, der auf ein ungewisses Ziel zuhielt.

Jo hatte dem Bildnis der Jungfrau neue Elemente hinzugefügt – diese furchtbaren Haken im Saum und das anklagend starrende Auge –, um es ihrer Schwester in ihrem neuen Leben schwer zu machen. Sie waren das Erste, was Claire unter ihrem dichten Schleier sah, als sie am Tag ihrer Hochzeit mit in Spitzenhandschuhen zitternden Fingern St. Agnes betrat. Sie verstand diese Nachricht auch ohne Worte. Jo legte das Gewicht ihres verlorenen Auges in Claires offene Hand, wo es schmerzte und stach wie die gemalten Haken. Claire erbleichte unter ihrem Schleier.

Und dennoch. Selbst die Trauer um ihre Mutter (deren Tod zwar plötzlich, aber nicht völlig überraschend kam) konnte Claires neue Zufriedenheit kaum trüben. Gut, das Turnerhaus war von innen vielleicht ein wenig schäbiger als erwartet, und viele der Gegenstände dort waren abgenutzt oder hatten Löcher, aber die Möbel waren ganz offensichtlich einmal teuer gewesen, und für Claire waren sie das Extravaganteste, was sie je besessen hatte.

Und der Name Turner war noch immer Gold wert. Claire machte die Bekanntschaft von Menschen, die eher Dreck gegessen hätten, als das Salz ihrer Familie zu kaufen. Darunter waren nicht nur Mädchen wie Agnes Greene, sondern auch Damen aus Boston und von den großen Anwesen in Connecticut. Whit zeigte ihr den Country Club, wo er noch immer Mitglied war. Sie fuhr mit dem alten, roten Cabrio seiner Familie durch die Gegend, parkte, wo es ihr passte, und wusste ganz genau, dass sie nie einen Strafzettel bekommen würde. Und als sie Mr Upton bat, von nun an doch bitte auch Kaviar zu führen, konnte er das Bestellformular gar nicht schnell genug ausfüllen. Wie wunderbar doch die schönen Aspekte ihres neuen Lebens waren!

Am Anfang war Claire sich ein wenig wie eine Hochstaplerin vorgekommen, wenn sie das Silberbesteck und Knochenporzellan benutzte oder an Idas barockem Sekretär saß, aber schon bald hielt sie Füllfederhalter und Fischgabeln ganz mühelos in der Hand. Sie wurde mit Fingerschalen vertraut und lernte, für Whit die Krawatte seines Smokings zu binden. Wenn sie morgens die Treppe herunterging, kam sie an Idas Porträt vorbei und strich sich automatisch jedes Mal übers Haar, als könnte das Gemälde sie sehen. Das war zwar albern, aber sie hatte irgendwie das Gefühl, dass Ida im Haus noch immer zugegen war und gespannt abwartete, wer wohl zuerst daraus verbannt werden würde: der Geist der Schwiegermutter oder die bösen Knochen der Schwiegertochter, die sich hier eingeschlichen hatte. Die Laken rochen noch immer nach Idas Säckchen mit Lavendel und Rosenöl. Claire ließ neue Bettwäsche aus Boston kommen, aber als sie das Paket öffnete, schien derselbe Blütenduft aus dem Stoff aufzusteigen, und sie rannte zum nächsten Waschbecken, um sich zu übergeben.

Als das am folgenden Tag schon wieder passierte, fragte sie sich, ob es vielleicht gar nicht an den Laken lag, sondern vielmehr an ihr. Sie war schwanger.

»Hoffentlich wird es ein Junge«, meinte Whit, hob sie hoch und legte sie mitten auf die verhassten Laken. »Ein Turner-Junge mit meinen schwarzen Augen, deinen roten Haaren und einem Temperament, das es mit dem Wind aufnehmen kann.« Ihr stockte der Atem. *Ein Junge,* dachte sie. Nicht blond mit Ethans blauen Augen, aber auch kein Kind der Marsch, wo die Wehre Zähne hatten und die Erinnerung der Gräber weit zurückreichte.

Und dennoch. Was nur, wenn das Unglück der Gillys Claire auch hier oben auf Plover Hill heimsuchte? Vorsicht ist besser als Nachsicht, dachte sie und beschloss, die Dinge selbst in die Hand zu nehmen. Die Vergangenheit durfte sie auf keinen Fall einholen, um auf dem Grab ihres zukünftigen Sohnes zu tanzen. Was, wenn die Gerüchte, die sie über das Salz in die Welt gesetzt hatte, wirklich stimmten? Vielleicht war dieses Zeug tatsächlich Gift. Womöglich mussten deshalb alle Knaben auf dem Gut sterben.

Sie verstärkte ihre Anstrengungen in der Stadt, erinnerte Mr Upton daran, dass das Salz keinerlei Regulierungen unterliege, und deutete Mr Hopper gegenüber an, wie furchtbar eine Reihe von Lebensmittelvergiftungen für sein Geschäft wäre. Bei ihren Freundinnen reichte schon der Hinweis, dass zu viel Natrium auf die Hüften ginge. Nur bei den Fischern unten am Hafen erreichte sie nichts, und das lag vor allem daran, dass Claire die Vorstellung nicht ertrug, mit Ethans Onkel Chet zu sprechen, der dieselben Augen und dieselbe Stimme wie Ethan hatte und mit seiner wenig schmeichelhaften Meinung über ihre Ehe nicht hinter dem Berg hielt.

Eine Zeit lang dachte sie, dass ihr Plan funktionierte. Sie wiegte sich in Sicherheit und glaubte, dem Schicksal ein Schnippchen geschlagen zu haben, aber so sollte es nicht sein. Im vierten Monat ihrer Schwangerschaft verlor sie Blut, zuerst nur ganz wenig, aber dann war mit einem einzigen heftigen Blutsturz auf einmal alles vorbei. Claire war wieder sie selbst, nur leerer. Als Entschädigung dafür, dass sie das Salz aus Prospect verbannt hatte, brachte sie der Muttergottes ein Töpfchen Honig als Gabe. So etwas taten normalerweise nur junge Mütter, aber sie wollte die Jungfrau milde stimmen, damit sie ihr noch eine Chance auf ein Kind gab. Sie dachte an die alten und neuen windschiefen Grabsteine in der Marsch. Wenn sie je einen Sohn bekäme, würde der niemals an der Seite seiner gottlosen Verwandtschaft ruhen. Sie tauchte den Finger in den Honig und schmierte etwas davon auf das fleckige Gewand der Jungfrau, dann fasste sie sich damit an die Stirn.

»Wenn du mir einen Sohn schenkst«, flüsterte sie dem Bildnis zu, »dann gebe ich dir dein Gesicht zurück.« Sie wartete, bekam aber keine Antwort, kein Zeichen. Claire stand einfach nur allein da und sprach mit einer Wand.

Einen Monat nach der Fehlgeburt verkündete Whit, dass er ein Geschenk für Claire habe, und verband ihr die Augen mit einem sündhaft teuren Seidenschal. Zunächst dachte sie, dieses Tuch sei das Geschenk, über diesen Einfall lachte Whit aber nur und führte sie durch die riesige Turner-Küche hinaus auf die hintere Veranda und dann auf die kleine Wiese davor.

»Streck die Hand aus«, sagte er und schlang ihre Finger um die splittrigen Bretter des Zauns. »Aber nicht gucken!« Claire leckte sich über die Lippen und sog die frische Luft ein. Sie hatte viel Zeit drinnen verbracht, und es war schön, mal wieder im Freien zu sein. Sie roch das Gras und noch ein anderes dumpfes Aroma, das sie aber nicht einordnen konnte. Man hörte ein Rascheln, dann nahm Whit ihr den Schal ab und ließ dabei die Hand auf ihrem Zopf ruhen. Claire machte die Augen auf. Vor ihr stand ein weißes Pferd.

»Das ist ein Albino«, erklärte Whit, »nicht perfekt, aber gut genug. Er stammt von einem Araber ab. Mir schuldete noch jemand einen Gefallen, also hab ich mich in Naturalien auszahlen lassen.« Er strich über den Hals des Tieres, beeindruckt von seiner eigenen Befehlsgewalt, mit der er sich mal eben so ein Pferd besorgen konnte. »Ich hab ihn Icicle genannt.«

Claire betrachtete das Tier, das ihr den Kopf entgegenstreckte und ihre offene Hand mit den Nüstern berührte. Sie schmolz augenblicklich dahin. Ist Liebe wirklich so einfach, dachte sie, wie die Flut, die die Salzrinnen überspült? War es das, was Ethan in Gott gefunden hatte, was sie für ein Kind empfunden hätte? Sie verzog finster die Miene und stieß die Nase des Schimmels weg. »Ich kann doch gar nicht reiten.«

Whit gluckste. »Keine Sorge, Liebes, darum kümmere ich mich schon.« Jetzt band er ihr das blaue Tuch um den Hals – und zwar ein wenig zu eng. Er trat einen Schritt zurück und betrachtete den Knoten. »Hast du das nicht gewusst? Es gibt nichts, was wir nicht an dir ändern könnten.« Und obwohl sie doch draußen standen, abseits vom feuchten Mörtel und Putz des Turner-Hauses, hatte Claire trotzdem den Eindruck, ein leises Geisterlachen zu vernehmen.

An dem Abend, an dem Whit und sie aus ihren Flitterwochen zurückgekehrt waren, kämmte Claire sich gerade im Bett die Haare, als Whit sich von hinten an sie heranschlich und in ihrem Nacken »Schneid die bloß nie ab« flüsterte.

Sie ließ die Silberbürste sinken und wusste nicht, ob sie jetzt lächeln oder seufzen sollte. Männer waren wie Marionetten, man konnte sie an Schnüren führen, die so dünn waren wie ein einziges rotes Haar, und da war Whit keine Ausnahme. Der einzige Mann, dessen Herz sie nicht hatte umgarnen können, war Ethan. Sie schob das Kinn vor und betrachtete sich im Spiegel. Ihr fielen die neuen Schatten und spitzen Winkel auf, die ihr Gesicht zeichneten, seit sie das Geheimnis der Ehe ergründete. »Und was würdest du tun, wenn ich es doch täte?«, fragte sie.

Hinter ihr verfinsterte sich Whits Miene. »Ich kann nur hoffen, dass du dich nie gegen mich stellst, Claire.« Die Worte gingen ihr erst durch Mark und Bein und lagen ihr dann schwer im Magen. Sie blickte auf ihre Hände und den klobigen Diamantring, der einst Ida gehört hatte. Als sie wieder aufsah, entdeckte sie, dass Whit ihr eine Kette mitgebracht hatte, nicht etwa mit einem Saphiranhänger oder einem juwelenbesetzten Kreuz, wie sie erwartet hätte, sondern nur mit einer schlichten kleinen Perle.

Feierlich legte er ihr die Kette um den Hals und fuhr ihr dann mit den Händen über die Schultern, grub ihr die Nägel ins Fleisch wie eine Hacke, die sich im Frühling in den Boden bohrte. Claire hob die Hand und umfing die Perle mit den Fingern. Ihr kam sie eher wie etwas vor, das Ethan ihr geschenkt hätte, und dann wünschte sie sich, sie könnte ihre Zeit mit ihm zu so etwas Glänzendem und Glattem zusammenballen und sie statt der Perle mit sich herumtragen. Nein, sagte sie sich, die Vergangenheit sollte man lieber nicht derart ausschmücken.

Unverhofft kamen ihr Zeilen aus einem von Ethans Lieblingsgedichten in den Sinn: »Schlaf, schlaf, du kleine weiße Perl'! Lass eine Weile beten mich, vor dir auf meinen Knien.« Claire presste sich die Faust vor den Mund. Ethan betete nun zu einem ganz anderen Gott.

»Die hat mal meiner Mutter gehört«, erklärte Whit und rückte die Kette an ihrem Hals zurecht. Sein Handgelenk ruhte dabei schwer auf ihrem Schlüsselbein und machte unmissverständlich klar, dass sie damit einen Pakt besiegelten. Er zeigte ihr gern, dass sie ihm gehörte, wie Claire langsam lernen musste. Aber er tat es indirekt – durch Schmuck oder unerwartet leidenschaftliche Küsse in Situationen, in denen das eigentlich nicht angebracht war. Das war für all die Frauen der feinen Gesellschaft eine ganz neue Seite an ihm.

»Du bist seine Scarlett, und er dein Rhett«, flöteten die Mädchen im Country Club, wenn er sich mit ihr im Arm tief über die Tanzfläche beugte. »Du seine Cathy, und er dein Heathcliff.« Claire wies sie nie darauf hin, dass es für keines dieser beiden Paare ein Happy End gab. Ihre neuen Bekannten waren keine großen Leserinnen.

»Sie hätte gewollt, dass du sie bekommst«, behauptete Whit nun über die Kette, und Claire musste ein Schnauben unterdrücken. Der Ehering, Icicles edles Profil, diese Perle – das alles war das Letzte, was Ida einer Gilly-Frau gegönnt hätte. Claire erschauderte, als sich ein kühler Hauch früher Herbstluft durch die zugezogenen Vorhänge schlängelte und die Fenster klapperten. Aber sie nahm das Geschenk an, denn als Lebende hatte sie den Toten gegenüber den Vorteil, ja sagen zu können.

»Danke.« Etwas Hartes – vielleicht ein Zweig – schlug gegen die Scheibe. Whit grummelte und zog an der Gardine, wandte sich dann wieder Claire zu und schlang ihr die Arme um die Hüfte.

»Komm ins Bett«, sagte er, und es war teils Befehl, teils Provokation. Claire ließ sich von ihm am Handgelenk auf die Matratze hinunterziehen. Er fixierte ihre Arme mit den Knien und beugte sich über sie, sein Atem kitzelte sie am Nacken. »Wenn du je versuchen solltest, die Bande zwischen uns zu kappen, wird dir das nicht gelingen«, knurrte er und biss sie erst zärtlich, dann fester. »Das weißt du doch, oder?« Der Sex mit Whit war oft wild, manchmal sogar schmerzhaft, aber er war auf eine Art und Weise aufregend, wie Claire sich das nie erträumt hätte. Jedes Mal, wenn sie sich ihm hingab, hatte sie nachher das Gefühl, einer Gefahr entronnen zu sein, und dann wünschte sie sich nur, diesen Kitzel erneut zu erleben. Auch jetzt gab sie nach, entspannte die Arme unter seinem Gewicht und ließ den Kopf genüsslich nach hinten sinken.

Als Whit eingeschlafen war, kroch Claire aus dem Bett und inspizierte Idas Frisiertisch. Sie fuhr mit den Fingerspitzen über die dekorativen Knöpfe der Schubladen. Bislang hatte sie es vermieden, einen Blick hineinzuwerfen, als ob Ida von den Toten auferstehen, aus der Wand springen und ihr für dieses Verbrechen die Hände abhacken könnte. Claire schminkte sich im Badezimmer und bewahrte ihre wenigen Kosmetikartikel dort in einer Schublade auf. Sie sah zu Whit hinüber, der war jedoch komplett außer Gefecht gesetzt, lag auf dem Rücken und schnarchte. Dann atmete sie einmal tief durch und beugte sich vor, um das mittlere Schubfach zu öffnen.

Sie musste ein wenig daran herumruckeln, irgendetwas steckte da offensichtlich fest. Sie übte mehr Kraft aus, die Lade schoss hervor und stieß ihr die Hand in den Bauch. Mit angehaltenem Atem beugte Claire sich vor. In dem hölzernen Kasten entdeckte sie eine silberne Nagelschere, eine Schildpattpuderdose mit Sprung, eine Kette Cloissoné-Perlen und seltsamerweise ein Säckchen Salz, das ein wenig zerrissen war, weil es an der Ecke der Lade hängengeblieben war. Vielleicht hatte sie deshalb geklemmt. Claire runzelte die Stirn und griff nach dem Beutel. Der Stoff war brüchig und verblichen. Sie nahm das Säckchen vorsichtig heraus, weil sie das Material nicht noch mehr beschädigen wollte, aber ihr purzelten trotzdem ein paar Salzkristalle in die Hand, wo sie ihr im Mondlicht zuzwinkerten. Die waren doch der Grund für all ihr Unglück. Claire leckte an ihrem Finger, führte ihn sich an die Lippen und verzog angesichts der vertrauten Würze das Gesicht – es war der Geschmack ihres Zuhauses, den sie doch unbedingt vergessen wollte.

Warum bloß bewahrte ausgerechnet Ida ein Säckchen Salz in ihrer Schublade auf, fragte sich Claire. Sie wusste, dass Ida alles an der Marsch gehasst hatte, auch wenn sie immer versucht hatte, sie Claires Mutter abzukaufen. Vielleicht, überlegte Claire, war das Salz für Ida das Körnchen in der Auster gewesen. Vielleicht hatte dieses Zeug sie dazu angetrieben, etwas Unerwartetes und Wunderbares zu erschaffen. Inzwischen war es im Zimmer so still, dass Claire befürchtete, die Luft zum Bersten zu bringen, wenn sie auch nur atmete. Sie spitzte die Ohren – klapperte denn kein Fenster mehr, raschelte es vielleicht in der Wand? Aber da war nichts, und die Stille machte ihr noch viel mehr Angst als irgendwelche Geisterlaute, die das Haus hervorbringen konnte. Denn Ida war nicht fort, das wusste Claire. Sie würde niemals gehen. Sie wartete einfach nur ab, was Claire in ihrem alten Zuhause tun würde. Indem sie auf Idas Stuhl saß, ihren Diamantehering und ihre alte Halskette trug, machte Claire eigentlich einfach da weiter, wo Ida aufgehört hatte, und sie war gar nicht sicher, ob sie das überhaupt wollte. Sie nahm die Kette mit der Perle ab, legte sie auf die Ecke des Frisiertisches und wandte sich ab, und dann schob sie sich neben ihrem Ehemann ins Bett, den sich selbst ausgesucht hatte. Und wie man sich bettet, so liegt man.

Claires vierte Fehlgeburt war die schnellste und die letzte – Blut rann ihr die Schenkel hinab, ihr wurde schwindelig, und dann war alles vorbei, wie eine umgekehrte Menschwerdung. Statt aus dem Nichts zu entstehen, endete Claire im Nichts, lag mit hochgezogenen Knien im Bett, so leer wie die Schale eines Bettlers während einer Hungersnot. Sie nahm jeglichen Schmuck ab – auch Idas Perle, die sie sonst immer trug, sogar ihren Ehering – und verstaute alles im Frisiertisch. Von nun an wollte sie sich der Welt so schlicht wie möglich präsentieren, sie selbst und weiter nichts, ohne jeden Zierrat.

Whit konsultierte mit ihr einen Spezialisten in Boston und holte dann noch bei einem anderen Arzt eine zweite Meinung ein, aber das Urteil fiel immer gleich aus. Alles schien in Ordnung zu sein, in Wirklichkeit war es das aber nicht.

»Und wenn wir ein Baby adoptieren?«, krächzte Claire fünf Tage später. Das waren die ersten Worte, die sie sprach.

Voll selbstgerechter Unfehlbarkeit setzte Whit sich neben sie aufs Bett. »Ausgeschlossen«, stellte er klar. »Ich brauche einen wahren Sohn und Erben, ein Turner-Kind, mein eigen Fleisch und Blut, nicht irgend so einen Bastard, den niemand will.« Er lehnte sich vor und versuchte seine Frau aufzumuntern: »Claire, du darfst dich von solchen Zwischenfällen nicht so runterziehen lassen. Wir probieren es einfach wieder. Der Name Turner darf nicht aussterben.« Er streckte die Hand aus und fasste ihr unter der Decke an den Schenkel, dann fuhr er mit den Fingern ihren Körper hinauf. Auf seinem Weg erstarrten alle Körperteile – Schulter, Ellbogen, Handgelenk – unter der Berührung, aber Whit bemerkte es gar nicht, oder vielleicht war es ihm auch egal. »Außerdem hast du doch jede Menge Verpflichtungen. Was ist denn mit deiner ganzen Komiteearbeit? Und Icicle müsste auch mal wieder raus.«

Das stimmte. Claire hatte inzwischen reiten gelernt, und nun war ihr Icicle ein großer Trost, ein Wunder aus Muskeln und

Intuition. Claire wusste aber, dass er unruhig wurde, wenn sie ihm nicht täglich Bewegung verschaffte. Sie setzte sich auf und seufzte. Sie war nicht ganz sicher, was es über ihre Ehe aussagte, dass ihr Pferd sie aus dem Bett bekam, wenn es ihrem Ehemann nicht gelang, aber sie hielt es für kein gutes Zeichen.

Also stand sie auf, schob sich den Ehering wieder an den Finger, griff nach Ohrringen, einer Brosche und der Kette mit der Perle und stürzte sich in fieberhafte Aktivität. Innerhalb einer Woche organisierte sie die Bibliothek nach Themen sowie alphabetisch und brachte die Sammlung antiker Ausgaben zum Binder, damit er die Buchrücken reparierte. Sie schaute den Porzellanschrank im Esszimmer durch und sortierte eine angeschlagene Sauciere und zwei Teller mit Rissen aus. Sie rollte den abgetretenen Perser unten im Flur zusammen und ersetzte ihn durch einen neuen Teppich aus Seegras und Leder.

»Hast du abgenommen?«, fragte Cecilia West sie beim Mittagessen in Wellfleet. »Du siehst so dünn aus, und du warst in letzter Zeit auch so still.«

Katy Diamond, die dritte im Bunde, beäugte sie kritisch. »Stimmt«, meinte sie. »Du siehst wirklich dünn aus.«

»Eine Magen-Darm-Geschichte«, behauptete Claire, faltete die Serviette auf ihrem Schoß auseinander und schob den Salzstreuer von sich weg. Am liebsten hätte sie ihn gepackt und zu Boden geschleudert.

»Frauenprobleme?«, fragte Cecilia, und noch bevor Claire widersprechen konnte, legte Katy ihr die Hand auf den Arm und drückte ihn mitfühlend.

»Ich hab gehört, dass die Frauen in Europa in solchen Fällen Gerstenwasser trinken«, erklärte Katy.

Claire blickte sie kühl an und schüttelte ihre Hand ab. Katy hatte zu Hause ein kleines Kind, und das zweite war bereits unterwegs. Die konnte offensichtlich trinken, was auch immer sie wollte.

Claire schob das Kinn vor und griff nach der Speisekarte, die ihr der Kellner reichte. »Na ja, dann passe ich diesen Sommer wenigstens in meinen Badeanzug«, bemerkte sie mit einem Blick auf Katys runden Bauch und schlug die Karte auf. »Außer natürlich, ich nehme noch mehr ab und er ist mir irgendwann zu groß. Vielleicht hättest du ihn dann gern?«

Katy lief vor Wut rot an und starrte auf ihren Teller.

»Wo hast du denn nur gesteckt?«, quiekte Agnes Greene, als Claire endlich wieder zu den Treffen des Büchereikomitees erschien. »Ohne dich fehlten uns wirklich die Ideen für den Lesecocktail beim August-Benefiz. Was meinst du? Sollen wir da Sidecar-Cocktails anbieten oder nicht?«

Claire hätte Agnes am liebsten an den Kopf geschleudert, dass sie ihretwegen ruhig in Katy Diamonds Gerstenwasser ertrinken konnte, aber das Geplapper der Frau war gnadenlos, und bald fühlte sie, wie eine Welle aus Stoffmustern für Baumwolltischdecken sie mit sich riss, und Pläne für eine Shoppingtour nach Boston und die Diskussion darüber, ob verheiratete Frauen Miniröcke tragen sollten, über sie hinwegrollte. Claire schloss die Augen. An anderen Orten waren die Proteste gegen den Vietnamkrieg in vollem Gange, und der Mensch hatte den Mond betreten, aber hier in Prospect, so schien es, blieb das Leben auf Erden ewig gleich.

Als Claire in jenem Jahr beobachtete, wie sich das Holz für das Dezemberfeuer auftürmte, fühlte sie sich so zerbrechlich wie die Äste und Zweige, die dort zusammengetragen wurden. Wenn sie morgens an dem hölzernen Gerüst vorbeigaloppierte, verglich sie Tag für Tag den Fortschritt: Zunächst ging es ihr bis zur Hüfte, dann bis zur Taille, schließlich bis zur Schulter und dann reichte es sogar noch höher. Das Getöse des Aufbaus machte Icicle unruhig, und er hätte sie beinahe abgeworfen. Sie zerrte hart an seinen Zügeln, um ihn wieder unter Kontrolle zu bekommen, und ritt dann frustriert nach Hause.

In ihrem Leben lief nichts so, wie sie es sich vorgestellt hatte. Sie hatte der Marsch abgeschworen und wollte sich vom Glanz des Turner-Hauses blenden lassen, das aber längst nicht so elegant war, wie sich es sich ausgemalt hatte. In letzter Zeit fiel ihr außerdem auf, dass seltsame Dinge aus dem Haus verschwanden. Zunächst hing auf einmal das Porträt von Armistead Turner, dem Familienurahn, nicht mehr oben am Ende des Flurs. Claire war eines Morgens aufgewacht und hatte an der Wand ein leeres, dunkles Rechteck vorgefunden. Dann war das Porzellanservice an der Reihe gewesen, das sie immer zu Weihnachten benutzt hatten, und dann Idas diamantenbesetzte Kropfkette, die Claire nie hatte tragen dürfen. Zunächst dachte sie ja noch, dass die Sachen vielleicht restauriert wurden, als aber Monate verstrichen, ohne dass sie wieder auftauchten, kam ihr ein ganz anderer Gedanke.

Es stimmte zwar, dass sich Whit gelegentlich äußerst großzügig erwies – wie bei der Sache mit Icicle zum Beispiel –, aber im Allgemeinen war er bei Haushaltsausgaben ziemlich knausrig und regte sich darüber auf, wenn Claire sich wie ihre reichen Freundinnen Tennisstunden oder Reisen nach Europa leisten wollte. Dann konnte er ziemlich aufbrausend werden. »Mein Gott, Claire, was glaubst du denn? Ich bin doch kein Goldesel!« Doch genau *das* hatte Claire eigentlich gedacht. Er war doch Idas Sohn, oder etwa nicht? Ihr Fleisch und Blut mit all den Turner-Genen. Geld hatte Whit zu dem gemacht, was er war. Da war es doch auch nur logisch, dass er im Gegenzug auch selbst gut Geld scheffelte. Claire konnte überhaupt nicht verstehen, warum um alles in der Welt er sich Gedanken um die Salt Creek Farm machte. Er war doch mit ihr und Jo zusammen aufgewachsen und wusste aus erster Hand, wie karg das Leben draußen in der Marsch war. Sie würde auf gar keinen Fall dorthin zurückkehren.

Als Claire dabei zuschaute, wie in der Stadt letzte Hand an

den Scheiterhaufen gelegt wurde, kam ihr eine Idee. Wenn Whit sah, wie albern der Glaube der Menschen an das Salz wirklich war, würde er seine Pläne mit der Marsch vielleicht endlich aufgeben. Offensichtlich hatte ihre Behauptung, das Zeug sei vergiftet, die Macht des Salzes über die Stadt nicht brechen können. Chet Stone und seine Kumpel schlugen Claires Andeutungen und Warnungen komplett in den Wind, und sie wusste ganz genau, dass Leute wie Mr Upton noch immer einen kleinen Vorrat auf Lager hatten. Es war an der Zeit für drastischere Maßnahmen. »Ich will nicht, dass die Leute dieses Jahr wieder Salz beim Dezemberfeuer verbrennen«, erklärte sie Whit beim Abendessen.

Er sah sie regungslos an. Wenn Claire sich im Laufe der Ehejahre verändert hatte – ihre Knochen waren dünner geworden, ihr Haar hatte ein abgestumpfteres, weniger aufbrausendes Rot angenommen –, so hatte er sich auch verändert. Graue Strähnen durchzogen seine Schläfen, und seine Augen lagen tiefer in ihren Höhlen. Als Claire ihn betrachtete, fiel ihr ein, dass sie sich nicht daran erinnern konnte, wann sie das letzte Mal miteinander geschlafen hatten. Na ja, vor ihrer letzten Fehlgeburt, das war ihr klar, aber wann? Plötzlich durchfuhr bei ihr Hitze Unterleib und Schenkel und versetzte ihre Brust in Wallung. Whit bekam von ihrer Erregung jedoch nichts mit. Er säbelte an seinem Steak herum und behielt dabei die ganze Zeit die Uhr auf dem Kaminsims im Auge.

»Eine gute Idee«, fand er. »Je weniger fremde Leute mit dem Salz zu tun haben, umso besser. Ich rede mal mit der Polizei. Salz ist schließlich eine Chemikalie, oder? Es gibt doch bestimmt irgendwo eine Vorschrift, die das Verbrennen von chemischem Zeug im Freien verbietet.« Akkurat faltete er seine Serviette zweimal zusammen und legte sie auf den Tisch. Das restliche Steak lag als breiige Masse auf dem Teller. Claire wandte den Blick ab. Sie wusste, dass Whit seit ihrer Hochzeit vor sechs Jahren nicht mehr zum Dezemberfeuer gegangen war, aber im Gegensatz zu ihr hätte die Stadt ihn dort mit offenen Armen empfangen. Whit war allerdings kein Mann, der auf Bewunderung aus war – nicht einmal von seiner eigenen Frau, wie er deutlich machte, als er ohne flüchtigen Kuss oder auch nur einen Blick zurück das Zimmer verließ.

Am Abend des Feuers ließ Claire das Schlafzimmerfenster trotz der eisigen Winterluft offen, während sie auf Whit wartete und sich dabei die Haare bürstete – einhundert grausame Striche mit einer groben Wildschweinbürste, Buße für ihre Schönheit. Durch den Spalt im Fenster bekam sie die erschaudernde Spannung angesichts des sich bildenden Rauches mit, und dann die aufregenderen Noten von Harz und Holz, die zu Asche wurden.

Sie saß ganz still vor Idas Frisiertischchen und fröstelte in ihrem dünnen Nachthemd. Das elektrisierte Haar wallte ihr über den Rücken, und sie wartete, aber die vertrauten Laute – Flöten, das fröhliche Quietschen von Teenagern und das übliche Lachen, wenn Jo das Salz ins Feuer warf und helle Flammen friedlichen Blaus aufleuchteten – blieben aus. Stattdessen hörte Claire undeutliches Gemurmel und knirschende Schritte auf gefrorenem Gras, während sich ohne einen Mittelpunkt, der sie zusammenhielt, Grüppchen bildeten und wieder auseinandergingen. In ihrer Kindheit hatten sich Jo und sie an diesem Abend immer zusammen mit einer Wärmflasche ins Bett gekuschelt und sich zum Trost umarmt.

Claire wartete auf die altbekannten Geräusche der Feier, die Nacht war aber dumpf und tot wie die vergiftete Atmosphäre unter einer Glasglocke. Ohne das Salz hatte das Feuer für die Leute seinen Reiz verloren. Claire konnte hören, wie die Bürger von Prospect nach und nach aufbrachen, sich trostlose Zweier- und Dreiergrüppchen abspalteten und über das mit Raureif bedeckte Gras von Tappert's Green schlurften, in ihrer Tasche nach klimpernden Haustürschlüsseln suchten und sich der Tatsache fügten, dass sie dieses Jahr nach Hause gehen würden, ohne einen Blick in die Zukunft geworfen zu haben.

Claire schloss das Fenster und kroch ins Bett. Sie wartete darauf, dass Whit auch kam, und rollte dann mit hochgeschobenem Nachthemd und halb geöffnetem Mund zu ihm hinüber, er schaltete jedoch nur das Licht aus, deckte sich zu und tätschelte ihr geistesabwesend den Arm. »Heute nicht«, sagte er. »Ich habe morgen ganz früh ein Meeting, es geht um ein Grundstück in der Nähe von Hyannis.« In Claires Magengrube zog sich alles zusammen, aber Whit war nun einmal ihr Ehemann, sie hatte sich für ihn entschieden, also löschte auch sie ihr Licht und streckte sich wie eine Tote neben ihm aus.

Am nächsten Tag stand sie noch vor Sonnenaufgang auf, weil sie von einem Erstickungsanfall aus dem Schlaf gerissen wurde – ihr altes Asthma. Früher hatte ihre Mutter ihr in dieser Situation eine Schüssel mit heißem Salzwasser gebracht, ihr ein Handtuch über den Kopf gelegt und sie gezwungen, den Soledampf einzuatmen, jetzt griff sie aber nach ihrem Inhalator, um Whit nicht aufzuwecken.

Als sie endlich wieder Luft bekam, schlüpfte sie aus dem Bett, zog sich rasch an und lief auf Zehenspitzen hinaus zum Stall hinter dem Haus, um Icicle zu satteln. Der Himmel wurde in diesem dämmrigen Moment zwischen Nacht und Tagesanbruch langsam heller, und bevor sie sich's versah, galoppierte sie auch schon aus der Stadt, die Straße entlang und hinaus in die Marsch. Dort zügelte sie Icicle, bis er Schritt ging, und stieg bei den Binsen aus dem Sattel, genau an der Grenze zwischen der Straße und der Marsch. Es zog sie also zurück an den Ort, den sie doch so verabscheute.

Sie schnaufte ein wenig, als sie durch die Binsen schritt und an der neuen Scheune vorbeikam. Sie betrachtete aufmerksam den Boden rund um das Gebäude, die Erde der Marsch war jedoch schneller verheilt als ihre Bewohner. Jegliche Spuren des Feuers – Verkohltes oder liegen gebliebene Asche – waren längst verschwunden, vom fruchtbaren Schlamm verschluckt worden.

Sie wandte sich den Gräbern zu. Stein war das einzige Material, das hier draußen überdauerte, denn alles andere – Holz, Erde, Schlacke, selbst menschliche Knochen – war samt und sonders Futter für das Salz. Aus alter Gewohnheit wanderte Claire hinaus zum Wehr, an dem ihr Bruder vor so langer Zeit ertrunken war, und bemerkte, dass Jo bereits die Becken für den Winter geflutet hatte. Jetzt waren sie nur noch trübe Wasserflächen.

Claire kehrte zu den Gräbern zurück und ließ sich daneben nieder. Sie bedauerte, dass sie nichts mitgebracht hatte, was sie ihrer Verwandtschaft als Gabe darbringen konnte, tot oder lebendig. Einen Moment lang überlegte sie nämlich, irgendetwas für Jo dazulassen, aber sie war mit leeren Händen zur Salt Creek Farm zurückgekehrt, hatte nicht einmal einen einzigen rostigen Penny dabei, und außerdem – was hätte sie ihrer Schwester denn anbieten können? Nichts erschien ihr angebracht. Eine Blume oder ein Blatt? Der Herbst hatte sie alle hinfortgerafft. Eine in den Schlamm gekratzte Nachricht? Aber was hätte sie ihr schon schreiben können? Je mehr Claire sagen wollte, desto mehr fehlten ihr dafür die Worte.

Letzten Endes tauchte dann die Sonne am Horizont auf, durchbrach den Zauber des Morgens, und Claire lief die Zeit davon. Jetzt würde auch Jo bald aufstehen, und Claire wusste, dass ihre Schwester sie durch das Küchenfenster beobachten konnte, wenn sie nicht auf der Hut war. Bevor es noch heller wurde, kehrte sie zur Straße zurück, schwang sich wieder auf Icicles Rücken und ritt so davon, wie sie gekommen war: Mit leeren Händen und schwerem Herzen hinterließ sie einzig eine Hufspur im Sand. Sie konnte ja nicht ahnen, dass diese Fährte sie eines Tages nach Hause zurückführen würde.

# KAPITEL 13

Von Anfang an schien Whit Dee gerne Geschenke zu machen, was toll war, weil sie gerne welche bekam. Sie hatte wegen ihres kleinen Arrangements auch überhaupt kein schlechtes Gewissen. Ganz im Gegenteil. Je mehr sie von Whit bekam, desto gieriger wurde sie, und deshalb schritt ihre Affäre auch schneller voran, als sie das sonst vielleicht getan hätte. Dee passte das aber ganz gut. Es war ja nicht so, als ob sie etwas anderes gefunden hätte, womit sie sich während ihres ersten Monats in der Stadt hätte beschäftigen können.

Mit Whits Launen und Vorlieben machte sie sich im Verborgenen vertraut. Sie trafen sich ein paarmal in der Woche an geheimen Orten – am Strand in den Dünen oder am Picknicktisch hinter einer der Austernbuden, die nach Saisonende geschlossen waren. Immer nachts und immer heimlich, und das machte Whits morgendliche Besuche im Imbiss nur noch aufregender, bei denen er Kaffee und Eier bestellte und ihr zuzwinkerte, wenn ihr Vater gerade nicht hinsah.

Mitte November machte die Aussicht auf neue Geschenke Dee so habgierig, dass sie sich selbst kaum wiedererkannte. Sie musste sich beherrschen, um die mitgebrachten Gaben nicht mit den Zähnen an sich zu reißen und diese danach in Whit zu schlagen. Er brachte ihr kurz hintereinander eine Flasche teure Bodylotion, einen Lippenstift mit silberner Hülle und eine

Schachtel Pralinen mit, die eigentlich viel zu schön waren, um sie aufzuessen.

Am Abend des ersten Schneefalls knabberte Whit an ihrem Hals und fragte: »Was magst du lieber, Satin oder Seide?« Ohne ihre Antwort abzuwarten, zog er schwarze French Knickers aus seiner Tasche. Dee verriet ihm gar nicht erst, dass sie die beiden Stoffe sowieso nicht auseinanderhalten konnte. In ihrem Leben war schließlich alles rau.

»Das ist so weich«, hauchte sie und rieb die Spitze leicht zwischen Daumen und Zeigefinger. Am liebsten wäre sie gleich in den Slip geschlüpft oder hätte ihn sich von Whit überstreifen lassen. Sie lehnte sich im Beifahrersitz seines Wagens zurück und zog das Baumwollhöschen aus, das sie trug. Dabei lehnte sie den Kopf zurück, um zu sehen, ob Whit ihr auch dabei zusah. Oh ja.

»Bemüh dich nicht«, grummelte er und streckte die Hände aus, um sie gegen das Leder zu pressen.

Bei ihrem nächsten Treffen schenkte er ihr ein winziges Fläschchen Parfüm. Ehrlich gesagt mochte Dee den Duft gar nicht besonders, für Whit würde sie aber riechen, wonach immer er wollte, solange sie nur in seinem Auto umherfahren und irgendwo unter den Sternen parken konnten.

»Das ist ziemlich teuer«, erklärte er. »Hier, probier's doch mal aus.« Er tupfte Dee ein wenig davon hinters Ohr, als sie den Duft einsog, wurde ihr davon jedoch beinahe schwindelig. Sie hatte vorher noch nie richtiges Parfüm getragen. Dee machte den Flakon wieder zu und wandte sich zu Whit um.

»Trägt Claire das auch?«, fragte sie. Sie stellte sich vor, wie sie seiner Frau am Morgen das Frühstück servierte und die ihre wohlgeformte kleine Nase krauszog.

»Wonach riecht es denn hier?«, würde Claire sagen und gar nicht fassen können, was ihr Geruchssinn ihr da vermittelte. »Das kommt mir irgendwie bekannt vor.« Und Dee würde sie einfach ohne ein Wort stehen lassen.

Bei der Erwähnung seiner Frau wurden Whits Züge hart und starr. Er zog die Finger aus Dees Haar. »Sie mag kein Parfüm, und außerdem würde sie vor Wut in die Luft gehen, wenn sie von unseren Treffen wüsste, du hältst also besser den Mund.«

Dee umklammerte die Parfümflasche. Whit brauchte Claires Temperament gar nicht zu erwähnen. Dee hatte damit bereits selbst Erfahrung gemacht, und zwar bei dem einen Mal, als sie sich bei Claires Bestellung vertan hatte. Dabei wurde Claire nie laut, vermutlich deshalb, weil sie das gar nicht nötig hatte. Ihr Schweigen war sehr viel furchteinflößender.

»Ich werde nichts verraten«, versprach Dee, und dann lehnte Whit sich zu ihr herüber und vergrub die Nase an ihrem Hals.

»Zur Abwechslung ist es doch wirklich schön, dass eine Frau mal so riecht, wie ich es will«, murmelte er.

Dee legte ihm die Hand an die Wange. Wie gut es doch tat, als Frau bezeichnet zu werden. Offensichtlich sah Whit in ihr nicht das moppelige Kind, welches sie bei jedem Blick in den Spiegel entdeckte, French Knickers hin oder her. Ihr fiel wieder ein, was Mr Weatherly ihr einmal erzählt hatte, dass Claire bei der Hochzeit mit Whit nämlich nicht viel älter gewesen war als sie jetzt. Ob sich ihre Verwandlung vom unsicheren Teenager zu einem Paar hochgezogenen Brauen und einem Blick, der einen Lkw in voller Fahrt zum Stehen bringen konnte, wohl in dem Moment vollzogen hatte? Mehr denn je fragte sich Dee, ob Claire und sie wohl irgendetwas verband. Das Einzige, was sie miteinander zu verbinden schien, war das völlige Fehlen einer solchen Gemeinsamkeit. Vermutlich mochte Whit sie nicht deshalb, dachte Dee, weil sie ihn an Claire erinnerte, sondern weil sie das völlige Gegenteil von ihr darstellte. Sie träufelte sich noch ein paar Tropfen Parfüm aufs Handgelenk und roch daran, bevor sie wieder zu Whit aufsah. »Und wonach riecht Claire?«, fragte sie.

Er dachte einen Moment darüber nach. »Nach Sattelseife und

normaler Seife«, antwortete er schließlich. »Manchmal auch nach Heu. Und bevor sie ins Bett geht, benutzt sie immer Babypuder.«

*Kein Wunder, dass er hier in den Büschen am Straßenrand geparkt hat und mit einer wie mir rummacht*, dachte Dee. Sie war noch nicht einmal zwanzig, hatte aber trotzdem schon genug Erfahrung mit Männern, um zu wissen, dass sie unbeständig waren wie ein Schwarm Krähen. Wenn man nicht etwas Glänzendes baumeln ließ, um sie zu locken, flogen sie einfach vorbei.

»Genug geredet«, fand Whit, zog sie zu sich heran und knöpfte ihr die Bluse auf. »Wir müssen uns beeilen, und du darfst auch nicht so spät nach Hause kommen, sonst macht sich dein Vater noch Sorgen. Was hast du ihm überhaupt erzählt?«

»Dass ich einen netten Jungen kennengelernt habe«, log Dee. Tatsächlich hatte sie Cutt gar nichts erzählt. Dessen Neugier endete am Rand seiner abendlichen Flasche. Wenn er erst einmal blau war, konnte ihn nichts wieder aufwecken, nicht einmal ein ungeschickt im Dunkeln herumtastendes junges Mädchen, das vor Liebe noch ganz trunken war. Whit berührte Dees Brustwarzen mit den Daumen, und ein elektrischer Schlag durchfuhr sie vom Busen bis in die Lenden. Sie presste ihre Hüfte gegen seine.

»Ein netter Junge«, murmelte er und lachte vor sich hin, während er ihren BH herunterzog und ihn durch seinen Mund ersetzte. »Du hast ja keine Ahnung. Das war ich nämlich nie.«

»Das glaube ich dir nicht«, flüsterte Dee, und dann sprachen sie nicht mehr.

Mr Weatherly hatte eine merkwürdige Art, Fragen zu beantworten, dachte Dee. Sie hatte sich bei ihm nach dem anstehenden Dezemberfeuer erkundigt und war zunächst durch seine ausschweifende Antwort verwirrt, aber als sie endlich richtig zuhörte, wurde ihr klar, dass er ihr gerade zwei Dinge auf einmal sagte. Sie war inzwischen zu dem Schluss gekommen, dass er ein ganz schönes Schlitzohr war. Er wirkte nie belehrend oder verriet seine persönliche Meinung, aber wenn er nach ihrem Gespräch an seinem Hosenbund zog und davonschlurfte, hatte sie oft das Gefühl, dass er ihr eine Moralpredigt gehalten hatte, auch wenn sie nicht genau sagen konnte, worüber eigentlich.

Jetzt näherte sich der November seinem Ende, und auf Tappert's Green wurde ein Scheiterhaufen wesentlich gewissenhafter aufgebaut, als sie sich das vorgestellt hatte – die unteren Lagen wurden schräg ineinander verkeilt, und danach wurden größere Holzstücke von außen dagegengelehnt. Die Stadtältesten hatten offenbar ein neues Design entwickelt, quadratisch statt rund. Die unerwartet ordentliche Struktur löste in Dee eine gewisse Unruhe aus. Jetzt fand sie das Ganze irgendwie noch unheimlicher. Feuer kam nicht immer ungebeten. Über diese simple Tatsache hatte sie vorher noch nie nachgedacht.

»Tja, es wird jedes Jahr ein bisschen größer«, murmelte Mr Weatherly über seinem Teller mit Truthahn und Püree und starrte Dee düster an. »Und jedes Jahr brennt es auch ein bisschen schneller ab. Früher haben wir uns dort herumgedrückt und über die Zukunft sinniert, bis nur noch Glut übrig war, aber mit ihren Fehlgeburten hat Claire dem Ganzen ja ein Ende gemacht.«

Bei Claires Namen überkam Dee einmal mehr das altbekannte Kribbeln im Nacken, aber jetzt wurde die Aufregung durch Sorge getrübt. In letzter Zeit löcherte sie Mr Weatherly nicht mehr ständig mit Fragen über die Gilly-Schwestern, vor allem über Claire, aber sie wachte immer noch im ersten Morgengrauen auf und wartete auf den Klang der Hufe unter ihrem Fenster. Sie betrachtete Claire während der Messe, prägte sich die exakte Farbe ihres Twinsets ein und überlegte, wie ihr Lippenstift wohl hieß, wagte es aber nicht mehr, Claires Namen irgendwo außerhalb des Restaurants zu erwähnen. Sie plauderte nicht mehr mit der Postangestellten über Claires verflossene Liebschaften. Fragte Mr Upton in seinem klaustrophobisch kleinen Lädchen nicht mehr danach, was Claire denn am liebsten aß. Dee wollte auf keinen Fall, dass die Leute zu tratschen begannen.

Cutt hatte Dee beauftragt, sich bei Mr Weatherly zu erkundigen, ob es wohl etwas bringen würde, am Abend des Dezemberfeuers das Restaurant in der Hoffnung auf zusätzliche Einnahmen länger geöffnet zu lassen. Vielleicht wollten die Leute gern etwas Heißes trinken, überlegte er, und dazu was Süßes essen. Aber Mr Weatherly schüttelte den Kopf. »Das glaube ich nicht«, sagte er bedauernd. »Nicht nach dem, was Claire wegen all der ungeborenen Babys getan hat.«

Nervös sah sich Dee im Lokal um, aber zwischen Mittag- und Abendessen herrschte gerade Flaute. Die einzige Kundin war die greise Mrs Butler, die mit einer alten Freundin eine Nische belegte, und beide waren stocktaub. Dee griff nach einem Lappen und polierte den Tresen. Sie versuchte, sich ihr Interesse nicht anmerken zu lassen.

»Claires ungeborene Babys? Was meinen Sie damit?«, fragte sie und rieb in engen, genau berechneten Kreisen über die Theke. Sie hoffte, Mr Weatherly mit der Bewegung abzulenken, damit er weiterreden würde. Der Trick funktionierte. Er lehnte sich über seinen Teller und kniff die Augen zusammen.

»Eigentlich bist du ja noch ein bisschen jung für solche Geschichten«, verkündete er. »Hast ja noch ordentlich Babyspeck auf den Rippen, was? Meine Doreen sah in deinem Alter auch so aus, aber jetzt ist sie schlank wie ein Birkenzweig.«

Dee wurde rot, hielt sich dann aber die Hand vor den Mund, weil sie schließlich doch lächeln musste. Wenn Mr Weatherly wüsste, was sie mit diesem Babyspeck so alles anstellen konnte, würde er ihn nicht so bereitwillig zur Sprache bringen. Sie fuhr mit den kreisenden Bewegungen des Lappens fort. »Was meinen Sie denn mit *Ungeborenen*?«

Mr Weatherly schob sich eine Gabel voll Püree in den Mund. »Ich hab bei ihnen mal eine Lieferung vorbeigebracht, ein Kinderbett, und sechs Wochen später musste ich es wieder abholen. Dann ist mir aufgefallen, dass die Leute in der Stadt das Salz plötzlich nicht mehr gekauft haben. Herman Upton hat es immer noch unter der Hand angeboten, wurde aber ganz ängstlich, wenn es um das Zeug ging. Harlan Friend vom Eisenwarenladen meinte, dass seine Frau jetzt immer das abgepackte kaufe, das würde auch besser schmecken.« Er aß noch etwas Kartoffelbrei. »Meiner Meinung nach hatte Claire jedes Mal wieder ein Kind verloren, wenn sie überall rumerzählte, dass das Salz ihrer Familie vergiftet wäre. Und dann«, er schob Dee seinen Teller zu, und sie stellte ihn rasch in den Plastikkorb unter der Theke, »gab es irgendwann kein Salz mehr, gegen das sie noch angehen konnte, mal abgesehen von dem, was die Fischer benutzten – und selbst Claire wusste, dass sie da keine Chance hatte –, und dem Salz vom Dezemberfeuer.«

Dee runzelte die Stirn. »Was meinen Sie?«

Mr Weatherly fixierte sie mit Blicken. »Was glaubst du denn, warum diese Feier überhaupt stattfindet?«, fragte er. »Da geht es doch nicht nur darum, sich zu amüsieren. Seit es hier in der Stadt Gillys gibt, haben sie von jeher Salz ins Feuer geworfen, um zu sehen, was uns die Zukunft bringt. Blauer Rauch ist ein gutes Zeichen. Rot bedeutet, dass sich jemand verlieben wird, Gelb ist eine Warnung, und Schwarz … na ja, Schwarz ist … nicht gut …« Seine Stimme wurde leise, und seine Augen feucht. Schließlich fischte er sein Portemonnaie aus der Tasche. »Aber das hat Claire dann unterbunden. Ihretwegen musste unser Polizist allen erzählen, dass das gegen irgendeine Vorschrift verstoße. Er hat damit gedroht, jeden zu verhaften, der Chemikalien ins Feuer werfen würde. Das hat irgendwie die ganze festliche Stimmung kaputt gemacht. Claire hat nie was dazu gesagt, aber wir wussten alle, dass das auf ihrem Mist gewachsen war. Ich möchte gar nicht wissen, wie viele Spenden die lokalen Ordnungshüter dafür von ihr eingestrichen haben.«

»Und warum gibt es das Feuer dann überhaupt noch?«, fragte Dee.

Mr Weatherly setzte seine Kappe auf. »Manchmal ist es gar nicht so wichtig, was man tut, sondern vielmehr, aus welchem Grund. Und wahrscheinlich ist es jetzt auch längst zu spät, um unsere Bräuche noch zu ändern. Also machen wir einfach weiter, so gut es geht.« Dee sah zu, wie er sich hinaus in die eisigen Krallen des kalten Nachmittags wagte, während Schneeflocken um ihn herumtanzten wie kleine Teufel mit bösen Absichten. Sie fragte sich, ob er sich vielleicht nicht nur auf das Feuer bezog, sondern vielmehr auf diese ganze bescheuerte Stadt – die nun ihres Salzes beraubt und bis ins Mark verfroren war, und unter dem Gewicht von Claires ungeborenen Babys ächzte. Dee griff wieder nach dem Lappen und wrang ihn aus. Wenigstens dem konnte sie Erleichterung verschaffen.

Schließlich konnte Dee beruhigt feststellen, dass beim Dezemberfeuer alles genauso ablief, wie von Mr Weatherly prophezeit. Die Nacht war klar und beinahe klinisch kalt. Die Sterne schwirrten wie kleine Insekten am Himmel, und wie aus Protest ächzte und knackte das Holz des innovativen Quadrates, als es in Brand gesetzt wurde. Dee beobachtete, wie die Gesichter der Menschen im orangefarbenen Licht der Flammen tanzten und von ihnen verzerrt wurden. Die Bürger von Prospect standen in kleinen Grüppchen zusammen, die Hände in den Taschen vergraben. So mancher nahm einen tiefen Schluck aus einem Flachmann, und es wurden Pläne für den nächsten Sommer geschmiedet, obwohl Dee sich überhaupt nicht vorstellen konnte, dass die Welt je wieder auftauen und sie noch einmal leuchtend grünes Gras zu Gesicht bekommen würde.

Sie war allein. Ihr Vater hatte trotz allem beschlossen, den Imbiss heute Abend nicht zuzumachen, und obwohl die Leute wussten, wer sie war, kannte man sich doch nicht gut genug, um sie aufzufordern, sich einer Gruppe anzuschließen. Sie beobachtete ein paar etwa gleichaltrige Highschoolmädchen, die sich kichernd über einen Jungen ausließen, der ihnen gefiel, aber als sie ihren Blick bemerkten, verhärteten sich ihre Mienen zu leeren Masken, und Dee ging schnell weiter, auf die andere Seite des Feuers. Sie dachte daran, dass sie vor ein paar Monaten noch die Gelegenheit gehabt hätte, an den Plänen und Intrigen dieser Mädchen teilzuhaben. Sie trat näher an die Hitze des Feuers heran und ließ einen Moment lang den bedrückenden Gedanken an den Tod ihrer Mutter zu. Was die wohl von dieser Feier gehalten hätte? Aber noch bevor Dee sich zu sehr in ihrer Trauer suhlen konnte, packte sie jemand an der Schulter. Whit hatte sie also wie verabredet gefunden.

»Lass uns hier verschwinden«, drängte er, »bevor noch jemand merkt, dass ich hier bin.« Dee hätte ihn selbst kaum erkannt. Wie viele der anderen Männer trug er eine Wollmütze, einen dunklen Parka und Jeans. Ihm war in den Klamotten so unbehaglich zumute, dass Dee beinahe gelacht hätte, aber dann zog sich bei ihr in der Magengegend alles zusammen, als ihr klar wurde, welchen Aufwand er da gerade betrieb, nur um sie zu sehen. Sie fragte sich, woher er die Sachen wohl hatte, beschloss aber, lieber nicht zu fragen. Bei Whit war es immer besser, nicht die Details des großen Ganzen zu kennen.

Als sie die Schatten erreichten und weit genug vom Feuer entfernt waren, ließ er zu, dass sie ihm den Arm um die Hüfte legte. Wenn sie jetzt jemand beobachtete, dachte Dee, dann würde er sie wohl für ein Paar halten. Ein Außenstehender würde nur ihre vertraute Haltung sehen und nicht all das, was sie eigentlich voneinander trennte: ihre ungleiche soziale Stellung, seine Ehe, der Altersunterschied. Wortlos umrundeten sie den Park und hielten dann im Schutze der Dunkelheit auf Plover Hill und den Birnbaum zu. Von Zeit zu Zeit flog ein vereinzelter Funken über sie hinweg, leuchtete zunächst hell und verglühte dann zu einem weißen Fleck sinnloser Asche. Ohne Vorwarnung lehnte Whit Dee gegen den Baum und begann, ihr die Hose aufzuknöpfen.

»Komm schon, lass mich rein.« Seine Stimme war ein heißes Brummen an ihrem Ohr, und einen Moment lang klang das für sie so, als bitte er um Einlass in ihr Herz, also stellte sie sich auf Zehenspitzen und ließ sich von ihm an der Hüfte packen und hochschieben.

»Warte.« Sie versuchte, seine Hand unter ihrem Bein hervorzuziehen, aber sie waren jetzt schon so weit gegangen, dass er die Bewegung als Aufforderung verstand, endlich loszulegen. Es war auch nicht unangenehm, selbst wenn sie sich dabei den Hintern an der Baumrinde sündhaft rot rieb. Whit konnte das in der Dunkelheit nicht sehen, vermutlich hätte ihm das aber sogar gefallen. Er mochte handfeste Ergebnisse, wie Dee feststellen musste, Knutschflecke an ihrem Hals zum Beispiel, oder blaue Flecken von Zahnabdrücken, die ihren weichen Bauch übersäten. Sie konnte sich durchaus vorstellen, dass er ihr am liebsten seine Initialen eingeritzt hätte, so wie die Leute sie in der Rinde des alten Birnbaums mit ungelenken, durchbohrten Herzchen hinterließen. Das Kranke daran war, dass sie ihn vermutlich nicht daran gehindert hätte.

Langsam fragte sie sich, ob sie nicht etwas zu tief in diese ganze Sache verwickelt war. Sie lehnte sich gegen den Baumstamm, während Whit seine Hose wieder hochzog, schloss die Augen und stellte sich vor, wie sie mit Claires kleinem Sportwagen durch die Gegend brauste, die Hände in teure Lederhandschuhe gehüllt, das Haar unter einem riesigen Seidenschal, genau wie die Schauspielerinnen in alten Filmen. So würde Claire sich nie in ein Tuch hüllen, aber wenn Dee eine solche Flammenmähne hätte, dann würde sie das wohl auch nicht tun.

»Du hast es doch keinem erzählt, oder?« Whits Stimme traf sie wie ein splittriges Paddel die Wasseroberfläche. Dee öffnete die Augen und knöpfte ihre Bluse zu. Whits Kiefer war im Mondlicht so hart wie das Holz hinter ihrem Rücken, vielleicht sogar noch härter.

»Nein.« *Mal im Ernst*, hätte sie am liebsten erwidert, *wem sollte ich das denn erzählen?* Whit Turner war vielleicht reicher und älter als sie, und wesentlich gebildeter, aber er war auch ein Mann, und ihrer Meinung nach dachte er wie alle Männer immer nur mit dem Schwanz.

»Gut.« Er beugte sich zu ihr vor und presste die Lippen auf ihren Hals. »Ich habe da was ganz Besonderes für dich«, verriet er ihr.

Dee wusste, dass ihnen nicht mehr viel Zeit blieb. Sie sollte eigentlich zurück zum Imbiss und dort ihrem Vater helfen. Whit öffnete ihre Hand und legte etwas hinein. Als sie darauf hinabblickte, entdeckte sie einen matten silbernen Anhänger in Herzform. Sie drehte ihn um. Auf der Rückseite stand in verschnörkelten Buchstaben ein einzelnes W.

»Damit du mich nicht vergisst«, grinste Whit.

Dee runzelte die Stirn. Im Vergleich zu all den anderen Dingen, die er ihr in den letzten Wochen mitgebracht hatte, sah dieses Geschenk billig aus. So etwas hätte eher zu den Highschooljungen in Vermont gepasst, und die hätten es ihr mit der Überzeugung überreicht, da was ganz Tolles angeschleppt zu haben. Andererseits hatte ihr tatsächlich keiner von denen je Schmuck geschenkt, also musste sie wohl nehmen, was sie kriegen konnte, dachte Dee. Sie ließ sich die Kette von Whit umlegen.

»Jetzt zieh doch nicht so ein Gesicht«, murrte er und schob ihr einen Finger unters Kinn. »Dieses Medaillon gibt es schon länger als dich, ich habe es erst vor kurzem wiedergefunden. Es bedeutet mir etwas. Wenn ich rauskriegen sollte, dass du es nicht trägst…«, er verzog grimmig das Gesicht, »dann kriegst du eins auf den Hintern.« Jetzt wurde er wieder ernst. »Andererseits solltest du es tagsüber vielleicht besser unter der Uniform verstecken. Ich will nicht, dass Claire es sieht.« Bei dieser Vorstellung musste Dee kichern, Whit lachte aber nicht mit, sondern presste ihr den Anhänger hart gegen die Brust. »Das ist kein Witz«, knurrte er. »Verlier das nicht. Es ist alt.«

Dee zuckte mit den Achseln. Ehrlich gesagt interessierte sie an Whit nichts Altes, sie wollte das Neue. »Ich dachte, heute Nacht soll es nur um die Zukunft gehen«, maulte sie und zog eine Schnute. Augenblicklich wurde ihr klar, dass sie da etwas Falsches gesagt hatte.

Whits Miene war plötzlich verschlossen wie eine geballte Faust. »Wer hat das gesagt?«

Sie schluckte und schob sich eine Strähne aus dem Gesicht. So langsam wurde ihr kalt. »Mr Weatherly hat so was erwähnt«, erklärte sie vage. »Dass früher die Gillys Salz verbrannt haben, um allen die Zukunft vorauszusagen…« Ihre Stimme wurde immer leiser, und das Geheimnis um die Babys, die Claire nicht hatte austragen können, lähmte ihr die Zunge. Whit wartete darauf, dass sie weitersprach. »Und jetzt machen sie es eben nicht mehr«, endete sie lahm.

Whit trat einen Schritt von ihr weg, so dass sie sein Gesicht nicht sehen konnte. Als er sprach, ächzte seine Stimme: »Du weißt gar nichts über meine Vergangenheit, Dee.«

Und dann war er plötzlich fort, verschmolzen mit der Nacht. Allerdings nicht völlig, so geschickt war er dann doch nicht. Zum einen hörte man seine Schritte im Schnee, als er den Hügel hinaufeilte, heim zu Claire, und zum anderen sah man seine bloßen Hände in der Finsternis leuchten. Und sein Geruch löste sich nur langsam von ihr, in langen Streifen, so wie das Papier um ein Geschenk, welches man in der Hoffnung auspackte, es würde lange halten.

Dee wischte sich über die Jeans und machte sich auf den langen Rückweg zur Bank Street. Sie wollte die Ruhe der Nacht nur ungern gegen die Geschäftigkeit des Lokals eintauschen. Ihre Schritte wurden immer langsamer, aber fast gegen ihren Willen war sie da, ehe sie sich's versah. Mit einem Mal stand sie schon vor den schiefen Fenstern, der krummen Tür und, am schlimmsten von allen, der Silhouette ihres Vaters, der wie eine Kriegsflagge hinter dem Tresen thronte, bereit für die Schlacht. Und Dee wusste bereits, dass sie diesen Kampf längst verloren hatte.

Wochen nach dem Dezemberfeuer bekam sie auf einmal unheimlich Lust auf Cashewnüsse. Sie hatte jetzt immer welche dabei, und ihre Taschen waren ausgebeult wie die Backen eines Eichhörnchens.

»Was soll denn das mit den Nüssen plötzlich?«, wollte Cutt wissen, als sie sich einen gebogenen Kern nach dem anderen in den Mund schob. In der letzten Woche hatte sie so viele Cashewpnüsse gegessen, dass ein seltsamer weißer Belag auf ihrer Zunge lag, den sie auch beim morgendlichen Zähneputzen nicht wegbürsten konnte.

Sie zuckte mit den Achseln. »Nichts. Ich hab einfach nur Lust drauf.«

»Seit wann? Ich dachte, dein Lieblingsessen wären Hamburger und Pommes.«

»Das esse ich ja auch weiterhin«, erklärte sie. »Aber jetzt mag ich außerdem noch Cashewnüsse.«

Cutt kniff die Augen zusammen. »Du hast Ringe unter den Augen.«

Dee verschränkte die Arme. Ihre Brüste taten weh, und sie hatte schlechte Laune. »Ich schlafe in letzter Zeit nicht so gut.«

»Und was ist mit deinen Klamotten? Bist du etwa unter einen Rasenmäher gekommen?«

Sie sah an sich herunter, auf die verblichene graue Cordhose und den dunkelblauen Pulli mit dem Loch im Ellbogen. »Die sind doch sauber.«

Cutt schnaubte. »Die sehen aus, als hätte man damit sauber gemacht. Zieh die Uniform an, die hängt im Besenschrank.« Während sie ihre Arbeitskleidung holte, schloss Dee die Lider, und vor ihren Augen erschien Whits ernster, kantiger Kiefer, gefolgt von der Erinnerung an seine fleischigen Hände, die Mulde an seinem Hals und die breite Muskelmasse, aus der sein Rücken bestand. Es gab da eine Stelle, an der Dee seinen Herzschlag fühlen konnte, wenn sie die Hand zwischen seine Rippen legte. Sie hatten sich zwar nach dem Dezemberfeuer getroffen, aber sie sprachen jetzt noch weniger als früher, und seit dem Medaillon hatte er ihr auch keine Geschenke mehr mitgebracht. Der Boden schien sich unter ihren Füßen zu bewegen, und sie musste aufstoßen, und dann fiel ihr wieder ein, dass sie sich ja umziehen sollte. Als sie zurückkam, wartete ihr Vater schon mit dem Mopp auf sie.

»Du hast doch nicht etwa einen Freund, oder?«, fragte er und sah sie misstrauisch an. Schweißperlen bildeten sich auf ihrer Stirn. Whit hatte sie tausendundeinmal gewarnt, bloß niemandem etwas zu verraten – vor allem nicht ihrem Vater, hatte er immer betont und ihr dabei die Fingerspitzen in die weichen Oberarme gebohrt. Als er die Hände weggenommen hatte, waren kleine Dellen zurückgeblieben. In dem Moment hatte es Dee gefallen, aber jetzt wünschte sie sich, sie könnte das Gefühl abschütteln. So langsam begann sie zu ahnen, dass man Whits Geschenke nicht so schnell wieder loswurde, und darüber hatte sie sich bisher überhaupt keine Gedanken gemacht. Es wäre ihr nie in den Sinn gekommen, dass er ihr vielleicht einmal etwas geben könnte, das er nicht mehr zurückhaben wollte.

»Nee«, verkündete sie, griff nach dem Mopp und vermied es, ihrem Vater in die Augen zu sehen. »Keine Jungen mehr. Mit Jungs bin ich fertig.« Was ja auch stimmte. Whit war ein ganzer Mann.

»Na gut«, meinte Cutt und wandte sich von ihr ab. »Ich weiß sowieso nicht, was die Kerle eigentlich an dir finden. Du bist nicht gerade eine Frau zum Heiraten, Dee.«

Sie nahm sich noch eine Cashewnuss und zermalmte sie mit den Zähnen. Dass sie mit Whits Kind schwanger war, würde die Sache mit der Ehe noch viel komplizierter machen, als Cutt sich das auch nur vorstellen konnte.

# KAPITEL 14

Claire erfuhr durch Whit von Jos Geldproblemen, und während ihr die verfallende Marsch völlig egal war, traf es sie unerwartet, welch große Sorgen sie sich um Jo machte.

»Aber wo soll sie denn hin?«, fragte sie, als Whit ihr erklärte, dass Jo noch drei Monate auf dem Gut blieben – höchstens vier. Jo war ja nicht mehr die Jüngste. Gut, sie war noch nicht alt – erst Ende dreißig –, aber auch nicht mehr wirklich jung. Wer würde sie denn einstellen? Sie kannte sich doch nur mit einem aus, nämlich mit Salz.

»Das ist nicht mein Problem«, verkündete Whit. »Sie hätte auf meine früheren Vorschläge eingehen sollen. Ich habe ihr angeboten, dass sie dort bleiben kann, solange sie mir nur das Land verkauft, aber da hat sie mir ja praktisch ins Gesicht gespuckt.«

Claire verengte die Augen zu Schlitzen. »Wann war das?« Sie wusste natürlich, dass Ida versucht hatte, das Salzgut zu kaufen, und auch, dass Whit ebenfalls seit Jahren ein Auge auf das Gelände geworfen hatte. Ihr war aber nicht klar gewesen, dass er seit Mamas Beerdigung zu Jo Kontakt gehabt hatte.

Whit winkte ab. »Ist doch egal.«

Claire zog eine Schnute. »Ich will mit diesem Land nichts zu tun haben. Ich hab dich geheiratet, um von dort wegzukommen!« Sobald die Worte ausgesprochen waren, bereute sie sie auch schon.

Whits Blick wurde starr, und er antwortete mit zusammengebissenen Zähnen: »Und ich habe *dich* geheiratet, um an dieses Land zu kommen.«

Claire erbleichte. »Was redest du denn da?«

»Ach, komm schon«, höhnte Whit. »Sei doch nicht so naiv. Du hast doch nicht etwa wirklich gedacht, dass ich aus Liebe in diese Familie eingeheiratet habe, oder? Nein. Ich gebe zu, dass ich dich hübsch fand, und wir hatten durchaus Spaß zusammen, doch geheiratet habe ich dich wegen deiner Hälfte der Marsch. Aber das hat deine Mutter ja mit ihrem neuen Testament zunichtegemacht.«

Claire fasste sich an den Hals. »Was willst du damit sagen?«, krächzte sie.

»Jo ist nicht die Einzige, die Geldprobleme hat, Claire. Seit ich vom College wieder nach Hause gekommen bin, habe ich versucht, den Familienbesitz zusammenzuhalten, aber das Immobiliengeschäft läuft in den letzten Jahren nicht besonders.«

Claire dachte an die leere Stelle an der Wand, wo einst Armistead Turners Porträt gehangen hatte, an das fehlende Geschirr und Idas verschwundene Diamantkette. Sie schluckte und hörte zu, als Whit fortfuhr.

»Mutter hat immer gesagt, dass das Salz all ihre Schulden tilgen würde, wenn es nur erst ihr gehörte.« Seine Augen leuchteten.

»Aber das ist doch lächerlich«, wandte Claire ein. »Sieh dir Jo nur an. Das Salz hat absolut nichts für sie getan. Warum glaubst du bloß, dass es bei dir anders wäre?«

Whit plusterte sich auf und warf sich in die Brust. »Weil ich ein Turner bin, deshalb. Das Salz hat Jo und deiner Mutter und all den Frauen vor ihnen immer Rückhalt gegeben. Das weiß doch jeder. Und deshalb hatten auch seit jeher alle Angst vor den Gillys. Keiner wollte sie heiraten, weil die Natur auf ihrer Seite war. Aber ich hatte keine Angst. Immerhin habe ich dich zur Frau genommen, oder etwa nicht? Sobald das Salz erst mir gehört, wird sich hier alles ändern.« Er trat einen Schritt näher an Claire heran und packte sie zu fest bei den Schultern. »Dabei stellst du dich mir besser nicht in den Weg. Und das meine ich ernst.«

Claire warf den Kopf herum und versuchte sich aus Whits schmerzhaftem Griff zu lösen. »Womit willst du das Land denn kaufen, wenn du so pleite bist? Ein paar Teller bringen dich da nicht weiter, da kann das Gelände so günstig sein, wie es will.« Sie dachte an das Porträt von Ida über der Treppe, das sie so sehr hasste. Wenn sie Glück hatte, würde Whit das auch noch verscherbeln, aber irgendwie hatte sie da so ihre Zweifel. Und dabei war Ida doch überhaupt an dem ganzen Schlamassel schuld.

Whits Gesicht war jetzt ganz nah vor Claires. »Und wenn ich unser Haus verschachern muss, um an die Salt Creek Farm zu kommen – das ist es mir wert.«

Claire konnte endlich eine Schulter aus seinem Griff befreien, warf ihren Zopf herum und starrte ihm direkt in die Augen. Whit hatte sie also nie geliebt. Damit waren sie dann wohl quitt. »Die Marsch bekommst du nur über meine Leiche«, hauchte sie. Sie musste sich wirklich zusammenreißen, um ruhig zu bleiben und gefasst zu klingen.

Whit lächelte, aber nicht richtig. Nicht mit den Augen. Er löste seine andere Hand von Claires Schulter, und die Stelle, an der sie gelegen hatte, fühlte sich eiskalt an. »Führ mich nicht in Versuchung«, knurrte er.

Traurig und trotzig gab Claire einen weiteren Löffel Zucker in ihren Kaffee und rührte um. Es war Anfang Frühling, die erste Woche der Fastenzeit, und bei Einbruch der Dämmerung würde der Himmel vermutlich genauso viele Reize zu bieten haben wie eine verbeulte Feldflasche.

Sie saß im Leuchtturmrestaurant in der hinteren Nische und war wie üblich die erste Kundin des Tages. Durch die Fenster spähte sie zur Straße hinaus, entdeckte aber nichts außer ihrem eigenen Spiegelbild: ein harter Geist, projiziert auf eine leblose Oberfläche. Als sie gerade den Blick senken wollte, zog sich in ihrer Magengrube alles zusammen, und sie schaute noch einmal hoch, um sicherzugehen, dass ihr weder die Augen noch das Herz einen Streich gespielt hatten. Es war kein Streich. Draußen auf der Bank Street marschierte Ethan Stone auf den Imbiss zu.

Ihr Herz klopfte plötzlich so laut, dass sie befürchtete, es könnte die Scheiben zum Bersten bringen, während sie in der Sitznische ganz nach hinten rutschte. Sie sah zu, wie Ethan vor Kälte erschauderte und seinen Mantel schloss, um dem unerschütterlichen Frühlingswind zu trotzen. Er sah älter aus, als sie erwartet hätte, er trug das Haar sehr kurz, und seine Lippen wirkten entschlossener. Außerdem war er verfroren, klamm und hungrig, und ihr wurde augenblicklich klar, wie viel ihr sein Spiegelbild im Fenster noch bedeutete. Sie setzte sich aufrechter hin und beobachtete, wie er das Leuchtturmrestaurant in Augenschein nahm. Noch hatte er sie nicht bemerkt. Sie hoffte, er würde nicht hereinkommen – sie war nicht auf eine Begegnung mit ihm vorbereitet, vor allem nicht in aller Öffentlichkeit –, aber die Kälte hatte längst gewonnen, Ethan schob sich herein, und die Türklingel bimmelte.

Jetzt öffnete er den Mantel und stampfte sich die Feuchtigkeit von den Stiefeln. Er suchte nach den Messinghaken links neben der Tür und entdeckte dabei Claire, die sich in ihrer Nische über ihre Kaffeetasse beugte. Er erstarrte, war ebenso verblüfft wie sie, dann aber lächelte er, und Claire sah zu ihrem Bedauern, dass seine Augen noch immer genauso leuchteten wie früher.

»Darf ich?« Er wies auf die Bank ihr gegenüber, und sie zögerte.

»Hallo, Ethan«, brachte sie schließlich mühsam hervor. Sie sah, dass er rot wurde und sich den Priesterkragen zurechtrückte. Ihr kam die Frage in den Sinn, ob er sich wohl nackt und schutzlos fühlte, wenn er den abends abnahm. Vielleicht war er ja erleichtert, wenn er ihn morgens wieder umlegen konnte. Dann schalt sie sich selbst dafür, sich Ethan bei Nacht vorzustellen.

»Claire«, krächzte er und reichte ihr die Hand. Als sich ihre Handflächen berührten, wischte der Körperkontakt mit einem Mal die vergangenen Jahre einfach so weg. Wenn sie jetzt die Augen geschlossen hätte, hätte sie schwören können, dass sie wieder achtzehn waren und sich gleich unter dem zerfurchten Birnbaum in die Arme schließen würden.

Sie sah auf und bemerkte, dass Cutt sie vom Tresen her beobachtete. Ihr war aufgefallen, dass er meistens bei der Kasse herumhing, wenn er nicht kochte – vermutlich, um den neuesten Tratsch mitzubekommen, bei dem es ja oft genug um sie ging. Sie zog die Hand zurück und ließ sie auf die Tischplatte sinken, wo sie allein und ganz unschuldig ruhte. Ihr diamantenbesetzter Ehering funkelte im Licht, ein blitzender Kreis, so hell wie jedes Leuchtturmfeuer.

Sie legte die Hände in den Schoß. »Es tut mir leid, dass dein Vater gestorben ist«, sagte sie, obwohl das gelogen war. Das hatte niemand in der Stadt bedauert, nicht einmal Ethans Onkel Chet, der Merretts Boot übernommen und seinen Fang damit verdoppelt hatte.

Ethan seufzte. »Danke. Vielleicht vermisst ihn ja der Ozean, aber ich bezweifle sehr, dass ihm hier sonst noch jemand nachtrauert. Bei meinem Onkel läuft es allerdings gut. Er hat mir schon meinen alten Job wieder angeboten.« Claire wurde rot, und genau in diesem Moment erschien Cutt mit der Speisekarte und blieb am Tisch stehen, während Ethan das Angebot durchsah.

»Ich nehme die Pfannkuchen«, verkündete er schließlich, und Cutt nahm die Bestellung mit der Miene eines Mannes entgegen, der an Essig genippt hatte.

»Ich schick Ihnen Dee mit Kaffee rüber«, knurrte er. Ethan nickte zum Dank. Claire bemerkte ein paar Schweißperlen auf seiner Stirn. Als erwachsener Mann ähnelte er seinem Vater äußerlich sehr, seine Körpersprache war jedoch ganz anders als die von Merrett. Ethans Gesten waren bedächtig, beinahe gespreizt. Selbst wenn er blinzelte, schien das mit voller Absicht zu geschehen, so als wollte er sich mit jeder Bewegung in Erinnerung rufen, dass er nicht sein eigener Herr war.

Er sah sich im Lokal um, bemerkte die vielen Veränderungen und runzelte dann die Stirn. »Was ist denn mit dem Salz passiert?«

Claire wurde rot, aber bevor sie antworten konnte, erschien Cutts grobknochige Tochter mit einer halbleeren Kaffeekanne in einer Hand und einem Teller Pfannkuchen in der anderen. Ihr Mund stand unschön auf, was ihr ein leicht dümmliches Aussehen verlieh. Claire hätte sich am liebsten aus der Nische geschoben und die Lippen des Mädchens zusammengepresst, vermutete aber, dass das auch nichts genutzt hätte. Bei diesem Mädchen war wirklich eine Schraube locker, man hörte es ja schon rasseln. Dee lehnte sich vor, um Claire Kaffee nachzuschenken und schüttete ihr dabei versehentlich etwas auf den Ärmel. Ihr Kiefer klappte noch weiter herunter, während sie dabei zusah, wie der Fleck erblühte.

»Keine Sorge«, beruhigte sie Claire und tupfte mit einer Serviette darauf herum. »Das ist ein altes Hemd.« Sie betrachtete Dees schlichte Züge. Die junge Kellnerin war nicht wirklich hübsch – dafür war sie zu pausbackig –, aber Claire begriff, dass irgendetwas an ihr bei Männern den Wunsch hervorrief, sie auszuziehen und nackt zu sehen. Claire fasste Dee am Handgelenk. »Denn ich weiß ja, dass du nicht so dumm wärst, mir die Kleider mit Absicht zu ruinieren, nicht wahr, Liebes?«

Dee wurde puterrot, erwiderte aber nichts, und Claire hatte Ethan mit ihrer Unhöflichkeit schockiert, aber das war ihr egal, beschloss sie. Zwölf Jahre waren eine lange Zeit. Ethan hatte ja keine Ahnung, dass es manchmal Momente gab, wie diesen zum

Beispiel, in denen sie mehr Ida Turner war als das Mädchen mit gebrochenem Herzen, das er im Sand hatte sitzen lassen. Claire wartete ab, bis Dee mit wiegenden Hüften abgezogen war, lehnte sich dann vor und sprach jetzt ganz leise.

»Warum bist du wirklich wieder hier?«, wollte sie wissen. Er riss die Augen auf und blinzelte dann erneut auf diese neue und widerlich selbstsichere Art und Weise. Plötzlich freute sich Claire darüber, dass er ihretwegen auf den vertrauten Geschmack ihres Familiensalzes verzichten musste. Vielleicht würde ihn das an all die anderen Dinge erinnern, die er auch nicht mehr haben konnte.

Er ließ die Gabel sinken und schüttelte den Kopf. »Ehrlich gesagt weiß ich das gar nicht so genau. Das war nicht meine Idee. Pater Flynn hat darum gebeten, und meine Vorgesetzten haben zugestimmt.«

Jetzt war ihr Magen schon nicht mehr so verkrampft. Seine Rückkehr hatte also nichts mit Gott oder ihr zu tun, sondern mit den Launen der Menschen. Claire stellte ihre Kaffeetasse auf den Tisch und presste die Handflächen gegen das pappige Leder der Nische. Als sie die Hände wieder von dort fortnahm, blieben Schweißabdrücke zurück. Ethan sah zu ihr hoch und lächelte, und seine Augen schienen blauer zu werden. »Gehst du immer noch zur Kirche, Claire?«, fragte er.

Sie rutschte in der Nische ein Stück zurück. Ihr Herz klopfte ein wenig, und plötzlich wurde ihr nur zu deutlich bewusst, wie dunkel der Holzrand rund um die Tür war und wie dick die Luft, und wie Dee von der Kasse aus in ihre Richtung herüberschielte. »Whit und ich gehen zusammen zur Messe.« Das verkündete sie laut, damit Cutt und seine blöde Tochter es auch mitbekamen. »Dann sehen wir uns ja am Sonntag.« Sie wusste, dass Ethan darauf wartete, ob sie wohl Jo zur Sprache bringen würde, aber dieser Name war ihr schon seit zwölf Jahren nicht mehr über die Lippen gekommen, und sie sollte verdammt sein, wenn ausgerechnet Ethan Stone als Erster hören würde, wie sie ihn aussprach.

Es gibt ja so vieles, was man nicht weiß, dachte Claire – zum Beispiel, dass man seine Vergangenheit nicht gegen seine Zukunft aufwiegen sollte. In diesem Moment, als sie hier Ethan wieder gegenübersaß, fürchtete sie, dass ihr doch so sorgsam eingerichtetes Leben in etwa so sicher und beständig war wie eine Reihe Dominosteine auf unebener Erde. Sie schob ihre Tasse in die Mitte des Tisches und stand auf. Vor dem Fenster sah sie Icicle mit den Hufen stampfen und große Dampfwolken ausstoßen. Ihre Brust fühlte sich an, als lasteten Pflastersteine darauf, und ihre Stimme klang schriller als sonst. »Ich muss jetzt los.«

»Warte.« Ethan versuchte, seine Hand auf die ihre zu legen, sie zog die Finger aber gerade noch rechtzeitig weg und sah sich nicht zu ihm um, als er ihr nach draußen folgte. »Herr im Himmel«, murmelte er leise und sah zu, wie Claire sich in den Sattel schwang und sich den Zopf hinten in die Bluse schob. Noch bevor sie das Pferd auf die Straße lenken konnte, wieherte es, bäumte sich auf, trat mit den Vorderhufen und verfehlte dabei ganz knapp Ethans Brust.

»Icicle! Nein!« Claire setzte sich im Sattel zurecht, zog dann an den Zügeln und brachte das Tier wieder zurück auf den Boden. Ein weiterer kurzer Kampf, ein subtiler Schenkeldruck, und dann stand es ruhig da, schnaubte und zitterte unter ihr.

»Das tut mir so leid«, rief sie zu Ethan hinüber. »Der ist sonst gar nicht so. Alles klar bei dir?« Eingesperrt hinter ihren Zähnen fühlte sich ihre Zunge geschwollen an. Ethan nickte, aber bevor er noch etwas erwidern konnte, lag ein Funkeln in ihren Augen. »Du solltest besser aufpassen. Prospect ist nicht mehr so ein verschlafenes Nest wie früher. Jetzt tauchen hier von überall unerwartet Autos auf, vor allem im Sommer.«

Sie konnte sehen, dass Ethan gerne noch etwas gesagt hätte, wollte ihm dazu aber lieber nicht die Gelegenheit geben. Sie schnalzte mit den Zügeln und kehrte nach Plover Hill zurück, heim zu ihrem Ehemann mit den strengen Gepflogenheiten, zu den stillen Räumen und dem Ticken der Uhr im oberen Flur, kurz gesagt also zu dem Alltag ihrer Ehe, die sie sich nie so vorgestellt hatte, aus der es aber jetzt kein Entrinnen mehr gab.

Die Turners waren auf dem Weg zu Ethans erster Messe in St. Agnes, als Claire im Auto einen Ohrring entdeckte, der nicht ihr gehörte. Sie waren spät dran, und Whit raste, riss das Steuer hastig und ruckartig herum. Claire hasste das. »Kannst du nicht ein bisschen langsamer fahren?«, bat sie, Whit ignorierte sie jedoch, also streckte sie die Hand aus, um Musik anzustellen, hielt dann aber inne, als sie zwischen ihrem Sitz und der Gangschaltung etwas Glänzendes entdeckte.

Sie warf einen Blick zu Whit hinüber, um sicherzugehen, dass er es nicht bemerkte, und zog dann eine schlichte Kreole hervor, nicht zu groß, nicht zu teuer, und ganz bestimmt nicht von ihr. Sie ließ sie einen Moment lang auf ihrer Handfläche funkeln und schob sie dann in ihre Tasche, bevor Whit den Blick von der Straße löste. Dabei blieb ihre Miene die ganze Zeit völlig entspannt, trotz der Mordgelüste, die sie überkamen. Von der Untreue seines Ehemanns zu erfahren war keine Sünde, das wusste Claire wohl, das Verlangen, ihn umzubringen, aber schon.

Sie lehnte sich im Ledersitz des Wagens zurück und wünschte sich, sie wäre zu Hause und würde ihre weichste Reithose mit einer dicken Arbeitsjacke und einem schäbigen Halstuch tragen. Dann würde sie jetzt ihr Haar aus der komplizierten Hochsteckfrisur schütteln und zu einem Zopf flechten, mit einer Hand nach einem abgenutzten Reithelm greifen und mit der anderen nach ihren Handschuhen, die Küchentür aufstoßen und sich den Frühlingswind ordentlich um die Wangen pusten lassen. Stattdessen ließ sie sich von Whit die Autotür öffnen, als sie in St. Agnes ankamen. Sie stieg aus, strich sich über den Rock und folgte ihm dann die Kirchenstufen hinauf, so wie sie es schon hundertmal zuvor getan hatte. Sie kniete sich neben ihn, faltete die Hände mit trügerischer Gemütsruhe und senkte das Haupt, ein Beispiel an Sittsamkeit.

Aus dem Epizentrum ihrer furchtbaren Ruhe erlebte sie die Messe wie eine Schlafwandlerin mit. In Andacht versunkene Gesichter verrieten immer so einiges, dachte sie, vor allem, wenn der Priester jung war und gut aussah, und jeder wusste, dass er einst in die reichste Frau der Stadt verliebt war. Verliebt gewesen war, korrigierte sich Claire. Denn jetzt liebte sie offenbar niemand mehr, nicht einmal ihr Mann, und sie waren auch nicht halb so reich, wie alle immer dachten. Sie hob den Kopf und zwang sich, den ins Gebet vertieften Ethan anzusehen.

Seine Miene war entrückt, so als ob die Vereinigung mit Gott ihn von allen weltlichen Problemen befreite. Cutt Pitman hingegen betete auf der anderen Seite des Ganges, wie Ex-Navy-Soldaten das nun mal so taten, die Hände stramm gefaltet, den Kopf im erforderlichen Winkel von fünfundvierzig Grad nach vorn geneigt, Dee zu seiner Linken. Ein Sonnenstrahl streifte deren Gesicht und verwandelte ihre Züge so schnell von gewöhnlich in gesegnet, wie dieser Moment dann auch wieder verstrich. Die Kleine sah auf und bemerkte Claires Blick, senkte rasch die Lider und wurde auf unattraktive, fleckige Weise rot.

An Claires Seite betete Whit mit seiner üblichen arroganten Zielstrebigkeit. Statt die Hände zusammenzulegen oder zu falten, hatte er sie seitlich ausgestreckt, so als würde er das Schicksal herausfordern, doch zu kommen und sich ihn zu holen. Bislang war das nicht passiert. Er trug heute einen Kaschmirblazer, den Claire ihm letztes Jahr zu Weihnachten geschenkt hatte, und elegante Wollhosen. Ein kleines Lächeln umspielte seine Mundwinkel, als hätte er, und er allein, die frohe Botschaft Jesu vernommen und fände das äußerst befriedigend. Claire legte die Finger in der Tasche um den Ohrring und unterdrückte dabei das Verlangen, mit der Faust auf Whit einzuhämmern.

»Nehmt doch bitte Platz«, ersuchte Ethan sie, und die Gemeindemitglieder setzten sich geräuschvoll auf die Bänke. Der junge Priester sah dort oben am Altar in seiner Robe so feierlich aus. Sein Blick traf Claires, er lächelte ein wenig, und sie rutschte in der Bank hin und her. Zu ihrer Rechten schien das Bildnis Unserer Lieben Frau Des Ewigen Salzes im dünnen Frühjahrssonnenschein zu erstrahlen. Claire runzelte die Stirn und wandte sich ab.

Nach dem Gottesdienst nahm Ethan Pater Flynns früheren Platz an der Tür ein und begrüßte seine neuen Schäfchen. Als der Moment kam, Claire die Hand zu schütteln, hielt er sie ein wenig fester, als er eigentlich sollte. Seine schützenden Finger waren warm und fest, und Claire musste gegen das Verlangen ankämpfen, sie einfach nie wieder loszulassen. Ethan löste sich viel zu rasch von ihr und wandte sich an ihren Mann.

»Eine schöne Predigt, Pater«, lobte Whit und fasste Claire am Ellbogen. Nach Ethans Berührung kam ihr diese kalt wie Januareis vor. Claire bemerkte, dass Cutt aus dem Augenwinkel zu ihr herübersah. Sie hielt den Atem an und hoffte nur, er würde ihre Begegnung mit Ethan im Restaurant nicht erwähnen. Erleichtert sah sie schließlich, dass er mit Dee zusammen an die Seite trat und mit der alten Mrs Butler plauderte, die ganz heiß auf den neuesten Klatsch und Tratsch war, aber viel zu taub, um alles richtig mitzubekommen.

»Hallo, Ethan«, sagte Claire. Sie hatte sich heute beim Anziehen besonders viel Mühe gegeben, einen Kaschmirpullover ausgesucht, der perfekt zu ihren Augen passte, und einen Tweedrock, der ihre Hüften umschmeichelte. Statt Stöckelschuhen trug sie ihre üblichen polierten Stiefel und hatte sich das Haar zu einem Knoten hochgesteckt, den sie nun zurechtrückte. Während der ganzen Messe war sie sich Ethans Blicken, die auf ihr ruhten, bewusst gewesen. Er hatte Claire angestarrt, als sie die Augen für das Vaterunser geschlossen hatte, und als sie am Kelch mit dem Messwein genippt hatte. Als ihre Blicke sich schließlich getroffen hatten, war der Moment so klar und durchdringend gewesen, ein Augenblick von beinahe chirurgischer Präzision. Claire begriff, dass er immer noch direkt in sie hineinsehen konnte, und sie fragte sich, ob das umgekehrt wohl auch der Fall war. Sie wartete ab, bis Whit zu Cutt hinüberging, und drehte sich dann zu Ethan um.

»Du hast mich während der Messe beobachtet.« Sie sprach so leise, dass nur er sie verstehen konnte. Er lief am Hals rot an, und Claire kämpfte mit dem Verlangen, ihn dort zu streicheln, wie sie es früher getan hatte.

»Du siehst nur so ganz anders aus als bei unserem Treffen im Leuchtturm.« Damit meinte er offensichtlich, wie anders sie an Whits Seite wirkte, aber Claire biss sich auf die Innenseite der Wange und hoffte nur, Ethan würde Whits Namen nicht aussprechen. Das tat er auch nicht. Stattdessen fragte er nach Jo. »Wie geht es deiner Schwester?«, erkundigte er sich. »Ich hatte überlegt, vielleicht mal bei ihr vorbeizuschauen. So wie ich das verstanden habe, kommt sie ja nicht mehr zur Messe. Onkel Chet hat mir erzählt, dass es für sie nicht besonders gut läuft.«

Wie immer, wenn Jos Name erwähnt wurde, machte Claires Herz einen Satz. Sie schniefte. »Du hast inzwischen bestimmt schon gehört, dass wir nicht mehr miteinander reden«, sagte sie und funkelte ihn an. »Wenn du hier wieder klarkommen willst, Ethan Stone«, fügte sie mit kalten Lippen hinzu, »dann rate ich dir, den Drahtseilakt zwischen Gillys und Turners zu lernen, und zwar ganz schnell.«

Ethan lehnte sich so nah zu ihr herüber, dass sie den schwachen Geruch nach Wintergrün in seinem Atem riechen konnte. »Und zu wem gehörst du jetzt?«, fragte er, und Claire zögerte.

»Zu den Turners, würde ich mal sagen. Zumindest laut Heiratsurkunde.« Plötzlich herrschte zwischen ihnen peinlich berührtes Schweigen. Es machte Claire geradezu wahnsinnig, dass Ethan hier in seiner Robe vor ihr stand. Er war ihr so nah, und dennoch war es durch die so deutlich sichtbaren Attribute seiner Berufung sicher schon eine Sünde, auch nur als Mann an ihn zu denken. Sie fragte sich, ob sein Glaube wirklich untrennbar zu ihm gehörte, oder ob er ihn nur anlegte, wenn es ihm gerade passte, wie den Talar. Sie leckte sich die Lippe, drehte sich um und ging davon, während sie sich eine Haarsträhne um den Finger wickelte. *Und dafür hast du mich also verlassen, war es das wirklich wert?* Das war es, was sie ihn so gern fragen wollte.

In dieser Woche stürzte sich Claire mit Feuereifer in ihre Komiteearbeit – tauchte sogar bei Treffen von Ausschüssen auf, in denen sie gar nicht mitarbeitete.

»Aber du gehörst doch gar nicht zu den Gartenfreunden«, stellte Agnes Greene klar, als sie zu deren jährlichem Teekränzchen erschien.

»Jetzt schon«, entgegnete Claire, beschlagnahmte den Stuhl, auf dem sie Agnes ansonsten vermutete, und starrte sie mit ihrem geschäftigsten Lächeln an.

Agnes nahm neben Claire Platz und knirschte mit den Zähnen. »Natürlich sind wir *begeistert*, dich mit an Bord zu haben«, behauptete sie mit affektiertem Lächeln und sprach dann für den Rest der Zeit mit der Dame zu ihrer Linken.

Als auch Claires Bürgerpflichten ihre Nerven nicht beruhigten, verlangte sie dem armen Icicle bei ihren Ausritten mehr ab als je zuvor, zwang ihn zu einer Reihe strapaziöser Galopps und sprang mit ihm im Parcours. Er ließ alles über sich ergehen, was sie von ihm verlangte, weshalb sie sich danach nur noch schlechter fühlte. Um das wiedergutzumachen, verbrachte sie besonders viel Zeit mit ihm, rieb ihn sorgfältig ab und gab ihm eine Extraration Futter. Sie überlegte, vielleicht zur Beichte zu gehen, verwarf den Gedanken aber wieder. Trotzdem rollte der Sonntag – und die aufregende Aussicht, Ethan wiederzusehen – unbarmherzig heran, und zugleich wurden die Fragen, die sie zu dem Ohrring aus Whits Auto hatte, immer drängender. Ob sie ihn damit konfrontieren sollte? Oder besser abwarten, bis sie weitere Beweise beisammenhatte? Sie war sicher, dass da noch mehr zu finden war.

Noch bevor sie sich zu einer Entscheidung durchringen konnte, wurde sie Freitagnacht von heftigem Wind geweckt. Sie war mit Whit bei einer Veranstaltung im Club gewesen und hatte viel zu viel Wein getrunken. Erschrocken setzte sie sich im Bett auf. Die Decke fiel dabei auf ihre Hüften hinunter, und sie tastete automatisch nach Whit, ihre Hand griff jedoch ins Leere. Er war nicht da. Zunächst überkam sie Angst, dann wurde sie jedoch unglaublich wütend. Zweifellos hatte er sich hinausgeschlichen, um sich mit seinem Flittchen zu treffen. Sie stellte sich eine Frau mit großen Brüsten und langen, geschmeidigen Beinen vor, oder vielleicht eins von diesen Weibsbildern, die immer irgendwie ein bisschen verschmuddelt wirkten, als müssten sie sich dringend die Haare waschen. Auf jeden Fall eine, die beim Gehen mit dem Hintern wackelte, dachte sie, und die bewusst besonders träge lächelte.

Claire lehnte sich in den Kissen zurück und versuchte, wieder einzuschlafen, aber es war zwecklos. Der Vollmond ergoss sein Licht über den Fußboden, und der Wind verwandelte all die offenen Fragen dieser Welt in die reinste Symphonie. Draußen schrie irgendwo eine Eule, erst einmal und dann wieder, und Claire spitzte die Ohren. Nein, keine Eule, überlegte sie, aber auf jeden Fall ein Tier, das Schmerzen hatte. *Icicle*, durchzuckte es sie plötzlich, und ihr Herz schlug schneller.

Sie stand auf und ertastete den Weg die Treppe hinunter. Das Licht schaltete sie nicht ein. Nach zwölf Jahren fand sie sich im Turner-Haus auch mit geschlossenen Augen zurecht, und außerdem schien der Mond so hell. Sie warf einen Dufflecoat über, stieg schnell in ein Paar Gummistiefel und stieß dann die Tür zur Diele auf. Und da war es wieder – ein schräges Jaulen, wie von einem verwundeten Fuchs.

»Whit?«, rief sie in die Dunkelheit hinein, aber es kam keine Antwort. Sie verfluchte ihn, als sie zur Koppel lief, um nach Icicle zu sehen. Was für ein Mann ließ denn seine schlafende Frau allein, um sich mit einer anderen zu treffen? Ging er deshalb fremd, weil Claire die Babys verloren hatte? Das alles wollte sie Whit fragen, wenn sie ihn fand, und dann hätte auch sie ihm noch so einiges zu sagen.

Sie näherte sich dem Stall und wollte gerade aus dem Schatten heraustreten, als ihr zwei Dinge auffielen. Erstens war draußen das Licht eingeschaltet, und zweitens hatte jemand die Stalltür so unbedacht offen stehen lassen, wie man einen Penny wegwarf.

Als sie Icicle auf der dunklen Koppel nirgendwo entdecken konnte, ging sie auf die Stalltür zu, um sie zu schließen. Aber noch bevor sie sie erreichte, ließen sie zwei lauter werdende Stimmen innehalten. Und eine davon gehörte zu Whit.

»Das musst du aber«, drängte er. »Du hast überhaupt kein Recht …« Eine panische, von Angst erfüllte weibliche Stimme antwortete ihm atemlos.

»Wir könnten zusammen durchbrennen. Wir gehen irgendwohin und fangen noch mal ganz von vorn an. Bitte, ich hab das doch nicht geplant. Ich kann nirgendwo hin. Mein Vater hat mich gerade rausgeschmissen.«

»Halt den Mund!«, knurrte Whit voller Zorn. »Ich gehe nirgendwo mit dir hin. Und ich werde auch nicht zulassen, dass eine kleine Schlampe wie du meinen guten Ruf ruiniert. Der ist das einzig Wertvolle, was mir noch geblieben ist. Wenn du den kaputt machst, dann machst du alles kaputt. Und das lasse ich nicht zu, verstanden?«

»Und ich dachte, du hättest vielleicht gern ein …«, begann das Mädchen, aber er ließ sie nicht ausreden.

»Nicht so. Nicht mit jemandem wie dir …« fauchte Whit, dann verstummte er, und Claire konnte nichts mehr hören, nur noch ein Schaben und dann furchtbare, bleierne Stille.

Auf Zehenspitzen schlich sie sich näher an die geöffnete Tür heran und blickte mit zusammengekniffenen Augen in die Dunkelheit. Dort sah sie Whit, der eine junge Frau umarmte, aber irgendetwas stimmte an dem Bild nicht. Das Mädchen bewegte sich nicht. Claire trat näher und stellte fest, dass einer ihrer Füße unter der Frau wegrutschte. Claire begriff, dass die junge Frau am Ersticken war. Und dass Whit derjenige war, der sie erwürgte.

Claire konnte sich selbst nicht erklären, was nun über sie kam. Sie vermutete nur, dass es das sein musste, was Jo empfunden hatte, als sie Claire aus den Flammen gezogen hatte. Es war, als brannte sie am ganzen Körper, ihre Haut war so heiß, dass sie zu frösteln begann, und ihre Ohren wurden von einem rauchigen Dröhnen erfüllt. Sie spannte die Arme an, ihre Muskeln zitterten. Irgendwo tief in ihrem Inneren lehnte sich die wahre Claire zurück und sah zu, was diese neue Version von ihr wohl tun würde.

Sie handelte, ohne nachzudenken – griff nach der Schaufel in der Ecke und stürmte mit erhobenen Armen auf Whit zu. Ein Schrei, den sie gar nicht als den ihren erkannte, entfuhr ihren Lippen. In diesem Moment war sie wieder durch und durch eine Gilly: Ihre Haare leuchteten rot, der Zorn floss durch ihre Adern, ihr Ziel war klar, und sie hatte nichts mehr zu verlieren.

Entgeistert ließ Whit von dem Mädchen ab, das als Bündel zu seinen Füßen in sich zusammensackte. Er drehte sich zu Claire um und wich ihr aus, so dass nur der Rand der Schaufel auf seinen Schädel niederkrachte. Das Geräusch von Metall auf Knochen war widerwärtig, und dann erklang ein zweiter dumpfer Schlag, als Whit zu Boden ging. An seinem Ohr quoll Blut hervor. Claire stand über ihm und fragte sich, ob sie noch einmal zuschlagen sollte, doch da stöhnte das Mädchen auf einmal, und seine Beine zuckten. Erst jetzt erkannte Claire, dass es Dee Pitman aus dem Leuchtturmrestaurant war. Cutts Tochter. Gerade mal achtzehn, wenn überhaupt.

»Gott sei Dank«, keuchte die und richtete sich auf dem Ellbogen auf, dann fielen ihr die Augen wieder zu und sie sank erneut zu Boden.

Icicle wieherte und scharrte angesichts des ganzen Theaters aufgeregt in seiner Box. Bei diesem Geräusch kam Claire endlich wieder zu sich und war mit einem Mal wieder Claire Turner, hatte einen so kühlen Kopf wie an dem Morgen ihrer Hochzeit mit Whit, als sie sich dem Namen Turner mit Leib und Seele verschrieben hatte. Und von jenem Augenblick an bis zu diesem Moment hatte sie jede einzelne Handlung dieser neuen Rolle angepasst. Und darüber war sie jetzt froh, denn das machte es sehr viel leichter, hier über den dahingesunkenen Körpern ihres Mannes und seiner Geliebten zu stehen, von denen sie die eine am liebsten umbringen würde und den anderen vielleicht schon umgebracht hatte.

Sie hockte sich hin und legte Whit die Finger an den Hals. Erleichtert stellte sie fest, dass sie seinen Puls spüren konnte, und wandte ihre Aufmerksamkeit dann Dee zu, die sich noch immer nicht regte. Ihre Augen waren blutunterlaufen, und ihre Lippe war so dick und angeschwollen wie eine pralle Pflaume. Claire machte einen Schritt über Whit hinweg und kniete sich neben Dee.

Die junge Frau sah zu Claire auf, die Nase voller Rotz, der Blick verwirrt wie der eines Kindes. »Tut mir leid«, sagte sie. »Ich weiß gar nicht, was ich jetzt machen soll.« Sie war ja auch noch ein Kind, dachte Claire. »Ich kann nicht nach Hause gehen«, schluchzte Dee. »Nicht jetzt.«

Claire seufzte. Darüber, nicht mehr nach Hause zurückkehren zu können, wusste sie alles, und ehrlich gesagt hatte sie von der ganzen Geschichte die Nase voll. In der Dunkelheit stampfte Icicle mit dem Huf auf und schnaubte, als wollte er ihre Aufmerksamkeit erlangen.

»Bleib hier«, flüsterte Claire und stützte Dee an der Stallwand ab. »Nicht bewegen«, fügte sie hinzu. Sie führte Icicle aus seiner Box. Dann holte sie eine Decke, Sattel und Zaumzeug, schob ihm das Gebissstück ins Maul und schnallte den Sattel fest.

»Steck deinen Fuß hier rein«, forderte sie Dee auf und schob ihre Zehen in den Steigbügel. »Jetzt lehn dich gegen mich und heb das Bein hoch.« Dee sah sie mit großen Augen an, tat aber wie geheißen, und dann schwang sich auch Claire auf Icicles Rücken.

»Halt dich fest«, befahl Claire und lenkte das Pferd aus der Scheune. Sie ritten Plover Hill hinunter und wurden immer schneller, nachdem sie erst einmal den Fuß des Hügels erreicht hatten. Es war schon viel später, als Claire gedacht hatte. Bald würde die Sonne aufgehen. Der Himmel sah bereits so diesig und unentschlossen aus wie immer, bevor der Morgen endlich ganz anbrach.

Sie grub Icicle die Fersen in die Flanken, und er verfiel in leichten Galopp. Sie spürte, wie Dee sich mit den Schenkeln festklammerte, um nicht herunterzufallen. Das Mädchen fragte nicht, wohin es ging, und Claire verriet es ihm auch nicht. Sie wusste aber, dass die Salzbecken auf sie warten und in der Dämmerung leuchten würden wie der dichte Spitzenschleier, hinter dem sie ihr Gesicht am Tag ihrer Hochzeit verborgen hatte. Seitdem war sie darin gefangen, in Armut wie in Reichtum, in guten wie in schlechten Zeiten, Whits Eigentum, bis der Tod sie scheiden würde, und bitte, lieber Gott, betete sie, als sie durch die letzte Dunkelheit rauschte, lass mich von uns beiden nicht als Erste gehen.

# KAPITEL 15

Es war das erstickte Rufen einer der verfluchten wilden Katzen in der Marsch, das Jo aufweckte, was sie zum Aufstehen bewegte, war jedoch das Klappern von Pferdehufen auf Lehmboden. Der Morgen war kaum angebrochen, aber die Frühlingsmöwen flatterten bereits wild und rasch durch die Lüfte. Über Nacht hatte der Wind gedreht, und wenn er das tat, hatten die Vögel immer als Erste etwas dazu zu sagen, das wusste Jo.

Sie konnte nicht behaupten, überrascht gewesen zu sein, als plötzlich ein einzelnes weißes Pferd in der Marsch auftauchte. Sie war daran gewöhnt, dass Claire bei Tagesanbruch hierher ausritt. Vor etwa sechs Jahren hatte ihre Schwester angefangen, regelmäßig die Gräber zu besuchen. Jo wusste von ihren Besuchen und den kleinen Salzhäufchen, die sie manchmal auf Henrys Grab zurückließ, so wie ihre Mutter es ihnen beigebracht hatte. Jo passte das gar nicht, aber sie glaubte kaum, Claire irgendwie davon abhalten zu können. Manche Dinge lagen nicht in der Hand der Menschen.

Aber dieses Mal zügelte Claire ihren Schimmel nicht am Rande der Marsch, wie sie es sonst immer tat, und auf dem Pferderücken war auch nicht nur eine einzige Silhouette zu erkennen – sondern zwei. Es stimmte schon, noch war das Licht diesig und schwach, und das Glas des Fensters war alt und trüb, aber Jo zweifelte nicht an dem, was sie da gesehen hatte. Sie schaute zu, wie das Pferd langsamer wurde, sich dem Haus näherte, und eine nach der anderen zwei Frauen abstiegen. Sie fassten einander um die Hüfte, was wie eine liebevolle Geste wirkte, Jo wusste aber, dass das gar nicht sein konnte, weil Claire nämlich niemanden liebte außer sich selbst.

Jo trat vom Fenster weg und hielt den Atem an. Sie hoffte, die Vision von Claire würde von allein wieder verschwinden, ihre Schwester kam jedoch immer näher. Jo hörte, wie unsichere Schritte die Verandastufen hinaufpolterten, und seufzte. Wenn Ärger meist in der Gestalt eines Fremden kam, wie Mama oft gesagt hatte, dann war das plötzliche Auftauchen eines lang vermissten geliebten Menschen noch viel schlimmer. Wahres Unheil gehörte zu ihnen wie die Streifen zu einem Stinktier.

Claires Faust trommelte gegen die Tür, und Jo zog in Betracht, sich vielleicht einfach zu verstecken. Sie warf einen Blick auf den Schrank in der Ecke des Raumes, fasste den Schlupfwinkel unten zwischen der Standuhr und dem Sofa ins Auge, aber Claire war wie das verdammte Wetter. Wegrennen konnte man vor ihr nicht, sie ändern auch nicht, und es wäre einfach nur dumm zu versuchen, ihr aus dem Weg zu gehen. Bei Claire machte man am besten die Schotten dicht und dann Augen zu und durch. Jo hörte draußen ein scharrendes Geräusch und dann einen dumpfen Schlag.

»Verdammt noch mal, Joanna!«, rief Claire. Nach zwölf Jahren war ihre Stimme schärfer, als Jo sie in Erinnerung hatte. »Ich weiß, dass du da auf der Treppe stehst. Ich kann dich sehen. Komm jetzt runter und hilf mir!«

Jo atmete tief durch, füllte sich mit Luft wie ein Segel und stieg dann in der Hoffnung die Stufen hinunter, dass sie die Situation einigermaßen unter Kontrolle hatte. Sie war jedoch überhaupt nicht auf das gefasst, was sie draußen erwartete. Denn dort beugte sich Claire über eine bewusstlose Dee Pitman.

Jo legte den Kopf zur Seite. Auf der Treppe war es dunkel,

und ihr blieb ja nur ein Auge, aber Claire sah für sie ganz und gar nicht wie jemand aus, der beschlossen hatte, seine Wurzeln zu kappen und frei durchs Leben zu gehen. Sie trug einen Dufflecoat über einem weißen Baumwollnachthemd und Gummistiefel. Mit dem losen Zopf, der ihr auf den Rücken baumelte, sah sie mit einem Mal wieder aus wie mit achtzehn.

»Hilf mir«, bat sie, und Jo humpelte näher heran. Sie bereute jetzt schon, in die Sache mit hineingezogen zu werden, aber was sollte sie sonst tun? Wenn einem das Leben einen Haufen Mist vor der Tür ablud, dann holte man wohl am besten den Mopp und fing damit an aufzuwischen.

»Lass mich mal«, sagte sie, kniete sich hin, schob ihren guten Arm unter Dees Nacken und löste ihr Halstuch ein wenig. Dann blies sie der Kleinen über die Wangen, bis ihre Lider endlich flatterten. Sie ließ das Mädchen zu Boden sinken und machte einen Schritt zurück, bevor es wieder völlig zu sich kam. Jo wusste nicht, warum Dee hier war, aber das war auch nicht ihr Problem. Sollte Claire sich doch darum kümmern.

»Scheiße«, stöhnte Dee. »Verdammte Scheiße.« Herzallerliebst, dachte Jo. Dee stützte sich auf dem Ellbogen auf und sah sie verständnislos an. »Wo bin ich?«

Jetzt trat Claire einen Schritt heran, und ihr Nachthemd bauschte sich unter dem Mantel. »Meine Schwester bringt dir Wasser, wenn du möchtest.«

Na perfekt, dachte Jo. Kaum war Claire fünf Minuten hier, gab sie auch schon wieder Befehle.

Dee sog die Luft ein und riss vor Entsetzen die Augen auf. »Sie haben mich zur Salt Creek Farm gebracht?«

Claire seufzte. »Ich wusste nicht, was ich sonst mit dir machen sollte. Du hast schließlich gesagt, dass du nicht mehr nach Hause kannst. Dein Vater hat dich doch rausgeworfen, oder nicht?«

Dee rollte sich für einen Moment auf die Seite, dann schob sie sich auf alle viere wie eine Katze. Sie ließ sich auf die Knie sinken und blinzelte. »Und da haben Sie mich ausgerechnet *hierher* gebracht?«

Claire schniefte. »In die Marsch oder woanders hin – was macht das schon? Und in der Not frisst der Teufel eben Fliegen.«

Jetzt unterbrach sie Jo: »Aber was willst *du* hier, Claire?« Wenn sich das hier schon zum Fragespiel auswuchs, dann sollte Dee nicht die einzige Kandidatin bleiben. Claire kaute nur auf einer Haarsträhne herum und äußerte sich nicht dazu, also wandte Jo sich an Dee. Sie bemerkte, wie trotzig die Kleine dreinblickte, und so, wie sie den Mund zusammenpresste, war Jo klar, dass sie mehr harte Zeiten durchgemacht haben musste, als ihre Jugend vermuten ließ. »Wie alt bist du überhaupt?«, fragte Jo. Hatte Dees Vater ihr nicht erzählt, dass Dee noch so ein junger Hüpfer war?

Dees Lippe zitterte. »Ich bin letzte Woche achtzehn geworden.«

*Ein Kind,* dachte Jo. »Und warum kannst du nicht mehr nach Hause?« Sie dachte an Cutts tätowierte Unterarme und das militärisch kurz gestutzte Haar. Er schien sich nur in geraden Linien fortzubewegen. Jo konnte sich nicht daran erinnern, dass es an ihm auch nur irgendetwas Weiches, Sanftes gab. Sie wusste nicht, wo Dees Problem lag, aber zu so einem Vater wäre sie wohl auch nicht gern zurückgekehrt, musste Jo zugeben.

Dee griff nach hinten und löste ihr Tuch. An ihrem Hals entdeckte Jo einen Ring aus lilafarbenen Geisterabdrücken. Dee stolperte über ihre eigenen Worte, sprach jedes ein wenig leiser aus als das vorherige, als würde ihr jemand die Luft abdrehen, aber das war eigentlich auch egal. Sie hätte mit Engelszungen reden können, es gab einfach keine nette Art, das zu formulieren, was sie jetzt zu sagen hatte. Sie legte die Hände zu einem kleinen Ball zusammen, der das einzig Ordentliche an ihr war. »Ich bin schwanger. Von Whit. Nur«, sie wischte sich eine Träne ab, »er will mich gar nicht, und das Baby will er auch nicht, obwohl ich das dachte. Er will uns beide loswerden.«

Jo war eigentlich davon ausgegangen, dass Claire im Bilde

war, ihre Schwester stieß jedoch einen kleinen Schrei aus. Zuerst schrieb Jo das Dees Enthüllung zu, dann aber folgte sie ihrem Blick und entdeckte die Kette um den Hals des Mädchens. Es war ein herzförmiges Medaillon an einer silbernen Kette, in das ein großes, verschnörkeltes W eingraviert war – billiger Schmuck, den Jo nur zu gut kannte. Noch bevor sie eingreifen konnte, streckte Claire die Hand aus, riss Dee die Kette vom Hals und schob sie sich in die Manteltasche. Wer auch immer behauptet hatte, dass Erinnerungen nicht schwerwiegend sind, lag eindeutig falsch, ging es Jo durch den Kopf. Diese hier wog so einiges, vor allem, wenn sie in der Hand lag.

Claires Gesicht war jetzt nur noch Zentimeter von Dees entfernt. Sie schüttelte so heftig den Kopf, dass Jo nicht überrascht gewesen wäre, wenn ihre Haare Funken gesprüht hätten. »Das ist Whits Initiale! Der lässt alles mit seinem Monogramm versehen, in seiner eigenen Handschrift. Du kleine Diebin! Du hast kein Anrecht darauf – auf nichts von all dem!« Sie ließ sich auf die Fersen sinken, schlug die Hände vors Gesicht und brach in Tränen aus.

Jo hüllte Dee in eine der kratzigen Decken, die sie im Flurschrank gefunden hatte, und ließ sie zitternd auf dem Sofa im Wohnzimmer zurück. »So nicht«, sagte sie zu Claire. »Komm mit.« Sie führte sie in die Küche. »Das ist jetzt nicht der richtige Moment für so was. Es ist doch nur eine billige alte Halskette.« Sie hielt es für angebracht, ihrer Schwester nicht zu verraten, dass dieses Schmuckstück einmal ihr gehören sollte, lange bevor sich dieses Drama in ihrem Flur abgespielt hatte

»Was ist passiert?« Jo goss ihnen zwei Tassen Pfefferminztee ein und setzte sich mit Claire an den Küchentisch mitten im Raum.

Claire rieb sich die Augen. »Ich bin aufgewacht und hab ein Geräusch gehört. Whit war weg. Er lag nicht im Bett, und im Haus war er auch nicht. Das ist in letzter Zeit oft passiert, dass er spät nach Hause kam oder schon vor dem Morgengrauen aufgebrochen ist. Ich hatte mir schon gedacht, dass da irgendwas im Busch war, aber ich wusste nicht, mit wem. Das Geräusch kam aus dem Stall. Der Mond schien so hell, dass ich beschlossen habe, nach Icicle zu schauen. Ich dachte, er wäre das. Aber dann habe ich Whit und Dee streiten sehen. Sie hat gesagt, dass sie doch zusammen weggehen könnten, er meinte aber, er würde sich von ihr nicht seinen guten Ruf ruinieren lassen, und dann ist er auf einmal ohne jede Vorwarnung auf sie losgegangen und wollte sie erwürgen.« Claire erschauderte und hob die Tasse zum Mund, dann fuhr sie sich mit den Fingern über die Lippen. »Und dann hab ich eingegriffen.«

Jos Herz setzte einen Schlag aus. »Claire, was hast du getan?«

»Es geht ihm gut.« Claire setzte den Becher ab. »Ich hab ihm mit einer Schaufel eins übergebraten, das ist alles. Er hat heute Morgen mit Sicherheit einen dicken Kopf, aber ich konnte seinen Puls fühlen. Ich hab nachgesehen, bevor ich Icicle gesattelt habe.« Sie rutschte auf dem Stuhl herum und sprach jetzt leiser weiter. »Mir ist ganz egal, ob Dees Vater ihr die Haut abzieht und sie in einem Kessel voller Blut kocht. Sie muss weg.« Sie zog die Kette aus der Tasche und legte sie auf den Tisch. »Was zum Teufel ist das bloß? Das ist ja ganz offensichtlich von ihm, aber das ist gar nicht sein Stil.«

Ein Windstoß fegte über das Dach, und Jo fuhr zusammen. So langsam wurde dieser Morgen wirklich hässlich, dachte sie, und zwar in jeder Hinsicht. Jeden Moment würde heftiger Regen einsetzen, der die Salzmarsch aufwühlen und den Schlamm verdünnen würde, den sie doch aus den Becken schaufeln wollte. »Komm schon, Claire«, meinte Jo. »Du bist doch jetzt so eine treue Kirchgängerin. Wie war das noch mit dem Platz in der Herberge?«

Claire schlug mit der Faust auf den Tisch. »Das ist nicht die Weihnachtsgeschichte! Wir reden hier nicht über eine unschuldige Jungfrau! Dieses Flittchen hat sich von meinem Mann flachlegen lassen!«

Jo zuckte mit den Achseln. »Sie hat nur getan, was du auch mal gemacht hast.«

Claires Erdbeermund klappte auf. »Darum geht es dir also? Willst du hier alte Rechnungen begleichen?« Sie streckte die Hände auf der Tischplatte aus, so dass ihr diamantbesetzter Ehering Jo anfunkelte wie das durchtriebene Auge eines Fuchses. »Okay, all meine alten Wunden sind aufgerissen und stehen zur Diskussion. Bist du jetzt zufrieden?«

Jo wandte den Blick von ihrer Schwester ab. »Ich glaube, meine Meinung interessiert hier sowieso nicht. Aber bevor du eine Entscheidung über deinen Verbleib triffst, solltest du noch etwas wissen. Wir müssen hier ein paar Rechnungen begleichen, die nichts mit uns zu tun haben.«

Claire kaute an ihrer Lippe. »Was meinst du?«

Jo ließ den Kopf hängen. »Erinnerst du dich noch an deinen alten Traum, mal aufs College zu gehen?«, fragte sie. »Na ja, für den muss ich dank Mama jetzt bezahlen.« Dann erzählte ihr Jo alles über den zweiten Kredit, den Mama für Claire auf das Gut aufgenommen hatte, bevor ihre Pläne sich in Rauch aufgelöst hatten. Schließlich erklärte sie, dass die Bank die Marsch übernehmen würde, wenn sie nicht ganz schnell an Bares kam.

Claire seufzte und schürzte die Lippen – eine alte Angewohnheit, die Jo sagte, dass ihre Schwester jetzt mit einem Geheimnis herausrücken würde. Was sie dann sagte, schockierte Jo. »Das wusste ich bereits. Whit hat davon gesprochen. Es ist beinahe das Einzige, worüber er in letzter Zeit redet. Er hat diese verrückte Idee, dass sich alles zum Besseren wendet, wenn dieses Land erst ihm gehört.«

Jo schnaubte. »Das bedeutet noch lange nicht, dass ich es ihm überlassen werde.« Dann wurde sie wieder ernst. »Aber er hat auf jeden Fall genug Geld, um es zu kaufen.«

Claire zögerte. »Eigentlich nicht«, wandte sie ein, und Jo beugte sich zu ihr vor. »Whits Geschäfte laufen nicht ganz so gut, wie du vielleicht gedacht hast«, gab Claire zu. »Er hat im Laufe der Jahre Gemälde und was vom Familiensilber verkauft, und sogar den alten Pelzmantel seiner Mutter. Ich weiß nicht, wie viel ihm noch bleibt, aber es dürfte kaum der Rede wert sein.«

Mit einem Ruck lehnte sich Jo im Stuhl zurück. Der Dampf des Pfefferminztees brannte in ihrem guten Auge. Claire hatte immer schon das Talent gehabt, sofort zum Punkt zu kommen und die Menschen damit mitten ins Herz zu treffen. Ihre Mutter hatte das immer wahnsinnig gemacht, und Jo konnte sich vorstellen, wie unangenehm es in einer Ehe sein musste, vor allem, wenn man mit einem Mann wie Whit verheiratet war, der seine Geheimnisse am liebsten gut wegpackte und im Regal verstauben ließ.

Jo sah ihre Schwester prüfend an. »Sag mal Claire, wenn du Dee und Whit nicht zusammen im Stall erwischt hättest, wärst du dann je wieder hergekommen?«

Claire blinzelte, und Jo konnte das Netz aus winzigen Fältchen erkennen, das sich um ihre Augen gebildet hatte. Vielleicht waren sie ein Zeichen dafür, dass es mit Whit nicht besonders gut gelaufen war – und zwar nicht erst seit kurzem. Solche Spuren brauchten ihre Zeit, um sich ins Fleisch einzugraben, so wie Wasser den Stein höhlte, und wenn irgendjemand wusste, wie Trauer einen Körper nach und nach formen konnte, dann war es Jo.

Claire senkte den Kopf. »Ich weiß auch nicht. Vielleicht. Irgendwann.«

Das war für Jo genug. Sie rückte den Stuhl vom Tisch ab und stand auf. »Sie bleibt hier.«

Claire sah sich um, als sei sie gerade aus einem langen, unangenehmen Traum erwacht. Einen Moment lang nagte sie nachdenklich an ihrem Daumennagel, dann beschloss sie, einfach ins kalte Wasser zu springen, ihr Schicksal in Jos Hände zu legen, und so den Einsatz zwischen ihnen zu erhöhen. Sie griff nach ihrer Teetasse. »Ich denke, dann bleibe ich auch.«

Und so waren sie mit einem Mal zu dritt.

# KAPITEL 16

Es gab im ganzen Universum keinen Ratgeber, der Claire in ihrer Situation hätte weiterhelfen können, ihr hätte sagen können, wie sie sich verhalten sollte, jetzt, wo sie in ihrem Elternhaus aufwachte, aus dem sie doch vor Jahren geflohen war. Unter genau dem gleichen Dach wie ihre Schwester, von der sie sich losgesagt hatte, und der schwangeren Teenager-Geliebten ihres Mannes. Wenn es so ein Buch gäbe, dachte Claire, dann wäre der wichtigste Ratschlag darin wohl dieser: Tu's nicht. Wach nicht auf. Bring dich nicht in diese Situation. Kehr am besten gar nicht erst an diesen Ort zurück.

An ihrem ersten Tag zu Hause war es vor allem um Organisatorisches gegangen – wo würde Dee schlafen, welche von Claires alten Klamotten passten ihr noch, was sollten sie mit Icicle tun –, und ihre erste Nacht war die reinste Qual gewesen, voll von Albträumen, für die sie die klumpige Matratze verantwortlich machte. Sie rollte sich in ihrem Kinderbett auf die Seite, die Beine in die verschlissenen Laken gewickelt, und dachte daran, genau wie die Häftlinge in Filmen Striche an die Wand zu malen. Aber die Gefangenen taten das ja nur, weil sie eines Tages wieder freikommen würden, während Claire wusste, dass sie jetzt nirgendwo mehr hinkonnte.

Sie setzte sich auf und gähnte. Es war immer noch früh, so gegen sechs, würde sie anhand der Farbe des Himmels schätzen, aber sie erinnerte sich nur allzu gut an diese bläuliche Stunde auf der Salt Creek Farm. Sie hätte es zwar nie zugegeben, aber das war auch der Moment, an dem sie gelegentlich betete, und das tat sie nun, sie schob die Beine über die schmale Bettkante, sank auf die Knie und bat um Rückgrat, um die Stunden durchzustehen, die vor ihr lagen.

*Vater unser im Himmel,* begann sie in Gedanken, schweifte aber schnell ab. Sie gab es auf und starrte aus dem Fenster hinüber zu den vielen Morgen trostlosen Lands, die vor ihr lagen, überall nur Matsch und Schlamm. Jo hatte die Bassins für die Frühlingsflutung ausgekratzt, und ihr Anblick ließ Claire völlig kalt. Ehrlich gesagt konnte sie sich kaum noch vorstellen, dass die ihr einst so großen Kummer bereitet hatten. Während der letzten zehn Jahre hatte sie dem Salz die Schuld für alles Schlechte in ihrem Leben gegeben: für ihre Fehlgeburten, die immer größeren Probleme mit Whit, ihre Geldschwierigkeiten. Aber als sie jetzt den Blick über die Marsch wandern ließ, wurde ihr klar, wie falsch sie damit von Anfang an gelegen hatte.

Claire erhob sich und wühlte in ihrem Schrank herum, bis sie ein paar alte Kleider gefunden hatte: eine ausgeblichene Jeans, die vom vielen Tragen ganz dünn war, und ein fahles Leinenhemd. Wie seltsam, dass ihre alten Sachen, ihre frühere Haut, hier die ganze Zeit darauf gewartet hatten, dass sie wieder in sie hineinschlüpfte, aber andererseits kam auf der Salt Creek Farm ja auch nie etwas weg. Davon legte doch das ganze Gerümpel deutlich Zeugnis ab. Claire drehte sich die Haare zu einem Knoten und steckte ihn fest, dann sah sie sich lange im Spiegel an. Sie war erst einunddreißig, aber im Laufe des letzten Jahres hatten sich an ihren Schläfen und auch mitten auf ihrem Schopf dreiste graue Strähnen eingeschlichen. Allerdings störte sie das kaum. Wie sollte es anders sein, dachte sie, in ihrem Leben an Whits Seite war doch auch alles andere verblasst und gedämpft worden.

Claire setzte eine finstere Miene auf und zog die Gardinen mit einem Ruck zu. Wie viel Zeit würde sie wohl hier oben allein haben? Eine Stunde? Einen ganzen Tag? Bald würde Jo an die Tür klopfen, und Claire würde nichts anderes übrigbleiben, als ein paar Stiefel überzustreifen, nach einer Hacke zu greifen und wieder draußen in der Saline zu arbeiten, so, als ob sie nie fort gewesen wäre. Auf der Salt Creek Farm gab es schon seit Urzeiten eine Regel, die für alle Frauen hier galt: Wenn du auf diesem Land lebst, musst du es auch bearbeiten, egal ob stark oder schwach, gesund oder krank, ob es dir nun passt oder nicht. Jetzt musste man die Rinnen ausheben, und diese Zeit des Jahres mochte Claire am wenigsten. Was auch immer sie im Frühling hier tat – Schleusen reparieren, Matsch aus dem flachen Sammelbecken kratzen –, am Ende des Tages schmerzte jeder Muskel, sie hatte immer Dreck unter den abgerissenen Nägeln und blutige Blasen. Jo hingegen hatte nicht einmal einen Splitter im Finger.

Claire spreizte die Hände auf dem Fensterbrett. Ihr Blick fiel auf die klobigen Diamanten an ihrem Ehering, und ohne groß darüber nachzudenken streifte sie sich ihn vom Finger und legte ihn in die oberste Schublade der Kommode. Na also. Das war doch gar nicht schwer gewesen. Der erste Schritt bei einer Trennung: die sichtbaren Symbole der Ehe ablegen. Claire schwor sich, dass sie jeden Tag ein Stückchen von Whit loswerden würde, bis sie schließlich so glatt und roh wie eins der Salzbecken wäre, nicht viel besser als das flache Land um sie herum. Sie berührte die Perle an ihrem Hals und zögerte. Die würde sie behalten. Die hatte sie sich verdient.

Fröstelnd fuhr sie zusammen und schloss den oberen Hemdknopf, stieß dann die Tür auf und blinzelte. Sie lief die Treppe hinunter, ließ dabei die knarrende fünfte Stufe aus, griff nach einem Paar Stiefel neben der Tür, verließ das Haus und war zum ersten Mal seit zwölf Jahren völlig frei.

Sie musste unbedingt nach Icicle schauen. Jo hatte ihn am Abend zuvor im hinteren Teil der Salzscheune untergebracht, und er schien sich dort auch ganz wohl zu fühlen. Claire wusste aber, dass sie unbedingt Futter für ihn besorgen musste und Stroh, auf dem er stehen konnte, und dass er in zwei Wochen neue Hufeisen brauchte. Sie versuchte, nicht an das wunderschöne alte Reitzeug zu denken, das auf Plover Hill noch im Stall lag: Sie hatte dort einen handgenähten Sattel, ein stählernes Mundstück mit Gravur und dazu passende Steigbügel zurückgelassen. Zügel, die durch die ständige Nutzung butterweich geworden waren. Dann noch drei Paar Reitstiefel, all ihre Reithosen, ihren Dressurfrack und außerdem die samtbezogenen Reitkappen und die Ziegenlederhandschuhe.

Sie schlang die Arme um ihren Oberkörper. Diese Kleider waren viel dünner als die, an die sie gewöhnt war, und sie waren alles, was zwischen ihrer Gänsehaut und der großen weiten Welt stand. Sie hatte nämlich keine Jacke übergestreift. In den Stiefeln hatte sie keine Socken an, sie trug ja nicht einmal einen BH.

Aber das war in Ordnung. Sogar mehr als das. Mit leisem Lachen öffnete sie das Scheunentor und begrüßte Icicle, legte ihm dann die Kandare an und führte ihn nach draußen, wo sie sich auf seinen breiten Rücken schwang – ohne Sattel, Steigbügel oder auch nur eine Decke. Unter ihr war lediglich die vertraute Wärme ihres Pferdes, mit dem sie sich durch die Brise bewegte, sich durch die Dünen schlängelte und dann über den feuchten Sand von Drake's Beach dahinflog.

Sie hätte noch ewig so weiterreiten können – zumindest bis zum Ende des Strandes –, eine Silhouette in der Ferne schreckte sie jedoch auf. Sie kniff die Augen zusammen, wünschte sich, *er* wäre es und hatte doch Angst davor. Sie zügelte Icicle, bis er Schritt ging, und kam dann langsam näher. Tatsächlich war es Ethan Stone, und sein Umriss waberte wie die Vision in einem Traum. Mit bis zu den Waden hochgerollten Hosenbeinen suchte er am Strand nach vom Wasser rundgeschliffenen Scherben. Der rotblonde Schopf fiel ihm in die Stirn, und er sah überhaupt nicht so aus wie bei ihrer letzten Begegnung in der Kirche. Als er Claire herankommen sah, richtete er sich hastig auf.

»Claire. Wie ich sehe, reitest du mal wieder aus«, sagte er, streckte die Arme aus und half ihr vom Pferd. Als sie auf seiner Höhe war, blieben seine Hände einen Moment lang auf ihren Hüften liegen. Seine Stimme klang in der Morgenluft ein wenig rau, tiefer als während der Messe, und ihr Name jubilierte wie ein ganzes Lied, wenn er ihn aussprach.

Rasch trat sie einen Schritt von ihm weg. Sie hatte kaum geschlafen, war durcheinander und sehnte sich nur noch danach, sich an seine Brust zu schmiegen. Sie wollte so gerne sein Hemd ein wenig hochschieben, um zu sehen, ob seine Haut wohl kühl und glatt war wie die Kacheln eines Swimmingpools oder vielmehr warm wie der Bauch einer schlafenden Katze. Stattdessen wickelte sie sich die Zügel um die Hand und wünschte, sie hätte Handschuhe an, ganz zu schweigen von einem BH. »Was machst du denn so weit hier draußen?«, fragte Ethan, während sie ihre zur Faust geballte Hand entspannte.

Claire wusste, was er damit wirklich sagen wollte. Was machte sie bloß so nah bei der Marsch? Sie sah auf ihre Füße hinunter. »Ich komme eben manchmal hierher.«

Ethan blickte aufs Wasser hinaus. »Weißt du, wie lange es her ist, dass ich am Atlantik war? Ich hatte ganz vergessen, wie grün der manchmal aussieht. Ich frage mich, ob ich da draußen noch immer so standfest wäre wie früher.«

»Ich dachte, dem Fischerleben hättest du ganz bewusst abgeschworen.«

Ethan lachte. »Hab ich auch. Aber ein bisschen von dem alten Seebären steckt wohl noch in mir.« Er wandte sich zu ihr um. »Und was ist mir dir? Hast du je bereut, dem Salz den Rücken gekehrt zu haben?«

Claire wich seinem Blick aus. Wenn es um die Kapitel ihres Lebens ging, die sie nun bereute, wusste sie gar nicht, wo sie beginnen sollte. Am Anfang oder am Ende der Liste? Vielleicht in der Mitte, dachte sie, denn wenn sie ganz vorne angefangen hätte, wäre Ethan der erste Punkt gewesen. »Nein«, behauptete sie.

Natürlich wusste er nicht, dass sich der Kreis gerade geschlossen hatte und sie wieder dort war, wo alles begonnen hatte. Sie fragte sich, ob er sie mit anderen Augen sehen würde, wenn ihm erst zu Ohren kam, was in Prospect so über sie geredet wurde. Falls er das alles nicht schon längst gehört hatte. Ansonsten konnte er es auch genauso gut von ihr erfahren. Sie atmete tief durch und ließ den Kopf hängen.

»Okay, manchmal frage ich mich schon, ob ich die richtigen Entscheidungen getroffen habe«, gab sie zu, und dann entfuhr ihr auf einmal ein unerwartetes Geständnis: »Ich hatte vor einiger Zeit eine Fehlgeburt«, hörte sie sich selbst sagen. »Meine vierte.« Diesen Teil der Geschichte hatte sie Ethan gar nicht verraten wollen – zumindest nicht so plötzlich und unvermittelt, aber die Worte purzelten einfach aus ihr heraus, wie ein Teller, der aus dem Küchenschrank fällt.

Ethan trat einen Schritt näher an sie heran und streckte den Arm aus, so, als wolle er nach ihrer Hand greifen, schien es sich dann aber anders zu überlegen. »Das tut mir so leid, Claire.« Ihr war klar, dass diese Worte von Herzen kamen, aber handelte es sich hier um das Bedauern des Priesters oder des Mannes, der sie einst geliebt hatte? Eigentlich war es nicht von Bedeutung, ihr war es aber wichtig. Sie ließ das Kinn auf die Brust sinken. Wie oft hatten sie beide schon zusammen an genau dieser Stelle gestanden? Und wie lange hatte sie sich schon nicht mehr so sicher gefühlt?

Wenn sie schon beichtete, dachte sie, dann konnte sie genauso gut alles erzählen, egal ob der Empfänger nun menschlicher oder göttlicher Natur war. Immerhin wollte sie ihm einige Dinge bereits seit Jahren sagen, und wer wusste schon, ob sich ihr dafür noch einmal eine andere Gelegenheit bieten würde? Aus Gewohnheit senkte sie die Stimme – im Turner-Haus hatten die Wände nämlich Ohren. Es war kein Gebäude, in dem man ein Geheimnis für sich behalten konnte. Claire starrte Ethan an. »Es tut mir so leid, dass ich dir nie die Gelegenheit gegeben habe, dich vernünftig von mir zu verabschieden. Das hätte ich wirklich tun sollen. Nach dem Feuer war ich einfach so …«

Er kam näher. »Claire, wir waren doch noch so jung. Es war nicht richtig, wie ich dich damals behandelt habe.« All die Jahre hatte sie auf diese Worte aus seinem Mund gewartet, aber jetzt, wo sie endlich ausgesprochen waren, reichte ihr das nicht. Sie wollte von ihm hören, dass es ein Fehler gewesen war.

Er fuhr mit dem Zeh durch den Sand. »Und ich fühle mich auch für das Feuer mitverantwortlich. Wenn du nicht meinetwegen so außer dir gewesen wärst, hättest du das Streichholz vielleicht nie angezündet.«

Claire schwieg und dachte an die furchtbare Panik, die sie erfüllt hatte, als in der Scheune plötzlich die Temperatur gestiegen und Asche um sie herumgewirbelt war.

Ethan räusperte sich. »Also, wie geht es Jo?«

Claire zuckte mit den Achseln. Obwohl sie jetzt nur noch eine dünne Wand voneinander trennte, war ihre Schwester für sie immer noch wie eine Fremde. Sie biss sich in den Daumen. Ethans Schenkel strahlten Wärme aus. Und dann griff sie, ohne groß darüber nachzudenken, nach hinten und löste ihr Haar. Sie musste daran denken, wie Ethan früher mit den Fingern durch ihre Mähne gefahren war und wie er ihren Nacken umfangen hatte, wenn er sich zu ihr heruntergebeugt und sie geküsst hatte – mit Lippen so weich wie die Fußsohle eines neugeborenen Kindes. Sie lehnte sich weiter vor, Ethan aber räusperte sich und trat einen Schritt zurück, als hätte er ihre Gedanken gelesen.

Beschämt schob sie sich das Haar in den Kragen. Dann scharrte sie mit den Füßen im Sand herum und überlegte fieberhaft, was sie nun sagen sollte, aber in ihrem Kopf war für nichts mehr Platz außer ihrer Lust. Sie griff nach hinten und flocht ihr Haar zu einem Zopf, zog so fest wie möglich, bis jede einzelne Strähne an ihrem Platz war. Sie würde wieder auf die Beine kommen, dachte sie. Das musste doch möglich sein. Sicher konnte man Entscheidungen treffen und sie dann wieder rückgängig machen, Wahrheiten auslöschen wie das Gesicht der Jungfrau.

*Immerhin ist er Priester*, sagte sie sich, als sie zu Icicle zurückkehrte. *Er hat schließlich gelobt, die Geheimnisse der Menschen für sich zu behalten.* Und trotzdem war ihre Seele noch immer rastlos. Sie schloss die Augen, sah vor sich aber nur die gräulichen Salzhäuflein, die am Ende eines langen, heißen Sommers den Rand der Marsch säumten. Was würde das Salz wohl erzählen, wenn es sprechen könnte, dachte Claire. Und war das überhaupt wichtig?

In der Entfernung war ein Motor zu hören, und sie spannte jeden Muskel an. Hinter den Dünen entdeckte sie einen leuchtenden Fleck – das rote Auto, das sie selbst immer gefahren hatte, und es hielt auf die Salt Creek Farm zu. Ohne zu zögern erklomm sie Icicle, der schnaubte und nervös zur Seite tänzelte.

»Claire!« Sie hörte noch, dass Ethan ihren Namen rief, es war eine Frage, die vom Wind davongetragen wurde, aber sie hatte jetzt keine Zeit für Erklärungen. Zum zweiten Mal seit Ethans Heimkehr wandte Claire ihm den Rücken zu und floh. In diesem Moment gab es für sie nur eins, sie musste unbedingt vor Whit an der Salt Creek Farm ankommen.

# KAPITEL 17

An Dees erstem Morgen auf dem Salzgut dämmerte ihr langsam, dass es ihr auf der Straße, auf die ihr Vater sie zu setzen gedroht hatte, womöglich besser ergangen wäre. Dort hätte sie wenigstens ausschlafen können.

»Aufstehen!« Sie war bereits wach, aber Jo marschierte trotzdem in ihr Zimmer und zog die Laken zurück. Wach war ihr offensichtlich nicht genug. Man musste auch auf den Beinen und beschäftigt sein. Dee stöhnte und beugte die Knie.

»Wadenkrämpfe?«, fragte Jo und verschränkte die Arme vor der breiten Brust. »Ich hab gehört, dass schwangere Frauen die manchmal haben. Du solltest mehr Salz essen.«

Dee verzog das Gesicht und setzte sich auf. *Mehr Salz?* Sollte das ein Witz sein? Hatte Jo sich in letzter Zeit mal umgesehen? Dee kicherte. »Das dürfte hier ja wohl kein Problem sein«, murmelte sie mit typischem Teenager-Sarkasmus. »Da muss ich ja nur rausgehen und über den Boden lecken.«

Für einen Krüppel, dachte Dee, bewegte sich Jo ziemlich behände. In einem Moment stand sie noch drohend wie ein Wärter in einem Gefängnisfilm an ihrem Bett, im nächsten kam sie Dee bereits viel zu nahe und blies ihr den Geruch von Speck und Kaffee ins Gesicht. »Wenn du im Leben die Augen aufgehalten hättest, wärst du jetzt vielleicht nicht in dieser Lage, Mädchen! Lektion Nummer eins: Salz ist nicht einfach nur Salz. Ich verdiene damit meinen Lebensunterhalt und nehme es deshalb äußerst ernst. Und wenn du mit mir klarkommen willst, dann tust du das besser auch.« Sie warf Dee ein schlichtes Hemd zu. »Steh auf und zieh dich an, wir treffen uns in fünf Minuten unten. Und nur damit du es weißt, ich hab da auch eine Uhr, und die werd ich im Auge behalten.«

Sie ließ die Tür offen, als sie ging. *Stampf, stampf stampf.* Wenn ihre Schritte gleichmäßiger wären, dachte Dee, während sie sich das Hemd über den Kopf zog, dann würde sich Jo bald selbst in eine verdammte Uhr verwandeln.

Als Dee eine Minute vor Ablauf der fünf Minuten die Küche betrat, entdeckte sie auf dem Tisch mehrere Schüsseln mit Salz. Die erste Schale war angeschlagen, hatte einen Rand aus aufgemalten Kleeblättern und enthielt das altbekannte graue Salz. Die schweren Körner klumpten zusammen und sahen beinahe feucht aus. Das zweite Schälchen war aus poliertem Holz und enthielt alarmierend blutrotes Salz. Das stammte bestimmt aus diesem seltsamen Becken in der Marsch, dachte Dee. Dann gab es eine Rührschüssel aus Plastik mit normalem Tafelsalz, und in der Mitte entdeckte Dee eine Kristallschale mit Salz in der Form von so üppigen Flocken, dass sie Dee an die Kokosraspeln auf einer Hochzeitstorte erinnerten. Bei dem Anblick leckte sie sich die Lippen. Sie hatte wirklich Hunger.

Jo wies auf den Tisch. »Welches Salz spricht dich an? Bei welchem läuft dir das Wasser im Mund zusammen?«

»Ich weiß auch nicht. Wo ist denn der Unterschied?« Dee schaute zur Seite, Jo trat jedoch einen Schritt nach rechts, zurück in ihr Blickfeld, und zwang sie so, direkt auf ihre Narben zu blicken. Dee versuchte, den Kopf wegzudrehen, aber damit brauchte sie Jo gar nicht erst zu kommen.

»Das hilft dir jetzt auch nicht weiter«, erklärte sie.

Dee knabberte an ihrem Fingernagel und beäugte Jo mit bösem Blick. »Was denn?«

»Einfach wegzugucken. So zu tun, als würde dich das anöden, und nicht auf meine Fragen einzugehen. Ich weiß, dass irgendwas dein Interesse geweckt hat. Ich hab doch gesehen, wie du dir die Lippen geleckt hast.« Dee schielte wieder zu der Kristallschale mitten auf dem Tisch hinüber. Das radierte Glas sah aus wie Eis und das Salz darin wie der letzte Schnee des Winters – aber ein Schnee wie aus dem Bilderbuch. Flocken, die niemals den Boden berührten, einfach nur in der Luft hingen und der Schwerkraft eine lange Nase drehten. Das war nicht wie das Salz, das Jo an den Leuchtturm lieferte. Das war Salz für Reiche, dachte Dee. Das Salz, für das Claire sich entscheiden würde, wenn sie denn welches nehmen würde.

»Das da.« Dee drehte sich um und zeigte auf die billige Plastikschüssel mit dem normalen Salz. So ein Allwettersalz kannte jeder, das konnte man überall bekommen, und es war spottbillig.

Jo zog die Augenbrauen hoch. »Wirklich? Das da?«

Dee zuckte nur mit den Achseln. Inzwischen stand sie wirklich kurz vorm Verhungern. So wie die Kinder in Afrika. Was sollte denn dieses Fragespiel? Sie stemmte die Arme in die Hüften. Jo konnte vielleicht gut austeilen, aber Dee konnte dem Ganzen noch eins aufsetzen. »Was soll das ganze Theater überhaupt?«, wollte sie wissen. »Ich verstehe das nicht. Was macht Ihr Salz denn so besonders?«

Einen Moment lang wirkte Jo ob ihrer Reaktion verblüfft, dann nahm ihr Auge einen listigen Ausdruck an. »Das weiß ich selbst nicht so genau«, erklärte sie. »Aber es war schon lange vor uns hier, und es wird immer noch da sein, wenn wir mal nicht mehr sind. Es kann das Wetter vorhersagen und kennt Stadt wie Land, und das ist für mich Grund genug.«

»Und die Zukunft«, warf Dee ein. *Die Vergangenheit vielleicht auch*, überlegte sie, als ihr Claires ungeborene Kinder in den Sinn kamen. Nach denen hätte sie Jo so gerne gefragt, sie traute sich aber nicht.

Jo schüttelte den Kopf. »Nein, mein Kind. Das glauben die Leute nur.« Sie beugte sich ganz nah zu Dee herunter. »Jetzt hör mir mal zu, das ist wichtig. So wie beim Essen verstärkt das Salz auch im Leben nur, was schon vorher da war. Es bringt Bitteres und Süßes zum Vorschein, und wenn die Menschen es ignorieren, wenn sie die Wahrheit ihrer eigenen Essenz verleugnen, dann geht der ganze Ärger los.« Jo richtete sich wieder auf und knallte die Schranktür zu, dann lehnte sie sich gegen die Arbeitsplatte. »Wenn du das Salz wirklich kennenlernen willst, musst du bis zum Sommer warten.«

*Der Sommer*, dachte Dee. *Wo ich dann wohl stecken werde?* Also, sie und das Baby. Sie schaute wieder das Salz auf dem Tisch an. Jo folgte ihrem Blick.

»Das hier.« In der Luft zeichnete Jo einen engen Kreis um die weißen Flocken. »Das hier ist wahre Magie, meinst du nicht auch?«

Dee lief wieder das Wasser im Mund zusammen, und sie sehnte sich nach nur einem einzigen Stückchen davon auf ihrer Zunge. *Das ist es,* dachte sie. *Das ist es, was ich will.* Sie machte den Mund auf, um zu fragen, ob sie mal probieren durfte, es war jedoch nicht so einfach, alte Gewohnheiten abzulegen, deshalb spuckte sie stattdessen eine Beleidigung aus: »Magie ist was für kleine Kinder und alte Frauen. Kann ich jetzt bitte etwas Richtiges zu essen bekommen?«

Jo sah sie einen Moment lang an, dann schob sie einen verbeulten Löffel in die Plastikschale mit dem billigen Salz und reichte sie ihr. »Du hast dir das hier ausgesucht. Davon kannst du so viel haben, wie du willst. Wenn ich etwas Netteres aus deinem Mund zu hören bekommen, dann gibt's auch was Leckeres zu beißen. In der Zwischenzeit viel Spaß damit.« Sie machte auf dem Absatz kehrt und ließ eine verwirrte Dee mit der Schüssel in der Hand zurück. Ihre eigenen dummen Worte hatten sie zum Hungern verdammt, wieder einmal hatte sie eine Prüfung nicht bestanden. Das würde ein langer Morgen werden.

Falls Dee sich fragte, ob und wann Whit sie aufsuchen würde, musste sie nicht lange warten. Sie hatte gerade einen Teller Rührei verputzt, als er seinen Wagen mit quietschenden Reifen vor dem Haus zum Stehen brachte und in seiner Wut unterwegs so viel Schaden wie möglich anrichtete. Claire und sie, dachte Dee, hatten Salt Creek Farm wie eine Sturmböe erreicht, Whit brach jedoch mit dem Zorn eines Tornados über das Anwesen herein.

Jo und Dee starrten einander an, dann presste Jo die Lippen aufeinander und begann das Geschirr abzuräumen, während Dee auf die Arbeitsplatte im hinteren Teil des Raumes zuwankte und sich festhielt. Sie musste daran denken, wie Whit ihr die Hände um den Hals gelegt hatte und wie sicher Claires Finger den Stiel der Schaufel umklammert hatten. Wie sie sich dann an Claires Taille festgekrallt hatte, als ginge es um ihr Leben, während sie im Halbdunkel des Morgens Plover Hill hinabgaloppiert waren. Sie fragte sich, ob Claire sie überhaupt aufgesammelt und ihr das Leben gerettet hätte, wenn es heller gewesen wäre. Oder hätte sie dann ein wenig genauer hingesehen und die Schaufel auf jemand anderen gerichtet?

Dee ließ den Blick durch den Raum wandern und suchte verzweifelt nach einer Fluchtmöglichkeit. Das Fenster über dem Waschbecken? Nein. Die Tür hinter ihr? Vielleicht der Besenschrank? Auf gar keinen Fall! Sie erschauderte. Also gab es keinen Ausweg. Nur das volle Morgenlicht, ihren wutentbrannten Liebhaber, seine Frau und viel zu viel Salz für jedermanns Geschmack.

Whits Attacke begann damit, auf die Binsen am Rande der Veranda loszugehen und sie zusammenzutreten, bis nichts mehr von ihnen übrig war. Dann rauschte er die verzogenen Stufen hinauf. Jo schüttelte nur den Kopf, als sie das Holz unter seinen schweren Schritten krachen hörte. Ohne anzuklopfen stürmte er durch die Haustür in den Flur, marschierte am kaputten Klavier vorbei, schlug ausgerechnet auf die paar Tasten, die noch einen Ton von sich gaben, um alle auf die Situation einzustimmen, und stand dann plötzlich atemlos in der Küchentür. Die Seite seines Gesichts, auf der Claire ihm mit der Schaufel eins übergebraten hatte, war grün und blau, und er hatte so gar keine Lust zu warten. »Wo ist meine mordlustige Frau?«, brüllte er.

Dee stand zusammengekauert an der Arbeitsfläche und wühlte zwischen den Löffeln in der Besteckschublade herum, bis Jo schließlich die Hand ausstreckte und sie zwickte, damit sie aufhörte. Stattdessen rührte Dee nun in ihrem Tee herum und fuhr dabei mit dem Löffel über den Boden der Tasse, was noch schlimmer war. Jo räusperte sich, und Dee stellte den Becher ab. Sie hatte sowieso aus Versehen Salz statt Zucker hineingetan.

Bei einer Begegnung mit einem Bären, so hatte ihr Vater ihr in Vermont erklärte, sollte man sich so groß wie möglich machen. Vielleicht hatte Jo dasselbe gehört, denn sie baute sich breitbeinig auf dem fleckigen Linoleum auf, stemmte die Fäuste in die Hüften und atmete so tief ein, wie sie konnte. Dann rückte sie einen Stuhl vom Tisch ab und deutete darauf.

Einen Moment lang stand Whit unbeweglich da und erforschte Jos Gesicht mit Blicken, als suche er das X auf einer Schatzkarte. Er fand anscheinend nicht, wonach er Ausschau hielt, er gab es nämlich auf, schnaubte höhnisch und nahm schließlich Platz. Jetzt ging es wohl zur Sache.

Als Nächstes starrte er Dee an, aber so, wie jemand einen Geist anschauen würde, an dessen Existenz er gar nicht glaubte. Dee rückte noch ein kleines bisschen weiter von ihm ab, obwohl sie an diesen Blick durchaus gewöhnt war. Immerhin, dachte sie. Es wäre doch irgendwie aufregend, wenn Whit nur ihretwegen hier rausgefahren wäre. Sie schielte noch einmal heimlich in seine Richtung, aber er achtete gar nicht auf sie. In was für einer Beziehung standen sie überhaupt zueinander, fragte sie sich. Wie nannte man das? Ein echtes Paar waren sie nicht. Und auch nicht wirklich befreundet. Es lag irgendwo zwischen engen Vertrauten und völligen Fremden. Dee war schon klar, dass sein Verlangen viel größer gewesen war als ihres, doch ihr hatte es gefallen, ihn zu befriedigen. Und das wollte doch etwas heißen.

Alle drei zuckten zusammen, als die Haustür aufflog, zunächst ein Windstoß hereinfegte, und dann Claire auf der Bildfläche erschien, genauso ungestüm wie Whit, aber doppelt so wütend. Dee begann erneut mit dem verdammten Umrühren, und der Teelöffel klirrte in der Tasse wie klappernde Zähne.

»Du Schwein, du verdammter Hurenbock!«, dröhnte Claire, als sie die Küche betrat, und Dee starrte sie ungläubig an. Claire hatte zwar die Haarpracht eines liederlichen Frauenzimmers, aber bis jetzt hätte Dee nicht gedacht, dass dazu auch das entsprechende Mundwerk gehörte. Sie musste zugeben, dass die Verwandlung Claire gut stand. Ihre Wangen glühten und ließen sie so lebendig aussehen wie vermutlich seit zwölf Jahren nicht mehr, ihr Blick stach und biss wie diese fiesen Schildkröten, die zu Hause in Vermont am Grunde des Teichs gelauert hatten. Claire schnappte sich zwei Teller und schleuderte sie Whit entgegen. Sie verfehlten seinen Hals nur um Haaresbreite.

»Amen, der Zorn der Gillys ist wieder zum Leben erwacht!«, krähte Jo und klatschte in die Hände, und ganz plötzlich betrat Pater Stone das Schlachtfeld, als hätte sie ihn mit ihrer Geste heraufbeschworen. Er huschte so rasch von hinten an Claire heran, dass sie ihn gar nicht bemerkte, legte die Arme um sie und nahm ihr den nächsten Teller aus der Hand, nach dem sie bereits gegriffen hatte. Einen Moment lang standen sie umschlungen da, ein wenig enger, als es Dees Meinung nach eigentlich nötig gewesen wäre.

»So nicht«, sagte er, führte sie in die Mitte des Raumes und ließ sie dann endlich los. Ethan warf einen Blick auf Whits malträtiertes Gesicht und die Würgemale an Dees Hals. »Ich glaube, hier sind ein paar Erklärungen fällig.«

Whit ballte die Hand zur Faust und ging auf Claire zu. »Ach, tatsächlich? Ich glaube vielmehr, dass Ihr Abzug fällig ist, Pater. Die Sache hier geht Sie nichts an.«

Ethan erbleichte, und plötzlich tat er Dee ein wenig leid. Da stand er nun und hielt sich wahrscheinlich gerade für den großen Retter und Helden, nur um dann festzustellen, dass er in eine Schlangengrube geraten war. Seine Stimme zitterte ein wenig, als er sich Whit stellte. »Ich gehe nur dann, wenn mich die Gillyschwestern darum bitten. Also, was wollen Sie?«

Nach einem Blick auf Claire hätte Dee diese Frage ohne Probleme beantworten können, aber Whit war schneller. Er starrte Claire finster an. »Erstens will ich zum Beispiel nicht, dass mir meine Frau mitten in der Nacht davonläuft. Ich will kein uneheliches Kind von einem Flittchen, und vor allem will ich, dass Jo endlich zur Vernunft kommt und mit mir Geschäfte macht.« Er wandte sich nun an sie: »Jo, dir bleibt nicht mehr viel Zeit. Ich habe Bekannte bei der Harbor Bank. Würdest du das denn nicht viel lieber mit mir regeln? Vielleicht kannst du dann sogar noch eine Zeit lang hierbleiben.«

Ethan sah verständnislos drein und blickte zwischen Whit und Dee, Whit und Claire und Whit und Jo hin und her, versuchte, sich auf das alles einen Reim zu machen. »Uneheliches Kind?«, echote er.

Jo stieß Dee an. »Dee hier ist schwanger.«

Ethan zog die Augenbrauen hoch und schaute erst zu Claire und dann zu Whit hinüber, der so kalt und reglos dastand wie ein Felsblock unter einer Eisschicht. Was er dann sagte, hätte nicht weniger hilfreich sein können: »Ihnen ist doch wohl klar, dass es eine Todsünde wäre, wenn Dee das Kind nicht bekommen würde?«

Das gab Whit zu denken. Trotz all seiner Verfehlungen war er doch immer noch ein treuer Kirchgänger und dogmatisch durch und durch. Er stand auf und ging zur Küchentür hinüber. Seine letzten Worte trafen alle wie ein Schlag, aber selbst Dee wusste, dass man die Schlacht noch nicht gewonnen hatte, nur weil man das letzte Wort hatte.

Er sah Pater Stone eiskalt an und ließ seine Wut dann auf Dee niederprasseln. »Eins musst du wissen«, knurrte er mit leiser Stimme. »Jetzt gehe ich als Erstes zu deinem Vater und verrate ihm, wo er seine Schlampentochter finden kann.« Sie erbleichte und biss sich auf die Lippe. »Ich weiß zwar nicht, ob er dann dich oder mich umbringen will«, fuhr Whit fort, »aber das Risiko gehe ich gern ein. Und danach, Jo«, er wandte sich zu ihr um, »marschiere ich zu meinen Freunden in der Harbor Bank und erzähle ihnen, dass du gerade mein Angebot zur Rettung des Gutes abgelehnt hast. Wir werden ja sehen, was die davon halten.« Und dann zog er davon, so, wie er gekommen war, allein und vor Wut schäumend.

»Wie ich nur je glauben konnte, dass ich diesen Mistkerl liebe, ist mir schleierhaft«, seufzte Claire mit bleichen Lippen. In diesem Moment brach Dee in Tränen aus und schlang sich einen Arm schützend um den Bauch. Wie sollte denn in so einem furchtbaren Chaos nur ein Kind aufwachsen? Aber wenn Unkraut in einem Riss im Asphalt gedeihen konnte, dann vermutete sie mal, dass auch ein Baby so eine Schmähung ertragen konnte.

»Dee ist also schwanger?«, fragte Pater Stone, so als hätte er die ganze vorherige Szene gar nicht mitbekommen, und ließ sich auf Whits leeren Stuhl sinken.

Jo schaute zu Claire hinüber, die immer noch ein wenig blass aussah, ihre Schwester wich ihrem Blick aber aus und fing nun ihrerseits an, geräuschvoll in der Tasse herumzurühren. »Dir ist doch wohl hoffentlich klar, dass die Sache damit noch nicht ausgestanden ist?«, sagte Jo zu Claires Rücken. »Bei Whit gibt es keine leeren Drohungen, und du bist nicht für das Salz gemacht, das wissen wir beide. Du könntest immer noch zu ihm zurückkehren, wenn du willst. Noch ist es nicht zu spät.« Dee war erstaunt darüber, mit welcher Vehemenz sie hoffte, dass Claire es nicht tun würde. »Du könntest wieder Claire Turner sein, die feine Dame oben auf dem Hügel, und alles wäre wieder ganz normal«, sagte Jo. »Sie könnte hier verschwinden«, sie wies mit dem Kinn auf Dee, »und niemand würde etwas merken.«

Claire fuhr herum, und obwohl ihre Haut blass war, funkelten ihre Augen. »Und genau da liegt das Problem. Darin, dass ich so einiges nicht gemerkt habe.«

Wenn Dee gewollt hätte, hätte sie jetzt schon wieder das Falsche tun und Claires Lage ausnutzen können. Sie hatte Whits Frau nämlich noch nie so erschöpft gesehen. Sie hatte dunkle Ringe unter den Augen, ihr Haar war zerzaust, und das verrutschte Hemd entblößte ein Stückchen Schulter. Dee hätte sie fragen können, ob ihr das Gutshaus nach all den Jahren unter dem weitläufigen Dach des Turnerhauses nicht viel zu klein und eng erschien, bemerken können, wie seltsam es Claire doch vorkommen musste, sich nach Seide und Kaschmir wieder an die alten Fetzen zu gewöhnen. Oder, dachte sie, sie könnte stattdessen nach der Schaufel greifen, wenn Claire es das nächste Mal tat, und selbst herausfinden, was das Salz mit einer Frau anstellen konnte. Sie ging zu Claire hinüber und blieb mit hängendem Kopf vor ihr stehen. »Es tut mir leid, dass ich Ihnen so viel Ärger bereitet habe«, sagte sie. »Bitte werfen Sie mich nicht raus.«

Zu ihrer Überraschung streckte Claire die Hand aus und berührte sie kurz am Arm. Diese Geste löste etwas von der Spannung zwischen ihnen. Claire zog die Hand wieder weg und rieb sich die Haut unter den Augen. »Im wievielten Monat bist du denn eigentlich?«, fragte sie und legte Dee eine Hand auf den Bauch. Aber noch bevor das Mädchen antworten konnte, schob sich Claire die losen Haarsträhnen hinters Ohr und sah zu dem Stuhl hinüber, auf dem Ethan noch immer hockte.

»Oh mein Gott!«, rief sie. »Jetzt sieh uns nur an. Hier zittern und heulen wir herum, als wäre Whit der große böse Wolf. Vergib uns, Ethan.« Der Angesprochene sah Claire so innig an, dass Dee eins sofort wusste: Mann Gottes oder nicht, dieser Priester zappelte wie eine Forelle ganz eindeutig am Haken. Gut, dachte sie. Vermutlich verteilte die Welt Liebe eben dann, wenn die Menschen sie am nötigsten brauchten, und nahm dabei wenig Rücksicht auf Konventionen.

Genau in diesem Moment versetzte ihr das Baby mit irgendeinem spitzen Körperteil einen Schlag in die Blase, so als wollte es sie in die Gegenwart zurückrufen. Langsam dämmerte es ihr, dass Jos Nummer mit dem Salz heute Morgen dazu dienen sollte, Dee zu sensibilisieren, ihr Augenmerk auf die Dinge zu richten, die vor ihrer Nase passierten. Hier würden Herzen gebrochen oder zumindest ordentlich durchgeschüttelt werden. Was nun für wen zutreffen würde, war noch unklar, am Ende würde aber wohl niemand mehr so genau wissen, welches Stück denn zu wem gehörte.

# KAPITEL 18

Mit der Ankunft von Dee und Claire hatte Jos Leben sich von einer friedlichen, gerade verlaufenden Landstraße in eine Buckelpiste voller Risse und Schlaglöcher verwandelt, so dass sie gar nicht mehr so genau wusste, wie sie darauf eigentlich fahren sollte. Einerseits war sie nicht traurig darüber, jetzt mehr Leute hierzuhaben – vielleicht konnte sie mit ihrer Hilfe das Gut wieder auf Vordermann bringen –, aber sie wusste nie, was sie tun sollte, wenn sie morgens durch den Flur ging und Claire weinend auf ihrem Bett hocken sah. Wenn Jo vorbeikam, blickte Claire auf, wischte sich die Tränen ab und knurrte grimmig vor sich hin, und dann fühlte Jo sich etwas besser. Ganz tief drin war also doch noch etwas von der alten Claire übrig.

Jo gab ihrer Schwester eine Woche, um zu schmollen, und in diesem Zeitraum kamen drei unterschiedliche Drohbriefe von Whit, Ankündigungen seiner Scheidung (Claire zuckte nur mit den Achseln und schob diesen Brief in die oberste Schublade ihres Sekretärs), des unmittelbar bevorstehenden Bankrotts der Salt Creek Farm (dieses Schreiben warf Jo in den Müll und schüttete Kaffeesatz darauf) und einer gepfefferten Schadenersatzklage wegen Claires Schlag mit der Schaufel (diesmal vergruben Claire und Jo das Papier in der Küche gemeinsam in den Tiefen der Kramschublade).

Es kam Jo in den Sinn, dass jetzt vielleicht der Moment gekommen war, ihren Stolz herunterzuschlucken und Claire um Hilfe zu bitten. Denn sicher hatte die trotz der Geldprobleme ihres Mannes irgendwo etwas zurückgelegt. Und so viel war sie Jo doch schuldig. Jeden Morgen goss sich Jo eine Tasse starken Kaffee ein, wappnete sich für das Gespräch und suchte nach den richtigen Worten.

Aber bevor sie auch nur eine einzige Silbe aussprechen konnte, bekam Claire schon wieder einen Brief von Whit, und dieses Mal war er einfach zu weit gegangen. Das war Jo bereits klar, als Claire den Umschlag öffnete und dann kein einziges Wort sagte. Sie wartete auf Claires übliches Schnauben und Fluchen, ihre Schwester fuhr sich aber nur mit der Hand über den Zopf und presste die Lippen aufeinander, so wie sie es immer tat, wenn sie so richtig wütend war.

»Was steht denn drin?«, fragte Jo. Sie waren in der Küche, und Dee saß mit ihnen am Tisch. Claire sah sie nur an, schüttelte kaum merklich den Kopf und reichte Jo dann das Schreiben. Die überflog es. Diesen Brief hatte Whit höchstpersönlich von Hand geschrieben, und er brachte darin den Fluch gegen die Jungen auf der Salt Creek Farm zur Sprache. »Überzeug deine Schwester davon, das Land zu verkaufen«, hatte er Claire geschrieben, »oder du hast vermutlich ein weiteres totes Kind auf dem Gewissen.«

»Auf gar keinen Fall, verdammt noch mal«, knurrte Claire, und Dee sah von ihren Haferflocken auf. Jo schüttelte den Kopf, um Claire zum Schweigen zu bringen. Der schwangeren Dee mussten sie jetzt nicht auch noch diesen Floh ins Ohr setzen, selbst wenn die Geschichte der Gillys den Fluch bislang immer bestätigt hatte.

Andererseits dachte Jo, dass sie ja nun wirklich genug Munition hatte, um zurückzuschießen, wenn Whit unbedingt die Vergangenheit mit ins Spiel bringen wollte. Sie knüllte das Papier zusammen und fügte es der restlichen Korrespondenz im

Mülleimer hinzu, unter der sich auch Briefe von der Bank befanden. »Keine Sorge«, beruhigte sie Claire. »Wenn es darauf ankommt, hab ich so einiges gegen Whit Turner in der Hand.«

Claire sah sie unverwandt an. »Und er gegen uns.«

Jo fragte sich, ob die Gerüchte über Claires Unfruchtbarkeit wohl der Wahrheit entsprachen, aber selbst sie verfügte über genug Taktgefühl, um nicht zu fragen. Zumindest nicht jetzt. Sie stemmte die Hände in die Hüften. »Gut, also, in Ordnung«, sagte sie. »Zumindest wissen wir jetzt, dass wir alle schön hierbleiben. Zumindest so lange, wie ich da noch ein Wörtchen mitzureden habe.«

Nachdem sie den Brief von Whit entsorgt hatten, führte Jo Claire hinaus zu den Verdunstungsbecken, stattete sie mit einigen rostigen Werkzeugen aus, überlegte es sich schließlich doch wieder anders, stieg selbst mit in die Rinne und deutete mit dem Kinn auf den Bereich, der nun Claire unterlag.

Trotz all der langen Ausritte war Claires Körper ganz offensichtlich nicht mehr an harte Arbeit gewöhnt, stellte Jo fest. Jedes Mal, wenn Claire die Spitze ihrer Hacke in den Boden rammte, stieß sie einen wimmernden Laut aus. Der Schmerz schien ihr die Zunge zu lösen. Mit jedem Stoß enthüllte sie neue unschöne Details über ihre Ehe.

»Ich hätte es wissen müssen«, grummelte sie und trieb die Hacke in die Erde. »Ich hätte stutzig werden müssen, als er ständig unterwegs war.« Dann griff sie nach einer Schaufel und begann, das Bassin von Schlamm zu befreien.

»Wusstest du, dass er mich bei einer Dinnerparty mal mit einer römischen Kurtisane verglichen hat?«, fügte sie hinzu. »Und ich war damals auch noch so blöd und hab das für ein Kompliment gehalten. Oder einmal«, sie stach nach dem Matsch, »da hat er das Zimmer ausräumen lassen, das ich für die Babys vorbereitet hatte. Timothy Weatherly hat alle Möbel mitgenommen und eingelagert, weil ich angeblich unfruchtbar bin.« Jo schwieg. Die Vorstellung, dass Claire den Verlust eines Kindes betrauerte, fand sie immer noch bestürzend.

»Hey«, rief sie schließlich und riss Claire aus ihren Gedanken, »dieses Becken leert sich nicht von selbst.« Sie trat näher an Claires Seite des Grabens heran.

Ihre Schwester trieb die Schaufel wieder in den Lehm. »Tut mir leid.«

*Nein, mir tut es so leid,* hätte Jo gern gesagt, aber das tat sie nicht. Sie verfiel mit ihrer Hacke wieder in ihren alten Arbeitsrhythmus, und Claire tat es ihr gleich. Eine Weile arbeiteten sie schweigend, dann fragte Jo: »Ist es jemand Bestimmtes?«

»Hm?«, schreckte Claire auf und nahm eine Blase unter die Lupe, die sich an ihrem Daumen bildete. Aber Jo wusste schon, warum ihre Zunge plötzlich so stumm war wie ein defekter Glockenschwengel. Je mehr man sich nach etwas Verbotenem sehnte, desto weniger wollte man darüber sprechen.

»Der Mann, an den du gerade denkst. Trägt er vielleicht Schwarz und steht sonntags am Altar?«

Claires Wangen liefen rot an, und sie atmete keuchend ein. Sie machte den Mund auf, um sich zu rechtfertigen, Jo wusste aber nur zu gut, dass Claire sich ihre Gefühle für Pater Ethan Stone ja kaum selbst erklären konnte, geschweige denn sie jemand anderem gegenüber erläutern. Früher einmal war es Jo mit Whit genauso ergangen, der ebenfalls tabu für sie war, wenn auch aus anderen Gründen.

»Eure Rede sei allzeit mit Salz gewürzt«, hieß es in der Bibel, und damit war gemeint, dass man sich gewandt ausdrücken sollte. Bevor Claire zur Salt Creek Farm zurückgekehrt war, hätte Jo es als Anweisung aufgefasst, den Leuten zu erzählen, was sie hören wollten. Jetzt, wo Claire wieder zu Hause war, kam ihre Schwester zu einem anderen Schluss. Gottes Wort erreichte die Herzen der Menschen nicht im senkrechten Fall, sondern umfing sie eher wie ein dünnes Netz, das mitnahm, was auch immer es bekommen konnte.

»Gehst du morgen in die Kirche?«, fragte sie. »Da kannst du Ethan ja sehen.«

Claire schüttelte den Kopf und nieste. Sie war immer noch allergisch gegen den Blütenstaub. »Ich würde lieber hierbleiben und kochen.«

Jo wusste, dass Claires großes Sonntagsmahl ein Friedensangebot an sie und Dee darstellte: Schinken, überbackene Kartoffeln, und die ersten Batisranken der Saison, die sie vor ein paar Tagen eingelegt hatten. Jo mochte es, wenn davon ein paar Gläser in der Küche standen, sie betrachtete gern die zarten Sprösslinge, die darin schwammen wie Erinnerungen. Nun sah sie ihre Schwester stirnrunzelnd an. Manches aus der Vergangenheit hielt man doch besser unter Verschluss.

Jo ließ ihre Schaufel sinken. Ihre Seite des Verdunstungsbeckens war so sauber ausgekratzt wie irgend möglich. Die Schleusen hatte sie bereits früh am Morgen ausgebessert, denn sie hatte das Gefühl, dass es langsam an der Zeit war, die Marsch wieder zu fluten. Diese Entscheidung nahm sie nicht auf die leichte Schulter, aber der heutige Tag erschien ihr passend, auch wenn erst Anfang April war. Sie würde die Schleusentore öffnen und sehen, was das Wasser mit sich brachte. Jo nickte vor sich hin. »Ich denke, die Becken können jetzt geflutet werden.«

Claire sah auf. Sie hatte nie verstanden, wie Jo und ihre Mutter den passenden Zeitpunkt bestimmten, die Marsch voller Wasser laufen zu lassen und mit der Salzproduktion für dieses Jahr zu beginnen. »Jetzt schon? So früh?«

Jo zuckte mit den Achseln. »Warum nicht?«

»Woher weißt du das bloß?«

»Dafür gibt es keinen Trick, Claire, das ist einfach nur Übung.« Man musste die immer gleichen Handgriffe ein ums andere Mal wiederholen, und man brauchte Geduld, um den

Wandel der Jahreszeiten zu beobachten und dementsprechend zu handeln, auch wenn es einem nicht immer passte. Jo sah zu ihrer Schwester hinüber. Ihr Haar war so rot wie Henrys Salz, aber Claire hatte da nie eine Verbindung gesehen. Irgendwann würde es auch bei ihr klick machen, dachte Jo, und dann würde sie begreifen, dass sie längst über genug Wissen verfügte, um das Wetter hier einschätzen zu können.

Außerdem gab es da nämlich doch einen Trick, durch den sie wusste, wann sie die Saison einläuten konnte. Vor der Flut befragte Jo einfach Henrys Salz. Der passende Moment war gekommen, wenn die Kristalle im Schlamm gerade eben rosafarben zu leuchten begannen. Davor war der Wind noch zu kalt und später war der Boden viel zu durstig. Wenn Jo abwarten würde, bis das Salz wirklich rot war, würden die Lehm- und Schlickwände der Becken und Gräben zu bröckeln beginnen, und es bestand das Risiko, dass sie komplett in sich zusammenfielen. In diesem Moment würde das Meerwasser alles nur in eine riesige Schlammpfütze verwandeln. Heute hingegen war das Rosa genau richtig – der zarte Farbton einer Rose, die bald erblühen würde. Jo lief am Hauptgraben entlang und machte dabei wie üblich einen großen Bogen um das Wehr, auch wenn sie jetzt erwachsen war und ihr Zwillingsbruder schon lange unter der Erde ruhte. Sie stellte fest, dass sie den perfekten Zeitpunkt abgewartet hatte. Die Flut hatte ihren Höchststand erreicht, und die Wellen klatschten an den Strand. An der Hauptrinne drehte sie am Rad der Schleuse, hob das Tor und trat einen Schritt beiseite, als dann das kalte Seewasser an ihren Stiefeln vorbeischwappte.

In diesem Moment galt es, die Zeichen zu deuten, die ihr über diese Salzsaison Aufschluss geben würden. Es gab immer mehr als einen Hinweis, und es war jedes Jahr etwas anderes. Jo dachte an die weißen Motten, die sie im Frühling nach Henrys Tod heimgesucht hatten, und an die winzigen blauen Schmetterlinge am Tag von Claires Flucht mit Whit. Diese beiden Jahre waren bewölkt und feucht gewesen, und sie hatten vor allem graues, schlammiges Salz produziert. In diesem Frühling hatte Jo jedoch ein gutes Gefühl. Die Borsten-Schwertlilie hatte schon früh den Kopf aus der Erde gesteckt, und die Gänse kehrten bereits in Schwärmen zurück und zogen in militärischer V-Formation über den Himmel. Der Boden trocknete gut. Alles in allem, dachte Jo, sah das nach einem fantastischen Jahr aus.

Zufrieden stellte sie fest, dass die Dämme hielten, und schaute dann nach den anderen, kleineren Schleusen – bei der letzten war sie nicht sicher, ob alles halten würde –, als sie Dee an den Becken entlangwandeln sah. Das Mädchen war so blass, dass es fast wie eine Geistererscheinung wirkte. Aber hier draußen in der Marsch, wo Himmel und Wasser mit der Wahrnehmung und vor allem mit dem Verstand der Menschen so einiges anstellten, kam man natürlich leicht auf solche Ideen.

Jo beobachtete, wie Dee zu den Grabsteinen hinüberschlenderte und dort stehen blieb, um die Inschriften zu lesen. Von den Gräbern aus führte ein überwucherter schmaler Pfad zur anderen Seite der Bassins, und als Dee näher kam, wurde Jo klar, dass auch sie in ihren dünnen Kleidern wohl wie eine Vision wirken musste. Sie trug ein verschlissenes Männerhemd aus Leinen über einer abgenutzten Hose, die sie in Gummistiefel gesteckt hatte. Ihren Strohhut hatte sie mit einem dünnen Halstuch festgebunden, um auch den letzten Rest Sonne abzuhalten. Endlich erreichte sie die atemlose Dee.

»Wow«, bemerkte sie mit großen Augen, »ich wusste gar nicht, wie groß das Gelände hier tatsächlich ist.« Sie schniefte in der Kälte ein wenig, und plötzlich wurde Jo zu ihrer Verwunderung klar, dass ihr die Kleine fast ein wenig leidtat. Sie war mit der ganzen Situation völlig überfordert. Wie kopflos musste so ein junges Mädchen bloß gewesen sein, um etwas mit einem Mann wie Whit anzufangen. Es war furchtbar, wenn einem die

Zuneigung eines Menschen entrissen wurde, wie wenn einem die Elster einen Silberlöffel stibitzt, aber wem gehörte Whit denn überhaupt, fragte sich Jo. Einst hatte sie geglaubt, er würde zu ihr gehören, und dann hatte Claire ihn für sich beansprucht, inzwischen würde Jo aber sagen, dass er nur sein eigener Herr war. Ihn halten zu wollen war in etwa so, als versuchte man, seine Faust um Wasser zu schließen, das kühle Nass rann durch die Finger und ließ sich nicht festhalten. Jo trat näher an Dee heran. Vielleicht war es besser, wenn sie jetzt beide den Mund hielten und sich an die Arbeit machten, bevor sie noch zu viel sagte. Sie fasste Dee am Arm.

»Komm mit. Du kannst dich hier mal nützlich machen. Es ist immer noch was vom Salz aus dem letzten Sommer übrig, und ich hab gehört, dass in Wellfleet ein paar neue Restaurants eröffnen. Vielleicht haben die ja Interesse. In Prospect hat sich die Ware in letzter Zeit gar nicht gut verkauft, und ich sollte wirklich versuchen, sie auch mal woanders anzubieten. Du kannst mir helfen und Säckchen mit Kostproben fertig machen.«

Dee folgte Jo schnaufend. Sie sprach in hastig hervorgestoßenen Sätzen und erinnerte Jo damit an ein Schoßhündchen, das jemandem in die Fersen zwickte.

»Es tut mir echt leid, dass Whit Ihnen die ganzen scheußlichen Briefe geschickt hat, und ich bedauere es wirklich, dass er da auch noch Pater Stone mit reinzieht.«

Jo schnaubte. Also hatte Dee den Brief gefunden, den Claire und sie doch vor ihr geheim halten wollten. Was hatte das Kind denn nur gemacht, etwa den Müll durchwühlt? Vielleicht hatte sie ihre neue Mitbewohnerin doch unterschätzt. »Normalerweise steht Whit für mich auf einer Stufe mit den braunen Schnecken da im Schlamm«, erklärte sie. »Der versucht schon seit Jahren, sich dieses Land unter den Nagel zu reißen. Aber bis jetzt hat nichts genützt, die Hochzeit mit meiner Schwester nicht und auch nicht dieser ganze legale Zirkus. Bevor ich Whit

Turner die Salt Creek Farm überlasse, schmort der längst in der Hölle. Und damit hat sich die Sache.«

Das beteuerte Jo genauso sich selbst wie Dee gegenüber. Sie drehte sich um und bemerkte, dass das Mädchen noch immer im Matsch dastand wie ein dickköpfiger Käfer. »Wird's bald?«, blaffte sie. Und hinter ihr versuchte Dee, in jeder Hinsicht mitzuhalten.

# KAPITEL 19

Am Ostermorgen stand Claire vor allen anderen im Haus auf, band sich die Schürze um und begann, an ihrer eigenen Auferstehung zu arbeiten.

In ihrem Leben mit Whit war das Kochen genauso durchstrukturiert gewesen wie alles andere. Claire hatte Listen mit komplizierten Zutaten erstellt – eingelegter Spargel, Sesamöl, Lachsrogen –, war dann einkaufen gegangen, nach Hause zurückgekehrt und hatte die Anweisungen der Rezepte mit solcher Exaktheit befolgt, als handele es sich um die Anleitung für eine Kernfusion. Ihr Essen war technisch immer perfekt gewesen, hatte aber trotzdem nach nichts geschmeckt. Whit hatte es nie gemocht, und sie selbst war zur Abendbrotzeit oft schon viel zu erschöpft gewesen, um zu essen. Also hatte sie die Reste zusammengepackt, und die Haushälterin (die dank Whits immer strengerem Budget schon vor Jahren entlassen worden war) hatte sie am nächsten Tag genauso lustlos wie Whit zum Mittagessen verspeist.

Solch aufwendige Sachen konnte sie auf der Salt Creek Farm jedoch vergessen. Zum einen war Claire meilenweit vom nächsten Laden entfernt, zum anderen gab es hier auch keine Kochbücher. Also benutzte sie einfach, was sie so dahatte. Salz natürlich, da sie von dem Zeug jetzt nichts mehr zu befürchten hatte. Und Eier, Butter, einen Klacks Quark. Zucker, Mehl sowie ein paar Frühlingskräuter, die sie vor der Küchentür aus dem morgenkalten Boden gezupft hatte.

Sie schlug das Eiweiß, bis es Spitzen zog, und mischte es mit dem Käse, dem Schnittlauch und den goldenen Dottern. Dann schob sie die Schale in den Ofen, wo die Mischung aufging. Claire rührte einen einfachen Teig an, stach runde, mehlige Plätzchen aus, die sie mit einem Spritzer Vanille verfeinerte, und schob sie dann zu dem Eierauflauf in den Ofen. Hinten im Kühlschrank entdeckte sie eine Papiertüte mit winzigen frischen Erdbeeren, die sie, zusammen mit Zucker und Minze, zu einer Art Sirup verwandelte.

Die Sonne ging auf und verteilte sich wie Fett in der Pfanne, und die Küche war von den Düften nach Teig, schmelzendem Käse und dampfender Vanille erfüllt. Zufrieden lehnte sich Claire an die Arbeitsplatte, nippte an ihrem bitteren Kaffee und griff nach dem Herzmedaillon, das sie Dee abgenommen hatte und das nun zusammen mit Idas Perle in der Mulde an ihrem Hals ruhte. Wenn die Vergangenheit Form und Gewicht hätte, dann wäre diese Perle vielleicht ihre greifbare Verkörperung: eine Kugel aus Kalzium und Mineralien, die ein einziges Körnchen umfangen sollte, das da nicht hingehörte. Die Zeitschaltuhr am Ofen brummte, und Claire stand auf, um nach den Plätzchen zu sehen, öffnete die Ofentür zu rasch und bekam beißende, heiße Luft ab. Sie trat einen Schritt zurück und verschaffte sich fächelnd Kühlung. *Also wirklich,* dachte sie, *nach all den Jahren stürze ich mich noch immer ohne nachzudenken ins Getümmel und verbrenne mich, weil ich meine Nase überall reinstecke.*

Allerdings trug sie ihre Narben im Inneren. Was war eigentlich das Gegenstück zu einer Narbe, fragte sich Claire. Sie holte das Blech aus dem Ofen und starrte die runden, aufgeplusterten Teigmonde in sauberen Reihen an. Die erinnerten sie an das leere Antlitz Unserer Lieben Frau. Das ist es, dachte sie und machte den Ofen wieder zu. Das Gegenstück zu einer Narbe war einfach die Leere, die zurückblieb, wenn man etwas oder jemandem das Herz herausriss.

Sie brach ein Plätzchen entzwei und verschlang die dampfenden Stückchen mit vier Bissen. Dazu trank sie noch mehr Kaffee, wartete darauf, dass ihr Käseauflauf fertig wurde, und ließ die Kekse abkühlen. Sie überlegte sich, dass sie vielleicht eine Liste mit all den Wertgegenständen anlegen sollte, die sie besaß. Da war zum einen Icicle, ihn zu verkaufen würde ihr aber das Herz brechen. Dann hatte sie noch ein paar Dollar auf einem eigenen Konto angespart, von dem Whit nichts wusste, aber das war wirklich ein läppischer Betrag. Ihr Blick fiel auf ihre nackten Hände. Natürlich! Oben in der Schublade lagen doch Idas Ringe. Vielleicht konnte sie die verkaufen, wenn sie das überhaupt wagte. Nichts würde ihr ein größeres Vergnügen bereiten. Und außerdem hatte Ida ein gutes Geschäft immer zu schätzen gewusst, selbst wenn sie dabei letztendlich draufzahlen musste.

Claire nahm sich noch ein Plätzchen. Sie konnte nicht fassen, wie wenig von ihr selbst in ihrem Leben zu finden war, aber das war ihr eigener Fehler. Sie hatte ihre Tage mit dem müßigen Geplapper von Freundinnen gefüllt, die ihr gar nicht wichtig waren, mit Aufgaben, die sie nur übernahm, um beschäftigt zu sein, und mit einem Ehemann, den sie nie wirklich geliebt hatte. Sie erschauderte in der warmen Küche und aß ihren zweiten Keks vollends auf. Hier draußen schlief sie so tief und fest, dass sie nicht einmal träumte, sie wachte am nächsten Tag aber trotzdem immer mit steifen Wangen und Schmerzen im Nacken auf, als hätte sie die ganze Nacht lang die Tränen zurückgehalten. Jo war morgens meistens schon weg, wenn Claire nach unten kam, und wenn sie doch gelegentlich zusammen aßen, schwiegen sie sich mit solcher Beharrlichkeit an, dass auf dem Tisch zwischen ihnen Mönche meditieren könnten.

»Claire?« Jo trat in die Küche, und Claire blinzelte. »Alles in Ordnung?«

Jo goss sich eine Tasse Kaffee ein und pustete darauf. Claire knurrte nur und kehrte langsam wieder in die Gegenwart zurück. Der Ofen summte erneut, und sie zog sich ein paar Topfhandschuhe über.

»Ich hab einen Auflauf gemacht«, erklärte sie, öffnete die Ofenklappe und dachte diesmal daran, das Gesicht abzuwenden.

Jo machte auf der Arbeitsplatte Platz für die heiße Schale. »Früher hast du doch nie gekocht.«

Claire zog die Handschuhe aus. Ohne das Joch des Ringes an ihrem Finger kam er ihr nackt vor. »Ich weiß auch nicht, was mich da plötzlich gepackt hat. Vielleicht liegt es an der ganzen körperlichen Arbeit, aber ich habe in letzter Zeit einen Bärenhunger.« Sie gab je eine große Portion Auflauf in zwei Schüsselchen und reichte eins davon Jo. »Was ich auch koche, hier draußen schmeckt es einfach lecker. Probier mal!« Claire kaute kurz und zögerte dann mit hochgezogenen Augenbrauen. Normalerweise aß sie alles ungewürzt, egal wie fade es schmeckte, aber jetzt griff sie nach der Salzschüssel und gab mit den Fingern ein paar der grauen Körnchen in die Schale. Wieder und wieder salzte sie ihren Auflauf nach und ignorierte dabei Jos verwirrten Gesichtsausdruck.

»Claire, was machst du denn da?« Ihre Schwester hörte sie jedoch kaum, als sie die Gabel zum Mund führte. Mama hatte ihr immer gesagt, eine Prise Salz würde ihr die Antwort auf jede noch so quälende Frage verraten, aber das hatte Claire nie verstanden, vielleicht hatte sie ihr Essen deshalb nie gesalzen. Jetzt hingegen begriff sie endlich, was ihre Mutter gemeint hatte. Man konnte sich gar nicht selbst anlügen, wenn man den Mund voller Salz hatte, denn es verstärkte alle Aromen im Leben – sauer und scharf, herzhaft und süß, bitter und faulig –, so dass sie viel zu laut ertönten, um ignoriert zu werden.

Eigentlich hatte Claire es doch für einen sehr klugen Schachzug gehalten, Whit zu heiraten und die feuchte Erde der Salt Creek Farm gegen das harte Turner-Holz einzutauschen. Sie musste an das getäfelte Esszimmer im Turner-Haus denken, aber in dieser Küche war alles anders. Hier gab es keine messerscharfen Kanten, keine polierten Oberflächen, nur die Spuren von Abnutzung und Verschleiß, Kratzer und Flecken, milchige Trübheit. Claire nahm noch etwas vom Auflauf und kaute den Bissen fünfmal, dann wieder fünfmal, zerkleinerte alles sorgfältig, bevor sie es herunterschluckte, und versuchte, nicht an das Bündel Sorgen zu denken, das über ihr hing wie überreife pralle Trauben – den Gedanken daran, dass Whit ihnen die Salt Creek Farm unter den Füßen wegziehen würde, dass Dee ein Kind bekommen würde, mit dem sie doch eigentlich schwanger sein sollte, und dass sie eines Tages in den Spiegel blicken und so gesichtslos wie die Jungfrau sein würde, weil Jo endlich ihre Haut eingefordert hatte. Und was könnte Claire dagegen einwenden, wenn sie Jo doch zustand? Immerhin hatte ihre Schwester sie gerettet – oder es zumindest versucht.

Jos Stimme durchbrach ihren reißenden Sorgenstrom. »Warst du heute Morgen zufällig schon mit Icicle unterwegs?«

Claire blinzelte. »Nein. Aber ich muss mal nach ihm sehen. Vielleicht drehe ich eine Runde mit ihm.« Jo verzog den Mund, und Panik durchfuhr Claires Herz. »Du kannst mich nicht verlassen«, echote Whits Stimme in ihrem Kopf. »Jetzt nicht. Niemals!« Sie versuchte, so unbekümmert wie möglich zu klingen: »Wieso, was ist denn los?«

»Ach, nichts. Hast du gestern Abend eventuell vergessen, das Scheunentor zuzumachen? Als ich heute Morgen nach den Becken geguckt habe, lief Icicle draußen rum, das ist alles.« Jo zögerte. »Glaubst du, du hast versäumt, den Riegel vorzuschieben?«

Claire stellte das Geschirr klirrend ins Spülbecken, spritzte sich dabei Seifenschaum aufs Hemd und sah zu, wie die Flecken größer wurden, sich ausbreiteten wie die gezackten Flügel einer Motte. Sie wusste ganz genau, was ihre Schwester wissen wollte, aber nicht aussprach.

»Wahrscheinlich. Du weißt ja, wie ich bin.« Claire streckte die Arme zur Seite aus und zeigte die Teigspritzer und Mehlreste auf ihrer Bluse in voller Pracht. »Ich meine, sieh mich doch nur an, chaotisch wie immer. Am besten ziehe ich mich mal um. Und dann sehe ich nach Icicle.«

Oben streifte sie ein altes T-Shirt mit einem Loch und einen sauberen Pullover mit Zopfmuster über. Sie *hatte* das Scheunentor verriegelt. Dessen war sie sich hundertprozentig sicher, genauso sicher, wie sie wusste, wer es wieder geöffnet hatte. Sie schaute in den Spiegel und leckte sich die Lippen. Sie trug kein Make-up, war zerzaust, hatte vom vielen Wind gerötete runde Wangen. In letzter Zeit erkannte sie sich ja selbst kaum wieder. Aber das tat eigentlich auch nichts zur Sache. Ihr war klar, dass sie tausend Verkleidungen anlegen konnte, solange Whit Turner noch da draußen war, würde sie immer nur eine gebrandmarkte Frau sein.

Als Claire das Scheunentor öffnete, fielen ihr Fußspuren auf, die man so absichtlich dort hinterlassen hatte, dass sie nur von einer einzigen Person stammen konnten. Ganz offensichtlich hatte sich Whit am Rande der Salt Creek Farm herumgetrieben. Claire konnte seine Anwesenheit noch immer spüren.

Die Sonne war schon fast ganz aufgegangen, und der Tag stellte sich als sehr mild heraus. Claire schwänzte zum ersten Mal seit ihrer Hochzeit die Ostermesse, und das kam ihr fast wie ein Verbrechen vor. Ihre Sünden wogen schwer, pressten sich von innen gegen ihre Rippen wie ein eingesperrter Vogelschwarm, der nach Freiheit strebte. Dagegen half nur eins, nämlich Arbeit, das wusste sie. So etwas hätte auch Jo sagen können, und Claire musste ein wenig lachen, als ihr klar wurde, dass sie vielleicht doch eine Tochter des Salzes war. Sie holte Icicles Striegel und seine Mähnenbürste und begann ihn zu putzen.

Sie war gerade mit dem Schweif fertig, als sich das Scheunentor wieder öffnete und Dees Silhouette auf der Schwelle erschien. Das Mädchen trug eine von Jos alten Leinenblusen, eine schäbige Strickjacke, eine Jogginghose und lange Wollsocken. Bis jetzt hatte Claire sich immer geweigert, mit ihr allein zu sein. Wenn sie gerade aus dem Schlafzimmer trat und Dee im Flur entdeckte, knallte sie die Tür wieder zu. Wenn sie in den Salzbecken arbeitete, und Dee hinzukam, stürmte sie davon, und sie stand vom Tisch auf, sobald Dee ihren Bauch heranschob. Claire wollte eine Entschuldigung, aber sie war sich nicht sicher, in welcher Form. Erwartete sie etwa, dass Dee den Ärmel hochschob und ihr frische Einschnitte präsentierte oder sich den Schädel schor und die Nahrung verweigerte, bis sie und das Baby praktischerweise verhungert waren? Oder schlimmer noch, wünschte sie sich vielleicht, dass das Mädchen irgendwann einfach verschwand und ihr das Kind überließ? Es kam Claire so vor, als habe Dee etwas an sich gebracht, was eigentlich ihr zustand.

»Lass bitte mein Pferd in Ruhe«, fauchte sie schließlich und hätte beinahe »und auch meinen Ehemann« hinzugefügt, obwohl sie sich nicht mehr so ganz sicher war, ob sie Whit überhaupt noch so nennen konnte.

Dee runzelte die Stirn und schob den Unterkiefer vor, und das machte Claire fast wahnsinnig. Hier stand sie nun und hatte sich auf eine Entschuldigung eingestellt, nur um jetzt diese pubertäre Rotzigkeit über sich ergehen lassen zu müssen.

»Sieht so aus, als ob sie nicht nur beim Reiten auf einem ganz schön hohen Ross sitzen würden«, murmelte Dee.

Claire zog die Augenbrauen nach oben, und als Dee darauf nicht reagierte, fragte sie sich, ob das Mädchen wirklich so gleichgültig war oder einfach nur strohdumm. Sie zupfte an Icicles Mähne herum.

»Hast du dich eigentlich schon mal gefragt, woher ich das mit Whit und dir wusste?«, sagte Claire plötzlich, aber Dee hatte es mit ihrer Antwort nicht eilig. Vielleicht hatte das Mädchen ja auch vor, sich auf diese Art und Weise zu entschuldigen, überlegte Claire – durch Schweigen. Vielleicht versuchte Dee, alle negativen Gefühle hier einfach zu verleugnen. Und was käme dann dabei heraus, wurde negativer Kummer etwa zur Freude? Von Freude war Dee jedoch so weit entfernt wie die Salt Creek Farm vom Himmel. »Ich hab deinen Ohrring in unserem Auto gefunden«, fuhr Claire fort. »So eine billige Silberkreole. Ich hab sie weggeschmissen und Whit nichts gesagt, aber da war mir alles klar.«

Dee fasste sich ans Ohrläppchen. Es bereitete Claire Genugtuung, dass die Kleine hier draußen keinen eigenen Schmuck mehr hatte – seit Claire ihr das Silbermedaillon vom Hals gerissen hatte und es nun selbst trug. Natürlich hätte Dee es besser wissen und es gar nicht erst von Whit annehmen sollen. Claire konnte sich ganz genau vorstellen, wie er es aus der Tasche zog und zwischen Daumen und Zeigefinger vor Dees Nase baumeln ließ, als würde er sie damit locken, eine Einstiegsdroge zu nehmen.

Dee wurde rot. »Sie müssen wissen, dass ich ihn nicht angemacht habe«, flüsterte sie. »Er hat damit angefangen. Das müssen Sie mir glauben.« Langsam hielt sie auf das Scheunentor zu. Sie wollte jetzt nur noch hier weg, aber Claire war noch nicht fertig. Sie streckte die Hand aus, die Finger abgespreizt wie Tentakel.

»Was hast du dir dabei nur gedacht? Er ist doppelt so alt wie du und verheiratet. War dir das so egal? Außerdem war er doch wirklich eine Nummer zu groß für dich. Mein Gott, ich hab ihn dabei erwischt, wie er dich erwürgen wollte!«

Dee presste die Lippen aufeinander und zupfte an der Nagelhaut eines Fingers herum. »Das hat er doch gar nicht so gemeint. Er war nur überrascht. Wegen dem Baby und so.«

Claire verengte die Augen zu Schlitzen. »Soll das ein Witz sein? Bist du wirklich so naiv? Eins weiß ich nämlich ganz genau – Whit meint immer alles ernst.«

Dee schüttelte den Kopf. »Ich weiß, was Sie vorhaben, aber das wird nicht funktionieren. Wenn Whit sein Kind erst sieht, dann wird er mich auch zurückwollen. Das weiß ich. Und er hat gar nicht versucht, mich umzubringen. Er hat es nur mit der Angst zu tun bekommen, das war alles.« Sie stand auf und wickelte sich fester in die Strickjacke. »Bis dahin lassen Sie mich am besten zufrieden, dann lasse ich Sie auch in Ruhe.«

Sie versuchte, an Claire vorbeizugehen, die aber streckte die Hand aus, packte Dee am Oberarm und grub ihr die Finger ins Fleisch. »Dee, an deiner Stelle würde ich hier nicht so fröhlich Forderungen stellen. Heute gibt es nämlich kein Frauenhaus der Temperenzler mehr, wo du Unterschlupf finden könntest. Und ich bezweifle sehr, dass irgendjemand anders in dieser Stadt Whits Zorn oder den deines Vaters riskieren und dir ein Bett und jeden Abend einen Teller warmes Essen anbieten würde. Du hast uns oder niemanden.« Dee machte sich los und starrte Claire an. »Im wievielten Monat bist du?«, fragte der Rotschopf und deutete mit dem Kinn auf Dees Bauch.

Dee schlang die Arme um ihren Körper, als wolle sie ein Geheimnis verbergen, dafür war es Claires Meinung nach aber ein bisschen zu spät. »Im sechsten«, flüsterte sie.

Claire entfuhr ein Keuchen. »Ist das dein Ernst?« Sie wandte sich von Dee ab, rechnete im Kopf kurz nach und war über das Resultat ganz und gar nicht glücklich. »Und was hast du jetzt vor?«

Dees Lippe zitterte. »Das weiß ich ja auch nicht mehr.«

Claire sah durch das offene Scheunentor hinaus zu den erst vor kurzem gefluteten Verdunstungsbecken und dachte an ihre ungeborenen Babys. Ihr war es nie vergönnt gewesen, eines von ihnen im Arm zu halten. Durch Dees Kind würde sie wenigstens so etwas Ähnliches wie Mutterfreuden erleben können. Aber wenn Dee nun die Marsch verließ, dann würde damit ein weiterer Säugling dahingehen, den Claire niemals liebkosen durfte.

Trotzdem, die Salt Creek Farm war ein gefährlicher Ort für ein Kind, und das in mehr als nur einer Hinsicht. Claire dachte an die kalten Herzen der Knaben in den Gräbern hinter den Salzbassins, wo auch ihr eigener Bruder ruhte.

»Was soll ich denn nur tun?«, flehte Dee.

Lass sie nicht gehen, drängte eine Stimme in Claires Innerem. Aber wenn sie Dee hierbleiben ließ, dann würde das Mädchen Hilfe brauchen. Claire war die letzte Frau auf Erden, auf die Dee gern hören wollte, aber das konnte man doch sicher ändern. Claire wusste, wie das Salz den Verstand eines Menschen trüben und böse Hintergedanken vertreiben konnte. Sie nahm Dee bei der Hand und umschlang ihre Finger nur noch fester, als Dee sich loszureißen versuchte.

»Na, ich will dir doch bloß helfen«, sagte sie und zeigte beim Lächeln die Zähne, so wie früher, wenn sie ihre Clique aus dem Country Club zu irgendetwas genötigt hatte. »Du brauchst jetzt Beistand, eine Seele, der du vertrauen kannst. Zum Glück kenne ich da genau die Richtige.«

Claire hielt noch immer Dees Handgelenk umschlungen, führte sie aus der Scheune, schloss das Tor hinter sich und verrichtete dabei jede Bewegung langsam und behutsam, so als wolle sie ein scheues Pferd nicht erschrecken.

»Komm mit«, forderte sie Dee auf und ging zur Straße. Immerhin war doch Ostern, dachte Claire, während ihr Herz plötzlich besonders heftig schlug, die Zeit für milde Gaben, und nun hatte sie endlich ein Geschenk für die Jungfrau, das diese unmöglich ablehnen konnte.

# KAPITEL 20

Dee war zwar nie Klassenbeste oder Ähnliches gewesen, aber dumm war sie auch nicht. Als Claire sie wegen Icicle schalt, wusste sie, was das eigentlich hieß. Sie sollte die Finger von Claires Pferd, ihrem Mann und allem anderen in ihrem Leben lassen.

Aber das war einfacher gesagt als getan. Immerhin lebte sie jetzt mit Claire unter einem Dach, und ihre Neugier war größer als je zuvor. Wenn Claire draußen arbeitete oder mit Icicle ausritt, schlich sich Dee manchmal in ihr Zimmer und sah sich dort ein wenig um. Am Anfang stand sie einfach nur da und sog die Luft im Raum ein, mit der Zeit schnüffelte sie dann aber immer dreister herum, machte den Schrank auf und sah Claires alte Kleider durch, befühlte die Haarbürste auf ihrer Kommode und sah nach, was für eine Hautcreme Claire gern benutzte. Als sie in der obersten Schublade des Sekretärs Claires diamantbesetzten Ehering entdeckte, versuchte sie, ihn sich auf den Finger zu stecken, kam aber nur bis zum Knöchel. Sie seufzte frustriert und legte das Schmuckstück wieder zurück. Es gab noch andere Sachen, die sie auch gerne unter die Lupe genommen hätte – wie zum Beispiel ein verblichenes Tagebuch mit kaputtem Schloss, einen Stapel Fotos von Claire aus der Highschoolzeit oder ein paar Geburtstagskarten –, sie hatte aber zu viel Angst, erwischt zu werden.

Durch ihr Zusammenleben merkte Dee auch, dass Claire gar nicht der feuerspeiende Drache aus ihrer Vorstellung war. Dee stellte erstaunt fest, dass Claire in Jos Gegenwart höflich und beinahe bescheiden auftrat. Und Jo, die in der Stadt nie mehr als drei Worte hintereinander sprach, wurde hier zur tyrannischen Nervensäge, so dass Dee ihr manchmal am liebsten ein Pflaster über den Mund geklebt hätte, nur um ab und zu fünf Minuten Ruhe und Frieden zu haben. Und dann spielte auch noch Dees Körper verrückt. Ihre Brüste fühlten sich an wie zwei prall gefüllte Luftballons. Es gab Tage, da hatte sie das Gefühl, in den Beinen die Hälfte des weltweiten Wasservorkommens mit sich herumzutragen, und selbst ihre Gesichtsform veränderte sich.

Ihr Vater hatte sie ein Flittchen genannt und fand, dass sie nur bekam, was sie verdiente. Whit war sogar noch weiter gegangen und hatte ihr den Teufel an den Hals gewünscht, aber wenn das Salz sie veranlasste, ihre Einstellung Claire gegenüber zu ändern, dann gab es für sie vielleicht auch noch Hoffnung. Womöglich hatte sie bis zur Geburt alle schlechten Eigenschaften abgelegt und war so rein und glänzend wie Joannas edle Salzflocken.

Dee schloss die Schublade und durchquerte das Zimmer mit schmerzenden Knien. Es war Ostern, aber davon war in der Stille auf dem Gut nichts zu merken. Claire hatte irgendetwas gebacken, das käsig und lecker roch, das war jedoch das einzig Festliche. Dee lauschte, aber das Haus war wirklich völlig leer. Am besten ging sie nach draußen und sah nach Icicle, überlegte sie. Damit wäre sie wenigstens in guter Gesellschaft.

»Ich mache einen Spaziergang!«, rief sie laut, als ob es irgendwen interessieren würde. Aber niemand antwortete. Selbst die Uhr tickte nicht.

In der Salzscheune fühlte sich Dee am wohlsten. Die trockene Luft dort entspannte ihren Rücken und machte einen klaren Kopf. Sie warf das Tor auf und atmete tief durch. Am liebsten hätte sie sich aus diesem Duft etwas gestrickt und sich dann darin eingehüllt. Das war viel besser als die Räucherstäbchen, die sie damals in Vermont auf Partys angezündet hatten – vielleicht sogar besser als das Gras, das sie sich damals beschafft hatten. Selbst Icicle, der mit seinem Heu in einer Ecke stand, trug trotz des Dungs noch zur allgemeinen Gemütlichkeit bei.

Wenn er Dee hereinkommen hörte, wieherte er jedes Mal leise, sie war jedoch vorbereitet und zog eine Möhre aus ihrer Jackentasche. Sie ließ ihn mit den warmen Nüstern über ihren Nacken fahren, bot ihm dann auf der flachen Hand die Karotte an, freute sich über die lauten Kaugeräusche und lachte, als er sie anstupste und sie ein wenig zur Seite wankte.

Langsam verlagerte sich ihr Körperschwerpunkt, so viel war sicher. Beim Treppensteigen schienen ihre Hüften kaum noch zusammenzuhalten, und ihre Knie fühlten sich an wie Gummi, aber in ihrem Inneren ging mehr vor als nur eine körperliche Veränderung. Kurz vor ihrem Schulabgang hatten sie über Flüsse gesprochen, in Erdkunde, dem einzigen Fach, das sie je interessiert hatte. Vielleicht, weil sie damals schon geahnt hatte, dass sie nie weiter reisen würde als mit dem Finger auf der Landkarte. Ihr Lehrer hatte ihnen erzählt, dass Flüsse unter ganz besonderen Umständen manchmal ihren Lauf änderten und in die andere Richtung flossen, zum Beispiel bei heftigen Erdbeben. Daran musste Dee jetzt denken. Ihre Schwangerschaft schritt weiter fort, und sie fühlte sich immer mehr wie ein solcher Fluss. Durcheinander und aufgewühlt war sie ja bereits, aber sie hatte die starke Vermutung, dass die Geburt sie völlig auf den Kopf stellen würde. Zum hundertsten Mal wünschte sie sich, das bliebe ihr erspart.

»Das Leben ist hart«, hatte ihr Vater als Antwort auf ihre Nörgeleien immer getönt. Damals hatte sie gedacht, er wollte sie einfach nur zum Schweigen bringen, aber was wäre denn, wenn er die Wahrheit gesprochen hatte? Nicht der Alltag war hart, begriff Dee nun langsam, sondern das Leben an sich. Und soweit sie das überblicken konnte, begann es mit unfassbaren Schmerzen und ging noch viel schlimmer zu Ende. Und was sie mit dem Rest dazwischen anfangen sollte, war diffus und schwammig wie ein Traum.

Dee musste an die Zeit nach dem Tod ihrer Mutter denken. Zu jenem Zeitpunkt hatte es sich so angefühlt, als wäre die Luft im Haus für immer zum Stillstand gekommen. Die Uhren waren stehen geblieben. Keiner ging mehr ans Telefon. Selbst der Kühlschrank summte nun leiser vor sich hin. Dee war nicht sicher, ob sie nicht auch gestorben war. Cutt sah sie kaum an. Verwandte tauchten auf und verschwanden wieder. Dee ging wieder zur Schule zurück, wo niemand erwähnte, dass sie überhaupt weg gewesen war, und kehrte dann in ein leeres Haus heim. Was ihre Mutter wirklich ausgemacht hatte, die kleinen Dinge – die rauchige Farbe ihrer Augen, das lustige Lachen, die Form ihrer Füße – verblassten mit jedem Tag ein wenig mehr.

Dee fragte sich, ob Cutt sie wohl jetzt auch so vermissen würde, ob ihm die Zimmer über dem Restaurant leer vorkamen, wenn er nach seiner Schicht nach oben kam, sie konnte es sich aber kaum vorstellen. Denn sie war ja auch nicht richtig weg, nicht ganz. Am Tag nach ihrer Ankunft auf der Salt Creek Farm hatte sie Cutt sogar angerufen und ihm gesagt, wo sie steckte.

»Ich habe keine Tochter«, hatte er erwidert und dann den Hörer laut aufs Telefon geknallt. Ihr Vater wusste, wo er sie finden konnte. Es interessierte ihn nur nicht.

Trotzdem war es irgendwie seltsam. Hier draußen auf der Salt Creek Farm, wo es doch gar nichts gab, fühlte sie sich lebendiger als in den letzten Monaten. Vielleicht, dachte sie und schob sich die Hand unter den Bauch, lag das am Gewicht des Babys, das Körperteile von ihr ausfüllte, von denen sie gar nicht gewusst hatte, welche Leere darin herrschte. Oder vielleicht auch daran, dass die Leute mit ihren Geschichten über das Gilly-Salz wirklich recht hatten. Es verdrehte ihr den Kopf, und sie glaubte plötzlich, dass in ihr Leere herrschte, wenn sie doch voll war, dass sie glücklich war, wenn sie doch eigentlich trauerte, und dass sie doch sicher für irgendjemanden wichtig war, viel mehr wert als ein Teller Eier mit Speck.

Claire erschreckte Dee fast zu Tode, als sie in der Scheune plötzlich aus dem Schatten trat. Dee wusste ganz genau, dass es keine gute Idee war, wenn drei Frauen – eine launische Schwangere, eine Ehefrau mit gebrochenem Herzen und eine Salzbäuerin, die zur Hälfte frittiert war – auf so engem Raum zusammenhockten, vor allem, wenn an all dem ein und derselbe Mann schuld war.

Aber da lag Dee schon wieder falsch. Claire hatte es gar nicht auf sie abgesehen. Sie wollte ihr nur helfen. »Du brauchst jetzt Beistand«, verkündete sie, trat nah an Dee heran und umschloss ihr Handgelenk mit ihren weißen Fingern dort, wo der Puls pochte, genau wie Whit. Claire zog Dee aus der Scheune und die staubige Straße entlang. »Und ich weiß genau, wo du den finden kannst.«

Einen panischen Moment lang befürchtete Dee, dass Claire sie in die Dünen schleppen wollte, um sie sich dort mal richtig vorzuknöpfen, dann stellte sie aber erleichtert fest, dass sie nur auf dem Weg nach St. Agnes waren. Die letzten Besucher des Ostergottesdienstes waren inzwischen aufgebrochen, und Pater Ethan Stone trat gerade aus der Sakristeitür. Er wurde rot, als er Claire entdeckte, wandte den Blick aber auch nicht ab, wie Dee bemerkte. Claire wurde in seiner Gegenwart hibbelig wie ein Grashüpfer, und das war auch nicht viel besser. Ethan blinzelte.

»Hallo«, sagte er und griff sich an den Priesterkragen, so als wollte er sie – oder vielleicht auch sich selbst – an sein Gelübde erinnern. Claire hingegen hielt sich so gar nicht zurück, reckte den Hals, zog an ihrem Zopf und biss sich auf die Unterlippe.

»Frohe Ostern!«, wünschte sie ihm. Plötzlich schien Dee keine erwachsene Frau mehr vor sich zu haben, sondern eher ein Mädchen in ihrem Alter. Ganz anders die Muttergottes, die hinter Claire in einem kleinen Sonnenfleck aufleuchtete und alle Geheimnisse für sich selbst behielt.

»Oh.« Dee erschrak selbst angesichts ihrer Worte, als es ihr endlich dämmerte. »Sie haben mich zur Jungfrau gebracht.«

Claire starrte sie an. »Was dachtest du denn?« Dee antwortete nicht, aber Pater Stone lächelte, und Claire zog die Augenbrauen hoch.

*Er ist schließlich nicht als Priester zur Welt gekommen,* sagte sich Dee. *Und wenn Claire so weitermacht, dann bleibt er auch nicht mehr lange einer.* Womit er der Damenwelt in Dees Augen durchaus einen Gefallen tun würde. So ein toller Mann sollte nicht hinter den Mauern einer muffigen alten Kirche versauern, fand sie. Claire legte Dee die Hand auf die Schulter und schob sie an Pater Stone vorbei ins Innere des Gotteshauses. Dee sah ihn an und zog die Augenbrauen hoch, so wie Claire zuvor.

»Das ist Frauensache, Ethan«, rief Claire über ihre Schulter zurück. »Wir bräuchten die Kirche mal einen Moment für uns, wenn dir das recht ist.« Und Himmel, der gute Mann hastete aus dem Gotteshaus, als könnte er gar nicht schnell genug verschwinden. Seine Antwort konnte Dee nicht verstehen, vermutlich zu ihrem Besten, wenn seine Worte so heiß waren wie sein Blick.

Im Inneren der Kirche blieb sie stehen, ganz überwältigt von dem Licht, in das die Muttergottes getaucht war, und von den seltsamen Details des Bildnisses: den grauen Angelhaken am Saum ihres Kleides und dem offenen Auge auf ihrer Handfläche.

Dee folgte Claire den winzigen Mittelgang entlang. Sie steckte in Schwierigkeiten und brauchte jemanden an ihrer Seite, und vielleicht war Unsere Liebe Frau da genau die Richtige, denn sie erfüllte gewissermaßen alle Anforderungen: Sie war heilig und menschlich zugleich. Dee hatte noch nie groß darüber nachgedacht, aber eigentlich hatte sich ja auch die Heilige Familie mit ziemlich weltlichen Problemen herumgeschlagen – eine unerklärliche Schwangerschaft, ein rebellischer Sohn mit komischen Freunden –, das kam ihr alles ziemlich bekannt vor. Sie musste an ihre eigene Situation denken und dankte den Sternen dafür, dass bei ihr wenigstens alles vorbei sein würde, wenn sie einst starb und vor den Richter trat. Der arme Jesus hingegen musste die Auferstehung über sich ergehen lassen, bei dem waren die Probleme nie zu Ende. Eines Tages würde er zurückkehren müssen, um die Lebenden und die Toten zu richten, aber bis dahin war es hoffentlich noch lange hin.

Claire bekreuzigte sich, trat in eine Bank und blieb dort stehen. Nach kurzem Zögern tat Dee es ihr nach. Lange blickten sie so schweigend auf den Altar, wie Reisende auf einem gefährlichen Bergpfad, die nur ungern den Blick von den Windungen und Kurven zu ihren Füßen abwenden wollten. Das war ja noch schlimmer, als zur Messe zu gehen. Endlich räusperte sich Claire und kam gleich zur Sache. »Warum?«, ertönte ihre Stimme.

Einen Moment lang überkam Dee Panik. Für so ein unscheinbares Wort klang dieses »Warum« ziemlich bedeutend. Was wollte Claire da bloß wissen, fragte sich Dee, und ihr Verstand raste. Wie oft Dee in letzter Zeit in ihr Zimmer geschlichen war und ihren Ring anprobiert hatte? Oder warum sie das fortgeschrittene Stadium ihrer Schwangerschaft verheimlicht hatte? Als wollte es auch gerne etwas dazu sagen, versetzte das Kind ihr in diesem Moment einen Tritt, und Dee verlagerte das Gewicht, damit Claire nichts merkte. Sie ließ den Kopf hängen. In Wirklichkeit wusste sie ganz genau, worum es Claire ging. Sie fragte sie nach Whit. Außer der Wahrheit hatte Dee ihr nichts zu bieten. Mit zitternder Stimme sprach sie sie aus: »Ich dachte, dass er mich vielleicht liebt.«

»Und du hast wahrscheinlich auch geglaubt, dass du ihn liebst, oder?«, erwiderte Claire. Ihre Lippen bewegten sich kaum, sie hielt die Schultern gerade. Zum ersten Mal wurde Dee klar, dass Claires Körperhaltung immer der einer Reiterin entsprach – kerzengerade aufgerichtet, stets dazu bereitet, an den Zügeln zu ziehen, falls es nötig war. Dee fragte sich, ob das wohl ihre natürliche Haltung oder eine Nebenwirkung des Lebens an Whits Seite war. Sie dachte über Claires Behauptung nach. Hatte sie wirklich gedacht, dass sie Whit liebte? Diese Frage war einfach zu beantworten, tatsächlich war es die einfachste von allen. »Ja«, gab sie zu. Wieder verlagerte sie ihr Gewicht. Wenn Claire hier Fragen stellen durfte, dachte sie, dann konnte sie das auch. »Und was ist mit Ihnen? Haben Sie ihn geliebt, als Sie ihn geheiratet haben?«

Claires Kopf fuhr herum: »Was?« Dieses Wort klang ganz anders als das Warum. Es war ein Vorwurf, ein »Wie kannst du es nur wagen«.

Dee rutschte in der Bank ein Stück nach links. »Es ist nur … also, ich hab gehört, dass Sie mal in Pater Stone verliebt waren, und ich frage mich einfach, ob Sie Whit wohl auch so geliebt haben.« Sie ballte die Hände zu Fäusten und hielt den Atem an.

Claire schien Dees Worte abzuwägen. Als sie wieder sprach, ging es aber nicht um die Fragen ihrer Vergangenheit. Sie lehnte sich vor, und ihre Stimme war jetzt so leise, dass sie beinahe flackerte. »Ich weiß, dass du in meinen Sachen rumgeschnüffelt hast«, offenbarte sie. »Beim nächsten Mal ziehst du besser die Vorhänge zu.«

Dee rieb über das schöne Holz der Bank und suchte mit den Fingerspitzen nach einer Spalte oder einem Riss, in dem sie sich verkriechen konnte. Verdammt noch mal, sie würde auf gar keinen Fall vor Claire in Tränen ausbrechen. »Was wollen Sie von mir?«, fragte sie schließlich, aber noch bevor Claire etwas sagen konnte, stieg die Antwort in Dee auf wie die Schwingungen einer riesigen Glocke, so mächtig, dass sie sich fragte, ob nicht die halbe Stadt sie auch hörte. *Dein Baby.*

Atemlos lehnte sie sich zurück. Natürlich. Es war so offensichtlich. Claire wollte immer genau das, was sie nicht haben konnte – Kinder, Whit, als er mit ihrer Schwester befreundet gewesen war, Ethan, der doch zu Gott gehörte. Und Dee könnte wetten, dass es Claire überhaupt nicht scherte, wie sie sich das alles beschaffte. Dee verschränkte die Arme und stand auf. »Wir können jetzt gehen.« Das Baby gluckste und drehte sich, und Dee legte sich die Hand auf den Bauch, als wolle sie zum ersten Mal mit ihrem Kind sprechen und ihm versichern, dass alles gut gehen würde. Sie selbst war davon allerdings nicht so überzeugt.

»Und, hast du deine Antwort?« Claires Stimme versetzte ihr einen Stoß, wie ein Spatenstich in der Erde. Dee drückte die Schultern durch und wappnete sich. Sie würde nicht zulassen, dass Claire – oder irgendjemand sonst – sie je wieder überrumpelte. Jetzt nicht mehr.

»Sicher«, sagte sie. »Fürs Erste.«

# KAPITEL 21

Ende Juni brach der Sommer endlich mit voller Macht herein, wie eine strahlende Flagge, die man den Winter über viel zu eng zusammengerollt hatte. Seegras, Erbsenblüten, Kletterrosen, Zecken, Mäuse und selbst Maulwürfe steckten langsam die Nase aus der fruchtbaren schwarzen Erde und schnupperten an der neuen Jahreszeit. Als wollte sie den Sommereinbruch feiern, bildete sich die erste Salzkruste besonders früh in den Ostbassins und verwandelte sie von Schlammpfützen in mit weißer Zartheit überzogene Becken.

Jo konnte dieses Geschenk jedoch gar nicht richtig genießen. Ihre Ersparnisse waren inzwischen völlig aufgebraucht, und wie von der Bank bereits befürchtet, war sie mit den Zahlungen wieder in Verzug geraten. Und auch Whit hatte seine Drohungen wahr gemacht. Er kannte tatsächlich Leute bei der Harbor Bank, und die waren leider ganz seiner Meinung, was diese Situation anging.

»Miss Gilly, man hat Ihnen für das Anwesen ein akzeptables Angebot unterbreitet«, hatte Mr Monaghy zwei Tage nach dem letzten Schreiben der Bank am Telefon erklärt. »Wir raten Ihnen wirklich, es anzunehmen. Ehrlich gesagt wollen wir Ihr Land nämlich gar nicht, aber wir sind natürlich an die Bedingungen des Darlehens gebunden. Unseres Erachtens gäbe es mit dieser Lösung hingegen nur Gewinner.«

»Mir war gar nicht bewusst, dass es sich hier um ein Spiel handelt«, hatte Jo geknurrt. »Und meine Antwort lautet nein.« Dann hatte sie den Hörer aufs Telefon geknallt.

Jetzt blickte sie auf den Horizont hinaus. Das Gelände des Salzguts hätte doch eigentlich weitläufig und geheimnisvoll wirken sollen, war aber in Wirklichkeit nur ein Fleckchen ungenutzten Potentials in der Marsch. Sie schaute zu den Salzbecken hinüber. Wenn sie sich wieder aus diesem Schlamassel herausarbeiten wollte, dann musste sie sich auf die Ressourcen konzentrieren, die ihr zur Verfügung standen. Jo wusste, dass dieses Land unter den richtigen Umständen große Erträge erwirtschaften konnte. Einst waren die Ufer des Kaps für ihr Salz berühmt gewesen. Jetzt war ihr Gut nur noch das geisterhafte Abbild jener fetten Jahre. Oder vielleicht war es doch eher ein unentdecktes Juwel statt eines Überbleibsels aus alter Zeit. *Seltsam, es ist doch immer alles eine Frage der Perspektive*, überlegte sie, während sie über einen bröckelnden Damm stieg und sich tiefer in den Matsch hineinwagte. *Manchmal merkt man gar nicht, was man da hat, bis man es zu verlieren droh*t.

»Das sieht aus wie Schnee.« Dee stand wankend auf einem schmalen Damm und blinzelte ins Spätnachmittagslicht. Ihr Bauch war in der letzten Phase der Schwangerschaft und unglaublich aufgebläht. Jo dachte, dass sie noch nie jemanden gesehen hatte, der so schwanger war, und das traf auch tatsächlich zu.

Claire war vor Wut rasend gewesen, als sie herausgefunden hatte, im wievielten Monat Dee bereits war, aber Jo hatte das nicht überrascht. Mit einer Figur wie Dees konnte man vermutlich ganz ordentlich zulegen, bevor irgendjemandem etwas auffiel. Jo fragte sich, was sie ihnen sonst noch alles verschwiegen hatte. Bei ihr konnte man eigentlich mit so ziemlich allem rechnen. Einmal hatte Jo Dee erwischt, als sie aus Claires Zimmer kam.

»Ich … ich wollte nur sehen, ob ich mir vielleicht eine alte Bluse ausleihen kann«, hatte sie gestammelt, aber war sie nicht noch am Tag davor von Jo mit einem ganzen Stapel Klamotten ausgestattet worden?

»Nimm lieber welche von meinen Sachen«, hatte Jo gesagt. »Und wenn ich du wäre, würde ich um Claire besser einen großen Bogen machen.« Claire war Dee gegenüber zwar halbwegs höflich, begrüßte sie einsilbig oder mit einem Nicken, Jo war sich aber immer noch nicht sicher, ob ihre Schwester nicht zusammen mit all den süßen Sachen auch einen Racheplan auskochte. Jetzt seufzte Jo, strich sich über die Brauen und betrachtete das Becken, das vor ihr lag.

»Sind Sie sicher, dass ich das übernehmen soll?«, fragte Dee. »Es kommt mir so vor, als würde es bei mir jeden Augenblick losgehen.«

Jo holte die Flocken weiter mit der Harke ein. »Das ist bis jetzt die beste Kruste des Jahres.« Ihre Stimme wurde sanfter. »Wusstest du eigentlich, dass es hier früher mal an der ganzen Küste solche Salinen gab? Als ich klein war, lagen hier sogar noch ein paar von den alten Siedebottichen herum. Die waren zwar leer und schon halb verrostet, hatten aber die Zeiten überdauert.«

Jo steckte den Finger in die Schüssel, in die sie die Flocken gab, und bot Dee etwas davon an. Sie wartete ab, bis Dee sich das Salz in den Mund geschoben hatte, und beschloss dann, das Mädchen zu testen. »Schnell«, drängte sie. »Sag mir das Erste, was dir durch den Kopf geht. Was ist deine früheste Erinnerung?«

Dee schloss die Augen, und ein Lächeln huschte über ihre Züge. »Meine Mutter singt mich in den Schlaf.«

»Wen liebst du?«, fragte Jo in der Hoffnung, dass Dee nicht »Whit« sagen würde. Sie seufzte erleichtert, als das Mädchen einfach nur die Hände auf den Bauch legte. Bislang wirkte Dees Herz rein, aber Jo hatte sie ja nur nach Vergangenheit und Gegenwart gefragt. Die Zukunft bot mehr Spielraum für Interpretationen.

»Was willst du hier finden?«, wollte sie wissen, und bei dieser Frage schlug Dee voller Argwohn und Misstrauen die Augen auf.

»Was meinen Sie?«, hakte sie nach, aber Jo war klar, dass der Zauber des Salzes bereits durchbrochen war. Dee würde ihr nichts mehr verraten. Jo reichte ihr die große Holzschüssel. Wenn sie schon keine Antworten mehr von ihr bekam, dann aber wenigstens ein bisschen Hilfe bei der Arbeit. »Halt das gerade«, befahl sie.

*Das* müsste doch sogar sie hinbekommen, dachte sie. Gleich nach der Frühlingsflutung hatte Jo versucht, Dee beizubringen, wie man die Schleusen betätigte, aber dann mussten Claire und sie Dee an den Armen aus einem der Bewässerungsbecken ziehen. Als Dee es im Mai noch einmal damit versucht hatte, war sie mit blutendem Daumen und einem vor Matsch strotzenden Stiefel zur Scheune zurückgekehrt. Beim zweiten Mal hatte Jo nicht herausfinden können, wie es dazu gekommen war. Es war wirklich unglaublich, sie hatte noch nie jemanden getroffen, der so ungeschickt war. Jo überlegte, dass Claire und sie wohl am besten ein Sicherheitsnetz unter den kleinen Körper des Babys spannten, wenn es erst da war.

Die Schüssel schwankte und wackelte in Dees Armen, und Jo rückte sie wieder zurecht. Sie konnte es nicht riskieren, diese Ware, ihr kostbarstes Gut, zu verlieren, um die sich die Touristen wie gierige Hunde schlugen, weil sie unbedingt ein Stückchen echtes Kap im Gepäck mit nach Hause nehmen wollten. Sie stellte sich vor, wie diese Männer und Frauen damit in ihre Designerküchen zurückkehrten und die Flocken mit der Konzentration eines Chemikers auf dicke Steaks streuten. Schmeckten sie das Salz eigentlich wirklich, fragte sie sich, so wie die Leute in Prospect früher, die es ihren Torten und Kuchen hinzufügten, weil sie genau wussten, dass all das Süße der Welt ohne eine gewisse Würze nichts nützte?

Dee zuckelte über das Netz der Dämme hinter ihr her und hielt dabei die Schüssel so in den Armen, wie Jo es ihr gezeigt hatte. Ein- oder zweimal stolperte sie. »Soll ich so das Kind tragen, wenn es erst mal da ist?«, scherzte sie, Jo zuckte angesichts ihrer Worte jedoch zusammen, denn Dee hatte ja keine Ahnung, dass Jos Mutter früher genau das getan hatte. Sie hatte damals eine riesige Salzschüssel ausgekleidet und dann Jo und ihren Zwillingsbruder in ihre weite Krümmung gelegt. Jo erinnerte sich noch daran, wie sie Claire in einer solchen Schüssel in den Schlaf gewiegt hatte, bevor sie sie dann darin zum Herd trug, damit ihre Schwester es auch warm hatte.

*Ich muss ein paar weiche Decken besorgen,* dachte sie. *Und Leintücher. Und dann brauchen wir auch noch Windeln, Schnuller und Lätzchen. Und was war das noch für ein Schlaflied, das Mama immer gesungen hatte?* Jo blieb schlagartig stehen, und Dee hätte sie beinahe umgestoßen.

*Was ist denn bloß mit mir los,* schalt sich Jo. Sie wurde ja plötzlich zur reinsten Glucke. Ob das Kind hier in der Marsch aufwachsen würde, hatte nicht sie zu entscheiden, vor allem, wenn es ein Junge war, der dem Fluch des Salzes zum Opfer fallen konnte. Das war allein Dees Sache. Aber früher oder später musste Jo sich mal mit ihr darüber unterhalten.

Dee blies die Backen auf und stellte die Schüssel auf den Boden. Sie war nicht schwer, nur voluminös. Jo glaubte nicht, dass es Dee schadete, sie zu tragen, aber was wusste sie schon?

Dee sah sie unbehaglich an. »Hab ich irgendwas Falsches gesagt? Das mit dem Baby in der Schüssel war doch nur ein Witz!«

Jo griff nach der Schale, reichte Dee stattdessen die Harke und setzte sich wieder in Bewegung. Als sie sich dem Haus näherten, erfüllte der schwache Duft von süßem Backwerk die Luft. Jo betrachtete das Schindelhaus, in dem sie ihr ganzes Leben verbracht hatte. Gut, es war ein wenig von Unkraut überwuchert, aber es hielt allen Wettern stand, war im Sommer kühl und steckte voller Geschichte. Vielleicht war es nicht der beste Ort, um ein Kind großzuziehen, aber bestimmt auch nicht der schlechteste.

Sie erreichten die Stufen der Veranda, und Jo drehte sich zu Dee um. Sie ist nur ein Kind, das ein Kind bekommt, dachte sie. *Sie wird Hilfe brauchen.* Jo war kinderlos geblieben, aber hatte sie früher nicht immer auf Claire aufgepasst? Ihr Ratschlag war wohl besser als keiner, und außerdem hatte Dee sonst niemanden.

Je länger Dee auf der Salt Creek Farm blieb, desto mehr hatte Jo das Gefühl, dass die Kleine wirklich hierhergehörte. Ihr war aufgefallen, dass Dee jetzt schon genau herausgefunden hatte, wo sie auf der Veranda fest auftreten konnte und wo es im Holz morsche Stellen gab. Sie wusste auch, dass sie die Tür mit dem Fliegengitter einfach zuschlagen konnte, weil Jo eine Feder angebracht hatte, die sie im letzten Moment auffing. Jo sah dabei zu, wie sie aus ihren Segeltuchturnschuhen schlüpfte und sie mit der gleichen Ungeduld wie Claire im Flur in die Ecke pfefferte. Dee wusste, dass sie die Schlüssel des Trucks in einer Schale auf dem verstummten Klavier im Flur aufbewahrten, sie wusste, in welchem Schrankfach der Reis und wo die Haferflocken standen, und wie lange man das Wasser laufen lassen musste, damit es erst warm und dann kochend heiß wurde, bevor die Temperatur wieder etwas sank.

Sie lernte nach und nach, wie die Dinge hier draußen abliefen – konnte mittlerweile sogar verschiedene Salztypen unterscheiden –, aber für das Geheimnis der Geschichte der Marsch, ihr pulsierendes Herz, war Dee vermutlich noch immer blind, fürchtete Jo. Vielleicht war das im Moment auch das Beste, überlegte Jo. Manches sollte man lieber ruhen lassen.

Claire war in die Stadt gefahren, auf dem Küchentisch lag aber ein Zettel von ihr: »Zimtkuchen im Ofen, Zeitschaltuhr ist an. Vor dem Schneiden abkühlen lassen. Bin um fünf zurück. C.«

Jo schüttelte das gewonnene Salz in einen Glaskrug und stellte ihn für Claire beiseite. In letzter Zeit hatte ihre Schwester dem Salz lauter verrückte Zutaten hinzugefügt: Vanilleschoten, Lavendelzweige und Rosenblütenblätter. Und dann benutzte sie dieses Salz für noch ungewöhnlichere Gerichte: Pudding, Eis, alle möglichen Brotsorten. Jo war sich nicht sicher, ob sie das Salz, mit dem Claire da herumexperimentierte, überhaupt loswerden würde, aber Claire hatte die Etiketten für Jos Säckchen optimiert und ihr versichert, dass sie dafür das Doppelte verlangen konnte. »Jetzt ist es nicht mehr nur ein lokales, in Handarbeit erstelltes Produkt, jetzt ist es ein lokales, in Handarbeit erstelltes *Gourmet*produkt«, hatte sie erklärt und sich eine rote Strähne aus den Augen gewischt. »Vertrau mir, die Touristen werden ganz verrückt danach sein. Ich hab schon bei drei Läden in Hyannis angerufen, und die können es gar nicht abwarten, unser Produkt ins Sortiment aufzunehmen.«

Jo hatte nur mit den Achseln gezuckt. Nach der Mitgliedschaft im Country Club, all den Dressurturnieren und den langen Jahren im riesigen eleganten Turner-Haus tat Claire sich mit der großen weiten Welt leichter als sie. Draußen bei der Salt Creek Farm war die Küste noch immer wild und rau. Obwohl Jo ganz klar wusste, dass sie noch nicht dauerhaft auf Claire zählen konnte, begann tief in ihrem Inneren ein kleiner Hoffnungsschimmer zu erglühen. Mit der Hilfe bei der Arbeit und ein paar neuen Ideen konnte das Gut vielleicht doch noch gerettet werden. Jo machte den Herd an und stellte einen Kessel für den Tee darauf.

Dee rieb sich mit der Hand über den Bauch und sah zum Küchenfenster hinaus. »Seit ich hier bin, hat sich die Marsch so verändert. Und wer weiß, was noch alles passiert, wenn dieser kleine Kerl erst da ist?«

Entsetzt und alarmiert beugte Jo sich vor: »Du glaubst also, es wird ein Junge?«

Dee presste die Lippen aufeinander, konnte das Lächeln aber nicht unterdrücken. Jos Herz begann heftig zu schlagen.

»Oh, ich weiß es auch nicht, aber ich hab so ein Gefühl.«

Jo überschlug die Beine und versuchte, ihre Bestürzung zu verbergen. »Was hast du Whit über dieses Kind erzählt?«

»Nichts, nur, dass es unterwegs ist. Warum?«

Jo beäugte Dee. Die Kleine hatte die Augen weit aufgerissen und blickte unschuldig drein, ihre Mundwinkel waren aber angespannt, als erwartete sie schlimme Neuigkeiten, und Jo wusste, dass die wirklich Unschuldigen nie mit schlechten Nachrichten rechneten. Deshalb waren sie ja so unschuldig.

»Dee«, begann Jo langsam und ein wenig zu laut, so als spräche sie mit einem begriffsstutzigen Ausländer, »eins musst du mir versprechen, versprich mir, dass du dich nicht mit Whit in Verbindung setzt, und dass du ihm nichts über dieses Kind erzählst. Du hast ja keine Ahnung, wozu er fähig ist.«

»Jetzt klingen Sie schon wie Claire.«

Jo zog die Nase kraus. Sie musste daran denken, dass sie Dee und Claire an Ostern zusammen durch die Marsch hatte stampfen sehen, als wollten sie gemeinsam ein Geheimnis in Grund und Boden trampeln. »Wieso? Was hat meine Schwester denn gesagt?« Und da war es dann wieder, plötzlich machte Dee einfach dicht – sie biss die Zähne aufeinander, und ihre Augen waren mit einem Mal vielleicht etwas zu groß. *Was verheimlicht sie mir bloß,* fragte sich Jo und rührte ihren Tee um. Das war der Nachteil daran, wenn man Leute – sogar Familienmitglieder – auf die Salt Creek Farm ließ. Jo hatte das Gefühl, dass die Dinge sich plötzlich an allen Ecken und Enden aufzulösen begannen und sie gar nichts davon mitbekam, bis irgendwann alles in einem schrecklichen Knall endete. Und was würden dann alle tun? Jo um Hilfe bitten, was sonst?

Sie seufzte und fuhr sich mit der Hand übers Gesicht. »Weißt du, Whit und ich waren einmal sehr gute Freunde.«

Dee nickte, und Jo sprach weiter, obwohl ihr die Worte im Hals brannten wie zu heißer Kaffee. Einerseits hoffte Jo beinahe, Dee würde zu Claire laufen und ihr alles brühwarm erzählen, andererseits wusste sie ganz genau, dass sie sich das niemals trauen würde. »Heute erscheint es mir fast unvorstellbar, aber es stimmt. Das ist eine wirklich seltsame Geschichte – ich weiß auch nicht so genau, warum ich sie dir überhaupt erzähle –, aber in dem Sommer, als ich fünfzehn war, wollte Whit mir etwas zur Erinnerung an ihn schenken. Und zwar das gleiche Schmuckstück, das er später dir gegeben hat – ein Medaillon mit eingraviertem W. Ich habe mich aber nicht getraut, es zu behalten. Ich hatte zu viel Angst davor, seine Mutter Ida würde es herausfinden und mir den Hals umdrehen. Weißt du, eigentlich sind Turners und Gillys nicht besonders gut aufeinander zu sprechen.«

Dee nickte, also redete Jo weiter, auch wenn es ihrer Stimme schwerfiel, weil sie einfach aus der Übung war. »Ich glaube aber, dass Ida es trotzdem herausgefunden hat. Ich habe Pater Flynn nämlich einen Laib Brot vorbeigebracht, und bin in St. Agnes über einen Brief an die Jungfrau gestolpert.«

Dee lehnte sich vor. »Von wem?«

Jo zögerte. »Von Ida.«

»Haben Sie ihn gelesen?«

Jo nickte. Das hatte sie noch nie jemandem erzählt.

»Und was stand darin?«, fragte Dee.

Jos Stimme klang abwesend. »Die letzte Zeile ist mir in Erinnerung geblieben: *Magna est veritas, et praevalibet.*«

Dee runzelte die Stirn. »Was zum Teufel soll das denn heißen?«

»Die Wahrheit ist groß und wird obsiegen«, übersetzte Jo. »Das ist aus der Vulgata, der alten lateinischen Ausgabe der Bibel. Ich hab Pater Flynn danach gefragt, was es heißt. Er hat mir verraten, dass er die alte Messe auf Lateinisch immer besser fand.« Das konnte Jo nachvollziehen. Manchmal war es besser, sich Gott nicht als denkendes, logisches Wesen anzunähern, sondern eher wie ein leeres Gefäß, das gefüllt werden konnte. Ein Windstoß rüttelte an den Küchenfenstern. Der Abend zog herauf.

Jo stand auf, rückte die Tassen zurecht und ließ die Hände neben dem Körper hängen. Was sie im Leben bedauerte, ruhte als drückende Last auf ihr, schwer wie ein Mühlstein, der Knochen zermalmen konnte. Der Nachmittag war ohnehin schon hinüber, warum also nicht jetzt mit der Sprache herausrücken? Jo drehte sich wieder um.

»Wenn du wirklich hierbleiben willst, gibt es da etwas, das du wissen musst.«

Ungewöhnlich ernst beugte sich Dee zu ihr vor.

»Vielleicht hast du in der Stadt schon einmal davon gehört: Knaben sind auf diesem Land nicht willkommen.« Jo zauderte. »Ich will nicht sagen, dass ich an so etwas glaube, aber Stein lügt nicht. Hier draußen sind nur die Knochen von Jungen und Männern begraben.«

Dee hörte ihre Worte schweigend an, also atmete Jo tief durch und schob ein weiteres kleines Geständnis hinterher.

»Ich glaube, meine Mutter hat versucht, etwas dagegen zu unternehmen, als mein Bruder und ich geboren wurden. Vor ihrem Tod hat sie mir eine Geschichte über Unsere Liebe Frau erzählt. Sie hat etwas Furchtbares getan, was genau, darf ich aber nicht verraten.«

Dees Augen waren jetzt groß wie Untertassen. »Und, hat es funktioniert?«

Jo schwieg kurz. Sie wusste, dass sie nun an einem gefährlichen Scheideweg stand, aber sie fand einfach keinen positiven Rahmen, um den Rest der Geschichte darin einzubetten. Sie dachte über Dees Frage nach. Hatte ihre Mutter ihr Schicksal verändert? Ohne es zu wissen, hatte Dee den Finger direkt in die Wunde gelegt.

»Ja und nein«, antwortete Jo schließlich. »Meinen Bruder konnte sie nicht retten, aber sie hat in dieser Nacht etwas anderes gefunden.«

Dee kniff die Augen zusammen. »Was denn?«

Jo schüttelte den Kopf. »Dieses Geheimnis darf ich nicht allein enthüllen.«

»Weiß Claire davon?«, wollte Dee wissen, und Jo verneinte wieder. Wie sollte sie auch, wenn sie in den letzten zehn Jahren oben auf Plover Hill gelauert hatte wie ein Habicht im Baum?

Jo sah aus dem Fenster. Zwei Möwen zankten sich wegen irgendetwas, das sie ausgegraben hatten, flatterten dabei mit den Flügeln und kreischten. »Guck dir das an«, sagte sie. »Die beiden streiten sich um ein Stück verrotteten Fisch, während im Meer doch noch tausende frische herumschwimmen. Wahrscheinlich ist es mit Geheimnissen genauso. Wenn man von einem Geheimnis weiß, gibt es mit Sicherheit noch viele andere.«

»Aber den Geheimnissen der Gillys kommt man nicht so leicht auf die Spur«, bemerkte Dee, und Jo starrte sie an. Es war so seltsam für sie, eine junge Frau im Haus zu haben, die gerne die alten Wahrheiten ausgraben wollte, die doch besser unausgesprochen blieben. Dee verstand noch nicht, dass in einer Geschichte manchmal jemand sterben musste, um damit die Handlung voranzutreiben, genauso, wie man auch einen Bösewicht brauchte.

*Ist es wirklich besser, mal gestrauchelt zu sein, als sich dem Bösen zu verschreiben,* fragte sich Jo. Das hatte sie immer geglaubt, aber vielleicht hatte sie sich mit dieser Überzeugung früher nur rechtfertigen wollen? Und was, wenn Sünden erblich waren? Wer wäre dann der Bösewicht in ihrer Geschichte? Sie wischte über die Arbeitsplatte und legte den Lappen zurück ins Spülbecken.

»Familiengeheimnisse haben eine Besonderheit«, erklärte sie schließlich. »Sie sind eigentlich ganz offensichtlich, wenn man nur weiß, wo man hinschauen muss.«

# KAPITEL 22

Der Sommer am Kap hatte für Claire seit jeher etwas Unwirkliches. Er rief in ihr dasselbe Gefühl hervor wie ihre Besuche mit Whit auf den Galas im Country Club, bei denen sie eins von Idas alten Satinkleidern mit einem winzigen Handtäschchen getragen hatte. Bei solchen Veranstaltungen war sie stets eine Fantasieversion von sich selbst gewesen, eine Kunstfigur mit demselben Haar, denselben Augen und derselben Nase, die aber sonst nichts mit der Person gemein hatte, die Icicles Stall ausmistete, das letzte Eis aus dem Schälchen leckte, bevor sie es in die Spüle stellte, und während der Messe ihren Tagträumen nachhing.

Der Sommer passte einfach nicht zu Prospect. Die Stadt wurde zu schnell zu voll. Vor Mr Uptons Laden standen die Leute Schlange, in der Bücherei konnte man keinen einzigen aktuellen Roman mehr finden, und selbst im Leuchtturmrestaurant waren alle Hocker besetzt. Bei den Einheimischen hielt sich die Freude über das Geld der dickbäuchigen Fremden mit ihrer Verachtung die Waage, und man rückte näher zusammen, während die Touristen, verspielt und eifrig wie kleine Hunde, ihre Nase in Angelegenheiten steckten, die sie nichts angingen. Von Zeit zu Zeit verirrte sich sogar der eine oder andere auf die Salt Creek Farm, betrachtete mit Verwunderung die Salzhaufen und schlammigen Gräben und wich schließlich vor der hölzernen Harke zurück, die Jo drohend schwang.

»Die sollten wir rumführen«, drängte Claire. »Wir nehmen Geld für den Rundgang, und du bringst ihnen was über das Salz bei.«

In jenem Jahr kamen mehr Touristen als je zuvor, und Claire wusste, dass viele von ihnen wegen Whits neuer Investitionen in der Stadt hier waren. Ihm gehörten Strandhäuschen und Märkte, Hotels und Gasthäuser, aber trotzdem sahen seine Bilanzen noch immer nicht allzu gut aus. Wenn es nach ihm ginge, vermutete Claire, würde der Sommer das ganze Jahr andauern.

»*Du* kannst sie ja unterrichten«, schnaubte Jo. »Ich hab schon genug zu tun.« Claire wusste aber ganz genau, dass das nicht dasselbe wäre. Sie hatte nicht so ein Händchen für das Salz wie Jo. Sie konnte es natürlich abkratzen und aufhäufen, aber bei ihr hätte es genauso gut Sand sein können. Nur wenn Jo ihre Harke durchs Becken wirbelte, erwachte die Sole zum Leben und verwandelte sich in das berühmte Gilly-Salz. Nur Jo konnte eine Prise probieren und sagen, ob der Schlammgehalt zu hoch war, und nur Jo wusste ganz genau, wann die Flocken trocken genug waren, um sie abzuschöpfen. Früher hatte sie sogar manchmal vorhersagen können, welches Salz beim Dezemberfeuer die Flammen rot oder blau färben würde.

Aber in diesem Sommer wurde Claire klar, dass sie etwas mit dem Salz anzufangen wusste, was Jo nicht konnte. Sie konnte es verwandeln. Während das Salz unter Jos Händen zu seiner perfekten Form fand, schlug es unter Claires Händen Purzelbäume. Sie fügte es Kuchen, Tees oder Marmeladen hinzu und kreierte eine völlige neue Geschmacksrichtung, die zwischen sauer und süß lag.

Für das Salz war der Juni auf der Salt Creek Farm der wichtigste Monat, aber es war auch eine Zeit der Geister. Zunächst einmal war Whit in letzter Zeit ziemlich ruhig gewesen – unheimlich ruhig. Claire war davon überzeugt, dass er auf der Lauer lag und etwas Furchtbares plante, wusste aber nichts Genaues. Jo war es gelungen, die Bank erst einmal abzuwimmeln, aber trotzdem war Claires Nacken immer angespannt, und die winzigen Härchen auf ihrem Arm standen ständig zu Berge.

Außerdem spürte sie ganz schwach die Anwesenheit ihres Bruders, an den sie sich nicht erinnern konnte, wie ein Sprühregen, der in so feinen Tropfen fällt, dass man gar nicht sicher sein kann, ob er wirklich da ist. Und dann waren da noch ihre ungeborenen Kinder. Die zeigten sich hartnäckiger und schnappten den ganzen Tag mit ihren winzigen, formlosen Lippen nach ihr wie viele hungrige Kaulquappen. Eigentlich war es nur lästig, wenn sie nicht nachts gelegentlich keuchend aufwachen würde. Dann zuckten die Nerven in ihrem Bauch, und es erdrückte sie so unendlicher Kummer, als würden all die verlorenen Kinder dieser Welt ihre Schlafstatt heimsuchen. Der Geist ihrer Mutter war eher eine ständige Erinnerung als ein Phantom, die tiefe Stimme in Claires Kopf, die ihr zuflüsterte, sie solle doch gerade stehen, sich die Haare zusammenbinden und Whit zum Teufel jagen. Und dann suchte sie auch noch Ethan heim. Claire wusste ganz genau, dass es auch in seinem Leben einen Geist gab, aber anders als ihre war jener einzigartig und heilig. Der Glückliche.

Abgesehen von ihrem Besuch in St. Agnes mit Dee an Ostern war Claire Ethan völlig aus dem Weg gegangen. Ihn zu sehen war einfach zu schmerzlich für sie. Wenn sie sich in der Stadt über den Weg liefen, nickten sie einander zu, sprachen übers Wetter und wechselten dann die Straßenseite. Wenn sie ihn bei ihrem morgendlichen Ausritt mit Icicle am Strand entdeckte, wurde sie nicht langsamer, sondern donnerte als Wolke aus Hufen und Sand an ihm vorbei. Aber obgleich sie Ethan äußerlich ignorierte, war er in ihrer Seele so unerschütterlich zugegen, dass sie manchmal statt des ihren sein Gesicht im Spiegel sah.

Jedes Mal, wenn sie an St. Agnes vorbeikam, musste sie sich beherrschen, um nicht an den Straßenrand zu fahren, die Türen des Gotteshauses aufzustoßen und Ethan ihre Gefühle zu gestehen. Aber Jo erinnerte sie daran, dass es besser war, Whit so wenig wie möglich zu reizen, und damit hatte sie recht. Wenn Whit mitbekam, wie viel sie noch für Ethan empfand, würde er womöglich St. Agnes in Schutt und Asche legen und den Priester gleich mit verbrennen. Sie konnte er ruhig bedrohen, so viel er wollte, aber Ethan durfte er auf keinen Fall etwas antun.

Icicle wieherte leise, und Claire beruhigte ihn, leerte dann seinen Wasserkübel, füllte ihn wieder auf und ließ das Tier etwas von dem kühlen Nass saufen, bevor sie ihm eine Decke überwarf, den Sattel festschnallte und ihm die Kandare anlegte. »Na, komm«, flüsterte sie und führte ihn hinaus. Sie sah sich nach irgendwelchen Anzeichen für Whits Anwesenheit um, aber um diese Zeit war sie hier draußen in der Marsch ganz allein. Sie schob einen Fuß in den Steigbügel, schwang sich in den Sattel und atmete endlich so tief durch, wie sie es sich die ganze Nacht gewünscht hatte.

Sie ritt zwischen den Dünen entlang, führte Icicle auf den harten Sand des Strandes und ließ dann die Zügel locker. Sie lehnte sich vor, während er immer schneller wurde, und empfand die gleichmäßigen Bewegungen seines Galopps als großen Trost. Was würden die Frauen aus dem Country Club wohl sagen, wenn sie sie jetzt so sehen könnten, fragte sie sich. Das Haar fiel ihr ungekämmt über die Schultern, sie hatte Löcher in der Bluse und trug kein Make-up. Würden sie sich abwenden und sie ignorieren oder schlimmer noch darüber spotten, dass sie jetzt wieder die alten Fetzen trug?

Sie zügelte Icicle, bis er in Trab fiel, und atmete aus. Jetzt hatte sie das Ende des Strandes bei Drake's Rocks fast erreicht und musste zugeben, dass die Ebbe nicht das Einzige war, was an ihrer Seele zerrte. Vor ihr lagen St. Agnes und Ethan. Sie starrte auf den Strand, und er war wie eine weiße Leinwand, auf die sie alles projizieren konnte, was hätte sein sollen. Sie sah zu, wie eine Welle heranschwappte und den Sand sauber wusch, aber in Claires Leben war nicht alles so ordentlich. Sie wurde die Gedanken in ihrem Kopf einfach nicht los.

Bevor sie womöglich noch etwas Unüberlegtes tat, ritt sie lieber durch die Dünen hinauf, band Icicle draußen an der Kirche an und öffnete die Türen zum Gotteshaus. Still trat sie hinein und redete sich ein, dass sie Ethan gar nicht sehen wollte, sondern nur ein Ave Maria sagen und eine Kerze anzünden, ehe sie auch schon wieder gehen würde. Da war doch nichts dabei. Vielleicht würde sie Ethan nicht einmal antreffen.

Er war aber doch da – er kniete vor dem Altar und streckte die Hände seitlich aus, ließ den Kopf aber nicht hängen, so wie Claire es erwartet hätte, sondern hatte ihn in den Nacken geworfen und entblößte so seinen Hals, als würde er sich als Opfer darbieten. Wie gelähmt stand Claire auf der Türschwelle. Sie hatte noch nie einen so verletzlichen Mann gesehen, und die Szene kam ihr beinahe obszön vor. Oder sie wäre ihr zumindest so vorgekommen, wenn Ethan nicht so zauberhaft ausgesehen hätte. Sie wollte sich schon wieder abwenden, tat es dann aber doch nicht. Stattdessen räusperte sie sich, Ethan zuckte zusammen und fuhr herum.

»Claire.« Seine Stimme war nach dem stummen Gebet noch immer schwerfällig. Das sagte ihr alles, was sie wissen musste. Ein Mann mit reinem Gewissen stolperte nicht so über seine Zunge. *Einmal Sünder, immer Sünder,* dachte sie, als sie auf ihn zuging und sich das Haar aus dem Knoten schüttelte, zusammen mit dem letzten Rest Zurückhaltung, der ihr noch geblieben war.

Später würde sie Unserer Lieben Frau, die kein Gesicht hatte und deshalb nicht vor Scham erröten konnte, die Schuld für alles geben. Sie war eine schlechte Anstandsdame für zwei von der Liebe geblendete Sterbliche. Aber was zwischen Ethan und Claire passierte, war nur allzu menschlich, und es war ausschließlich Claires eigene Schuld.

Sie war mit Sicherheit nicht mit dem Vorsatz nach St. Agnes gekommen, Ethan zu verführen. Das redete sie sich zumindest ein. Aber als sie dann so vor ihm stand, konnte sie nicht länger gegen den Sog ankämpfen, der von ihm ausging, und bevor sie sich's versah, war sie ihm so nahe gekommen, dass sie seine warme Haut spüren konnte.

»Claire«, ächzte Ethan wieder, und dieses Mal war es eine leise Warnung. Er versuchte, sich von ihr zu lösen, in seinen Augen stand jedoch die gleiche Frage wie in ihren, und bevor er es verhindern konnte, hatte Claire auch schon die Hände ausgestreckt und umarmte ihn.

»Du spürst es doch auch, das weiß ich«, murmelte sie. »Das musst du einfach.« Ihr Herz klopfte, als sie spürte, wie er erstarrte, und dann durchfuhr sie Glückseligkeit, als auch er seine Arme um sie schlang. *Wäre das wohl jeden Tag so gewesen,* fragte sie sich und dachte zurück an die raue Erregung, die sie beim Sex mit Whit verspürt hatte. *Wäre das Leben so sanft gewesen?* Sie unterdrückte ein Schluchzen. Vielleicht hätte sie dann auch das Kind austragen können, nach dem sie sich so sehr sehnte.

Zunächst reichte es ihr, einfach nur wieder von Ethan umarmt zu werden, aber Claire war noch nie mit dem zufrieden gewesen, was Gott, der Herr, ihr schenkte, also streifte sie Ethans Hals mit den Lippen. Er zuckte zusammen, aber bald tauchte auch er wieder in die Vergangenheit ein und verlor jeglichen Willen, sich von ihr zu lösen. Sie fuhr mit dem Mund an seinem Kiefer entlang, bis ihre Lippen sich trafen und er ihre Küsse erwiderte. Seine Hand wanderte von ihrer Taille hinab zu den Hüften und streichelte sie an Stellen, die keine Priesterhand je berühren sollte.

»Nicht hier«, flüsterte er, zog sie mit sich durch die Kirche und in die dunkle Sakristei. Gemeinsam waren sie wieder achtzehn, unter dem Birnbaum ineinander verschlungen, und Claire roch noch immer nach Salz, Ethan nach dem Meer.

Zu Beginn waren seine Lippen noch ganz sanft, doch dann wurden seine Küsse intensiver. Claire schob den Saum ihres Rockes hoch und legte die Hände auf seinen Bauch. Sie erinnerte sich daran, wie sie dies das erste Mal getan hatte und wie sich seine Haut angefühlt hatte. Als Reaktion darauf schob er sie gegen ein Regal, presste seine Hüfte gegen ihre und zog ihr Hemd hoch.

»Hier auch nicht«, keuchte er irgendwann. »Nicht, Claire.« Bevor er es sich womöglich noch einmal anders überlegte, führte sie ihn hinaus, in die Dünen von Drake's Beach, wo sie sich zwischen den Binsen verbargen, und dort kehrten sie geschützt vor Gottes richtendem Blick endlich zu den Ursprüngen der Erde zurück.

Ethan ließ sie auf den Sand sinken und beugte sich über sie, zögerte dann aber einen Moment mit flatternden Lidern, und Claire war klar, dass ihn ein Moment des Zweifelns überkam, als ob ihn körperlicher Schmerz durchfahren würde, aber sie griff zwischen seine Beine, und bald stand nicht mehr dieser fragende Ausdruck in seinen Augen, sondern glühende Leidenschaft. Sie lächelte und sah sich schon als Siegerin, doch in dieser Angelegenheit war sie ein wenig zu voreilig gewesen. Sie bekam, was sie sich schon lange gewünscht hatte, aber es war nicht das, was sie wirklich wollte.

»Vergib mir, Vater, denn ich habe gesündigt«, murmelte sie nach dem Liebesakt an Ethans Brust, er erwiderte jedoch nichts. »War das …? Ich meine, hast du je …?«

»Nein«, antwortete er knapp.

Sie kuschelte sich noch enger an ihn. Sie hatte mit dieser Antwort zwar gerechnet, sie schmerzte jedoch mehr als erwartet. »Tut mir leid«, flüsterte sie, wünschte aber augenblicklich, sie hätte sich nicht entschuldigt – denn in Wirklichkeit bedauerte sie das alles gar nicht. Gott mochte ein Anrecht auf Ethan haben, überlegte sie, aber hatte sie nicht schon vor langer, langer Zeit

Anspruch auf ihn angemeldet? Sie war ein verlorener Stamm, der Ruf der Götzen in der Wildnis, eine zerfetzte Gebetsfahne in den Ruinen eines Tempels. Wusste Ethan das denn nicht?

Er rollte sich auf den Rücken und starrte in den Himmel. »Claire, was haben wir nur getan?«

Sie verzog das Gesicht. »Du wolltest das doch genauso sehr wie ich.«

Er schlug sich die Hand vors Gesicht. »Ich habe es aber nicht darauf angelegt.«

»Ändert das irgendwas?«

»Ich weiß es nicht. Ich habe noch nie eine so furchtbare Sünde begangen.« Er zögerte kurz. »Meine Vorgesetzten sind mit mir nicht besonders zufrieden.«

Verwirrt runzelte Claire die Stirn. »Aber ich dachte, du hättest gerade gesagt, dass du noch nie …«

»Jetzt sei doch nicht albern. Nicht deswegen. Wie sollten sie denn bereits von meiner jüngsten Verfehlung wissen? Nein, das liegt an anderen Zweifeln, die nichts mit dir zu tun haben. Aber du, Claire, du bist doch eine verheiratete Frau. Du gehörst zu Whit.«

Bei der Erwähnung von Whits Namen spürte Claire, wie ihre Lippen eisig kalt wurden, zu völliger Taubheit erstarrten.

»Er hat gestern bei mir vorbeigeschaut«, erklärte Ethan aus dem Blauen heraus, und Claire setzte sich alarmiert auf.

»Was?«

»Claire, er nennt dich immer noch seine Frau.«

Schweigend knirschte sie mit den Zähnen.

»Er hat mich gewarnt, ich soll mich von dir und deiner Schwester fernhalten. Ich weiß nicht, was ich tun soll«, gab Ethan schließlich zu.

Claire musste die Tränen zurückhalten. Für sie war die Antwort offensichtlich. Sie glaubte nicht, es überhaupt aussprechen zu müssen. »Du könntest das Priesteramt an den Nagel hängen.« Sie liebkoste seine Brust. »Wir könnten irgendwo hingehen, wo uns keiner kennt und wo wir nur noch nach vorn schauen müssen. Auf eine schattige Felseninsel. Erinnerst du dich daran noch? Dort könnte es immer so sein wie jetzt gerade.« Sie hielt den Atem an.

Als Ethan endlich sprach, tat er es mit leiser Stimme und sah sie dabei nicht an: »Gott hat seine Augen überall, Claire, nicht nur auf heiliger Erde. Und außerdem hab ich mich doch trotz all meiner Zweifel entschieden. Und ich bin ein Mann, der seine Entscheidungen ernst nimmt, das weißt du.«

Sie unterdrückte ein Schluchzen. »Und was war das gerade dann? Wolltest du nur mal ein wenig an der verbotenen Frucht knabbern? Die Straße der Erinnerung entlangflanieren?«

Ethan verbarg sein Gesicht wieder in den Händen. »Ich weiß es nicht. Glaubst du etwa, ich hätte das geplant? Kannst du überhaupt das Ausmaß dieses Verstoßes erfassen?«

Sie suchte ihre Kleider zusammen und schüttelte so gut es ging den Sand heraus. »Ich verstehe das nur zu gut, *Pater*.« Sie verstummte kurz, stand mit zitternden Knien da. »Weißt du, auch ich habe Opfer gebracht. Das kannst du dir gar nicht vorstellen. Nachdem Jo sich die Verbrennungen zugezogen hatte und du verschwunden warst.« Sie wischte sich eine Träne von der Wange. »Warum bist du wirklich zurückgekehrt, Ethan? Lag es nur an Pater Flynn, oder hatte es auch etwas mit mir zu tun?«

Auch Ethan griff jetzt nach seinen Kleidern. Er blickte ihr bei seinen Worten nicht ins Gesicht. »Ich wollte nicht wieder herkommen, Claire. Ich habe alles versucht, damit sie mich woandershin schicken.«

Das ließ sie sich durch den Kopf gehen. »Vielleicht sollte das hier eine zweite Chance für uns werden. Vielleicht hat Pater Flynn das geahnt und gerade deshalb nach dir verlangt.«

Ethan seufzte schwer. »Ich weiß nicht, Claire. Nun muss ich beten und ergründen, was mein Herz mir sagt. Dafür brauche ich Zeit, um mir über das alles klar zu werden. Ich wünschte, ich könnte dir einfach sagen, was du hören willst, aber das geht nicht.«

»Und warum können wir nicht einfach so weitermachen?« Sie deutete auf den Sand, der sie umgab, aber darauf hatte er keine Antwort.

»Claire«, sagte er schließlich. Seine Stimme war ihr so vertraut wie ihr eigener Herzschlag.

»Ja?«

Er streckte die Finger aus und griff nach ihrem Handgelenk. »Bevor du gehst, muss ich dir noch etwas beichten. Whit hat bei seinem Besuch gestern Dinge gesagt, die mir gar nicht gefallen haben.«

Sie schürzte die Lippen und wartete.

Ethan zögerte, so als sei er nicht sicher, ob er es aussprechen würde, dann seufzte er. »Er meinte, dass du seinetwegen ruhig aufs Gut zurückkehren und Dee mitnehmen kannst. Aber dann hat er mich auch daran erinnert, was passiert, wenn Salz in alte Wunden gerät.«

Trotz Ethans warmer Haut fuhr es Claire kalt den Rücken hinunter. »Was denn?«

Sein Blick bohrte sich in den ihren. »Es brennt. Wenn du nicht aufpasst, so hat er es formuliert, endest du womöglich noch wie Jo. Völlig verbrannt.«

Eine Möwe kreischte über ihren Köpfen, und Claires Herz begann zu pochen. Sie löste sich von Ethan und suchte nach ihren Schuhen. Sie verlieh ihrer Stimme einen betont fröhlichen Klang: »Lass das mal meine Sorge sein.«

Ethan betrachtete sie misstrauisch, als müsste er plötzlich an das berühmte Temperament der Gilly-Frauen denken.

»Vielleicht hätte ich dir das gar nicht erzählen sollen.« Er verstummte kurz. »Du tust doch nichts Unüberlegtes, oder?«

*Macht er sich jetzt meinetwegen oder seinetwegen Sorgen,*

fragte sich Claire. Sie band sich das lose Haar wieder zusammen und sah ihn dann an. »Nein, natürlich nicht. Aber das ist eine Sache zwischen Whit und mir.« Was natürlich nicht stimmte. Wenn es um die Gillys und die Turners ging, war nichts je so klar und eindeutig, das war aber auch gut so, fand Claire, denn wenn Whit sie brennen sehen wollte, dann sollte er doch kommen und neben ihr im Feuer tanzen.

Claire stand unter dem Birnbaum und sah auf die Uhr. Es war erst neun Uhr morgens, und heute war Donnerstag. Whit war jetzt zum Tennisspielen in Wellfleet und würde erst in einer Stunde wieder zurück sein. Über ihr türmte sich das Turner-Haus mit seiner verwirrenden Ansammlung aus Veranden und Balkonen auf. Sie atmete tief durch und trat dann aus dem Blätterdach hinaus in die Sonne. Während sie Plover Hill hinauflief, versuchte sie die ganze Zeit das Gefühl abzuschütteln, dass sie jemand beobachtete. Diesen Eindruck hatte sie früher oft gehabt. Das ging im Schatten des Turner-Hauses jedem so, es war Teil der ganzen Turner-Erfahrung.

Unter dem Hortensientopf neben der Küchentür war noch immer ein Zweitschlüssel versteckt – nicht sehr originell, aber Schlösser waren für Whit sowieso nur reine Formalität. In Prospect standen ihm ohnehin alle Türen offen.

Sie schloss die Küchentür auf und sog das vertraute Aroma nach gemahlenem Kaffee und dem Zitronenwachs in sich ein, mit dem sie immer die Arbeitsflächen poliert hatte. Und da war noch ein anderer Geruch – nach irgendetwas sehr Sauberem, das beinahe an Ozon erinnerte –, den sie aber noch nie identifizieren konnte. Bleiche vielleicht oder Wäschestärke? Es roch beinahe wie ein Dollarschein, nur dass Turner-Geld ziemlich dreckiges Geld war.

Sie hielt einen Moment inne und lauschte ihrem klopfenden Herzen. Wer konnte schon sagen, was Whit wohl tun würde, wenn er sie hier erwischte? Die Polizei rufen? Sie würgen, wie er es bei Dee gemacht hatte? Andererseits lag er völlig falsch, wenn er glaubte, dass sie wegen all seiner Drohungen vor Angst erzitterte. Im Verlauf der letzten drei Monate war der Schlamm auf der Salt Creek Farm so mit ihr verschmolzen wie das Netz aus Narben, das Jos rechte Körperhälfte überzog, und verlieh ihr neue Kraft. Anders als bei Jo befanden sich die Wunden bei Claire auf der Innenseite des Herzens, wo sie niemand sehen konnte. Jetzt atmete sie mehrmals tief durch und ging durch die Küche hinüber ins Esszimmer. Die Vitrine für das Porzellan in der Ecke war beinahe leer, darin standen nur noch eine Sauciere und ein angeschlagener einzelner Kerzenständer. Claire schüttelte den Kopf und ging weiter ins Wohnzimmer. Dort entdeckte sie an den Wänden noch mehr leere Stellen, wo früher einmal Gemälde gehangen hatten, außerdem bemerkte sie auch, dass das Klavier nicht mehr da war. Rasch stieg sie die Treppe hinauf und lief am makellosen Gästezimmer und der oberen Abstellkammer vorbei und drang dann bis zum Schlafzimmer vor.

Auch hier fehlten Gegenstände. Die silberne Uhr, die früher auf dem Kaminsims gestanden hatte. Ein zauberhaft gearbeiteter Wandteppich, der einst die halbe Wand eingenommen hatte. Das leere Bett war noch nicht gemacht. Offensichtlich war Whit in die Mitte der Matratze gewandert und hatte bis auf ein einziges Kissen alle anderen auf den Fenstersitz verbannt, als würde er selbst diese Bequemlichkeiten scheuen. Die Decke war ordentlich zurückgeschlagen, die Laken kaum zerknittert. Dieser Mann schlief wie ein Vampir, dachte Claire, und unterdrückte das Bild von Ethan, das vor ihrem geistigen Auge aufstieg. Sie sah ihn halbnackt in den Dünen, wie er lüstern die Lider senkte, als sie mit den Händen über seine Rippen fuhr und dann immer tiefer und tiefer. Claire schluckte und konzentrierte sich wieder auf das Hier und Jetzt. Ihr blieb nicht viel Zeit.

Auf ihrem Nachttisch standen noch immer ihr Wecker und

ein paar Bücher. Irgendwie sahen sie dort seltsam aus. Die filigranen Zeiger ihrer antiken Weckuhr zeigten 9.25 Uhr an. Aus dem Augenwinkel nahm Claire auf der anderen Seite des Raumes eine Bewegung wahr, die ihr den Atem stocken ließ. Blut rauschte in ihren Augen und Ohren, und sie erstarrte. Dann wurde ihr klar, dass es nur ihr eigenes Abbild im Spiegel der Frisierkommode war. Sie seufzte, entspannte sich und nahm dann ihr Spiegelbild unter die Lupe.

Nach dreizehn Jahren hatte die Sonne zum ersten Mal Farbe auf ihre Wangen gezaubert, sie hatte Sommersprossen bekommen, und ihr Haar hatte sich rotblond verfärbt. Unten am Nacken konnte man einen Knutschfleck entdecken, der von Ethan stammte, und wenn sie nicht ganz falschlag, bekam sie vom ganzen Backen langsam ein Doppelkinn. Sie durchquerte das Zimmer und beugte sich dicht zum Spiegel hinunter.

Es gab doch nichts Besseres als ein bisschen Turner-Glas, um einem zu zeigen, was man war und was nicht. Das war kein altes Glas wie im Gutshaus, das nach Generationen von Frauen und zu vielen Jahren Gebrauch trüb geworden war. Turner-Glas war viel härter als das. Es war wie gemacht, um damit anzugeben, um in den Vitrinen der Bibliothek zu glänzen, wo Whits Football- und Hockeypokale aus der Highschool thronten, oder in dem gravierten Rahmen mit seinem Harvard-Zeugnis.

Und um die Dominanz dieser Familie noch zu unterstreichen, trugen alle Trinkgefäße in diesem Haus ein Monogramm – egal ob geschliffene Whiskygläser oder die dünneren, höheren Gläser, aus denen sie morgens ihren Saft getrunken hatte, alle waren entweder mit Idas oder Whits spitzen, nach oben strebenden Initialen versehen. Bei den beiden gab es nicht einen einzigen gerundeten Buchstaben.

Die Turners hatten diesen Tick, all ihre Besitztümer so zu markieren, indem sie Buchstaben oder das Familienwappen in Dinge einbrannten, als liefe die Sippe Gefahr, ihre Identität zu vergessen. Claire hatte das nie verstanden und im Laufe der Jahre nach Möglichkeit immer vermieden, Dinge besticken oder gravieren zu lassen. Das kam ihr zu dauerhaft vor, als würde sie dem Metall etwas von ihrem Namen abtreten, ihn in die Seide oder Baumwolle hineinweben und so nach und nach ihre Seele für ein Kollektiv abtragen, dem sie vielleicht gar nicht unbedingt angehören wollte.

Wie äußerst passend, dachte sie, griff nach ihrer alten Haarbürste und zähmte ein paar Locken an ihrer Schläfe, dass ausgerechnet ein Mann, der sich im Privaten so an Traditionen klammerte, so darauf erpicht war, die Geschichte seiner Stadt auszulöschen. Sie wusste, dass Whit von Prospect am liebsten nur die Kulisse beibehalten hätte – die verwitterte Patina der Schindeln, die eleganten Fensterbögen der Bücherei, die malerischen Segelboote, aber nicht das halbverfaulte Dock und die Fischerboote, die schmatzend im Hafen ruhten, und ganz bestimmt nicht die Salt Creek Farm.

Claire ließ die Bürste sinken und zog die Schubladen der Kommode auf. In der ersten befanden sich noch immer Idas altes Make-up und ihre Kämme, und die mittlere klemmte, wie immer. Claire musste daran denken, wie Whit ihr genau hier die Perle geschenkt hatte, und angesichts dieser Erinnerung zog sie die Lade mit einem wütenden Ruck heraus. Sie sah hinein und entdeckte den üblichen Kram, und dann bemerkte sie, vielleicht weil das Licht anders war, oder vielleicht auch, weil *sie* anders war, etwas, das sie noch nie zuvor gesehen hatte. Ganz hinten in das Fach hatte jemand eine Art Brief geklebt. Eine Ecke des satten cremefarbenen Umschlags hatte sich gelöst und damit auf sich aufmerksam gemacht. Claire schob die Hand in die Kommode und zog den Umschlag mühevoll heraus.

Er trug Idas Briefkopf, ebenfalls mit Monogramm, als reichten ihre Worte auf dem Papier noch nicht aus. Allerdings war der Brief bereits von jemandem geöffnet worden, denn das Siegel war gebrochen. Claire schlitzte den Umschlag auf und zog das Blatt Papier heraus. Während sie Idas aggressive Handschrift überflog, wurde ihr Atem immer flacher.

Als sie fertig war, lehnte sie sich erschüttert zurück. Neue Erkenntnisse über die Vergangenheit sind meistens ein harter Schlag, vor allem, wenn es sich um die eigene Geschichte handelt. Die ganze Zeit über hatte Claire immer gedacht, dass sie gar nicht wirklich auf die Salt Creek Farm gehörte, aber offensichtlich lag sie damit falsch, und Ida hatte das gewusst. Ob ihr das nun passte oder nicht, Claire war im Salz tief verwurzelt. Bei Jo hingegen sah die Sache ganz anders aus.

Claire schob sich den Brief in die Tasche und griff nach der silbernen Bürste auf dem Frisiertisch. Sie sah sich im Spiegel an und beschloss, dass sie die Nase nun endgültig von den Schatten der Vergangenheit vollhatte. Es reichte ihr jetzt mit den Jungfrauen, Perlen und Briefen von Toten. Langsam war es an der Zeit, beschloss sie, sich von allem zu befreien und ihre eigene Zukunft zu gestalten.

Kurz nach ihrer Hochzeit hatte Whit sie einmal aus dem Blauen heraus mit einem Kolibri verglichen. Er hatte gemeint, sie sei genauso zart und doch unerwartet stark. Sie hatten im Bett gelegen, er hatte die Finger in ihrem Haar vergraben und ihren Schädel umfasst wie die schützenden Zweige eines Nestes. Claire hatte damals nicht gewusst, dass sie diese Finger noch ein Jahrzehnt später spüren würde, dass sie sie jeden Tag fester umfangen würden und plötzlich gar nicht mehr wie Zweige waren, denn die hätte sie notfalls zerbrechen können.

Sie dachte an den Moment zurück, als Whit ihr die Halskette seiner Mutter mit der Perle geschenkt hatte, wie er sie ihr um den Hals gelegt hatte. »Wenn du je versuchen solltest, die Bande zwischen uns zu kappen, wird dir das nicht gelingen«, hatte er zu ihr gesagt, als sie sich an jenem Abend geliebt hatten. »Das weißt du doch, oder?«

Das würden sie ja sehen. Sie ging zum Schrank hinüber, entdeckte dort eine Segeltuchtasche und verstaute darin so viel Reitkleidung wie möglich. Dann hielt sie inne. Ganz hinten hing in Plastik eingepackt ihr Hochzeitskleid. Sie schob die anderen Klamotten beiseite und öffnete die Schutzhülle und sog den Duft von Puder, vermischt mit irgendetwas Erdigem, in sich ein. Dann fuhr sie mit den Fingern über den Satin und zog ihren Schleier hervor. Mit den Jahren war er brüchig geworden und vergilbt. Auf der anderen Seite der Garderobe hing Whits Hochzeitsanzug ordentlich gebügelt und mit der passenden Krawatte. Also hatte er ihn wohl vor kurzem noch angehabt. Was hatte Whit damals noch getragen, überlegte Claire. Ach ja richtig, eine zu ihrem Strauß passende Ansteckblume und die Uhr seines Vaters. Wo war die nur? Sie öffnete die Mahagonischatulle, die Whit in seiner obersten Schublade aufbewahrte, und fand sie dort. Einen Platz für jedes Ding, und immer alles an seinem Platz, hatte Idas Motto gelautet, und selbst jetzt, mehr als zehn Jahre nach ihrem Tod, hatte niemand in Prospect den Mumm, sich ihrem Leitspruch zu widersetzen.

*Tja, es gibt für alles ein erstes Mal,* dachte Claire und schob sich die Uhr und den cremefarbenen Umschlag mit Idas zackigen Initialen in die Tasche. Sie schloss den Schrank und ging dann pfeifend zur Haustür hinaus, die sie offen stehen ließ. Egal was für Geister Whit auf sie hetzen wollte, ihretwegen sollten sie ruhig freie Bahn haben.

# KAPITEL 23

Dee machte sich gerade in der Küche einen Toast, als Claire so leise ins Haus kam, dass die Schwangere sie fast nicht gehört hätte. Wenn sie wollte, war Claire wie eine Katze, mit Samtpfoten und geschmeidigen Bewegungen, doch Dee hatte ein Talent dafür entwickelt, sie aufzuspüren. Sie wurde ja *selbst* langsam zur Katze.

Normalerweise machte Claire so viel Lärm, dass Dee sie unmöglich *nicht* hören konnte. Sie schleuderte ihre Schuhe im Flur in die Ecke und schlug im Vorbeigehen auf die Klaviertasten, so als wollte sie selbst der Luft hier im Haus mitteilen, dass sie wieder da war. Aber heute blieb das alles aus. Da gab es nur das verdächtige Knarzen eines Dielenbrettes und danach drückende Stille.

Dee steckte die Nase zur Küchentür hinaus, der Eingangsbereich war aber verwaist, also lief sie den Flur entlang und warf einen Blick ins Wohnzimmer, wo Claire über dem Schreibtisch in der Ecke stand und ein paar Papiere durchsah. Bevor man sie noch entdeckte, huschte Dee zurück in die Küche. Eine Sekunde später kam Claire auch schon herein, und zwar mit so übler Laune, dass Dee beinahe fürchtete, sie könnte womöglich die Milch zum Gerinnen bringen, so sauer war sie. Zum ersten Mal, seit Dee Claire kannte, trug sie ihre Haare offen.

»Was haben Sie denn mit Ihren Haaren gemacht?«, fragte Dee.

Claire griff nach hinten und strich sich über die roten Locken, als hätte sie die schon ganz vergessen. »Mal was Neues«, antwortete sie betont heiter.

»Allerdings.« Mit offenem Haar sah Claire ganz anders aus – vielleicht sogar netter. Dee betrachtete sie aufmerksam. Jetzt, wo sie genauer hinsah, fiel ihr auf, dass Claires Hände ein wenig zitterten – was ungewöhnlich war, wenn man bedachte, wie ruhig sie stets Icicles Zügel hielt. »Was ist denn in der Tasche?«, fragte Dee.

Claire sank auf einen Stuhl und starrte ins Leere – Dee konnte nicht so recht sagen, was los war, machte sich aber Sorgen, denn normalerweise taxierte Claire die Dinge mit rasiermesserscharfem Blick. »Reitzeug«, erklärte sie.

Dee verspürte ein Kribbeln im Nacken, als sie sich Claire gegenüber niederließ. »Moment mal, Sie waren im Turner-Haus? Sind Sie denn verrückt geworden? War Whit etwa da?«

Claire schüttelte den Kopf und nahm einen Schluck Milch. »Heute spielt er Tennis.«

Dee biss sich auf die Lippe und versuchte, sich ihre Enttäuschung nicht anmerken zu lassen. Sie war brav wie ein Lämmchen gewesen und hatte sich nicht bei Whit gemeldet, nicht ein einziges Mal. Sie wusste schon, was sie an ihrer momentanen Situation hier hatte. Und trotz all der gruseligen Geschichten über die toten kleinen Jungen wollte sie in ihrer derzeitigen Verfassung nun wirklich nicht auch noch von der Salt Creek Farm geworfen werden. Sie brauchte Jos und Claires Hilfe – zumindest im Moment. Tatsächlich hatte Dee, mal abgesehen von ihren Terminen im Krankenhaus, das Gut noch nicht wieder verlassen. Sie war voll und ganz damit zufrieden, die Tratschmagazine zu lesen, die Jo für sie im Supermarkt kaufte, so gut es ging mit dem Salz zu helfen und sich auf das Baby vorzubereiten, obwohl es da ja auch nicht viel zu tun gab. Jo hatte ein gebrauchtes Bettchen aufgetrieben, Claire ein paar pastellfarbene Strampelanzüge und Windeln für einen ganzen Monat mitgebracht, und sie hatte eine verblüffende Sammlung an Flaschen, Bürsten, Schnullern und Lätzchen zusammengetragen, inklusive eines Pumpballs.

»Falls das Baby eine Erkältung bekommt«, hatte Claire bemerkt und das Ding in die Schublade des Wickeltisches gelegt, als ob das alles erklären würde. Nachdem sie gegangen war, hatte Dee das Schubfach wieder geöffnet, auf dem Gummiteil herumgedrückt und sich gefragt, ob sie damit wohl Ohren, Nase oder Mund des Baby freisaugen sollte, und wie lange. Jo wusste das bestimmt auch nicht, und Claire wollte sie nicht fragen. Außerdem war ja gar nicht gesagt, dass das Kind überhaupt krank werden würde, und warum musste Claire sich hier jetzt schon als Krankenschwester aufspielen? Die sollte sich doch lieber um ihr Pferd kümmern, dachte Dee. Immerhin war es das einzige Wesen, das sie zu lieben schien.

Als das Baby zappelte, legte Dee sich seitlich eine Hand an den Bauch. Die Hebammen in Hyannis hatten ihr erklärt, dass es jetzt jeden Augenblick losgehen konnte. Wenn die Wehen regelmäßig kamen, so ihre Weisung, dann sollte sie sofort zum Krankenhaus aufbrechen und auf gar keinen Fall noch warten – der Weg von Prospect in die Klinik war lang. Bei der letzten Voruntersuchung hatte Claire Dee begleitet und darauf bestanden, bei der Untersuchung dabei zu sein. Sie hatte die Hebamme augenblicklich beruhigt: »Sie wird während der Geburt und danach immer jemanden an ihrer Seite haben.« Dann hatte sie Dee die Hand gedrückt. »Nicht wahr, Dee?«

Dee hatte ihr Lächeln nicht erwidert. Sie durfte sich wieder in ihre Schwangerschaftshose zwängen, und Claire fachsimpelte in der Zwischenzeit mit den Hebammen über Schmerzmittel während der Geburt.

»Selbstverständlich liegt die Entscheidung ganz bei Dee«, verkündete Claire und legte ihr die Hand aufs Knie, als sie sich endlich wieder angezogen hatte, »aber meine Schwester und ich wünschen uns natürlich, dass für sie alles so angenehm wie möglich verläuft.«

*Meine Schwester und ich.* Es war, als hätte sie zwei überfürsorgliche gute Feen als Leibwächter. Dee wusste ja, dass sie die besten Absichten hatte, und sie wollte die beiden auch nicht vor den Kopf stoßen. Mit Cutt zusammenzuleben hatte ihr gezeigt, dass die Laune eines Menschen gerinnen konnte wie Sahne in Essig. Und da sie jetzt wusste, wie nett Claire und Jo sein konnten, wollte sie sie auf keinen Fall reizen. Wenn die unbedingt neben ihr ausharren wollten, während sie schwitzte, stöhnte und presste, dann war ihr diese Gesellschaft mehr als willkommen. Sie würde nachher noch genug Zeit haben, alles zu organisieren – sich zum Beispiel zu überlegen, wie sie sich mit Whit in Verbindung setzen konnte.

Sicher würde er das Baby sehen wollen, wenn es erst einmal da war, und wenn er sie dann vor sich hatte, wenn er sie mit seinem Kind im Arm erblicken würde, dann würde er sie doch sicher wieder zurückwollen, so wie ganz am Anfang, oder? Sie hoffte es so sehr. Außerdem war dieser Mann doch bekennender Katholik. War er nicht quasi darauf gepolt, Mütter mit Kindern im Arm zu verehren? Andererseits waren diese Mütter in der Bibel aber keine abservierten Flittchen, die zusammen mit abservierten Ehefrauen auf dem Land lebten, das ihr Liebhaber unbedingt kaufen wollte.

Sie trommelte mit den Fingern auf dem Küchentisch und warf Claire einen weiteren Blick zu. Die hatte sich noch immer nicht gerührt, schaute nun aber mit sanftem Blick, gerundeten Wangen und leicht geöffnetem Mund ins Leere. Sah sie gerade etwa *zufrieden* aus, fragte sich Dee. Bevor sie es sicher hätte sagen können, wischte sich Claire den Ausdruck vom Gesicht und nahm wieder ihre übliche finstere Miene an. Dee seufzte. Claire machte es ihr schwer, ihre Laune einzuschätzen, und aus irgendeinem Grund ärgerte das Dee. Sie deutete mit dem Kinn auf die Reitsachen. »Und … haben Sie alles gekriegt, was Sie wollten?«

Claire kaute an einem Fingernagel herum. Ihre Miene wurde noch finsterer. »Nein.«

»Oh, wie schade.« Dee wusste nicht, warum, aber irgendwie hatte sie das Gefühl, dass sie hier nicht über dasselbe sprachen. »Also hat sich der Besuch gar nicht gelohnt?«

Claire blinzelte sie an, und wieder lichtete sich der Nebel langsam vor ihr. »Was? Oh, du meinst meinen Ausflug zum Turner-Haus.«

»Wo waren Sie denn sonst noch?« Aber Claire stand nur auf und ging zur Arbeitsplatte hinüber. Sie fuhr sich durch das bereits ziemlich zerzauste Haar. Dann griff sie nach dem Handmixer und einer riesigen Emailleschüssel.

»Ich hab noch vier Stunden Zeit, bevor ich nachher die Becken auskratzen muss. Was meinst du? Zitronenbaiser? Und zum Abendessen vielleicht ein Backhähnchen?« Der Tag wurde furchtbar heiß, und Dee war schon beim Gedanken an etwas zu essen schlecht, aber sie zwang sich zu einem Lächeln und nickte.

Sie türmte ihre eigenen strähnigen Haare auf dem Kopf auf und wünschte, sie würde sich trauen, sie einfach abzuschneiden, aber das war nicht ihr Stil. Das war etwas, das ihr nicht lag, im Leben einen sauberen Schnitt zu machen. Sie ließ die Haare wieder los und blies sich auf die Handgelenke. »Das ist bestimmt richtiges Salzwetter, oder? Heiß, stickig und windstill.«

Claire hielt inne, und das Ei, das sie gerade in die Schüssel schlagen wollte, schwebte über deren Rand. »Was hast du da gerade gesagt?«

Dee ließ die Arme sinken. Na toll. Was hatte sie denn jetzt schon wieder verbrochen?

Zeit mit Claire zu verbringen war manchmal so, als versuche man mit einem Auto zu fahren, dessen Räder nicht richtig ausgerichtet waren. Dee hatte keine Ahnung, wohin es ging und worauf sie zusteuerte. Jo hingegen sah mit all den Narben zwar furchtbar aus, bei ihr gab es aber klare Ansagen, da wurde nicht um den heißen Brei herumgeredet. Wenn Dee ihre Aufgaben bei der Salzernte nicht vernünftig erledigte, dann sagte Jo ihr das einfach und erklärte auch direkt, wie sie es besser machen konnte. »Ich meine ja nur, dass es wirklich heiß ist, das ist alles.« Dee war erleichtert, als Claire das Ei zerschlug und den Dotter vom Eiweiß trennte. Dieses kleine hinterhältige Lächeln, dem Dee so gar nicht über den Weg traute, umspielte schon wieder Claires Unterlippe.

»Ist dir eigentlich klar, was du da gerade gesagt hast? Du benutzt das Salz, um das Wetter zu beschreiben. Du wirst noch zu einer echten Gilly.« Sie warf den letzten Dotter weg und stellte das Handrührgerät an, schlug das Eiweiß erst schaumig und dann zu einer steifen, Spitzen ziehenden Masse und gab Zitronenschale, Weinstein und Zucker hinzu, bis sich die Substanz in der Schüssel in etwas völlig Neues verwandelte. So fühlte sich auch Dee ein wenig, als würde aus ihr langsam ein neuer Mensch. Aber wurde sie tatsächlich zu einer Gilly? Sie war sich nicht sicher. Eins stand fest: Sie war definitiv nicht mehr die Alte. Mit dem Baby und ihrem Asyl hier draußen verwandelte sie sich tatsächlich in etwas, das sie noch gar nicht kannte. Anders als beim Baiser war sie sich aber nicht so sicher, ob dieses Neue auch süßer war.

Die Sommertage machten Dee gereizt und nervös, die Nächte waren aber ein wenig angenehmer. Sie wusste, dass sie nicht als Einzige im Haus wach war (unter Jos Tür bemerkte sie manchmal einen Lichtstreifen), aber sie war die Einzige von den dreien, die etwas dagegen unternahm. Sie wandelte umher.

Das hatte sie sich in Vermont angewöhnt, als sie nach dem Tod ihrer Mutter versuchte, sich an den Gedanken zu gewöhnen, dass sie nun mit ihrem Vater allein war. Jetzt vermisste sie ihn mit jedem Tag weniger. Von Zeit zu Zeit musste sie an ihn denken, wenn sie sich zum Beispiel ein Ei briet, und dann fragte sie sich, wie es wohl ohne sie im Restaurant lief, aber das waren eher die Überlegungen einer verbitterten ehemaligen Angestellten als die einer verstoßenen Tochter. Jetzt, wo sich ihre Schwangerschaft dem Ende zuneigte, war sie sogar versucht, eines Morgens auf den Tresen des Leuchtturmrestaurants zuzuwanken und jedes einzelne Frühstücksgericht auf der Karte zu bestellen, von allem einmal abzubeißen und es dann wieder zurückzuschicken. Das wäre nämlich etwas, das Cutt rasend machen würde. Er hasste jede Art von Verschwendung, in seinem Leben gab es keinen Platz für Exzesse, und Dee vermutet, dass wohl auch sie unter diese Kategorie fiel.

Ihr wurde klar, dass sich Cutts Soldatenherz nie an das Getrippel ihrer kleinen Füßchen gewöhnt hatte, die sein Leben in Unordnung brachten. Er hatte ihr über den Tresen hinweg Teller gereicht, die sie dann leer zurückgebracht hatte, und darauf hatte sich ihre Beziehung weitestgehend reduziert. Als sie angefangen hatte, sich mit Whit zu treffen, hatte Cutt sie schon lange nicht mehr gefragt, was sie denn in ihrer Freizeit so trieb, und Dee hatte gelernt, dass Gurgelwasser und eine Dusche zwar die Spuren gewisser Sünden verwischten, das Beste aber immer noch war, einfach den Mund zu halten.

Bei ihrem Vater hatte sie mehr oder weniger einfach ihr eigenes Ding durchgezogen, auf der Salt Creek Farm war das jedoch nicht so einfach. Selbst wenn Claire und Jo sich nicht im selben Zimmer befanden wie sie, hinterließen sie doch überall ihre Spuren: Claire stellte ihre schmutzigen Kaffeetassen immer einfach so in die Spüle, und Jo vergaß jedes Mal, den Duschvorhang wieder zuzuziehen und über das Waschbecken zu wischen, wenn sie im Bad fertig war. Auf der untersten Treppenstufe lagen immer irgendwelche Strümpfe herum, passend zu den schlammigen Stiefeln im Flur, und Claire tropfte dauernd mit ihren benutzten Teebeuteln die Arbeitsplatte voll. Dee war an ein blitzblankes, spartanisches Zuhause gewöhnt. Für sie war es, als müsste sie sich rund um die Uhr das Geplapper von jemandem anhören.

Und dann gab es da noch all den Schrott. Wohin ihr Blick auch fiel, in jedem Schrank, auf jedem Regal flogen Bücher, Karten, Maschinenteile, kaputte Spielzeuge und lauter anderes, zum Teil nicht identifizierbares Gerümpel herum. Wenn das Kind erst da war, dachte sie, dann musste sie vorsichtig sein, damit sie es in diesem Sumpf aus Krimskrams nicht aus den Augen verlor.

Wenigstens zur Schlafenszeit war das Haus mal ruhig. Am Anfang beschränkte sie ihre nächtlichen Spaziergänge nur auf das obere Stockwerk, marschierte zwischen Badezimmer und ihrem Zimmer hin und her, aber als sie sich eingelebt hatte, ging sie auch nach unten, um sich zunächst mal ein Glas Milch und etwas zum Knabbern zu holen, und später dann, um das Haus zu erkunden.

Heute Nacht hatte sie ganz oben auf einem Regalbrett Claires Jahrbuch aus der zwölften Klasse entdeckt und blätterte es nun durch, bis sie eine Seite fand, auf der Claire und Ethan zum verliebtesten Pärchen gewählt worden waren. Und so sahen sie auch aus – sie steckten die Köpfe zusammen, und auf ihrem Gesicht erstrahlte ein identisches Grinsen. Ethans Wangen waren damals viel runder gewesen, und in Claires Augen hatte statt der jetzigen Mordgelüste ein Funkeln getanzt, all die gefährlichen Ecken und Kanten waren auf dem Foto aber schon zu sehen. Dee fragte sich, zu was man sie wohl gewählt hätte, wenn sie in der Schule geblieben wäre. Zur größten Schlampe vermutlich, oder zu der, die mit der größten Wahrscheinlichkeit bald abgehen würde, aber genau das hatte sie ja auch getan, das war wahrscheinlich eine sich selbst erfüllende Prophezeiung. Sie knallte das Jahrbuch zu und stellte es zurück. Hinter ihr nahm der steinerne Kamin den größten Teil der Wand ein. Daneben standen ein paar durchgesessene Sofas, ein angeschlagener Beistelltisch und ein uralter Sekretär, der wie ein riesiges uraltes Schlachtschiff in der Ecke thronte. Dee schlenderte hinüber, hob die riesige Tischplatte an und wühlte in dem Chaos darunter herum. Sie entdeckte eine teuer aussehende Männeruhr, die sie am liebsten mitgenommen hätte, dann aber wieder zurücklegte. Rechnungen knurrten sie in einem Nest aus alten Gezeitenkalendern an, Almanache mit zerrissenem Umschlag lagen kreuz und quer im Fach, und zuallerunterst erwartete sie ganz unschuldig ein cremefarbener Umschlag mit Goldschrift auf der Klappe.

Eigentlich sah der gar nicht so interessant aus, aber Dee griff trotzdem danach und kniff die Augen zusammen, um die eleganten Initialen zu entziffern. Das war gar nicht so einfach. Die Schrift war verblasst und voller Zacken und Schnörkel. Aber so war das eben auf der Salt Creek Farm. Dee wusste vorher nie so genau, was sie als Nächstes finden würde. Was von außen wie langweiliger Schrott aussah, konnte sich als wahrer Schatz herausstellen. Sie wollte den Umschlag gerade öffnen, als ein Schmerz ihren Bauch durchzuckte, sie keuchte und verlagerte das Gewicht nach hinten. Manchmal war es wirklich unglaublich, wie fest das Baby zutreten konnte. Sie hoffte nur, das würde aufhören, wenn es erst da war, denn sonst würde sie sich wohl bei jedem Windelwechseln ein blaues Auge holen. In ihr pikte und bohrte das Kleine mit so vielen kantigen Gliedmaßen herum wie nur irgendwie möglich, so dass die Stöße bis hinunter zu ihrer Blase reichten. Dee seufzte kläglich und steckte den Brief in die Tasche ihres Morgenmantels.

Sie hatte gerade die unterste Treppenstufe erreicht, als die Wehen einsetzten – sie rollten nicht als tahitianische Wellen voller Ukulelenmusik und Sonnenuntergänge heran, so wie die Hebammen das beschrieben hatten, sondern waren einfach nur grausame Schmerzen, die Dee durchbohrten und ihr die Luft abschnürten. Sie schwankte zur Seite und streckte die Hand nach dem Geländer aus, bevor sie jedoch wieder zu Atem kam, überfiel sie eine weitere Wehe und zwang sie in die Knie.

*Ich hoffe wirklich, dass es das wert ist,* dachte sie und ließ den Kopf auf die unterste Stufe sinken. Wenn das vorbei war, dann würde sie vielleicht jemanden umbringen, aber während sie noch die möglichen Opfer durchging, lief ihr etwas Warmes, Klebriges an der Innenseite der Schenkel hinunter, in ihrem Unterleib zog sich plötzlich alles zusammen, und dann hüllte sie endlich tröstliches Dunkel ein.

Als Dee sich ihren Sohn zum ersten Mal so richtig anschauen konnte, sah er gar nicht aus wie der kleine blaue Ball, den sie Claire zufolge aus ihr herausgeholt hatten. »Ich hab direkt da hinten gestanden, als sie dich aufgeschnitten haben«, erklärte Claire ihr, zupfte ihre Laken zurecht und schüttelte ihr auch das Kissen auf, obwohl Dee sie gar nicht darum gebeten hatte. »Wie versprochen. Ich war die ganze Zeit da.«

Es war offensichtlich, dass sich das Baby in dieser kurzen Zeit schon verändert hatte, und der Gedanke quälte Dee. Es kam ihr so vor, als hätte Claire ihr etwas weggenommen, das doch ihr gehörte. Aber der Kleine war gesund, und dafür war Dee dankbar. Die Schwestern hatten ihn fest in eine saubere Flanelldecke eingeschlagen und ihm ein Strickmützchen aufgesetzt, und er schob die Zunge aus dem Mund und zog sie wieder zurück wie ein hungriges Kätzchen.

»Na los, versuchen Sie mal, ihn zu füttern«, ermunterte sie eine Krankenschwester und reichte ihr die Flasche. Dee war aber immer noch zu schwach, also übernahm das Claire, die gurrte und lächelte, als ob nicht Dee, sondern sie mit Medikamenten vollgepumpt wäre.

»Keine Sorge«, beruhigte Claire sie, als sie fertig war, »wir holen dich hier so schnell wie möglich raus.«

Für Dee war das Krankenhaus jedoch ein angenehmer Rückzugsort. Die Krankenschwestern fütterten sie mit Wackelpudding und Eis, wann immer sie wollte, sie nahmen das Kind an sich, sobald es zu weinen anfing, und Dee musste nicht einmal zum Duschen aufstehen. Auch das machten die Schwestern, sie wuschen ihr Arme und Beine mit einem Schwamm, so wie sie das vermutlich später auch bei ihrem Kind tun musste.

»Sie haben ja so einiges hinter sich, da ist es ganz normal, erschöpft zu sein«, erklärte ihr die hübsche blonde Schwester. Vermutlich meinte sie das mit dem beinahe Draufgehen und so, aber ehrlich gesagt erinnerte Dee sich kaum noch an irgendetwas.

Sie wusste noch, dass sie im Wohnzimmer herumgeschnüffelt und diesen alten Brief gefunden hatte, aber danach war alles so durcheinander und verrauscht gewesen wie ein Fernseher, der bei Sturm keinen richtigen Empfang mehr hatte. Sie hatte kein klares Bild mehr reinbekommen, und der Ton hatte gar nicht zur Handlung gepasst. Auch jetzt war noch nicht alles klar für sie. Dee erinnerte sich daran, dass Jo sie im Truck im Arm gehalten hatte, dann an grelle Lichter, als sie aufgeschaut und sich auf einer Krankenhaustrage wiedergefunden hatte, und an Claires schrille Stimme, die die Notfallchirurgen zur Eile antrieb. Dee hatte viel Blut gesehen. Selbst sie wusste, dass das kein gutes Zeichen war.

Als sie wieder zu sich gekommen war, war ihr Bauch wieder eine leere Hülle gewesen, und ein fremdes Baby hatte in Claires Armen geweint. »Schau mal, er ist einfach perfekt«, hatte Claire verkündet, sich vorgebeugt und Dee das Bündel entgegengehalten. »Es ist ein Junge. Wie sollen wir ihn denn nennen?«

Dee wusste nicht, was sie sagen sollte. All die Namen, die sie sich überlegt hatte – und die sie so cool gefunden hatte –, wirkten an diesem sauberen und ordentlichen Ort auf einmal albern. Sie sah, wie sich der kleine Knirps in Claires Armen wand. Auch er war sauber, obwohl er doch so eine Chaotin wie Dee zur Mutter hatte, und allein das machte ihr schon Hoffnung. Dieses Baby verdient einen makellosen Namen, dachte sie. Das war sie ihm schuldig. Sie streckte die Hände nach ihm aus, während sie angestrengt nachdachte. »Jordan«, verkündete sie schließlich. »Wie der Fluss. Nach dem möchte ich ihn benennen.«

Aber Claire reichte ihr das Kind nicht, so wie Dee es sich eigentlich gewünscht hätte. »Jordan«, wiederholte sie stattdessen und strich ihm über die winzige Nase. »Das ist ein schöner Name. Und wir können es zu ›Jordy‹ abkürzen.«

Dee war so benommen, dass sie ihn einfach weiter Claire überließ. Sie hatte sowieso Angst, ihn zu halten. Aber bevor sie wieder eindöste, kam ihr ein Bild in den Sinn – die verwitterten Winkel der Scheune und das zarte Rosa der Oleanderbüsche. Wenn man etwas einpflanzte, dachte sie, dann bildete es im Boden so kräftige Wurzeln aus, dass man daran die Generationen abzählen konnte. Und jetzt war Jordy die jüngste Knospe an diesem Ast. Er war mit den Gillys auf eine Art und Weise verbunden, die Dee so nie vorhergesehen hatte.

# KAPITEL 24

Selbst im Wartezimmer brannte die Krankenhausluft vor lauter Desinfektionsmittel. Es juckte Jo in der Nase. Sie saß jetzt schon seit über einer Stunde hier und bekam langsam Kopfschmerzen.

Dee würde es gut gehen. Das hatten die Ärzte ihr versichert, bevor sie sie den Flur entlang davongerollt hatten. Nur gut, dass sie nachts genauso wenig schlafen konnte wie Dee, dachte Jo, denn sonst hätte sie den dumpfen Schlag unten vermutlich gar nicht gehört, hätte sich vielleicht nicht im Bett aufgesetzt und nervös Dees Namen gerufen, nur um als Antwort vielsagende Stille zu bekommen.

Jetzt sah sie sich im Warteraum um und war froh, diesen Bereich ganz für sich allein zu haben. Im Moment gab es sonst keine Geburten, und Claire hatten sie mit Dee zusammen weggeführt, also griff Jo nach dem Umschlag, den sie in Dees Tasche gefunden hatte, als sie sie hochgehoben und zum Truck getragen hatte, und faltete das Papier auf ihrem Schoß auseinander. Augenblicklich sprang ihr Idas aggressive Handschrift ins Auge, voller spitzer Kanten und Zacken. Jo sah, dass Idas Worte inzwischen zwar verblichen waren, sie sich im Laufe der Zeit aber nicht geändert hatten.

Sie las:

*Mein Ein und Alles,*

*vielleicht erstaunt es Dich ja, dass ich Dir diese Perle nach all den Jahren wieder zurückgebe. Ich habe sie behalten, obwohl es unklug war, und das bereue ich nun, da selbst dieses eine Andenken eine Gefahr für uns darstellt.*

*Diesen Brief schreibe ich jedoch nicht voller Reue, sondern fest entschlossen. Ich habe mich in dieser Stadt aus der Gosse bis ganz nach oben hochgearbeitet, und ich habe nicht vor, mich von den Fehlern der Vergangenheit wieder nach unten ziehen zu lassen. Vor Jahren habe ich an einem schneereichen Tag eine Entscheidung getroffen, und ich habe nicht die geringste Absicht, diese jetzt zu widerrufen.*

*Du solltest wissen, dass ich für meinen Reichtum einen hohen Preis gezahlt habe. Dich ansehen zu müssen, zum Beispiel, und unsere Tochter. Ich weiß, dass ich nicht gut zu ihr war – ganz im Gegenteil –, aber allein ihr Anblick schmerzt mich. Ihre Existenz ruft mir alles in Erinnerung, was ich doch eigentlich vergessen wollte. Es ist schon seltsam, dass die Gegenwart einer einzigen Person wieder heraufbeschwören kann, was wir doch unbedingt unterdrücken und verbergen wollen. Dass ich grausam zu ihr war, war doch nur zu ihrem eigenen Besten. Wie ironisch, dass ich meine Zuneigung immer nur durch Boshaftigkeit ausdrücken konnte!*

*Was wäre wohl geschehen, wenn ich mich damals nicht von Dir hätte küssen lassen? Und was, wenn die Frauen der Temperenzler-Wohlfahrt Joanna weit weg geschickt hätten, so wie Du es gewollt hattest? Wenn ich eine bessere Frau gewesen wäre? Wenn ich Sarah Gilly in dieser fürchterlichen Sturmnacht nicht mit ihrem eigenen Baby im Arm zu den Füßen der Jungfrau vorgefunden hätte?*

*Es gibt keine Antworten auf diese Fragen. Eins habe ich vom Leben auf Plover Hill gelernt: So hoch über allem anderen hat man eine wunderbare Aussicht, aber man ist den Menschen auch fern. Und am Ende ist das vielleicht das Beste.*

*Ich erzähle Dir das alles jetzt nur, um eine zukünftige Katastrophe zu verhindern. Es gibt viele Gründe dafür, warum Joanna Gilly nicht das richtige Mädchen für meinen Sohn ist, aber nur ein einziger davon bereitet mir schlaflose Nächte – und Dir sollte es ebenso ergehen.*

*Bislang habe mich deshalb nie bei Dir gemeldet, aber jetzt möchte ich Dich bitten, mir diskret zu Hilfe zu kommen. Einst hast Du mir schließlich angeboten, alles für mich aufzugeben, auch wenn ich das damals nicht wollte. Ich denke, ich wusste bereits, dass das nur zu Streit und Elend führen würde, und ich war fest entschlossen, einmal glücklich zu werden. Und das bin ich trotz allem auch geworden. Vielleicht entspricht es nicht der Logik, vielleicht ist es auch falsch, aber dieses Urteil wird einst über meine unsterbliche Seele gefällt, nicht auf dieser Welt und mit Sicherheit nicht von Dir. Magna est veritas, et praevalibet.*

*Obwohl die Zeit voranschreitet, bleibt ein Teil von mir doch auf ewig Dein.*

Jo faltete den Brief wieder zusammen und unterdrückte den alten Zorn, der in ihr aufstieg. Sie hatte immer geglaubt, dass Ida sie gehasst hatte, aber die Wahrheit war viel komplizierter. Jo begriff nun, dass Ida sie zwar nicht geliebt, sie aber auch nicht verachtet hatte. Sie hatte sie einfach bereut, das traf es wahrscheinlich am besten. Und dazu kam dann noch die große Scham. Es war also gar nicht so, dass Jo nicht gut genug für Whit war – stattdessen war sie zu gut. Tatsächlich war sie genauso gut wie er, entsprang demselben Geschlecht, und durch ihre Adern floss dasselbe Blut. Unter anderen Umständen hätte Jo vielleicht sogar selbst als Turner enden können und wäre nicht durch ihre Freundschaft, sondern durch ihren Namen mit Whit verbunden gewesen. Alte Wut brodelte in ihrer Brust, zusammen mit all den Fragen, die sie jahrelang heruntergeschluckt hatte, aber die Menschen, die darauf hätten antworten können, waren entweder tot, so wie Mama und Ida, oder fort, so wie Jos lang verschollener Vater.

*Läuft es denn nicht immer so,* fragte sich Jo und schob den Brief zurück in ihre Jackentasche. Die Gegenwart riss die Vergangenheit mit sich wie ein Fluss, der sein Ufer reinigt. So sollte es zumindest funktionieren, aber irgendwie blieb der eine oder andere Überrest doch immer hängen. Ihre Narben waren dafür Beweis genug. Das Neue überwucherte schließlich das Alte, jedoch nie glatt und perfekt.

Aber wie zum Teufel war Dee überhaupt an den Brief gekommen, überlegte Jo. Sie sah auf, als Claire in den Raum gestürzt kam. Sie hatte dunkle Ringe unter den Augen und bleiche Wangen, so als hätte sie gerade eine Schlacht miterlebt. »Es ist ein Junge, dreitausendvierhundertfünfzig Gramm und kerngesund, aber Dee geht es dreckig. Die haben einen Kaiserschnitt gemacht, und sie hat viel Blut verloren, aber so langsam kommt sie wieder zu sich. Willst du sie sehen?«

»Ich bin in einer Minute da«, versprach Jo und versuchte, sich wieder auf das gegenwärtige Drama einzustellen.

»Okay, aber beeil dich.« Claire wollte so unbedingt wieder an Dees Seite zurückkehren, dass sie Jos abwesende Miene gar nicht bemerkt hatte, und vielleicht war das auch besser so, dachte Jo. Wieder zu Hause würde sie Idas Brief als Erstes in den Müll werfen, wo er hingehörte, aber eins nach dem anderen. Sie hatte da ein paar dringende Fragen.

»Claire«, fragte sie, »trägst du die Perle eigentlich immer?«

Verwirrt fuhr Claire im Türrahmen herum. »Was?«

»Die Kette mit der Perle, die früher Ida gehört hat. Hast du die um?«

Claire runzelte die Stirn. »Warum zum Teufel willst du das denn wissen?«

Aus einer Intuition heraus zog Jo den Brief aus der Tasche. »Als ich Dee gefunden habe, hatte sie den hier bei sich.«

Claire erbleichte und wandte den Blick von ihrer Schwester ab.

»Weißt du, wo sie den herhat?«, fragte Jo.

Claire schürzte die Lippen. »Ich hab ihn gefunden. Als ich letztens im Turner-Haus war.« Ihre Stimme war jetzt ganz leise.

»Hast du ihn gelesen?«

Sie wurde noch blasser und sog den Atem ein. »Und du?«

»Ja«, sagte Jo, ohne zu erläutern, wann das gewesen war. Bevor Jo sie aufhalten konnte, hatte Claire bereits die Hand ausgestreckt und nach dem Brief gegriffen, den Umschlag einmal gefaltet und in die Tasche ihres Pullovers geschoben.

»Lass uns nicht jetzt darüber reden«, bat sie. »Nicht hier. Außerdem denke ich, dass wir uns langsam mal auf die Zukunft konzentrieren sollten und nicht immer nur auf die Vergangenheit, oder?« Sie lächelte strahlend. »Na ja, immerhin wartet nebenan doch ein Baby mit seiner kranken Mutter auf uns, und um die müssen wir uns kümmern.«

»Aber genau darum geht es mir ja«, antwortete Jo. »Du hast gesagt, es ist ein Junge. Was, wenn ihm genau das Gleiche zustößt wie Henry? Du weißt, was Jungen bei uns in der Marsch so alles passieren kann.« Und was, wenn Whit für ihn eine Gefahr darstellt, hätte Jo beinahe noch hinzugefügt, verkniff es sich aber. Würde Whit wirklich so weit gehen, für ihr Land seinen eigenen Sohn zu opfern, ein Kind, das sowieso niemals seinen Namen tragen sollte?

Claire schnaubte. »Das sind doch Ammenmärchen. Also, kommst du jetzt? Schau dir das Baby an.«

Jo folgte ihr und versuchte, das Gefühl abzuschütteln, dass Claire mehr über ihre eigene Vergangenheit wusste als sie selbst.

Als sie Dees Zimmer schließlich erreichten, war der Säugling gewickelt, blinzelte mit seinen braunen Seehundaugen und lutschte am kleinen Finger seiner Mutter.

»Oh, er ist einfach perfekt«, gurrte Claire und zog die Ecke der Decke zurück. »Darf ich ihn mal halten?« Dee überließ ihr Jordy zwar, aber nicht so bereitwillig, wie Jo es eigentlich erwartet hätte. Claire musste ihn ihr geradezu entreißen. Als ob Dee in dem Moment, in dem sie Jordy zur Welt gebracht hatte, selbst wieder zum Leben erwacht war. Ihre Augen zeigten einen ganz neuen fiebrigen Glanz, und obwohl sie so erschöpft war, dass sie sich kaum bewegen konnte, schien jeder ihrer Muskeln auf Jordys winzige Finger und Zehen ausgerichtet zu sein. Setzten Muttergefühle wirklich so schnell ein, fragte sich Jo, als sie Claire mit dem Baby beobachtete, und war das wohl bei jeder Frau so?

Claire ging zu Jo hinüber. »Hier. Nimm ihn doch auch mal.« Sie legte das komplizierte Bündel aus Decke und Baby in die Krümmung von Jos gutem Arm. »Ist er nicht zum Anbeißen?« Bei dieser Beschreibung ihres Sohnes blickte Dee alarmiert auf, als könnte Claire Jordy tatsächlich mit Haut und Haar verschlingen, aber das bemerkte Claire gar nicht. Sie strich dem Kleinen mit dem Finger über die Wange und lachte, als er den Mund aufmachte. »Er hat Whits Augen«, sagte sie. Stille breitete sich im Raum aus, und die musste Claire wohl selbst wieder brechen. »Oh, verdammt«, knurrte sie schließlich, nahm Jo das Kind ab, legte es zurück in sein Körbchen und verließ den Raum.

»Ist mit ihr alles in Ordnung?«, fragte Dee, als die Tür zufiel.

Jo stand auf und strich verlegen über Dees Laken. »Sie kommt schon klar.«

Dee streckte die Hand aus und griff nach Jos Handgelenk. »Ich weiß ja selbst, wie merkwürdig das alles ist«, erklärte sie mit feuchten Augen. »Vielleicht ist es am besten, wenn ich einfach von der Salt Creek Farm weggehe.«

»Nein!« Jo war überrascht, wie laut sie protestiert hatte. Ihr war gar nicht klar gewesen, wie sehr sie sich an Dees Anblick beim Wäschezusammenlegen in der Küche gewöhnt hatte oder daran, sie manchmal laut über irgendetwas im Radio lachen zu hören. Sie strich dem Mädchen übers Haar. »Jetzt ruh dich erst mal aus. Wir sehen uns dann morgen früh.«

Aber Dee hörte sie gar nicht mehr. Sie war schon fast eingeschlafen, also schlich Jo auf Zehenspitzen aus dem Raum, schloss die Tür ganz leise hinter sich und hielt dann auf dem Flur nach Claire Ausschau. Sie fand sie ganz am Ende, wo sie neben der Aufzugbatterie auf und ab marschierte. Ihre Augen waren gerötet, und sie schniefte.

Sie wischte sich mit dem Handrücken über die Nase. »Ich wusste ja, dass sie von Whit schwanger war, aber irgendwie hatte ich das inzwischen verdrängt. Mein Gott, ich komme mir so bescheuert vor. Ich bin eifersüchtig auf eine achtzehnjährige Schulabbrecherin ohne Geld, Familie oder Freunde.«

»Sie hat doch uns«, sagte Jo leise, aber nach Claires Bemerkung klang es nicht so, als wäre das etwas Gutes.

»Ich weiß«, knurrte sie und biss die Zähne aufeinander. Einen Moment lang standen sie Schulter an Schulter da, ganz nahe, aber ohne sich zu berühren. Jo dachte an die Babys, die Claire verloren hatte. Ob so was wohl jedes Mal Narben hinterließ? War Claire innen vielleicht auch ganz wund und völlig falsch wieder zusammengewachsen? Das war ihr zwar noch nie in den Sinn gekommen, erschien ihr aber plötzlich logisch.

All die Jahre hatte sie geglaubt, dass sie Claire an jenem Tag in der Scheune gerettet hatte, aber was war denn, wenn sie damit falschlag? Vielleicht hatte vielmehr Claire sie gerettet, indem sie Whit geheiratet hatte? Und wie viel wusste Claire tatsächlich über den Brief, fragte sich Jo. Es war ja offensichtlich, dass Ida ihn geschrieben hatte, aber nicht so eindeutig, an wen. Jo blickte Claire aus zusammengekniffenen Augen an, und diese funkelte zurück.

»Was?«

»Nichts«, meinte Jo. »Ich muss nach Hause und mich um das Salz kümmern. Was willst du machen?«

Claire wischte sich über die Augen. »Ich bleibe hier bei Dee.«

»Bist du sicher?«

»Ganz sicher.«

»Okay, dann komme ich später wieder.«

Sie umarmten sich rasch, hielten einander kurz ganz fest – ließen die Hand auf dem Rücken der anderen ruhen, drehten die Wange zur Seite und waren durchaus bereit, dem Schwesterndasein eine Chance zu geben. Nicht sehr hilfreich war allerdings, dass sie beide nicht besonders viel Nähe ertragen konnten.

Nach der antiseptischen Luft im Krankenhaus war die Sommerhitze wie eine feuchte Ohrfeige, als Jo wieder ins Freie trat. Sie kurbelte die Fenster des Trucks herunter und ließ sich auf dem Weg zum Gut den frischen Wind um die Nase wehen. Dabei dachte sie an Whit. Jordy hatte tatsächlich seine Augen, und das hatte bei ihr alle Alarmglocken schrillen lassen. Worin würde er seinem Vater wohl noch ähneln? Früher einmal hatte sie Whit mehr geliebt als alles andere auf der Welt. Würde es ihr mit seinem Sohn genauso gehen?

Als sie an der Kirche vorbeikam, entdeckte sie Licht und bemerkte Pater Stone, der betend neben dem Altar kniete. Sie fuhr rechts ran, stellte den Motor aus und beobachtete den Pfarrer, aber der regte sich nicht, was Jo merkwürdig fand. Kein Mann – nicht einmal ein Priester – würde für Gott so lange das Haupt senken, dachte sie, außer, auf ihm lastete eine schwere Schuld. Sie war kurz davor, die Wagentür zu öffnen, zögerte aber. Wenn sie jetzt zu ihm ging, würde sie in etwas hineinplatzen, das zu unterbrechen sie kein Recht hatte. *Ach, was soll's,* dachte sie schließlich, zog die Schlüssel ab, lief zu den malträtierten Türen des Gotteshauses hinüber und schob sie auf. Im Inneren fiel das Licht des frühen Morgens wie ein Tadel auf Unsere Liebe Frau.

»Kann ich Ihnen helfen?«

Ethan schreckte aus seiner vorgebeugten Haltung am Altar auf und blickte sie mit so verzerrtem Gesicht an, dass Jo ihn kaum wiedererkannte. »Oh, du bist es nur, Jo. Was in aller Welt machst du denn hier?«

»Hast du die Adresse von Pater Flynn?« Jo war jetzt nicht in der Stimmung für Small Talk.

Ethan runzelte noch stärker die Stirn. »Irgendwo sicher, die hat er mir dagelassen, falls ich noch Fragen habe. Warum?«

»Weil *ich* nämlich ein paar Fragen habe.«

Ethan rührte sich nicht. Er sah zum Fenster hinaus, als hätte er eigentlich jemand anderen erwartet und wäre enttäuscht, dort nur die leere Straße zu entdecken. Langsam stand er auf. »Vielleicht irgendetwas, das ich beantworten könnte?«

Jo stemmte die Hände in die Hüften. Was würde Ethan Stone wohl denken, überlegte sie, wenn sie ihm den wahren Grund dafür verriet, warum sie Whit Turner nicht heiraten durfte? Wäre er schockiert? Oder würde er es dann bereuen, Claire verlassen zu haben? Jo seufzte. »Nur, damit du's weißt, Claire ist im Krankenhaus. Dee hat letzte Nacht das Baby bekommen. Einen kleinen Jungen. Sie hat ihn Jordan genannt.«

Bei Claires Namen bekam Ethan ganz rote Ohren, und er hustete, bis ihm Tränen in die Augen stiegen. »Dann fahre ich nachher wohl mal vorbei, um zu gratulieren.«

»Wem? Claire oder Dee?«

Ethan wurde rot. »Dee natürlich. Ich fürchte, Claire und ich haben … uns zerstritten.«

*Großer Gott im Himmel,* dachte Jo, *Claire, was hast du denn jetzt wieder angestellt?* »Das tut mir leid«, sagte sie.

Ethan schob die Hände in die Tasche und erklärte durch aufeinandergepresste Lippen: »Ich habe einen Antrag auf Versetzung gestellt. Das solltest du deiner Schwester vielleicht sagen.«

»Verstehe.« Jo räusperte sich. »Und warum erzählst du ihr das nicht selbst?«

Ethan ließ den Kopf hängen. »Das halte ich für keine gute Idee.«

*Oh Claire,* dachte Jo, *wann wirst es je lernen?* Claires Herz würde schon wieder in tausend Stücke gebrochen werden, aber dieses Mal wäre sie selbst daran schuld. Jo drückte die Schultern durch. »Kannst du mir bitte einfach nur Pater Flynns Adresse holen?«

Ethan blinzelte ein paarmal in ihre Richtung und zog die Augenbrauen wieder zusammen. »Natürlich. Gib mir einen Moment, dann suche ich eben danach.« Er verschwand und ließ Jo mit Unserer Lieben Frau allein.

Lustlos wandte sich Jo zu ihr um. Die Farbe ihres Rockes war zu einem sanften Pastell verblasst, wie ihr nun auffiel, genauso wie die Farbe ihrer Haut. Die Hände waren kaum noch zu erkennen, abgesehen von dem Auge, das Jo auf ihre Handfläche gemalt hatte, und die Angelhaken wirkten viel unheimlicher, als sie in Erinnerung gehabt hatte, ihre Rundungen derb und grob. Widerwillig berührte sie das leere Antlitz der Jungfrau und wünschte, sie hätte etwas Salz – oder irgendetwas anderes –, das sie ihr als Gabe darbringen könnte. Aber das hätte ja auch nichts genützt. Der Lauf der Geschichte war nicht verändert worden, erst recht nicht von ihrer Mutter, dabei hatte sie es doch so sehr versucht.

Mama hatte Jo die Geschichte erst kurz vor ihrem Tod erzählt. Während jenes furchtbaren Nordoststurms war sie nach der Geburt so früh, wie es ging, zur Kirche gekommen. Die Straßen waren zugefroren und die Häuser unter metertiefem Schnee begraben gewesen, und überall hatte der Wind Bäume entwurzelt. Die Kirche war damals leer, da Pater Flynn ebenso wie Jos

Vater in der Stadt feststeckte. Jos Mutter war nach der Geburt erschöpft, dachte aber: Jetzt oder nie! Sie schob sich einen scharfen Meißel in die Jackentasche und machte sich auf den Weg.

Jo stellte sich Mamas große Überraschung vor, als sie das Gotteshaus betrat und dort nicht nur Unsere Liebe Frau entdeckte, sondern zu den Füßen der Muttergottes auch noch eine weitaus weltlichere Madonna – Ida May Dunn –, die in knittrigen, schmutzigen Fetzen mit einem Neugeborenen im Arm zu den Füßen der Jungfrau dahingesunken war.

Die beiden Frauen hatten sich zuerst nur entgeistert angestarrt, dann führte ihr gemeinsamer Wunsch nach Geheimhaltung dazu, dass sie einen Pakt schlossen. Jos Mutter war gekommen, um einen Fluch zu durchbrechen, und Ida, um einen loszuwerden. Und so wurde es dann gemacht. Mama meißelte das Gesicht der Jungfrau weg und hoffte, dadurch mit der Vergangenheit zu brechen und so irgendwie Henry zu retten, Ida half ihr dabei, und als sie fertig waren, verließ keine der Frauen die Kirche mit leeren Händen. Mama trat mit zwei Kindern statt einem hinaus – mit einem Mädchen als Gegengewicht zu ihrem verwunschenen Jungen –, und Ida brach mit der Erinnerung an den letzten Blick auf, den je jemand auf das Antlitz der Jungfrau geworfen hatte. Damals hatte sie ja noch keine Ahnung, wie dieses Bild sie ihr Lebtag verfolgen würde.

»Hier, bitte.«

Jo fuhr herum. Ethan war wieder da mit Pater Flynns Adresse. Er hielt das Papier einen Moment fest, bevor er es ihr endlich reichte. Vermutlich hätte er es ihr gar nicht gegeben, wenn er gewusst hätte, wofür sie es brauchte, dachte Jo. Priester deckten sich doch sicher gegenseitig, oder? Andererseits würde diese Enthüllung ihm vielleicht etwas Seelenfrieden schenken, wenn er sah, dass er nicht der einzige Mann in Prospect war, der im großen Stil gesündigt hatte. Und er würde zweifellos auch nicht der letzte sein.

»Danke«, murmelte Jo und steckte den Zettel in die Tasche. Sie starrte Ethan in die gequälten Augen und war versucht, ihm zu verraten, wie wichtig er Claire noch immer war, aber das war nicht ihre Aufgabe. Sie war nicht der Schutzengel ihrer Schwester, ob sie sich nun so fühlte oder nicht. Das war zwar hart, aber irgendwann würde sie sich schon daran gewöhnen, und vielleicht, ganz vielleicht wäre es bei Claire eines Tages genauso. Jo warf Unserer Lieben Frau noch einen letzten unbehaglichen Blick zu und trat dann wieder hinaus ins Tageslicht. Sie wusste, dass das Stück Papier in ihrer Tasche ihrer Geschichte einen Anfang oder ein Ende hinzufügen konnte, vielleicht aber auch keins von beidem. Das Schicksal stand nicht immer so klar und deutlich geschrieben, und selbst wenn, wer sagte denn, dass seine Worte unveränderlich waren?

# KAPITEL 25

Dee kehrte Mitte Juli mit Jordy auf die Salt Creek Farm zurück, und als Willkommensgruß für den neuen König der Marsch, den wertvollen kleinen Jungen, läutete Claire ein nie dagewesenes kulinarisches Feuerwerk ein. Jeden Morgen stand sie bereits vor Sonnenaufgang in der Küche und zauberte Marmorkuchen, Scones mit Rosinen und Anis und zarten Blätterteig, den sie mit einer Mischung aus Honig, Salz und einer geheimen Kräutermischung aufrollte. Sie aromatisierte Auflaufförmchen voll englischer Creme mit Rosenwasser und Orange und stellte ein zugleich süßes und salziges Erdnusskrokant her, das ihre Geschmacksnerven in Verzückung versetzte.

Es war so eine Freude, ein Baby im Haus zu haben, und Claires Körper schien das widerzuspiegeln. Ihre Kleider wurden an genau den richtigen Stellen immer enger, betonten Hüften und Brüste, ihr Schritt hatte einen ganz neuen Schwung, und ihr neuerdings befreites Haar lockte sich in hübschen Wellen und Ringeln. Sie verbrachte so viel Zeit am dampfenden Ofen und Herd, dass ihre Haut den öligen Geruch von Vanille, Karamell und brauner Butter annahm. Sie tauchte die Finger in so viel Schokolade und Kakaopulver, dass sie braun wurden wie rauchiger Espresso.

»Die schönste Maniküre der Natur«, verkündete sie lachend und wedelte Dee mit ihren Nägeln vor der Nase herum, die schien das jedoch gar nicht zu bemerken. In letzter Zeit war sie so schlaff wie alter Salat. Vielleicht lag es daran, wie anstrengend es war, ein Neugeborenes zu versorgen, oder vielleicht war es ja auch hormonell. Die Schwestern hatten sie schon davor gewarnt, man nannte das den »Babyblues«. Aber bei Dee wurde die übliche düstere Stimmung immer finsterer. Claire schlug die Eier in der Schüssel noch stärker und gab dann Mehl dazu.

»Was meinst du?«, fragte sie mit einem Blick nach hinten, um sicherzugehen, dass Dee überhaupt noch im Raum war. Manchmal schlich sie sich davon, bevor Claire es überhaupt bemerkte, ging nach oben in ihr Zimmer und schlief stundenlang. Sollten doch Claire und Jo um Jordy herumscharwenzeln, ihn umziehen, wickeln und ihm das Fläschchen warm machen wie bei einem Wettkampf der Glucken. »Nelkenkuchen oder Zitronen-Limetten-Biskuit? Ich könnte auch beides machen.«

Jordy lag in einer riesigen, mit einer Decke ausgekleideten Salzschüssel, die auf dem Tisch stand. Dee war zunächst entsetzt gewesen, hatte sich aber schnell wieder beruhigt, nachdem sie gesehen hatte, wie perfekt das Baby in die Rundung der Schale passte.

»Das ist die Wiege aller Gillys«, hatte Claire ihr versichert. »Meine Mutter hat früher immer gesagt, dass wir daher unser Rückgrat haben.«

Jetzt blickte Claire zu Jordy hinüber und konnte kaum fassen, wie sehr er sich in den sechs kurzen Wochen verändert hatte – seine Augen waren haselnussbraun geworden, sein Haar war schon viel dichter, und er hatte gelernt, an seiner Faust zu lutschen. Als ob er ihren Blick bemerkt hätte, wachte er plötzlich auf, fing aber nicht an zu weinen. Claire schaute zu Dee hinüber, um zu sehen, ob sie ihn wohl hochnehmen würde. Als sie das nicht tat, klopfte Claire mit dem hölzernen Löffel an ihre Rührschüssel, um Dee aus ihrem Tran zu reißen.

Zitronen-Limetten-Biskuit, beschloss Claire und griff nach

dem Zestenreißer. Sie tröpfelte etwas Zitronensaft in den Teig und warf die zerquetschten Hälften dann in den Müll. Das Problem mit dem Glück besteht darin, dass es ein so zartes Netz ist, dachte sie. In letzter Zeit wagte sie nicht, es auf die Probe zu stellen, weil sie fürchtete, es würde unter ihrem Gewicht zerreißen und ihren ganzen Fang zerstreuen, so dass ihr dann nichts mehr bliebe. Vielleicht hatte Jo versucht, ihr an ihrem Hochzeitstag genau das zu sagen, als sie diese schrecklichen Haken auf das Gewand von Unserer Lieben Frau gemalt hatte – dass man manchmal grausam sein musste, um seine eigene Seele zu nähren. Claire dachte an den Tag, als sie mit Whit zusammen am Strand den Fisch wieder ins Wasser gesetzt hatte. Vielleicht hatte sie doch einen Fehler gemacht, als sie ihn davonschwimmen ließ. Das war ihr jetzt klar.

Jordy stieß ein Quäken aus, und Claire zuckte zusammen, Dee faltete jedoch ein Tuch auseinander und legte ihn sich an die Schulter. Claire hielt ihn so gern im Arm, sein Gewicht war für sie tröstlich wie das eines Mehlsacks. Wenn sie die Gelegenheit dazu hatte, schnupperte sie an ihm wie an einem ihrer Kuchen und wünschte sich, sie könnte Glasur auf seinem Bäuchlein verteilen und sie wieder ablecken. Sie hätte nur ungern zugegeben, dass es sich für sie manchmal so anfühlte, als wäre er beinahe ihr Sohn – als hätte er es sogar sein sollen.

Nach dem Kaiserschnitt waren die Ärzte minutenlang nicht sicher gewesen, ob Dee durchkommen würde. Sie verlor Blut, der Puls war beinahe unter die beim Menschen möglichen Werte gefallen, und eine Krankenschwester hatte schon den Reanimationswagen vorbereitet. Es war für Claire ein furchtbarer Moment gewesen, aber nicht so sehr wegen des Dramas, das sich da vor ihr abgespielt hatte. Im Gegenteil, es war so schrecklich gewesen, weil Claire vor einem moralischen Dilemma gestanden hatte: Für wen würde sie beten? Das Baby oder Dee? Mutter oder Kind? Neues oder altes Leben?

Sie wählte das Kind.

Nachdem Dee sich später wieder erholt und die Maschinen zu piepen aufgehört hatten, nachdem die Krankenschwestern einige der Schläuche aus ihrer Nase und ihren Armen entfernt hatten, fragte sich Claire, warum sie nicht einfach ein Stoßgebet für beide zum Himmel geschickt hatte. Arbeitete das menschliche Gehirn vielleicht in Notfallsituationen so, fragte sie sich. War es so, dass einige Blutgefäße und Nerven einfach nicht bedient wurden sowie jegliche Ablenkungen ausgeblendet, damit man unmögliche Entscheidungen treffen konnte? Oder war dieses zu enge Lieben nur auf ihr eigenes, hart gewordenes Herz beschränkt?

»Also, wissen Sie, das können wir doch nie alles aufessen.« Die Eintönigkeit von Dees Stimme verlieh manchmal sogar den banalsten Aussagen eine gewisse Tiefe. Claire machte das wahnsinnig. Jetzt musste sie allerdings zugeben, dass Dee nicht unrecht hatte. Sie hatten ja noch nicht einmal den Gugelhupf von gestern angeschnitten, und jetzt kam Claire schon wieder mit ihrem Limetten-Biskuit. Auf der Arbeitsplatte lungerten in der Ecke neben dem Krug mit den Holzlöffeln noch mit Frischhaltefolie abgedeckte Krapfen herum, und der Kühlschrank beherbergte einen eine Woche alten Kokos-Vanille-Pudding. Claire seufzte und starrte auf die Schüssel in ihren Händen.

»Na ja, jetzt hab ich den Teig schon angerührt, also kann ich ihn auch genauso gut backen.«

Dee sah nach Jordys Windel, zupfte dann, zufrieden mit dem Ergebnis, seine Kleidung zurecht und legte ihn sich wieder an die Schulter. Sie tätschelte ihm ein wenig härter den Rücken, als Claire das getan hätte, die biss sich aber auf die Innenseite der Backe und sagte nichts.

»Warum verkaufen Sie das ganze Zeug nicht?«, fragte Dee.

Claire sah auf. »Was?«

»Auf dem Bauernmarkt in Wellfleet am Sonntag.«

Es war einfach unfassbar. Dieses Mädchen war dumm wie Bohnenstroh, aber von Zeit zu Zeit flackerte da doch wirklich eine gewisse Intelligenz auf. Claire hielt das für gar keine schlechte Idee. Immerhin verkaufte sich das Salz mit den Aromazusätzen, das sie in Hyannis eingeführt hatte, ziemlich gut. Vielleicht wäre es mit ihren Backwaren ja genauso. Die klägliche Summe, die sie noch auf ihrem Bankkonto gehabt hatte, war fast verbraucht, und es hingen noch immer dunkle Schuldenwolken über dem Gut. Vielleicht konnten ihre süßen Sachen dazu beitragen, diese Wolken zu vertreiben.

Dees Stimme holte sie in die Küche zurück. »Ich würde auch mitkommen. Also, Jordan und ich. Damit Sie ein Paar Extrahände zum Mitanpacken haben. Vier Extrahände, um genau zu sein.« Jordy ließ wieder ein Quäken vernehmen.

Claire sah sie nachdenklich an. Sie musste daran denken, wie furchtbar Dee als Kellnerin gewesen war. Halbwegs höflich zwar, aber immer schlechtgelaunt und schlampig, was die Bestellungen anging. Sie hatte sich einfach nie merken können, wie die Kunden ihren Kaffee gern tranken und was für Eier sie bestellten, oder ob sie zu ihren Pfannkuchen lieber Sirup oder Honig wollten. Zumindest schien sie sich nicht daran zu erinnern. Plötzlich wurde ihr nämlich klar, dass Dee sich bei *ihren* Bestellungen nie vertan hatte.

Sie kehrte zu dem momentanen Problem zurück. Es würde Dee guttun, mal aus dem Haus und ein wenig unter Leute zu kommen. Das wäre gut für sie beide. »Warum nicht«, nickte Claire also.

*Wer weiß,* dachte sie. Vielleicht steckte in Dee ja doch eine Geschäftsfrau. Denn bei Whit hatte sie sich ganz offensichtlich problemlos an den Mann gebracht. Also war der kleine Flirt mit der Außenwelt womöglich gar keine schlechte Idee, bestenfalls sogar genau das, was sie gerade brauchten.

Am Samstagmorgen hatte Dee es sich dann aber anders überlegt. »Mir geht's nicht so gut«, erklärte sie und presste eine Hand gegen die Schläfe. »Das Baby hat die ganze Nacht gequengelt, und ich hab schreckliche Kopfschmerzen. Ich bleibe lieber hier und lege mich ein bisschen mit ihm hin.«

Claire versuchte, sich ihre Erleichterung nicht anmerken zu lassen. In der Küche herumzuwirbeln und etwas zu backen, während Dee am Tisch vor sich hindöste, war ja ganz in Ordnung, stundenlang in der Hitze mit ihr einen Stand zu teilen, jedoch keine sehr reizvolle Idee. Claire beugte sich zu Jordy hinunter, gab ihm einen Kuss und legte ihm die Hand auf den warmen Kopf.

»Sei schön brav«, flüsterte sie und machte sich dann auf die Suche nach Jo, die Salz an einige Restaurants liefern musste und noch andere Erledigungen zu machen hatte. »Sollen wir dir was mitbringen?«, fragte Claire, Dee schüttelte aber nur den Kopf.

Ein paar Stunden später hatte sie an ihrem Stand alles verkauft.

»Wenn ich könnte, würde ich mein Lebtag nichts anderes mehr essen«, schwärmte die Kundin, die gerade Claires letzten Bananenmuffin vertilgte. »Was tun Sie da bloß rein?«

Claire zuckte mit den Achseln. »Seesalz, Vanille und meine kleine Geheimzutat.«

»Das ist wirklich himmlisch. Sie sollten ein eigenes Lokal aufmachen oder so.«

Claire wollte gerade protestieren, hielt dann aber doch den Mund. Ein eigener Laden – gar keine schlechte Idee. Wann hatte denn eigentlich das letzte Mal etwas wirklich ihr gehört? Sie lebte im Haus ihrer Schwester, und zwar zusammen mit der Geliebten ihres Mannes und deren Sohn, und arbeitete auf den Salzfeldern ihrer Familie. Selbst Icicle, ihr Ein und Alles, war ein Geschenk von Whit gewesen. Claire sah die Frau an, die sich die Krümel von den Fingern leckte wie eine ausgehungerte Katze.

Sie trug geschmackvollen braunen Lippenstift und riesige Diamantohrringe. Ihre Caprihosen waren gestärkt, die Bluse sauber, und sie hatte französische Espadrilles an den Füßen. Früher hatte Claire sich mal genauso angezogen. »Vielleicht eines Tages«, murmelte sie jetzt.

»Na, dann stecken Sie doch bitte meine Karte ein.« Die Frau suchte in ihrer Handtasche danach. »Und geben Sie mir Bescheid. Diese Muffins sind einfach göttlich.« Claire griff nach der Karte und sah dann auf ihre Uhr. Sie hatte noch vierzig Minuten Zeit, bevor Jo sie abholen würde. Auf der anderen Seite des Ganges bot ein Verkäufer so reife Pfirsiche an, dass sie beinahe tränten. *Obstpasteten,* dachte sie. *Und Pfirsich-Paprika-Marmelade.* Sie hatte sich schon auf dem Weg zu dem Stand gemacht, als ihr plötzlich klar wurde, dass Ethan dort unter der Markise stand. Im Schatten hatte sie ihn nicht wiedererkannt, und außerdem hatten sie sich auch nicht mehr gesehen, seit sie ihn halbnackt im Sand zurückgelassen hatte.

»Ethan«, sagte sie und trat von hinten an ihn heran. Er war der einzige Mensch, nach dem sie sich so sehr sehnte, und den sie doch zugleich nie wiedersehen wollte. Ihr fiel auf, dass er zwar den Priesterkragen trug, aber zu einem kurzärmeligen Hemd, das die anmutigen Formen seiner Unterarme zeigte. Wenn sie ganz scharf hinsah, dachte Claire, dann konnte sie vielleicht seinen Puls ausfindig machen. An dieser Stelle hatte sie ihn immer und immer wieder geküsst. Sie starrte auf ihre Schuhe und bekam plötzlich kein Wort mehr heraus.

»Claire.« Warum klang ihr Name aus seinem Mund immer wie Glockenmusik? Sie konnte den Nachhall in der Magengrube und sogar in den Kniekehlen spüren. »Deine Haare«, bemerkte Ethan. »Die trägst du jetzt …«

»Offen.« Sie griff nach hinten und glättete ihre Locken.

»Gefällt mir gut. Das passt zu dir.«

»Danke.« Plötzlich fiel ihr das Atmen schwer. Manchmal

hatte sie das Gefühl, dass ihre Venen und Arterien sich in den letzten dreizehn Jahren ganz eng zusammengezogen hatten, so dass sie gerade noch die Blutzirkulation ermöglichten, mehr aber auch nicht. Kein Lachen. Keine Zuneigung. Und Leidenschaft schon mal gar nicht. Zumindest nicht, bis Ethan wieder aufgetaucht war. An dem Morgen in den Dünen hatte sie sich so sehr nach ihm verzehrt, dass sie nicht einmal ein schlechtes Gewissen gehabt hatte, aber was sollte sie denn jetzt nur tun? Manchmal hatte sie das Gefühl, dass man die Schatten der Vergangenheit nur dann loswerden konnte, wenn man sie noch einmal durchlebte.

Jetzt verschränkte sie die Hände hinter dem Rücken und biss sich auf die Lippe. Langsam erkannte sie, was ihr Problem war. Sie war eine Frau, die immer genau das hatte, was sie nicht wollte, und vielleicht gehörte Ethan jetzt sogar dazu. Er war nämlich nicht mehr der Junge, der damals fortgegangen war. Er war ein Mann, hinter dem zwölf Jahre lagen, von denen Claire überhaupt nichts wusste. Sie war so dumm gewesen, sich einzureden, dass Geschichte nicht wichtig war.

»Was machst du denn hier draußen?«, fragte sie schließlich. Zu spät kam ihr die Antwort in den Sinn. *Mir aus dem Weg gehen.* Er wurde rot. »Das Gleiche wie alle anderen, einkaufen. Und du?«

Würde es sich in Zukunft darauf beschränken, fragte sich Claire. Würden sie Small Talk betreiben wie bei einer Cocktailparty? Sie konnte sich eine Zukunft mit Plaudereien über das Wetter einfach nicht vorstellen. »Ich verkaufe Kuchen, den ich gebacken habe«, erklärte sie.

»Und, gehen die Geschäfte gut?«

Sie versuchte, unbeschwert zu klingen: »Ich bin alles in zwei Stunden losgeworden. Wenn du nächste Woche kommst, hebe ich dir was auf.«

Ethan sah gequält drein. »Claire, was das angeht, weiß ich

jetzt gar nicht, wie ich dir das sagen soll, aber … Ich habe um Versetzung gebeten. Warte …« Er griff nach ihrer Hand, als sie sich abwenden wollte. »Ich habe vor kurzem deine Schwester getroffen, und da bin ich ins Grübeln gekommen. Was ist denn, wenn ich damit einen Fehler mache?«

Claire spürte, wie etwas ihr die Kehle zuschnürte. Sie hatte so lange darauf gewartet, diese Worte von ihm zu hören, aber sie kamen um Jahre zu spät. Es waren nur noch leere Geisterworte. Selbst wenn er ihretwegen sein Gelübde brach, würde Gott immer zwischen ihnen stehen. Sie ließ den Kopf hängen. Würde sie es denn nie lernen? Liebe war doch keine Liste, die man im Herzen abhakte. Sie bestand vielmehr aus den tagtäglichen kleinen Pflichten und Opfern, das hatte Jordy ihr gezeigt. Sie schüttelte den Kopf und brachte kein Wort heraus. Mit tränenerfülltem Blick ließ Ethan ihre Hand los. »Ich denke, das war es dann wohl«, würgte er hervor.

Claire wandte sich ab. Sie konnte ihm nicht mehr in die Augen sehen. »Ja«, brachte sie schließlich heraus. »Das denke ich auch.«

Sie konnte seinen Blick im Nacken spüren, als sie zurück zu ihrem Stand ging. In der nächsten Woche, beschloss sie, würde sie einen Teufelskuchen mit ganz viel Rum backen und ihren Kunden dafür das Doppelte berechnen oder sie einfach sabbernd stehen lassen. Von jetzt an konnte sich niemand mehr einfach etwas nehmen, was ihr gehörte – weder Whit noch ihren Kuchen und ganz besonders nicht Ethan Stone und ihr armes, malträtiertes Herz.

Als Jo und sie zur Salt Creek Farm zurückfuhren, hatten sie im Truck die Fenster ganz heruntergekurbelt. Das half zwar nicht gegen die Hitze, versetzte die Luftmassen aber wenigstens in Bewegung. Bei dem Fahrtwind war es schwierig, sich vernünftig zu unterhalten, aber das war für Claire ganz in Ordnung, denn im Moment fühlte sie sich so giftig wie ein Skorpion mit seinem Stachel. Sie erreichten die Landstraße, die zum Gut führte. Aus der Entfernung zeigte die Marsch das für den Sommer typische Patchworkmuster mit seltsamen, intensiven Farben – Lila, Grün, Rostrot und Braun. Hitze und Sonne brachten Algen und Mikroorganismen mit sich, und der Schlamm der Salzbecken erblühten wie ein Harlekinmantel.

Jo und Claire hatten seit dem Krankenhaus immer noch nicht über Idas Brief gesprochen, und genau wie die Sommerhitze lastete dieses Thema immer erdrückender auf ihnen. *Wenn Jo doch die ganze Zeit von ihrer Verwandtschaft mit Whit gewusst hat,* überlegte Claire, *warum war sie dann so wütend, als ich ihn geheiratet habe?* Denn Jo selbst konnte das ja nicht, allein die Vorstellung war schon gruselig. Claire fragte sich, ob Jo und Whit sich wohl geküsst hatten, bevor Jo den Brief in die Finger bekommen hatte, und ob Whit etwas von ihrer wahren Beziehung ahnte. Falls ja, hatte er es gut überspielt.

*Ich sollte den Brief verbrennen,* dachte Claire. Der lag jetzt oben in der Schublade ihres Sekretärs. Sie hatte ihn in der Klinik an sich genommen und Jo nie wieder zurückgegeben, aber ihre Schwester hatte auch nicht danach gefragt. Trotzdem hatte Claire gar kein Recht, das Schreiben zu behalten, und ihr wurde auch klar, wie sehr die Bürde ihrer Schwester, die sie da trug, sie selbst belastete. Die Wahrheit war jetzt heraus, und man konnte im Leben ja auch nicht ewig Buße tun.

Die Zikaden sangen, und am Horizont flatterten Pelikane auf und nieder wie eine Bomberstaffel. Der Abend legte sich über die Marsch wie ein Seidentuch. Icicle würde sich jetzt bestimmt über einen Ausritt am Strand freuen, wo er sich in der Brandung abkühlen konnte, und dann würde Claire ihn füttern. So langsam hatte sie das Gefühl, dass der Knoten, den sie seit dem Bauernmarkt in der Magengrube spürte, sich endlich löste. Bei dem kleinen Ausflug würden sich dann auch ihre Muskeln vielleicht endlich entspannen, und sie könnte wieder frei atmen. Als sie zur Scheune hinüberging, entdeckte sie zu ihrem Erstaunen, dass die Tore offenstanden, was seltsam war. Sie hatte doch besonders darauf geachtet, hinter sich zuzumachen. Mit gerunzelter Stirn schob sie die Tür weiter auf. Aus dem Inneren schlug ihr Hitze entgegen, und dann erstarrte sie.

Icicle lag auf dem Boden, die Hufe noch im Heu. Seine Flanken waren steif und die Nüstern trocken. Über ihm drehten bereits Fliegen ihre Kreise. Ungläubig sank Claire auf die Knie und legte ihm die Hand auf die loyale Brust. Aber sie wusste längst, dass er nicht mehr von Leben erfüllt war. Für einen Moment schnappte sie nach Luft, als hätte ihr jemand einen Schlag in die Magengrube verpasst, dann ließ sie den Kopf auf seinen Körper sinken und stieß lautes Wehklagen aus. Schniefend schloss sie ihm die ernsten Augen und rieb ihre Wange an seiner. Sie wünschte sich so sehr, ihm in seinen letzten Minuten Beistand geleistet zu haben. Und noch viel mehr wünschte sie sich, sie hätte ihn retten können, denn Icicle war für sie viel mehr als nur ein Pferd gewesen. Er hatte die edlere Seite ihrer Seele verkörpert. Ohne ihn war Claire sich nicht sicher, wie viel Gutes noch in ihr steckte. Sie fuhr mit der Hand über seine Ohren und den Schopf, dann strich sie seinen Hals entlang. Als sie das Stroh rund um seinen Körper durchsuchte, fiel ihr Blick auf ein winziges Stück Papier. Es war die Verpackung eines Zimtkaugummis, den Whit so gern mochte. Claire griff danach und nahm es unter die Lupe. Darin war kein versteckter Code notiert, das Papier trug kein geheimes Zeichen an sie. Aber solche Tricks waren auch gar nicht Whits Stil. Trotzdem war die Nachricht eindeutig genug. Jetzt konnte Claire nur noch eins retten, nämlich sich selbst.

# KAPITEL 26

Jo war sich natürlich dessen bewusst, dass der Tod auf der Salt Creek Farm ständig zugegen war – es starben dort Vögel, die sich auf ihr Land verirrten, der jährliche Katzenwurf, den sie ertränken musste, jede Menge Insekten und auch kleine Jungen. Einige dieser Kreaturen fanden durch ihre Hand den Tod und andere durch eine größere Macht, aber Jo betrauerte sie alle. Manchmal hatte sie das Gefühl, die Marsch sei nichts weiter als eine tiefe Wunde im Fleisch der Erde, ein fauliger Ort, an dem Diesseits und Jenseits aufeinandertrafen. Sie lebte schon so lange hier, dass ihr das raue Leben im Sumpf nichts mehr ausmachte, aber für Claire, die dieses Land ja nie so geliebt hatte wie Jo, traf das nicht zu. Icicles Tod erinnerte Jo wieder daran, dass ihre Schwester hier an einen Ort zurückgekehrt war, an dem sie die Augen nicht vor den Problemen der Welt verschließen konnte.

Jo entdeckte, dass Claire bei Anbruch der Dunkelheit zwischen den Becken umherwandelte, als die Fliegenschwärme langsam den ersten Fledermäusen der Nacht wichen. Diese Flattertierchen vermied Claire sonst tunlichst, heute Abend bemerkte sie sie aber nicht einmal. Ihr Gesicht hatte die Farbe des Sandes angenommen, und ihre Augen waren zwei blanke Knöpfe, so wie damals, als sie die Scheune in Brand gesetzt hatte. Wenn Claire etwas wirklich an die Nieren ging, wurde sie zu einer wandelnden Puppe. Dann konnte man nichts mit ihr anfangen.

»Was ist denn nur los?«, rief Jo zu ihr hinüber. »Ist mit Jordy alles in Ordnung?« Beim Gedanken an den Kleinen – der mit seinem runden Bäuchlein so süß wie ein Küken war – schlug ihr das Herz in der Brust, aber Claire schüttelte nur den Kopf, griff nach Jos guter Hand und zog sie zur Scheune hinüber, die roten Haare laut wie eine Sirene. Wenigstens stand das Gebäude noch, stellte Jo erleichtert fest.

»Mach die Tür auf«, forderte Claire sie auf und schlug sich die Hand vors Gesicht. »Ich bring es nicht über mich.«

Jo tat wie geheißen und blinzelte ins Dämmerlicht. Zunächst begriff sie gar nicht, was sie da sah. Sie dachte, Icicle hätte vielleicht einen Anfall erlitten oder wäre krank, aber dann brach Claire in Tränen aus und würgte krächzende Worte hervor. »Er ist tot«, schluchzte sie. »Oh, Jo, er ist tot.«

Jo ging in die Scheune hinein. Heute Morgen war Icicle doch noch putzmunter gewesen, er hatte mit den Hufen gestampft und leise gewiehert, als er ihre Schritte vernommen hatte. Sie kniete sich neben seinen leblosen Körper, während ihr vom Bauch aus langsam ein furchtbares Gefühl in die Brust aufstieg. »Was ist denn bloß passiert?«, fragte sie. Selbst sie wusste, dass ein Pferd in der Blüte seines Lebens nicht einfach grundlos tot umfiel.

Claire ließ die Hände sinken. Jo sah, dass ihre Wangen langsam wieder ein wenig Farbe bekamen. »Jetzt sei doch nicht dumm, Jo. Das war natürlich Whit!«

Jo beugte sich über Icicle. Er war so ein schönes Tier. Ihn ganz still daliegen zu sehen, tat ihr im Herzen weh. Sie rieb ihm über die Flanke.

Claire schniefte. »Was glaubst du, wie hat er das gemacht?«, fragte sie, aber Jo war doch nur Salzbäuerin und keine Detektivin. Sie zuckte mit den Achseln, und Claire nickte. »Wahrscheinlich hast du recht, eigentlich ist das völlig egal. Was auch immer es war, es hat funktioniert – und zwar schnell. Jo«, Claire sah zu ihr auf, und ihre Augen nahmen schon wieder diesen glasigen Glanz an, »wir müssen etwas unternehmen. Er ist von diesem Land noch viel besessener als Ida, und wir wissen beide, dass er alles dafür tun würde.« Claire wurde blasser, und ihre Haut hatte nun nicht mehr die Farbe des Sandes, sondern war grau wie Asche. »Könnten wir nicht eine einstweilige Verfügung gegen ihn erwirken?«

Jo kaute an ihrem Daumennagel. »Aber wir haben doch gar keine Beweise dafür.«

Claire nickte. »Das stimmt. Und außerdem hat Whit ja jeden einzelnen Politiker das Kap rauf und runter in der Tasche, und die Gesetzesvertreter sowieso.« Sie wurde rot, als sie daran denken musste, wie sie das wegen der Sache mit dem Dezemberfeuer für sich ausgenutzt hatte.

Jo schnaubte. »Wann hat Whit denn je auf Gesetzestreue Wert gelegt? Wenn er glaubt, dass er mit einer Sache durchkommt – was ja meistens der Fall ist –, dann legt er einfach los und tut es.«

»Was sollen wir also machen?«

Jo betrachtete Icicles leblosen Körper und erschauderte. »Ich weiß auch nicht.« Drei Frauen und einem Kind, die weit draußen auf einem abseits gelegenen Gut lebten, konnten so einige seltsame Unfälle widerfahren. Auf ihrem Rücken bildeten sich Schweißperlen, und sie wandte sich von ihrer Schwester ab. *Lass es raus,* drängte eine Stimme in ihrem Inneren. *Genug ist genug.* Claire und sie hatten sich lange genug die Schuld für zu viele Dinge zugeschoben. Zitternd atmete Jo einmal tief durch.

»Ich weiß, dass das jetzt kein guter Zeitpunkt ist, aber ich muss dir etwas Furchtbares sagen. Ich habe heute einen Anruf von unserem Freund Mr Monaghy erhalten. Uns bleiben noch sechsunddreißig Stunden, und dann nehmen sie uns das Gut weg. Seinen Worten zufolge haben sie dafür bereits einen ›Interessenten‹, was ja nur eine Umschreibung für ›Whit Turner‹ ist, wie wir beide wissen.«

Claire atmete prustend aus. »Okay«, antwortete sie in demselben Tonfall. Plötzlich erhellte sich jedoch ihre Miene, und ein fuchsgleiches Grinsen legte sich über ihre Züge. »Keine Sorge«, versprach sie, »das wird nämlich nicht passieren.«

Jo schüttelte den Kopf. »Claire, du hörst mir ja gar nicht zu. Die kommen *übermorgen*. Whit hat gewonnen. Es ist vorbei.«

Claire rieb die Finger aneinander. »Noch nicht ganz.«

Jo kniff sich in die Nasenwurzel. »Falls du nicht ein goldenes Ei unter deiner Matratze versteckt hast, weiß ich nicht, worauf du hinauswillst.«

Claires Grinsen wurde noch breiter. »Ich hab was Besseres«, erklärte sie. »Nämlich Idas Ehering mit den Diamanten.«

Jos Mundwinkel zuckten, als sie einen leisen Pfiff ausstieß. Sie würde wetten, dass der Ring ziemlich viel wert war. Vielleicht nicht genug, um ihr Problem endgültig zu lösen, aber sicher genug, um die Bank vorerst ruhig zu stellen. Und in letzter Zeit liefen ja auch die Geschäfte besser. In Hyannis rissen die Kunden den Verkäufern Claires verrückte Salzkreationen quasi aus den Händen. Wenn das so weiterging, dann konnten sie das Steuer vielleicht noch herumreißen. »Ida wird sich im Grabe umdrehen. Das ist einfach perfekt«, musste Jo zugeben.

Aber dann wurde Claires Miene wieder finster. »Und was, wenn das Geld nicht reicht?«

Jo zuckte mit den Achseln. »Besser etwas als gar nichts.« Einen Moment lang schwiegen sie, und dann sagte Jo: »Also, weißt du, dieses Medaillon, über das du dich bei eurer Ankunft hier so aufgeregt hast? Whit hat zuerst versucht, es mir zu schenken, das wollte ich dir nur sagen.«

Claire hielt die Luft an, und Jo fragte sich, ob es jetzt wieder einen Wutausbruch geben würde. Sie hob die Hand, um Claire zu beruhigen.

»Ich hab es nie angenommen«, erklärte sie. »Ich hab's ihm zurückgegeben. Und als ich am nächsten Tag Idas Brief und die Perle vor Unserer Lieben Frau gesehen habe, da hab ich sie eingesteckt, ich weiß auch nicht, warum. Ich hab den Brief gelesen und ihn dann zusammen mit der Kette in Idas Briefkasten gelegt. Und danach war mit Whit nichts mehr so wie früher. Wie sollte es auch, nachdem ich wusste, dass Ida meine Mutter war.«

Claire schluckte. Was das Beichten anging, war sie genauso eingerostet wie Jo. Trotzdem zwang sie sich, die Worte auszusprechen: »An dem Tag, als ich im Turner-Haus war, hab ich Idas Frisierkommode durchwühlt, und dort hatte sie ihn versteckt. Ich hab ihn gefunden und sofort gelesen. Es tut mir leid.«

Die Luft in der Scheune war so dumpf, dass es ihnen fast schon ein Trost war. Sie machte es Jo leichter, die Dinge zu sagen, die sie nun loswerden musste. »Als Whit mich nach dem Feuer nicht im Krankenhaus besucht hat, dachte ich, er hätte die Sache mit der Marsch vielleicht aufgegeben.«

Claire wurde rot. »Ich hätte es wirklich besser wissen sollen. Er hat mich nur geheiratet, weil er glaubte, dass ich einmal die Hälfte der Salt Creek Farm erbe. Ich war einfach so verdammt jung und hatte außerdem noch wegen Ethan ein gebrochenes Herz. Ich war so blöd.« Sie wischte sich eine Träne von der Wange.

»Ach, ich weiß nicht. Whit kann ziemlich charmant sein, wenn er will.« Jo erinnerte sich an all die sorglosen Nachmittage, die sie mit Whit zusammen an Drake's Beach verbracht hatte, wie sie sich über den Strand gejagt hatten und wie warm seine Stimme an dem Abend geklungen hatte, als er ihr das Medaillon mitgebracht hatte. Sie wollte gern glauben, dass manches die Zeiten überdauerte. Auf der anderen Seite war Whit der Sohn seiner Mutter, so wie sie ihre Tochter war.

Claire zögerte und runzelte die Stirn. »Aber wenn Ida deine Mutter war, wer war dann dein Vater?«

Jo atmete wieder tief durch. *Lass es raus,* sagte die Stimme wieder. Sie leckte sich über die Lippen. »Pater Flynn.«

Claire setzte sich auf. »Was? Wie kommst du denn auf die Idee? In dem Brief stand doch nur ›mein Ein und Alles‹. Das könnte jeder sein.«

»Oder jemand ganz Bestimmtes, dessen Namen sie nicht nennen wollte. Nicht nennen durfte. Ich denke, es war Pater Flynn.«

Claire blickte nachdenklich drein. »Deshalb hat Ida den Brief dann auch in der Kirche hinterlassen. Er war also gar nicht für Unsere Liebe Frau.«

»Genau.«

Eine Weile schwiegen beide, und dann scharrte Claire mit den Stiefeln im Staub der Scheune herum. Das Schlimmste hatte sie sich bis zum Schluss aufgehoben. »Ich hab die ganze Zeit gedacht«, begann sie nun, »wie sehr du mich wohl hassen musst, weil ich Whit geheiratet habe. Ich dachte, du hegst einen Groll gegen mich, weil ich die Scheune in Brand gesteckt und dir die Zukunft mit Whit weggenommen habe. Aber daran lag es ja gar nicht. Vielleicht hast du mich einfach nur verachtet, weil wir keine richtigen Schwestern sind.« Sie schniefte und wischte sich noch eine Träne von der Wange, und Jo überraschte sich selbst damit, dass sie die Arme ausstreckte und Claire an sich drückte. Sie spürte, wie kräftig deren Arme und Schultern im Laufe des Sommers geworden waren. Sie strich Claire über die roten Wogen ihres Haares. Während sie sich hier ausgesprochen hatten, waren am Himmel die Sterne aufgegangen, zusammen mit einer anmutigen Mondsichel inmitten von wirren Wolkenfetzen. Einen »Frauenmond« hatte ihre Mutter den immer genannt, und jetzt wurde Jo auch klar, warum. Das war der passende Mond für Verschwörungen und um Pläne auszuhecken.

»Du sollst wissen, dass es für mich keine echtere Schwester geben könnte als dich, Claire. Ich war vielleicht dickköpfig und dumm, aber ich hab dich nie gehasst. Nicht so richtig.«

Claire schnäuzte sich. »Und du warst nicht so dumm wie ich. Immerhin sind wir hier draußen zu dritt, und wir haben uns alle von Whit einwickeln lassen, aber ich war als Einzige so blöd, ihn auch noch zu heiraten. Wie clever ist das denn?« Sie schnappte nach Luft und wollte offensichtlich noch etwas hinzufügen, biss sich aber stattdessen auf die Lippe, und Jo wusste, dass sie gerade an Ethan dachte. »Womöglich wird Vernunft ja auch überbewertet«, meinte Claire. »Vielleicht ist Dee weiser als wir beide zusammen, weil sie genau das begriffen hat. Immerhin hat sie das Kind von Whit bekommen.«

Jo schnaubte. »Weise ist an der gar nichts.«

Claire gluckste, aber sie sah so blass und übernächtigt aus, dass Jo sie am liebsten in die Küche verfrachtet und ihr wie früher nach der Schule ein großes Stück Rührkuchen mit Honig und Salz vorgesetzt hätte. Diese gemeinsamen Mahlzeiten lagen jetzt schon so lange zurück, aber salzig und süß, Vergangenheit und Gegenwart schienen doch immer weiter zusammenzurücken. Sie waren also keine echten Schwestern – na und? Und was scherte es sie schon, dass in Jos Adern kein Gilly-Blut floss? Zeit und Hartnäckigkeit hatten sie zu einer Gilly gemacht, und zum ersten Mal in ihrem Leben war sie wirklich froh.

»Worin besteht eigentlich der Unterschied zwischen Leichtsinn und Leidenschaft?«, sinnierte Claire, als sie am Rande der Marsch entlang zurückliefen. »Gibt es da überhaupt einen? Ich meine, kann man einen Menschen überhaupt lieben, ohne dafür ordentlich eins auf die Hucke zu kriegen?« Sie rieb sich die Haut unter den Augen, wo am nächsten Morgen dunkle Ringe erblühen würden. *Es geht hier gar nicht um Whit,* dachte Jo. *Sie versucht, sich Ethan von der Seele zu reden.*

Jo schüttelte den Kopf. Sie wünschte, sie hätte eine Antwort für Claire, aber soweit sie wusste, hinterließ Liebe immer ihre Spuren. Manchmal musste man sich für sie sogar häuten. Sie legte ihren guten Arm um Claire und passte ihren Schritt an den ihrer Schwester an. »Ich fürchte, nicht«, sagte sie und drückte Claire so fest, dass sie ihre zarten Rippen spüren konnte. Sie wünschte sich wirklich, bessere Neuigkeiten verkünden zu können. »Jedenfalls nicht für uns Gillys.«

# KAPITEL 27

Jedes Mal, wenn Dee dachte, dass das Leben auf der Salt Creek Farm eigentlich doch ganz okay war, passierte irgendetwas Neues, völlig Seltsames, und sie überlegte es sich doch wieder anders. Und dazu gehörte ganz klar das Begräbnis von Claires Pferd. Dee hatte ganz friedlich im Wohnzimmer gesessen, als Jo mit dem grimmigsten Blick hereingestürmt war, den Dee je gesehen hatte, und sie angeblafft hatte, sie solle gefälligst ihren Arsch hochbekommen, sich ein Paar Stiefel, eine Schaufel und eine Taschenlampe schnappen und mit in die Marsch rauskommen.

Mit großen Augen folgte Dee Jo und Claire hinaus zu den Gräbern. Inzwischen war sie mit den Namen auf den Grabsteinen so vertraut, dass sie sie sogar im Dunkeln erkannte. Sie runzelte die Stirn und sah nervös zu Jordy hinüber, der ein paar Schritte entfernt in seiner Salzschüssel schlummerte. Was hätte Dee auch sonst mit ihm machen sollen? Im Moment lebte sie von Minute zu Minute und hatte davon wirklich langsam die Nase voll. Sie drehte die Laterne in seiner Nähe um, damit ihn ihr Schein nicht weckte.

Jetzt, wo Jordy nicht mehr in ihrem Bauch, sondern auf der Welt war, betrachtete sie die Zukunft mit ganz anderen Augen – die hatte nämlich die unheimliche Angewohnheit, sich viel schneller in die Gegenwart zu verwandeln, als es einem lieb war.

Hier war es offensichtlich völlig okay, ihr Kind in den Dreck zu legen wie eine Wassermelone, weil sie dabei mithelfen musste, ein fremdes Pferd zu begraben, dieser Realität ging jedoch schnell die Puste aus.

Jo und Claire waren nett zu ihr gewesen, das konnte sie nicht bestreiten.

Aber wenn sie Jordy mitten in der Nacht das Fläschchen gab, fragte Dee sich schon, welchen Nutzen die beiden eigentlich daraus zogen. Sie mochte den Kontakt zu ihrem Vater abgebrochen haben, aber sie war immer noch Cutts Tochter, und er hatte ihr beigebracht, dass im Leben alles über Anreize und Belohnung lief. Wenn Dee etwas wollte, so hatte er sie es gelehrt, dann sollte sie sich besser darauf einstellen, dafür einen Preis zu zahlen, selbst wenn es angeblich umsonst war. In letzter Zeit hatte sie immer mehr das Gefühl, dass Claire und Jo sie nicht aus reiner Herzensgüte auf dem Gut beherbergten. Ohne sie würden die beiden hier nämlich allein aufeinanderhocken und jaulen und sich anfauchen wie die verdammten Katzen in der Scheune. Warum Jo die ertränkte, verstand sie inzwischen nur zu gut.

Sie hörte auf zu graben, lehnte sich auf die Schaufel und wollte sich eigentlich den Schweiß von der Stirn wischen, verschmierte ihn aber nur. Wenn es draußen hell wäre, würde man jetzt all die verschiedenen Farben der Becken sehen. Jo hatte versucht, ihr zu erklären, warum die Bassins so verrückt spielten, wenn Jo mit ihr sprach, verstand Dee meistens kein Wort. Sie hätte nie gedacht, dass Salz so einfach und gleichzeitig so kompliziert sein könnte.

»Dee? Dee!« Auch Claire lehnte sich nun auf ihre Schaufel und sah sie finster an. »Bist du sicher, dass du nichts gesehen oder gehört hast? Denk mal genau nach. Das ist wichtig.«

Dee schüttelte den Kopf. »Nein, gar nichts. Das habe ich Ihnen ja schon gesagt. Ich war oben und hatte mich mit Jordy hingelegt, und dann hab ich noch im Wohnzimmer ferngesehen.«

Der Fernseher war ganz neu, Dee hatte sie gebeten, ihn anzuschaffen. Mit ein wenig Salz und Einsamkeit kam sie schon klar, aber wenn sie nicht völlig verrückt werden wollte, brauchte sie auch eine gewisse Verbindung zur Außenwelt. »Ich hab Jordy das Fläschchen gegeben, bin mit ihm in die Küche gegangen und hab ihn in der Spüle gebadet, und dann sind Sie ja auch schon nach Hause gekommen.«

Aber sie log. Dee wusste ganz genau, was mit Icicle passiert war, auch wenn sie es nicht mit eigenen Augen gesehen hatte. Das war auch gar nicht nötig gewesen. Sie hatte Jordy gerade Wasser über den Bauch gegossen, als sie durch das Küchenfenster beobachtet hatte, wie Whit mit langen Schritten die Salzdämme entlang auf sie zukam.

Plötzlich war er wie angewurzelt stehen geblieben und hatte direkt hinüber zum Fenster und zu Dee geschaut. Ihr Herz hatte ganz heftig geklopft, und sie hätte den armen Jordy fast ertränkt, aber sie konnte auch nicht wegsehen. In diesem Moment kamen alle Erinnerungen an Whit zurück – an seinen weichen Hals in ihren Händen, den Kamm seines Schlüsselbeins, und ja, selbst den Druck seiner Finger um ihre Kehle.

Genau in dem Augenblick quäkte dann Jordy, Dee sah hinab und setzte ihn im Spülbecken auf. Als sie wieder aufschaute, wollte sich Whit gerade in die Scheune schieben. Sie hob Jordy aus dem Wasser, wickelte ihn in ein weißes Handtuch und sah mit zusammengekniffenen Augen aus dem Fenster. Whit blieb stehen und blickte erneut zu ihr hinüber. Ganz langsam zog er einen Finger über seinen Hals und legte ihn dann auf seine Lippen. Dee schnappte nach Luft und trat vom Fenster weg. Als sie danach noch einmal hinausschielte, war Whit nicht mehr da.

Nun wachte Jordy auf und begann auf dem Boden herumzuquengeln. Claire seufzte und rammte die Schaufel in den Boden. »Geh doch besser wieder rein, es ist viel zu spät für Jordy. Wenn Jo und ich fertig sind, holen wir Icicle mit dem Truck aus der Scheune. Das brauchst du nun wirklich nicht mit anzusehen.«

Vielleicht zum ersten Mal in ihrem Leben fügte Dee sich gern ohne Widerworte. Jo und Claire hatten hier noch ein paar Stunden zu tun, also hob sie Jordy in seiner Schüssel hoch und ging zurück zum Haus. Zu ihrer Linken ragte die Silhouette der Scheune in der Dunkelheit auf wie ein böser Traum, und daneben lag verführerisch die Landstraße, auf der sie sich am liebsten einfach auf und davon gemacht hätte. Obwohl die Nacht schwül war, erschauderte sie, als sie das Haus betrat. War Whit immer noch da draußen und beobachtete sie drei? Vermutlich nicht, dachte Dee. Er war ein Mann der Tat und hatte wenig Geduld für so etwas. Sie seufzte. Vermutlich hatte sie genau so ein Zeichen gebraucht, um zu begreifen, dass sie nie die Richtige für Whit Turner gewesen war. Jo und Claire hatten früher einmal so eine wichtige Rolle für ihn gespielt. Irgendwie hatte Dee gehofft, durch diese Verbindung mit seiner Vergangenheit auch in Whits Zukunft einen Fuß in die Tür zu bekommen.

Stattdessen hockte sie nun hier – eine von dreien –, und ihr Vater hatte ihr doch immer gepredigt, dass Ärger stets im Dreierpack daherkam. Andererseits waren auch aller guten Dinge drei. Sie beugte sich hinunter, legte sich Jordy an die Schulter, küsste ihn auf den Kopf und atmete seinen erdigen Babygeruch ein. Leider wusste sie nur selten, mit welcher Variante sie es zu tun hatte.

Nach Icicles Tod fand Dee auf der Salt Creek Farm einfach keine Ruhe mehr. Wohin sie auch schaute, überall schienen Gefahren zu lauern, vor denen man sie nicht gewarnt hatte. So leer fand sie die Scheune ganz bedrohlich, und die Hauptrinne zum Meer hin war wirklich wie ein gewaltiger Schlund, der nur darauf wartete, sie bei lebendigem Leib zu verschlingen. Außerdem schienen sie auf Schritt und Tritt unschöne Kreaturen im

Gras und in den Schatten zu verfolgen. Sie entdeckte auf einmal Spinnen zwischen den Laken und zertretene Schnecken unter den Sohlen ihrer Gummistiefel, genauso, wie auf einmal nach dem Abschöpfen eines Beckens zig kleine blaue Motten auf dem Kragen ihrer Bluse hockten.

»Jetzt ist es wichtiger denn je, dass du nicht einmal daran denkst, dich mit Whit in Verbindung zu setzen«, schärfte ihr Claire ein paar Tage nach Icicles Tod in der Küche ein. »Nicht wegen Jordy. Und nicht deinetwegen. Um nichts in der Welt. Du hast ja selbst gesehen, wozu er fähig ist.« Dee wusste, dass Claire ihre Ringe verkauft hatte, um die Salt Creek Farm vor der Bank zu retten, und mit Sicherheit kochte Whit deshalb vor Wut. Sie musste daran denken, mit welchem Nachdruck er ihr eingebläut hatte, sein billiges Medaillon bloß nie zu verlieren. Sie konnte sich kaum vorstellen, wie er auf den Verlust eines Diamantrings reagieren würde.

»Also?«, drängte Claire und holte Dee zurück in die Wirklichkeit. Claire backte Kuchen für ihren neuen Stand auf dem Bauernmarkt, sie hatte Mehl im Haar und Zucker an den Händen. Obwohl sie doch so zuckersüß war, wusste Dee, dass das nur eine äußere Hülle war, wie die Streusel auf dem Kuchen.

»In Ordnung«, versprach sie und holte sich ein Glas Milch. »Aber das haben Sie mir doch schon tausendmal gesagt. Ich werde einen großen Bogen um ihn machen.«

»Ich wollte nur sichergehen, dass das auch wirklich bei dir angekommen ist«, betonte Claire und warf einen Blick auf Jordy in seiner Schüssel. »Jetzt, wo du Mutter bist, kannst du gar nicht vorsichtig genug sein.« Sie wollte das Baby auf den Arm nehmen, aber bevor sie ihn mit ihren schmutzigen Händen berühren konnte, hob Dee ihn hoch und presste ihn an ihre Brust. Claire tat so, als hätte sie nach etwas neben der Schale greifen wollen – einem Schneebesen – und wandte sich wieder ihrem Kuchenteig zu.

»Keine Angst«, sagte sie mehr zu sich selbst als zu Dee.

»Wenn Jo und ich erst mit Whit fertig sind, wird er nie wieder einen Fuß auf dieses Land setzen.« In diesem Moment sah Dee wieder das seltsame Bild von Whit vor sich, der sich an der Scheunentür mit dem Finger über den Hals fuhr. Ihre loyale Hälfte wollte Claire und Jo zur Seite stehen, egal was die beiden vorhatten, aber ihre verdorbene Hälfte wollte immer noch Whit die leere Straße entlang folgen und mit ihm ihr Glück versuchen. »Was haben Sie denn vor?«, fragte sie und nahm einen Schluck aus dem Glas.

Claire begann, Sahne zu schlagen. Schneller und schneller bewegte sich ihr Arm im Kreis. »Das ist unsere Sache, und für dich ist es besser, wenn du nicht eingeweiht bist.« Sie hielt inne und lächelte lieblich. »Ich bin sicher, das verstehst du.« Dann wischte sie sich eine Strähne aus den grünen Augen. »Bei einem Mann wie Whit Turner kann man gar nicht genug aufpassen. Und das«, sie sah zu Dee hinüber, »ist nicht gerade deine Stärke, oder?«

Als die letzte Wärme des Herbstes sich in den Boden zurückzog und sich kalte Luft am Horizont näherte, hatte Dee den Eindruck, dass sich ihr Blick langsam schärfte. Zum ersten Mal machte sie sich wirklich Gedanken über ihre Zukunft. Ihr wurde klar, dass das Salz auf jeden eine andere Wirkung hatte. Jo wirkte am glücklichsten, wenn sie draußen an den Becken arbeiten konnte, und Claire schien es in die Küche zu treiben, aber bei sich selbst konnte sie noch keine positiven Resultate feststellen. Bislang hatte der Geschmack des Salzes bei ihr noch nicht zu greifbaren Ergebnissen geführt, ganz im Gegenteil. Darin lag vielmehr all das, was sie hier vermisste – nämlich die Gesellschaft anderer Menschen. Sie wollte so gerne mal wieder ins Kino oder einkaufen gehen, und ihr fehlte sogar der Klatsch und Tratsch im Imbiss ihres Vaters. Aber vor allem sehnte sie sich immer noch nach Whit.

Sie träumte bereits von der Wohnung, in der sie eines Tages mit Jordy wohnen würde. Auf jeden Fall wollte sie ein Apartment in einem oberen Stockwerk, vielleicht sogar einen umgebauten Speicher mit gemütlichen Dachschrägen und Blick aufs Wasser. Sie könnte vielleicht eine Ausbildung zur Kosmetikerin machen und irgendwo einen Schönheitssalon eröffnen, in einem kleinen Nest an der Küste, so wie Gloucester – an einem Ort, an dem die Frauen nicht glamourös waren, es aber gern sein wollten –, und wenn Jordy erst alt genug wäre, würde sie ihm ein struppiges Hündchen kaufen, und dann wären sie drei eine richtige kleine Familie.

Aber Träume kosteten Geld. Alles kostete Geld, sogar die Schachteln mit Milchpulver, die Jordy im Handumdrehen leerte. Sanft zog Dee ihm den Nuckel der Flasche aus dem Mund und legte sich ihren Jungen an die Schulter, um ihm über den Rücken zu streichen und ihre Wange an ihm zu reiben. Es war doch unglaublich, wie ähnlich er Whit sah, von den schrägen Augenbrauen bis hin zu den kantigen Fingerspitzen. Vom Wesen her schlug er hoffentlich nach ihr.

Jordy machte sein Bäuerchen, und sie legte ihn sich in die Armbeuge. In nur drei Monaten war er so groß geworden. Er konnte schon seinen Kopf halten, lächeln, lachen und sich auf den Unterarmen hochschieben wie ein kräftiger kleiner Mann. Wenn er schlief, beugte sich Dee manchmal über ihn, küsste ihn auf den perfekt geschwungenen Mund und leckte sich danach die Lippen. Sie konnte kaum fassen, welch läuternde Wirkung so ein Babyatem hatte.

Inzwischen wollte sie Jordy mit niemandem mehr teilen. In den ersten Wochen nach ihrer Rückkehr aus dem Krankenhaus war sie dankbar dafür gewesen, wie rührend sich Jo und Claire um ihn gekümmert hatten. Ihre Narbe hatte sehr geschmerzt, und ihr waren die grundlegendsten Dinge schwergefallen – Treppen zu steigen, sich im Bett aufzusetzen oder ihren Hintern in die Badewanne zu bewegen. Und Jordy hatte so zerbrechlich gewirkt. Dee hatte Angst gehabt, ihn fallen zu lassen oder ihm aus Versehen wehzutun, aber das war nicht passiert, und irgendwann wurde ihr klar, dass sie diejenige sein würde, die ohne ihn zerbrechen würde. Sie konnte es gar nicht leiden, dass Claire ihn bei jeder Gelegenheit auf den Arm nahm und ihm mit dem Zeigefinger über Stirn und Nase fuhr.

»Jordy ist kein Spielautomat«, knurrte sie dann und holte ihn sich zurück. »Es gibt keinen Preis, wenn man auf den richtigen Knopf drückt.« Und es störte sie sogar noch mehr, als der Kleine mit der Zeit mit einem Lächeln auf die Geste reagierte.

»Guck doch, ihm gefällt das«, krähte Claire und machte weiter.

Claire würde sie aus ihrem Dachbodenapartment verbannen, beschloss Dee. Und wenn sie irgendwann in ihren Beautysalon kommen würde, dann würde sie ihr die schönen roten Haare abrasieren.

Inzwischen wollte sie Jordy nicht einmal mehr mit Whit teilen. Seit Icicles Tod wünschte sie sich nur so weit wie möglich von ihm und dieser Marsch weg. Ihr Plan war einfach. Alles, was sie brauchte, war ein wenig Geld und noch weniger Zeit.

Whit war nicht so reich, wie er sich gab – das hatte sie aus Unterhaltungen zwischen Jo und Claire herausgehört –, aber er konnte doch sicher irgendetwas aus seinem großen Haus verkaufen – vielleicht ein Bild oder auch dieses schicke Auto, mit dem er noch immer durch die Gegend fuhr? Selbst wenn das schon ein paar Jahre auf dem Buckel hatte, musste es doch noch was wert sein. Sie würde Whit irgendwie allein erwischen und ihn fragen. *Wenn du willst, bin ich so gut wie weg,* würde sie sagen und sich mit dem Finger über den Hals fahren, um ihn an den Tag zu erinnern, an dem sie ihn in die Scheune hatte gehen sehen. *Ich werde nie wieder einen Fuß in diese Stadt setzen. Stell mir einfach einen Scheck aus, und es wird auf der Salt Creek*

*Farm eine Frau weniger geben, über die du dir Gedanken machen musst.*

Von dem Kind ganz zu schweigen.

*Das macht er bestimmt,* dachte Dee. Im Vergleich zu lebenslangen Alimenten kam er mit einer einmaligen Zahlung für den Sohn, dessen er sich doch schämte, nämlich billig davon. Das war selbst einer Schulabbrecherin wie ihr klar.

Oder er würde sie vielleicht beide umbringen. Das konnte sie natürlich vorher nicht wissen. Whit ging zwar ganz schön ran und klopfte jede Menge Sprüche, er war aber kein Spieler. Er machte seinen Einsatz nur, wenn er genau wusste, dass er gewinnen würde – so war es erst bei Joanna, dann bei Claire und schließlich bei Dee gewesen. *Wir waren schon alle an der Reihe,* dachte sie. *Ich bleibe bestimmt nicht hier und warte darauf, dass er sich irgendwann darauf besinnt, dass er Jordy haben will.*

Auf Zehenspitzen trippelte sie zurück in ihr Zimmer. Das dunkle, stille Haus wurde nur vom Mondlicht erleuchtet, und in solchen Momenten fühlte sie sich von dem allgegenwärtigen Gerümpel geradezu umzingelt. Früher einmal hatte sie all dem Kram auf den Grund gehen wollen, inzwischen war er ihr aber egal. In den Schlafzimmern quollen die Schränke fast über, in der Küche gab es eine ganze Sammlung von verbeulten Dosen, und im Sekretär stapelte sich der Papierkram aus den letzten zehn Jahren, aber das alles hatte überhaupt nichts mit Dee zu tun.

Ohne bestimmten Grund schlenderte sie ins Wohnzimmer hinüber, öffnete ebendiesen Schreibtisch und starrte auf den Morast aus Papier. Wie immer hielten darin vorsintflutliche Kataloge ihre altmodischen Waren feil, vergessene Coupons wiesen auf Sonderangebote hin, und ein Brief von der Bank dankte Jo für die neuesten Zahlungen, erinnerte sie aber auch daran, dass damit noch nicht alle Probleme aus der Welt geschafft waren. Dee blickte mit zusammengekniffenen Augen auf die Zahlen und steckte das Schreiben dann ein. Vielleicht hatte Whit ja Interesse daran und würde dafür etwas springen lassen. Er schien die Salt Creek Farm ja um jeden Preis zu wollen, und wenn sie ihm dabei helfen konnte, würde sie das eben tun.

Sie wollte den Deckel des Sekretärs gerade wieder schließen, als ihr im schwachen Mondschein ein Zettel ins Auge sprang, auf dem ihr Name stand. Verwirrt griff sie danach und untersuchte das Papier. Es sah aus wie eine Nachricht von ihr an Whit, in der sie ihn darum bat, sich am Vorabend des 1. Dezember mit ihr in der Scheune zu treffen. Aber irgendetwas stimmte mit der Handschrift nicht, und sie würde auch nie so ein blödes Herzchen neben ihren Namen malen, jedenfalls nicht in einem Brief an Whit. Sie kniff die Augen zusammen und dachte scharf nach. Ganz offensichtlich führten Jo und Claire irgendetwas im Schilde, aber was bloß? Es gab nur einen Weg, das herauszufinden. Sie würde die zwei bei ihrem eigenen Spielchen schlagen. Sie würde selbst zu dem Treffen mit Whit erscheinen.

Sie ließ den falschen Brief mit ihrem Namen liegen und ging in den Flur hinaus. Dort entdeckte sie auf dem Klavier eine rote Birne vom Baum in der Stadt. In diesem Jahr war es für Obst eigentlich schon zu spät, diese Birne war vielleicht die letzte ihrer Art für diese Saison. Und wenn jemand einem das letzte Stück anbot, das wusste Dee, dann sollte man immer zugreifen. *Ich kann es schaffen,* sagte sie sich und ging die Treppe hinauf. Und wenn alles so lief, wie sie sich das vorstellte, dann musste sie sich nie wieder mit dem letzten Rest zufriedengeben.

# KAPITEL 28

Claire hatte ganz vergessen, wie rasch auf der Salt Creek Farm die letzten Tage des Sommers vorbeizogen, wie schnell die Jahreszeit sich dem Ende zuneigte, so dass sie kaum hinterherkam. Der Verkauf von Idas Ringen hatte Jo und ihr eine Verschnaufpause verschafft, aber sie schuldeten der Bank natürlich noch viel mehr Geld. Claire wusste ganz genau, dass Whit das Gelände bei der Zwangsversteigerung erstehen würde, wenn sie nicht ganz schnell an noch mehr Bares kamen.

Tagein, tagaus luden Jo und sie das zu großen Haufen aufgetürmte Salz an den Rändern der Marsch in Schubkarren und brachten es zur Lagerung in die Scheune, mussten aber gleichzeitig auch noch die Becken abschöpfen. Und dann brach ohne jede Vorwarnung plötzlich schnell und unerbittlich der Herbst über sie herein. Die wenigen Bäume in der Stadt wurden gelb und die Seidenpflanze spröde und blass. Der Moosbeerensumpf an der Küste verfärbte sich leuchtend rot, und in der Morgenluft kreuzten sich verwundert Vogelschwärme – solche, die gen Süden zogen, und die Wasserläufer und Möwen, die dem harten Winter am Kap trotzen würden. Das letzte Sommergras starb ab, feuchter Nebel waberte über den Salzbecken, und die Kälte machte alles spitz und hart.

Claire war von Obstpasteten auf Gewürzkuchen umgestiegen, und von Limonade auf heißen Cidre, aber egal wie viele Apfeltörtchen sie aus dem Ofen holte, und wie viele Kürbis-Schinken-Teigtaschen sie zuklappte, sie wusste immer noch nicht, was sie mit Whit machen sollte, oder mit Ethan. Der eine hielt noch immer ihr Herz in den Händen, und der andere wollte es am liebsten in Stücke reißen, und Claire blieb mit einem tiefen Loch in der Brust zurück. Nicht die Dinge, die darin fehlten, machten dieses Vakuum so gefährlich, sondern die, die es magisch anzog.

Zu ihrer großen Überraschung stellte sich heraus, dass es vor allem das Salz war.

Als der Ertrag des Jahres schließlich komplett in der Scheune eingelagert war, stellten Jo und sie fest, dass sie Schwierigkeiten haben würden, die ganze Ware überhaupt an den Mann zu bringen. »So eine Saison hab ich noch nicht erlebt«, gab Jo zu und schüttete die letzte Ladung der grauen Körnchen aus der Schubkarre in einen Trog. »Du schmeißt am besten den Ofen an und bäckst, was das Zeug hält, Claire. Auf andere Art und Weise werden wir das nämlich nicht los. Selbst die Fischer brauchen nicht so viel. Chet Stone ist zwar großzügig, aber so großzügig nun auch wieder nicht.«

Unbehagliche Stille breitete sich zwischen ihnen aus. Claire räusperte sich. »Genau darüber«, murmelte sie und errötete, »hab ich mir in letzter Zeit Gedanken gemacht. Vielleicht ist es ja an der Zeit, dass das Salz wieder nach Prospect zurückkehrt.«

Jo starrte sie an. »Was soll das heißen, Claire?«

Claire atmete tief durch. »Wie wäre es denn, wenn das Salz wieder Einzug beim Dezemberfeuer hält?«

Jo wischte sich den Staub von den Händen und dachte über den Vorschlag nach. »Das fänden die Leute bestimmt toll. Und noch besser: Es würde Whit unglaublich ärgern. Wenn wieder alle anfangen, unser Salz zu essen, dann ist es nämlich gar nicht mehr so einfach, uns loszuwerden.«

Als Whits Name fiel, kam Claire mit einem Mal eine Idee. Sie kniff die Augen zusammen und ließ sich die Sache durch den Kopf gehen. »Jo«, sagte sie schließlich, setzte sich auf einem Stapel staubiger Verpackungskisten und senkte die Stimme, »was wäre denn, wenn wir Whit verraten, wer du wirklich bist? Schließlich hat er es doch verdient, die Wahrheit zu erfahren.«

Jo stemmte die Hände in die Hüften. »Er verdient es ja nicht einmal, einen Kopf auf den Schultern zu haben.« Sie schwieg einen Moment und runzelte die Stirn. »Ich begreife nicht, welchen Nutzen wir daraus ziehen könnten.«

»Überleg doch mal. Wir könnten ihm androhen, ein paar wirklich hässliche Geschichten über seine Mutter in Umlauf zu bringen, wenn er uns nicht in Ruhe lässt. Für den Notfall haben wir ja Beweise. Wir haben Idas Brief. Und ich wette, dass wir auch Pater Flynn ausfindig machen könnten.«

Jo legte die Stirn in Falten. »Ich hab seine Adresse. Ethan hat sie mir gegeben. Aber ich weiß gar nicht, was ich ihm nach all der Zeit noch schreiben soll. Das hab ich mir noch nicht überlegt.«

Claire streckte die offenen Hände aus, so, als wäge sie das Gewicht der drückenden Luft in der Scheune ab. Jo war immer nur schwer zu überzeugen. »Wir treffen eine Abmachung«, führte Claire die Sache weiter aus. »Wenn Whit die Salt Creek Farm in Ruhe lässt, dann lassen wir die Geschichte auf sich beruhen. Wenn er aber weiter gegen uns agieren will, dann gehen wir mit unserem Wissen an die Öffentlichkeit. Auge um Auge. Um Pater Flynn kannst du dir später noch Gedanken machen.« Sie faltete die Hände im Schoß und wartete.

»Ich weiß nicht, Claire«, wandte Jo ein. »Ich denke, wir bräuchten schon mehr Beweise als einen Brief ohne Unterschrift.«

Claire grinste. »Stimmt, aber in der Zwischenzeit würden die Lokalzeitungen die Geschichte aufbauschen, und Whit hätte mit Sicherheit so gar keine Freude daran, sein edles Geschlecht mit uns teilen zu müssen. Mal abgesehen davon, was das für Idas Ruf bedeutet.«

Jo schnaubte. »Der war doch noch nie so besonders.« Dann schwieg sie und überdachte den Plan. Er war zwar verrückt, aber leider alles, was sie hatten. »Okay«, gab sie schließlich zu, »das könnte klappen. Aber wie kriegen wir Whit überhaupt dazu, sich mit uns zu treffen? Soll vielleicht unsere Sekretärin mit seiner Sekretärin ein Meeting arrangieren?«

Claire versuchte, nicht allzu triumphierend auszusehen. »Das hab ich mir schon überlegt. Wir könnten Dee vorschicken.«

Jo runzelte die Stirn. »Was?«

Claire winkte mit einer Hand ab – trotz der ganzen Arbeit des Sommers war sie noch immer schneeweiß. »Wir schicken ihm eine Nachricht und behaupten, die sei von ihr. Ich weiß, wie ihre Handschrift aussieht, die kann man leicht nachmachen. Weißt du«, fuhr sie fort, »wenn ich Whit ein Treffen vorschlage, ignoriert er mich doch nur. Über dich würde er lachen. Aber wenn er glaubt, dass es sich um Dee handelt – vor allem, wenn wir Jordy erwähnen –, dann denkt er vielleicht, sie will zurückgekrochen kommen. Und für Whit ist die Vorstellung, dass vor ihm jemand zu Kreuze kriecht, wie Zucker für eine Fliege. Wir behaupten, dass sie sich mit ihm in der Scheune treffen will, aber stattdessen warten wir dann auf ihn.«

Jo blickte finster drein. »So ganz überzeugt mich das immer noch nicht.«

Claire schlug sich mit den Händen auf die Knie. »Hast du etwa eine bessere Idee?«

Die hatte sie nicht, musste Jo zugeben, also einigten sie sich darauf. Sie würden Whit einen gefälschten Brief in Dees Handschrift zuspielen und ihn darin bitten, sich mit ihr am Abend des Dezemberfeuers in der Scheune zu treffen.

»Das ist einfach perfekt«, befand Claire und verengte die Augen zu Schlitzen. »Die ganze Stadt wird an einem Ort versammelt sein, und in dem Durcheinander wird niemand merken, dass Whit gar nicht da ist. Und wir bleiben ja sowieso nie. Wenn irgendetwas Unangenehmes vorfallen sollte, sind alle beschäftigt.« Sie stellte sich vor, wie sich die ganze Stadt um das Feuer scharte. Alle würden nur auf das Salz achten und darauf, was die Zukunft bringen würde. Jo starrte sie an.

»Was soll denn Unangenehmes passieren, Claire?«, fragte sie, als ob ihre Schwester sie nicht in alle Details des Plans eingeweiht hätte.

Claire sah sie mit leerem Blick an. »Ich habe keine Ahnung.« Sie stand auf, schob die Schubkarre in eine Ecke und hängte das Werkzeug an die Wand. »Nun gut«, murmelte sie. »Es ist also beschlossene Sache.« Sie machten sich auf den Weg zurück zum Haus. In der Ferne brodelte der Ozean. Hinter ihnen türmte sich die Scheune auf, Claire warf einen letzten Blick zurück und stellte sich das Salz darin vor, grob und grau, zerbrechlich wie Knochen und doppelt so trocken, ein ganzes Spektrum an Möglichkeiten, die nur auf den zündenden Funken von ihr warteten.

Claire schrieb die Nachricht für Whit noch am selben Abend, während Dee oben Jordy fütterte und Jo draußen irgendetwas auf der Veranda zu tun hatte. Sie wusste ganz genau, dass Whit nur dann zum Stelldichein in der Salzscheune erscheinen würde, wenn er glaubte, von dem Treffen ordentlich profitieren zu können. Aber was konnte Dee ihm schon bieten? Geld? Das hatte hier keiner – nicht nach den letzten Zahlungen an die Bank. Ewige Liebe? Claire schnaubte und kaute an ihrem Stift herum. Die war doch überhaupt erst an allem schuld. Blieb nur noch Jordy.

Claire war sich nicht sicher, was Whit seinem Sohn gegenüber empfand. Einerseits war er ihm ein Dorn im Auge, stellte er doch die Verkörperung seiner moralischen Schwäche dar. Damit war er in seinen Augen vermutlich nicht besser als die Bastarde, die er sich zu adoptieren geweigert hatte. Andererseits aber war Jordy der Sohn und Erbe, den Claire ihm niemals hatte schenken können. Whit wünschte sich ohne sie doch sicher verzweifelt ein Kind, das den Namen seiner Familie weiterführen könnte. Und war es denn nicht perfekt, dass dieses Kind ausgerechnet hier lebte, auf dem Land, das Whits Meinung nach ohnehin ihm gehören sollte?

»Komm am Abend des Dezemberfeuers um halb neun in die Salzscheune«, notierte Claire mit einer Schrift, die Dees runden, kindlichen Buchstaben stark ähnelte. »Ich bitte dich. Triff dich mit mir, um wenigstens ein einziges Mal deinen Sohn zu sehen. Tu mir doch diesen Gefallen.« Sie griff nach dem Papier und betrachtete ihr Werk. Beim G und F war der Bogen falsch, Claire hätte jedoch wetten können, dass Whit es nicht bemerken würde. Sie war nicht einmal sicher, ob er Dees Handschrift überhaupt kannte. Claire unterschrieb mit Dees Namen und malte ein Herzchen daneben.

Ohne es Jo zu verraten, hatte Claire den Zeitpunkt des Treffens geändert. Wenn ganz Prospect am Vorabend des 1. Dezember in die Zukunft blicken würde, würde Claire mit ihrer Vergangenheit abrechnen. Es würde gar nicht lange dauern. Sie brauchte nur eine halbe Stunde. Mehr als genug für ihre Zwecke. Sie faltete den Brief zusammen und schob ihn in einen frischen Umschlag. Jetzt hieß es nur noch abwarten.

Am Tag vor dem Dezemberfeuer machte sich Claire mit zwei Umschlägen auf den Weg zum Turner-Haus – einer war voll Salz, der andere voll List und Trug.

Jo und Dee gingen in der Stadt von Briefkasten zu Briefkasten und verteilten die restlichen Salzpäckchen. Die Gilly-Schwestern waren sich einig gewesen, dass es vielleicht besser war, wenn von nun an jeder sein eigenes Salz ins Feuer werfen würde. Zwar wollte Claire aus alter Tradition als Erste damit ans Feuer treten, aber danach, hatten die beiden Schwestern beschlossen, war es wohl das Beste, wenn jeder sein Schicksal selbst in die Hand nahm.

Sie hatten sogar vor, Cutt einen Umschlag voll Salz im Leuchtturm-Imbiss vorbeizubringen, und Claire überlegte insgeheim, wie das wohl laufen würde. Würde Cutt seine Tochter und seinen Enkel mit offenen Armen empfangen, oder würde er ihnen, was Claire eher vermutete, die Tür vor der Nase zuschlagen? Dee hatte sich gefragt, warum Claire den Umschlag für Whit eigentlich unbedingt persönlich überbringen wollte, und Claire hatte sich schnell etwas einfallen lassen müssen. »Weil das Letzte, was ich ihm je bringe, das Erste sein soll, was er je von mir wusste.«

Dee dachte über ihre Worte nach und zog die Nase kraus. »Ja, das ist irgendwie logisch«, murmelte sie, klang dabei aber nicht sehr glücklich.

Als Claire den Fuß von Plover Hill erreichte, blieb sie unter dem Birnbaum stehen. Die Früchte daran waren holziger und spärlicher als je zuvor. Sie streckte die Hand aus und pflückte eine dieser missglückten Kugeln. Dabei dachte sie an die Stunden, die Ethan und sie im Gebüsch unter dem Baum verbracht hatten, und an den Tag in den Dünen, an dem er ihr das Herz gebrochen hatte. Und sie erinnerte sich an das Donnern von Icicles Hufen auf ihrer Flucht mit Dee zur Salt Creek Farm. In nur einem einzigen Jahr konnte offensichtlich ein ganzes Leben verstreichen.

Der Wind fuhr durch die Blätter des Baumes, löste das eine oder andere und ließ es zu Boden flattern. Es war beinahe so, als wollte das Laub es endlich hinter sich bringen und sein Leben aushauchen. Vor einem Jahr hätte das Claire womöglich melancholisch gestimmt, jetzt aber hatte sie ein dickeres Fell. Das Salz hatte sie auf eine Art und Weise härter und dann wieder sanfter gemacht, an die sie sich schon gar nicht mehr erinnert hatte. Sie hatte einen Ehemann verloren, aber eine Schwester gewonnen – eigentlich sogar zwei Schwestern, und auch eine Art Neffen –, und sie war in ihr Zuhause zurückgekehrt. Und wenn Whit Turner wirklich glaubte, ihr das wegnehmen zu können, dann konnte der sich auf etwas gefasst machen.

Sie ging Plover Hill hinauf und machte dabei immer größere Schritte, bis sie die Tore des Turner-Anwesens erreichte. Hier blieb sie stehen. Heute kam sie nicht als Eindringling, sondern als Bote. Sie öffnete den Briefkasten und schob die Nachricht und das Salzpäckchen hinein. Dann legte sie den Kopf in den Nacken und blickte zur strengen Fassade des Hauses hinauf, das sie so gut kannte. Sie dachte an ihre Besitztümer, die sich noch immer darin befanden – Reitsachen, Kleidung, ein Buch über eine englische Erbin, das sie letzten Winter erst zur Hälfte gelesen hatte. Kosmetika. Ihr Hochzeitsalbum. Ein gerahmtes Foto ihres geliebten Icicle. Schwieriger war es hingegen mit den nicht greifbaren Dingen, die sie hinter den Turner-Mauern zurückgelassen hatte. Ihre Würde, zum Beispiel, eng verknüpft mit ihrem Stolz. Erinnerungen. Den beneidenswerten Status, der bei einer Claire Turner eben mit dazugehörte. Und schließlich waren da noch der Hauch ihrer ungeborenen Kinder, Idas Geist und das Phantom ihrer Jugend.

Denn sie war bei der Hochzeit mit Whit so verdammt jung gewesen, das hatte ihr Dees Gegenwart in Erinnerung gerufen. Dee mochte immer noch gern Kirschbonbons – die mit Kaugummi in der Mitte. Sie machte Popmusik im Radio an und tanzte dazu, wenn sie sich unbeobachtet fühlte, und wenn Claire und Jo nicht protestierten, dann stand sie so lange unter der heißen Dusche, dass es in den nächsten zwei Stunden kein warmes Wasser mehr gab. Wenn Claire jedoch beobachtete, wie Dee mit Jordy spielte, ihn auf dem Wohnzimmerfußboden kitzelte, sich mit all ihrem Babyspeck auf den Rücken legte und mit den Beinen in der Luft zappelte, um ihn zum Lachen zu bringen, dann hätte Claire bei dem Anblick in Tränen ausbrechen können.

Jeder hatte wohl Momente, die wie ein Prisma funktionierten, in denen sich das Sichtbare brach und man erkannte, was man wirklich vor sich hatte. Claire kniff die Augen zusammen und kehrte wieder zum Turner-Haus zurück. Am liebsten hätte sie es allein mit Blicken eingerissen. Claire dachte daran, dass Joanna ihre Hochzeitseinladung voller Salz zurückgeschickt hatte, um sie daran zu erinnern, wer sie war und woher sie stammte. Claire hatte den Umschlag im Flur geöffnet und dabei die dicken grauen Körner über den Fußboden verteilt. Beim Auffegen hatte sie Rache geschworen. Aber was, wenn sie die ganze Zeit falschgelegen hatte? Wenn Jo ihr damit überhaupt keinen Fluch geschickt hatte, sondern ihren Segen?

Am Abend des Dezemberfeuers war das Wetter unglaublich fies, und Claire wunderte sich, dass die Feier nicht abgeblasen wurde, aber Traditionen waren in Prospect eben unverwüstlich. Schließlich packte sie Dee zusammen mit einer Schachtel Gewürzkuchen, einer Thermoskanne heißem Cidre und einer mit Glühwein, einem Klapptisch und einer Geldkassette in den Truck und schärfte ihr ein, ihren Posten nicht zu verlassen, bis nicht die letzten Flammen erloschen waren.

»Ich werd mir da draußen den Hintern abfrieren«, murrte Dee und schlang sich die Arme um den Körper.

»Genau wie alle anderen, Dee«, entgegnete Claire und öffnete ihr die Tür des Trucks. »Darum geht es doch. Die Leute werden sich um heiße Getränke reißen. Damit verdienen wir uns eine goldene Nase, und du darfst die Hälfte behalten.« Bei diesen Worten begannen Dees Augen zu leuchten, und Claire unterdrückte ein Grinsen. Ein paar Dinge hatte sie an Whits Seite eben doch gelernt, zum Beispiel, dass man die Leute zu vielem bewegen konnte, wenn man sie mit barer Münze lockte.

Als sie wieder hineinging, wiegte Jo im Wohnzimmer Jordy beim Feuer. Sie sah zu Claire auf. »Hast du Idas Brief?«

Claire blickte mürrisch drein. Sie hatte noch jede Menge Zeit, bevor sie sich mit Whit treffen würde, und sie war den Plan heute schon zweimal mit Jo durchgegangen. »Der liegt bei mir oben in der Schublade. Aber ich halte es für keine gute Idee, ihn mitzunehmen.«

Jo runzelte die Stirn und überlegte. »Wahrscheinlich hast du recht. Den können wir schließlich nicht ersetzen. Aber was, wenn er dir nicht glaubt?«

»Oh, das wird er.« Claire würde Whit allein gegenübertreten. Das hielten Jo und sie für besser, und außerdem musste bei diesem furchtbaren Wetter auch jemand im Haus bleiben und auf Jordy aufpassen. Dee hatte so gern zum Dezemberfeuer gehen wollen. Insgeheim war Claire mehr als glücklich darüber, dass nun ihr allein die große Aufgabe zufiel. Nachdem Whit sie monatelang gequält und schließlich seinen Zorn an Icicle ausgelassen hatte, wollte sie gern diejenige sein, die ihn auf den Haken spießte und ihn daran zappeln ließ.

Sie musste nur noch eins erledigen, und zwar noch vor dem Feuer. Also küsste sie Jordy auf den Scheitel und wickelte sich ihr Tuch enger um den Hals. Jo sah auf, und ihr Glasauge leuchtete im Schein der Flammen. Das war ein gespenstisches Bild, und Claire wandte den Blick ab. Eigentlich war doch sie selbst diejenige voller Feuer.

»Wollten Dee und du nicht gemeinsam los?«, fragte Jo. »Ich hab den Wagen gerade wegfahren hören.«

Claire fuhr fröstelnd zusammen und knöpfte sich den Mantel zu. »Ich gehe zu Fuß, aber ich bin schon rechtzeitig in der Stadt, um das Salz ins Feuer zu werfen«, versprach sie. »Keine Angst. Ich muss nur vorher noch ein paar Dinge klären.«

Wenn der Nordwind in St. Agnes besonders heftig wehte, versetzte er das ganze Gebäude in Bewegung. Vibrationen begannen in den Dachbalken und setzten sich dann bis ins Fundament der Kirche fort. Mit zitternden Händen versuchte Claire, eine Kerze für Unsere Liebe Frau anzuzünden, die Flamme zuckte und wurde dann zu einem einzigen gelben Punkt. Claire legte schützend die Hand darum und kniete sich vor die gesichtslose Jungfrau. Sie dachte daran, mit welch ruhiger Überlegenheit sich die Muttergottes jahrelang die Freuden und Sorgen der Stadt angehört hatte, und dann dachte sie an Jo und Ida und daran, dass manches für Worte einfach zu schmerzhaft war. Claire erhob sich, trat näher an die Wand heran und streckte die Arme aus wie die Jungfrau. Sie hatten eine ähnliche Figur und waren fast gleich groß. Claire schloss die Augen und sog den Geruch von Staub und Gips in sich ein. So rochen wohl Knochen, nachdem sie im Grab zerfallen waren.

Der Wind heulte plötzlich ein wenig schriller, und eine Tür flog auf. Claire öffnete die Augen und entdeckte Ethan auf der anderen Seite des Gotteshauses. Sie atmete keuchend ein und löste sich von dem Bildnis, wobei sie die Kerze zu ihren Füßen umwarf. Ethan eilte herbei, um die Flamme auszublasen, bevor sie noch Schaden anrichtete.

»Claire, was machst du denn hier? Ich dachte, du wärst beim Dezemberfeuer. Außerdem zieht da draußen ein schlimmer Sturm auf.« Sie nahm Ethan die erloschene Kerze aus der Hand und sah aus dem Ostfenster der Kirche. Er hatte recht. In der kurzen Zeit ihrer Andacht hatten sich die Wolken zu wütenden Hengsten geballt, die über den Himmel galoppierten, und der Wind nahm zu, um sie einzuholen. In etwa einer Stunde würde das Wetter über sie hereinbrechen wie eine Stampede. In ihrer Magengrube zog sich alles zusammen. Würde das Dezemberfeuer trotzdem zum Leben erwachen? Würde Whit dennoch bei der Scheune erscheinen? Er musste einfach kommen. Davon hing alles ab.

Ethan führte sie am Ellbogen hinüber zu den Kirchenbänken. »Ist bei dir alles in Ordnung? Du bist ganz grün geworden.« Er hob die Hand, um sie an der Wange zu berühren, riss sich dann aber zusammen, und Claire wandte sich von ihm ab. Nach den Feiertagen würde er fortgehen. Seit ihrer Begegnung an jenem Tag im Sommer waren sie sich so gut wie möglich aus dem Weg gegangen. Ethan wusste noch gar nicht, dass Icicle tot war, fuhr es Claire auf einmal durch den Kopf, und er ahnte auch nichts von den Plänen, die sie mit Jo zusammen geschmiedet hatte. Er hatte keine Ahnung, dass Claire objektiv betrachtet eine Schwester verloren hatte, sie die Familienbande dann aber neu geschmiedet hatten. Vielleicht wusste er nicht einmal, dass Jo und sie der Stadt das Salz zurückgegeben hatten.

»Es geht mir gut.« Ihre Stimme klang härter als beabsichtigt und zerschnitt die Luft zwischen ihnen, aber sobald die Worte einmal heraus waren, gab es kein Zurück mehr. Bei Ethan fand sie einfach kein Mittelmaß. Entweder stand sie in seinen Armen in Flammen, oder sie musste sich bei ihm kühl geben wie ein Eisberg. Claire schlug die Hände vors Gesicht und unterdrückte ein Schluchzen. »Oh Gott, nein, es geht mir nicht gut, aber ich darf nicht darüber sprechen.«

Ethan runzelte die Stirn. »Gibt es da irgendetwas, was du gern beichten würdest?« Claire schüttelte den Kopf, und Ethan senkte den seinen. »Ich bin doch auch nicht besser als du, Claire«, sagte er leise. »Wenn es da etwas gibt, das ich wissen sollte, dann kannst du es mir wirklich anvertrauen.«

Sie sehnte sich danach, sich an ihn zu schmiegen. Er konnte sie vergessen lassen, dass sie eine Gilly war, auf ewig verflucht durch ein Fleckchen Erde. Sie ballte die Hände zu Fäusten. Sie hatte ja nie erwartet, dass er nach Prospect zurückkommen würde, aber da war er nun, der Junge, an dessen Herzschlag sie sich noch immer erinnerte, herangewachsen zu einem Mann, den sie nicht lieben durfte. Hatte Ida – Jos Mutter, wie Claire sie nun zum ersten Mal in Gedanken nannte – wohl dasselbe durchgemacht? Claire wandte sich wieder Unserer Lieben Frau zu. Die Vergangenheit würde immer zwischen ihr und Ethan stehen wie ein leerer Kreis, den niemand durchbrechen konnte.

»Es tut mir leid«, flüsterte sie, stand auf, schob sich aus der Bank und hielt auf die Tür zu.

Ethan erhob sich, um ihr hinterherzulaufen. »Claire, geh doch bitte nicht, nicht so.«

Sie drehte sich zu ihm um. Den Ausdruck auf seinem Gesicht würde sie ihr Lebtag nicht vergessen. »Ich liebe dich, Ethan«, erklärte sie. »Und so wird es immer sein. Aber du hast recht. Das alles muss jetzt aufhören.« Sie legte die Hand an die Tür.

Ethan runzelte die Stirn. »Redest du da immer noch über uns?«

Claire schob die Tür weit auf, die sie vor den Elementen schützte. »Es gibt kein ›uns‹«, erklärte sie, während ihr der Wind wie eine angemessene Zurechtweisung gegen die Wangen klatschte. »Das hat es nie gegeben. Da gab es nur eine Geschichte, und wir waren dumm genug, sie zu wiederholen.«

Die ersten Regentropfen fielen wie dicke Raupen vom Himmel, als Claire schließlich die Scheune erreichte. Sie hatte den Mantel in der Kirche liegen lassen, und ihr Pullover klebte an ihrem Körper wie eine zweite Haut. Ein paar Grad weniger, und es würde zu schneien beginnen.

Mit klappernden Zähnen hielt sie inne. Hatte Whit sich überhaupt herbemüht? Kam sie zu spät? Seit ihrer Rückkehr auf die Salt Creek Farm trug sie keine Uhr mehr, und sie wusste nicht, wie lange sie in St. Agnes gewesen war. Claire schnupperte. Sie konnte den Qualm von Holz riechen und wusste, dass das Dezemberfeuer bereits entzündet worden war, aber das machte gar nichts. Noch hatte sie Zeit. Sie blinzelte in der Dunkelheit und entdeckte in der Ferne Whits bereits geparktes Auto. Und dann bemerkte sie auch ihn. Zum Schutz gegen den Regen hatte er den Mantelkragen hochgeschlagen und die Hände in den Taschen vergraben. Er kam auf die Scheune zu. Schon sein Gang wirkte so niederträchtig.

Sie hielt den Atem an und schob sich in ein Gebüsch. Zum Glück verbargen sie die dunklen Schatten. Sie rief sich das Bild des reglosen Icicles auf dem Scheunenboden in Erinnerung, und dann wurde ihr plötzlich klar, dass sie Whit ohne zu zögern mit etwas Scharfem durchbohren würde, wenn sie jetzt etwas zur Hand hätte. In der Dunkelheit suchte sie nach irgendeinem Gegenstand, der ihr als Waffe dienen konnte, fand aber nichts, und das war nur eines der vielen Probleme auf der Salt Creek Farm. Dieses Gut war nur ein schlammiger, hilfloser Sumpf. Claire griff in ihre Tasche und befühlte das Streichholzbriefchen. Sie hatte es eingesteckt, nachdem sie eine Kerze für Unsere Liebe Frau entzündet hatte. Ein Blitz zuckte über den Himmel, zerriss die dunklen Wolken und heizte Claires Zorn noch an.

Sie hörte, wie Whit in die Scheune trat, holte die Zündhölzer aus der Tasche, bevor sie es sich noch einmal anders überlegte, und kroch zur hinteren Wand des Gebäudes. Auf dieser Seite war sie windgeschützt, und als sie die rauen Bretter mit den Fingern berührte, fühlten sie sich trotz des eisigen Regens und vereinzelter Schneeflocken, die nun zu fallen begannen, immer noch trocken an.

Während die Flamme des ersten Hölzchens verpuffte, flackerte beim zweiten Versuch eine Schwefelflamme auf. Claire hielt sie ganz unten ans Holz, dort, wo die Wand auf den Erdboden traf und ließ erst los, als sie sich die Finger verbrannte. Eine Sekunde, zwei, dann blies endlich der Wind, die Flamme erwachte zum Leben und wanderte seitlich an der Scheune entlang.

Claire trat einen Schritt zurück und sah zu, wie das Holz brannte. Ein weiterer Blitz zerriss die Luft, und das Feuer leckte an den Fundamenten und erreichte den Rand des Gebäudes. Mit jedem Windstoß nahmen die Flammen mehr Fahrt auf.

Mit einem Mal hatte Claire den Eindruck, dass in der Dunkelheit etwas – oder jemand – an ihr vorbeihuschte. *Wenn ich dem Ganzen noch Einhalt gebieten will, dann ist das jetzt meine letzte Chance,* dachte Claire, als sich die Flammen um die Ecke wanden, aber sie griff nicht ein. Stattdessen drehte sie sich um und ging so rasch sie konnte durch das Gras zurück zur Straße. Hinter sich konnte sie den immer dichteren Rauch riechen, aber das hielt sie nicht auf. Sie hatte ihren Teil erledigt, der Rest lag nicht mehr in ihrer Hand. Die Vergangenheit neigte dazu, sich zu wiederholen, aber dieses Mal, schwor sich Claire, würde ihre Zukunft ganz anders aussehen.

Das Dezemberfeuer war in vollem Gange, als Claire auf Tappert's Green ankam. Sie hatte den Moment verpasst, in dem es entzündet wurde, aber das machte gar nichts. Man war sogar erleichtert gewesen, dass sie das Salz nicht ins Feuer geworfen hatte. Wenn sie diese Aufgabe übernahm, kam nämlich selten etwas Gutes dabei heraus.

Sie schob sich zwischen den kleinen Grüppchen hindurch und ließ den Blick über die bekannten Gesichter wandern. Als sie an dem alten Trio aus Agnes Greene, Cecilia West und Katy Diamond vorbeikam, hörte sie leises Tuscheln, aber es war Claire längst egal, was diese Frauen über sie dachten. Sie nickte ihnen freundlich zu, als sie näher kam, die drei reagierten aber nicht, und das war auch in Ordnung. Claire hatte nichts anderes erwartet. Dass sie wieder ihr Salz in der Hand hielten, reichte ihr schon.

Sie erreichte den Stand, den Dee ganz hinten aufgebaut hatte, der lag jedoch verwaist da. Die Geldkassette war abgeschlossen, und die Tischdecke aus Papier, die sich unter dicken Schneeflocken langsam aufzulösen begann, flatterte im Wind. »Dee!«, rief Claire in die Dunkelheit, aber es kam keine Antwort.

»Die ist gegangen«, verriet ihr eine tiefe Stimme. »Direkt

nachdem es mit dem Feuer losging. Sie hat nicht einmal ihr Salz in die Flammen geworfen. Sehen Sie?« Claire erkannte Mr Weatherly. Er wies mit seinem knorrigen Finger auf den durchweichten Umschlag neben dem heißen Apfelwein.

Ärger stieg in Claire auf. »Hat sie gesagt, wo sie hinwollte?« Der Wind zerrte an ihren Haaren und fegte ihr stechende Strähnen ins Gesicht.

Mr Weatherly schüttelte den Kopf. »Nein. Aber was ist denn mit Ihnen? Haben Sie schon Ihr Glück probiert?« Er deutete wieder auf das nasse Kuvert.

Claire dachte an den Tag, als sie zum ersten Mal das Salz ins Feuer geworfen hatte und wie sich die Flammen damals schwarz verfärbt hatten. Die Menge war in ein so tiefes Schweigen verfallen, dass sie gedacht hatte, die Welt würde nie wieder zum Leben erwachen. Und vielleicht war sie das für sie ja auch nicht. Sie schüttelte den Kopf. »Nein«, lehnte sie ab, und ein unbehagliches Gefühl machte sich in ihr breit. Sie wusste besser als jeder andere, wie heikel es war, mit der Zukunft zu spielen. Aber das hatte sie ja jetzt alles hinter sich. Und je eher sie Dee fand, dachte sie, desto besser.

# KAPITEL 29

Eigentlich war Dee gar nicht scharf darauf gewesen, aber Jo hatte sie dazu überredet, am Tag vor dem Dezemberfeuer mit ihr nach Prospect zu fahren und die Salzpäckchen zu verteilen. Es sah fast so aus, als hätten alle Bäume über Nacht die Blätter abgeworfen und wären zu Skeletten geworden. Draußen in der Marsch zerrte der Wind an den Schindeln und Fenstern des Gutshauses, und Schleier aus Frost überzogen rasch die Becken und färbten die Dämme weiß. Als sie die Landstraße entlangruckelten, wiegte Dee den in eine Decke eingewickelten Jordy auf dem Schoß. Sie musste an das Dezemberfeuer des Vorjahres denken. An dem Abend hatte Whit ihr das Medaillon gegeben und sie unter dem Birnbaum geliebt. Damals hatte sie vom Gilly-Salz noch gar nichts gewusst, nur, dass ihr davon das Wasser im Munde zusammenlief.

Jo bog in die Bank Street ein, und Dee blinzelte ins Winterlicht. Erstaunlich, wie eng die Straße ihr jetzt erschien. Ihr kamen die dunstigen Morgen in den Sinn, an denen sie am Fenster auf den Klang von Pferdehufen und einen Blick auf Claires Zopf gewartet hatte, und dann später auf Whits Auto, das mit leise surrendem Motor irgendwo in der Nähe stand. Irgendwie fand sie es traurig, dass sie bei ihrem Abschied aus Prospect niemandem Lebewohl sagen würde. Denn je weniger Claire und Jo von diesem Plan wussten, desto besser.

Jo fuhr zum Imbiss hinüber und brachte den Wagen zum Stehen. »Bist du dir sicher?«, fragte sie, aber Dee reichte ihr nur Jordy und öffnete die Beifahrertür.

»Warten Sie hier auf mich«, antwortete sie. »Ich bin gleich wieder da.«

Sie trat ins Lokal und fuhr zusammen, als die Klingel wie üblich laut schellte. Ihr Vater stand am Tresen und beugte sich gerade über die Kasse. Er sah älter aus, als Dee ihn in Erinnerung hatte, und sie bekam auf einmal ein schlechtes Gewissen. Dann aber wurde ihr klar, dass nicht sie, sondern der Alkohol Cutts Verderben war.

Das Restaurant wirkte verwahrlost, so als ob hier in letzter Zeit nicht viel los gewesen wäre. Einige der Hocker an der Theke waren staubig, und in den Schiffslaternen waren Glühbirnen kaputt oder flackerten zumindest schon. Die Menükarten in den Plastikhüllen waren vergilbt und an der Tafel für die Tagesspezialitäten war nichts angeschrieben.

»Hey«, grüßte Dee, und Cutt starrte sie aus zusammengekniffenen Augen an.

»Was willst du?«, fragte er. Er zermalmte die Worte geradezu und spuckte sie ihr entgegen. Kein Zweifel, offensichtlich hatte er seine Politik der verbrannten Erde nicht noch einmal überdacht. Dee hätte genauso gut eine unbedeutende kleine Maus sein können, die sich in den Wänden verkroch. Plötzlich sah sie Jordys kleinen Körper vor sich, wie er nach dem Baden herumzappelte. Welche Verfehlung konnte nur so schlimm sein, dass sie sich jemals von ihm abwenden wollte? Die Frage überstieg ihre Vorstellungskraft. Dee warf das Salzpäckchen auf den Tresen und schob sich die Hände in die Taschen. *Dein Pech,* dachte sie. »Hier«, verkündete sie laut. »Das ist für das Dezemberfeuer morgen Abend. Claire und Jo verteilen dieses Jahr Salz an alle.« Cutt sah verwirrt aus, und Dee erinnerte sich wieder daran, dass er ja letztes Jahr nicht bei der Feier gewesen war. Sie war allein hingegangen und auch nur ganz kurz, bevor sie sich dann mit Whit davongeschlichen hatte.

»Ich hab das Kind bekommen«, erklärte sie. »Nur, damit du's weißt. Es ist ein Junge. Er ist draußen im Truck bei Jo.« Durchs Fenster deutete sie hinaus auf den klapprigen Lieferwagen, aber Cutt sah nicht hin. »Es geht ihm gut.«

Dee verharrte noch einen Herzschlag lang, um zu sehen, ob sich im Panzer ihres Vaters vielleicht doch noch ein Riss auftun würde, aber vergeblich. Sein Kiefer zuckte nicht, da war kein Flackern in seinen Augen. Es sah fast so aus, als würde er nicht einmal richtig atmen. Dee schaute sich um und bemerkte, dass auf den Tischen die Salzschälchen standen, so als ob die Cutts unwiderruflichen Ruin aufhalten könnten.

»Also, weißt du, eigentlich ist es gar nicht giftig«, verriet sie ihm und deutete mit dem Kinn auf eins der Schüsselchen, »aber Zauberkräfte hat es auch nicht. Jo würde dir das Gleiche sagen, und Claire auch. Die ist ein ganz anderer Mensch geworden.«

*So wie ich,* fuhr es ihr durch den Kopf, als sie eilig nach draußen trat. Die Klingel läutete, das Glas klirrte, und auf einmal fühlte sie sich ganz unbeschwert und leicht, obwohl ihr das Herz in der Brust schlug wie eine Faust im Kampf – in einem Kampf, den sie vielleicht endlich gewonnen hatte.

Am Abend des Dezemberfeuers schob Claire Dee eilig mit einer Schachtel Gewürzkuchen und einer Thermoskanne heißem Apfelwein in den Truck und beschwichtigte sie.

»Wird Whit da sein?«, fragte Dee nämlich versuchsweise, und Claire fasste ihre schrille Stimme als ein Zeichen von Angst auf.

»Bei so was macht der nie mit, das kannst du mir glauben«, beteuerte sie. Offensichtlich hatte sie keine Ahnung, dass Whit im Vorjahr nicht nur beim Feuer gewesen war, sondern sich dort auch mit Dee getroffen hatte.

Dee zuckte mit den Achseln und wandte den Blick ab. »Na, dann. Wenn Sie sich da so sicher sind.«

»Ganz sicher«, bestätigte Claire betont heiter, und einen Moment lang klang sie wie die Frau, die Dee bei ihrer Ankunft in der Stadt kennengelernt hatte. Vielleicht lag es an den grauen Wolken, die sich am Horizont hinter ihr zusammenballten, oder an all den Gewürzen, deren Aroma die Küche in letzter Zeit erfüllt hatte, aber aus irgendeinem Grund war Claires Haar heute wieder so rot wie früher und ihre Haut genauso weiß. Sie fasste Dee mit der Hand am Kinn und sah sie scharf an. »Du bist noch so jung«, seufzte sie. »Manchmal vergesse ich das einfach. Mach dir um Jordy keine Sorgen«, fuhr sie fort. »Jo wird sich wunderbar um ihn kümmern. Jetzt geh und hab mal ein bisschen Spaß. Sonst staubst du uns hier noch ein. Ich muss erst noch was erledigen, komme dann aber auch gleich.« Ihr Gesicht verzog sich zu einem unerwarteten Lächeln. »Du wirst dich köstlich amüsieren«, behauptete sie, »das garantier ich dir.«

Das wagte Dee zu bezweifeln, sie widersprach Claire jedoch nicht. Denn eigentlich war es ja auch egal. Wenn für sie heute Abend alles wie geplant laufen würde, dann waren Jordy und sie bald weit, weit weg, und dann würden sie nie wieder irgendeine Art von Salz anrühren.

Dee erinnerte sich daran, was Mr Weatherly ihr erzählt hatte: Das Feuer wurde immer vom ältesten Bewohner der Stadt entzündet. Als sie Tappert's Green erreichte, sah sie, dass die Ehre dieses Jahr Judith Butler gebührte. Sie hielt die Fackel in den zittrigen Fingern, während die Männer des Ortes am Scheiterhaufen noch letzte Hand anlegten. Dee reckte an ihrem Klapptisch den Hals, um auch ja nichts zu verpassen. Die Menge begann zu jubeln und zu klatschen, und aus der Dunkelheit erklangen die Töne einer Flöte, eine bekannte Melodie, in die die Menschen nun mit einfielen.

Dee erlaubte es sich, einen Moment lang zu entspannen und das Knistern der Flammen sowie den Geruch nach Orangenschale und Glühwein zu genießen, der Claires Stand umgab. Seit seiner Geburt war sie nur selten ohne Jordy unterwegs gewesen, und obwohl sie es aufregend fand, in so einer kalten Nacht barhäuptig und allein am knisternden Feuer zu stehen, hatte sie trotzdem das Gefühl, als würde ihr eine Gliedmaße fehlen. Dee sah sich in der Menge nach Whit um, entdeckte zu ihrer Erleichterung aber keine Spur von ihm. Vielleicht war er ja tatsächlich unterwegs zur Scheune. Sie würde sich auch bald davonschleichen.

»Und ich hatte schon gedacht, der Sumpf hat dich verschluckt«, ertönte eine mürrische Stimme aus der Dunkelheit, und Dee zuckte zusammen. Mr Weatherly stand vor ihr, und sein langes Gesicht wirkte im flackernden Licht irgendwie gespenstisch. »Wo ist denn das Baby?«

Dee schenkte ihm ein Glas heißen Cidre ein und winkte ab, als er bezahlen wollte. »Er ist zu Hause bei Jo«, erklärte sie. »Hier draußen wäre es für ihn zu kalt.«

Mr Weatherly schien mit dieser Antwort zufrieden zu sein und nippte an seinem Getränk.

»Sieht ja aus, als würde es gut brennen«, bemerkte Dee und deutete auf das Feuer.

Mr Weatherly sah erfreut aus. »Allerdings«, nickte er. »Schön, dass wir jetzt wieder das Salz haben.« Er nahm noch einen Schluck Apfelwein und blickte Dee erwartungsvoll an. Bevor sie noch etwas sagen konnte, suchte er in seiner Tasche herum und zog eins seiner Knotenamulette hervor. »Hier«, sagte er und legte es auf den Tisch neben den geschnittenen Kuchen. »Für das Baby. Wenn du mich schon den Wein nicht bezahlen lässt.«

Wie er da so nackt auf dem Wachstuch lag, wirkte der Faden ganz kraftlos und viel zu gewöhnlich, um es mit all dem Bösen in der Welt aufzunehmen, an dessen Existenz Dee inzwischen nicht mehr zweifelte. Andererseits hatte ihr die Zeit auf der Salt Creek Farm gezeigt, dass alles möglich war. Jordy und sie konnten für ihr neues Leben außerdem jede erdenkliche Hilfe gebrauchen, also griff sie nach dem Ding und steckte es sich in die Tasche.

»Danke«, sagte sie und bedauerte wirklich, nicht mit Mr Weatherly verwandt zu sein. Es wäre schön gewesen, wenn Jordy jemanden wie ihn als Großvater gehabt hätte – jemanden, der mit einem Hammer umgehen, Limericks aufsagen und von alten Legenden berichten konnte. Jemanden, der die Stränge der Vergangenheit zusammenzuführen und sicher zu verschnüren wusste.

Mr Weatherly wies mit dem Kinn auf das Salzpäckchen, das neben dem Apfelwein auf dem Tisch lag. »Und, willst du das nicht ins Feuer werfen und sehen, was das nächste Jahr bringt?«

Dee zögerte. Um sie herum trotzten die Menschen lachend dem kalten Wind und warfen ihre Päckchen in die Flammen. Die leuchteten blau, grün und blutrot auf und knisterten und tanzten wie ein Feuerwerk. Vorpubertäre Mädchen quiekten und warfen ihr Haar nach hinten, wenn Highschooljungen an ihnen vorbeikamen, und junge Familien kuschelten sich eng aneinander, um ihre schlafenden Kinder warm zu halten.

Dees Herz begann ein wenig schneller zu klopfen. Sie sah auf die Uhr. Wo zum Teufel steckte Claire? Sie hatte ihr doch versprochen, dass sie kommen würde. Dee konnte höchstens noch fünf Minuten bleiben, bevor sie losmusste, um Whit in der Scheune zu treffen. Ein Luftzug zerrte an den Flammen des Dezemberfeuers, jagte Funken in die Luft und trieb die Leute zurück, die zu nah herangetreten waren. Dee wickelte sich enger in ihre Jacke ein. In der letzten halben Stunde schien die Temperatur um fünf Grad gefallen zu sein. Jetzt fegte noch mehr Wind über das Feuer, die Menschen lachten und hielten Hüte und Schals fest.

»Wenn das so weitergeht«, rief jemand, »dann werden wir hier alle gebraten.« Die Flötenmusik verstummte und stattdessen erklang etwas, was wie ein Banjo klang. Aus dem Augenwinkel sah Dee, dass wieder einmal jemand vortrat und Salz ins Feuer warf. Sie hielt den Atem an und wartete. Die Flammen flackerten, aber von ihrem Stand aus konnte sie nicht erkennen, was die Zukunft bringen würde. Wieder sah sie auf die Uhr. Jetzt hatte sie selbst eine Verabredung mit dem Schicksal.

Auf ihrem Weg zurück zur Salt Creek Farm war es draußen nicht mehr einfach nur übel – das Sauwetter verwandelte sich gerade in einen richtiggehenden Sturm. Dee hatte den Truck beim Dezemberfeuer stehen lassen, damit Jo und Claire ihre Anwesenheit auf dem Gut nicht bemerkten. Whit würde auf ihre Forderungen eingehen, dann würde sie abwarten, bis auf der Salt Creek Farm alle schliefen, und sich später mit Jordy im Schutze der Nacht davonmachen. Sie hatte sogar schon ein paar von ihren Sachen in einer Reisetasche zusammengepackt und draußen versteckt. Jetzt zog sie sich die Kapuze tiefer in die Stirn und trabte in die Dunkelheit hinaus, die Hände tief in den Taschen vergraben. Sie lief an St. Agnes vorbei und war versucht, kurz hineinzugehen und sich aufzuwärmen, aber sie hatte ihr Ziel ja schon fast erreicht und wollte auch keine Zeit verlieren, also kämpfte sie sich am Rande der Marsch weiter durch Wind und Graupel voran, passierte die Gräber und erreichte schließlich die Rückseite der Salzscheune. Gut, dass Whit so dickköpfig war wie die Mutter eines Maultiers, dachte Dee, denn es hätten sich nicht viele Männer an einem solchen Tag hierherbemüht. Whit schon. Oh ja.

Sie erstarrte, als Scheinwerfer die Straße erleuchteten, und Whits Auto in Sicht kam.

Dee war einen Moment lang allen Blicken ausgesetzt, Whit wollte jedoch nur so schnell wie möglich zur Scheune und hatte sie gar nicht bemerkt. Von ihrem Beobachtungsposten in der Marsch aus sah Dee ihn das zweiteilige Scheunentor öffnen und dann hineingehen. Sie hielt den Atem an und lauschte, hörte jedoch nur den Wind und das Prasseln des Regens.

*Scheiße,* dachte sie schließlich. *Ich frier mir hier draußen noch den Arsch ab. Ich geh da jetzt rein.*

Als sie die Tür öffnete, fielen ihr zwei Dinge auf. Zunächst hatte sie plötzlich den Eindruck, dass draußen im Dunkeln irgendetwas – oder jemand – raschelte. Sie starrte hinaus in den Regen, sah aber niemanden, und betrat deshalb endlich die Scheune.

Ohne Icicle roch die Luft darin irgendwie anders. Nicht sauberer, wie Dee erwartet hätte, sondern schwerer, süßer, rauchiger. Sie atmete wieder ein und runzelte die Stirn. Wo steckte Whit denn bloß? Sie wollte die Dinge jetzt endlich klären. Wieder dachte sie an die Wohnung, die sie nur für sich und Jordy mieten würde. Aber es fiel ihr immer schwerer, irgendetwas zu erkennen, ihre Augen brannten, dann hörte sie ein Dröhnen, und plötzlich stürzte ein Flammenmeer auf sie herab. Sie schrie und wandte sich um, aber die Dunkelheit hatte sich in Hitze, Licht und Asche verwandelt, und ihr wurde zu spät klar, dass es für sie überhaupt keine Zukunft geben würde.

# KAPITEL 30

Wenn irgendwann die Zeit käme, Wahrheiten ans Licht zu bringen, dann würde Jo ein dunkles Geheimnis enthüllen müssen. Sie fragte sich nämlich, ob sie Dee vielleicht hätte retten können, als sie mit Whit in der Scheune gefangen war. Natürlich konnte das niemand wissen, und die Feuerwehr war überzeugt, dass sie gar nichts mehr für sie hätte tun können. Ihrer Meinung nach waren Whit und Dee längst tot, als sie die Scheune erreichte, aber Jo wusste ja aus Erfahrung, dass ein Mensch im Notfall auch durch Flammen und Glut gehen konnte. Warum bloß hatte sie es an diesem Abend nicht noch einmal gewagt?

Als Claire am Abend des Dezemberfeuers ins Haus gekommen war, hatte Jo sofort erkannt, dass irgendetwas Furchtbares passiert sein musste. Claire stürmte viel zu schnell herein und schlug die Tür hinter sich zu, als sei ein Rudel wilder Hunde hinter ihr her. Draußen hörte Jo es prasseln und knacken. *Dieses Jahr ist das Dezemberfeuer aber wild,* dachte sie noch, legte Jordy in seine Schüssel und fragte sich, warum Claire schon so früh zu Hause war. Außerdem fand sie es komisch, dass man das Feuer bis hier draußen in die Marsch hörte.

Im Verlaufe der letzten Stunde hatte Jo dabei zugesehen, wie das Wetter in Rage geraten war. Der Wind hatte begonnen, an den Schindeln zu rütteln und sie loszureißen gedroht, und von

Zeit zu Zeit war der böse Finger eines Blitzes aus dem Himmel hinabgefahren und hatte nach der Erde gegriffen wie eine Hand, die Unkraut zupft.

Sie erwartete eigentlich, dass Claire sich erst laut vernehmlich Jacke und Schuhe ausziehen und dann den hutlosen Kopf zur Wohnzimmertür hereinstecken würde, aber das passierte nicht. Stattdessen raste Claire vor Entsetzen sprachlos in den Raum und riss Jordy aus seiner Schale an sich.

»Wo ist Dee?«, wollte Jo wissen und sah stirnrunzelnd zu, wie ihre Schwester den Fußboden volltropfte und mit wächserner Miene vor sich hin stammelte. »Himmel, was ist denn nur los?«, wollte Jo wissen, als Claire krampfhaft immer wieder dieselben Worte ausstieß: »Dee ist verloren.«

»Wovon redest du denn?«, keuchte Jo und schob Claire hinaus auf die Veranda. Und dann sah sie in der Ferne die Salzscheune brennen. Jo presste sich die Hand aufs Herz – oder zumindest dorthin, wo sie es vermutete – und spürte es klopfen, dann rannte sie los in die Dunkelheit, trat mit den Pantoffeln in den eisigen Schlamm und zog ihr schlechtes Bein hinter sich her.

»Dee!«, brüllte sie, als sie sich dem brennenden Gebäude näherte. Sie riss sich den Bademantel vom Leib und senkte den Kopf, um sich in die Flammen zu stürzen. Das hatte sie schließlich schon einmal gewagt, sie konnte es wieder tun. Aber dann sah sie aus dem Augenwinkel Whits Auto an der Straße stehen, hielt augenblicklich inne, richtete sich auf und schlug sich die Hand vor den Mund.

»Schade, dass ich das Ding schon mal abgefackelt habe«, hatte Claire an dem Abend gemurmelt, als sie den Plan ausgeheckt hatten, mit dem sie Whit in die Enge treiben wollten. Sie hatten das Scheunentor hinter sich geschlossen, nachdem sie das Salz hineingebracht hatten, und Claire hatte einen Blick zurück auf das Gebäude geworfen. »Whit würde wunderbares Anmachholz abgeben.«

»Komm gar nicht erst auf dumme Ideen, Claire«, hatte Jo entgegnet. »Whit ist doch kein Anmachholz. Er gehört zur Familie.«

Aber Claire war nur mit langen Schritten vorausgeeilt, so dass Jo gar nicht mitgekommen war und den Rest des Weges allein zum Haus hatte zurückhumpeln müssen. Sie kaute immer noch an der unbequemen Tatsache, dass Claire und sie zwar auch endlich eine Familie waren, aber nicht aus demselben Fleisch und Blut.

»Oh Claire«, keuchte sie jetzt und wandte das Gesicht von der immer größer werdenden Hitze ab. »Was hast du bloß getan?« Dann stand sie nur noch da und sah mit Entsetzen zu, wie das Dach einstürzte, und es in der Dunkelheit Funken regnete.

*Liebe Jo,*

*danke, mein Kind, dass Du mir nach all der Zeit Idas Brief zurückgegeben hast. Du sagst, dass Du fast noch ein Kind warst, als Du ihn gefunden hast. Ich erinnere mich noch daran, dass Du an jenem Tag nach einem Streit mit Whit in die Kirche kamst, um zu beten. Und stattdessen hast Du eine Sünde begangen. Na, damit stehst Du ja nicht allein da. Was musst Du all die Jahre bloß von mir gedacht haben?*

*Es stimmt, dass ich Ida geliebt habe. Die Kette habe ich ihr geschenkt, kurz nachdem ich von ihrer Schwangerschaft erfahren habe. Ich wollte das Priesteramt an den Nagel hängen, ich habe ihr sogar angeboten, die Stadt mit ihr zu verlassen und irgendwo ein neues Leben anzufangen, aber davon wollte sie nichts hören. Wenn ich auch nur ein Sterbenswörtchen verraten würde, dann wollte sie allen erzählen, dass ich mich an ihr vergriffen hätte.*

*Was blieb mir anderes übrig? Ich war schwach genug, Dir ein solches Leben zuzumuten, aber ich hatte das Gefühl, dass es keinen anderen Ausweg gab. Und dann schienst Du in deinem neuen Zuhause so tief verwurzelt, dass ich es nicht für angemessen hielt, Dich mit der Wahrheit zu überrumpeln.*

*Stattdessen genoss ich die wenigen Augenblicke, die ich in St. Agnes mit Dir verleben durfte. Inzwischen bereue ich dies alles aufs Tiefste, schätze mich aber auch glücklich, dass Du Dich nun mit Deinen Fragen an mich wendest.*

*Als Dein Bruder und Du zur Welt kamt, saß ich tatsächlich in Prospect fest. Deine Mutter war draußen allein in der Marsch, oder das glaubte sie zumindest. Sie wusste ja nicht, dass Ida Dich in eine Decke eingeschlagen und sich mit Dir aus dem Wohlfahrtsheim der Temperenzler geschlichen hatte, um mich in St. Agnes aufzusuchen. Du warst damals nur ein paar Stunden alt.*

*Sie trat in die Kirche, traf dort jedoch stattdessen Deine Mutter an, die sich ihr eigenes Neugeborenes an die Brust presste und gerade damit beschäftigt war, Unsere Liebe Frau ihres Gesichtes zu berauben. In jener Nacht schlossen die beiden einen Pakt. Ida würde Stillschweigen darüber bewahren, was sie mit angesehen hatte, wenn Deine Mutter Dich im Gegenzug wie ihr eigenes Kind aufzog. Als ich zurückkehrte, war Ida längt fort, und Sarah hatte zwei Babys, eins mit roten Haaren und Sommersprossen, das andere mit den Augen der Frau, die ich liebte. Ich hätte nie gedacht, dass Ida zurückkommen würde. Ich glaube, sie hat selbst nicht damit gerechnet. Und es hat erst recht niemand geahnt, dass sie einmal eine Turner werden würde.*

*Nun erzählst Du mir, dass Dee und Whit bei einem Sturm in der brennenden Scheune ums Leben gekommen sind. Diese Geschichte erscheint mir schrecklich und wundersam zugleich. Aber wenn ein Funke erst einmal entfacht ist, weiß man vermutlich nie, was geschehen wird. Du schreibst, dass die Feuerwehr einen Blitzeinschlag als Ursache ausgemacht hat, ich habe bei solchen Dingen aber oft den Eindruck, dass der Teufel da seine Hand mit im Spiel hat.*

*Und um auf Deine letzte Frage zu antworten: Ich weiß nicht, ob Dee und Whit vielleicht noch unter uns wären, wenn dies alles früher ans Licht gekommen wäre. Das muss wohl die Nachwelt entscheiden. Lass mich Dir, da wir ja verwandt sind und vielleicht nicht so vieler Worte bedürfen wie andere, doch bitte einen Rat geben: Nun, da so viele alte Wahrheiten ans Licht gekommen sind, ist es vielleicht an der Zeit, noch einmal ganz von vorn anzufangen, und die Geschichte der Gillys fröhlicher und heller neu zu schreiben. Bleib Deinem Herzen und Deinem Glauben treu, meine Tochter.*

*Magna est veritas, et praevalibet,*

*Patrick Flynn.*

Jo ließ den Brief sinken und schloss die Augen. Wieder einmal versuchte sie sich an den altbekannten Gleichungen. Drei Frauen und ein Kind, mit nur einem Mann als gemeinsamem Nenner. Zwei Schwestern und derselbe Mann. Eine Frau ohne Gesicht und ein Mann ohne Namen. Eine Frau mit halbem Gesicht. Auf was Jo die Geschichte auch zu reduzieren versuchte, die Sache ging einfach nicht auf, aber was hatte sie denn erwartet? Wenn es um die Gillys ging, haderte die Geschichte doch immer mit sich selbst, und Jo musste einfach lernen, das zu akzeptieren.

Es war sieben Uhr morgens auf der Salt Creek Farm. Trotz der bitteren Kälte marschierte Timothy Weatherly schon draußen herum und machte sich Notizen für die neue Scheune. Er hatte versprochen, sie dieses Mal so robust und widerstandsfähig zu bauen, dass nichts ihr je wieder etwas anhaben könnte – kein Blitz, kein Streichholz, nicht einmal das Temperament der Gilly-Frauen.

In der Küche gab Claire Jordy sein morgendliches Fläschchen und backte jede Menge Zimtbrot. Der Kleine hatte letzten Monat zu krabbeln angefangen, und jetzt stolperte man ständig über ihn. Cutt hatte nach dem Brand die Stadt verlassen und war seitdem nicht mehr ausfindig zu machen (nicht dass irgendwer es wirklich versucht hätte), also wurde Claire ihr Herzenswunsch erfüllt, und man sprach ihr das Sorgerecht für Jordy zu. Sie wusste, dass sie dem Jungen eines Tages erzählen musste, was wirklich geschehen war, aber bis dahin hatte sie hoffentlich noch Jahre Zeit, und vielleicht würde sie mit der Zeit auch einen Weg finden, die Geschichte richtig zu erzählen.

Jo ging zu ihr hinüber, schnappte sich Jordy und nahm ihn auf den Arm. Seit dem Feuer wurde Claire langsam grau, so als ob ihr Haar für immer von der Asche zeugen wollte, aber Jo fand, dass die matten Strähnen ihrer Schwester eigentlich ganz gut standen. Sie ließen Claire sanfter wirken und nahmen ihr etwas von ihrem Gift. Oder vielleicht lag das auch an dem ganzen Fisch. Ethan hatte nämlich beschlossen, in der Stadt zu bleiben und wieder seinem Onkel Chet im Hafen zur Hand zu gehen. Von Schuldgefühlen geplagt und von der Erinnerung an Dee gezeichnet, wollte Claire zunächst nichts mehr von ihm wissen. Ethan hatte ihr im Verlauf der letzten zwei Monate aber jeden Tag etwas zu essen aus dem Meer mitgebracht, bis sie zu seiner großen Erleichterung schließlich eingesehen hatte, dass Salz und Fisch doch zusammengehörten. Mit einem feierlichen Nicken und einem Kuss hatte sie seinen Antrag in den Dünen angenommen.

Nun blickte Jo auf das Silbermedaillon, das um Claires Hals baumelte. Claire hatte beim Juwelier Idas Perle darin einsetzen lassen. Im Inneren zeigte das Schmuckstück auf der einen Seite ein Bild von Jordy und Claire, wie sie mehlbedeckt in die Kamera lachten, und auf der anderen eine Fotografie von Dee mit Jordy im Arm.

»Bist du sicher, dass du ihn nicht behalten willst?«, hatte Claire Jo gefragt, als sie sie um den Anhänger gebeten hatte. »Denn eigentlich sollte die Perle doch dir gehören. Vom Medaillon ganz zu schweigen.«

Aber Jo hatte den Kopf geschüttelt. »Ich wollte es doch schon beim ersten Mal nicht«, hatte sie erklärt, »und jetzt erst recht nicht.« Ehrlich gesagt schmerzte es sie, dadurch an Dee erinnert zu werden. Sie wusste ganz genau, dass ein Teil von ihr immer vor der brennenden Scheune verharren würde, genauso gefangen wie Whit und Dee, was auch immer sie in Zukunft tun würde. Und sie konnte nur erahnen, wie viel schlimmer es für Claire sein musste. So schlimm, dass sie wie ein Büßergewand diese Kette trug, die sich mit jeder Bewegung an ihrer Brust rieb und drehte und sie so an ihre Tat erinnerte. Jo streckte die Hand aus und strich Jordy über die Nase, die er von seiner Mutter hatte.

»Bist du fertig?«, fragte sie.

Claire schluckte und nahm Jordy wieder an sich. »Eigentlich nicht«, gab sie zu.

Auf dem Weg hinaus nach St. Agnes sprachen sie kaum ein Wort und noch viel weniger, als sie sich dem verblassten und angeschlagenen Bildnis Unserer Lieben Frau näherten.

»Bist du sicher, dass das eine gute Idee ist?«, fragte Claire, während sie die Farbdosen aus dem mitgebrachten Rucksack herausholten und öffneten.

Jo streckte ihr einen Pinsel entgegen und wartete, bis Claire Jordy hingelegt hatte. »Wir tun das Richtige, das weißt du«, versicherte sie, und Claire öffnete das Medaillon mit Dees Fotografie.

Dann nahm sie den Pinsel in die zitternde Hand. »Du hast recht«, nickte sie und fügte dann hinzu: »Ich habe der Jungfrau einst versprochen, dass ich ihr das Gesicht zurückgebe, wenn ich einen Sohn bekomme.« Mit Tränen in den Augen ließ sie den Kopf hängen. »Ich wünschte nur, es wäre auf andere Art und Weise gewesen.«

»Ich weiß.« Jo legte ihre Hand auf die von Claire und führte den Pinsel zur Wand. Die Wangen der Muttergottes malten sie in einem Cremeton, den sie zunächst in kleinen Tupfen und dann immer großflächiger auftrugen.

*Möge sie stets Gottes Gnade versichert sein,* dachte Jo, als Dees Züge Form anzunehmen begannen, *und ihre Seele dem Salz verbunden.*

Es war nur ein kurzes Gebet – nachdem sie jahrelang keinen Fuß in die Kirche gesetzt hatte, war Jo ein wenig aus der Übung –, aber sie hatte ihr Bestes gegeben, und die Fürbitte kam von Herzen. Vielleicht, hoffte sie, wurde sie ja noch rechtzeitig erhört.

# KAPITEL 31

Eigentlich, überlegte Claire, hatte die Salt Creek Farm ja so gar nichts von einem Wallfahrtsort. Der Wind fegte hier über sumpfiges Land, das Batisranken überwucherten, in der Scheune wartete kein Heiligenschein, und auch auf der schiefen Veranda suchte man vergeblich nach Götzen, vor denen man das Haupt senken konnte. Hier wurde weder Segen erteilt, noch konnte man Amulette erwerben. Es gab nur Morgen voller Salz und Sand, so weit das Auge reichte. Und außerdem Jo, deren Körper zwar zur Hälfte mit Narben übersät war, die an den entscheidenden Stellen aber völlig in Ordnung war.

Und trotzdem pilgerten Menschen von so fernen Orten wie Tokio oder Paris herbei. Einige der Besucher waren kulinarische Experten, sie führten Sternerestaurants oder schrieben preisgekrönte Kolumnen übers Essen. Andere waren in der Lebensmittelindustrie tätig, arbeiteten für riesige Konzerne, und wieder andere nahmen sich gerade eine Auszeit, um sich selbst zu finden. Vor kurzem war ein völlig verzweifelter Koch da gewesen, der seinen Geschmackssinn verloren hatte. Pastis, Bouillon, Foie gras – für ihn schmecke alles gleich, hatte er geklagt, in seinem Mund sei die Welt nur noch ein Schutthaufen. Jo und Claire hatten drei Tage Ende August mit ihm verbracht, in der produktivsten Zeit des Jahres, dem letzten Schub der Saison, und danach hatte er nicht nur seine feine Zunge wiedererlangt, sondern auch noch ein komplettes Notizheft mit brandneuen Rezepten vollgekritzelt.

Die Resultate waren allerdings nicht für alle so positiv. Jo begrüßte jeden neuen Besucher auf der Veranda mit einem Silberlöffel voll Salz und ihren Regeln (die Bassins in Ruhe lassen, kein Alkohol, nicht allein in der Marsch herumlaufen und vor allem kein sinnloses Geplapper) und stellte ihm dann drei einfache Fragen: *Was ist Ihre früheste Erinnerung? Wen lieben Sie? Was wollen Sie hier finden?*

Einige der Besucher probierten die angebotenen Körnchen und flohen mit stechendem Gaumen. Andere verpatzten die Antworten, und wer schließlich bleiben durfte, bekam statt eines gemütlichen Bettes und Unterhaltungsprogramm eine klumpige Matratze und lange Nachmittage allein mit seinem Schatten.

Am ersten Kurstag baute Claire vor den Teilnehmern ein Sammelsurium von Schüsseln mit verschiedenen Salzmischungen auf und stellte sie vor die Wahl. »Suchen Sie sich eins aus, das Ihnen gefällt«, forderte sie sie auf, denn beim Salz bestand die erste Hürde darin, loslassen zu können. Wenn jemand herumstammelte oder für die Antwort zu lange brauchte, dann musste er sich neu entscheiden, bis das Salz schließlich seine Zunge löste und die Worte nur so hervorpurzelten.

»Beim Salz muss man nehmen, was man kriegen kann«, mahnte Claire ihre Schüler. »Da darf man nicht wählerisch sein. Wenn die Sole eisenhaltig ist und rostbraun wird, dann muss man eben damit arbeiten.«

Noch wussten sie nicht, welch hohen Preis man für sein Glück zahlte, Claire hingegen hatte diese Lektion in- und auswendig gelernt und würde sie an ihre Schüler weiterreichen. Die konnten sich noch gar nicht vorstellen, den neu erworbenen Fluss irgendwann gegen schmerzliche Härte eintauschen zu müssen, aber genau darum ging es ja bei der Salzproduktion. Diejenigen, deren Herzen der Aufgabe gewachsen waren, würden das irgendwann begreifen. Sie akzeptierten, dass das Erzeugnis ihrer blasenübersäten Hände Arbeit, das Salz, das sie mit krummem Rücken mühsam gewonnen hatten, von Claire einfach für einen Neuankömmling in einer Schüssel aufgelöst wurde. Und sie hielten das nicht für grausam, sondern erkannten darin die poetische Verkörperung des Laufs der Dinge.

Claires zweite Lektion bestand darin, die Schüler mit zu den Gräbern am Rande der Marsch zu nehmen. Jordy schien mit seiner Ankunft auf dem Gut den Fluch gegen Knaben gebannt zu haben. Vielleicht deshalb, weil er zwar von der Seele her ein Gilly war, nicht aber vom Blute. Oder vielleicht hatte der Fluch seine Schuldigkeit auch einfach getan. Ganz egal woran es liegen mochte, Claire war von unendlicher Dankbarkeit erfüllt. Nun sah sie ihren Schülern einfach nur zu. Wer die Gräber katalogisierte und nach Datum ordnete, würde zwar gut klarkommen, aber nie etwas wirklich Erstaunliches produzieren. Diejenigen, die umherliefen und mit den Fingern über die Grabsteine fuhren, waren zwar vielversprechend, aber auch an diesen Kandidaten hatte Claire wenig Interesse. Sie wartete auf diejenigen, die innehielten, die Hände in den Taschen vergruben und das Haupt senkten, weil sie begriffen, dass Zeit in einer Salzmarsch nichts zu bedeuten hatte. Diese Teilnehmer schickte Claire hinaus, um die ersten Kristalle der Saison zu ernten, denn denen brauchte sie nichts mehr beizubringen.

Wenn die Besucher wieder gingen, fuhren die meisten von ihnen mit aufgesprungenen Lippen, schmerzenden Schultern und von der Sole schrumpeligen Händen durch die Stadt hindurch und direkt davon. Sie kamen am Leuchtturmrestaurant vorbei, ließen den Blätterbaldachin des Birnbaums (der immer noch dieselben verkümmerten Früchte trug) links liegen und beachteten Plover Hill und das Turnerhaus überhaupt nicht. Das konnte Claire zwar verstehen, es ging ihr aber trotzdem gegen den Strich.

Sie wusste natürlich, dass die Leute diese kleine Landzunge nicht besuchten, um ihre Geschichte zu ergründen, aber sie wünschte sich dennoch, sie würden sich einmal richtig umsehen. Dann hätten sie vielleicht eine Lektion über Salz gelernt, die sie noch nicht kannten. Aber andererseits hatte Claire ja auch beschlossen, ihr ganzes Leben dieser Substanz zu widmen, die ihr an Lippen und Zunge klebte. Nur ihre Geschichte wusste sie zu erzählen, sie war das einzige Erbe, das sie einmal hinterlassen würde, wenn ihre Zeit gekommen war.

Ethan behauptete gerne, dass man einem Menschen nur in die Augen zu blicken brauchte, um ihm direkt ins Herz zu sehen, aber Claire war da anderer Meinung. »Hör gar nicht auf deinen Stiefvater. Gib den Leuten einfach nur eine Prise Salz«, flüsterte sie Jordy zu, »und sie werden dir verraten, was du wissen musst.«

Jo und Claire versuchten immer, Jordy alles zu vermitteln, was er wissen musste. Sie unterwiesen ihn gut in Prospects Geschichte, erzählten ihm vor allem viel über das Turner-Haus und seinen letzten Bewohner. So wie sie in der Marsch die Becken herrichteten, bevor sie die Anlage fluteten, bereiteten sie auch hier den Nährboden für die nächste Generation vor. Claire und Jo hatten auf dem Gut endlich all den alten Kram und Schrott weggeräumt und waren dabei auf ein paar wirklich aufschlussreiche alte Briefe und Tagebücher gestoßen. Die hatten sie gesammelt, ein Schleifenband darum geschlungen und sie für Jordys achtzehnten Geburtstag beiseitegelegt, der damals noch in weiter Ferne gelegen hatte. Jordy hatte erst krabbeln, dann laufen und schließlich sprechen gelernt, und mit jeder neuen Entwicklungsstufe hatte Claire mit bangem Herzen an den Tag gedacht, an dem sie ihm die Wahrheit beichten musste.

»Du musste ihm doch nicht alles erzählen«, meinte Ethan, was Claire schockierte. Er war zwar ihr rechtmäßig angetrauter Ehemann, aber trotzdem sah sie in ihm manchmal noch den Priester und wunderte sich über solch pragmatische Ratschläge aus seinem Munde.

Claire schüttelte den Kopf. »Doch«, widersprach sie. »Muss ich. Er hat die ganze Wahrheit verdient. Außerdem wird er sonst nie richtig mir gehören.«

Ethan küsste sie auf die Wange. »Eigentlich gehört doch nichts wirklich uns«, sinnierte er und griff dann nach seinem Strickzeug. Sein Onkel hatte ihn schließlich davon überzeugt, sich doch auch einmal an dieser alten Kunst zu versuchen. Claire stand da und fragte sich, ob die Bande der Liebe wirklich so zart waren oder doch so stark und fest, dass ein einzelnes reißendes Fädchen da gar nichts ausmachte.

»Bist du bereit?«, wollte Jo wissen und drückte Claire an der Tür des kleinen Häuschens, das ihre Schwester mit Ethan bewohnte, die Hand.

»Gib mir noch eine Minute«, murmelte Claire und strich sich vor dem Flurspiegel die Haare glatt. *Wo ist nur die Zeit geblieben,* fragte sie sich, als sie die Spuren des Alters in ihrem Gesicht betrachtete. Sie hatte zugelegt, die Wangen waren längst nicht mehr so straff und ihr rotes Haar, einst ihr ganzer Stolz, war jetzt fast völlig ergraut. An manchen Tagen erkannte sie sich selbst kaum wieder. Jetzt drehte sie sich zu Jo um, die ihr ein dickes Bündel Papiere in die Hand drückte, und dann schlichen sie auf Zehenspitzen so leise wie möglich in Jordys Zimmer, um ihn zu wecken.

»Was ist das denn?«, murmelte der, als Jo und Claire ihm die Dokumente zeigten – bei einigen der uralten Blätter war die Tinte schon fast verblichen, andere waren zerknittert und zerfetzt. Es gab einen Zettel mit einer vertrauten, wenn auch nicht ganz echten Schrift und einem kleinen Herzchen. Und dann war da auch noch der Brief in Claires eigener Handschrift.

»Alles Gute zum Geburtstag, Jordy«, gratulierte ihm Claire und schob ihm die Haare aus den Augen, so wie sie es früher immer getan hatte. »Die sind für dich. Deine Tante und ich haben sie für dich zurückgelegt, als du ein Baby warst.«

Er setzte sich in dem schmalen Bett auf, in dem er noch immer schlief – es war Claires altes Kinderbett – und nahm das Päckchen an sich. In seinem Leben gab es nichts Neues – von den Möbeln bis hin zu den Schuhen war alles alt, abgenutzt und bequem ausgebeult –, aber das hier war sogar für Jo und Claire ein seltsames Geschenk. »Was ist das?«, wollte er wieder wissen und löste die Bänder, die alles zusammenhielten.

Claire zögerte. »Das ist dein Erbe.«

Jordy rieb sich die Augen, und Claire konnte sich schon vorstellen, was er dachte. Jo verdiente sich den Lebensunterhalt mit der Gewinnung von Salz, und Claire erstellte daraus Mischungen und benutzte es zum Backen. Soweit er wusste, konnten sie ihm nur eines hinterlassen, nämlich alte Brötchen und das Wissen, wie man ein Becken auskratzt.

Claire griff nach dem Packen und reichte ihm dann das erste Papier. »Fang am besten damit an«, schlug sie vor. Es war ein offizielles Dokument, die Besitzurkunde für das Turner-Haus, das seit Whits Tod auf Plover Hill leer stand und seine Schatten wie ein trauriger Wasserspeier über Prospect warf.

Jordy überflog das Juristenlatein und gab Claire dann das Papier zurück. »Das versteh ich nicht.«

Claire sah zu Jo hinüber und holte tief Luft. »Dieses Haus gehört jetzt dir. Whit Turner war nämlich dein Vater.« Verwirrt ließ Jordy den Blick durchs Zimmer wandern. In einer Ecke stand ein halb gepackter Schrankkoffer und neben der Tür lehnte eine Reisetasche an der Wand. In ein paar Wochen würde er zum Studieren nach Boston gehen und ein neues Leben anfangen. Claire hätte wetten können, dass er nicht damit gerechnet hatte, schon heute ein ganz neues Kapitel aufzuschlagen. Um ihn zu beschützen, hatten Jo und sie ihm stets erzählt, dass sie nicht wüssten, wer sein Vater sei – und er hatte ihnen immer geglaubt. Und nun fand er plötzlich heraus, dass er der Sohn einer alten und illustren Familie war, der reichsten in der Stadt.

»Was soll ich denn mit einem Haus anfangen?«, murmelte er. »Und vor allem mit so einem?«

»Oh, das ist auch nicht für jetzt.« Claire faltete die Urkunde zusammen und legte sie wieder zum Bündel mit den anderen Papieren. »Sondern für irgendwann. Du wirst schon wissen, wann der richtige Zeitpunkt gekommen ist.«

»Und warum gebt ihr mir das alles gerade jetzt, wenn ich doch bald weggehe?«, fragte er. »Und wer hat sich denn die ganze Zeit um den alten Kasten gekümmert?« Seine Stimme ließ keinen Zweifel daran, dass er sich darauf gefreut hatte, Parkplatz-Partys auf den Ladeflächen von Pick-ups zu improvisieren und zu Collegebällen zu gehen. Dachziegel auszubessern und Zimmer zu schrubben, stand bei ihm nun wirklich nicht auf dem Programm.

Jo lehnte sich vor und tätschelte ihm mit der vernarbten Hand das Bein. »Lies dir die Unterlagen einfach durch, Jordy, dann wirst du alles verstehen. Darunter ist auch ein Brief von Claire, eine Entschuldigung für das, was beim Tod deiner leiblichen Mutter geschehen ist.« Sie sah zur Tasche an der Tür hinüber. »Claire liebt dich, Jordy. Geh bitte nicht zu hart mit ihr ins Gericht. Sie wollte dir das alles eigentlich nie erzählen. Es nun doch zu tun, bricht ihr das Herz, aber es ist das einzig Richtige. Sie liebt dich genug, um zu riskieren, dass sie dich verliert.« Dann schloss sie leise die Tür hinter sich und ließ Claire und Jordy allein, um ihre eigenen Schlüsse zu ziehen.

Claire fragte sich oft, wie es für Jordy wohl gewesen sein musste, sich von einem Jungen mit Eltern plötzlich in eine Waise zu verwandeln, auf einmal nicht mehr arm, sondern reich zu sein, und auch nicht mehr vaterlos, sondern ein Erbe, und das alles nur durch die Lektüre eines Packens alter Briefe. Sie hätte so gern gewusst, was er wohl bei der Enthüllung über den Tod seiner Mutter in der Scheune empfunden hatte, er verlor aber nie ein Wort darüber, und Claire hatte auch nicht den Mut, ihn danach zu fragen. Ethan hatte recht, dachte sie. Manche Dinge ließ man lieber unangetastet.

Irgendwann begriff sie jedoch auch, dass man die Vergangenheit nur dann zur Ruhe betten konnte, wenn man sie am Leben erhielt. Jordy verwandelte das Turner-Haus in ein Museum und befreite es so von all den Spinnweben. Es ragte zwar immer noch bedrohlich auf Plover Hill auf und sah mit all seinen Fenstern auf die Stadt herab, jetzt konnte aber jeder einfach hineingehen. Alle konnten in den staubigen Ecken herumstöbern, etwas in den riesigen Kamin hineinrufen und die Wände zum Hallen bringen. Die Turner-Insignien zierten mit ihren Spitzen und Zacken immer noch jede verfügbare Oberfläche, jetzt mischten sich aber die Namen der Gillys darunter und milderten den Effekt.

Genau wie das Haus war Jordys Leben einerseits klar durchstrukturiert, andererseits aber auch ein Durcheinander aus widersprüchlichen Elementen. Er war zwar wie geplant aufs College gegangen, innerlich hatte er sich jedoch verändert. Er hatte eine gewisse Leichtigkeit verloren, als wäre er sogar körperlich schwerer geworden. Statt wie vorgesehen sein BWL-Studium anzutreten, sattelte er auf Geschichte um, heiratete sehr jung und bekam seine Tochter. Seine Frau verlor er früh durch Krebs, so dass er mit dreißig allein dastand und in seiner Trauer nichts mit seinem Kind anzufangen wusste. »Komm doch nach Hause«, bat ihn Claire über eine knisternde Telefonleitung, die irgendwie an Feuer erinnerte.

Am anderen Ende herrschte lange Stille, und dann fragte Jordy: »Für wie lange denn?«

Und ausnahmsweise sagte Claire einmal genau das Richtige: »Lass doch das Salz entscheiden.«

Mit dem Packen Briefe und Zeitungsausschnitte hatten Claire und Jo an seinem achtzehnten Geburtstag den Grundstein gelegt, und Jordy hatte darauf aufbauend eine Sammlung von Erinnerungsstücken und Gegenständen zusammengetragen, die Prospects Geschichte vom Walfängeraußenposten der ersten Jahre bis hin zum aktuellen Sommerdomizil reicher Touristen dokumentierte. In St. Agnes war noch immer alles wie früher, genauso wie auf der Salt Creek Farm, aber abgesehen davon hatte Whit seinen Willen bekommen, dachte Claire. Prospect war jetzt ein Ferienort.

Inzwischen war das Erdgeschoss des Turner-Hauses am Wochenende und von Dienstag bis Freitag für Publikum geöffnet, während Jordy mit seiner Tochter Rose im ersten Stock wohnte. Sie brauchten nicht viel – zusammen belegten sie nur wenige Räume – und natürlich verbrachten sie die meiste Zeit draußen auf der Salt Creek Farm. Im Sommer hielt Jordy Konferenzen ab und organisierte Touren, und im Winter war er ganz für Rose da. Eines Tages, erklärte er, würde er vielleicht sogar ein Buch schreiben. Das versetzte Claire in Sorge. Was würde wohl geschehen, wenn jemand ihre Geschichte schwarz auf weiß zu Papier brächte?

»Aber warte damit noch«, mahnte sie deshalb jedes Mal, wenn Jordy auf das Thema zu sprechen kam. Denn so wie sie zwar regelmäßig Salz zu sich nahm, es ihr aber trotzdem nicht wirklich gehörte, hatte sie auch kein Anrecht auf die Geschichte der Turners. Irgendwann einmal würde Rose die Marsch erben, und dann würden all die Stränge der Vergangenheit – egal ob auf Gilly- oder Turner-Seite – zu einem einzigen langen Zopf verwoben auf ihre Schultern fallen.

Aber das lag noch in ferner Zukunft. Im Moment machte es Claire glücklich, durch die trüben Fenster der Salt Creek Farm zu beobachten, wie die Kleine lernte, Salzkristalle abzuschöpfen, und ihre Arme mit Jo und Jordy im Gleichtakt bewegte, während aus der Küche der wundervolle Duft von frischem Brot herüberwehte. Eins wusste Claire ganz genau: Unsere Zeit hier auf Erden mag kurz sein, unser Leben ist jedoch lang. Es tröpfelt wässrig, breitet sich großflächig aus und fließt in unerwartete Richtungen.

Claire hob die Hand und berührte das Medaillon, das sie um den Hals trug. Ihr Finger strich über die Perle. Einst würde sie für ihre Sünden büßen müssen, dachte sie, und sie war bereit dafür – Winter im Herzen, Frost im Haar und schmerzlich knirschendes Salz unter den Sohlen –, wie zu Anbeginn bis in alle Ewigkeit.

# DANKSAGUNG

Zunächst einmal danke ich meinem Agenten Dan Lazar von Writers House, der mir nicht nur Fürsprecher, sondern auch Freund war und aus meiner Arbeit immer und immer wieder das Beste herausgeholt hat.

Ich danke Caryn Karmatz Rudy für ihre Freundschaft und dafür, dass sie mich auf dem ersten Stück des Weges in der Verlagswelt begleitet hat. Ein besonders großes Dankeschön geht dafür an Helen Atsma, die gute Fee unter den Lektoren, dass sie mich über die Ziellinie gelotst hat.

Ein Buch veröffentlicht man nie alleine, deshalb danke ich allen bei Grand Central Publishing: Jamie Raab dafür, dass sie die ganze Show schmeißt, Deb Futter für ihre Unterstützung, Carolyn Kurek, Maureen Sugden und Celia Johnson für ihre scharfen Augen. Und danke an Catherine Casalino für das tolle Cover.

Ich glaube, meinem persönlichen häuslichen Krisenzentrum, auch bekannt als Pam, Andrea, Laura und Lynn, schulde ich ein paar Drinks. Danke, dass ihr immer mit offenen Ohren und offenem Herz am anderen Ende der Leitung für mich da wart. Und ich danke meinem Mittagskomitee, Jack und Nancy, für das Ausprobieren von neuen Rezepten.

Danke an die Debs – Kris, Meredith, Eve und Katie – dafür, dass ihr mich bei Laune gehalten und so nett auf jede E-Mail mit dem Betreff »For Deb Eyes Only« geantwortet habt. Joshilyn

Jackson danke ich dafür, dass sie mir Tipps für öffentliche Auftritte gegeben und mir das Handwerk gezeigt hat.

Außerdem bin ich all den unabhängigen Buchhändlern in der Region von San Francisco unheimlich dankbar, vor allem Elaine Petrocelli von Book Passage und Clavin Crosby von Books Inc. Unglaublich, wie viel Liebe sie guten Geschichten, wie viel Respekt und Zuneigung den Autoren und Lesern hier entgegenbringen.

Und schließlich gebührt meiner Familie der größte Dank. Ohne meine Schwestern Lala und Bella hätte mir die Inspiration für die Beziehung im Buch gefehlt, und ohne die Drever-Sippe hätte ich ja gar keine Fankurve. Und ohne Ned, Willow, Raine und Auden, meine eigene kleine Familie, bliebe mir überhaupt nichts mehr.